中印经典和当代作品
互译出版项目
CHINA-INDIA TRANSLATION PROJECT

印地语文学史

Hindi Sahitya Ka Itihas

【印】罗摩金德尔·修格勒◎著
邓　兵◎译

中国大百科全书出版社

图书在版编目（CIP）数据

印地语文学史 /（印）罗摩金德尔·修格勒著；邓兵译. — 北京：中国大百科全书出版社，2024.1

中印经典和当代作品互译出版项目

ISBN 978-7-5202-1400-1

Ⅰ. ①印… Ⅱ. ①罗… ②邓… Ⅲ. ①印地语—文学史—印度 Ⅳ. ①I351.09

中国国家版本馆CIP数据核字（2023）第149022号

审　　校　姜景奎
责任编辑　董淑芳
封面设计　许润泽　叶少勇
责任印制　魏　婷
出版发行　中国大百科全书出版社
地　　址　北京阜成门北大街17号　**邮政编码**　100037
电　　话　010-88390636
网　　址　http://www.ecph.com.cn
印　　刷　中煤（北京）印务有限公司
开　　本　710 毫米 × 1000 毫米　1/16
印　　张　38.75
字　　数　520千字
印　　次　2024 年 1 月第 1 版　2024 年 1 月第 1 次印刷
书　　号　ISBN 978-7-5202-1400-1
定　　价　128.00 元

中印经典和当代作品互译出版项目
中方专家组

总序：印度经典的汉译

一、概念界定

何谓经典？经，“织也”，本义为织物的纵线，与“纬”相对，后被引申为典范之作。典，在甲骨文中上面是“册”字，下面是“大”字，本义为重要的文献，例如传说中五帝留下的文献即为“五典”①。《尔雅·释言》中有“典，经也”一说，可见早在战国到西汉初，“经”“典”二字已经成为近义词，“经典”也被用作一个双音节词。

先秦诸子的著作中有不少以“经”为名，例如《老子》中有《道经》和《德经》，故也名为《道德经》，《墨子》中亦有《墨经》。汉罢黜百家之后，“经”或者“经典”日益成为儒家权威著作的代称。例如《白虎通》有“五经何谓？谓《易》《尚书》《诗》《礼》《春秋》也”一说，《汉书·孙宝传》有“周公上圣，召公大贤。尚犹有不相说，著于经典，两不相损”一说。然而，由印度传来的佛教打破了儒家对这一术语的垄断。自汉译《四十二章经》以来，“经”便逐

① “典，五帝之书也。”——《说文》

渐成为梵语词 sutra 的标准对应汉译，“经典”也被用以翻译“佛法”（dharma）[①]。随着佛教在中国的传播和发展，类似以“经典”指称佛教权威著作的说法也多了起来。[②] 到了近代，随着西学的传入，“经典”不再局限于儒释道三教，而是用以泛指权威、影响力持久的著作。

来自印度的佛教虽然影响了汉语“经典”一词的语义沿革，但这又可以反过来帮助界定何为印度经典。汉译佛经具体作品的名称多以 sutra 对应“经”，但在一般表述中，“佛经”往往也囊括经、律（vinaya）、论（abhidharma）三藏。例如法显译《摩诃僧祇律》（*Mahasanghika-vinaya*）、玄奘译《瑜伽师地论》（*Yogacarabhumi-sastra*），均被收录在“大藏经”之中，其工作也统称为“译经”。来华译经的西域及印度学者多为佛教徒，故多以佛教典籍为“经典”。不过也有一些非佛教徒印度学者将非佛教著作翻译为汉语，亦多冠以“经”之名，其中不乏相对世俗、与具体宗教义理不太相关的作品，例如《婆罗门天文经》《婆罗门算经》《啰嚩拏说救疗小儿疾病经》（*Ravankumaratantra*）等。如此，仅就译名对应来说，古代汉语所说的“经典”可与 sutra、vinaya、abhidharma、sastra、tantra 等梵语词对应，这也基本囊括了印度古代大多数经典之作。

然而，古代中印文化交流也有一定的局限性，若以现在对经典的理解以及对印度了解的实际情况来看，吠陀、梵书、森林书、奥义书、往世书等古代宗教文献，两大史诗、古典梵语文学著作等文学作品，以及与语法、天文、法律、政治、艺术等相关的专门论著都是印度经典不可或缺的部分。从语言来看，除梵语外，巴利语、波罗克利特语、阿波布朗舍语等古代语言，伯勒杰语、阿沃提语等中世纪语言，印地语、孟加拉语、乌尔都语等现代语言，以及殖民时期被引入印度并在印度生根发芽的英语都在不同的历史时期承载了印度经典的传承。

---

① “又睹诸佛，圣主师子，演说经典，微妙第一。”——《妙法莲华经》卷一《序品》（T09, no. 262, c18-19）

② “佛涅槃后，世界空虚，惟是经典，与众生俱。”——白居易《苏州重玄寺法华院石壁经碑》

二、古代中国对印度经典的汉译

经典翻译，是将他者文明的经典之作译为自己的语言，以资了解、学习，乃至融合、吸纳。这一文化行为首先需要一个作为不同于自己的“他者”客体具有足以令主体倾慕的经典之作，然后需要主体“有意识”地开展翻译工作。印度文明在宗教、哲学、医学、天文等方面的经典之作具有较高的知识水平，在不同时代对中国社会各阶层产生了独特的吸引力。中印文明很早就有了互通记录，有着甚深渊源，在商品贸易、神话传说、天文历法等方面已有学者尝试考证。[①] 随着张骞出使西域，佛教传法僧远来东土，中印之间逐渐建立起“自觉”的往来，古代中国对印度经典的汉译也在汉代以佛经翻译的形式得以展开。

1. 佛教经典汉译

毫无争议，自已佚的《浮屠经》[②] 以来，佛教经典汉译在古代中国对印度经典的翻译中占有主流地位。译经人既有佛教僧人，也有在家居士，既有本土学者，也有西域、印度的传法僧人。仅以《大唐开元释教录》以及《贞元新定释教目录》的统计为例，从东汉永平十年至唐贞元十六年，这 734 年间，先后有 185 名重要的译师翻译了佛经 2412 部 7352 卷（见表 1），成为人类历史上少有的翻译壮举。

---

① 季羡林：《中印文化交流史》（北京：新华出版社，1993 年）及薛克翘：《中国印度文化交流史》（北京：昆仑出版社，2008 年）中部分内容均介绍了相关观点。

② 学术界关于第一部汉译佛经的认定，历来观点不一。不少学者认为，《四十二章经》是第一部汉译佛经；但有学者经过考证发现，西汉哀帝元寿元年（公元前 2 年）大月氏使臣伊存口授的《浮屠经》应该是第一部，可惜原本失佚，后世知之甚少。目前，学术界基本倾向于认为《浮屠经》为第一部汉译佛经，并已意识到《浮屠经》在中国佛教史及学术史上的重要地位。参见方广錩：《〈浮屠经〉考》，《法音》，1998 年第 6 期。

表 1　东汉至唐代汉译佛经规模 [1]

朝代	年代	历时 / 年	重要译师人数 / 人	部数 / 部	卷数 / 卷
东汉	永平十年至延康元年	154	12	292	395
魏	黄初元年至咸熙二年	46	5	12	18
吴	黄武元年至天纪四年	59	5	189	417
西晋	泰始元年至建兴四年	52	12	333	590
东晋	建武元年至元熙二年	104	16	168	468
前秦	皇始元年至太初九年	45	6	15	197
后秦	白雀元年至永和三年	34	5	94	624
西秦	建义元年至永弘四年	47	1	56	110
前凉	永宁元年至咸安六年	76	1	4	6
北凉	永安元年至承和七年	39	9	82	311
南朝宋	永初元年至升明三年	60	22	465	717
南齐	建元元年至中兴二年	24	7	12	33
南朝梁	天监元年至太平二年	56	8	46	201
北朝魏	皇始元年至东魏武定八年	155	12	83	274
北齐	天保元年至承光元年	28	2	8	52
北周	闵帝元年至大定元年	25	4	14	29
南朝陈	永定元年至祯明三年	33	3	40	133
隋	开皇元年至义宁二年	38	9	64	301
唐[2]	武德元年至贞元十六年	183	46	435	2476

自东汉以后约 6 个世纪中，大量佛教经典被译为汉语，其历程与佛教在中国的传播历程基本同步。在这一过程中，涌现出许多重要译师，仅译经 50 部或 100 卷以上的译师就有 16 人（见表 2），其中又以鸠摩罗什、真谛、玄奘、义净、不空做出的贡献最为卓越，故此他们被称为“汉传佛教五大译师”。他们的生平事迹和具体贡献在许多佛教典籍中均有叙述，此不赘述。

① 本表主要依据《大唐开元释教录》整理而成，其中唐代的数据引用的是《贞元新定释教目录》。

② 唐代数据至德宗贞元十六年（公元 800 年）为止，并不完整。但考虑到贞元年后，大规模译经基本停止，故此数据亦有相当高的参考价值，至贞元十六年，唐代已经译经 435 部 2476 卷，足以确立其在中国译经史上的地位。

表 2　译经 50 部或 100 卷以上的译师

时代	朝代	人名	译经部数 / 部	译经卷数 / 卷
三国西晋	吴	支谦	88	118
	西晋	竺法护	175	354
东晋十六国	东晋	竺昙无兰	61	63
		瞿昙僧伽提婆	5	118
		佛陀跋陀罗	13	125
	北凉	昙无谶	19	131
	后秦	鸠摩罗什	74	384
南北朝	宋	求那跋陀罗	52	134
	陈	真谛	38	118
	北魏	菩提留支	30	101
隋唐	隋	阇那崛多	39	192
	唐	玄奘	76	1347
		实叉难陀	19	107
		义净	68	239
		菩提流志	53	110
		不空	111	143

自唐德宗之后，译经事业由于政局等多方面因素影响而受阻，此后又经历了唐武宗和后周世宗两次灭佛，佛教在中国的发展受到冲击。直到 982 年，随着天竺僧人天灾息和施护的到访，北宋朝廷才重开译经院，此时距唐德宗年间已有约 200 年，天灾息等僧人不得不借助朝廷的力量重新召集各地梵学僧，培养本土翻译人才。在此后的约半个世纪中，他们总计译出 500 余卷佛经。此后，汉地虽有零星译经，却再也不复早年盛况，古代中国对印度经典的汉译逐渐落下帷幕。

2. 非佛教经典汉译

佛教经典汉译占据了古代中国对古代印度经典汉译的主流，除此之外，其他一些印度经典也被译为汉语。这些文献大致可以分为两类。一类是在翻译佛教经典的过程中无意之中被译为汉语的，尤其是佛教文献中所穿插的印度民间故事等。[①] 一类是在翻译佛教经典之外，有意翻译的非佛教经典，例如婆罗门教哲学、天文学、医学著作等。尽管数量无法与佛教经典相提并论，但这些非佛教经典的翻译在一定程度上体现了古代中华文明对古代印度文明的关注开始逐渐由佛教辐射到印度文明的其他领域。不过从译者的宗教信仰以及对经典的选择来看，这类汉译大部分是佛教经典翻译的附属产品。

3. 其他哲学经典汉译

佛教自产生以来，与印度其他思潮之间既有争论，也有共通之处。因而在佛教经典的汉译过程中，中国人也逐渐接触到古代印度的其他哲学。有关这些哲学派别的基本介绍散见于包括佛经、梵语工具书、僧人传记等作品中，例如《百论疏》对吠陀、吠陀支、数论、胜论、瑜伽论，甚至与论释天文、地理、算术、兵法、音乐法、医法的各种学派相关的记载、注释和批判也可以在这些作品中找到。[②] 很有可能出于佛教对数论派和胜论派知识的尊重，以及辨析外道与佛法差别的需要等原因，真谛和玄奘才分别译出了数论派的《金七十论》和胜论派的《胜宗十句义论》。[③] 这两部经典的汉译在一定程度上拓宽了中国知识界对印度哲学的视野，但其翻译在很大程度上受到了佛教对其他哲学派别好恶的影响，依然是在佛教经典汉译的主导思路下完成的。

4. 非哲学经典汉译

除宗教哲学经典外，古代印度的天文学、数学、医学在人类科

① 新文化运动以来，这一领域已有多部论著问世，此不赘述。

② 宫静：《谈汉文佛经中的印度哲学史料——兼谈印度哲学对中国思想的影响》，《南亚研究》，1985 年第 4 期，第 52~59 页。

③《金七十论》译自数论派的主要经典《数论颂》（*Samkhya-karika*），相传为三四世纪自在黑（Isvarakrsna）所作。《胜宗十句义论》的梵文原本已佚，从内容看属于胜论派较早的经典著作。参见黄心川：《印度数论哲学述评——汉译〈金七十论〉与梵文〈数论颂〉对比研究》，《南亚研究》，1983 年第 3 期，第 1~11 页。

学史上也具有重要地位，其中一些著作也被译为汉语。古代印度天文学经典多以佛教经典的形式由传法僧译出。[①] 隋唐时期，天文学著作汉译逐渐出现了由非佛教徒印度天文学家主导的潮流。据《隋书》记载，印度天文著作有《婆罗门天文经》《婆罗门竭伽仙人天文说》《婆罗门天文》。[②] 瞿昙氏（Gautama）、迦叶氏（Kasyapa）和拘摩罗氏（Kumara）三个印度天文学家氏族曾先后任职于唐代天文机构太史阁，其中瞿昙氏的瞿昙悉达翻译了印度天文学经典 *Navagraha-siddhanta*，即《九执历》。[③] 此外，印度的医学、数学、艺术经典也因其实用价值通过不同渠道被介绍到中国，其中一些著作或部分或完整地被译为汉语。

5. 落幕与影响

中国古代的印度经典汉译在唐代达到巅峰，此后逐渐走向低谷，无论是数量还是质量都难以达到唐代的水平。造成这一现象的原因主要有两个方面：一方面，唐代中后期，阿拉伯帝国的崛起以及唐朝与吐蕃关系的恶化阻断了中印之间两条重要的陆路通道——西域道和吐蕃道，之后五代十国以及宋代时期，这两条通道均未能恢复，只有南海道保持畅通。[④] 另一方面，中国宗教哲学的发展和印度佛教的密教化这两种趋势决定了中国对印度佛教经典的需求逐渐下降。在近千年的历程中，佛教由一个依附于黄老信仰的外来宗教逐渐在汉地生根发芽，成为汉地宗教生活不可缺少的一部分，其作为“中国佛教”的独立性日益增强。甚至权威如玄奘，也不能将沿袭至那烂陀寺戒贤大师

---

① 例如安世高译《佛说摩邓女经》、支谦等译《摩登伽经》、竺法护译《舍头谏太子二十八宿经》等。

②《隋书·经籍志》，北京：中华书局，1982 年，第 1019 页。

③ 参见 P.C.Bagchi, *India and China: A Thousand Years of Cultural Relations*. 1981, Calcutta, Saraswat Library, p.212. 此后，依然有传法僧翻译佛教天文学著作的记载，具体参见郭书兰：《印度与东西方古国在天文学上的相互影响》，《南亚研究》，1990 年第 1 期，第 32~39 页。

④ 菩提迦耶出土的多件北宋时期前往印度朝圣的僧人所留下的碑铭证明，宋代依然有僧人前往印度朝圣，且人数不少。法国汉学家沙畹（E. Chavannes）、荷兰汉学家施古德（G. Schlegel）、印度学者师觉月（P. C. Bagchi）等国外学者在这方面均有讨论，具体参见周达甫：《改正法国汉家沙畹对印度出土汉文碑的误释》，《历史研究》，1957 年第 6 期，第 79~82 页。

的“五种姓说”完全嵌入汉地佛教的信仰之中。汉地“伪经”的层出不穷也从某种角度反映了佛教的中国本土化进程。不空等人在中国传播密教虽然形成了风靡一时的“唐密”，但未能持久。究其根本在于汉地佛教的发展受到本土儒家信仰的影响，很难与融合了婆罗门教信仰的佛教密宗契合。此外，本土儒家、道家也在吸纳佛教哲学的基础上有了新的变革。至宋代，三教合一的趋势逐渐显现，源自印度但已本土化的佛教与儒家、道家的融合进一步加深，致使对印度经典的诉求越来越少。由此，义理上的因素使得中国的知识分子不再追求印度佛教的哲学思想；再者，随着佛教在印度的衰落，以及中国佛教自身朝圣体系的建立和完善，前往印度朝圣也失去了意义。

古代中国对古代印度经典的汉译始于佛教，也终于佛教。尽管如此，以佛教经典为主的古代印度经典汉译已经在中国历史上烙下了深刻的印记，其影响是持久和多方面的。在这一过程中，译师们开创的汉译传统给后人翻译印度经典留下了巨大财富：

其一，汉译古代印度经典除早期借助西域地方语言外，主要翻译对象都是梵语经典，本土学者和外来学者编写了不少梵汉工具书。

其二，一套与古代印度宗教哲学术语对应的意译和音译相结合的汉译体系得以建立。由于佛教经典的流传，很多术语已经成为汉语的常用语，广为人知。

其三，除术语对应外，梵语作品译为汉语需要克服语法结构、文学体裁等方面的限制，其实践在一定程度上影响了汉语的一些表达法。[①] 如此等等都为后人继续翻译印度经典提供了便利之处。

更为重要的是，历史上重要的译师摸索出一套大规模翻译经典的方式方法，他们的努力对于后继的翻译工作来说具有很高的参考价值。经过早期的翻译实践，鸠摩罗什译经时便开始确立了译、论、证几道基本程序，并辅之以梵本、胡本对勘和汉字训诂，经总勘方

① 例如汉语中常见的“所＋动词”构成的被动句就可能源自对佛经的翻译。参见朱庆之《汉译佛典中的‘所V’式被动句及其来源》（载《古汉语研究》，1995年第1期，第29~31、45页）及其他相关著述。

定稿。在后秦朝廷的支持下，鸠摩罗什建立了大规模译场，改变了以往个人翻译的工作方式，配合翻译方法上的完善，大大提高了译经的效率和质量。唐代译场规模更大，翻译实践进一步细化，后世记载的翻译职司包括译主、证义、证文、度语、笔受、缀文、参译、刊定、润文、梵呗等10余种之多。

此外，先人还摸索出一套翻译人才的培养模式，隋代译师彦琮曾以“八备”总结了译师需具备的一系列条件，具体内容为：

> 一诚心受法，志在益人；二将践胜场，先牢戒足；三文诠三藏，义贯五乘；四傍涉文史，工缀典词，不过鲁拙；五襟抱平恕，器量虚融，不好专执，耽于道术，淡于名利，不欲高衒；六要识梵言；七不坠彼学；八博阅苍雅，粗谙篆隶，不昧此文。[①]

这八备之中，既有对译者宗教信仰、个人品行的要求，也有对梵语、汉语表达的语言技能以及对佛教义理的知识掌握等方面的要求，今天看来，依然有很大的借鉴意义。

三、近现代中国对印度经典的汉译

佛教在印度的衰落及消亡使中印失去了最为核心的交流主题。中国对印度经典的汉译停留在以梵语为主要媒介、以佛教经典为主要对象的时代，自11世纪末[②]至20世纪初，这一停滞状态持续了数个世纪之久。19世纪中后期，印度士兵和商人随着欧洲殖民者的战舰再次来到中国，中印之间的交往以一种并不和谐的方式得以恢复。中印孱弱的国力和早已经深藏故纸堆的人文交往传统都不足以阻挡西方诸国强势的物质力量和文化力量，中印人文交往便在这新的格局中，借助西方列强构建起来的“全球化”体系开始复苏。

---

①《释氏要览》卷2，T54, no. 2127, b21-29。

② 宋神宗元丰五年（公元1082年）废置译经院，佛教经典汉译由此不再。

由于缺乏对印度现代语言和文化的了解，早期对印度经典的译介在语言工具和主题设置两个层面均在一定程度上受制于西方的话语体系。20 世纪上半叶中国对泰戈尔作品的译介便是明证。1913 年，泰戈尔自己译为英语的诗集《吉檀迦利》以英语文学作品的身份获得诺贝尔文学奖，这在当时的世界文坛引起了轩然大波，对当时正在探索民族出路的中国知识分子来说同样具有很大的震撼力和吸引力。陈独秀在 1915 年 10 月 15 日出版的《青年杂志》上刊载了自己译自《吉檀迦利》的四首《赞歌》，为此后持续了近一个世纪并且至今依然生机勃勃的泰戈尔著作汉译工程拉开了序幕。据刘安武统计，至 1949 年中华人民共和国成立止，“我国翻译介绍了印度文学作品 40 种左右（不包括发表在报刊上的散篇）。这 40 种中占一半的是泰戈尔的作品”。[①] 泰戈尔在中国受到格外关注固然始于西方学术界对他的重视，但他的影响如此之大亦在于他的作品恰好满足了当时中国在文学思想领域的需求。首先，从语言文学来看，泰戈尔的主要创作语言是本土的孟加拉语，而非印度古典梵语。这引起了当时正致力于推广白话文的中国知识分子的广泛关注，并被视为白话文替代古文的成功榜样。[②] 此外，泰戈尔的文学创作，尤其他的散文诗为当时正在摸索之中的汉语诗歌提供了一个重要的参考对象。其次，从思想上来说，泰戈尔的思想与当时作为亚洲国家“先锋”的日本截然相反，为当时正在探索民族出路的中国知识分子提供了另一个标杆。于是，泰戈尔意外地成为中印之间自佛教之后的又一重大交流主题。尽管中国知识分子对其思想和实践的评价并不一致，许多学者依然扎实地以此为契机重启了中国翻译印度经典的进程。当时中国尚未建立起印度现代语言人才培养机制，因此早期对泰戈尔作

① 刘安武:《汉译印度文学》,《中国翻译》，1991 年第 6 期，第 44~46 页。

② 胡适向青年听众强调泰戈尔对孟加拉语文学的贡献时说：“泰戈尔为印度最伟大之人物，自十二岁起，即以阪格耳（孟加拉）之方言为诗，求文学革命之成功，历五十年而不改其志。今阪格耳之方言，已经泰氏之努力，而成为世界的文学，其革命的精神，实有足为吾青年取法者，故吾人对于其他方面纵不满足于泰戈尔，而于文学革命一段，亦当取法于泰戈尔。”（载《晨报》，1924 年 5 月 11 日）

品的汉译多转译自英语。凭借译者深厚的文学功底，不少经典译作得以诞生，尤其是冰心、郑振铎等人翻译的泰戈尔诗歌，时至今日依然在中国广为流传。

与泰戈尔一同被引介到中国的还有诸多印度民间故事文学作品。[①]如前文所述，古代翻译印度经典时就有不少印度民间故事被介绍到中国，但多以佛教经典为载体。[②]近现代以来，印度民间文学以非宗教作品的形式被重新介绍过来。这在很大程度上是因为“中国缺少创作儿童文学的传统”[③]，印度丰富的民间文学正好满足了中国读者的需求。与此同时，印度民间文学与中国文学之间的关系也日益进入中国学者的视野，“中印文学比较研究”这一新的研究领域开始初露端倪。其研究领域最广为人知的课题之一便是《西游记》中孙悟空形象与《罗摩衍那》中哈奴曼形象的渊源。当时许多新文化运动的大家都参与其中，鲁迅、叶德均认为孙悟空形象源于本土神话形象“无支祁”，胡适、陈寅恪、郑振铎则认为孙悟空形象源于哈奴曼。[④]

自西方语言转译印度经典的尝试为增进对印度的认知、重燃中国知识界和民众对印度文化的兴趣起到了积极作用，许多掌握西方语言的汉语作家投身其中，其翻译作品受到读者喜爱。然而，转译的不足也显而易见，因此，对印度经典的系统汉译需要建立一支如古代梵汉翻译团队一样的专业人才队伍。

1942 年，出于抗战需要，民国政府在云南呈贡建立了国立东方语文专科学校，设有印度语科，开始培养现代印度语言人才。1946 年，季羡林自德国学成回国，在北京大学创设东语系；1948 年，金克木加盟东语系。1949 年，国立东方语文专科学校并入北京大学东

① 参见刘安武：《汉译印度文学》，《中国翻译》，1991 年第 6 期，第 44~46 页。

② 参见薛克翘：《中国印度文化交流史》，北京：昆仑出版社，2008 年，第 261~265 页。

③ 刘安武：《汉译印度文学》，《中国翻译》，1991 年第 6 期，第 44~46 页。

④ 参见鲁迅：《中国小说史略》，《鲁迅全集》第 9 卷，北京：人民文学出版社，1981 年；鲁迅：《中国小说的历史的变迁》，《鲁迅全集》第 9 卷，北京：人民文学出版社，1981 年；胡适：《〈西游记〉考证》，《胡适文存》第 2 集第 4 卷，上海：亚东图书馆，1924 年；陈寅恪：《〈西游记〉玄奘弟子故事之演变》，《金明馆丛稿二编》，上海：上海古籍出版社，1982 年；郑振铎《〈西游记〉的演化》，《郑振铎全集》第 4 卷，石家庄：花山文艺出版社，1998 年；叶德均：《无支祁传说考》，《戏曲小说丛考》，北京：中华书局，1999 年。

语系。东语系开设梵语－巴利语、印地语、乌尔都语三科印度语言专业，并很快培养出第二代印度语言专业队伍。随之，印度经典得以从原文翻译。第一代学者季羡林、金克木领衔的梵语团队翻译了印度大史诗《罗摩衍那》及以迦梨陀娑为代表的印度古典梵语文学作家的许多作品，如《沙恭达罗》《优哩婆湿》《云使》《伐致呵利三百咏》等，并启动了《摩诃婆罗多》等经典作品的翻译；旅居印度的徐梵澄翻译了《五十奥义书》[①] 及奥罗宾多创作、注释的诸多哲学著作。季羡林、金克木的弟子黄宝生等延续师尊开创的传统，完成了《摩诃婆罗多》、奥义书[②]、《摩奴法论》、古典梵语文论、故事文学作品等一系列著作的翻译。与此同时，由第二代学者刘安武领衔的近现代印度语言团队译介了大量的印地语、乌尔都语、孟加拉语等语言的文学作品，其中尤以对印地语/乌尔都语作家普列姆昌德和孟加拉语作家泰戈尔的作品的汉译最为突出。[③] 殷洪元对印度现代语言语法著作的翻译以及金鼎汉对中世纪印度教经典《罗摩功行之湖》的翻译也开拓了新的领域。巫白慧等学者陆续将包括“吠檀多”在内的诸多婆罗门教哲学经典译为汉语。[④] 文献资料是学术研究的基础，这一系列经典汉译成果打破了古代中国对古代印度经典汉译中存在的“佛教主导”的局限，增加了现代视角，并以经典文献为契机，首次较为全面系统地介绍了印度文明，奠定了现代中国印度学研究的基础。由这两代学者编订的《印度古代文学史》《梵语文学史》和

---

① 参见徐梵澄译:《五十奥义书》，北京：中国社会科学出版社，1995 年。

② 参见黄宝生译:《奥义书》，北京：商务印书馆，2010 年。

③ 刘安武自印地语译出的普列姆昌德作品（集）有《新婚》（贵阳：贵州人民出版社，1982 年）、《如意树》（上海：上海译文出版社，1983 年）、《普列姆昌德短篇小说选》（北京：人民文学出版社，1984 年）、《割草的女人：普列姆昌德短篇小说新集》（长沙：湖南人民出版社，1985 年）等，加之其他学者的译介，普列姆昌德的重要作品几乎全被译为汉语。此后，刘安武又主持编译出版了 24 卷本《泰戈尔全集》（石家庄：河北教育出版社，2000 年），泰戈尔的主要作品均被收录其中。

④ 其中重要的译著成果包括巫白慧译《圣教论》（乔荼波陀著，北京：商务印书馆，1999 年）、姚卫群译《古印度六派哲学经典》（节译六派哲学经典，北京：商务印书馆，2003 年）、孙晶译《示教千则》（商羯罗著，北京：商务印书馆，2012 年）等。

《印度印地语文学史》等著作成为中国现代印度学研究的必读文献。[1]

由于印度文化的独特之处及其在历史上形成的巨大影响力，以现代学术研究的方式开展的印度经典汉译所产生的影响进一步辐射了包括语言、文学、哲学、历史、考古等多个学科领域，并形成了一些跨学科研究领域：

其一，中印文化比较研究。由胡适等老一辈学者开创的中印文学比较研究取得了新的进展，其中一部分研究形成了中印文化交流史这一新的学术研究领域；另一部分研究成为东方文学研究领域最重要的组成部分，东南亚、西亚等区域文学研究也受益于印度文学研究的开展和所取得的成就。此外，从具体作品到文艺理论的印度文学译介也从整体上进一步拓展了比较文学研究的视野。

其二，佛教研究。现代中国对印度经典汉译的范围不再局限于传统的汉语系佛教传统经典，在许多领域都取得了新的突破。在佛教文献来源方面，开拓了对巴利语系和藏语系佛教的研究。[2] 由于梵语人才的培养，中国学者得以恢复梵汉对勘的学术传统。[3] 对非佛教宗教思想典籍的译介也使得对佛教的认识跳出了佛教自身的范畴，对其与其他宗教思想之间的互动与联系有了更加全面的认识。

其三，语言学研究。对梵语及相关语言的研究推动了梵汉对音，以及对古汉语句法的研究。一些接受了梵语教育的汉语言学学者结合古代语料，尤其是汉译佛经，对古汉语的语音、句法等做出研究。

---

① 单就印度文学翻译而言，据不完全统计，1950~2005 年，中国翻译印度文学作品（以书计）约 400 余种，其中中印关系交好的 1950~1962 年约有 70 种，关系不好的 1962~1976 年仅有 4 种，关系改善后的 1976~2005 年则有 300 余种。不过，2005 年之后，除黄宝生、薛克翘等少数学者仍笔耕不辍外，其他前辈学人逐渐“离席”，这类汉译工作进入某种冬眠期。

② 相关成果包括郭良鋆译《佛本生故事选》（与黄宝生合译，北京：人民文学出版社，1985 年）、《经集：巴利语佛教经典》（北京：中国社会科学出版社，1998 年），以及段晴等译《汉译巴利三藏·经藏·长部》（上海：中西书局，2012 年）等。

③ 自 2010 年以来，黄宝生主持对勘出版了《入菩提行论》（北京：中国社会科学出版社，2011 年）、《入楞伽经》（北京：中国社会科学出版社，2011 年）、《维摩诘经》（北京：中国社会科学出版社，2011 年）等佛经的梵汉对勘本，叶少勇以梵藏汉三语对勘出版了《中论颂》（上海：中西书局，2011 年）。

四、现状和汉译例解

尽管取得了上述成就，但由于印度文明积累深厚、经典众多，目前亟待翻译的印度经典还有很多。其中，以梵语创作的经典包括四部吠陀本集、梵书、森林书、往世书、《诃利世系》、《利论》、《牧童歌》等；以南印度语言创作的经典包括桑伽姆文学、《脚镯记》、《玛妮梅格莱》、《大往世书》、《甘班罗摩衍那》等；以波罗克利特语创作的经典包括《波摩传》等；以中世纪北印度地方语言创作的经典包括《地王颂》《赫米尔王颂》《阿底·格兰特》《苏尔诗海》《莲花公主》，以及格比尔、米拉巴伊等人的作品等；以现代印度语言创作的经典包括帕勒登杜、杰辛格尔·普拉萨德、般吉姆·钱德拉·查特吉、萨拉特·钱德拉·查特吉、拉默金德尔·修格尔、默哈德维·沃尔马、阿格叶耶等著名现当代文学家的作品以及迦姆达普拉沙德·古鲁、提兰德尔·沃尔马等人的语言学著作等。此外，20世纪以来，一些印度思想家、政治家、文学家以英语创作的作品也可列入印度现代经典之列，目前中国仅对圣雄甘地、贾瓦哈拉尔·尼赫鲁、辨喜、纳拉扬、安纳德、拉贾·拉奥、奈都夫人等人的个别作品有所译介，大量作品仍然处于有待翻译的名单之中。

这些经典汉译的背后离不开相关学者的努力。进入21世纪以来，中国大致有两支队伍从事印度经典汉译工作。第一支是自20世纪四五十年代以来成型的印度语言专业队伍，其人员构成以高等院校和研究机构从业人员为主，兼有相关外事机构从业人员，他们均接受过系统、专业的印度语言训练。第二支是20世纪初译介包括泰戈尔作品在内的印度文学作品的作家和出版业者，80年代改革开放以来，越来越多接受过英语教育的人或全职或兼职地参与到印度作品的汉译工作之中。相比第一支队伍，这支队伍的人员构成较为复杂，水平也参差不齐，但在市场经济的推动下，一些能够成为市场热点的著作往往很快就翻译过来，例如两位与印度相关的诺贝尔文学奖得主——泰戈尔和奈保尔的作品一版再版，四位印度裔布克奖得主——萨尔曼·拉什迪、阿兰达蒂·罗伊、基兰·德塞、阿拉文德·阿迪加的作品也先后译出；此外，由于瑜伽的普及，包括克里希那穆提在内的一些现代宗教家的论著也借由英语转译为汉语。一方面，随着市场化改革的需求，第二支队伍日益蓬勃发展，但其翻译质量往往难以保障。另一方面，由于现行科研体制对从事翻译和研究的人员不利，第一支队伍也面临着诸多问题。如何在接下来的实践中取长补短，或者说既要尊重市场机制的要求，又要以学术传统克服市场失灵的状况，这也是需要进一步思考的问题。

应该说，印度经典汉译主要依靠第一支队伍，原文经典翻译比通过其他语言转译更为重要。20 世纪 80 年代以来，这支队伍勤勤恳恳，笔耕不辍，为印度经典汉译做出了巨大贡献，取得了丰硕成果。然而，就现状看，除黄宝生、薛克翘等极少数学人外，这支队伍的第一代和第二代学人已然“离席”，后辈学人虽然已经加入进来，但毕竟年轻，经验不足，加之现行科研体制自身问题的牵制，后续汉译工作亟需动力。好在已有些年轻人在这方面产生了兴趣，其汉译意识很强，对印度梵文原典和中世纪及现当代原典的汉译工作的理解也令人刮目。可以预见，印度经典汉译将会迎来又一个高潮，汉译印度经典的水平也将有新的提升。

从某种角度说，在前文罗列的种种有待翻译的印度经典中，印度中世纪经典尤为重要。中世纪时，随着传统婆罗门教开始融合包括佛教、耆那教等在内的异端信仰与民间的大众化宗教传统，加之伊斯兰教的进入，印度进入了一个新的“百家争鸣”时代。这一时期留下了许多经典之作，它们对后世印度的宗教、社会、文化均产生了重要影响。长期以来，中国对印度中世纪经典的译介几乎一片空白，仅有一部《罗摩功行之湖》和零星的介绍。近年来，笔者组织团队着手翻译印度中世纪经典《苏尔诗海》，并初步总结了以下心得：

第一，经典汉译并非简单的语言转换，除需要精通相关语言外，还需要译者具备与印度文化相关的背景知识，以便能够精准地理解原文含义。例如，在一首描写女子优雅体态的艳情诗中，作者直接以隐喻的修辞手法描述了包括莲花、大象、狮子、湖泊等在内的一系列自然景象和动植物，若不熟悉印度古代文学中一些固定的比喻意象，则很难把握这首诗的含义。[①] 由于审美标准不同，被古代印度诗人视为美丽的“象腿”在当今语境中已经成为足以令女子不悦的比喻。此类审美视角需要辅之以例如《沙恭达罗》中豆扇陀国王对沙恭达罗丰乳肥臀之态的称赞才能理解。

第二，古代中国对古代印度经典汉译的传统在很大程度上为现代翻译经典提供了以资借鉴的便利，譬如许多专有词在汉语中已有完全对应的词可供选择，省去了译者的诸多麻烦。但是，这也要求译者了解相关传统，并能将其中的一些内容为己所用；同时，还应避免由于古代中国对古代印度经典翻译在视角、理解上的偏差所带来的问题。例如，triguna 这一数论哲学的基本概念已由真谛在《金七十论》中译为“三德”，后来的《薄伽梵歌》等哲学经典的汉译也已沿用，新译经典中便不宜音译为“三古纳”之类的新词。此外，由于受佛教信仰的影响，一些读者在看到“三德”时往往容易将之与佛教中所说的法身德、般若德、解脱德等其他概念联系起来，对此需要给出注释加以说明以免误解。

第三，现代中国对现代印度经典的汉译虽然已经取得了不俗的成绩，但由于时间、人员等条件的限制，在翻译体例、内容理解等方面依然存在不少可改进之处。

笔者以《苏尔诗海》中黑天的名号为例予以说明。黑天是印度教大神毗湿奴最重要的化身之一，梵语经典中通常称之为 Krsna，字面义为“黑”，汉语之所以译为“黑天”，很可能是因为汉译佛经将婆罗门教诸神（deva）译为“天”，固在 Krsna 的汉语译名“黑”之后加上了“天”，大约与 Brahma 被译为“梵天”、Indra 被译为“帝释天”，以及 Sri 被译为“吉祥天”等相当。后世对相关经典文献的介绍都沿用了这一名称。然而，若实际对照各类经典，可以发

① 参见姜景奎等:《〈苏尔诗海〉六首译赏》，载《北大南亚东南亚研究》（第一卷），北京：中国青年出版社，2013 年，第 261~262 页。

现毗湿奴名号繁多。[①] 中世纪印度语言继承并发扬了这一传统，在伯勒杰语《苏尔诗海》中，黑天的名号有数十种之多，其中仅字面义为“黑”的常见名号就有四个，分别是 Krsna、Syama、Kanha、Kanhaiya。这四个名号之中只有 Krsna 是标准的梵语词，且使用最少，只用于黑天摄政马图拉之后人们对他的尊称；其他三个均为伯勒杰语词，多用于父母家人、玩伴女友对童年和少年黑天的称呼。因此，汉译中如果仅使用天神意义的“黑天”一名就违背了《苏尔诗海》所描述的黑天的成长情境。为此，结合不同名号的使用情况以及北印度农村生活的实际情况，笔者重新翻译了其他三个名号，即将多用于牧女和同伴对少年黑天称呼的 Syama 译为“黑子”，多用于父母和其他长辈对童年黑天称呼的 Kanha 和 Kanhaiya 分别译为“黑黑”和“黑儿”。此外，还有一些名号或表明黑天世俗身份，或描述黑天体态，或宣扬黑天神迹，笔者也重新进行了翻译，例如：nanda-namdana“难陀子”、madhava“摩图裔”等称呼说明了黑天的家族、家庭身份，kesau“美发者”、srimukha“妙口”等以黑天身体的某一部分代指黑天，giridhara“托山者”、manamohana“迷心者”等以黑天在其神迹故事中的表现代指黑天，等等。

结合以上几方面的思考，《苏尔诗海》汉译实际上兼具深入而系统的研究性质，包括四部分。第一，校对后的原文。到目前为止，印度出版了多个《苏尔诗海》版本，各版本虽大同小异，但仍有差异，笔者团队搜集到影响较大的几个主要版本，并进行核对比较，最后确定一种相对科学的原文进行翻译研究。第二，对译。从经典性和文献性出发，尽可能忠实于原文，在体例选择上尽量保持诗词的形态，在内容上尽量逐字对应，特殊情况则以注释说明。第三，释译。从文献性和思想性出发，尽可能客观地阐明原文所表现的文献内容和宗教思想。该部分为散文体，其中补充了原文省略的内容并清楚地展现出情节的发展、人物的心理变化以及作品的思想内涵。

① 参见葛维钧:《毗湿奴及其一千名号》(载《南亚研究》，2005 年第 1 期，第 48~53 页）及相关著述。

第四，注释。给出有关字词及行文的一些背景知识，例如神话传说故事、民间信仰、生活习俗、哲学思想等，以及翻译中需要说明的其他问题。

试以下述例解说明：

【原文】略[1]

【对译】

此众得乐自彼时

听闻诃利[2]你之信，当时即刻便昏厥。
自隐蔽处蛇[3]出现，欣喜尽情吸空气。
鹿[4]心本已忘奔跃，复又撒开四蹄跑。
群鸟大会高高坐，鹦鹉[5]言称林中王。
杜鹃[6]偕同自家族，咕咕欢呼唱庆歌。
自山洞中狮子[7]出，尾巴翘到头顶上。
自密林中象王[8]来，周身上下傲慢增。
如若想要施救治，莫亨[9]现今别耽搁。
苏尔言，
如若罗陀[10]再这般，一众敌人大欢喜。

【释译】

黑天离开牛村很久了，养父难陀、养母耶雪达以及全村的牧人牧女都非常思念他，希望他能回来看看。牧女们对黑天的思念尤为强烈，其中又以罗陀最甚。罗陀是黑天的恋人，两人青梅竹马，两

---

① 由于原文字体涉及较为复杂的排版问题，这里仅呈现该首诗的对译、释译和注释三部分，原文略。本诗为《苏尔诗海》（天城体推广协会版本）第 4760 首，参见 Dhirendra Varma, *Sursagar Sara Satika*, Sahitya Bhavan Private Ltd., 1986, No. 181, p.334.

② 诃利，原文 Hari，“大神”之义，黑天的名号之一。

③ 此处以蛇代指罗陀的发辫，意在形容发辫柔软纤长、乌黑发亮。

④ 此处以鹿的眼睛代指罗陀的眼睛，意在形容眼睛大而有神、灵动美丽。

⑤ 此处以鹦鹉的鼻子代指罗陀的鼻子，意在形容鼻子又挺又尖、美妙可爱。

⑥ 此处以杜鹃的声音代指罗陀的声音，意在形容声音甜美悠扬、清脆嘹亮。

⑦ 此处以狮子的腰代指罗陀的腰，意在形容腰身纤细柔顺、婀娜灵活。

⑧ 此处以大象的腿代指罗陀的腿，意在形容腿脚步态从容、端庄稳重。

⑨ 莫亨（原文 mohana），黑天的名号之一。

⑩ 罗陀（原文 Radha），黑天最主要的恋人。

小无猜，曾经你欢我爱，形影不离。可是，黑天自离开后就再也没有回来过，甚至连信也没有寄过一封。伤离别，罗陀时刻处于煎熬中。为了教育信奉无形瑜伽之道的乌陀，也为了看望牧区故人，黑天派乌陀来到牛村，表面上让他传授无形瑜伽之道，实则置他于崇尚有形之道的牛村人中间，让他迷途知返。乌陀的到来，打乱了牛村人的生活。一者，牛村人沉浸在思念黑天的离情别绪之中，乌陀破坏了气氛，于表面的宁静之中注入了不宁静。二者，牛村人本以为乌陀会带来黑天给予牛村的好消息，但适得其反，乌陀申明自己是为传授无形的瑜伽之道而来，甚至说是黑天派他来传授的，牛村人对此不解、迷茫。他们崇尚有形，膜拜黑天，难道黑天完全抛弃了他们？他们陷入了更深一层的痛苦之中。三者，对牧区女来说，与黑天离别本就艰难，但心中一直抱有再次见面再次恋爱的期望，乌陀的到来打消了她们的念头，从精神上摧毁了她们。其中，罗陀尤甚，她所遭受的打击要比别人更甚。由此，出现了本诗开头提及的罗陀晕厥以及晕厥之后乌陀“看到”的情况，具体内容是乌陀向黑天口述的：

乌陀对黑天说道：“黑天啊，你的恋人罗陀非常思念你，她忍受离别之苦，渴望与你相见。可是，你却让我去向她传授无形的瑜伽之道。唉，她一听到是你让我去的，当即就昏了过去，倒在地上，不省人事。唉，真是凄凉啊！这边罗陀昏迷不醒，那边动物界却出现了一派喜气景象：黑蛇从洞里出来了，它高兴地尽情享受空气；此前，罗陀的又黑又亮的长发辫曾使它羞于见人，认为自己形体丑陋，不得不躲藏起来。已经忘记奔跑的小鹿出来了，它撒开四蹄，愉悦地到处奔跳；此前，罗陀那明亮有神的大眼睛曾使它羞于见人，认为自己的眼睛丑陋，不敢出来乱逛。鹦鹉出来了，它参加群鸟大会，坐在高高的枝丫上，声称自己是林中之王；此前，罗陀又尖又挺的鼻子曾使它羞于见人，认为自己的鼻子丑陋，躲藏起来。杜鹃鸟出来了，它和同族一起，咕咕叫个不停，欢庆胜利；此前，罗陀那甜美悠扬的声音曾使它感到拘束，认为自己的声音难听，不敢开口。狮子从山洞中出来了，他得意扬扬，悠闲自在，尾巴翘到了头顶上；此前，罗陀纤细柔软的腰肢曾使它羞于见人，认为自己的腰肢粗笨僵硬，不敢示人，躲进山洞。大象从茂密的森林里出来了，它一步一昂头，傲慢自大，目中无人，盛气凛然；此前，罗陀稳重美丽的妙腿曾使它自惭形秽，认为自己的腿丑陋不堪，羞于展露，躲进森林。唉，黑天啊，你快救救罗陀吧，如果再不行动，稍后想要施救就来不及了……”

“此众得乐自彼时”是本诗的标题，意思是罗陀晕倒之时，即是众动物高兴之时。它们羞于与罗陀相比，虽然视罗陀为敌，却不敢直面罗陀，纷纷逃遁躲藏。听说罗陀遭到黑天抛弃，晕厥不醒，它们自然高兴，便迫不及待地恢复了原来的自由生活。“如若罗陀再这般，一众敌人大欢喜”，是诗外音，是苏尔达斯的总结性话语。在这首诗里，苏尔达斯主要展现了罗陀的美，但整首诗中没有出现任何对罗陀的溢美之词，没有提到罗陀的名字，更没有提到她的发辫、眼睛、鼻子、声音、腰肢和腿等，甚至没有提到蛇、鹿、鹦鹉、杜鹃鸟、狮子和大象的相关部位，仅以这些动物对罗陀晕厥不醒后的反应进行阐释，这就给听者和读者留下了巨大的想象空间，似形似景，情景交融。这种手法似乎是印度特有的，其审美视角值得深入研究。

上述例解仅为笔者及笔者团队对于印度中世纪经典汉译的一己之见，希望能开拓印度经典汉译与研究的新视角、新路子，以期印度经典在中国能得到更为深入系统的翻译与研究。

五、中印经典及当代作品互译出版项目

2013 年初，笔者与时任中国大百科全书出版社社长龚莉女士、副总编辑马汝军先生和社科分社社长滕振微先生合作，提出了“中印经典和当代作品互译出版项目”的动议。该动议得到相关单位的

积极回应。2013 年 5 月李克强总理访印期间，国家新闻出版广电总局和印度外交部签署合作文件，决定启动“中印经典和当代作品互译出版项目”，并写入两国发表的联合声明（第 17 条）。2014 年 9 月，习近平主席访问印度，该项目再次被写入两国发表的联合声明（第 11 条）。该项目成为中印两国的重大文化交流项目之一。双方商定，双方各翻译对方的 25 种图书，以 5 年为期。2016 年 5 月，国家新闻出版广电总局印发“关于实施《“十三五”国家重点图书、音像、电子出版物出版规划》的通知”，该项目被列入“‘十三五’国家重点图书出版规划”。在此期间，笔者与薛克翘先生商量组织翻译团队事宜。我们掰着指头算，资深的老辈学人几乎都不能相扰，后辈学人又大多刚刚走上工作岗位，有的还在求学，翻译资质存疑。我俩怎一个愁字了得！然，事情得做，学人得培养。我们决定抓住机遇，大胆启用后辈学人，为国家培养出一支新的汉译团队。因此，除薛克翘、刘建、邓兵等少数几位前辈学人外，我们的翻译成员绝大多数在 40 岁左右，有的还不过 30 岁。两三年的实践证明，我们的决定完全正确。新生代学人知识全面，学习能力强，执行能力更强。从已完成待出版的成果看，薛克翘先生对审读过的一本书的评价最能说明问题：“字里行间，均见功夫。”译文质量是本项目的重中之重。除薛克翘、刘建和笔者外，我们邀请了黎跃进教授、石海军研究员和邓兵教授作为特约编审，约请了尼赫鲁大学的狄伯杰（B. R. Deepak）教授以及德里大学的阿妮达·夏尔马（Anita Sharma）教授和苏林达尔·古马尔（Surinder Kumar）先生作为印方顾问，对译文质量进行全面把关。译者完成翻译后，译稿首先交予编审审校，如遇大问题时向印方顾问咨询，之后返予译者修改。如有必要，修改稿还需经过编审二次审校，译者再次修改。这以后，稿件才会交予出版社编辑进行审读，发现问题再行修改……我们认为，唯如此，译文质量才能得到保障，译者团队才能得到锻炼。

本项目是中印两国的重大文化交流项目之一。因此，印度方面也有相应团队，负责汉译印的工作，由上文提及的狄伯杰教授领衔，由印度国家图书托拉斯负责实施。需要指出的是，双方翻译的作品并非译者自选，而是由双方专家通过充分沟通磋商确定。汉译作品的选定过程是这样的，笔者先拟定了50多种印度图书，这些书抑或是中世纪以来有重要影响的经典巨著，比如《苏尔诗海》《格比尔双行诗集》和《献牛》等，抑或是印度独立以后获得过印度国家级奖项的作家之名作，如默哈德维·沃尔马、毗什摩·萨赫尼、古勒扎尔的代表作等。而后，笔者请相熟的印度学者从中圈定出30种。之后，国家新闻出版广电总局的相关领导、中国大百科全书出版社的龚莉社长和滕振微先生以及笔者本人专赴印度，与印方专家组进行面对面的交流探讨，最终确定了25种汉译印度图书名录。印度团队的印译中国图书名录的选定过程与此类似。具体的汉译书单如下表：

序号	书名	作者	备注
1	苏尔诗海 *Sursagar*	苏尔达斯 Surdas	诗歌
2	格比尔双行诗集 *Kabir Dohavali*	格比尔达斯 Kabirdas	诗歌
3	献牛 *Godan*	普列姆昌德 Premchand	长篇小说
4	帕勒登杜戏剧 *Bharatendu Natakavali*	帕勒登杜 Bharatendu	戏剧
5	普拉萨德作品集 *Prasad Rachna Sanchayan*	杰辛格尔·普拉萨德 Jaishankar Prasad	戏剧、诗歌、短篇小说
6	鹿眼女 *Mriganayani*	沃林达温拉尔·沃尔马 Vrindavanalal Verma	长篇小说
7	献灯 *Deepdan*	拉默古马尔·沃尔马 Ramkumar Verma	独幕剧
8	灯焰 *Dipshikha*	默哈德维·沃尔马 Mahadevi Verma	诗歌
9	谢克尔传 *Shekhar: Ek Jeevani*	阿格叶耶 Ajneya	长篇小说
10	黑暗 *Tamas*	毗什摩·萨赫尼 Bhisham Sahni	长篇小说
11	肮脏的边区 *Maila Anchal*	帕尼什瓦尔·那特·雷奴 Phanishwar Nath Renu	长篇小说
12	幽闭的黑屋 *Andhere Band Kamare*	莫亨·拉盖什 Mohan Rakesh	长篇小说

续表

序号	书名	作者	备注
13	宫廷曲调 *Raag Darbari*	室利拉尔·修格勒 Shrilal Shukla	长篇小说
14	鸟 *Parinde*	尼尔莫勒·沃尔马 Nirmal Verma	短篇小说
15	班迪 *Aapka Banti*	曼奴·彭达利 Mannu Bhandari	长篇小说
16	一街五十七巷 *Ek Sadak Sattavan Galiyan*	格姆雷什瓦尔 Kamleshwar	长篇小说
17	被抵押的罗库 *Rehan par Ragghu*	加西纳特·辛格 Kashinath Singh	长篇小说
18	印度与中国 *India and China*	师觉月 P. C. Bagchi	学术著作
19	向导 *Guide*	纳拉扬 R. K. Narayan	长篇小说
20	烟 *Dhuan*	古勒扎尔 Gulzar	短篇小说、诗歌
21	那时候 *Sei Samaya*	苏尼尔·贡戈巴泰 Sunil Gangopadhyaya	长篇小说
22	一个婆罗门的葬礼 *Samskara*	阿南特穆尔蒂 U. R. Ananthamurthy	短篇小说
23	芥民 *Chemmeen*	比莱 T. S. Pillai	长篇小说
24	印地语文学史 *Hindi Sahitya ka Itihas*	罗摩金德尔·修格勒 Ramchandra Shukla	学术著作
25	棋王奇着 *The Chessmaster and His Moves*	拉贾·拉奥 Raja Rao	长篇小说

毫无疑问，这些作品均是印度中世纪以后的经典之作，基本上代表了印度现当代文学水准，尤其反映出印地语文学的概貌。我们以为，通过这些文字，中国读者可以大体了解印度现当代文学的基本情况。

就本项目而言，笔者在这里需要表达由衷谢意：

首先，感谢原国家新闻出版广电总局的相关领导，没有他们的认可，本项目不可能正式立项。其次，感谢中国大百科全书的前社长龚莉女士、前副总编辑马汝军先生和前社科分社社长滕振微先生，没有他们的奔走，本项目不可能成立。再次，感谢中国大百科全书出版社社长刘国辉先生及诸位编辑大德，没有他们的付出，本项目不可能实施。感谢另两位主编薛克翘先生和刘建先生，两位前辈不仅担当主编、审校工作，还是主要译者；他们是榜样，也是力量。十分感谢黎跃进和邓兵两位教授，两位是特邀编审，邓兵教授也是译者，他们认真负责的精神令人起敬。感谢印度尼赫鲁大学的狄伯杰教授以及德里大学的阿妮达·夏尔马教授和苏林达尔·古马尔先生，他们的付出为本项目的实施提供了某种保障。特别感谢石海军研究员，他是特邀编审之一，可惜天不假年，他于2017年5月13日凌晨突然辞世，享年仅55岁，天地恸哭，是中国印度文学研究的一大损失！最后，感谢翻译团队的诸位译者，他们是新时代的精英，是中国印度研究领域的后起之秀，他们的成就由读者面前的文字可见一斑。

祝福诸位，祝福所有为本项目的立项和实施有所付出的先生大德们！

自《浮屠经》以来，汉译印度经典已有两千多年的历史。这一人类历史上少有的浩大文化工程背后既有对科学技术的追求，也有对宗教信仰的热忱；既有统治者的意志，也有普通民众的需求。印度经典汉译一方面极大地丰富了中华文化，另一方面也保存和传播了印度文化；既形成了自己的学术传统，又推动了许多相关领域研究的发展。时至今日，在中印关系具有特殊意义的大背景下，继续推进对印度经典的汉译在两国关系层面有助于加深两国之间的认知和了解，构建更为均衡、更为深厚的国际关系，在学术研究层面也有助于推动相关领域研究的继续发展。

姜景奎

北京燕尚园

2017年12月31日

2019年12月25日修订

目　录[1]

---

① 本书目录的篇章设置、时间起讫基本按原著进行翻译、标示，个别章节参见“分期”“第一版序言”及一般写作惯例做出微调。

前　言

20世纪30年代在现代印地语文学发展中具有非常重要的意义。一方面，简单的传统故事情节经普列姆昌德之手变成了思想性很强的小说作品；另一方面，在普拉萨德、尼拉腊、本德、马哈德维手里，原本平常的叙事描写则成为具有洞察力的感知手段。这一切正如与此同时代的罗摩金德尔・修格勒将诗人纪事的集子变成历史一样。修格勒在其《印地语文学史》“序言”中开篇就指出，“1883年，泰戈尔・西沃辛赫・森格尔①（Thakur Shivsingha Sengar）出版了一部印地语诗人纪事集。此后在1889年，格里尔森②（Grierson）博士（现在已是爵士）出版了一部类似的名为《北印度斯坦现代本土语言文学》（*Modern Vernacular Literature of Northern Hindustan*）的规模更大的诗人纪事集。……1913年，米谢尔兄弟③利用上述这些

① 泰戈尔・西沃辛赫・森格尔（1833~1878）是一位警官，同时也是一位诗人，且对梵语、波斯语以及印地语的诗歌研究有浓厚兴趣，尤以一部印地语诗歌史《西沃辛格之莲》（*Shivsingha Saroj*，即文中所称“印地语诗人纪事集”）而闻名。

② 格里尔森，全名George Abraham Grierson。英国殖民统治时期印度政府公务员，在印度文化研究领域，尤其在语言学领域具有重要地位，是“印度语言调查”的创立者。

③ 米谢尔兄弟为同胞三兄弟，分别名为格里西纳・比哈利・米谢尔、夏姆・比哈利・米谢尔和修格代沃・比哈利・米谢尔。

资料编著了三卷本的大型诗人纪事集《米谢尔趣语》(*Mishrabandhu Vinod*),其中也收入了当代的诗人和作家。”从西沃辛赫·森格尔的“纪事集”,到格里尔森的较大“纪事集”,再到米谢尔兄弟的大型“纪事集”,纪事规模越来越大。某种程度上,这也是“纪事”的发展规律。将这些纪事变成历史就成了罗摩金德尔的任务。从旁观者变成观察审视者,这正是历史书写的过程。旁观者是从外部看事件的表象和过程,而观察审视者则不仅看事件的表象,还观察审视其内在联系。如此看来,作品、评论以及历史与罗摩金德尔·修格勒第一次不同寻常地联系到了一起。

纪事就是事件的罗列,历史则是视角和观点。在这种情况下,修格勒在《印地语文学史》中一开始就对自己的视角做了描述。他在“序言”中说:“我曾经做了一些简要的笔记,其中根据情况以受过教育人群的兴趣变化为对象建立了一个对印地语文学史进行分期、对作品不同流派进行观察研究的初步框架。”与此相比,稍后的《印地语文学史》正文中分期部分开头的话就好像是历史学家全部哲学的精华和线索。和《献牛》(即《戈丹》)、《迦马耶尼》和《罗摩的力量崇拜》[①]一样,其开篇成了印地语读者民族记忆的一部分,“既然每个国家的文学都是其人民感知的集中反映,那么文学形式也必然随人民感知的变化而不断变化”。在从头到尾检验这些感知传统的同时也展示其与文学传统的协调发展就叫作“文学史”。后来的许多历史学家都描述了各自的历史哲学。在他们那里,只有哲学,没有观点,没有历史。这种描写属于“画蛇添足”。历史哲学应该是从历史

① 《戈丹》(*Godan*)是印地语著名作家普列姆昌德的长篇小说,出版于1936年。它不仅是普列姆昌德的代表作,也是印度印地语文学中可以列入世界优秀文学之林的作品之一。《迦马耶尼》(*Kamayani*)是著名现代印地语诗人杰辛格尔·普拉萨德(Jayashankar Prasad)的代表诗作,出版于1935年。《罗摩的力量崇拜》(*Rama Ki Shakti-Puja*)是著名现代印地语诗人苏尔耶冈德·德利巴提“尼拉腊”(Suryakant Tripathi “Nirala”)的著名诗篇,描写了罗摩与魔王罗婆那的战斗。

中抽象出来的，在罗摩金德尔·修格勒这里，历史哲学和历史之间正是这种关系。

这里需要关注的是“序言”中出现的“受过教育的人群”和关于“分期”一节中“人民”一词使用的特异现象。值得回味的还有：到了“现代”一节中，这一用法再次成为“受过教育的人民”。这样就只能认为，在历史学家眼里，在对“人民”的作用—反作用中才能有创造性写作，历史的创作要符合“受过教育人群”的不断变化的倾向。罗摩金德尔·修格勒始终谨慎使用散文的例证在这里一开始就可发现。与此同时，就在现代期之前，法式[①]期结束之际，历史学家指向了两者间的第三种情况——“普通读者”。在关于伯勒杰瓦西·达斯的一段中写道：“他仿照杜勒西达斯用双行诗和四行诗创作了长篇叙事诗《伯勒杰娱乐》（*Brajvilas*）。这是他最著名的作品，在普通读者中传播很广。”比这更加低一级的标志可以从“法式时期”部分关于格瓦勒之类艳情诗人的段落中“市井的”一词的使用得到暗示。本来历史学家就是把欣赏者群体的情趣与作品一起考察的。

这里又出现另一个有趣的话题。作者在其序言中明确表示，这部历史著作的雏形形成于为方便其学生使用所做的简要笔记。赫贾利伯勒萨德·德维迪[②]也在自己又一部杰作《印地语文学的背景》（*Hindi Sahitya Ki Bhumika*，1940）中称该书源于自己在香迪尼克坦国际大学[③]校园为学生所做的笔记。那么，这就不仅仅是巧合了。印

① 法式（Riti）一词在印度诗学论著中表示的是“方法”“风格”“样式”“传统”等意思。后形成一种倾向或流派——法式派，讲究文学作品的形式，实际上类似于形式主义。法式派认为，对词进行特殊的组织安排就是法式，法式是诗的灵魂。

② 赫贾利·伯勒萨德·德维迪（Hajari Prasad Dvivedi，1907~1979），印地语著名散文家、优秀批评家。

③ 香迪尼克坦（Shantiniketan）为音译，原意为“和平之所”，也有人译作“和平村”或“寂乡”。现为印度西孟加拉邦一小镇，距加尔各答约160千米。该处原是荒野，后被罗宾德拉纳特·泰戈尔父亲德文德拉纳特·泰戈尔买下，并在此建起一处静修院。后来罗宾德拉纳特·泰戈尔在此建立一所“教学屋”（Patha Bhavana）。1921年，罗宾德拉纳特·泰戈尔将其正式建成一所教学机构，叫Vishva-Bharati，原意为“世界与印度共享”，一般译作“国际大学”。1951年，印度政府正式将其列为联邦大学，名为Vishva-Bharati University。

地语两部历史名著均出自两位教师的笔记。在印地语的文学语境（其他语境亦然），“大学的批评”一词的使用往往带有些许蔑视的味道，而这两部文学史杰作的出处却提供了完全相反的暗示。其原因大概就在于，好的教师总是在自己的教学过程中独立研究、探索和创作，某种程度上可以说评论的过程也大致如此。好的评论家不必非成为教师不可，但人们可以发现，许多好的评论家同时也是好的教师。这里“好的”一词两种情况下都表示同等意义。

在撰写历史时，罗摩金德尔·修格勒遵循了按时间顺序循序渐进的原则，尤其在文学史第一次被系统讲述的时候。分析研究过程中，推论的顺序正如大艺术家的演唱，为了使音调升高而又不失真，总是慢慢提高音量。这种批评作风对文学史的初创有多大帮助，仅举一例便足以说明问题，“初期”中英雄史诗的开篇就写道：“可以推断，那时候并非只有懂得俗语[①]的学者们在作诗。普通老百姓口语创作的歌词、双行诗（doha）[②]等可能都很流行……宫廷诗人用华丽的语言歌颂国王的英雄气概、盖世功德和崇高威望，用充满英勇味[③]的诗歌激励鼓舞着勇士们。这类诗人的作品享有受保护的更多便利

---

① 俗语（Prakrit）是指相对于正统的文学和宗教语言梵语的一类口头语言。其中“半摩羯陀语”（Ardhamagadhi）被广泛用于书写耆那教经典，往往被认为是明确的俗语形式，其他各种俗语都是它的变体。其变体之一巴利语（Pali）是小乘佛教书写经典的语言。阿伯珀仑谢语（Apabransh）也是其变体之一。其他变体还有肖尔塞尼语（Shauraseni）、摩羯陀语（Magadhi）、马哈拉施德利语（Maharashtri）等。随着梵语的衰落，各地区的俗语便逐渐成为人们主要的文学创作语言。这些俗语后来逐渐发展成为北印度现代各民族语言。

② 双行诗（Doha或Duha）是一种音长半对称的格律诗。该诗体有四个音步，通常分为两行，每行两个音步，因而被称为双行诗。有时也可见被分为四行的。但它与“四行诗”（Chaupai）的区别在于，“双行诗”的第一行和第三行音长（节拍）相同，均为13个音长，第二和第四行相同，均为11个音长；而四行诗的每行音长都是相同的，均为16个音长。印地语诗歌中的音长（节拍）一般以短元音为基准，一个音节中一个短元音为一个音长（节拍），一个长元音为两个音长（节拍）。

③ 味（ras或rasa），也作“情味”，是印度传统文学艺术（尤其是戏剧和诗歌）领域的一个重要概念，由婆罗多（Bharat）在《舞论》中所创。婆罗多认为“味产生于情由、情态和不定情的结合”。他将情味分为八种：艳情味（Shringar）、滑稽味（Hasya）、悲悯味（Karun）、英勇味（Vir）、厌恶味（Vibhatsa）、暴戾味（Rudra）、恐怖味（Bhayanak）、奇异味（Adbhuta）。后人对味论有所发展，并提出一些新的味，如平静味（Shanti）、慈爱味（Vatsalya）、虔诚味（Bhakti）等。

条件，有机会收进宫廷藏书阁。鉴于婆罗门宫廷歌手们的职业性质，它们也会留传给继任者。后来在婆罗门诗人歌手世袭过程中的流传使它们也经历不少改动。印地语文学初期的这种受到保护的材料可以很容易得到，因此把这一时期称为‘英雄史诗时期’。”

“在印度历史上，这是穆斯林从西北方向不断入侵的时期。这些入侵的冲击主要由印度西北地区的居民承受了，一些较大的印度教王国都集中在那里。笈多帝国衰落后，尤其是戒日王[1]（逝世于公元647年）之后，只有印度西部成为印度文明和力量的中心。坎瑙季（曲女城）[2]、德里、阿杰梅尔、恩赫尔瓦拉等大都城都坐落于这一带，只有这里的语言被认为是优秀的语言，诗人歌手等均用这里的语言进行创作。我们所能见到的早期文学均发轫于这一地区，因此，早期文学很自然地会打上这一地区人民思想倾向的烙印。戒日王之后，帝国情怀便烟消云散，整个国家分崩离析。原来坐落于西方的格赫尔瓦尔、焦汉、金德尔和普利赫尔等众多拉贾普特人郡国为扩张势力而开始互相征战。本来是没有必要开战的，但有时仅仅为了显示自己的英雄气概就诉诸武力。其间还不时遭到穆斯林的进攻。总而言之，从我们的印地语文学初创开始，就是征战不断、以勇武为荣的时期，其他一切都让位于它。”

方言诗与宫廷的关系——英雄史诗进入歌手的口头传统——口头传统中可能有所变化的歌词——西部的都城——穆斯林的进攻——当地语言中的当地生活景象，根据文学史家修格勒的说法，这就是英雄史诗或者说歌人诗发展的故事！提供上述长篇引证就有可能使论证的一个个步骤紧密相连，又能够清晰显示它们之间的相

---

① 戒日王（Harshavardhan，590~647）为公元7世纪印度布湿耶普蒂王朝的国王，音译为“曷利沙伐弹”，意译作“喜增”或喜增王。戒日王是对其德称，意为“持戒的太阳神”。戒日王不仅是著名君王，而且是著名梵语戏剧家和诗人。

② 坎瑙季（Kannauj）由古称Kanyakubja（意为“曲女”，即“驼背女”）演变而来，所以也译作曲女城。印度著名古城，曾是印度教帝国的首都，位于今北方邦境内。

对独立。因此，读者就比较容易理解，再复杂的内容也容易记住。作者对自己的论断深信不疑，根本不需要有什么冲动。从初期到现代，修格勒大师的这部文学史就是这样以事实为依据、合乎逻辑地一气呵成。

在历史书写中，对实用批评还有另一种考验。在对大众情趣、时间或作家进行独立研究时，评论者都有对评论对象或作家进行独立且没有偏见的思考并做出评价的自由。但历史中的相对性评价某种意义上是必不可少的体系性的需要。对每个作家或思潮的研究都必然要参照其他作家或思潮。这种相对的、有序的、某种程度上比较的分析研究中，需要一种非常成熟的批评和鉴别形式。罗摩金德尔·修格勒在现实批评和历史书写中都充分展现了这一点。特别是在对活跃于同一思潮下的作家或当代作家的评价中，他会深刻尖锐地既分析双方的特点，也研究他们的局限。这里我们仅举两例，一个是关于苏尔和杜勒西达斯的，这方面具有用印地语进行比较性评论的充分余地；另一个是关于现代时期散文创作的两位组织者①莫哈维尔·伯勒萨德·德维迪和夏穆松德尔·达斯的，他们各有特点。苏尔所具有的创新能力杜勒西达斯就不具备。批评家兼文学史家修格勒在写到杜勒西达斯时表达了这一观点，在写到苏尔时也是这样说的。在分析杜勒西达斯时他写道："在《苏尔诗海》(*Surasagar*)中所能看到的情节创新，在杜勒西达斯的任何作品中都找不到。"在谈到苏尔时他的分析是："苏尔的最大特点就是创立新的故事情节。这种创新的天才我们在杜勒西达斯作品中看不到。"但是杜勒西达斯的特点在于其完美性，他对诗的语言的灵活运用、对所有流行风格的选择以及虔诚方式无不体现这种完美——"毋庸赘言，苏尔不能驾驭阿沃提语，伽耶西也无法把握伯勒杰语……总之，苟斯

① 这里之所以称他们为组织者，是因为他们都是文学刊物的主编。

瓦密·杜勒西达斯熟练掌握了印地语诗歌的所有风格，这种高度其他任何人都无法企及……福民利民的情感是他虔诚的一部分，黑天支[①]虔诚者就缺乏这一部分。”这样，与独立分析同时并存的还有相对论观点。在需要的范围内，苏尔所得属其应得之列，杜勒西达斯所得也为其所该得。研究苏尔和杜勒西达斯的同时，伽耶西也应成为研究计划不可或缺的内容。这部《印地语文学史》中显示，“伽耶西之所以一直令人称道，其基础就在于他的《伯德马沃德》（*Padmavat*）[②]。读了它，你就会明白伽耶西的心有多么地柔软，如何充满爱的隐痛。”《伽耶西作品集》（*Jayasi Granthavali*）序言中的对比更加明确，“与杜勒西达斯相比，伽耶西的涉及面有一定的局限性，但爱的隐痛是他最大的秘笈。罗摩金德尔·修格勒的这种批评的洞察力一方面展现了他抓住关键特点的能力，另一方面表现了他把握相对价值的本领。阐释——分析——评价相互融合，共同在读者心中建立了对批评家普遍的信任感。

关于莫哈维尔·伯勒萨德·德维迪和夏穆松德尔·达斯的阐述是在散文的传播时期。值得注意的是，这两位都是《印地语文学史》作者的同时代人，某种程度上还是竞争者。重要的是，书中以一种大无畏精神指出了他们的不足，同样也热情地展现了他们的特点和贡献。在《散文体文学的传播》一节开头部分，作者就莫哈维尔·伯勒萨德·德维迪对散文规范所做总体贡献评论道：“但无论怎样，已经很不容易，为此我们的印地语文学永远都要感激莫哈维尔·伯勒萨德·德维迪先生。”但谈到他们的作品时则是另一番评价：“诗人和诗作是多么严肃的话题，这是不言而喻的。但对这一话题的许多重要方面都阐述得很宽泛……读了德维迪的作品后感

① 黑天支（Krishna Shakha）是毗湿奴虔诚派的一个分支，主要崇拜毗湿奴的化身黑天（Krishna）。黑天为意译，音译则为格里希那。

②《伯德马沃德》为音译，意译也作《莲花公主传》，因为其女主人公“伯德马沃蒂”意译作“莲花公主”。

到作者是在为弱智读者而写作。”现在要由修格勒大师的读者来判断，这样的嘲讽是针对德维迪的读者还是对作者本人。关于夏穆松德尔·达斯他是这样分析的：“在把印地语带上与现代文明体系相适应的书面交流道路方面，他的写作做出了很大贡献。先生做了大量为作家提供资料的繁重工作……对教学十分有用的三本书——《语言学》（*Bhasha Vijnan*）、《印地语语言与文学》（*Hindi Bhasha Aur Sahitya*）和《文学批评》（*Sahityalochan*）也都是他的手笔。”文学批评中对双关语如此熟练的运用在别处是难得见到的。归根结底一句话，这两位作者在文学评论领域的贡献不像在语言规范领域那么大。

再谈谈关于历史批评鉴赏的一章后我们将结束这一部分。这一章并非关于《印地语文学史》，而是与他著名的印多尔[①]演讲有关。这一历史性演讲是以印地语文学大会[②]印多尔会议文学委员会主席身份所做的，后来以《诗歌中的表现主义》（*Kavya men Abhivyanjanavad*）为题出版发行。文学委员会的这些演讲中有个传统，演讲者在做主题讨论的同时，还得对近来开展的印地语文学活动和新出版发行的作品表达自己的看法。修格勒大师的这篇演讲中，主题“诗歌中的表现主义”如此著名，以至于他的年度文学观察某种程度上好像从读者眼前消失了似的。这次年度文学观察中，批评家们对当时以及后来的两位泰斗级作家杰辛格尔·普拉萨德和普列姆昌德进行的比较性评论是非常重要的，对后来的评价具有指导意义。在对两人的特点做极为简洁的考察的那一部分是这样的：第一章是戏剧，其中写道：“看到‘普拉萨德’先生的戏剧中有如此发

① 印多尔（Indore）为印度中央邦最重要工商城市，被称为该邦的商业首府，并有“小孟买”之称。1935年，印地语文学大会第二次在此召开，修格勒担任了此次大会的文学委员会（Sahitya Parishad）主席。

② 印地语文学大会（Hindi Sahitya Sammelan）全称为“全印印地语文学大会”（Akhil Bharatiy Hindi Sahitya Sammelan），成立于1910年，总部在阿拉哈巴德（钵罗耶伽），有印刷厂、图书馆、陈列馆等。该机构为鼓励印地语作家设立了多种奖项，出版了大量印地语教科书、文学作品和工具书等。

展的全部特征我非常高兴……从‘普拉萨德’先生始，我不会再说‘在我看来，迄今仍然缺少好的社会题材戏剧’。在他所选择的历史领域，他应该让自己的天才得到进一步发挥。”接着是长篇小说，其中处于核心地位的是普列姆昌德。观察中写道：“普列姆昌德对当前社会生活的各个方面和内心世界具有很强的鉴别能力。他使印地语长篇小说领域焕发了光芒。他成为我们感到骄傲自豪的根源……不过我认为，特别优秀的长篇历史小说仍然缺乏。如果杰辛格尔·普拉萨德能够对这方面也予以关注，这一不足会很好地得到弥补。”整个观察的结论是：“历史剧领域属于普拉萨德，长篇社会小说属于普列姆昌德。”罗摩金德尔·修格勒的这一论断被后来的历史所证明。这种可能性直到普列姆昌德的《戈丹》、普拉萨德的《迦马耶尼》和《伊拉沃蒂》[1]等杰作出版才显现出来。

在这一批评鉴赏中，修格勒大师的历史哲学已经发展得非常完善，非常成熟，而不用再像历史书写中自然表现的那样说那么多，正如有文学鉴赏力和敏锐的史学家在这里也使自己避免“画蛇添足”一样。如前所示，这部《印地语文学史》开篇就对历史哲学进行了阐释：“既然每个国家的文学……”在后面长达数百页的历史中以各种形式所展示的这一哲学话题，只用大约半页就说完了。这是印度传统的“哲学”——建立在感受层面之上，而非西方传统的“爱知识”或“philosophy”。

在最初的论证中作者就指出，文学“是人们感知的集中反映”，“检验这些感知传统的同时也展示其与文学传统的协调就叫作‘文学史’”。展现这种协调就包含修格勒大师的历史和批评工作。在这部分，作者像在其他地方一样对“人民”和“受过教育的人群”进行了区分，对此我们已做了分析。作者按这种方法特别对中世纪的人

①《伊拉沃蒂》是普拉萨德未写完的小说，其中“伊拉沃蒂”是女主人公的名字，她是位舞女。

民与宫廷情况做了重要鉴别。值得注意的是，许多文学史家在写一般文学史时总是试图将文学史也纳入到帝王和政权轮替之中，“伊丽莎白时期”“维多利亚时期”和“封建时期”等命名均属此类。在这纷扰混乱之中，修格勒始终坚守自己的信念：文学的发展与人民的趣向紧密相关。对这一主题最精辟的分析莫过于对法式时期的分析，当时有大批诗人以各种形式受到朝廷的庇护。在完成法式时期“概述”的结尾时，作者写道：“因此，如果有人以味论思想将这一时期称为艳情期，他可以那么说。许多诗人使艳情描写达到庸俗淫秽的地步，其原因不在于人民的情趣取向，而是那些保护提供者帝王诸侯的兴趣所在，对他们来说积极进取和英雄气概已经所剩无几了。”在文学史领域，可以说仰仗了修格勒的惠赐，对人民与宫廷情趣之间的本质区别进行了非常明确的区分。最后一句话的后半截很难准确地说是讽刺多还是悲哀多。

在历史潮流中一路走来的批评鉴赏终于出现转折。到了现代时期，批评者淡化了读者评判和行家阐释的差异，其背景就是阴影主义诗歌。作为文学史家和批评家，作者以非常深刻的洞察力、同情心和充分的自信对这全新的诗歌潮流进行鉴别。通过接触一些普遍倾向而达到这一诗歌创作方法的重要领域。分析了新型的喻体运用、对自然的描写和抒情形式以后，他深入到阴影主义的微观意境里。这里他的批评和不满情绪是显而易见的。他写道：“据以构成格言警句扎根人们心中的东西，因为艺术上的标新立异而使有些部分被阉割了，所以有些地方采用的词汇因不能充分表情达意而使思想表达模糊不清，读者不得不提出许多疑问，比如下列诗句……”然后作为例子从普拉萨德的《浪花》中摘录几行诗句对其进行解释。这里用“推断”一词表达的近于苛刻的不满情绪和值得讨论的诗一样微妙，我们想用今天的比喻来说，这是过度解读。现代克里保利方言[1]中，在德维迪时代的叙事之后，实际上就是从阴影主义诗歌开始出现语义精确和语义多层次的冲突。这一过程不是诗病，而是现代诗歌的荣耀，愿意用安普森[2]的说法的话，可以称之为语义模糊。这时候，作为意义解读能力的读者的主动性就尤为重要。这种解读仍然有自己的界限，过了就进入过度解读领域，对敏感的批评者来说，那肯定是禁地。但这方面有必要补充的一点是，有时人们会感到惊讶，不是因为认识到这个界限，而是看到：以“驳歪门邪道”为题严厉攻击阴影主义—神秘主义的十篇格维德系列，诗人们在别处称之为惩罚性攻击（从这惩罚性攻击你会感受到惩罚者），其写作者携着批评性评论怎么会在这么精确的层面提出对阴影主义同情的解读?

《印地语文学史》在最后自然进入作者所处的当代时期。这时候的难点在于近距离视角问题。失去距离感的视角是有自己的局限的。再一点是人际间近距离的实际难处。修格勒大师对于历史与当前的这种简单矛盾是清醒的，是有所准备的。他在第一版的序言中写道：“……我觉得写现代作家和诗人无异于自寻烦恼。但终究觉得心有不甘，还是战战兢兢检验性地描述了这些同龄者及其宝贵的作品。”这里的“心有不甘”言语之中表明了作者内心矛盾的非常感人而真诚的状态。一方面是对于当代文学的责任感，另一方面是同辈作家们的无法确定的反应。在这两者之间，作者的责任感最终占了上风。然后一直到后来的“修订版”，他这方面的意志力有增无减。这一时期的主题是新发展出的阴影主义，关于它的性质形态当时很大程度上还很不确定。这时候，《印地语文学史》作者的考察正如他对虔诚

① 克利保利方言（Khariboli）也译作“克里方言”或“克利保利语”，是产生于德里附近地区的一种方言，印地语和乌尔都语的前身。

② 安普森（Enpason）即威廉·安普森（William Enpason），英国诗人。他提出了模糊理论，指出诗歌是可以有多义的，多义的原因有很多种。诗人可以故意使用词的歧义以取得特殊的修辞效果。

期所做的一样，是具有洞察力的。本来在中世纪和现代之间是有一种平衡的，它使修格勒大师的《印地语文学史》结构近乎完美。在这一版的序言中，过去的担心一扫而光，代之而出现的是一种新的自信的声音。在这里，历史与批评作为相辅相成的形式出现在我们面前。作者写道："这一版中，对到目前为止的当代文学进行了评论性描述，以便人们对到今天为止的文学活动有个全面了解。"这里他说到"评论性描述"，就清楚地表明，文学史中的批评的可能性只能是有限的。在初版的序言中他说过："在历史书中，别说全面评论某位诗人，就是不全面的评论也不可能。如果需要对某位诗人进行评论，笔者将会另行撰文或著书加以评述。"在对历史的解读中加入当代文学，然后对批评的背景——尽管只是象征性的——加以阐释，这使修格勒大师的历史想象力得到了充分表达，广博的研究和精准的批评洞察力得到了完美统一。

至于当代文学的问题，罗摩金德尔·修格勒的《印地语文学史》是与其同步进行的。伯金辛格和色米格恰·塔古尔在各自的研究中都对这一发展过程做了深入而引人入胜的回顾（伯金辛格的"读修格勒大师的《印地语文学史》"，1932年；色米格恰·塔古尔的"罗摩金德尔·修格勒大师的历史创作过程"，1939年）。看了《印地语文学史》中现代时期的各小节以后便可明了，其作者基本选取了整个20世纪30年代——关于散文，它从语言规则的视角对报纸《今日》1931年10月发表的一篇评论进行了分析。作者的《印地语文学史》是与他的生活时间同步发展的，直到1940年他的"增修版"出版。不用说，这一时期他在搜集阴影主义时期的最优秀作品，其中包括《嫩芽》（苏米德拉南登·本德）、《山泉》《眼泪》《迦马耶尼》（杰辛格尔·普拉萨德）、《杜勒西达斯》（尼拉腊）、《雾》《光》（默哈德维·沃尔玛）、《戈丹》（普列姆昌德）、《基德尔蕾卡》（婆格沃迪杰伦·沃尔马）、《旃陀罗笈多》和《特露沃斯瓦米妮》（普拉萨德）等。如果主要议题是阴影主义诗歌的话，那么它无论从什么角度看都是合适的。它根据新的诗歌倾向第一次系统地对此进行了集中于微观意境的充满同情的研究。这方面也根据自己的观念更加关注《迦马耶尼》和《杜勒西达斯》的新的叙事方法。尤为重要的是，他不仅对本德－普拉萨德－尼拉腊－默哈德维进行批评性议论，还以历史评论者的视角试图运用史诗例句，对他们作品中的情感冲突与内容进行了评论。拓展这一新的比较微观意境的勇敢且具有创造性的构想从任何角度看都是值得赞扬的，是《印地语文学史》的特殊的批评性成就。这方面一个有趣的事实是，进入现代以后，在介绍作家简况时，《印地语文学史》作者没有提及创作者的种姓——本来作者背景情况就很少——而在古代和中世纪部分这些细节对提供诗人或作家的适当信息是很有用的。

关于阴影主义，如果说将领先之功归于苏米德拉南登·本德的话，那么非常完整的、符合历史进程的、严谨的分析则是由本《印地语文学史》作者所做。正如前面所指出的，分析的重点就是：杰辛格尔·普拉萨德从年龄和诗歌出版量两个角度看都是第一位的，那么，应该说阴影主义肇始于普拉萨德的“山泉”还是始于苏米德拉南登·本德的《嫩芽》？该《印地语文学史》作者的逻辑推论是这样的：不错，《山泉》的第一版在《嫩芽》之前出版，但《山泉》的特点是在第二版才出现的。而它的第二版则在《嫩芽》之后。用作者本人的话说：“《山泉》中的那24首诗与当时按照新方法创作的诗歌相比没有任何引起注意的特点。在很久以后的1927年出第二版时，整个书的面貌已经大变样，加入了超过一半也就是33篇作品，其中完全的神秘主义、表达的奇异、模仿、影像创造全都可以见到。《忧伤》《沙碗》《开门》《分散的爱》《光》《等待春天》等就是第一版（1918年）中没有的，是后来加进去的作品。第二版中有的地方被称作阴影主义的特点清晰可见。但在此之前，苏米德拉南登·本德先生的《嫩芽》已经隆重出版了，其中神秘思想、有些地方还有创造喻体、影像化语言、象征的奇异等特点都大量存在。”任何关注修格勒大师的读者都知道，在他的词汇里“隆重”的使用是最高赞赏和推荐的标志（比如描述杜勒西达斯的一段：“《罗摩功行录》的前言写得如此隆重，看了以后马上就能感受到作品意义的重大。”）就这样，在《印地语文学史》作者眼里，根据出版顺序，本德的《嫩芽》就成了阴影主义的第一部诗集，而不是普拉萨德的《山泉》。

除了出版顺序以外，还有一个原因罗摩金德尔·修格勒没有提，但明里暗里在他作出上述判断的背后肯定是存在的，那就是《嫩芽》的前言。在这篇前言中，第一次通过解读一种新的诗的哲学而证实了一种新的诗的体验。相比之下，《山泉》中根本没有诗人的前言，后来也只是加了四五行出版者的话，其中宣称一种新型诗歌运动就从这部诗集开始：“印地语文学中有一种诗的风格今天正在获得阴影主义的名称，它就始于本诗集。”这样，《嫩芽》中的诗歌和前言就共同使整个文学环境及其广泛感觉具有一种新的精神带入。因此关于阴影主义，《印地语文学史》作者对于首创者的观念更加坚定。正是这种认识才使批评者有可能以如此令人满意的形式对阴影主义进行实际的诗歌解读。

大部分写于20世纪30年代的此部《印地语文学史》还有一个很大特点就是，进入现代时期后，作者还呈现了欧洲文学的广泛全景（尽管只是象征性的），正如在初期和中期中建立梵语－俗语阿伯珀仑谢语诗学和文学全景一样。这使其历史考察中对文学的源流、关系和影响的认识更加清晰。不仅如此，他在评论作家的同时，还在新趋势方面对欧洲的文学家和艺术家进行了必要的评论。修格勒大师很自然地就提到了托尔斯泰、哈代、雪莱、梅特林克、歌德、华兹华斯、拜伦、梅瑞狄斯、考珀、彭斯、司各特、惠特曼、格雷、阿纳托尔·法郎士等欧美作家以及惠斯勒、布雷德利（F. H.

Bradley)、理查兹（Richards）、克罗齐、弗洛伊德等批评家和思想家。他不仅仅提到这些人的名字，还对它们的特点和贡献进行了介绍，尽管很简要。在其他地方，批评者还对艾略特[①]和E. E. 卡明斯[②]等当时正在崛起的英美写作天才进行了举例分析。对整个印度全貌如此广泛的批评性觉悟和巨大能力别处是绝对见不到的。

具有如此特点的《印地语文学史》一旦完成，批评和历史的新的可能性便豁然洞开。因此，罗摩金德尔·修格勒的《印地语文学史》不是一部按时间顺序罗列事件的半吊子作品，而是有自己特色的完美作品，而且将极大地鼓舞和促进新的创造性。这一潮流的强大艺术性暗示就在其最后一句话："就这样，印地语的诗流正以多种支流形式向前涌动。"值得注意的是，受到"流"的比喻的感染，这单独成段的简单一句话本身也成为"历史"的最后篇章。

最后要说的是一件个人的事。大概1989年，我因为出差来到德里——自己的老根据地——德利娄吉纳特·杰杜尔维迪（时任印度国家总审计师）的家。吃完午饭正在小憩，来了个会议的邀请。到那里一看，苏塔格尔·邦代先生和总理都莅临了迦尸天城体宣传推广大会[③]。一阵寒暄过后，他们几乎是突如其来地提出了一个重要建议：修格勒大师的《印地语文学史》仅写到20世纪40年代，为了我们的"大会"，我能否作为续写者把这个历史进程继续下去？必须说这对我来说是非常荣幸的事情。由"大会"要求我来续写修格勒《印地语文学史》的下一段，对一个批评家来说哪还有比这能带来更大的满足感！但在兴奋之余我也意识到大师的崇高声望和我的局限。

---

① 艾略特（1888~1965），全名托马斯·斯特恩斯·艾略特（Thomas Stearns Eliot），英国著名现代派诗人和文艺评论家。

② E. E. 卡明斯（Edward Estlin Cummings，1884~1963）是美国现代实验派诗人、小说家。

③ 迦尸天成体宣传推广大会（Kashi Nagaripracharini Sabha）是一个提高、宣传和推广印地语语言、文学和天城体字体的一个民间组织，1893年7月16日创立于贝拿勒斯（迦尸，现为"瓦腊纳西"）。

我向苏特格尔先生表达了感谢，并说：修格勒的《印地语文学史》本身就是一部完备的作品，而且在上述研究中尽力发展了自己的思想，已经无法再续加任何东西了，就算是事件记述也不可能。另外，我自己已经写过一部文学史——《印地语文学与智觉发展》(1986)，如果为“大会”续写的话，也不过是其重复而已。因此，尽管非常感谢对我的信任，却无法从命承担这一续写重任。事情便到此为止，没有再提。

拉默索卢伯·杰杜尔维迪（Ramswarup Chaturvedi）

2001年5月6日于阿拉哈巴德[①]

① 阿拉哈巴德（Allahabad，Illahabad），古称钵罗耶伽（Prayag），位于印度北方邦的恒河与亚穆纳河交汇处，著名印度教圣城。2019年，印度政府已将其改名为“普拉亚格拉杰”（Prayagraj）。

第一版序言

1883年，泰戈尔·西沃辛赫·森格尔出版了一部印地语诗人纪事集[①]。此后在1889年，格里尔森博士（现在已是爵士）出版了一部类似的名为《北印度斯坦现代本土语言文学》的规模更大的诗人纪事集。迦尸[②]天成体宣传推广大会从一开始就注意到，成千上万册印地语手抄卷静静地躺在全印各处，在各官方图书馆和个人家里。因此从1900年起，它就在政府的资助下承担起搜集这些手抄本的工作。根据到1911年为止的8份搜集报告，该会已经发现数百位知名或不知名诗人的佚作。1913年，米谢尔兄弟（尊敬的夏姆·比哈利·米谢尔等）利用上述这些资料编辑出版了三卷本的大型诗人纪事集《米谢尔兄弟趣语》[③]，其中也收入了当代的诗人和作家。

自从大学开设印地语高等教育以来，学生和教师就深感系统连

---

① 这部纪事集就是《西沃辛赫之莲》(*Shivsingha Saroj*)，对约1000位诗人生平和诗作做了非常简要的介绍。1883年出版的实际上是其第三版，首次出版发行应该是在1878年。

② 迦尸（Kashi），即今天的瓦腊纳西（Varanashi），也曾叫贝拿勒斯（Banara），著名印度教圣城，位于北方邦。

③《米谢尔兄弟趣语》(*Mishrabandhu Vinod*) 共4卷。1~3卷出版于1913年，第4卷出版于1934年。这里是《印地语文学史》初版（1929）的序言，当时《米谢尔兄弟趣语》4卷还没有出版，所以修格勒称其为三卷本。

贯的印地语文学思想史的必要性。不对受教育人群的兴趣、我们的文学形式据此所发生的变化、促使诗歌潮流不断产生新流派的各种影响进行全面适当的考察，不从这一视角做合理分期，就很难对文学的历史进行真正的研究。哪怕面前就摆着搜集得来的七八百年的文献资料，却仍然得不出能够据以对这些文献轻松分类的明晰线索。仅仅把不同流派的成千上万诗人按时间顺序罗列的上述纪事集怎么可能满足对文学史的研究？闭着眼睛仅仅把整个创作过程分成初期、中期、前期、后期等时间段，根本看不出该段该有什么，不该有什么，这样是不可能把纪事集变成历史的。

五六年前，为了帮助学生学习，我曾经做了一些简要的笔记，其中根据情况以受过教育的人群的兴趣变化为对象建立了一个对印地语文学史进行分期、对作品不同流派进行观察研究的初步框架。《印地语辞海》（*Hindi Shabdasagar*）完成以后，我就决定要提供语言和文学发展的情况作为它的背景资料，因此不得不在有限的时间内完成这部历史。自认为对写这部历史不可或缺的那些材料，在这期间并未能如愿搜集齐全。但还是勉为其难，竭尽所能充分利用所得材料完成了这一任务。

本书中所遵循的方法在此也不得不提。

首先谈谈时期的划分。某个阶段存在某种特殊形式的丰富的作品，那么整个阶段就被视为一个单独的时期，其命名也以这些作品的形式为依据。惟其如此，才能够建立一个明晰的普遍性标志。某种形式作品的丰富性是指，在其他类型的作品中即便也可以找到这种形式，但在规模数量上无法与此相提并论；并不是说其他所有类型的作品加在一起都无法与它比肩。比如某个时期有五种类型的作品，其数量分别是10部、5部、6部、7部和2部。那么有10部作品的类型就可以说具有丰富性，尽管其他类型的作品合计达20部，这是需要指出的第一点。第二点要说的是作品的知名度，某个时期某种形式有许多作品都一直很著名，那么这种形式的作品就属于该时期标志性作品，尽管其他形式大量不知名作品或一般性作品也充斥其间。知名度也是一个时期民众思潮的反映。总而言之，对时期的命名兼顾了这两种情况。

对印地语文学的初期，我命名为“英雄史诗时期”。这一时期有两类作品——阿伯珀仑谢语作品和方言作品。阿伯珀仑谢语著作中有些与耆那教的宗教内容有关，不能纳入文学作品之列，本书提到它们只是为了说明阿伯珀仑谢语的使用始于何时。能够列入文学范畴的作品中，有些是不同内容的零星的双行诗，据此无法确定当时的任何特殊倾向。阿伯珀仑谢语文学著作共有4部，分别为：

1.《维杰耶巴勒王颂》(《胜利之王颂》，*Vijayapal Raso*)

2.《赫米尔王颂》(*Hammir Raso*)

3.《荣耀之藤》(*Kirtilata*)

4.《光荣旗帜》(*Kirttipataka*)

方言诗有8部较著名：

1.《库芒王颂》(*Khuman Raso*)

2.《比斯勒代沃王颂》(*Bisaladev Raso*)

3.《地王颂》(*Prithviraj Raso*)

4.《杰耶金德王之光》(*Jayachand Prakash*)

5.《胜月之光》(*Jayamayank Jas Chandrika*)

6.《伯尔马勒王颂》(*Paramal Raso*)

7.《库斯洛谜语集》(*Khusaro Ki Paheliyang*)

8.《维迪亚伯迪圣歌集》(*Vidyapati Padavali*)

从这12部作品的角度出发，可以确定“初期”的特征并为其命名。其中除了最后两部和《比斯勒代沃王颂》以外，其余全是颂扬英雄的，因此“初期”就可以被命名为“英雄史诗时期”。本书对促成“英雄史诗”倾向的社会政治环境做了全面探索。

米谢尔兄弟在“初期”中还列出了以下作品的名单：

1.《薄伽梵歌》[①]（*Bhagavadgita*）

2.《尊敬的纳沃伽尔经》（*Vriddha Navakar*）

3.《沃尔德马勒》（*Vartamal*）

4.《申穆德湖》（*Sanmatasar*）

5.《伯达利》（*Pattali*）

6.《独一无二的瑜伽》（*Ananya Yog*）

7.《金布斯瓦密大师苦行记》（*Jambuswami Rama*）

8.《莱沃德山[②]颂》（*Raivatagiri Rasa*）

9.《内米纳特四行诗集》（*Neminath Chaupai*）

10.《箴言集》（*Updeshamala*）

其中第一部正如其语言所显示的，是以前的作品。

那些根据英雄情味的传统习惯看到有些地方用了元音重叠就视其为俗语、看到有地方用了四行诗就认为是阿沃提语或贝斯瓦利语[③]（Besvari）、视情感为思想、视思想为感觉的人们，别说可以把其中某些诗句当成公元1000年的，就是当成公元500年的作品也不足为奇。[④]诗中表明年代之处或词语的混乱排列就足以引起人们谨慎对待。

---

① 薄伽梵（Bhagavat）即大神毗湿奴。薄伽梵歌就是赞颂毗湿奴的歌。

② 莱沃德山（Raivatgiri），也叫吉尔纳尔山（Girnar）。位于今古吉拉特邦境内朱纳格特（Junagadh）附近。这里对印度教和耆那教来说都是重要的圣地。

③ 贝斯瓦利语（Besvari）是古代贝斯瓦拉地区（Besvara）的方言，有人认为它就是阿沃提语，也有人认为它包括阿沃提语和伯凯利语（Bagheli）两种方言。现在的贝斯瓦利语则被认为是阿沃提语的方言之一。

④ 该句的1000年和500年原文用的是健日王纪元。健日王纪元元年一般认为是公元前57年，与公元相差57年。这里为了保持原文概说的风格，换算成公元后仍用整数来表示。

现在还剩下9部著作，其中第二、第七、第九和第十部是研究耆那教哲理的，很难纳入文学范畴。第六部是讲瑜伽的。第三和第四部只是简介而已，对内容没有任何详细叙述。这样就只剩下两部算是描写性文学作品，一部描写了难陀[①]的请客，另一部描写的是古吉拉特的莱沃德山。因此，这份书单在我看来没有多大意义。即便这不同内容的九种书有什么文学价值，那也丝毫不影响我对印地语文学初期的命名，因为我已经提到九部著名的英雄史诗作品。

同一时期同一级别的作品中，一方面可以发现各种传统的继承和流传，另一方面可以分门别类对材料进行区分。比如在“虔诚时期”中，首先确定了两种诗歌流派——无形派和有形派，然后又清晰地将每派分为两个支派——无形派的明理支和泛爱支（苏菲派），有形派的罗摩支和黑天支。这些流派的取名并非随心所欲而为，而是很好地体现了区分它们的典型特征，而且这些特征一看便能注意到。

在“法式时期”中，我认为没有对法式作品的传统进一步细分的适当理由。作品没有本质的区别，如何能够对其进行分类？根据时间上的延续而加上“前”或“后”之类的词并不能算作历史性区分。只要不能说出“前”或“后”的不同特征，这种划分就没有任何意义。同理，以仅有微小区别的一些著名诗人之名为若干时期定名之前，必须让人们能够看到，每个时期的领衔诗人在其同时代诗人中具有普遍影响。分期应该有扎实可信的依据。通过对法式文献进行深入探究和仔细考察也许可以找到依据，但到目前为止我仍未发现。

关于法式时期还有两点要说。并没有十分投入地去搜集这一时期诗人的生平资料，因为我的目标是要建立一个系统而坚实的文学

① 难陀（Nand）是黑天在牧区沃林达文的养父。

史框架，而非为诗人唱赞歌。因此，对诗人的生平记述通常来自《米谢尔趣语》。当然有些地方会对一些诗人的介绍做一定的修正或精简，比如对泰戈尔、丁德亚尔·吉利、拉姆萨哈伊和拉希格·苟温德等的生平。如果说有些诗人的名字被遗漏了或者某位诗人的诗作没有被提及，那也无损于我的目标实现，因为在这个时期笔者所述及的诗人和作品已经远远超过所需。

关于法式时期或其他时期诗人的文学特点，我所表达的简要想法只是举例而已。在历史书写中别说全面评论某位诗人，就是不全面的评论也不可能。如果需要对某位诗人进行评论，笔者将另行著书评述。对于非常著名的诗人也不得不稍加详论，但那也是对特定倾向的确认。当然，笔者将其中有些倾向视为“有助于味”，有些则视为“有碍于味”。

在“现代期”，散文的出现是最为重要的文学事件，所以对其发展的描述就不得不尤其详细。原本打算就这一短暂时期我们文学中如此多样化的发展提个头，简单提一下后面的倾向就算了，因为我觉得写现代作家和诗人无异于自寻烦恼。但终究觉得心有不甘，还是战战兢兢检验性地描述了这些同龄者及其宝贵的作品。

因为时间仓促，可能有不少当代有才华有影响的作家和诗人被遗漏，为此也恳请那些特别熟悉他们作品的大方之家见谅。如前所述，由于成书仓促，本书没能达到我预想的样子。在收录哪些作家和诗人的问题上，我还要说明一下，本书的目的本来就不是成为作品集，因此现代部分更多关注的还是对普遍特征和倾向的阐述。下一版也许会对这一时期再做一些扩容工作。

毋庸赘言，这部印地语文学史作为《印地语辞海》的背景资料，在1929年1月已经以《印地语文学的发展》（*Hindi Sahitya Ka Vikas*）为名出版。这一新版本的书中增加了不少内容，尤其是在开头和结尾部分。“初期”中也收录了阿伯珀仑谢语的作品，因为它们一直被认为属于“地方语言诗”。在诗人传统中流行的传说一直都提到好几部此类阿伯珀仑谢语“地方语言诗”，比如《鸠摩罗婆罗传》（*Kumarapala Charit*）和夏任格特尔[①]创作的《赫米尔王颂》。《赫米尔王颂》已佚失。但在翻阅《俗语韵律》（*Prakrit Pingal Sutra*）的时候笔者发现一些描写赫米尔王战争非常出色的诗作，足可作为韵律的典范。我坚信这些诗作就是夏任格特尔《赫米尔王颂》的。

在现代期的最后，不得不稍微扩大对当代一些倾向的描述，以便仅懂印地语的人们也能够真正了解这些倾向的根源所在，并避免被误导而能够独立思考。

前面已经提到米谢尔兄弟的巨著《米谢尔趣语》。我在写“法式时期”诗人简介时往往借助这一文献。因此按照现代文明的标准，我觉得有必要对该书勇敢而勤奋的作者们表示感谢。我还不得不经常阅读印地语手抄本搜集报告，尤其当出现疑问时。从夏穆松德尔达斯先生的《印地语学者名录》（*Hindi Kovid Ratnamala*）、尊敬的拉姆讷雷希·德里巴提[②]大师搜集编辑的《诗之月光》（*Kavita Kaumudi*）、维尤吉·赫利[③]先生的《伯勒杰语诗蜜精华》（*Brajamadhuri Sar*）等也获益良多，因此也向三位大师深表谢意。在解决写作“现代期”开始部分所遇困难的过程中，我的至交老友盖达尔纳特·巴特格起了重要作用，但至今我还没有对他表达过谢意，现在也还是没有勇气这样做。他把“感谢”视为一种恶劣之举。

我谨希望这一工作中自己所造成的错误能够得到纠正，留下的

---

① 夏任格特尔（Sharangadhar）约13~14世纪诗人。

② 拉姆讷雷希·德里巴提（Ramnaresh Tripathi，1889~1962）为印地语“阴影主义”时期的诗人和作家，一生写有约一百部作品，题材包括诗、长短篇小说、儿童文学、传记、回忆录等。

③ 维尤吉·赫利（Viyogi Hari，1895~1988）为著名甘地主义者和文学家，现代著名伯勒杰语诗人，印地语散文家。

缺憾能够得到弥补，犯下的罪过能够得到原谅，唯有如此我才能对自己的劳动稍感欣慰。

罗摩金德尔

迦尸

印历1986年（公元1929年）四月白半月初五[1]

① 印度传统历法有好几种纪年形式，但较常用的是“健日王纪元”和“沙迦纪元”。这里所用的印历就是“健日王纪元”，该纪年元年为公元前57年（也有前56年或前58年之说），与公元纪年相差57年。“沙迦纪元”元年是公元78年。为读者阅读方便，本书纪年译者绝大部分换算成了“公元纪年”，少部分保留原著所用的纪年年月，并加以一定的注释说明。“印历（健日王纪元）1986年四月”约为公元1929年6~7月。“白半月初五”即上半月的初五。印历日期的计算是分上下两个半月分别计算。上半月为白半月，下半月为黑半月，每半月一般按15天算。

关于修订版的话

出了几版之后，本书第一次有机会进行修订。除了做一些必要的修订之外，还有一些话要说。

在“初期”里，增加了金刚乘和纳特派瑜伽师的传统，主要目的是要表明他们为传播格比尔所开创的无形派修道思想早期是如何开创道路的。另一个目的是要阐明苦修士和瑜伽师们的作品不属于文学范畴，瑜伽思潮不能被视为诗歌或文学的任何新思潮。

“法式时期”中，专门研究了斯瓦密·罗摩难陀和纳姆代沃，因为关于他们有不少传言。“法式时期”的“概述”中，详细介绍了印地语修辞文献传统的产生与发展，对克纳等一些主要诗人也有评论性介绍。

“现代时期”中，根据目前所能得到的材料，将克里保利方言散文的发展以一种新的面貌呈现在读者面前。同时还详细阐述了印地语道路上所遇到的无形障碍。以前的版本中对现代或者说当前流行的主要文学倾向仅是点到为止。这一版中，对到目前为止的现当代文学进行了评论性描述，以便人们对到今天为止的文学活动有个全面了解。

希望以修订形式面世的这部文学史能够物有所值。

罗摩金德尔·修格勒

印历1997年（公元1940年）二月初三[①]

① 这里的“印历1997年二月”约为公元1940年的4~5月。

分期

既然每个国家的文学都是那里人民感知的集中反映，那么，随着人民感知的变化，文学的形态也必然会有所改变。可以说，从始至终鉴别这些感觉传统的同时，展现它们与文学的一致性就是“文学史”。人民的感知很大程度上取决于政治、社会、习俗和宗教的环境条件。因此，同时也有必要作为原因对这些环境做些展示。从这个角度出发，在分析评价文学时必须注意到：某个特定时期人们特定兴趣取向所自何来？是如何培养起来的？根据上述这些情况，我们将印地语文学900余年的历史分为四个时期：

初期（英雄史诗时期，993~1318）

前中期（虔诚时期，1318~1643）

后中期（法式时期，1643~1843）

现代期（散文时期，1843~1923）

尽管是根据这些时期作品的特殊倾向为其命的名，但不能认为，某个特定时期根本就没有其他类型的作品。以虔诚时期或法式时期为例，这两个时期都有许多英勇味的诗歌，其中对英勇国王们赞美的方式，就是英雄史诗时期惯用的。所以本书对每个时期的描写都把握一条原则，首先描述能够代表该时期特征的、表明该时期特殊倾向的作品，然后再简要介绍除这些作品之外的值得关注的其他类型的作品。

第一章　初期

（英雄史诗时期：993~1318）

第一节　概述

印地语文学可以认为始于俗语的最后阶段，即阿伯珀仑谢语阶段。当时正如说到叙事诗就是指俗语一样，说到双行诗（doha或duha）就是指阿伯珀仑谢语或民间流行诗语的韵文。阿伯珀仑谢语或者俗语传统的印地语韵文最早可以在公元7世纪佛教怛特罗派[①]和瑜伽派等教派的典籍中找到。大约蒙吉和婆吉时期（993），在纯文学或诗作中也可发现这种阿伯珀仑谢语或古印地语的传播。所以印地语文学的初期为993~1318年，也就是从婆吉国王时期到赫米尔代沃国王时期稍后一点。尽管传说把这一时期的开始向前推，宣称713

---

① 怛特罗（Tantra），也有人译作“坦特罗”“惮特罗”等。原指印度中世纪以来盛行的印度教和佛教的一类经典或文献，在印度教一般指性力派的“怛特罗”圣典（也包括湿婆派的相关经典），佛教中则指密教的圣典，即所谓“行续”。也被用来统称信奉这些经典的教派。该派的特点之一是肯定现世的幸福快乐，非但不主张克制爱欲，而且还以轮座礼拜（男女杂交）为修业上的重要阶段和方法，在合欢的恍惚之中与神合一，得观其解脱之境。

年婆吉的先王曼的一位叫塞帕塞德·普斯耶的游吟诗人用四行诗写了部修辞著作（见《西沃辛赫之莲》），但哪里也找不到其证据。

在初期的漫长传统中，仅以150年是无法确定作品特殊倾向的——在双行诗中正法的、伦理道德的、艳情味的、英勇味的各种作品都有。在这不确定的公众倾向之后，当穆斯林开始侵入时，我们发现印地语文学的倾向被限定为一种特定的形式。宫廷诗人和歌手在宫廷里一方面创作伦理道德和艳情等各种各样的双行诗，另一方面也在创作长篇叙事诗，歌颂自己的庇护者国王的英勇无敌和丰功伟绩。这里的叙事诗传统以“拉索”（raso）[①]之名广为人知，据此我们称这一时期为“英雄史诗”时期。

关于初期另一件值得关注的事是，我们所获得的这一时期的材料中，有些是确定无疑的，有些则尚存疑问。所得已确认材料的语言是阿伯珀仑谢语或者俗语传统的（很大程度上受俗语传统习惯影响制约的）印地语。这里的阿伯珀仑谢语或俗语传统的印地语意指它不是所发现那些作品的年代真正的口头语言。这是当时诗人们的语言。诗人们根据诗歌传统写的是文学性的俗语旧词自不必说，连后置词、格尾以及动词的变位等也都沿用了数百年前古老的形式。诗人和歌人并非完全使用口头语言经过不断打磨而形成的形式，而是在创作活动中使用百年前诗人传统就一直沿用的形式。

我们在韵体中所发现的阿伯珀仑谢语样本，用的是那种因古老而与口头语言不同的、在经籍中很长时间——不仅到初期之末，甚至到初期之后很长一段时间——都一直使用的诗体语言。

这一传统一直流传到健日王纪元15世纪中叶（约公元14世纪末前后）。只有诗人维德亚伯迪使用了两种语言——老阿伯珀仑谢语和口语方言。维德亚伯迪把与阿伯珀仑谢语不同的流行口头语言称

---

① 拉索（Raso）为歌颂帝王英雄业绩的长篇叙事诗（史诗）。

为方言。所以，我们必要时也在有些地方以这种意义使用该词。在“初期”这一章，我们首先简要介绍一下阿伯珀仑谢语作品，然后再阐述方言作品。

第二节　阿伯珀仑谢语诗歌

我们应该把俗语失去口头语言地位之时视为阿伯珀仑谢语文学的开端。正如过去说到叙事诗就是指俗语，现在说到双行诗就是指阿伯珀仑谢语或者民间流行的诗语。伦理道德、艳情味、英勇味等诗歌一直都是用这种流行的诗语创作的，耆那教和佛教上师为维护和宣传自己的教义也使用这一语言进行讲经布道。俗语衰落以后，口头语言从中吸收的形式后来也落后了，对诗歌创作来说已经过于墨守成规。阿伯珀仑谢语一名由此而流行开来。当该语言处于口语阶段时，它就只被称为帕萨①或方言，当它也成为文学语言时，就开始用阿伯珀仑谢语一词来称呼它了。

贤哲婆罗多②（健日王纪元3世纪）对于民间语言不是称“阿伯珀仑谢语”，而只称其为“方言”。沃尔茹季的《俗语之光》（*Prakrit Prakash*）③里也没有提到过阿伯珀仑谢语。阿伯珀仑谢语的名称第一次出现是在伐腊毗国④的国王塔尔森二世的碑铭中，碑文中他称自己的父亲古赫森（公元593年之前）是梵语、俗语和阿伯珀仑谢语三种

---

① 帕萨（bhasha）在现代印地语中意为“语言”，但在当时还只是表示“方言”的意思。

② 婆罗多（Bharata）是印度古代著名戏剧家和音乐家，用梵文诗歌体写的《舞论》（又译《乐舞论》《演剧论》）是印度艺术史上的重要著作。其生活年代一般认为约在公元100~200年，也有学者认为在公元前3世纪~公元1世纪。

③ 沃尔茹季（Vararuchi）。印度古代有多个叫沃尔茹季的著名人物，这里指的是著名俗语语法学家，他所著的《俗语之光》是最早的杰出的俗语语法著作。在《俗语之光》中，沃尔茹季认为有4种方言：马哈拉施特利语（马拉提语前身）、肖尔塞尼语（Sauraseni，后来发展成伯勒杰语）、摩羯陀语（比哈利语或比哈尔语前身）和现已失传的拜夏吉语（Paishachi）。

④ 伐腊毗国（Balabhi），南印度古国，大约位于今卡提瓦半岛。据玄奘《大唐西域记》卷十一记载，又称北罗罗国、跋腊毗国。

语言的诗人。婆摩诃[①]（健日王纪元7世纪）也提到过三种语言。波那也在《戒日王传》[②]中提到过梵语诗人和帕萨诗人。这样，我们就可得知，在健日王纪元7世纪就有人用阿伯珀仑谢语或俗语传统印地语进行创作。当时的作品样本可以从佛教金刚乘（Vajrayan）[③]修行者的作品中找到。

公元933年，出现了一位叫代沃森[④]的耆那教作者。他也用双行诗创作了一部叫做《居士行》[⑤]（*Shravakachar*）的书，其语言就是用的阿伯珀仑谢语比较流行的形式。

这位代沃森还用双行诗体创作了另一部叫做《物性之光》（*Dravya Swabhav Prakash*）的作品，后来马伊勒·特沃勒把它转译成了"叙事诗"的语言，或者说文学的俗语。此后出现不少耆那教诗人的作品，比如《第五吠陀故事》（*Shrutipanchami Katha*）、《瑜伽精要》（*Yogsar*）、《杰斯赫尔传》[⑥]、《纳耶古马尔传》[⑦]等。值得注意的是，对于传记诗或故事诗而言，大都吸收了四行诗、双行诗的手法。布斯伯登德[⑧]（公元972年）的《前往世书》（*Adipuran*）和《后往世书》（*Uttarpuran*）都用的是四行诗。大约与此同时的《杰斯赫尔传》

① 婆摩诃（Bhamah）是古印度著名梵语学者，著有《诗庄严论》（*Kavyalankar*），是对梵语文学理论的初步总结。其生卒年代颇有争议，一般认为他生活于公元7世纪，但也有许多证据显示他生活于公元300~600年。

② 波那（Bana），亦称波那婆多（Banabhatta），戒日王的宫廷诗人，著有《喜增王传》（亦称《戒日王传》），为印度第一部用梵文撰写的传记小说。

③ 金刚乘是大乘佛教之一派，也称果乘，因为它把修行重点几乎完全放在果位上。金刚乘强调认识心性，主张透过观想本尊、念诵真言等转化相对真理。该派在修行方式上有很多不许公开的秘密传授和充满神秘内容的特征，所以一般也称为密教、密咒乘，亦通称密宗。

④ 代沃森（Devasen）是用俗语解说"多面性（syavad）"和"德行""明智"（naya）的第二位耆那教大师。其生活年代为公元10世纪。

⑤《居士行》（*Shravakachar*）是耆那教一部重要经典，由萨蒙德婆德罗大师所作，全名为《宝剑居士行》（*Ratanakaranda Shravakachar*），主要描述耆那教居士的行为规范。

⑥《杰斯赫尔传》（*Jasaharachariu*或*Jasaharacharit*）也叫《耶修特尔传》（*Yashodharacharitra*）。

⑦《纳耶古马尔传》（*Nayakumarchariu*）也作《纳格古马尔传》（*Nagakumarcharit*）。

⑧ 布斯伯登德（Pushpadanta）是耆那教非常著名的伟大诗人。

也是用四行诗体创作的。

我们在后来的苏菲派爱情小说、杜勒西达斯的《罗摩功行录》[①]（*Ramachritramanas*）以及《华盖（切德尔）王之光》（*Chhatraprakash*）、《伯勒杰娱乐》（*Brajavilas*）、塞伯勒辛赫·焦汉的《摩诃婆罗多》等众多叙事诗里都能发现四行诗、双行诗的传统。

佛教衰败后以金刚乘派的形式在印度东部存在了多年。这些佛教密宗师中荒淫堕落已经到了极点。他们遍布于从比哈尔到阿萨姆地带，被称为悉陀[②]。《八十四悉陀》[③]就属于人们至今仍记忆犹新的这些修行士。人们认为这些苦修师具有超自然能力，他们以超凡法力而著称。拉杰谢克尔在《葛尔布尔蒙贾丽》[④]中就写了这样一位叫派拉瓦南德的修行士。如此看来，从健日王纪元10世纪起这些修行士就对人民产生了影响，这种影响一直到穆斯林到来以后的帕坦人[⑤]统治时期都或多或少地存在。位于比哈尔的叫作那烂陀和超岩寺[⑥]的著名高等学府就是他们的大本营。自从巴克迪亚尔·卡尔吉[⑦]将这两处焚毁，这些修行士便四散奔逃了。许多人逃往不丹等异域他乡。

八十四悉陀的姓名如下：卢希巴、里拉巴、维鲁巴、豆毗巴、谢沃利巴、萨罗诃巴、根噶利巴、米讷巴、苟勒克契巴、焦楞吉巴、

---

①《罗摩功行录》也作《罗摩功行之湖》，中国有金鼎汉先生的汉语译本。

② 悉陀（siddha），意为“成就者”或“成就师”。

③《八十四悉陀》（*Chaurasi Siddha*），也作《八十四修行士》或《八十四成就者》。

④ 葛尔布尔蒙贾丽（Karpuramanjari）为作品中女主角的名字。

⑤ 帕坦人（Pathan）即普什图人，因为是阿富汗的主体民族，所以也称阿富汗人。普什图人在印度通常被称为帕坦人。

⑥ 那烂陀寺（Nalanda），全名那烂陀僧伽蓝（Nalandasangharam或Nalanda Mahavihara）。古印度著名的佛教寺院，规模宏大，曾有多达九百万卷藏书，最盛时有上万僧人学者聚集于此。位于今比哈邦距巴特那约90千米处。公元12世纪，被穆斯林军队焚毁，仅留下一处面积约1平方千米的遗址。超岩寺（Vikramshila），又译“超行寺”“毗俱罗摩尸罗寺”，其规模之宏伟胜过那烂陀寺。为古印度佛教著名寺院，密教学术中心。8世纪末9世纪初由波罗王朝著名君主达磨波罗所建，坐落于比哈尔邦恒河南岸山坡岩石上。公元1203年，被伊斯兰教军队摧毁，现仅存旧址遗迹。

⑦ 巴克迪亚尔·卡尔吉（Ikhtiyar Uddin Muhammad bin Bakhtiyar Khilji）是印度德里苏丹国奴隶王朝第一位国王古杜布丁·艾伯克的军事统帅。他于1203年攻陷比哈尔，焚毁佛寺，杀死大量佛教徒。

维纳巴、香迪巴、登迪巴、吉莫利巴、克德格巴、那伽尔隽（龙树）、根赫巴、格尔讷利巴、特格恩巴、纳罗巴、希勒巴、迪娄巴、切德柔巴、婆德柔巴、豆根提巴、阿贾吉巴、噶勒巴、彤皮巴、格根巴、格莫利巴、丹吉巴、婆德巴、古古利巴、古吉巴、达摩巴、摩西巴、阿金迪巴、婆勒赫巴、讷林巴、普苏古巴、因陀罗莆蒂巴、梅苟巴、古塔利巴、格摩利巴、贾朗特尔巴、拉胡尔巴、科尔沃利巴、透格利巴、梅迪尼巴、本格吉巴、肯达巴、久纪巴、杰卢格巴、贡德利巴、尼尔贡巴、基亚南德、吉尔伯迪巴、吉本格巴、毗肯巴、婆利巴、古穆利巴、金沃利巴、穆尼婆德尔巴、（女修行士）、格恩克拉巴、（女修行士）、格勒格勒巴、根达利巴、特胡利巴、乌特利巴、格巴勒巴、吉勒巴、萨格尔巴、瑟尔沃婆克契巴、纳格伯提巴、达利格巴、布得利巴、布讷赫巴、苟噶利巴、阿嫩格巴、勒格其密格拉、（女修行士）、瑟穆德巴、婆利巴。

“巴”（pa）就是表示尊敬的词“巴德”（pad）。这份名单并非按时间顺序排列，其中有些人是同时代的。

金刚乘派中以“悉陀”之名而广为人知的瑜伽修行士，希望用自己的教义也能影响普罗大众。因此，他们除了创作梵语作品外也用混合了阿伯珀仑谢语的方言或诗语宣传自己的箴言。先前，M. M.赫尔伯勒萨德·夏斯特里①曾用孟加拉语字体出版过他们的一部作品集，叫作《佛教歌与双行诗》（*Bauddhagan Ou Doha*）。后来，三藏经大师拉胡尔·桑格里迪亚耶恩②先生从不丹带回来更多“悉陀”的作品。悉陀中最早的要数“萨罗诃”③，其生活时代被维纳耶多

① M. M.赫尔伯勒萨德·夏斯特里中的M. M.为Mahamahopadhyaya的缩写，意为“大师”，是英国殖民政府授予梵语学者的称号。

② 拉胡尔·桑格里迪亚耶恩（Rahul Sankrityayan）是印度著名哲学家、佛学专家、印地语文学家，精通多国语言，获有“大学者”（Mahapandit）的称号。

③ 萨罗诃（Sarah），为八十四悉陀之一，亦称萨罗诃巴（Sarah pa）。

施·婆达伽日耶（Vinayatosh Bhattacharya）[1]博士确认为公元633年。萨罗诃创作了好几部作品，其内容有强调自我完善斥责潘迪特[2]的，也有宣传放弃吠陀派接受怛特罗派的。

当佛教呈现出怛特罗派形态时，便从中想象出了五方佛以及除他们法力之外许多负责世界创造的菩萨，这种形态到了金刚乘中就开创了大乐主义（Mahasukhavad），认为通过智慧与方法的结合就能够获得这种极乐。就当它是欢喜状的神性吧。涅槃被确认为三个阶段：空、智和大乐。奥义书中为了表明绝对欢乐（大乐）的结果而说它超过同房喜乐百倍，但金刚乘中则称涅槃的喜乐与同房的喜乐一样。带有性力的神的瑜伽状被想象出来，他们的裸体塑像开始以许多不同的淫秽姿态被塑造出来，至今在有些地方仍可见到。神秘不可告人的倾向持续发展，各种“秘密社会”或“神圣社会”随处可见。带着高低不同种姓女子喝酒等令人作呕的行为举止成为金刚乘修士修行的主要部分。为了修成正果，女人（被称作内女）的结合与侍奉必不可少。毫无疑问，当穆斯林来到印度时，在印度东部地区（比哈尔、孟加拉和奥里萨）宗教已经声名狼藉。

从他们的格言就可以发现，这些悉陀在人民大众中散布产生了什么样的影响。将人们对经学家的崇敬转移到修炼内心的瑜伽修行士身上的努力在“萨罗诃”的话语中表露无遗，他说“不知道佛就在心中”，也没有批驳轮回就无耻地说“我是潘迪特”。这里应该理解为，瑜伽派佛教徒已经想象出了神性。

同样，宣称让心在没有太阳、月亮、风等运行的地方休憩，也就是劝谕舍弃直（直的，右的）道而取弯（曲折的，左的）道。悉陀根赫巴说：“连发妻都不享用，哪里会与各种姓女人欢愉取乐？”

---

① 维讷耶多施·婆达伽日耶为佛教神秘主义者。——作者原注

② 潘迪特为一种称号，用于称呼通晓经典的婆罗门学者，一般放在姓名之前，有时容易与本名相混。

金刚乘的“大乐”是指这样一种状态：修炼者就像盐溶于水一样融入虚空之中。为了给这种状态建立一个标志，就设想出了双修（男女交合）。不用说，高尔[①]和噶巴利格[②]瑜伽师均出自这些金刚乘修行士。无论多么纯洁真诚的宗教，随着神秘和不可告人成分的加入而逐渐变质并变得邪恶，金刚乘就是很好的例证。

苟勒克纳特的纳特派[③]根源也在于这佛教金刚乘派。苟勒克纳特（苟勒克契巴）也是被列入八十四修士之中的，但显然他选择了另一条路。瑜伽士的这一印度教教派与金刚乘修士的淫邪之法划清了界限，尽管由于想象出湿婆的性力而在湿婆派的某些经典（比如《力合怛特罗》，*Shakti Sangam Ke Tantra*）中有些情欲的描写。苟勒克借用钵颠阇利[④]的最高目标——对心的抑制——创立了诃陀瑜伽[⑤]。金刚乘修行士的故事发生地都在印度东部。苟勒克却在西部——旁遮普和拉贾普特纳——宣传自己的作品。在旁遮普盐山山脉之中，巴勒纳特大师修行的地区很长时间都很著名，伽耶西的《伯德马沃德》中就提到巴勒纳特山[⑥]。

苟勒克纳特的活动时间不是太清楚。根据拉胡尔·桑格里迪亚

① 高尔指那些出身显赫高贵者。

② 噶巴利格（Kapalik）是一个怛特罗湿婆教派，也指该教派的出家人。他们通晓咒术，喝酒吃肉性狂欢，用骨灰涂抹身体，留长发，手里常拿着死人头盖骨作为盛饮食的器皿。

③ 苟勒克纳特（Gorakhnath）为印度教纳特派的创立者。有时也叫“苟勒克契纳特”（Gorakshanath），有时简称“苟勒克”（Gorakh）或“苟勒克契”（Goraksha）。纳特派（Nathapanth）为印度教湿婆派的一个分支，以其修行者名字后面都带“纳特”（Nath）为特征。“纳特”意为“主人”，也是湿婆的称号之一。

④ 钵颠阇利（Patanjali）为印度古代著名经典《瑜伽经》的作者，他把瑜伽的宗教实践加以归纳、总结，使之成为具有系统理论的哲学流派。

⑤ 诃陀瑜伽（Hathayoga）认为，人体包括精神和肌体两个系统。平常的思想活动大部分是无序杂乱的，是能力的浪费，比如：疲劳、兴奋、哀伤、激动。人体只有一小部分用于维持生命。通常情况下，这种失调现象不太严重时，通过休息便可自然恢复平衡，但如果不能自我克制和调节，失调会日益加剧，导致精神和肌体上的疾病。体位法可以通过调息来清除体内神经系统的滞障，控制身体的能量并加以利用。

⑥ 盐山因其丰富的岩盐矿而闻名。巴勒纳特山为盐山山脉第二高山，因著名纳特修行大师巴勒纳特活动于此而得名。

耶恩先生为他确立的地位，他的生活时间应该在健日王纪元10世纪①，其根据就是金刚乘修行士的一本书《日德纳格尔·久伯穆故事》（*Ratnakar Jopam Katha*）。根据该书，米讷纳特的儿子穆德斯延德尔纳特本是噶穆如布地区的渔民，后作为吉尔伯迪巴的学生而成为悉陀。但桑格里迪亚耶恩先生在自己的悉陀名单中却把穆德斯延德尔写成一直以传统而闻名的贾朗特尔的学生。苟勒克纳特的老师是穆德斯延德尔纳特，这是人所共知的。桑格里迪亚耶恩将米讷纳特或米讷巴视为生活在巴勒王朝国王代沃巴勒的时代，也就是公元843年前后。不知他是以什么为根据确认这一时间的。如果悉陀的上述著作里提到米讷巴生活在国王代沃巴勒时期，那么他应该会特别注意这一点，八十四悉陀的名单也非常可能有所变动。很可能苟勒克契巴和焦楞吉巴的名字是后来加上去的，米讷巴与穆德斯延德尔除了名字相似以外没有任何关系。婆罗赫马南德就认为他们俩完全不是一回事（娑罗室伐底宫经典系列）。② 看了下面一点疑问就更大了：名单中其他所有悉陀的地域和种姓都有提及，唯独没有对苟勒克契和焦楞吉的地域和种姓进行任何描述。因此，苟勒克契纳特生活的时期很难说是健日王纪元10世纪。

阿拉乌丁③时期（公元1301年）的马哈拉施特拉修道士格亚恩代沃称自己与苟勒克契纳特是一脉相承的师徒关系。他把这种传承顺序描述为：

阿迪④纳特——穆德斯延德尔纳特——苟勒克契纳特——盖尼纳

---

① 健日王纪元10世纪约在公元9~10世纪。

② 娑罗室伐底（Saraswati）被认为是印度教知识和语言女神或艺术女神。娑罗室伐底宫（Saraswati Bhavan）是瓦腊纳西梵语学院的图书馆名。在学院院长苟比纳特·噶维拉杰（Gopinath Kaviraj）主持下该馆整理出版了一系列梵语典籍，称为“娑罗室伐底宫经典系列”（Saraswati Bhavan Granthmala或Saraswati Bhavan texts或Saraswati Bhavan Studies）。

③ 阿拉乌丁（Ala-ud-din），印度德里苏丹国卡尔吉王朝的第二任苏丹，被认为是最强大的德里苏丹。

④ 阿迪纳特意为“最初的纳特”。阿迪意为“最初的”。

特——尼沃里蒂纳特——格亚内西沃尔[①]。

根据这一马哈拉施特拉传承关系，苟勒克契纳特的生活年代要在地王之后。纳特传承中穆德斯延德尔纳特的老师一般认为是贾朗特尔。不丹的典籍中也把贾朗特尔称为阿迪纳特。考虑到这一切，我们觉得，贾朗特尔从悉陀传统另立了门户，后去了旁遮普，并一直在旁遮普的冈格拉山区和其他地方云游。现在旁遮普的贾朗特尔市似乎就是他的遗存纪念物。纳特派有的经典中也称贾朗特尔为巴勒纳特。盐山之中的巴勒纳特山很长时间都非常有名。穆德斯延德尔是贾朗特尔的学生，纳特派的这一主张似乎是对的。米讷巴的老师很可能是吉尔伯迪巴，但穆德斯延德尔的老师就是贾朗特尔。桑格里迪亚耶恩先生所确认的苟勒克契的生活年代是将米讷巴当成国王代沃巴勒同时代的、穆德斯延德尔的父亲所致。因为穆德斯延德尔与米讷巴一点关系都没有，承认上述时间也就没了任何依据。只能推测苟勒克契的年代就是地王时期前后——尤其是后期。

正如悉陀的人数以八十四著称，纳特的人数则以九闻名。至今仍常听到人们在说“九纳特”和“八十四悉陀”。《苟勒克契论集》（*Gorakshasiddhant Sangrah*）所罗列的该派创立者为：龙树（那伽尔隽）、杰勒婆罗多、赫利希金德尔、瑟德耶纳特、毗穆纳特、苟勒克契、吉尔伯迪、贾朗特尔、穆勒亚隽。

这张名单中的龙树（那伽尔隽）、吉尔伯德（即吉尔伯迪）和贾朗特尔同时也属于悉陀传统。那伽尔隽（公元645年）还是著名的炼丹术士。纳特派具有炼丹技能。纳特派是从悉陀传统分离出来的，这一点毫无疑问。

① 这里的格亚内西沃尔（Jnaneshvar）就是上文的格亚恩代沃（Jnanadev），两词都来自梵语，意思是“知识之神”，只是“神”所用的词不同而已（ishvar和dev）。

从历史我们可以得知，早在加兹尼的马赫穆德[①]之前不久，信德和木尔坦就有穆斯林定居，其中有些还是苏菲派。有记录表明，许多苏菲派穆斯林向印度瑜伽师学习调息等功法。所以，无论苟勒克契纳特是在健日王纪元10世纪还是13世纪，他们与穆斯林接触是可想而知的，因为如前所述，他们向旁遮普和拉贾普特纳传播了自己的教派。

历史和传说表明，苏菲派苦行者和圣人一直在努力使伊斯兰教苏菲派得到人们的喜爱。至今穆斯林仍在传唱赫瓦贾·穆伊奴丁·奇什蒂[②]在地王的父亲时期来到阿杰梅尔并宣扬自己获得超自然力量的歌曲。在那些相信神通的纯朴民众中传播影响的过程中，这些穆斯林苦行者和圣人不得不面对悉陀和瑜伽士，这些悉陀和瑜伽士的影响早就根深蒂固。在印度穆斯林尤其是苏菲派传统中，有许多关于某某穆斯林圣人在神技方面击败某某悉陀或瑜伽士的故事。据说赫瓦贾·穆伊奴丁·奇什蒂与好几个瑜伽师进行过这样的竞技。

前面已经说过，苟勒克纳特（即苟勒克契纳特）[③]的诃陀瑜伽修习带有信仰上帝成分，所以对于穆斯林来说也具有吸引力。苟勒克纳特发现，能使人与上帝相交的瑜伽可以作为一种共同的修习方式提供给印度教徒和穆斯林。修习时穆斯林不须运用其反感的偶像崇拜和多神崇拜。因此他认为，为排除两者之间相互憎恕的情绪找出一条共通道路是有可能的。他将对其进行改良的工作留给了后辈学生。纳特派的理论和著作对崇拜上帝的外在形式不以为然，强调的

---

① 马赫穆德（Mahamud）也常译作“马茂德”或“马哈茂德”。

② 赫瓦贾·穆伊奴丁·奇什蒂（Khvaja Muinuddin Chishti）也叫作卡利卜·纳瓦兹，Chishti也译作契斯提，生于1141年。为南亚伊斯兰教伊玛目和哲学家，南亚最著名的苏菲派隐修教团奇什蒂教团（Chishti Order，也译作契斯提教团）的创立者。

③ 这里苟勒克即苟勒克契，两者的拼写分别为Gorakh和Goraksha，本书作者经常将二者混用。

是心灵上获得上帝；认为研习吠陀经典是徒劳的，表现出对吠陀学者的不敬；称圣地朝觐毫无作用。

在描述内心崇拜时他说，心灵就是面镜子，里面反映出“我”的本质。悉陀和诃陀瑜伽士都认为是“声”和“光”的结合创造了世界。关于圣地朝圣，诃陀瑜伽士与悉陀持同样的观念。

这里必须注意的是，八十四悉陀中有许多人是渔民、皮匠、洗衣工、豆姆、运水工、伐木工、裁缝[①]等种姓，还有许多被称为首陀罗的人。因此，他们本身就是对种姓制度的反抗。当纳特派传播开来时，也有许多下层人民和未受过任何教育的人群参加进来，他们都属没有什么经典知识、智力发展平平之列。[②]但为了使自己显得神秘，他们觉得痛骂经典专家学者也是必不可少的。对于那些真正彻悟并能点化他人的大师们，悉陀和他们都还是很尊敬的。

纳特派的修行士在耳垂打上很大的孔，然后带着沉重的水晶玻璃耳饰，因而他们也被称为破耳者。如前所述，这一派多传到旁遮普和拉贾普特纳，所以当该教派写书和传播自己教义时，便使用了当地流行的语言。他们也得向穆斯林宣讲自己的道理，这些穆斯林的口语大都是德里周边的克里保利方言。这使他们的言语中多半都是与该方言的混合体。这样，这些纳特派修行士就借助不同于传统文学语言或诗体语言的一种“五语混合”[③]语言，前者的结构属于城区阿伯珀仑谢语或伯勒杰语，后者的结构属于带有克里保利语的拉

---

① 渔民、皮匠、洗衣工、豆姆（搬运死尸者或以唱歌为业者）、运水工、伐木工和裁缝均为四种姓之外的贱民。首陀罗则是四种姓内的最低种姓。

② 苟勒克契纳特所提出的神秘文化系统似乎并不是通过受教育阶层而得以广泛传播的。The System of Mystic Culture Introduced by Gorakshanath is Not to Seem to Have Spread Widely Through The Educated Classes.——苟比纳特·格维拉杰、恰《娑罗室伐底宫经典系列》。——作者原注

③ 五语混合（sadhukkari）的原义是“出家人的”或“圣人的”语言，这种语言一般认为是印地语（包括克利保利、伯勒杰、阿沃提等方言）混有波斯语、阿拉伯语、旁遮普语等多种语言的词汇，所以也被称为“五语混合体”（panch-mel khichari）。

贾斯坦语[①]（拉贾斯塔尼语）。这些方言的著作中与敬拜（puja）、圣地朝觐（tirthatan）同时被提到的还有朝圣（haz）、祈祷（namaz）等词。有一部这样的作品名字叫《异教徒智觉》（Kaphir Bodha）[②]。

纳特教派的教义宣传一开始就不仅影响印度教徒，而且影响了穆斯林。许多穆斯林，当然主要是下层的，加入了纳特教派。至今该地区仍有不少穆斯林修行士穿着赭色衣服，搭着破旧的长袋，弹着萨兰基琴，唱着“伽利时代国王婆尔特利永恒”的歌曲到处巡游。有人问起便称苟勒克是自己的先师。他们还唱孟加拉杰迪冈国王苟比金德的歌，其母是麦纳沃蒂，有的资料称她是苟勒克的学生，有的则说她是贾朗特尔的学生。

用方言写的苟勒克派作品诗体和散文体都有，而且都是公元1343年前后的作品，里面都是教派主义说教。现在所能看到的书有:《苟勒克—格内希对谈录》（*Gorakh-Ganesh-Goshthi*）、《穆哈代沃—苟勒克对话录》（*Mahadev-Gorakha-Sanvad*）、《苟勒克纳特吉[③]十七艺》（*Gorakhanath Ji Satrah Kala*）、《苟勒克智觉》（*Gorakha Bodha*）、《德特—苟勒克对话录》（*Datta-Gorakha Sanvad*）、《尤盖希沃丽[④]作证》（*Yogeshvari Sakhi*）、《国王智觉》（*Naravai Bodha*）、《大往世书》（*Virat Puran*）、《苟勒克精要》（*Gorakha Sar*）、《苟勒克语录》（*Gorakha Bani*）等。这些书并非苟勒克所写，而是由他的学生捉刀。苟勒克时代写作所使用的语言中肯定多多少少会混入一些俗语或阿伯珀仑谢语词汇。上述作品中《国王智觉》的书名中就有阿

① 拉贾斯坦语（Rajstani）即拉贾斯坦人（Rajstani）所说的语言。

② 我的爱徒比丹伯尔德特·波尔特瓦勒持有这本书以及与此同类的其他一些书。——作者原注

③ 苟勒克纳特吉（Gorakhanath Ji）是在人名“苟勒克纳特”后面加了一个表示敬称的“吉”（Ji），意思相当于“先生”，所以也可译作苟勒克纳特·吉。“吉”既可以单独使用，也可以和人名连用，也可和其他称谓或敬称词连用。但“吉”根据情况在汉语中有时可以不译。

④ 尤盖希沃丽（Yogeshvari）就是杜尔加（Durga，即“难近母”）。

伯珀仑谢语的影子。这些书中大多是梵语典籍的译作。这一点从其语言形式就可看出。《大往世书》就是梵语《大往世书》的翻译。可以见到的苟勒克纳特的梵语作品有：

《悉陀论注》（*Siddha-Siddhant-Paddhati*）、《智慧马尔登德》（*Vivek Martand*）[①]、《力合怛特罗》《尼任金往世书》（*Niranjan Puran*）、《大往世书》（*Virat Puran*）。

用印地语所写的大都是这些作品的译本或摘要。当然，《证言》（*SaKhi*）和《真言》（*Bani*）中有些作品或许是苟勒克的。

对悉陀和瑜伽士做了这么多描述后，我们认为有必要调转注意力，关注一下这个问题：他们的作品只不过是关于怛特罗系统、瑜伽修行、自持、调息、体内血脉经络状态、内心修炼等重要性的说教而已，它们与生活中的自然体验和状态没有任何关系。因此，它们不能列入真正的文学范畴，只能作为天文学、印医学等的文献来参考。这里仅以两个方面的思考加以描述：

（1）首先是语言。我们所引证的悉陀的作品的语言是混合了方言的阿伯珀仑谢语，或者说古印地语的诗体语言，这一点是十分明显的。他们都尽可能用当时广泛认同的诗体语言进行写作，这种语言当时从古吉拉特、拉贾普特纳和伯勒杰地区到比哈尔都被认为是读写所用的雅语。但由于生活在摩揭陀地区，悉陀的语言中也使用了一些东部语（比如婆伊雷、布里利）。古印地语的诗体语言结构属于由肖勒塞尼语派生的阿伯珀仑谢语的，或者说是伯勒杰语和克里保利语（西部印地语）的。如果我们仔细看悉陀根赫巴的作品，就会发现一个明显的问题，那就是他说教用的是古通用印地语，而他的歌却用的是古比哈利语[②]或东部方言。这一特点我们在后来格比

① 马尔登德（Martand）是印度教吠陀神话中第8位也是最后一位太阳神。后来的往世书神话又加了4位，所以就有了12位太阳神。

② 比哈利语（Bihari）为比哈尔邦及其周边地区的语言。

尔的《证言》和《罗麦尼》（歌）的语言中也能看到。《证言》的语言是混合有克里保利和拉贾斯坦语的“五语混合”语，但《罗麦尼》的语言中有诗体伯勒杰语，有的地方也有东部方言。

悉陀中萨罗诃被认为是最早的，也就是公元633年。所以印地语诗体语言的古老形式我们可以在公元7世纪发现。

（2）第二是教派倾向和仪式传统。前面我们已经展现了金刚乘悉陀们如何在底层基本未受过教育的人群中为哪些观念争得一席之地。他们宣传了对种姓制度、外在偶像崇拜、圣地朝圣等蔑视的思想；作为神秘主义者，指明了责难精通典籍的学者和通过随心所欲的隐喻破解自己“真言”之谜的路径；传播了承认内心之轮、血脉经络和虚空的存在而进行修炼之事；教会人们背诵声、光、听、见之类的词。纳特派修行士也以其独特的方式保持着这一传统。后来虔诚时期无形派圣人群体是怎样融合了吠檀多认识论、苏菲派泛爱论、毗湿奴派非暴力主义以及进步主义走上悉陀和瑜伽士们开创的这条道路的，且容后面详述。格比尔等圣人是如何从纳特派获得“证言”和“真言”等词汇的，同样为“证言”和“真言”也得到了相应的材料和“五语混合”语言。

正是为了说明这两个问题，本书才对悉陀和瑜伽士予以如此详细的描述。他们的作品与生活的自然习俗、体验和状态没有任何关系，它们仅仅是教派的说教而已，因此不能算作真正的文学。我们不能说这些作品的传统是诗歌或文学的什么流派。现在我们抛开对与宗教相关的作品的议论，转而对所获得的一般意义上的文学材料按其编撰者或作者的顺序加以阐述。

亥默金德尔（Hemchandra）——他在古吉拉特的叟伦吉（Solanki）王朝国王悉陀拉吉·杰耶辛赫[①]（1093~1142）和其侄子古

①“悉陀拉吉”并非其名字，只是其称号，意思是被授予神奇力量的大王，“杰耶辛赫”才是其名字。有时也被称为杰耶辛赫·悉陀拉吉。

马尔巴勒（1142~1173）那里非常受尊敬。他是当时最著名的耆那教大师。他在悉陀拉吉在位期间写了一部重要的语法著作《悉陀亥默金德尔语法读本》（*Siddha Hemchandra Shabdanushasan*），其中包括了梵语、俗语和阿伯珀仑谢语三种语言。在阿伯珀仑谢语的例子中，他引用的全是双行诗或其他韵体诗，其中大部分是他之前时代的。

为了给自己的语法提供例句，亥默金德尔也像婆迪[①]一样创作了一部双关诗[②]，其中还有一首叫作《古马尔巴勒传》的俗语诗，这首诗中也保留着阿伯珀仑谢语的韵体。

索姆伯尔帕·苏利（Somprabh Suri）——也是一位耆那教学者。他于1184年写了一部叫作《古马尔巴勒智觉》（*Kumarapalapratibodha*）的韵散杂糅的梵语和俗语混合的诗，其中写到亥默金德尔向古马尔巴勒进行各种说教的故事。这部作品大部分用的是俗语，间或用一些梵语颂体[③]和阿伯珀仑谢语双行诗。阿伯珀仑谢语韵体中有些是古老的，有些则是索姆伯尔帕和希提巴勒·格维创造的。

耆那贾日耶·梅鲁东格[④]（Jainacharya Merutung）——他1304年写了一部叫作《如意明珠记》（*Prabandhachintamani*）、类似于《婆吉纪事》（*Bhojaprabandha*）的作品，其中收录记载了很多国王的传说故事。这些故事中还穿插摘引了一些流传已久的阿伯珀仑谢语韵诗。有些双行诗据说就是国王婆吉叔叔蒙吉的。蒙吉的双行诗可以

---

① 婆迪（Bhatti）为公元6~7世纪著名梵语诗人和语法学家，著名梵语大诗《婆迪诗》（Bhatti Kavya）的作者。

② 双关诗（Dvyashray Kavya）是印度古代一种诗的形式，在梵语和俗语中都有。此类诗作中，诗人在每首诗中借助双关的方法，同时讲述两个不同故事，比如在梵语《罗怙般度族》（*Raghavapandaviy*）中，既讲述了罗怙家族的事迹，也讲述了般度家族的事迹。罗怙是罗摩的家族，其故事主要来自《罗摩衍那》；般度属于婆罗多族，其故事主要来自《摩诃婆罗多》。

③ 颂体音译作输洛迦（Shloka），是梵语诗的一种诗体或诗律。该体有4个音步，每音步8个音节。整个诗节有32个音节。

④ 耆那贾日耶·梅鲁东格中的“梅鲁东格”是人名，“耆那贾日耶”并非人名，而是梅鲁东格的称号，意为“耆那教大师”。

说是阿伯珀仑谢语或古印地语非常古老的样本。当蒙吉进攻代仑国时，该国国王代勒伯捕俘了他，并将其绳捆索绑带回王宫。结果在那里他与国王的妹妹穆里娜勒沃蒂产生了爱情。

除了那些零散的作品外，也不乏用混有阿伯珀仑谢语的语言写成英雄史诗的例子。

威迪亚特尔（Vidyadhar）——这位诗人在一本书中描写了曲女城的一位拉陶尔国王①（可能就是杰耶金德）的勇武与功绩。这本书至今未发现，但在《俗语韵律》（*Prakrit Pingal Sutra*）中有几首他的诗。

如果承认威迪亚特尔是那个时代的诗人，那么他的生活时间大致可以认为是健日王纪元13世纪②。

夏任格特尔（Sharngadhar）——他的《医方明》（*Ayurved*）一书非常有名。他既是位优秀诗人，又是经书作者。他还创作了一部名为《夏任格特尔诠言》（*Sharngadhar Paddhati*）的名言录，并做了自我简介。任腾婆尔③著名英雄国王赫米尔代沃的主要宫廷会议成员中有位拉克代沃。拉克代沃有三个儿子，分别名叫婆巴尔、达摩德尔和代沃达斯。达摩德尔也育有三子——夏任格特尔、勒格其密特尔和克里斯纳。赫米尔代沃于公元1300年在抗击阿拉乌丁的进攻中战死。因此，夏任格特尔著作的时间应该在上述时间之后，也就是公元14世纪上半叶。

《夏任格特尔诠言》有许多夏巴尔咒文④和方言图画诗⑤，间或也

---

① 拉陶尔（Rathaur）为拉贾斯坦境内的古王族。“国王”一词原著中为“皇帝”（Samrat）。

② 健日王纪元13世纪大约为公元12~13世纪。

③ 任腾婆尔（Ranthanbhaur）为地王死后其子苟温德在拉贾斯坦境内所建王国及其都城，现仍存有著名的任腾婆尔古堡。

④ 夏巴尔（Shabar）意为“土生土长的”或“本地的”。

⑤ 图画诗（chitra kavya）是一种过度装饰的诗的形式，它以一种特殊的方式和顺序排列诗行，使之形成荷花、车、马、大象等的形状。此类诗歌后来一般被归入低劣诗作之列。

出现一些方言诗。

根据盛传的说法，夏任格特尔用方言也创作了一部叫作《赫米尔王颂》的英雄史诗，该诗现已失传。很久以后出现一部仿写的《赫米尔王颂》倒是可以看到。翻阅《俗语韵律》的时候笔者发现了作为例子的几首歌颂赫米尔进攻和英勇的韵诗。我可以断定，这些诗就是属于原始《赫米尔王颂》的。

阿伯珀仑谢语作品的传统就到此为止。尽管五六十年后（公元1403年的时候），维迪亚伯迪用阿伯珀仑谢语写了两本小册子，其中间或加入几首方言韵体诗，但那时候方言已经取代了阿伯珀仑谢语。著名语言学家乔治·格里尔森博士在汇集整理维迪亚伯迪诗歌时发现，名为《荣誉之藤》（*Kirtilata*）和《荣誉之旗》（*Kirtipataka*）的两部赞颂诗也是他的作品。但当时并没有发现其中的任何一本。其后不久，大师赫尔伯勒萨德·夏斯特里前往尼泊尔，在那里他从尼泊尔国家图书馆发现了《荣誉之藤》的一个本子，并复制回来。

在这本书中，用阿伯珀仑谢语双行诗、四行诗、六行诗①、格律诗、叙事长诗等对迪尔胡德②的国王吉尔迪辛赫的英勇、慷慨、赏鉴能力等进行了描绘，有些地方也穿插了一些方言诗歌。这里阿伯珀仑谢语的特点在于，它是东部阿伯珀仑谢语，其中动词等的许多变位形式是属于东部的。

维迪亚伯迪的阿伯珀仑谢语的另一特点是，通常都带有一些方言，其中并不那么排斥梵语同形词③。也就是说它与俗语传统的关系并不那么紧密。

---

① 六行诗（chhappaya）由四行柔拉诗加两行乌拉拉诗构成。柔拉诗的奇数行为11个音长，偶数行为13个音长；乌拉拉诗的奇数行为15个音长，偶数行为13个音长。

② 迪尔胡德（Tirhuta）是比哈尔境内恒河以北地区，在比哈尔的西北部。

③ 印地语中的同形词（tatsam）是指从其他语言按原形借用的词，所以也叫原形词。与此对应的是同源词（tadbhav），即在借用时已经做了形态上的变化，所以也叫变形词。

根据目前阿伯珀仑谢语诗歌的新老例证，我们可以准确地推测诗歌语言与俗语传统有怎样的关系，其中可以发现甚至对口头梵语同形词的抵制。像upkar（行善）、nagar（城市）、vidya（知识、学问）、vachan（话语、诺言）之类很流行的词也分别被变成usaar、naar、bijja、baan的形式。Jasu和tasu[①]之类的形式虽然已经从口语中消失，但在书面语中仍然一直存在。形容词和中心词之间格尾的共格多已经从阿伯珀仑谢语时态分词性形容词中消失了，但根据俗语的传统，在阿伯珀仑谢语诗歌的分词性形容词中仍可见到，比如：jubbana gayun na jhuri——gae ko yaun ko na jhura（不为逝去的青春后悔）。与此类例子同时，如果我们仍发现不存在这样共格的例子，那么就可以肯定地说，这种插入仅仅是遵循了旧的传统而已。通过对词的考察很容易得出这种遵循传统的判断。如果我们发现在阿伯珀仑谢语的词中使用mittha（甜的）和mithi（甜的）两种形式，那么这种情况下又怎能怀疑mithi一词的通行呢。

稍加注意就会发现，随着诗的语言越来越向方言倾斜，使用同形梵语词也越来越普遍。夏任格特尔的韵诗和《荣誉之藤》中就有这样的证据。

第三节　地方语言诗歌

前文已述，当前所能得到的很大程度上脱离俗语传统的语言的古老诗歌——如《比斯勒代沃王颂》和《地王颂》——都是令人怀疑的。但我们不得不满足于利用这些令人怀疑的材料来进行一些讨论。

可以猜想的是，当时并非只有学过俗语的学者才创作诗歌。在

① Jasu =现代印地语的jiska，为“单数关系代词jo+属格或所有格ka”的形式，相当于英语的who’s；tasu =现代印地语的uska，为“单数第三人称代词vah+属格或所有格ka”的形式，相当于英语的its。

普通百姓的口语中很可能一直流行着学者们视为“乡巴佬的”歌和四行诗等。这种诗歌甚至传到了宫廷。方言肯定也有意境非常美的诗歌的创作者。宫廷中创作的劝诫、艳情味等内容往往用四行诗的形式，英勇味的诗歌则用六行诗。宫廷诗人用华丽的语言歌颂自己国王的英雄气概、盖世功德和崇高威望，用充满豪迈英勇情味的诗歌激励鼓舞着勇士们。这类诗人的作品享有受保护的更多便利条件，有机会收进宫廷藏书阁。考虑到婆罗门宫廷歌手们的职业性质，它们也会留传给继任者。后来在婆罗门诗人歌手世袭过程中的流传使它们也经历不少改动。这种受到保护的材料在印地语文学初期很容易找到。因此把这一时期称为“英雄史诗时期”。

在印度历史上，这是穆斯林从西北方向不断入侵的时期。这些入侵的冲击主要由印度西北地区的居民承受了，一些较大的印度教王国都集中在那里。笈多帝国衰落后，尤其是戒日王（卒于647年）之后，只有印度西部成为印度文化和力量的中心。曲女城、德里、阿杰梅尔、恩赫尔瓦拉等大都城均坐落于这一带，只有这里的语言被认为是优秀的语言，诗人、歌手等均用这里的语言进行创作。我们所能见到的早期文学均发轫于这一地区，因此早期文学很自然地会打上这一地区人民思想倾向的烙印。戒日王之后，帝国情怀便烟消云散，整个国家分崩离析。原来坐落于西方的格赫尔瓦尔、焦汉、金德尔和普利赫尔等众多拉贾普特人郡国为扩张势力而开始相互征战。本来是没有必要开战的，有时仅仅为了显示自己的英雄气概就要诉诸武力。其间还不时遭到穆斯林的进攻。总而言之，从我们的印地语文学初创开始，就是征战不断、以勇武为荣的时期，其他一切都让位于它。

马赫穆德（卒于1030年）返回加兹尼之后，加兹尼的苏丹总有一位执政官驻守拉合尔，从那里总是以掠夺财物为目的发动对印度各地的进攻，尤其是对拉贾普特纳的进攻。在波斯语的历史书中找不到对这些进攻的记述，但在有些梵语历史诗中可以找到。桑婆尔（阿杰梅尔）的焦汉王朝国王杜尔勒婆拉杰二世在与穆斯林作战中被杀死。创建阿杰梅尔城的阿杰耶代沃击败了穆斯林。阿杰耶代沃之子阿尔诺拉杰（阿纳）[1]统治时期，穆斯林军队再次越过普斯格尔河谷到达今天的阿纳萨格尔[2]地区。阿尔诺拉杰消灭了这支军队，大获全胜。在那里，野蛮的穆斯林血流成河，因此阿尔诺拉杰认为那地方不洁，于是在那里挖了一个大水池，被称作阿纳萨格尔。

阿纳的儿子比斯勒代沃（维格热赫拉杰四世）时期，穆斯林军队进攻到了今天的基辛格尔赫（Kishanagarh）地区。比斯勒代沃在击败他们以后，为了把穆斯林从整个北印度赶出去而继续向北推进。他将德里和詹西（Jhansi）地区纳入自己版图，并把穆斯林从北印度大片土地上驱逐出去。现存德里刻有阿育王敕令的希瓦利克石柱上[3]，刻有比斯勒代沃公元1163年的敕文，其中提及了这一事件。谢哈布丁·苟利（Shahabuddin Gori）第一次进攻地王（1190）之前也有许多苟利人的军队进攻过纳道勒，但都大败而归。在地王战死、德里和阿杰梅尔被攻占之后很久，拉贾普特纳境内仍有一些独立的印度教国王在与穆斯林作战，其中最著名的任腾婆尔的国王就是属于地王焦汉一族的赫米尔代沃。他一直在与穆斯林作战，并多次击败他们。总而言之，直到帕坦人统治时期，印度教徒一直在为自由独立而战。

站在婆吉国王的朝廷之上，描述国王乐善好施，从而获得成千上百万卢比的诗人时代已经一去不返，朝廷上进行经辩的热闹场面

① 阿尔诺拉吉（Arnoraj）也叫阿纳·焦汉，简称阿纳（Ana）。

② 阿纳萨格尔（Anasagar）意为“阿纳之海”。

③ 希瓦利克柱（Shivalik Stanbha）据称制造于公元4世纪，最初作为旗杆立于马图拉的毗湿奴山上毗湿奴庙前。1050年被运到德里。现矗立在德里著名世界文化遗产古杜布塔（Qutub Minar，也译作“顾特卜塔”）旁。柱高7米，至今不锈，上刻梵语铭文，是印度极富盛名的古迹之一。

也已不再，对学问的创新进行褒奖的制度也已废弛。这时，只有那些大肆颂扬国王的勇武、胜利和强抢敌人妻女或者到战场上鼓舞勇士们奋战的诗人才会得到荣誉和尊敬。

在这种背景下，试图使诗歌或文学的其他形式得以完善和繁荣的任何集体努力都是困难的。当时只有英雄史诗才有可能得到发展。我们发现英雄诗有两种形式——既有片段事件性诗歌，也有长篇叙事诗[①]。我们不去过多讨论片段事件性作品，而要详述英雄史诗性的长篇叙事诗。欧洲英雄史诗的主题总是“战争与爱”，我们这里也是如此。听说某某国王的女儿如花似玉，便率部亲征，大败敌手后将其女儿掠回宫中，这被视为值得骄傲的事。这样在诗中多少会渗入艳情描写，但只作为次要的因素，主要的味仍然是英勇。艳情味仅仅是一种辅助手段。即便由于政治原因发生的战争，创作时也不提那些政治因素，而仅把美女设想为唯一原因。比如一位美女从谢哈布丁那里来到地王身边就被写成了战争的根源。阿拉乌丁对赫米尔王的进攻也被想象为同样的原因。这类诗歌中根据传统设想的事件往往有固定的程式。

英雄史诗有两种类型——叙事诗文学型和英雄赞歌（ballads）型。所发现的文学性叙事诗型作品就是《地王颂》，作为英雄赞歌型所发现的最古老作品就是《比斯勒代沃王颂》，尽管其语言给人随着时间推移而有所变化的感觉。数百年来在民众中传唱不衰的作品，其语言不可能仍保持其原始状态。最明显的例子就是《阿勒哈篇》，其传唱者几乎全在北印度。

这里列举的都是英雄时代那些或者有传本面世或者在某处有所描述的作品。这些作品被称作“拉索”（raso，意为“颂”）。有些人

① 印度叙事诗分为两种：一种是描写伟人或英雄一生的长篇叙事诗，也称大诗或史诗（Mahakavya）；另一种是描写伟人或英雄生活某个片段的诗作，称为片段事件性诗歌（Khandakavya）。

称该词与rahasya（神秘、秘密、秘诀）一词有关。但《比斯勒代沃王颂》中作为“诗”的意义总是用rasayan（味之舟）一词。因此我们认为，就是由这rasayan一词逐渐演变为“拉索”（raso）的。[①]代表作品和作家有：

（1）《库芒王颂》（*Khumanaraso*）——753~943年，吉道尔[②]有三位叫拉沃尔[③]·库芒的国王。陶德上校[④]将这三者视为一人，详细描述了他们的战争。他所描写的要点是，噶勒婆杰（称号为Raval Bappa，意为“王公大人”）之后，库芒继位，成为美瓦尔历史上闻名的国王。就在他统治时期，巴格达的哈里发马蒙[⑤]进攻了吉道尔。为了帮助库芒王，许多邻国国王都来助战，吉道尔终于被保住。库芒王身经24战，统治时间为812~836年。所有这些描述似乎都来自一位叫德勒布德维杰耶（Dalapatavijay）的诗人所创作的《库芒王颂》。但目前所能得到的《库芒王颂》本子并不完整，甚至里面还有对穆哈拉纳·布拉达布·辛赫[⑥]的描写。从噶勒婆杰到第三位库芒王的王朝谱系为：噶勒婆杰（拉沃尔·博帕）——库芒——穆德特——婆尔德利伯德——辛赫——库芒（二世）——穆哈耶格——库芒（三世）。噶勒婆杰的统治时间为734~753年。目前发现库芒三世继任者婆尔德利伯德（二世）时期的两块石碑，分别是942年和943年的。因此，将这190年平均计算下来三位库芒王的时间可大致确定为：

库芒王（一世）753~808年

库芒王（二世）813~843年

---

① 这一段小括号里的汉语注义为译者所加。

② 吉道尔（Chitour），印度古城，位于今北方邦境内。

③ 拉沃尔（Raval）是一种称号，有“国王”或“王公”之义。

④ 陶德上校的全名为詹姆斯·陶德（James Tod）。他是印度东印度公司的一位官员和印度学学者，发现或发掘了许多历史遗址和碑铭，其中1169年的碑铭尤为重要。

⑤ 马蒙（Al-Mamun），也译作麦蒙，生于786年，卒于833年。阿拉伯帝国阿拔斯王朝第七任哈里发，在位时间为813~833年。

⑥ 穆哈拉纳·布拉达布·辛赫（Maharana Pratap Singha）为16世纪美瓦尔（Mevar）的著名国王，以抗击莫卧儿人阿克巴而闻名。

库芒王（三世）908~933年

阿拔斯王朝的马蒙自813~833年为哈里发。此前的哈里发军队统帅们已经征服了信德，从信德穆斯林又开始进攻拉贾普特纳。所以，如果某位库芒王与马蒙的军队发生过战斗，那么就会以他的名字创作《库芒王颂》。现在还很难说目前所得到的《库芒王颂》中有多少成分是原始的。根据书中甚至有对穆哈拉纳·布拉达布·辛赫的描写，可以肯定地说，现在所看到的这本书的样子，很可能在健日王纪元17世纪[①]时就已成形。根据《西沃辛赫之莲》的说法，一位不著名的纳马帕德（Namabhat）写过一本叫作《库芒王颂》的作品，其中有从希利·罗摩金德尔[②]到库芒的战争的描述。很难说德勒布德维杰耶是真正《库芒王颂》的作者还是后来的辑录者。

（2）《比斯勒代沃王颂》（*Bisaladevaraso*）——诗人讷尔伯迪·纳勒赫是绰号为维格热赫拉杰四世的比斯勒代沃王同时代的人，很可能就是宫廷诗人。他以英雄颂歌的形式写了一部叫作《比斯勒代沃王颂》的小书（仅100页）。书中给出了创作年代，也就是健日王纪元1212年。经过计算，健日王纪元1212年（公元1155年）三月黑半月（下半月）初三就是星期四。诗人在颂歌中到处都用“当下”，这表明他似乎是比斯勒代沃王同时代的人。维格热赫拉杰四世（比斯勒代沃王）的时间也是在健日王纪元1220年（公元1163年）前后。他在健日王纪元1210年（公元1153年）和1220年的碑文也已被发现。《比斯勒代沃王颂》共分四个部分，全诗有约2000诗行。诗中的要点如下：

第一部分：比斯勒代沃王与马尔华（Malava）国王婆吉·伯尔马尔[③]的女儿拉杰穆蒂成婚。

---

① 大约在公元16~17世纪。

② 希利·罗摩金德尔（Shri Ramchandra）中的“罗摩金德尔”（Ramchandra）就是《罗摩衍那》中罗摩的全名，“希利”（Shri）则是敬称词。

③ 伯尔马尔（Paramar）为拉贾普特人的一个氏族，曾经是马尔华地区的王族。

第二部分：比斯勒代沃与拉杰穆蒂斗气移居奥里萨一年。

第三部分：拉杰穆蒂的离愁和比斯勒代沃王的回宫。

第四部分：婆吉王将女儿拉杰穆蒂接回自己家，比斯勒代沃将拉杰穆蒂接回吉道尔。

从所给的年代看，诗人与其主人公似乎是同时代的。但经仔细研究发现，所描述的事件似乎是在比斯勒代沃王之后很久才写的，这时关于这些事件已经有了更大的想象空间。这不是事件性为主的诗歌，而是一篇素描性诗歌。诗中只有两个事件——比斯勒代沃的婚姻和他前往奥里萨，其中前者似乎是虚构的。远在比斯勒代沃之前100年，塔尔①的著名伯尔马尔人国王婆吉就已经去世。所以比斯勒代沃与他的女儿结婚好像是后来某位诗人的想象和虚构。这时候，在马尔华已经没有任何叫婆吉的国王。比斯勒代沃倒是有一位伯尔马尔族的王后，这事一定流传已久，因为在《地王颂》中也有记载。好像这本书就是据此写了婆吉的大名。也就是说，很可能塔尔的伯尔马尔家族的称号就是婆吉，而且正是基于此，比斯勒代沃才与这些伯尔马尔人中某位的女儿成了婚。注意到书中好几处出现的关于伯尔马尔女儿的语句，你就会感到这样的推论得到了证实——国王婆吉的名字大概是后来才加进去的吧！源自阿布②山区的伯尔马尔人遍布拉贾普特纳，所以拉杰穆蒂为这些伯尔马尔人中某位头人的女儿也不是不可能。但除了婆吉以外还有其他名字与此有关，比如马克·阿加尔吉和诗人迦梨陀娑。

如前所述，阿杰梅尔的焦汉王比斯勒代沃（维格热赫拉杰四世）是位大英雄和威名远扬的人。他对穆斯林发动了好几次进攻，把穆斯林从一些地区驱逐出去。正是他把德里和詹西地区纳入了自己的

① 塔尔（Dhar）是印度西部具有历史和文化意义的一城市，由国王婆吉所建，曾作为马尔华的首都。

② 阿布（Abu）为印度拉贾斯坦的一座山。据传，伯尔马尔人最初就居住于此。

版图。他的英勇行为在他的宫廷诗人索姆代沃用梵语所创作的《优美的维格热赫拉杰之剧》（*Lalit Vigrahvijaya Natak*）中得到了充分的描写，该剧的许多内容被镌刻在大石块上，并被保管在拉贾普特纳博物馆中。但“纳勒赫”的这部《比斯勒代沃王颂》中，正如我们所能看到的，既没有描写上述英雄国王的历史性进攻，也没有描述其勇武气概。从艳情味的角度出发，对其婚姻和一怒之下离家出走却有随心所欲的描写。因此，将这么单薄的一本小书说成是对比斯勒代沃这样英雄的“颂”是名不副实的。但当我们发现，这并非诗作，仅仅是为供人们歌唱而创作的，也就释然了。

研究一下它的语言我们就会发现，它不是文学语言，而是拉贾斯坦语。比如sukai chhai（sukhta hai = 变干），patan thin（patan se = 从屋顶），bhoj tana（Bhoj ka = 婆吉的），khand khandra（khand khand ke = 一块一块的）。从这部作品可以发现一个问题，那就是，在拉贾斯坦也只使用文雅诗语中的伯勒杰语和克里保利语的古老形式。文学的通用语言就是被称作宾格勒语（Pingal）的“印地语”。《比斯勒代沃王颂》中总是表现出时不时努力糅进这一文学语言（印地语）。在讨论语言的悠久性之前必须注意到一个问题，即用于歌唱的材料，其语言会随着时间的推移而不断改变；而作为书面形式得到保护的材料，其古老形式会得到很大程度上的保留。比如：melvi = milakar（混合后）；chitah = chitta men（心里）；rani = ran men（战斗中）；prapijai = prapta hona或prapta karna（或许会得到）；ini vidhi = is vidhi（以这种方式）；isavu = aisa（这样的）；bal ho = bala ka（少女的）。同样还有在诗中从阿伯珀仑谢语时期到后来一直被使用的nayar（nagar = 城市）、pasau（prasad = 祭品；恩惠等）、payohar（payodhar = 椰子；云彩等）等俗语词也是如此。①

① 该段的小括号中的汉语为译者加注。

这本书中使用的一些波斯语、阿拉伯语、突厥语词也引人关注，比如mahal（宫殿，建筑）、inam（奖赏）、neja（长矛）、tajanon（马鞭、惩罚）等。[1]如前所述，作品的语言肯定会变化的，因此这些词很可能都只是后来混进去的，而且是诗人使用的。穆斯林在诗人之前就进入了旁遮普，然后为了生计而星散开来。所以这种常用词的传播并不值得大惊小怪，比斯勒代沃的指挥官中也包括达吉乌丁·米扬。

根据上述分析，这本书无论从内容还是从语言考虑都不能说是真正的原始形式。"王公勇士"潘迪特·高利辛格尔·希拉金德·欧恰[2]将其说成是赫米尔时期的作品。(《拉贾普特纳历史》序言第19页）这无疑是我们据以了解许多有关语言和文学真像的讷尔伯迪·纳勒赫作品的变体。值得注意的首先是一位拉贾普特纳歌人将印地语融入了拉贾斯坦语，比如："chadan kath ka manrvo"（摩擦檀香木）、"sona ki chori"（偷黄金）、"moti ki mal"（珍珠项链）等。[3]这表明，在借助各地方语言的同时，也借助伯勒杰语或中印度语言的通用文学语言也已被民众接受了，该语言在歌者中被称为宾格勒语[4]（Pingal）。在阿伯珀仑谢语的参与下形成的纯粹拉贾斯坦语的文学形式就叫作宾格勒语。在印地语文学史中，我们只讨论用宾格勒语所创作的作品。其次要注意的是与文学有关的英勇味与艳情味的结合。这部作品中艳情味是主要的，英勇味只是陪衬。诗人歌颂的只是离与聚而已。

---

① 该句小括号中的汉语为译者加注。

② "王公勇士"潘迪特高利辛格尔·希拉金德（1863~1947）是印度著名历史学家，其所著《印度古代文字史》为印度碑铭研究开山之作。"王公勇士"为英国殖民政府授予印度人的荣誉称号，音译为"拉伊巴哈杜尔"。"潘迪特"则是印度人对精通经典的婆罗门学者所用的一种称号。

③ 该句小括号中的汉语为译者加注。

④ 文学拉贾斯坦语有两种风格形式——"宾格勒语"（Pingal）和"丁格勒语"（Dingal）。"宾格勒语"为西拉贾斯坦语的文学语言形式，"宾格勒语"为东拉贾斯坦语的文学语言形式。

（3）金德·布尔达伊（Chanda Bardai，1168~1192）——被认为是印地语第一位大诗人，其作品《地王颂》被认为是印地语第一部大诗。金德以德里最后一位印度教伟大君主地王的大臣和宫廷诗人而著称。这使他的名字对敏感的印度教徒来说具有一种特殊的吸引力。根据《地王颂》，他属于婆德种姓[①]的吉哥德家族。其祖先原居旁遮普，金德就出生于旁遮普的拉合尔。他与地王出生于同一天，两人也于同一天去世。他不仅是地王的宫廷诗人，而且是地王的密友和郡候。他精通混合语、语法、诗歌、文学、韵律学、天文学、往世书、戏剧等。他非常崇拜迦伦特丽女神[②]，正是有了她的恩惠他才能写出这些善恶诗[③]。他与地王的生活紧密相连，以致难以分开。战争中、狩猎时、宫廷上、旅途中他总是与地王在一起，无论何时何地何事，他都参与其中。

《地王颂》是一部长达2500页的巨著，共分69章。几乎使用了印度古代所有的韵律。主要的韵律有——六行诗、双行诗、多摩尔诗[④]、德娄德格剧[⑤]、叙事长诗、阿热亚诗（arya）[⑥]。正如有关《迦丹波利》[⑦]的著名说法，其后半部是波那的儿子完成的，同样，《地王颂》的后半部也被说成是由金德的儿子完成的。根据《地王颂》，谢哈布丁·高利将地王俘获并带回了加兹尼，此后不久金德也去了加兹尼。

---

① 婆德（Bhatta）属于以歌唱为职业的较低的婆罗门种姓，但也有学者认为婆德并非种姓，而是婆罗门的一种称号。

② 迦伦特丽女神（Jalantari Devi）也称火山女神（Jvalamukhi Devi）或火焰女神（Jvala Devi）。火山女神庙在喜马恰尔邦的冈格拉（Kangra，古称纳加尔科德，Nagarkota）。

③ 善恶诗（Adrishta Kavya）的原文意为“不可见诗”。因为“善”和“恶”都不是感觉器官所能感知的，所以称其为“看不见的”。通过这种“不可见”就会产生“业果”。“善恶诗”就是指表现此类“不可见”东西的诗。

④ 多摩尔（tomar）是一种讲究音长的格律诗，每行音长相同，都由12个音长构成。音长以短元音为准，一个短元音即是一个音长，一个长元音为两个音长。

⑤ 德娄德格（trotak）是诗剧的一种，其主人公一般为超人或神仙。

⑥ 阿热亚（Arya）也是一种讲究音长的格律诗，其中第一和第二行为12个音长，第三和第四行为15个音长。

⑦《迦丹波利》（*Kadambari*）是7世纪时著名梵语作家波那的作品，现存印度古代最著名的长篇小说。

临行前，诗人将《地王颂》手稿交到儿子杰勒亨手中，并嘱咐他将其完成。《地王颂》中提到了诗稿被交与杰勒亨并得以完成一事。

《地王颂》中从阿布的祭火台到四个刹帝利家族的产生、从拉贾斯坦的阿杰梅尔城焦汉家族到地王被俘进行了详细描写。根据这部作品，地王是阿杰梅尔的焦汉国王索梅希沃尔的儿子、阿尔诺拉杰的孙子。索梅希沃尔娶了德里的东沃尔（多摩尔）王阿南格巴勒的女儿。阿南格巴勒有两个女儿——松德丽和格穆拉。大女儿松德丽嫁给了曲女城的国王维杰巴勒，这两人的结合产生了杰耶金德·拉陶尔。二女儿格穆拉嫁给了阿杰梅尔的焦汉·索梅希沃尔，生了儿子地王。阿南格巴勒抱养了外孙地王，从而使阿杰梅尔和德里的政权合二为一。杰耶金德对此感到不满。有一天，他举行王祭，将所有邻国国王都邀请来助威壮势。在祭祀的同时为女儿森尤吉达举行了选婿仪式。所有的国王都来参加了祭祀，唯有地王没来。杰耶金德一气之下命人雕了一尊地王像作为门卫放在大门口。

森尤吉达早就看上了地王，所以当她带着胜利花环来到选婿仪式现场时，便把花环戴在了地王的雕像上。杰耶金德为此把她赶出家门，安置在恒河边的行殿里。这边地王的将军们前来搅乱祭仪。然后地王趁机人不知鬼不觉地前来与森尤吉达相会，并完成了乾达婆婚[①]，最后将其“掠”走。路上多次遭遇杰耶金德的追兵，但他还是巧妙地把森尤吉达带到了德里。回到德里后，他开始沉浸于享乐之中，不再关心保家卫国之事。

在与杰耶金德及其他国王的作战中，他已几乎耗尽国力，许多悍将也战死疆场。谢哈乌丁看到机会来了，于是发动了进攻，但却失败被俘。后来地王将他放了回去。他又一次次地进攻，终于俘获了地王，并将其带到加兹尼。此后不久，金德也来到加兹尼。一天，

① 印度教将婚姻分为八种，其中乾达婆婚（gandharva）指男女青年自主相爱成婚。

在金德的暗示下，地王通过听声发箭的方式射杀了谢哈乌丁，然后两人互相结束性命而亡。谢哈乌丁与地王之所以为敌，据诗中所写，是因为谢哈乌丁钟情于一个美女，而该女却爱的是另一位帕坦首领胡赛因夏赫。这对情人不堪谢哈乌丁侵扰，便逃往地王处寻求庇护。谢哈乌丁派人捎话给地王，让其不要收留这两人。地王回应称：保护避难者是刹帝利的天职，因此我们会始终保护他们。正是因为这种敌意，谢哈乌丁才向德里发起进攻。这就是地王的主要生平。除此之外，颂诗中还不时穿插许多地王与其他国王的战争以及与多国公主结婚的故事。

由于上述故事和诗中所透露的年代与历史事实不完全吻合，所以有些学者强烈质疑《地王颂》是与地王同时代的某位诗人的作品，而是把它视为健日王纪元16世纪[①]所写的伪作。诗中出现的成吉思汗、帖木儿等后来的人名更增加了疑点。著名史学家“王公勇士”潘迪特高利辛格尔·希拉金德·欧恰认为，诗中描写的事件和年代完全是后来歌人的想象。地王的克什米尔裔宫廷诗人杰亚讷格用梵语写了一部叫作《地王的胜利》（*Prithvirajavijaya*）的诗作，至今没有见到完整的本子。根据考古研究，这部作品中所提供的时间和事件是符合实际的。诗中写到地王的母亲名叫格尔布尔戴维，这也得到杭西（*Hamsi*）的碑铭的证实。这部诗作是非常真实可靠的，而且是当时的作品。根据该诗以及《赫米尔王史诗》（*Hammirmahakavya*）等几部可靠诗作，索梅希沃尔与德里多摩尔王阿南格巴勒的女儿结婚，地王被自己外祖父收养，拉纳·塞穆尔辛赫与地王同时代并与其并肩作战，夺取森尤吉达，这一切事件都是不切实际的。同样，根据对碑铭的研究，阿布的祭祀产生焦汉等四个阿格尼家族（火族）的故事也是想象的，因为其中索伦吉、焦汉

① 健日王纪元16世纪约在公元15~16世纪。

等几个家族的碑铭已经被发现，碑文中他们被称作太阳族、月亮族等，没有任何地方提到过火族。

金德把地王的出生年代写成公元1058年，被收养到德里为1065年，前往曲女城是1094年，与谢哈乌丁打仗在1101年。但根据碑铭和赠物文书中所见到的时间，《地王颂》中的时间都是不对的。目前所得涉及地王、杰耶金德和布尔穆尔迪代沃（穆候贝[①]的国王伯尔马勒）的赠物文书如下：

涉及地王的有4份，其时间均在健日王纪元1224~1244年（公元1167~1187年）；涉及杰耶金德的有12份，时间均在健日王纪元1224~1243年（公元1167~1186年）；涉及布尔穆尔迪代沃的有6份，时间均在健日王纪元1223~1258年（公元1166~1201年）。其中有一份健日王纪元1239年（公元1182年）的文书中描述了地王与布尔穆尔迪代沃（伯尔马勒王）的战争。[②]

由这些时间所确定的地王年代也得到波斯语历史著作的完全印证。根据波斯语历史，地王与谢哈乌丁的第一次战争发生在伊斯兰历587年（健日王纪元1248年，公元1191年）。因此，这些时间的真实性是不容置疑的。

莫汗拉勒·维湿奴拉勒·本德亚为支持《地王颂》提请人们注意，诗中所有的年代都与实际年代有90~91年的差距。他指出，这一差距不是错误，而是因某种原因故意为之。

那么为什么要减去这90年？他没能给出任何合理的理由。他只是给出这样稀奇古怪的想象而已：难陀王朝是个首陀罗王朝，所以拉贾普特歌人把他们的统治时间剔除了。但靠这种想象是解决不了任何问题的。从古至今，从来没有见过在通行的纪元中减去一些

---

① 穆候贝（Mahobe）为古印度一小王国，现为北方邦的穆候巴（Mahoba）县，在北方邦南部，与詹西（Jhansi）相邻。

② 本段年代原文均为健日王纪元，为保持原貌，便于结合下文阅读和理解，译者在本段年代后括号里加注了公元纪年。

年的习惯。值得思考的是，一个人把通行的健日王纪元减去90~91年放到《地王颂》中，他是故意为之，还是为了欺骗，亦或是因为失误？

不仅是年代问题，对于充满违背历史事实想象事件的作品，应该说它是什么呢？我们承认，颂诗不是历史记载，而是诗。但诗作中也不能毫无缘由地任意篡改史实。杰亚讷格的《地王的胜利》也是诗作，它里面的事件和人名为什么都是真实的？在这方面，除了说它是伪托的以外不可能再有别的说法。很可能这里面也散布一些金德的诗句，但要找出它们却比登天还难。如果这部作品是某个当代诗人所创作的话，而且其中只有少部分与后面相符，那么有些事件和时间倒是真实的。

剩下的问题是，地王的宫廷里到底有没有一个叫作金德的诗人？《地王的胜利》的作者杰亚讷格把地王的主要歌人或本迪歌王[①]的名字写作布里特维婆德，根本就没有提到过金德的名字。

诗人在作品中通过复辞法[②]所提到的诗人金德拉杰，按“王公勇士”——尊敬的潘迪特·高利辛格尔·希拉金德·欧恰的说法，是克什米尔诗人切门德尔也提到过的诗人金德热格。这种情况下可以说，如果说有个名叫金德·布尔达伊的诗人的话，那么他或者不在地王的宫廷，或者在杰亚讷格返回克什米尔之后才来到宫廷。看来很可能在地王之子苟文德拉杰或其弟赫利拉杰身边，亦或他们两者中任何一个的后代那里有过一位叫金德的歌唱诗人，就是他为描绘他们的先人地王的英雄气概做了一些创作。后来大多为想象的“歌者言”越来越多，以这些为依据，把金德认作地王同时代的人，便以他的名义垒起了《地王颂》的大厦。

---

① 本迪（Bandi）为流浪歌人的一种，专为国王唱颂歌。

② 复辞法（Yamak）在印地语中是指一个词在句中出现两次或两次以上，但其意义各不相同的修辞方法。

如果用语言的标尺来衡量作品，就会更加失望，因为它是完全站不住脚的。这里面没有任何语法的规则。对句和一些诗歌（六行诗）的语言还算中规中矩，但德娄德格等小的韵律中有些地方随心所欲地滥用鼻元音结尾的词，好像在模仿梵语俗语似的。有些地方语言像在用现代的结构去套，动词用的是新的变位形态。与此同时，有些地方语言也以古老的文学形式出现，其中与俗语和阿伯珀仑谢语词连用的词形和后置词标记都是老式的。在这种情况下，由于无法判断歌人这种模棱两可的含混话语中哪些地方以及多大程度上是真实的，这部诗作无论是对渴望了解语言史的人，还是对想了解文学史的人都没有多大用处。

潘迪特·赫尔伯勒萨德·夏斯特里大师1909~1913年三次到拉贾普特纳去搜寻发掘古老的历史诗，他的报告已经由孟加拉亚洲协会[1]出版。报告中关于《地王颂》写了不少，据说有人称金德的祖先来自摩揭陀。但《地王颂》中写道：金德生于拉合尔。据称，金德是在地王的父亲索梅希沃尔时期来到拉贾普特纳的，先是索梅希沃尔的朝臣，后成为地王的大臣、密友和宫廷诗人。地王建立了纳高尔城，在那里给了金德许多土地。夏斯特里先生说，纳高尔城里至今仍有金德的后裔居住。夏斯特里会见了这一家族当代代表性歌人纳奴拉姆，会见中他得到的金德家谱如下：

① 孟加拉亚洲协会（The Asiatic Society of Bengal）1784 年由威廉·琼斯在加尔各答的威廉堡创建，目的在于推动东方学研究。

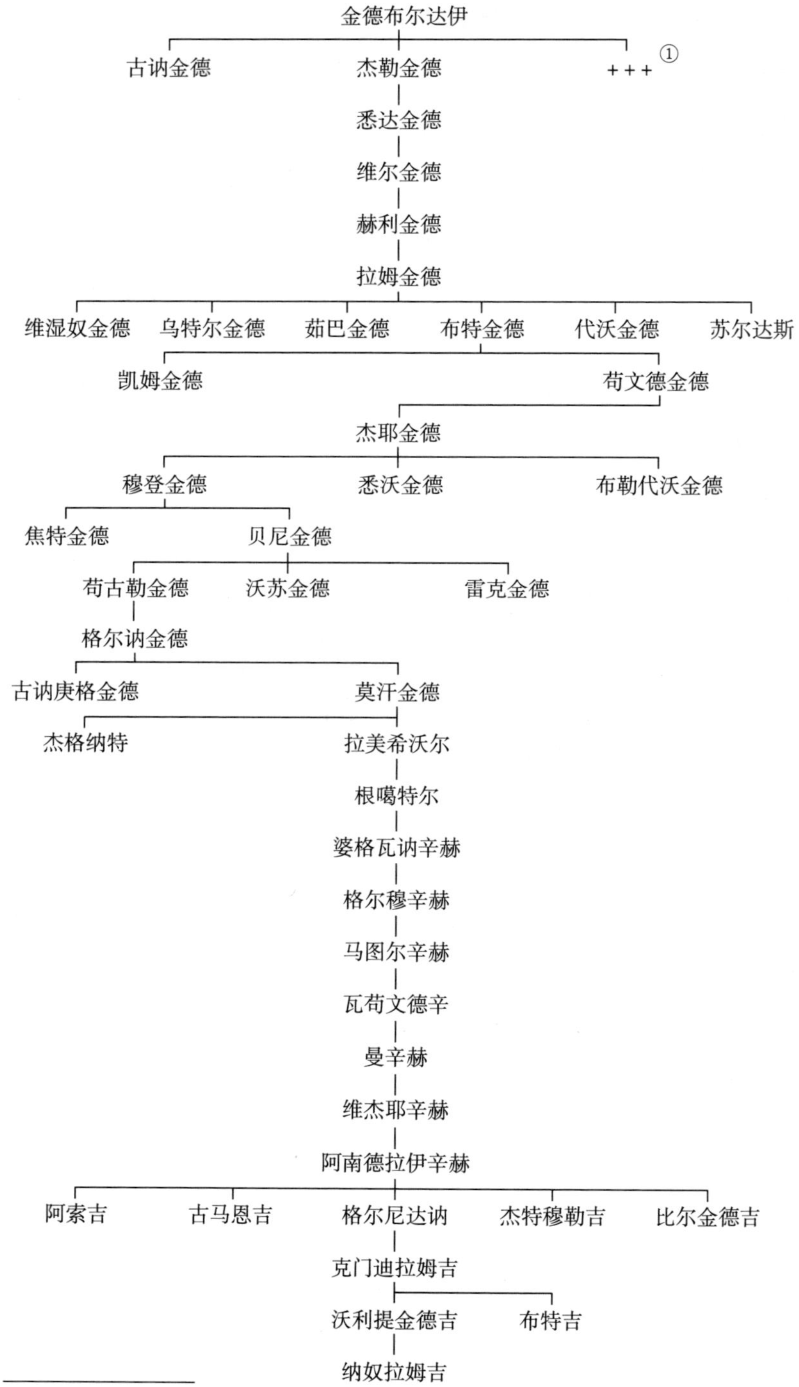
金德布尔达伊
古讷金德
杰勒金德
+++①
悉达金德
维尔金德
赫利金德
拉姆金德
维湿奴金德
乌特尔金德
茹巴金德
布特金德
代沃金德
苏尔达斯
凯姆金德
苟文德金德
杰耶金德
穆登金德
悉沃金德
布勒代沃金德
焦特金德
贝尼金德
苟古勒金德
沃苏金德
雷克金德
格尔讷金德
古讷庚格金德
莫汗金德
杰格纳特
拉美希沃尔
根噶特尔
婆格瓦讷辛赫
格尔穆辛赫
马图尔辛赫
瓦苟文德辛
曼辛赫
维杰耶辛赫
阿南德拉伊辛赫
阿索吉
古马恩吉
格尔尼达讷
杰特穆勒吉
比尔金德吉
克门迪拉姆吉
沃利提金德吉
布特吉
纳奴拉姆吉

① 此处保留原著。

据纳奴拉姆吉称，金德有四个孩子，其中老大成了穆斯林，老二的情况不太清楚，老三的后代都去到恩婆尔定居了，老四一支去了纳高尔。

《地王颂》中提供了诗人金德十多个儿子的名字，苏尔达斯的《文学涟漪》（*Sahityalahari*）的注释中有一段诗，里面有苏尔的世系。

不过，《地王颂》中关于金德孩子的谱系和《文学涟漪》中的不同：纳奴拉姆所说的属于杰勒金德族系的人物，在上引的诗里则被说成属于古讷金德族系。剩下其他的名字都大致相符。

纳奴拉姆说，金德写了3000~4000个诗节，其后他的儿子写了最后的10章，使之得以完成。后来其他人也根据自己的喜好或需要做了增删。最后在阿克巴时期它形成了一个修改版。阿克巴听过这部著名作品。据说他表现得无比兴奋，以致当时创作了无数以"颂"为名的作品。纳奴拉姆称真正的《地王颂》写本在他自己手里。但他交给大师潘迪特·赫尔伯勒萨德·夏斯特里的"穆候巴"（穆候贝）一章的副本更加杂乱，更加没用。

（4）、（5）婆德盖达尔（Bhattakedar），黑蜂诗人（Madhukar Kavi，1167~1186）——正如金德布尔达伊歌颂大王地王一样，婆德盖达尔歌颂了曲女城大王杰耶金德的高尚品德。《地王颂》在一个地方也提到过金德和婆德盖达尔的对话。婆德盖达尔写下了一部长诗《杰耶金德之光》（*Jaya Chand Prakash*），详尽描述了大王杰耶金德的勇武和丰功伟绩。[①]同样，黑蜂诗人也写了一部名为《胜月之光》的巨著。遗憾的是，这两本诗作现在都还没发现，只是在西卡耶吉·德亚勒达斯所写的《拉陶尔史》（*Rathauron Ri Khyata*）中有

① 如果相信婆德的话，那么盖达尔就不是大王杰耶金德的诗人，而是苏丹谢哈乌丁·高利的桂冠诗人。

所提及，该书现存比卡内尔[①]的王室书库。该书写道，德亚勒达斯正是根据上述两本书才写出了从开始到曲女城的历史。

历史学家清楚地知道，公元12世纪下半叶[②]，印度北部有两个大帝国，一个是格赫尔瓦尔人（拉陶尔人）的庞大帝国，首都曲女城，治下辖有从迦尸到曲女城的几乎整个中印度。另一个是焦汉人的帝国，首都德里，所辖地域包括从德里到阿杰梅尔的西部地区。毋庸赘言，格赫尔瓦尔人的帝国更加广阔富饶，而且地理上居于印度主要位置。格赫尔瓦尔人帝国有两个首都——曲女城和迦尸城，因此曲女城的格赫尔瓦尔人国王也被称为迦尸王。正如地王的权威对拉贾普特纳国王们具有重要影响，杰耶金德也对本代勒肯德[③]的国王们有重要影响。噶陵杰尔或穆候贝地区的金代尔人国王布尔穆尔迪代沃（伯尔马勒-Paramal）是杰耶金德的密友或朝贡者，因此地王对其发动了进攻。金代尔国在曲女城支持下与德里的焦汉人地王进行了长期的斗争。

（6）杰格尼格（Jaganik）（公元1173年）——好像在噶陵杰尔国王伯尔马勒[④]那里有个名叫杰格尼格的歌人，他以英雄史诗般的诗歌形式详细描述了穆候贝两位闻名全国的英雄阿勒哈和乌德勒（乌代辛赫）的事迹。这部诗作如此大受欢迎，以致在整个北印度——尤其是曲女城治下的地区——广为流传。杰格尼格的诗如今已经无法找到，但根据他的诗而形成并流行的歌曲今天在印地语各省[⑤]的村村寨寨仍可以听到。这些歌以“阿勒哈”之名广为人知，多于雨季演

① 比卡内尔（Bikaner）原为古印度土邦王国，首府也叫比卡内尔，现在拉贾斯坦境内。

② 此处原文为“健日王纪元13世纪之初”，为阅读方便换算成公元纪年。

③ 本代勒肯德（Bundelakhand）是中印度古老地区，今中央邦和北方邦的部分地区曾属于该地区。

④ 此处原文为Paramar，应译作“伯尔马尔”。但疑似原著有错，应为Paramal，且前后文均为Paramal，所以译作“伯尔马勒”。

⑤ 英属印度时期的一级行政单位的名称为“省”，印度独立后均改为“邦”。

唱。你到乡村去走走就会发现，在电闪雷鸣之中，可以听到伴随着阿勒亥德[①]的低沉鼓点的英雄怒吼。

这样，尽管文学形式已不复存在，但杰格尼格英雄诗歌的余音至今依然在人民的口头萦绕回旋，经久不衰。在长期流传过程中，其表面形式多少有所改变，随着时空的转换不仅语言发生了变化，内容也有了很大变化，许多新的武器（比如步枪、刺刀等）、邦国、种族和民族（比如欧洲人）的名称被收录进来，而且还会不断增加。如果这部作品以文学作品的方式创作的话，那么无论如何也会在王宫的藏书阁留有残本，但它的创作是用于歌唱的，专家学者们没有伸出援手来保护它，而它只是回响在广大人民中间——仅仅是回响，而不是文字。“阿勒哈”虽然传遍整个北印度，但贝斯瓦拉[②]仍被认为是其中心，在那里仍然有许多传唱者。这一诗歌在本代勒肯德，尤其是穆候贝附近也很流行。

由这些歌曲汇编而成的作品普遍被称为《阿勒哈篇》，据此可以猜想，与阿勒哈有关的这些英雄赞歌是属于杰格尼格创作的那部大诗的一个篇章，应该是用来描写金代尔人英勇气概的。阿勒哈和乌德勒同为伯尔马勒的郡侯，属于拉贾普特纳刹帝利种姓的博纳佛尔分支。这些赞歌有一个集子，以《阿勒哈篇》为名已经出版发行。六七十年前，时任法鲁卡巴德的行政官查尔斯·伊利亚特首次将这些歌曲汇集编辑出版。

（7）希利特尔（Shridhar）——他在1397年创作了一部名为《任穆勒韵诗》（*Ranamalla Chhand*）的作品，其中描述了伊德尔地区拉陶尔国王任穆勒对帕坦总督加弗尔·汗征战所取得的胜利。

---

① 阿勒亥德（alhait）指演唱阿勒哈的歌手。

② 贝斯瓦拉（Baisvara）为古印度一个土邦王国，位于北方邦中南部地区，包括今天的乌纳沃县（Unnav）、拉伊伯雷利县（Rayabareli）和法代赫普尔县（Fatehapur）等。

第四节　零散作品

随着英雄史诗时期行将结束，我们发现了人民群众许多纯粹口语和他们中间传唱的诗歌的语言的实际形式。使我们了解这一切的是德里的库斯洛·米杨和迪尔胡德的维德亚伯迪。我们所能见到的他们之前的可信的和可疑的材料多少都会受到俗语传统的影响。好像谁也没有注意到去保护以书面文学形式出现的纯口头语言和普通大众中流传的歌、散文等。正如以为只有老米[①]才适合大人物吃一样，以为只有与更古老传统的声誉相配的语言才适合创作者使用。正如我们从库斯洛的作品中发现有西部的口语、歌曲、口头非韵文的样本，同样从《维德亚伯迪圣歌集》（*Vidyapati Ki Padavali*）中发现许多东部的范例。这之后虔诚时期的诗人们则在方言与文学之间建立起完全的协调与统一。

（1）库斯洛（Khusaro）——地王去世（1192）90年后，库斯洛于1283年前后开始创作。他经历了从格亚苏丁到阿拉乌丁和古杜布丁·穆巴拉克夏赫的几朝皇帝。他是非常成功的波斯语作者和著名的诗人。他逝世于1324年。他诙谐风趣、和蔼可亲、心地善良。正因为如此，他愿意全力以赴地参与人民的一切事情。他从普通大众口语中发现了一些流行的双行诗、杜格本迪（粗俗的诗）和谜语，他也强烈希望颂讲那样的诗文和谜语。他的谜语诗和穆格利[②]非常著名，主要是其语言美，文体高雅。此外他也创作一些饶有风趣的歌和双行诗。

这里似乎有必要注意的是，“诗语”的结构框架大都是肖勒塞尼语或老伯勒杰语的，流行已久。所以西部那些口语已经崛起地区也倾向于人民群众中流行的诗歌语言——伯勒杰语。至今仍能见到这

① 这里的“老米”并非“陈米”，而是指用本国传统稻种种植收获、用传统方法加工，没有受到农药、化肥以及化学添加剂污染的大米。

② 穆格利（mukari）是一种民间流行的类似谜语的短诗。

种情况。正因为如此，库斯洛的印地语作品中也可看到两种语言。纯粹的口语只有在谜语诗、穆格利和对话中才会有，尽管有些地方会出现伯勒杰语。但歌和双行诗的语言则只有伯勒杰语或口头流行的诗语才有。正是鉴于此，伯勒杰语乌尔都语文学史作者阿扎德教授才会误以为克里保利语（或者说它的阿拉伯语-波斯语主导的形式——乌尔都语）是由伯勒杰语发展而来。[①]

以库斯洛名义汇集的谜语诗中发现有些内容被舍弃了，有些则是后来增加的。以关于水烟袋的谜语诗为例：历史已经证明，烟草传入印度斯坦始于贾汗吉尔时期[②]。它的第一个仓库就是英国人在苏拉特的商号，因此烟草的另一个名称就成了"苏拉提"。同样，关于语言也可以提出质疑，在长期的口头流传过程中肯定也发生了变化，它的古老性一定已经打了折扣。某种程度上可以这样说，但同时可以确定的是，它的结构与诗人或歌人使用的俗语传统的规规矩矩的诗语有所不同。问题是语言到那时真的已经被琢磨得像谜语诗中那样优美了吗？

库斯洛之后约200年所写的格比尔的真言手抄本已经被发现，它的语言是带有旁遮普语的拉贾斯坦语，但其中有不少古老的例证，比如作为第七格格尾的i（ghari = ghar men，在家里）。又比如chala（走了）和samaya（填满）分别被chaliya或chlya（走了）和samaiya（填满）所取代；unai ai（弯下来）被unamivi aai（jhuka ai，（弯下来））取代等。这种情况肯定有点乱，但仔细想想，这种想法就更加坚定了：到库斯洛时期ittha（朋友）和basittha（使者）就已经成

① 参见笔者《佛所行赞》诗的序言中关于"诗的语言"的文章，文中确定了其性质，阐明了伯勒杰语、阿沃提语和克里保利语的区别和倾向。——作者原注

② 贾汗吉尔（Jahanggir）为莫卧儿帝国第四任皇帝。生于1569年，1605年继承皇位，1627年去世。他是阿克巴大帝之子，原名萨利姆（Nur-din Mohammad Salim）。贾汗吉尔是他继承皇位后才用的名字，意思是"世界征服者"或"世界之主"。他不仅被认为是莫卧儿帝国最伟大的皇帝之一，而且是杰出的艺术鉴赏家、批评家和画家，因此他热情提倡和赞助文学艺术。本书中多次提到他。

为iitha（ishta、ittha、itha，朋友）和basitha（bisrishtha、basittha、bisitta、basitha，使者）了。因此古老的后缀等很多都已经从口语中消失了。如果用chaliya、mariya等老的形式，那么谜语诗的韵脚就会乱套，因此只能认为库斯洛时期口语的自然语言已经被打磨得很像库斯洛作品中那样的形式。与格比尔相比，库斯洛更关注的是口语，正如英国人更关注口头语言一样。库斯洛的目标是人民的娱乐，而格比尔则是宗教布道者。所以他的"真言"比库斯洛更多采用经书的语言。

下面是几首库斯洛的谜语诗、双行诗和歌词：

一只银盘满珍珠，倒扣众人顶上头，
银盘周边全垂下，珍珠丝毫也不丢。
（谜底：天空）
一条短绳令人惊，如蛇盘卧池塘中，
嘶嘶嘶嘶饮池水，池水喝干蛇命终。
（谜底：灯芯）
一根管分两岔，拐着弯洞里插。
谁进去谁美丽，库斯洛就靠它。
（谜底：裤子）
问谜底会猜到，一看脸便知晓。
（谜底：镜子）

（2）维德亚伯迪（Vidyapati）——在阿伯珀仑谢语一节中就提到过他。但使其享有"迈提利语杜鹃"美称的作品就是他的圣歌集。他使用的是当时流行的迈提利语。说孟加拉语的人将维德亚伯迪往自己这边拉，认为他属于孟加拉语的人。乔治·格里尔森爵士也因比哈利语和迈提利语出自摩揭陀语[1]而认为它们有别于印地语。但不能仅从语言学的角度根据一些词的后缀来划分文学。对一种语言的了解不管有多深入，也还是有必要讨论的。对某种语言的了解依靠的大多是其词汇。否则，就要承认印地语和乌尔都语的文学是同一种文学。

克里保利语、野语、伯勒杰语、拉贾斯坦语、坎瑙季语、贝斯瓦利语、阿沃提语等语言中语法形式和后缀尽管差异巨大，却都被视为属于印地语。这些语言的使用者都能互相听懂对方的话。在贝拿勒斯、伽吉布尔、伯利亚（Baliya）等地区，尽管当地的语言把ayala说成aila，把gayala说成gaila，把hamara说成tohara，但除了把它们说成印地语以外无法说成别的语言。原因就在于其词汇的同一性。因此，正如印地语文学将《比斯勒代沃王颂》纳入自己的范围一样，也将《维德亚伯迪圣歌集》包含在内。

维德亚伯迪的诗多属艳情味，其男女主角为罗陀和黑天（克里希纳）。这些诗的创作大概仿照了胜天[2]的颂诗，其魅力是令人惊讶的。维德亚伯迪是湿婆派信徒，但他这些诗是从艳情味诗歌的角度，而非以崇拜者身份创作的。不应以黑天支虔诚者传统来理解维迪亚伯迪。

超自然的有色眼镜如今很廉价，一些人戴上它将《牧童歌》[3]的诗说成是超自然的暗示，同样也把维德亚伯迪的这些诗说成如此。这些人还试图对苏尔等黑天支信徒的艳情味诗歌做超自然的解释。不知他们对童年故事会做何种解释。这方面应该认识清楚，对童年

---

① 摩羯陀语为东印度的一种古语，因古国摩羯陀而得名。古摩羯陀大致位于今比哈尔地区。

② 胜天（Jayadev）为意译，音译为“杰耶代沃”。胜天是12世纪著名梵语诗人，被称为印度“最后的古代诗人和最初的现代诗人”。其抒情长诗《牧童歌》是最优秀的梵语诗作之一，歌颂了毗湿奴的化身黑天及其情人罗陀的事迹，并认为罗陀比赫利神（黑天）伟大。《牧童歌》在印度教虔诚运动中起到了重要作用。

③ 见注②。

故事的赞颂是虔诚派黑天支的主要成分，以儿童形象描写的故事已经被广泛接受，被认为在牛园[①]得到了永恒，在那里沃林达文[②]、阎牟那河[③]、花园中的树林、乌檀树、男友、牧女等全都成了永恒的形象。对这些故事做其他引申解释是没有必要的。

维德亚伯迪1403年在迪尔胡德国王西沃辛赫身边。

粗略估算下来，英雄史诗时代应该只算到赫米尔时期。在他以后，穆斯林帝国在印度已经稳固，印度教国王们既没有那么大的激情互相征战，也没有了对穆斯林开战的勇气。人民的感觉已开始变化，他们的思潮也发生了转向。在穆斯林立足未稳之时他们还在做英勇的努力，以图击败穆斯林而保卫自己的宗教。但当穆斯林政权巩固以后，他们便转而专注于宣传自己宗教的博大精深之处，以此吸引全体人民并使之对自己的宗教坚信不疑。

就这样，随着时局的变化，人们的感情和思想也发生了变化。但不能以此认为赫米尔之后再也没有英雄史诗的创作，还是不时有不少此类英雄史诗问世的。印地语文学史还有一个特点就是，在某个特定时期某种形式的诗歌潮流会迅猛发展，虽然过后其径流速度会变缓，但我们发现，在900年的印地语文学发展史中它从来没有完全干涸过。

---

① 牛园（Golok）字面意义为“牛居住的地方”，实际指毗湿奴的仙界天堂。毗湿奴化身黑天所生活的地方也被当成天堂的一部分。

② 沃林达文（Vrindavan）是印度北方邦马图拉县的一个小城。根据印度教神话，这是毗湿奴教派的圣地，因为这里是黑天度过童年和青年时期的地方。

③ 阎牟那河（Yamuna或Jamuna）为恒河的最大支流，也被译作亚穆纳河、朱木纳河、朱木拿河等，是印度教重要的圣河之一。

第二章　前中期
（虔诚时期：1318~1643）

第一节　概述

穆斯林统治全国之后，印度教人民再也没有内心感到骄傲、自豪和兴奋的机会。他们亲眼所见，他们的神庙被推倒，神像被捣毁，他们崇拜的对象被侮辱，却无能为力。这种状况下，他们既不能唱自己的英雄之歌，也不能毫无羞耻感地听英雄之歌。再往后，当穆斯林帝国更加稳固，互相征战的王国也不复存在。如此重大的政治变故之后，印度教徒群体心头很长时间都笼罩着悲观情绪。对于那些失去信心的民族来说，除了把注意力引向神的力量和悲悯以外还能有什么别的选择呢?

这就是当时的政治形势。现在再看看宗教情况。在“初期”一章已经指出，金刚乘悉陀和噶巴利格游走于印度东部，而纳特瑜伽士则活动于印度西部。由此可以设想，普通民众的宗教情感越来越压抑，内心离宗教越来越远。

宗教之水是凭借着业、智、信[①]这三种潮流而流动的。这三者的协调一致使宗教处于一种完全活跃的状态。缺少其中任何一个，宗教都会成为残缺不全者。没有业，它就会四肢不全；没有智，它就是睁眼瞎；没有信，它何止没有心脏，简直就是没有生命。拥有智识者只是比一般人有更健全智力的少部分出色的人，而业和信则是整个群体的财富。在印地语文学的初期，业在毫无意义的清规戒律、朝圣、沐浴节的紧箍咒下，比以前受到更加严重的束缚。奠基于摩诃婆罗多时代、大规模实践于往世书时代的宗教情感体验或虔诚，有时受到压抑，有时上升，磕磕绊绊好不容易流传下来。

金刚乘悉陀和纳特派瑜伽士传播毫无意义的外在戒律、朝圣、沐浴等空洞贫乏观念的情况，前文已经谈过。但他们的目的并非要把“业”从窄狭的坑中拯救出来，带到正规宗教的开阔地带，而是要把它彻底推开和摈弃。他们不是把人民的目光引向建立自利和利世的真正的业，而是致力于将其完全引离业的范围。他们的真言是带着“神秘、奥秘和成就”而出现的。为了建立自己显示神迹的威信，他们不谈外部世界，只谈内心的事。虔诚、爱等心中的自然情感在他们的内心修炼中是没有地位的，因为，可以说通过这些自然情感获得神的眷顾对所有人来说都很容易。他们的真言对未受过教育或受教育不多的普通民众的影响，只能使他们偏离真正的善业之路和对神虔诚的自然心路，陷入各种各样的咒语、教规和宗教仪轨的纠缠之中，坚定相信超自然的结果。除此之外，不可能有别的什么影响。

总而言之，穆斯林进入印度时，人们对宗教的笃信受到了很大削弱。为了复兴，必须有强有力的冲击。

上面所阐述的都是普通群体的状况。悉陀和瑜伽士的真言对专

① 这里的“业”表示“行动”，“智”表示“智识”，“信”表示“虔信”。

家学者没有任何影响，他们仍然待在各地做着自己的事。既有潘迪特对经论注释的问世，也有哲学思辨论著的写出，特别是对吠檀多的讨论。对《梵经》(*Brahmasutra*)、《奥义书》(*Upnishad*)、《薄伽梵歌》(*Bhagvatagita*)诠释的传统在知识界和学术界一直没有中断过，因此传统虔诚派的理论以多种形式得到独特发展。

为了控制人们的内心并使其专注，具有时代洞察力的虔诚诗人开始唤醒被压抑的虔信。虔诚思想的潮流逐渐得到很大发展和加强，以致不仅印度教徒，而且居住于印度的开明穆斯林中也有许多人被它征服。虔诚诗人将充满爱的神呈现在面前，将印度教徒和穆斯林两者均以普通人的形象展现出来，将歧视抛到脑后。

早就源自南方并向北方逐渐传播的虔诚运动，在因政治变故而变得空虚的人民群众心中得到了传播扩散的充分空间。罗摩奴阇大师[①]（1016）用经典的方法所探索的有形虔诚派对广大人民群众越来越有吸引力。

在古吉拉特，斯瓦密·穆特瓦大师（1197~1276）创立了二元论的毗湿奴教派，许多人都被吸引而成为其信徒。印度东部回荡着杰耶代沃（胜天）的黑天之爱的歌声，在其音调中，弥提拉[②]的杜鹃（维德亚伯迪）加入了自己的曲调。在北印度和中印度，一方面，公元15世纪产生了罗摩奴阇徒孙辈的罗摩难陀[③]，他强调对毗湿奴化身罗摩的虔诚崇拜，建立了一个庞大的教派；另一方面，伯勒婆大师

---

① 罗摩奴阇（Ramanuj），生活年代一说为1017~1127年，一说为1055~1137年，生于南印度马德拉斯（今金奈）。印度教吠檀多学派宗教家、哲学家，自创“制限不二论”（亦作“限定不二论”），创立罗摩奴阇派。主要著作有注释《梵经》的《吉祥注》等，主张通过信爱瑜伽，以虔诚之心绝对皈依毗湿奴，从而获得解脱。

② 弥提拉（Mithila）汉语旧译弥萨罗或弥提罗，印度古国名，大致为今比哈尔邦大部和邻近的尼泊尔部分地区。

③ 罗摩难陀（Ramanand），印度教宗教家、诗人、罗摩难陀派之始祖。关于他的生卒年代多有分歧，一说他生活于1400~1470年，另一说认为他生活于15世纪上半叶至16世纪下半叶之间某个时期，还有一说称他出生于1299年。另外，其译名实际上应该是“罗摩南德”，但因以前译作“罗摩难陀”已较多，所以这里仍作“罗摩难陀”。另外，他的学生名字也都以“南德”结尾，我们也比照罗摩难陀译作“难陀”。

则以爱之偶像黑天使人们沉迷陶醉。就这样，罗摩崇拜和黑天崇拜的虔诚传统兴盛起来，其中后来发展出使印地语诗歌达到成熟程度的闪光宝石。这些虔诚者在这外在世界的显界以罗摩和黑天的形象见证了梵的“真”和“乐”本性。

一方面，古老的有形崇拜的诗歌平台已经形成；另一方面，从穆斯林定居印度所形成的新局面的角度出发，对印度教徒和穆斯林两者来说逐渐发展出一条“共同的虔诚之路”。悉陀和纳特瑜伽士们怎样在英雄史诗时期就为它的发展开辟了道路，前文已有详述。金刚乘的信徒多是低种姓出生，因此对种姓制度的不满在常理之中。纳特教派中也鲜有经学大师加入。这一教派带着沉重耳饰漫游的瑜伽士念着暗示内心的心轮、莲花、女神、经络、脉搏等的神秘真言，展示着自己的神技，在普通民众面前树立自己修炼成功的威严。他们不停地告诉人们：诵读吠陀经典没任何用处，表面崇拜的方法无济于事，神就在每个人的心里，只有通过内心修炼才能得到；印度教徒和穆斯林都一样，对两者来说真正修炼的道路也是同一的，种姓差别的设立是毫无意义的……有些穆斯林也加入了这些瑜伽士的行列，这在前文也已有所阐述。

从南方掀起的虔诚运动浪潮，根据北方的环境在一些人心中激起了一种情感，即印度教徒和穆斯林有一条共同的虔诚之路。纳特派为寻求共同的内心修炼的道路做出了努力，前文已做交代。但仅靠没有和谐因素的修炼是不可能得到人的灵魂的。马哈拉施特拉地区的著名虔诚者纳姆代沃（1271~1351）也暗示了印度教徒和穆斯林都适用的虔诚之路。在他之后，格比尔达斯非常认真系统地以“无形之路”（即无形派）之名宣传推广了这一道路。如前所述，纳特派瑜伽士很大程度上已经为格比尔开辟了道路。他们将规定了种姓歧视的外在崇拜方法弃之不顾，而强调内心修炼。但纳特派的内心修炼是纯粹的，是缺乏爱的成分的。尽管格比尔在自己的真言中为纳特派的许多其他言行留有位置，但在这一点上他是很不满意的。

因此，格比尔正如为了创立一个无形神而借助印度吠檀多哲学一样，为了虔敬无限神他借助苏菲派的泛爱思想，大张旗鼓地创立了“无形派”。原来印度的虔诚派一直是有形的，以有属性的形式流行于世，对无形和无属性的梵的崇拜和爱是不被认可的。毫无疑问，格比尔适时地掌控了人民群众中的大部分，他们都由于纳特派的影响而缺乏爱和虔诚精神，有些冷酷无情。他的所作所为是非常有必要的。与此同时，他呈现出人性的共同精神，在下层民众中唤醒了自豪感，鼓舞他们向着虔诚的最高级别前进。他的无形派成就斐然，其中产生了那纳格、达杜、穆卢格达斯等著名圣人。①

在格比尔和其他无形派圣人努力下，内心修炼中充满情感的虔信与智得到了结合，而业却还是纳特派的老样子。这些圣人的神还只是智和爱的性质，没有成为宗教性质的。接受了神的宗教性质，从而兴起了毗湿奴虔诚派的罗摩支，这种宗教性质在人民的保护和润色下得到了迷人的表现。毗湿奴虔诚派的黑天支仅仅采取了神的爱的性质便以新的激情传播开来。

这里似乎有必要指出，我们说过的崇拜的三个部分——业、智、信——在一定情况下是有害的，业如果采取毫无意义的方法就会一事无成；智如果采用秘密和神秘的思维就会成为歪门邪道；信若依靠感官享受的欲望则会变得肮脏污秽。虔诚的产生是通过信仰与爱结合完成的。一旦舍弃与宗教密切相关的部分——纯洁信念和准确理解，而仅仅采纳爱的隐喻义“虔诚”，那么这种虔诚必将受到淫邪的侵蚀。

从这一角度看，我们会发现，格比尔的“智”由于秘密和神秘思维而有所改变，但他从苏菲派借用的泛爱在无形派中却丝毫没有

① 那纳格（Nanak）为锡克教创始人和第一任祖师（师尊）。达杜，即达杜·德亚勒，虔诚派中达杜派的创立者。穆卢格达斯为奥朗则布时期的著名无形派圣人。

变化，尽管它在苏非派那里已经变得充满情欲。这毫无疑问是值得赞扬的。毗湿奴派的黑天支虔诚派只采用了爱的隐喻义虔诚，其结果就是唤起了庸俗色情的倾向。罗摩支虔诚派的虔诚得到完整保留，因此它没能发生任何改变。在杜勒西达斯的虔诚体系中，业（法）和智达到完全协调一致。现在有些人模仿虔诚派黑天支试图在虔诚中塞入“甜蜜情感”的奥秘，这使妻情派[①]得以产生，也唱起了罗摩的“撇眼”和“卖弄风情”之歌。

这共同的虔诚派是以一神论的不确定形式出现的，有时倾向于婆罗门教，有时倾向于先知的伊斯兰宗教。它以“无形派”之名而著称。把人们引向无形派的最为明显的倾向就是它摈弃了身份高低和种姓差别思想，承认每个人都有敬神的相同权力。这一思想肇始于虔诚派内部马哈拉施特拉和中印度的纳姆代沃和罗摩难陀。广为人知的是，马哈拉施特拉地区的罗摩难陀生于公元1269年，逝世于1349年[②]。他是南方讷儒希伯姆尼（塞达拉地区）的裁缝。后来他在本特尔布尔的维陀巴（毗湿奴神）[③]神庙中以敬神祈祷度日。

马哈拉施特拉的虔诚派信众中最早出现的是纳姆代沃的名字。除了马拉提语颂扬维陀巴（毗湿奴神）的韵诗以外，也有纳姆代沃的大量印地语作品问世。我们发现一个特殊的情况就是，这些印地语作品有些与有形崇拜有关，有些与无形崇拜有关。要解决这一问题，有必要关注这些作品的时间背景。关于初期，我们前面已经谈到，穆斯林来了以后，在帕坦人统治时期，苟勒克派瑜伽士在印度

---

① 妻情派（Sakhi sampraday），虔诚派黑天支的一个支派，该派认为“智”是没有用的，只有真心地对黑天虔诚才可得到解脱，宣扬要用妻子爱丈夫的那种感情来敬拜黑天。

② 原文为生于沙迦纪元（Shak sanvat或Saka sanvat）1192年，逝于沙迦纪元1272年。沙迦纪元以公元78年为沙迦元年，与公元纪年相差77年。据此换算成公元，沙迦纪元1192年和1272年就是公元1269和1349年。需要强调的是，关于罗摩难陀的生卒时间争议很多，还有好几种说法，至今没有定论。

③ 维陀巴（Vithoba，Panduranga或Vitthala），印度马哈拉施特拉、卡纳塔克、果阿、特伦甘纳及安得拉等地区广受崇拜的印度教神，为毗湿奴或其化身黑天的显形神之一，往往被塑造成双手叉腰的黑色少年。

有很大影响。正是在纳姆代沃时期出现了著名的智瑜伽论者格亚恩代沃[1]，他自称是苟勒克直系的晚辈学生。格亚恩代沃在世时间并不长，纳姆代沃则在他之后还活了很久。纳姆代沃本来是坚持走简单朴素的有形崇拜之路的，但后来他也受到了纳特派的影响。纳特派认为，只有通过内心修炼，见证无所不在的无形梵才是解脱之道。使纳姆代沃受此影响的正是格亚恩代沃。

有一次格亚恩代沃带着纳姆代沃去朝圣。路上纳姆代沃总是为离开自己心爱的偶像维陀巴（大神）而心神不宁。格亚恩代沃不停地跟他说："难道神就在一个地方吗？神是无所不在的，存在于任何地方。放弃这种执着吧！你的这种虔诚是片面的。只要没有体验到神无形的一面，你是不会坚定的。"有一天，根据格亚恩代沃妹妹穆格达巴依的要求进行了"圣人测试"。这几位圣人来到一个村子，村里住着一位陶匠。这一行圣人一声不响地落坐以后，陶匠拿起棒槌开始击打他们的头部。虽然被击打数次，格亚恩代沃及其妹妹穆格达巴依依然纹丝不动，但当陶匠走向纳姆代沃时，纳姆代沃生气地站起身。陶工见状忙说："除了纳姆代沃以外其他陶罐都很结实。"[2]可怜的纳姆代沃被扣上了"不结实陶罐"的帽子。这个故事表明，为了把纳姆代沃引向纳特派修行道路，格亚恩代沃做了各种尝试和努力。

悉陀和瑜伽士通过持续练习使自己的身体变得非同寻常。让头颅接受击打而使其坚实对他们来说并非难事。至今穆斯林出家修行

---

① 格亚恩代沃（Jnandev）的名字更常见的是"格亚内希沃尔"（Jnaneshvar）。两名中的词尾dev和ishvar同义，意思都是"大神"。

② 其实这位陶工也是一位圣人，名叫苟拉。纳姆代沃等一行来到苟拉家以后便谈起超自然问题。穆格达巴依见到旁边有根棍子，便问这是干什么用的。苟拉说用来检验陶器是否结实。穆格达巴依问他能不能检验人，他回答可以。于是苟拉用棍子轮流敲打他们的头，被打后格亚恩代沃兄妹都面带微笑，但纳姆代沃虽然没有说话却面露愠色。苟拉见此说，除了纳姆代沃以外其他"陶罐"都很结实，因为纳姆代沃身上还带着自傲，挨了棍子不是微笑而是愤怒。

者仍用棍子使劲击打自己身体来乞求布施。

纳姆代沃并非从某位上师得到教诲才倾向有形虔诚派的，而是受到内心驱使主动投身于此的。格亚恩代沃一直都在用“没有导师就没有知识”的思想开导他。圣者之间谈论的关于无形梵和亲证神的修炼，都是某位导师宣导的结果。格亚恩代沃越来越强烈地要求他认清最高神纯洁的无形性。纳姆代沃是如何因缺乏导师指引而没有建立起对最高神普遍存在性的认识以及有分别心的，有关这方面也流传着一个故事。据传，维陀巴（大神）显身为穆斯林乞讨者来到纳姆代沃面前，纳姆代沃没有认出他。于是他对纳姆代沃说他就是最高梵。最后纳姆代沃来到一个叫纳格纳特的湿婆道场，向一位叫比索巴·凯吉尔或凯吉尔纳特的纳特派破耳大师求教。

应该明白的是，正是在纳姆代沃时期，帕坦人对代沃吉利[①]发动了进攻，穆斯林扩散到马哈拉施特拉。在此之前，苟勒克纳特的追随者就一直在布道，试图说服印度教徒和穆斯林都选择内心修炼的道路。

他们的虔诚有许多神通被写入了《虔诚者花环》[②]，比如：维陀巴（黑天）的神像从他们手里喝牛奶，阿温德–纳格纳特的湿婆庙门朝他们转向等。他们的庄严向人们证实，“无人过问种姓，敬神者受神恩”。

有形派虔诚者既承认大神的有形性，也承认其无形性，但作为崇拜对象，他们只接受其有形形式，而把无形形式留给明理派崇拜者。所有的有形崇拜者在谈及神的显性同时，也谈神的隐性形式和梵形，这有点不可理解。他们对神的无形仅仅是暗示，并不致力于详细描述。纳姆代沃为什么致力于此，这在前文已有阐述。既然他

① 代沃吉利（Devagiri）为马哈拉施特拉的一座古城，位于今天的道勒达巴德（Dauladabad）。

②《虔诚者花环》（*Bhaktamal*）是著名虔诚诗人纳帕达斯的重要作品，成书于17世纪末，其中用316首六行诗记载了200位虔诚者的神通。

从师尊那里获得了明理教诲，按为徒之道自然要引述这些教诲。

纳姆代沃的作品清楚地表明，有形派虔诚诗的语言是伯勒杰语或传统诗语，但“无形派真言”的语言却是纳特派所接受的克里保利语或混合语。

根据纳姆代沃的作品，可以说为“无形派”开辟道路的是纳特派的瑜伽士和虔诚者纳姆代沃。就目前所知，“无形派”的决定性奠基人还是格比尔达斯。他一方面作为罗摩难陀的学生粗略接受了不少印度不二论[①]的东西，另一方面受到瑜伽士和苏菲派苦行士的很大影响。从毗湿奴派那里他学到了戒杀观念和虔诚思想，因此，在他和其他“无形主义”圣人的话语中有时可以发现印度不二论的影子，有时有瑜伽士的经络学痕迹，有时出现苏菲派教士的泛爱论，有时暴露出狂热的伊斯兰教思想，有时表现为非暴力主义。所以，从成分上我们既不能将其称为完全的不二论者，也不能说他们是一神论者。在他们的真言中可以看到这两者融合的思想。他们的目标就是要传播一种共同虔诚体系，在这个体系里，印度教徒和穆斯林都能做出贡献，歧视思想将被抛弃。他们用穆斯林的热情批驳多神崇拜、化身观念和偶像崇拜；揭示穆斯林的牺牲、暴力、祷告、斋戒等行为毫无意义；以通晓印度教梵[②]的贤哲身份讨论梵、摩耶[③]、灵魂、圣音[④]、宇宙创造、毁灭等问题。总而言之，他们希望宣传对神纯洁的爱和真实的生活，不要将注意力放到拜神的各种外在形式上，正是这些外在形式导致了宗教中歧视泛滥。

---

① 不二论为印度教吠檀多哲学的一个派别，亦称“无差别不二论”。不二论认为：梵是宇宙最高实体，绝对真实的存在；自然界是梵通过摩耶（幻）创造出来的，是不真实的；我（灵魂）和梵同一不二；解脱的最高目的是亲证梵我如一。

② 梵（Brahma）是印度教的一个重要概念。印度教哲学认为，梵是宇宙和世界的本源、终极和最高实在。宇宙或世界万物皆是不实的存在，而是梵的幻化结果。

③ 摩耶（maya）是印度古代宗教和哲学的一种概念，即“幻”或“幻境”。物质世界就是通过摩耶幻化出的。

④ 圣音（Anahadanad，anahat-nad），原意为未受损音，实际指神秘的“唵”（Om，Aum）音，或瑜伽行者在体内心脏附近听到的一种神秘声音。

从公元15世纪中叶到17世纪中叶，印度虔诚诗就以有形派和无形派为名，按两条线平行发展。最初发现的虔诚诗崛起时期一些比较庞大的印地语作品，都是格比尔的，因此首先讨论无形派圣人就理所应当了。无形派这条线又分为两支——一支是明理支，另一支是泛爱支（苏菲派的）。

前一分支携印度教的梵智[①]和瑜伽修炼理念，再加上苏菲派的泛爱思想，在信仰崇拜领域一往无前。它致力于批判有形虔诚思想，就像先知宗教批判多神崇拜和偶像崇拜等一样。该派的作品并不太具有文学性——大都是零星的双行诗或颂诗的形式，其语言和风格既没有规律，也无定型。除了格比尔等极少数天才圣贤以外，其他人所写的多是明理派的老生常谈，没完没了的重复。关于诃陀瑜伽的一些诗句均属劣质之作，能够使虔诚具有情味的生动描写和充沛感情很少见到。事实是，该派没有影响到受教育、有知识的人群，因为它既没有能够影响他们的新鲜内容，也没有新的吸引力。该派中看不到能够吸引受教育社会群体的正智、正心和正言的发展。但这些圣贤大德们对没有受过教育的或下层的人民却恩惠有加。他们就一些高深议题提供了暗示，强调了行动的纯洁性，谴责了虚张声势，激励起人们的自豪感，为提升该派的层次做出了可喜的努力。后代之所以赋予他们“宗教改革家”称号，正是鉴于这一点。

第二个分支由走真爱路线的伊斯兰教苏菲派诗人构成，他们的泛爱诗属于真正的文学。该派所有的诗人都是通过虚构的故事来揭示泛爱道路的重要意义。这些修行诗人托世俗之爱，宣讲得自最亲近神的爱的感受。这些爱情故事的内容仍然是最普通不过的，无外乎：某某王子听说某某公主异常美丽便坠入情网，然后放弃优越家

---

① 梵智（brahmaJnan）是印度教的概念之一，意思是“关于梵的知识”或“关于最高神的知识”。根据无形派的理念，梵智的基本内容包括：梵是无形的，无所不在的。梵与“我”（个体灵魂）是一致的。梵就是乐，乐就是梵。没有必要为了精神上的乐而放弃物质的乐，需要的是精神与物质的平衡与协调。

庭，历经磨难和反对，最后有情人终成眷属，王子抱得美人归。但“爱的磨难”的暗示具有普遍意义：这种爱是超越现世的。

我们推测，苏菲诗人所写的故事全都是印度教徒家庭长期流传下来的，只是他们又根据需要对其进行了加工。故事的感人基础就是印度教徒。将飞禽走兽也和人类拴在同一条同情线上，呈现一个统一不可分的生活场是印度教爱情故事的特点。森林里的树木为人类的痛苦而哭泣，飞鸟为人类传递爱情信息，这些都是爱情故事中司空见惯的套路。

受过教育者和学者的诗歌传统中，尽管大多是倾向于书写提供庇护的国王的传记、神话或历史传说，但同时虚构的故事也很流行，这是有迹可循的。德里皇帝希坎德尔·夏赫①时期（1489~1517年在位）诗人伊希沃尔达斯②用双行诗和四行诗写了一部叫作《贞信故事》③的作品。作品以古典的方式由毗耶娑和镇群王的对话开始，但大部分的故事都是按虚构的、自由发挥的、扣人心弦的路子展开的。在流放森林期间，般度五子遇到了摩根德耶④仙人，仙人给他们讲了以下故事——

① 希坎德尔·夏赫（Sikandar Shah），德里苏丹国洛迪王朝第二任也是最优秀一任苏丹。正名希坎德尔·洛迪（Sikandar Lodi），原名尼扎姆·汗（Nizam Khan）。出生时间不详，1489年继苏丹位，1517年去世。希坎德尔·夏赫其实是其称号或头衔，夏赫（Shah）也译作“沙”，意为“国王”“皇帝”。

② 伊希沃尔达斯（Ishvadas），印度中世纪著名阿沃提语有形派虔诚诗人。其生卒年代不详，据推测可能出生于1480年前后。据说，他的作品除《贞信故事》以外还有关于罗摩故事的《婆罗多之晤》（*Bharat Milap*）。

③《贞信故事》（*Satyavati Katha*）取材于史诗《摩诃婆罗多》。贞信为《摩诃婆罗多》的重要角色，原为渔家女，后嫁给福身王，生下花钏和奇武，是持国和般度的奶奶。作品语言为阿沃提语，被修格勒定位为最早的阿沃提语作品。作品中每五段四行诗后有一段双行诗，共58首双行诗。

④ 摩根德耶（Markandeya），传说中印度教著名仙人，婆利古仙人之子。摩根德耶既崇拜湿婆，也崇拜毗湿奴。《薄伽梵往世书》和《摩根德耶往世书》中有许多关于摩根德耶的故事。

马图拉[1]国王金德尔乌代无后。像湿婆一样修苦行之后，他的王后喜得一女，名叫瑟德耶沃蒂。瑟德耶沃蒂长大以后经常到一个美丽的湖中沐浴。一位名叫因陀罗婆谛的国王有四个儿子，其中一个叫利杜沃尔纳。有一天，利杜沃尔纳打猎时来到一片森林。林中他发现一棵如意神树，其枝枝丫丫伸展蔓延达3苟斯[2]。他爬到树上四面张望，发现了一个美丽的湖。湖中有数位美女在沐浴。他溜下大树，来到湖边，看到瑟德耶沃蒂后被深深地迷住了。女孩见了他也不禁心旌摇曳。利杜沃尔纳直愣愣地盯着瑟德耶沃蒂，瑟德耶沃蒂很生气，并诅咒道："你得麻风病，遭天谴去吧！"她的诅咒应了验，利杜沃尔纳立即变成了麻风病人，他嚎啕大哭起来。

听到这如泣如诉的哭声，瑟德耶沃蒂来到这位麻风病人身边。但他对她呵斥道："你走开！到一边去笑吧！乐吧！"有一天，瑟德耶沃蒂的父王从那里路过，麻风病人身上散发的臭味熏得他心烦意乱。为了消除麻风病人身上的臭味，国王施舍了许多钱物。回家后国王吃饭时发现女儿不在。没有女儿陪伴，国王根本吃不下饭。国王派人去叫女儿，女儿也不来，她还在继续敬拜湿婆。国王非常生气，对仆人说："把瑟德耶沃蒂送给那个麻风病人吧！"从仆人口中听了这话，瑟德耶沃蒂立即折了根楝树枝前去服侍那位麻风病人，并对他说："我哪里也不去，父母已将我许你。"

瑟德耶沃蒂开始尽心伺候他。有一天，瑟德耶沃蒂背上他去圣地沐浴，那里住有天神、圣人、仙人以及紧那罗[3]等。到达以后，瑟德耶沃蒂说："如果我是真瑟蒂[4]，那么天就赶快黑下来。"话音刚落，

---

① 马图拉（Mathura），也作马图腊或马土腊，古代译为"秣菟罗"或"摩偷罗"等，印度古城，位于阿格拉以北50千米处。该城被印度教徒视为黑天出生地，因此是印度教圣城。

② 苟斯（Kos），印度古代长度单位，1苟斯约等于2英里或3.2千米。

③ 紧那罗（Kinnar）是一种天神，天界的歌手和乐人，其形为人身马头或马身人头。

④ 瑟蒂（Sati）是湿婆的第一个妻子，后为湿婆而蹈火自焚。因此该词就有了"贞洁的女人"或"焚身殉夫"的意思。

周围便被黑暗所笼罩。天神们赶快跑到瑟德耶沃蒂身边。瑟德耶沃蒂请求他们开恩，让利杜沃尔纳重获健康雄壮的身体。遭难的利杜沃尔纳在圣地进行了沐浴，他的身体完全恢复了健康。天神们为他们举行了婚礼。

作品中每五段四行诗后面有一段双行诗。第58首双行诗之后全书结束。作品的语言是阿逾陀[①]周围的阿沃提语口语。Batai（= hai，义为“是”或“有”）[②]在作品中随处可见。这种阿沃提语、四行诗与双行诗的顺序结构以及故事情节布局均为苏菲派诗人所接受。对叙事诗来说，四行诗和双行诗的传统在很早（健日王纪元11世纪，公元10~11世纪）的耆那教传记诗里就有，前文已经提到。

苏菲派诗人的泛爱作品中，辩论的才能被弃之不顾，努力触及人们的内心。这使作品对印度教徒和穆斯林产生同样的影响。作品中时不时出现对神秘力量的迷人暗示，也是非常引人入胜的。格比尔作品中的神秘主义很大程度上是建立在专有名词基础上的，这些词都是吠檀多和诃陀瑜伽中提到过的。但这些泛爱作品的作者不时展现的神秘主义的暗示是自然的，是激动人心的。走真正泛爱道路的苏菲诗人中最著名的要数伽耶西，他的《伯德马沃蒂》是印地语诗界难得一见的瑰宝。这一派的所有诗人都用的是东部印地语或者说阿沃提语，苟斯瓦密·杜勒西达斯就是用它创作了《罗摩功行录》。

当苏菲派带着情所独钟的神秘主义来到印度时，他们只在瑜伽士、炼丹师和巫师巫医中发现有苦修的神秘主义。在《哲学大全》[③]

---

① 阿逾陀（Ayodhya），为汉语旧译，现常译作“阿约提亚”。印度著名圣地，古阿逾陀国首都，位于北方邦境内，据称为罗摩出生地。

② 此处括号里的汉译为译者所加。

③《哲学大全》（*Sarvadarshanasangrah*），马特沃（旧译摩陀婆）大师所编印度教古代哲学全集，共收录印度教16个哲学派别的作品。马特沃大师（Madhavacharya或Madha Vidyaranya）为南印度著名圣人和哲学家，生于公元1268年。

里收录有惹瑟希沃尔哲学[①]。伽耶西等苏非派诗人在自己的故事中有些地方为诃陀瑜伽和炼丹术也留有一席之地。

如上所述，在虔诚运动崛起期间，用印地语大量创作的起初只有格比尔的作品，所以先简要阐述无形派明理支，其中第一个出现的就是格比尔。

第二节　无形派明理支

格比尔（Kabir）——关于他的出生有多种说法。据说，在迦尸有一位崇拜斯瓦密·罗摩难陀的婆罗门。斯瓦密一不小心对他守寡的女儿说了句祝福她有后的话，结果她真的生了个男孩。她把儿子扔到勒赫尔达拉湖[②]边。一位名叫阿里或尼儒的织工将其抱回家抚养[③]。就是这个男孩后来成了格比尔达斯。一般认为格比尔的出生时间是健日王纪元1456年（公元1399年）三月白半月望日[④]。据说格比尔从小就表现出以印度教徒情感表示虔诚的倾向，其养父母都拿他没办法。他经常口念“罗摩、罗摩”，有时还在额头画上吉祥点。这说明，当时罗摩难陀的影响如日中天，无论老幼，不分种姓高低，全都因他倍感愉悦。所以，如果说格比尔从童年就开始受到虔诚思想的熏陶也不足为奇。可能听说了罗摩难陀非常伟大，格比尔心中就萌生了要当他学生的强烈愿望。一次，他前一天傍晚就跑到罗摩

---

① 惹瑟希沃尔哲学（Raseshvaradarshan），印度教湿婆派哲学。该派把水银视为湿婆的精液，将硫看成雪山女神的月经。该派哲学就是以此为基础创立的，因此与传统六派哲学完全不同。

② 勒赫尔达拉是迦尸城（今瓦拉纳西市）的一个地名，附近有个湖，也叫勒赫尔达拉湖。

③ 这里的两个名字表明了格比尔养父的身份，因为“尼儒”是印度教徒的名字，“阿里”则是穆斯林的名字。关于格比尔的出身历来有不同的说法，但不管怎么说，他出生于低种姓织工家庭基本可以肯定。据说，其父（或养父）本出身印度教家庭，但后来（在格比尔出生之前）改信了伊斯兰教。

④ 健日王纪元1456年3月白半月望日约相当于公元1399年5~6月的月圆之日（印历15日）。其实关于格比尔的生卒时间意见分歧较大，可参阅刘安武先生《印度印地语文学史》第38页。

难陀每天下河沐浴的崩吉根噶码头[①]的台阶上。第二天天还没亮，罗摩难陀就去沐浴，黑暗中踩到了格比尔。罗摩难陀连忙说："快念罗摩！罗摩！"格比尔将此视为师傅传授的密咒[②]，从此开始自称罗摩难陀的弟子。他还广交印度教虔诚派出家人，而且依然干着织工的活。

在格比尔派中也有不少穆斯林，这些穆斯林认为格比尔得到过著名穆斯林苏菲派出家人谢赫·德吉的真传。他们只承认那位苏菲派出家人是格比尔的老师。格比尔从一开始就受到印度教崇拜思想的吸引。因此，在罗摩难陀如日中天的当时，肯定也包括在他的交往者之中。正如下面要谈的，尽管属于罗摩奴阇一脉相承的徒子徒孙，罗摩难陀还是在开创一条不同的开放的虔诚道路，其中排除了种姓歧视和共餐禁忌[③]。所以毫无疑问，格比尔正是从罗摩难陀那里得了"罗摩之名"。不过后来格比尔的"罗摩"已经有异于罗摩难陀的"罗摩"，因此不能把格比尔纳入印度教毗湿奴派。格比尔遍游全国，广交诃陀瑜伽师和苏菲派出家人，所以他越来越坚定地倾向于无形崇拜。在与罗摩难陀交往之前他对不二论就有粗略了解。其结果就是，格比尔的罗摩不再是弓箭手的罗摩，而成了梵的代名词。

总之，作为印度教徒思想体系中明理支的一种描述的梵，格比尔不仅把它作为按苏菲派方法崇拜的对象，而且把它当成了爱的对象。为了得到它，他还支持诃陀瑜伽师的修行方法。就这样，他将苏菲派的精神神秘主义、诃陀瑜伽的修炼神秘主义、毗湿奴派的非暴力主义和虔诚主义与印度传统梵说[④]融为一体，创立了自己的一

① 崩吉根噶（Panchganga）意译则为"五恒河"，崩吉根噶码头是瓦拉纳西（贝拿勒斯）最著名的码头之一。在瓦拉纳西的恒河岸边有许多码头，都用作恒河沐浴或宗教仪式场所。

② 此处原文为gurumantra，意为"师傅秘密传授给弟子的咒语"。

③ 这里的共餐禁忌实际也是种姓歧视之一种。根据种姓制要求，高种姓只和高种姓在一起用餐，低种姓只能和低种姓在一起用餐。贱民或首陀罗不得与再生种姓在一起用餐。

④ 梵说（Brahmvad）指吠檀多不二论哲学。

派。在他的真言中，所有这些成分都有明显的表现。

尽管格比尔的真言被称为“无形派真言”，但在敬拜领域梵不可能是不可见的。在崇拜者和被崇拜者思想方面还是会幻想神主有恩慈、宽宥、大度等特性的。正因为如此，格比尔的真言中有时可以发现存在没有属性的无形梵的暗示。有时出现有泛神论思想，有时又闪现出有名号的最高神。[①]

总而言之，格比尔身上明理支的东西全来自印度教经典，都是他在罗摩难陀指导下汇集的。对幻、命、梵、德多摩希[②]、八种两性关系形式[③]、德利古谛[④]、六种敌人等词的了解并非通过自己学习研究，而是通过交往得到的，因为尽人皆知他是不识字的。他用自己特有的语言表述关于《奥义书》中“梵的知识”；甚至他的真言中还用到吠檀多的“金子——耳环逻辑”。[⑤]用诃陀瑜伽师的修行神秘主义的一些象征性词汇（如月亮、太阳、声音、光、甘露、口朝下的井等），做出引起恐惧的暗喻；他从毗湿奴教派中吸收了非暴力元素，这一元素也被后来的苏菲派出家人接受了。他一直谴责穆斯林使用暴力。

这些讨论表明，格比尔是从印度教出家人、游方僧那里汲取明理支的思想，其中通过与苏菲派的交往加入了“泛爱”，最终创立了自己独立的一派。他直言不讳地对那些坚持崇拜外在形式和强调宗教仪典优先地位的潘迪特和阿訇们宣讲，教导他们认识到罗摩与真主的一致性，从而使自己的内心纯洁并充满爱。他的真言一直在努

---

① 在印度教里，最高神（ishvar）在哲学上是无形的，但在崇拜上又被想象为有形的。

② 德多摩希（tatvamasi）为吠陀梵语，来自《娑摩吠陀》，意为“它就是你”。据认为是《娑摩吠陀》的精华，说明了灵魂和神的同一性。

③ 八种形式为：不停地冥想女人，听艳情故事，肢体接触，艳情游戏，拥抱，观看裸体，单独相处，性交。

④ 德利古谛（trikuti）指人的额头上两眉之间略上一点的地方。根据诃陀瑜伽的理论，人体有三脉七轮，其中额轮所在的位置就是德利古谛。

⑤ 该逻辑为：用金子做成耳环，耳环熔化后又还原成金子。以此比喻名色世界源自梵，最后还要归于梵。

力排除由于各地风俗不同、崇拜方式迥异在人们心中所产生的相互歧视。尽管他不识字，但他天生聪慧机智，从他口中总能流出非常华美的、饱含讽喻的、不可思议的话来。他诗句中的反叛和不可能的奇迹非常吸引人。

他通过许多种暗喻和讽喻说出有知识的话，这些虽然不是什么新鲜事，但却因为生动形象往往更能打动没有文化的人们。通过非同寻常的暗喻表现对神的爱在苏菲派修行士中非常流行。正如一些毗湿奴派中流行用甜蜜情[①]崇拜一样，在苏菲派中也有一种习惯，就是将梵说成受到广泛爱戴或将其视为情人，以表达真情实感。格比尔达斯继承了这个传统习惯。格比尔的真言中随处可见的情感神秘主义痕迹，是与苏菲派交往的馈赠。他在有些地方把梵视为丈夫加以暗示，有些地方视其为主人。

格比尔希望对自己的听众清楚地表明："我们已见证了梵。"因此，为了施加影响他经常也说些炫耀夸张的词语。格比尔最后到穆格赫尔[②]结束了自己的一生，至今那里还有格比尔的墓。他去世的时间一般认为是1518年，据此推算，他活了120岁。据说，格比尔的学生达摩达斯曾于1464年将其真言汇集成册，当时格比尔才64岁。目前所见格比尔《真言集》（*Vachanavali*）的最早版本为1504年的。

格比尔《真言集》以"比杰格"[③]之名而闻名于世，分为三部分——短曲、短诗和见证者。其中包含吠檀多哲学、对印度教徒和

---

① 甜蜜情（madhurya bhava）是一种对罗摩或黑天的爱，就像妻子爱丈夫一样。带有这种情的虔诚者把罗摩或黑天看成被爱者，自己则是罗摩或黑天的妻子。

② 穆格赫尔（Magahar）位于今北方邦廓尔喀普尔市以西约30千米的圣人格比尔城县。格比尔原来住在学术和宗教中心迦尸。在他去世前3年，圣人格比尔城地区纳瓦布（统治者）请求格比尔来遭受严重灾害的穆格赫尔为灾民解除痛苦。当时有种迷信说法，穆格赫尔是被诅咒之地，在那里去世得不到解脱。他不顾学生、好友劝阻，义无反顾地去了穆格赫尔，在那里度过了最后的时光并长眠于那里。

③ 比杰格（Bijak）一词源自Bija（密码），意为由神圣文本组成的文件，也可指中世纪与财宝一起埋在地下的财宝清单。

穆斯林的谴责、世界的不真实、心的纯洁、修炼爱的困难、摩耶（幻）力量的强大、偶像崇拜和圣地朝觐等的无意义无价值、穆斯林麦加朝圣、祷告、斋戒、礼拜的不重要等多种内容。教派教育和理论主要在“见证者”里面，形式是双行诗。它的语言是混合语，也就是混有拉贾斯坦语和旁遮普语的克里保利语。但短曲和短诗中都是歌词，其中主要用的是诗语，有的地方也用东部方言。库斯洛的歌的语言我们也揭示为伯勒杰语。这说明，对于歌来说，诗的语言伯勒杰语也是被接受的。

苏尔的诗句也使用伯勒杰语。

尽管格比尔的语言未经净化和装饰，但他的诗句却具有特殊的力量。他极有天才，这一点毫无疑问。

莱达斯（Raidas）或勒维达斯（Ravidas）——莱达斯被认为是罗摩难陀十二弟子之一，属于吉马尔①种姓。他在好几首诗中都说到自己是吉马尔，比如：

（1）莱达斯说自己是一贫如洗的吉马尔。

（2）我的种姓就是有名的吉马尔。

看起来他是在格比尔以后很久才成为斯瓦密·罗摩难陀弟子的，因为他在一首诗中提到格比尔和理发匠森②两人游泳的事。莱达斯也和格比尔一样是迦尸人，这从他的一首诗也可看出。

特纳③和米拉巴伊④提起莱达斯都充满敬意。莱达斯的虔诚似乎也属无形派之列，诗中有言，他有时可以在所有的人身上看到自己

---

① 吉马尔（Chamar）种姓以皮匠为职业，属贱民种姓。

② 森（Sen），虔诚派诗人，属于贱民种姓纳伊（即理发匠）。罗摩难陀的弟子之一。

③ 特纳（Dhanna）也是罗摩难陀的弟子之一，但本书对他并未详述。

④ 米拉巴伊（Mirabai，1516~1546）是为数不多的著名女诗人之一，虔诚派黑天支的主要诗人之一。详见第137页。

的神，有时他又会像格比尔一样倾向于最高神。

莱达斯似乎在西部地区有独到的影响。在法鲁卡巴德可以见到“萨头”[①]的一个教派，该派在米尔加普尔也有一些信徒，据说就属于莱达斯影响范围，因为该派的创立（1543）者比尔庞[②]是乌代[③]的弟子，而乌代被认为是莱达斯的弟子之一。

至今未发现莱达斯的著作，只有些零星的诗以“真言”之名收录在《圣人真言系列》（*Santabani Series*）中。有40首收在《最初的导师著作》（*Adigurugranthasahab*）中。

达摩达斯（Dharmadas）[④]——邦特沃加尔（Bandhavgarha）人，出身吠舍（商人）种姓。他在童年时心中就萌发了虔诚意识。他经常结交印度教苦行者，学习哲学，拜神，到圣地朝觐等。从马图拉返回时他拜访了格比尔。当时格比尔在圣人圈子里已经声名显赫。听了格比尔亲口对偶像崇拜、圣地朝觐、拜神的批驳以后，他开始倾向于“无形派”圣人思想[⑤]。最后他从格比尔那里获得“真名”的真经，成为其主要弟子之一，并于1518年格比尔去世后成为他的继承者。成为格比尔的弟子以后，他散尽了自己全部的巨额家财。他在格比尔达斯的位子上坐了约20年后得以寿终正寝。他的话在圣人中受到广泛尊重。他的成文作品尽管很少，但与格比尔相比却更加简单易懂，既不艰涩也不粗鄙。他只用东部印地语，其所用隐喻暗示的画面非常感染人，动人心弦，因为他不是用辩论来达到目的，

---

① 萨头（sadho）为“萨图”（sadhu）的呼格形式。“萨图”即印度教出家人或苦行僧。“萨头”的教派即由苦行僧组成的教派，名为“萨陀派”（Sadh），1543年由比尔庞创立。该派属一神崇拜，称大神为“真名”（Satnam），因此也称为“真名派”。其经典为《解脱真知》（*Nirvan Jnan*）。

② 比尔庞（Birbhan），也称比尔庞·萨陀（Birbhan Sadh）或比尔巴尔（Birbar），“萨陀派”创立者，生卒年不详。

③ 乌代（Udai），全名乌代达斯（Udaidas），比尔庞的老师，生平不详。

④ 达摩达斯（Dharmadas）也译作“特尔默达斯”。

⑤ 圣人思想（Sant-mat），是印度一种古老的精神生活方式，主张对所有人尊重、信任和爱，并发现作为真正人类的全部潜能。

而是用爱的真谛传播自己的“真言”。

古鲁·那纳格（Guru Nanak）[①]——古鲁那纳格健日王纪元1526年（公元1469年）八月望日[②]出生于拉合尔县[③]的迪勒文蒂村[④]。其父噶卢金德·克尼[⑤]曾是拉合尔县谢尔格普尔区迪勒文蒂镇苏巴·布拉尔·帕坦的管家。其母名叫德丽布达。那纳格从小就有出家人的天性。公元1488年他与古鲁达斯普尔的穆勒金德·克尼的女儿苏勒克琪尼完婚，生有两个儿子——希利金德和勒格其密金德。希利金德后来成为乌达斯教派[⑥]的创立者。

父亲曾极力想让他从事商业，但他对世俗活动毫无兴趣。有一次，父亲给他一些钱让他去做生意，他却把这些钱分给了出家人和穷人。当时穆斯林在旁遮普已定居很久，这使他的一神论思想越来越坚定。人们开始觉得，与崇拜多神相比，崇拜一神才是有意义和文明的标志。在穆斯林的影响下，念诵经文的程序已经基本消失，这使人们失去了理解宗教和崇拜奥秘的能力。于是，一方面，有人被改宗成为穆斯林；另一方面，也有人非常乐意改宗成为穆斯林。在这种情况下，格比尔创立的“无形派圣人思想”就被看成强大的依靠。

古鲁那纳格一开始就是个虔诚者，所以很容易被这种思想吸引。他的崇拜形式对印度教徒和穆斯林来说都是可以接受的。他舍弃家

① 古鲁·那纳格（Guru Nanak）中的“古鲁”并非人名，而是一种尊称，意为“老师”“师尊”“祖师”“上师”等。那纳格为锡克教的创始人，所以被尊称为古鲁·那纳格。

② 健日王纪元1526年八月望日相当于公元1469年10~11月的月圆之日（印历15日）。

③ 拉合尔有两个概念，一为遮普省省会拉合尔市；一为旁遮普省的拉合尔县。两地现都在巴基斯坦境内。

④ 迪勒文蒂（Tilavendi）村也有用“德勒文蒂”（Talavendi）的。

⑤ 噶卢金德·克尼（Kaluchand Kanni），有人称其为“格勒亚恩金德”（Kalyanchand）或梅赫达·噶卢（Mehata Kalu）。

⑥ 乌达斯教派（Udasi Sampraday）为锡克教教派之一，创立于1439年。该派更近似传统印度教。乌达斯（Udas）意为“遁世”“离欲”，其信徒必须守梵行，剪头发，允许刮胡须，一般穿红色衣物，使用与标记种姓的名字、圣线以及与印度教苦行僧有关的祈祷书等。

园云游各地，这对他确立崇拜的通用形式具有很大助益。最终，他开始在旁遮普传播格比尔的无形崇拜，成为锡克教派最初的师尊。与格比尔达斯一样，他也没有受过多少教育。他具有虔诚思想以后所唱诵的圣歌被结集为《格兰特·萨赫布》[①]（*Granth Sahab*, 1604）。这些圣歌有些用的是印地语，有些用的是通用的诗语。这里的印地语有些是方言诗语，即伯勒杰语；有些是克里保利语，其中也夹杂有旁遮普语形式，比如chalya、rahya等。虔诚的、顺服的朴素情感是用朴素的语言说出来的，要影响像格比尔一样未受过教育的人们，不能用曲折复杂的隐喻。由此可见他天性率直、质朴、毫无自傲之感。他仙逝于1539年。

达杜·德亚勒（Dadu Dayal）——尽管从理论角度看达杜是格比尔道路的追随者，但其实他开创了一个新的独立教派，以“达杜派”一名而著称。达杜派信众认为，他1544年出生于古吉拉特叫作阿赫麦达巴德的地方。关于他的种姓也是言人人殊。有人说他是古吉拉特婆罗门，有人则说他是鞋匠或弹棉花的。达杜教派也讲着达杜与格比尔的出身相似的故事。根据他们的说法，孩提时的达杜在萨勃勒穆蒂河中顺流漂向下游时，被一个叫作拉迪拉姆的纳加尔婆罗门发现并被救上岸。不管怎样，多数人认为达杜·德亚勒属于低种姓。他的师傅是谁，不得而知。但在他的“真言”中多处提到格比尔。毫无疑问，他是格比尔思想的追随者。

达杜·德亚勒生活在阿梅尔[②]长达14年。在那里，他游历了马尔瓦尔、比卡内尔等地，于1652年来到讷拉纳（距斋普尔约64千米）。离讷拉纳仅约12千米就是婆拉内山。在这里他度过了最后的一段时光，于1603年逝世。这一带是达杜派的主要据点，至今仍存有

---

①《格兰特·萨赫布》，也作《格兰特·萨希布》（*Granth Sahib*）或《格兰特·萨黑布》（*Granth Saheb*），是锡克教最重要的经典。

② 阿梅尔位于印度拉贾斯坦邦斋浦尔市，是著名历史名胜区，其中的琥珀堡被列为世界遗产，距斋普尔仅11千米。

达杜的衣物和经籍。达杜派信徒也和无形派一样称自己是无瑕无形最高神的崇拜者。这些人既不点吉祥痣，也不戴项圈，身边只带一小串念珠，口念“真名”赞颂着最高神。

达杜的“真言”多数是与格比尔的“证言”相似的双行诗，有些地方是歌词，其语言为混合的西部印地语，其中也融有拉贾斯坦语。他的有些诗也用了古吉拉迪语（即古吉拉特语）和旁遮普语。他没有像格比尔那样使用东部印地语。他的作品中，波斯语–阿拉伯语词汇较多，对爱意的比喻较多。他很少有展示家庭内部神秘的倾向。达杜的真言中尽管没有格比尔真言中格言的那种奇迹，但对爱的描写更加优美，更加严肃。他不像格比尔那样热衷于批判和辩论。他真言中的内容也是无形派真言中常见的内容，比如神的广泛性、真理之师的伟大、对种姓制的批评、印度教徒与穆斯林的同一性、世俗世界的虚幻性、对梵的感知等。

松德尔达斯（Sundradas）——属于肯德勒瓦勒伯尼亚种姓[①]，健日王纪元1653年正月初九[②]出生于一个叫迪奥萨的地方（属斋普尔王国）。其父名帕尔马南德，母名瑟蒂。在他六岁时，达杜·德亚勒曾到过迪奥萨，从此他便成为达杜的弟子，随侍左右。公元1603年，达杜·德亚勒逝世。此前他一直待在讷拉纳，然后他随苦行僧杰格吉文回到自己的出生地迪奥萨，住到1606年又和杰格吉文来到迦尸。直到30岁他都在那里苦心学习梵语语法、吠檀多哲学和往世书等。除梵语以外，他还精通波斯语。从迦尸返回后，他来到一个叫作弗

① 伯尼亚（Baniya）意为商人，属吠舍种姓。肯德勒瓦勒（Khandelwal）源自“肯德勒”（拉贾斯坦一历史名城），意为“肯德勒的”或“肯德勒人”。“肯德勒瓦勒伯尼亚”也叫“肯德勒瓦勒吠舍”，即“肯德勒的商人”或“肯德勒的吠舍”。

② 健日王纪元1653年正月约相当于公元1596年3~4月。

德赫普尔的地方（谢卡瓦迪[①]境内）。当地的纳瓦布[②]阿里夫·汗非常尊重他。他在健日王纪元1746年八月[③]初八逝世于桑噶内尔。

他身材魁梧，肤色白皙，长相英俊，天性温顺柔和。他从小就是梵行者[④]，从不谈论女色。在无形派中他是唯一一个受过全面教育、非常熟悉诗歌艺术规则的人，因此他的作品文学性、趣味性较强。其语言也是诗语——非常洗练的伯勒杰语。除了讨论虔诚和智识以外，他还写了关于伦理道德和地方习俗的非常漂亮的诗作。其他圣人们只创作唱词和双行诗，而他却像老练的诗人一样还创作了许多格维德和瑟崴雅[⑤]。本来他大大小小的作品很多，但最为著名的还是《美丽的哭》（*Sundaravilap*），其中以格维德和瑟崴雅居多。这些格维德和瑟崴雅中经常使用复辞法、阿奴布拉斯法[⑥]和意境修辞法[⑦]等。他的作品因符合诗歌创作方法而与其他圣人作品显得不同。他毫无疑问是圣人，但同时也是诗人。因此，关于社会伦理道德和地方风俗方面他使用了非常诙谐幽默的语句。对拙劣的押韵和无意义的“真言”他毫无兴趣，良好教育使他具有开阔的视野，他没有像其他无形派那样忽视世俗信仰和正义。对那些信守对丈夫忠贞的妇

---

① 谢卡瓦迪（Shekhavadi）为拉贾斯坦东北部西格尔和琼曲奴县（Sikar and Jhunjhunu）的别称。

② 纳瓦布（Nawab），莫卧儿皇帝派驻各省的行政长官（总督）。后来，成为英国殖民统治时期授予穆斯林的贵族称号；有时也指地方穆斯林贵族。

③ 健日王纪元1746年八月相当于公元1689年10~11月。

④ 梵行者（brahmachari），独身禁欲修行者。

⑤ 格维德（kavitta）是格律诗的一种，也称克纳格切利（ghanakshari）、梦赫尔（Manhar）或登德格（Dandak）。这种格律韵诗第一次出现就是在虔诚时期。这种韵诗共4行，每行31个音节，在第16个音节后须停顿，后面为15个音节。为保持节奏实际停顿的音节数为8-8-8-7。每行最后一个元音为长元音。瑟崴雅（savaiya），也是印地语格律诗的一种，其中又包括14个亚种。格维德和瑟崴雅都非常强调曲调，各有自己独特的调子，适合歌唱。

⑥ 阿奴布拉斯法（Anupras）是印度文学（尤其是诗歌）中的一种修辞方法，也可以说是复现法，即同样的字母或音节重复出现两次以上。也有整个词甚至整个句子重复出现的。此法又分为多种形式，有重复两次的，有多次复现的。有的重现在句尾（可以在一个句号的各分句之间重现），这实际就类似脚韵。

⑦ 意境修辞法（Arthalankar），用于词或句子的修饰，包括明喻、暗喻、借喻、拟人等手法。

女、战场上履行艰难职责的英雄等他心怀敬意 。他表现的创作成分也不像其他人那么随意和凌乱，而是中规中矩。

穆卢格达斯（Malukadas）——健日王纪元1631年二月黑半月初八[①]，穆卢格达斯出生于阿拉哈巴德县格拉[②]的拉拉・松德尔达斯・克尼家。他活到公元1674年，以108岁的高龄去世。他是奥朗则布时期寻找内心的无形派著名圣人之一，他传道的足迹遍及格拉、斋普尔、古吉拉特、木尔坦、巴特那，甚至远及尼泊尔和喀布尔。有许多关于他的奇闻逸事闻名遐迩。据说，有一次他托起下沉的皇家大船救了一船人，还有一次他把装满卢比的钱袋放到恒河里从格拉传送到了阿拉哈巴德。

他有两本书非常著名——《宝藏》（*Ratnakhan*）和《智觉》（*Jnanbodha*）。因为要致力于向印度教徒和穆斯林两者都布道，所以和其他无形派圣人一样，他的语言中也用了许多波斯语–阿拉伯语词。从这个角度看，在所有圣人的真言中夹杂口头克里保利语都是一样的。尽管有这些表征，他的语言仍然是组织有序且优美的。许多地方都可发现作为优秀诗人那样的词序和格维德之类的韵脚。有些诗作完全用的是克里保利语。他关于对梵的智觉、离欲和爱的真言非常优美迷人。

阿格切尔・恩讷涅（Akshar Ananya）——有迹象表明，1653年他还活着。他是德蒂亚土邦[③]赛奴赫拉的噶耶斯特[④]，曾经当过德蒂亚土邦王布里特维金德的大臣。后来对此厌倦了便住到了伯纳[⑤]。著

---

① 健日王纪元1631年二月相当于公元1574年4~5月。印历黑半月初八即下半月的初八，相当于整个月的第23日。

② 格拉（Kara）为印度北方邦历史名城，位于阿拉哈巴德附近。

③ 德蒂亚（Datiya）现为印度中央邦的德蒂亚县，位于瓜廖尔附近，印度教圣地之一。

④ 噶耶斯特（kayastha）是一个以书写文书为职业的种姓。该种姓在多数地方属于刹帝利种姓，也有少数地方视其为婆罗门。

⑤ 伯纳（Panna）在印度中央邦，现为一个市。

名的切德尔萨勒[1]是他的学生。有一次因某件事对切德尔萨勒不满，他离家住到森林里。切德尔萨勒知道后为请求他的原谅赶忙找到森林里，发现他正四仰八叉地躺在茅屋旁边。大王问他："从什么时候开始这样伸着脚高枕无忧的？"他立即回答："从收手不再干事的时候。"他学问高深，精通吠檀多。他写了多部关于瑜伽和吠檀多的著作——《王瑜伽》（*Rajayoga*）、《智瑜伽》（*Jnanyoga*）、《感知信条》（*Siddhant Bodh*）、《智明灯》（*Vivekadipika*）、《梵智》（*Brahmajnan*）、《独有之光》（*Ananya Prakash*）等，他还用印地语韵体翻译了《难近母七百颂》[2]。

如前所述，无形派圣人诗人传统中很少有人的作品能够列入文学范畴。由于很少有受过良好教育者加入，他们的真言大都只为教派主义者所用。他们的真言中没有充分使用能够吸引普罗大众的人类生活情感。尽管这种圣人的传统一直没有间断，而且形成了一个新的派别，但他们对国家共通的文学并没有什么影响。在达杜·德亚勒弟子一脉出现了杰格吉文达斯或杰格吉文·萨赫布，大约生活在1761年前后。他属于金代尔的塔古尔种姓[3]，居住于苟德瓦。他创立了一个新的"真名"教派。他的真言中还有对常识的讨论。他的学生中有位杜勒姆达斯，写了一部《词汇集》（*Shabdavali*）。杜勒姆达斯的学生有董沃尔达斯和伯赫勒旺达斯。还有杜勒希·萨赫布[4]、苟文德·萨赫布、毗咖·萨赫布、伯勒杜·萨赫布等许多圣人。钵

---

① 切德尔萨勒（Chhatrasal）为本代拉肯德（Bundelakhand）的国王，也是本代拉肯德国创立者。

②《难近母七百颂》（*Durga Saptashati*）因作品共有700颂而得名，又名《女神庄严》（*Devimahatmya*），其中主要描写歌颂了女神难近母战胜牛魔摩西娑苏罗的事迹。难近母为印度教降魔女神，音译作"杜尔加"，湿婆之妻，一说为雪山女神的另一名。

③ 塔古尔（Thakur）属于刹帝利种姓，实际上是拉贾普特（Rajput）种姓的一种称呼，在北方邦往往把拉贾普特人称作"塔古尔"。

④ 杜勒希·萨赫布（Tulasi Sahab或sahib）为"萨赫布教派"创立者，自称为杜勒西达斯转世。一般认为，杜勒希·萨赫布生于1763年，卒于1843年。他的主要作品有《心中的罗摩衍那》（*Ghat Ramayan*）、《诗海》（*Padyasagar*）、《宝石海》（*Ratnasagar*）等。

罗耶伽[①]的拜勒维迪耶尔出版社[②]曾出版许多此类圣人的“真言”。

关于无形派的圣人，应该清醒地认识到，试图展现他们的任何哲学体系都是徒劳的。对他们进行二元论、不二论、限制不二论的分类只能表现哲学体系的无知。他们之间之所以显出有限的差异，也只是因为他们与无形派相符成分的多寡。比如，有的派别讲智识的成分多些，有的派别修行士修炼成分多些，有的派别苏菲甜蜜的爱成分多些，有的派别则对神的虔诚（融合了一家之长、父亲和神的情感）多些。前文已阐述过，无形派所具有的一点智的成分都来自吠檀多；泛爱部分则来自苏菲派，而非来自毗湿奴派；除了“非暴力”和“忠诚”以外，它一点毗湿奴派的因子都没有。它的“记忆”（surati）与“专注”（nirati）都是佛教悉陀们的。佛教有八正道——正念和正定。“正念”的状态是：使稍纵即逝的智识固定下来并形成不可分的系列；“正定”的状态下，修炼者超脱一切感觉。所以，“记忆”与“专注”都来自佛教修行者的“语言”，而与毗湿奴派没有任何关系。

第三节　无形派泛爱（苏菲）支

如前所述，这一时期无形派的另一支是苏菲派诗人，他们以爱的赞歌形式对泛爱进行了描绘。这种泛爱是献给神的，是以世俗之爱的形式感受得到的。现在就来描述该派修行诗人。

（1）古德本（Kutaban）——他是吉希蒂家族的谢赫·布尔汗（Shekha Burahan）的学生，曾受焦恩普尔皇帝胡赛因·夏赫的供

① 钵罗耶伽（Prayag）为阿拉哈巴德的古称，印度教圣地，位于今印度北方邦境内。1500年被穆斯林国王改名为阿拉哈巴德（Alahabad或Ilahabad）。2018年，印度政府又将其恢复旧名，并加上raj（王土）一词，改称钵罗耶伽罗阇（Prayagraj），按现代音译为“普拉亚格拉杰”。

② 拜勒维迪耶尔出版社（Belvediar Press），在阿拉哈巴德市，曾出版几乎所有圣人的著作。

养。因此他所处时间应在公元15世纪末前后。他于伊斯兰历909年（公元1501年）用四行诗加双行诗的方式写了部叫作《穆里噶沃蒂》（*Mrigavati*）的作品，作品中描述了月山城（Chandragiri Nagar）国王格讷博迪代沃的王子和根金布尔国王儒伯穆拉利的女儿穆里噶沃蒂相爱的故事。诗人通过这个故事描写了爱情道路的艰辛，展现了修行者对神敬爱的本质。诗中不时出现根据苏菲风格进行的非常优美的神秘精神暗示。

故事的主要情节是：月山城国王格讷博迪代沃的王子对根金布尔国王儒伯穆拉利的叫穆里噶沃蒂的女儿着了迷。这位公主精通飞行之术。经受多次磨难之后，王子终于得以来到公主身边。有一天，穆里噶沃蒂欺骗王子后不知飞到哪里去了。王子以瑜伽行者身份出去找她。来到一个四面环海的小山上，王子从妖魔那里救出了一位名叫鲁格米妮的漂亮女孩。女孩的父亲把女儿嫁给了王子。最后，王子来到一座城市。就在这座城里，穆里噶沃蒂在父王驾崩以后继承了王位，正统治着这个国家。他在那里一住就是12年。王子的父亲打听到他的下落后派人找他回家。得到父王的信后，他和穆里噶沃蒂便离开这里，路上还带着鲁格米妮。王子一直过得非常愉快。最后在一次打猎时，他不幸从象背上坠落身亡。他的两位王妃带着与爱人相见的强烈愿望非常愉快地殉夫自焚了。

（2）门钦（Manjhan）——目前没有一点关于他的资料，只有他所创作的不完整的本子《茉莉》（*Madhumalati*）。从这部作品可以发现他想象的美妙和心地的慈善。和《穆里噶沃蒂》一样，《茉莉》中也是五段四行诗之后有一段双行诗。但与《穆里噶沃蒂》相比，《茉莉》的想象更美，描写也更细致，更能抓住读者的心。为了更好地表达精神上的爱，门钦还更多地引入了自然景物。故事更加跌宕起伏，也更长。我们将情节非常简单地介绍如下：

格内瑟尔城的国王苏尔吉庞有个名叫穆瑙赫尔的王子。仙女们在半夜三更把睡梦中的穆瑙赫尔带到了穆哈日斯城的公主茉莉的画室。醒来后他与公主相见，并相互一见倾心。他在回答茉莉的询问时说："我对你的爱慕已经几生几世了，所以从来到人世的那天起，我的心里就萌发了对你的爱。"谈着谈着他们俩就一起睡着了。仙女们又抬起王子把他送回了家。两人各自醒来以后便被爱恋折磨得寝食难安。王子实在无法忍受与茉莉的分离，于是离家出走，循海路漫游。路上遭遇风暴，同行的朋友全都落水漂散了。王子抱着一块木板漂到一片森林，在一个地方他发现一位美丽的姑娘躺在床上。经询问得知，她是基德比思拉姆普尔的国王基德尔森的公主布蕾玛，是被妖魔掠到这里的。王子穆瑙赫尔打败魔王解救了公主布蕾玛。布蕾玛把茉莉的地址告诉了他，并说："她是我的好朋友，我领你去见她。"布蕾玛先领着他来到自己父王所在的城里。听了穆瑙赫尔的救女之恩，父亲想把布蕾玛嫁给穆瑙赫尔。但布蕾玛拒绝道："穆瑙赫尔是我兄弟，我已发誓一定要带他去见他的情人茉莉。"

第二天，正好茉莉和母亲茹布蒙姬丽一起来到布蕾玛家。布蕾玛让她与穆瑙赫尔王子见了面。转天早晨，茹布蒙姬丽到画室发现茉莉和穆瑙赫尔在一起。穆瑙赫尔醒来以后发现自己到了另一个地方。茹布蒙姬丽对女儿说了许多穆瑙赫尔的坏话，劝她放弃对他的爱。茉莉拒绝了母亲的劝告，母亲便诅咒她："你变成鸟吧！"当茉莉变成鸟飞走后，母亲非常后悔，嚎啕大哭起来，但茉莉已不知所踪。茉莉飞啊飞，飞啊飞，一直飞到很远很远的地方。一个叫贡沃尔·达拉金德的王子看到这只鸟这么漂亮，就想抓住她。茉莉发现达拉金德长得与穆瑙赫尔有点像，就放慢了速度，结果被他抓住。达拉金德把她放到金鸟笼里。有一天，身为鸟的茉莉把自己的爱情故事告诉了达拉金德。听了她的故事，达拉金德发誓："我一定要让你见到你最亲爱的穆瑙赫尔。"然后他带上鸟笼来到穆哈日斯城。茉莉母亲见到女儿后非常高兴。她口念咒语，往女儿身上洒了洒水，茉莉立刻从鸟变回了人形。父母表达了想把茉莉嫁给达拉金德的想法，但达拉金德说：“茉莉是我妹妹，我已发誓无论如何要让她见到穆瑙赫尔。”茉莉母亲写了封信派人送给布蕾玛，把这一切都告诉了她。茉莉也给布蕾玛写信表达了自己的心情。拿着这两封信布蕾玛非常痛苦，就在这时，她的一个女友跑来报信：穆瑙赫尔王子一身修行士的打扮来了。茉莉的父王带上王后和随从来到国王基德尔森（布蕾玛父亲）的都城。就在那里为穆瑙赫尔和茉莉举行了婚礼。穆瑙赫尔、茉莉和达拉金德作为客人在布蕾玛家住了好长时间。一天，打猎回来后达拉金德看到布蕾玛和茉莉在荡秋千，他一下子被布蕾玛迷住了，以致昏倒在地。茉莉和其女伴们都赶紧围伺左右。

作品到此就中断了。但根据故事发展脉络趋势判断，布蕾玛和达拉金德一定也会终成眷属。

除了男女主人公以外，诗人还设计了二号男女主人公，从而扩展了故事情节。不仅如此，诗人还通过布蕾玛、达拉金德的行为展现了真诚的同情心、惊人的自制力和无私的情感。门钦展示了今生、来生与裂生[①]之间爱的广博和永恒。根据苏菲派的说法，整个世界都被神秘的线串联在一起，生命依靠它才可以找到通往爱的目标的道路。在诗中，苏菲派看到一切外表下所隐藏的最高梵而为之着迷，神的分离在苏菲派那里是虔诚者的主要财富，没有它任何人都无法专注于修炼的道路，谁的眼睛都无法睁开。就与神分离而言，谁的心里有了这种分离，对他来说这个世界就是一面明澈的镜子，这里以多种形式反映出最高神的影子。这时他就会看到，这个世界的一切形式、所有活动都是最高神的分离所显现的。这种情感在泛爱支所有诗人身上都可以看到。尽管无法得知门钦作品的确切年代，但

① 即生物的分裂生殖。裂生又叫裂殖，是无性生殖中常见的一种方式，即母体分裂成2个（二分裂）或多个（复分裂）大小形状相同的新个体的生殖方式。这种生殖方式在单细胞生物中比较普遍，如细菌、眼虫等。

毫无疑问，它们都创作于1493~1538年（《伯德马沃德》的创作时间），很可能在《穆里噶沃蒂》稍后一些。在此类风格最著名和最受欢迎的作品《伯德马沃德》中，伽耶西简要提到过在他之前出现的此类诗作。

这些诗句中提到伽耶西之前的四部诗作——《穆格塔沃蒂》（*Mugdhavati*）、《穆里噶沃蒂》《茉莉》和《布蕾玛沃蒂》（*Premavati*），其中《穆里噶沃蒂》《茉莉》已经被发现，而另外两部则至今没有找到。如果将这里的作品排名顺序看作是根据创作年代而为，那么就可确认，《茉莉》是在古德本的《穆里噶沃蒂》之后创作的。

伽耶西诗句中，与茉莉同时出现的不是“穆瑙赫尔”，而是“肯达沃德”。目前所发现的《伯德马沃德》的手抄本几乎都是用波斯语字体写成的。我曾经亲眼见过四部这样的本子，其中的男主人公都是类似的名字，可能会读作“肯达沃德”“贡达沃德”“庚达沃德”“庚塔沃德”等。只有印度教徒大学[①]有一部抄本中明确写作“穆瑙赫尔”。乌斯曼的《吉德拉沃丽》（*Chitravali*）中也提到《茉莉》，其中王子的名字也是“穆瑙赫尔”。

在目前所能得到的《茉莉》各种本子里也都只有这个名字。

在《伯德马沃德》之前，《茉莉》的声名非常大。耆那教诗人伯纳勒希达斯在其自传中提到1603年前后自己的恋爱生活时写道：“那时，我已不再去市场闲逛，总是躲在家里贪婪地读着名为《穆里噶沃蒂》和《茉莉》的书。”

那时总待在家里，不再到集市市场去，

① 印度教徒大学的全称为“迦尸印度教徒大学”（Kashi Hindu Vishvavidyalay）或“贝拿勒斯印度教徒大学”（Banaras Hindu Vishvavidyalay），在今北方邦的瓦拉纳西。该大学创立于1915年，现为联邦所属著名大学之一。

专心阅读两本书，《茉莉》和《穆里噶沃蒂》。

此后，南方诗人讷斯日迪也以《茉莉》为基础用南方乌尔都语写了部名为《爱的花园》（*Gulshane Ishka*）的爱情故事（1643）。

后来出现过一位创建格维德风格的“门钦”，不应把他们弄混了。

（3）默利格·穆罕默德·伽耶西（Malik Muhammad Jayasi）——是著名苏菲派圣人谢赫·默希迪（穆希乌丁）的弟子，生活在伽耶斯（Jayas）。现发现一本他用波斯语字体出版的名叫《最后的话》（*AKhili Kalama*）的小册子，是巴卑尔[1]时期伊斯兰历936年（大约公元1528年）创作的，其中赞扬了巴卑尔皇帝。关于自己的出生，默利格·穆罕默德·伽耶西在该书中写道：

九百年成化身，三十年后成诗人。

这一诗句表述的含义还无法准确解读。如果认为出生日期是伊斯兰历900年，那么第二行的意思只能说就是：出生30年后伽耶西开始写诗，并创作了本书中的一些诗。伽耶西最著名的诗作是《伯德马沃德》。关于该书创作年代，诗人这样写道：

伊历九百二十七年，诗人开始讲述该故事。

其意思是，《伯德马沃德》故事最初是诗人在伊斯兰历927年（公元1520年）讲述的。但在诗作的开头部分诗人按照穆斯讷维[2]传

---

① 巴卑尔（Babur，1483~1530）或译巴布尔，全名为札希尔·乌德丁·穆罕默德·巴卑尔（Zahir-din Muhammad Babur），卧儿帝国的开国君主。

② 穆斯讷维（Masanavi）是波斯语和乌尔都语的一种诗体，每两行押尾韵。

统赞美了“时代之王”谢尔沙赫[①]。

谢尔沙赫的统治始于伊斯兰历947年，也就是公元1540年。如此看来，很可能诗人在公元1520年就写了一些诗，但整部书是19年或20年后才完成的。《伯德马沃德》有一个孟加拉语译本，是若开土邦国[②]的大臣穆庚·塔古尔于公元1650年前后让一位叫阿娄乌加拉的诗人翻译的，其中也承认“nav sai sattais”（九百二十七年）[③]一说。《伯德马沃德》的手抄本多数用的是波斯语字体，其中的“sattais”（二十七）和“saintalis”（四十七）往往会写成一样，有人甚至怀疑是人们把“saintalis”（四十七）错认作“sattais”（二十七）了。

伽耶西被列为当时有成就的伊斯兰圣人之一。在阿梅提国[④]王室中，伽耶西很受尊重。伽耶西在自己生命最后的日子里就住在距阿梅提仅两千米的森林中，并最终逝世于此。法官纳斯鲁丁·胡赛因·伽耶西曾从奥德[⑤]的纳瓦布苏贾乌道拉处获得过文书，他在备忘录中将伽耶西的死亡时间写成了伊斯兰历949年[⑥]7月4日。很难说这一时间多大程度上准确可靠。

他一只眼完全失明，形象也很丑陋。据说，谢尔沙赫看到他的形象后会发笑。他在世时，其学生就到处宣唱他所创作的内容丰富的双行诗和四行诗。他写有三部作品——一部是著名的《伯德马沃德》，一部是《字母表诗》（*Akharavata*），还有一部是《最后的话》

---

① 谢尔沙赫，亦译作“谢尔沙”或“舍尔沙”，全名Sher Shah Suri。阿富汗普什图族苏尔部落人，出生于印度哈里亚纳或比哈尔。杰出的军事家，苏尔帝国的建立者，莫卧儿帝国的重要对手。曾大破莫卧儿王朝第二代皇帝胡马雍，一度将其赶出北印度。

② 若开（Rakhine）现为缅甸的一个邦，位于缅甸西部孟加拉湾沿岸，与孟加拉相邻。但以前的若开名为Arakan，公元1784年以前一直是个独立王国。

③ “nau sai sattais”意为“九百二十七”。

④ 阿梅提（Amethi），印度古代一土邦王国，其首府也叫阿梅提，位于今北方邦境内。

⑤ “奥德”的英语书写形式为Oudh或Oude，所以被汉译为奥德，为印度古代一王国名。莫卧儿王朝和英殖民统治时期的重要土邦之一，位于今北方邦境内。其实按印度人自己的发音“奥德”应为Awadh，译作阿沃特。阿沃特（奥德）的居民和语言都是Awadhi，所以奥德人译作阿沃提人，语言译作阿沃提语。

⑥ 伊斯兰历949年约相当于公元1542年。

（*Akhiri Kalam*）。在《字母表诗》中，按字母表的一个个字母创作出充满有关教义的四行诗。这部小册子中表达了对神、创世、生命、敬爱神等内容的思考。《最后的话》描写了复活日的情景。伽耶西不朽声誉的基础在于其《伯德马沃德》，读了它就会明白伽耶西的心是多么地柔美并充满爱的恻隐。无论在世俗方面，还是在精神方面，都突出表现了它的神秘、庄严和甜美。

格比尔以怒骂的方式试图消除印度教徒和穆斯林的狂躁偏狭，但其努力大多更加刺激而非打动人心。人与人之间充满情感的关系并未因为这一努力而得以显现，人们日常生活中经常体会到的内心感受也并未得到表现。古德本和伽耶西等讲述爱情故事的诗人指引着爱的正确道路，展现了对人类心灵具有同样影响力的共同生活情景。谈到使印度教徒和穆斯林心心相印，消除相互隔膜的人时，不能不提到他们。作为穆斯林，他们用印度教徒的语言非常热心地讲述着印度教徒的故事，展示了自己宽广胸怀与印度教徒激动人心生活状态的完全一致。格比尔只是反映了貌似相异的间接存在的一致性，直观生活的一致性本来就有待得到表现，这一点由伽耶西完成了。

《伯德马沃德》中赞美爱的传统已臻于成熟，这是该传统中最著名的作品。作品中历史与想象得到完美结合。吉道尔国王后伯德米妮或伯德马沃蒂的历史是非常能够打动印度教徒心灵的。伽耶西所用的男女主人公尽管都是著名历史人物，但他通过高超的想象使其故事在普通大众心中深深扎下了根。故事的前半部分完全是虚构的，后半部分则主要基于历史。故事情节简介如下：

狮子岛国王乾达婆森的女儿伯德马沃蒂才色双全，举世无双。她一直找不到合适的驸马。她有一只叫作希拉曼的鹦鹉，其羽毛像金子一般，且能说会道。一天，它正在和伯德马沃蒂谈论她找不到驸马的事，结果被国王听到了，国王大发雷霆。由于对国王的恐惧，鹦鹉终于有一天飞离了王宫。伯德马沃蒂听说后嚎啕大哭。鹦鹉在树林中飞来飞去，结果落入一位猎人之手。猎人将其拿到集市上卖给了吉道尔的一位婆罗门。吉道尔国王日登森[1]又花10万卢比从婆罗门手里买下这只鹦鹉。日登森越来越喜欢这只鹦鹉。有一天当国王去打猎时，对自己的美貌非常自豪的王后纳格穆蒂问鹦鹉："在这个世界还有和我一样美的美女吗？"听到这个问题鹦鹉笑了笑，接着描述了狮子国的伯德马沃蒂，然后说："她和你相比，简直是白日与黑夜之别。"王后担心鹦鹉会在国王面前也夸赞伯德马沃蒂的美貌，所以命仆人杀死鹦鹉。但仆人因忌惮国王而没有杀鹦鹉，而是把它藏到自己家里。国王回宫后发现没了鹦鹉，非常暴躁愤怒，于是仆人拿回鹦鹉，并把一切都告诉了国王。听了仆人对伯德马沃蒂美貌的描述，国王简直晕倒了，因无缘相见而郁郁不乐，最后他竟然为寻找她而离开王宫。为他驱前引路的正是那只鹦鹉希拉曼，随行的一万六千名童男子全部是出家人打扮。

这支出家人队伍从羯陵伽乘船向狮子国进发，经历千难万险，终于到达狮子国。到达以后，国王来到一座湿婆庙与出家人坐在一起，默念着伯德马沃蒂。鹦鹉希拉曼赶快飞往王宫将这一切告诉了伯德马沃蒂。在国王真诚的爱感召下，伯德马沃蒂陷入了爱河，内心无法平静。在春五节[2]那天，伯德马沃蒂到国王住的庙中祭拜湿婆神，国王见了她的容貌立即昏厥过去，根本没来得及细看。苏醒以后国王便烦躁不安，急于与伯德马沃蒂相见。伯德马沃蒂派人传话说："上次你已错过机会，现在你要有能耐上得了狮子国城堡，才能与我相见。"国王向湿婆学得技能，带上随从的出家人前往城堡，开始登城，但天亮后却被抓住。根据狮子国王乾达婆森的命令正要对日登森施以绞刑，随从日登森的一万六千出家人立即将城堡包围起

① 日登森（Ratanasen）为音译，意译为"宝军"。（见刘安武著《印度印地语文学史》）

② 春五节（Sripanchami或Vasant panchami），印度教节日，在印历十一月（约相当于公历一、二月）白半月初五举行，主要敬拜梵天的配偶娑罗室伐底（Saraswati）。

来。大自在天[①]、诃奴曼等众神也悉数到场助阵，乾达婆森的军队一败涂地。乾达婆森在出家人中认出了湿婆神，立即拜倒在其脚下说："伯德马沃蒂属于你，你说把她给谁就给谁。"就这样伯德马沃蒂与日登森完了婚，两人一起回到吉道尔。

日登森的朝廷里有位叫拉克沃杰登的潘迪特，他是耶格齐尼[②]的崇拜者。有一天，为了表明自己比其他潘迪特厉害，他把初一说成初二，并凭借药叉之力让人们看到了月亮。[③]国王听说此事后将拉克沃杰登驱逐出国境。为了报复国王并得到重奖，拉克沃杰登投奔到德里苏丹阿拉乌丁的宫廷，他向人们展示了自己过去作为赠品得到的伯德马沃蒂的镯子，并将她的容貌说得举世无双。于是阿拉乌丁写信给日登森，要求他把伯德马沃蒂送来。读了阿拉乌丁的信，日登森非常愤怒，并开始为战争做准备。阿拉乌丁围困吉道尔好几年，但就是攻不破。最后他通过欺诈手段提议修好，日登森接受了提议并宴请款待了阿拉乌丁。阿拉乌丁与日登森下棋时从面前的一面镜子中得以看了一眼伯德马沃蒂，这一眼看得他立即昏倒在地。临别那天，日登森把阿拉乌丁送到大门口，却被早已埋伏在那里的阿拉乌丁的士兵抓住并押往德里。

伯德马沃蒂得信后非常惶恐焦虑，但很快她就像一位英勇的女刹帝利一样开始筹谋救夫之策。名叫苟拉和巴德勒的两位将领将700名全副武装的士兵藏在轿中带到德里，向苏丹传话道："伯德马沃蒂要先见一下自己的丈夫才会去你的后宫。"得到允许以后，一乘轿子被抬到日登森的住处旁，从轿中出来一位铁匠将日登森的脚镣砸开。

---

① 大自在天（Mahadev或Maheswara），佛教和印度教神祇，音译为摩醯首罗。佛教中为三千大千世界之主，在印度教神话中为湿婆。

② 耶格齐尼（Yakshini）被认为是湿婆的女仆，属于一群次要的神或半神。传统印度教中一直流行"耶格齐尼崇拜"（Yakshini Sadhana），因为它比拜吠陀神祇简单易行又省时，耶格齐尼们在很短时间内就会使敬拜者得到物质上和经济上的幸福，而且也有助于敬拜者利用她们的神力。

③ 初一为朔日，朔日当天的月亮是完全看不见的。

日登森骑上早已备好的马冲了出来。看到后面追来的苏丹军队，年迈的苟拉立即带领士兵上前阻击，巴德勒则护卫着日登森回到吉道尔。回到吉道尔后，伯德马沃蒂向日登森讲述了贡婆勒内尔国王代沃巴勒曾派女说客来拉皮条，日登森听罢立即点兵出征贡婆勒内尔。激战中代沃巴勒和日登森双双战死。

日登森的尸体被运回吉道尔，两位王后纳格穆蒂和伯德马沃蒂面带笑容走上焚尸的柴堆，坐到丈夫的遗体旁。当阿拉乌丁率兵赶到吉道尔时，那里除了一堆灰烬以外什么也没有。

如前所述，在歌颂爱情的传统中，《伯德马沃德》是最成熟、最生动优美的作品。与泛爱派苏菲诗人的其他故事相比，这个故事的特点在于：它在细节上也随处表现出修行之道、修行的困难以及得道的本质等。

尽管《伯德马沃德》没有遵循梵语叙事诗的章节体，而是按波斯语的穆斯纳维体创作的，但对艳情、英雄的描写却是沿用了一直流传下来的印度诗的传统。它的前半部反映的是纯粹泛爱，但其后半部也包含了世俗方面。伽耶西对伯德马沃蒂容貌的描写使读者沉浸于美的超凡情感之中。诗中可以看到多种修辞手法的运用。

在描写伯德马沃蒂容貌时，有些地方伽耶西用了非常美的暗喻来表现她那永恒无限之美。没有这种美，整个世界似乎都会焦虑不安。同样，对出家人日登森艰难道路的描写中暗示了修行者道路的艰难险阻（欲、怒等）。

（4）乌斯芒（Usaman）——他生活于贾汗吉尔时代，是伽吉普尔[①]人。其父名为谢赫·胡赛因。他共有五兄弟，其他四人为——谢赫·阿齐兹、谢赫·马努拉赫、谢赫·费祖拉赫和谢赫·哈桑。他将自己的笔名写作“曼”（Man）。他是夏赫·尼贾姆丁·吉希迪

① 伽吉普尔（Gajipur），印度北方邦城市。

一系哈吉·巴巴[①]的学生。乌斯芒于伊斯兰历1022年，也就是公元1613年写了部叫作《吉德拉沃丽》的作品。作品中在开头的赞美诗之后，诗人赞颂了先知、四位哈里发、皇帝（贾汗吉尔）以及夏赫·尼贾姆丁·吉希迪和哈吉·巴巴，接着描写了伽吉普尔城，并介绍了自己的情况。

诗人在《修行士巡游篇》中提到了喀布尔、巴达赫尚、呼罗珊、俄罗斯、黎凡特、埃及、伊斯坦布尔、古吉拉特、狮子岛等许多国家。最为罕见的是苦行僧们到了英国人的岛上。

诗人在这部作品中完全模仿了伽耶西。伽耶西在自己作品中所谈到的话题，乌斯芒也进行了表述，甚至有些地方的遣词造句都原封不动照搬过来。但乌斯芒也有自己的特点，正如他在诗中写道：故事完全是诗人虚构的。

故事梗概如下：奈巴尔国王特尔尼特尔·本瓦尔为能有个儿子遵守了艰苦的誓言，终于因湿婆–雪山女神的恩典得了个儿子，取名苏加恩。一天，苏加恩王子在打猎时迷了路，结果来到一位神仙的茅屋便睡着了。神仙回来后承担起保护他的义务。有一天，这位神仙与一位朋友一起去参加茹薄纳加尔国公主吉德拉沃丽的生日庆典，并把苏加恩王子也带去了。两位神仙发现没有更合适的地方让苏加恩待，就把他带进公主的画室，然后自己去参加庆典了。王子把公主的画像挂起来欣赏，结果爱上了她。他也画了一幅自己的画像并将其挂在公主画像旁边，然后就睡着了。两位神仙把他背回来又放在那个茅屋中。王子醒来后觉得画像一事好像一场梦，但他发现手上还留有墨迹，心想这事肯定是真的。对吉德拉沃丽的爱搞得苏加恩心神不宁。就在这时候，苏加恩父王派来的人找到了他，把他带回了首都。但他在家里闷闷不乐，郁郁寡欢。最后他在一位叫

① 巴巴（Baba）在这里是对印度教出家修行者的一种敬称，有时放在人名之前，有时放在人名之后。在翻译时为了与人名分开，在该词与人名之间也用圆点相隔。

苏布提的婆罗门密友陪伴下又回到神仙的茅屋，在那里开了一个为出家人、残疾人和穷人提供食物的大型救济所。

公主吉德拉沃丽看到他的画像也是一见钟情。她派自己那些中性奴仆们扮成苦行者去打听王子的下落。有位小人向公主的母后希拉进了谗言，王子的画像被彻底销毁。公主听说后将这位小人剃光头发赶出了王宫。公主派出的“修行者”中有一位来到了苏加恩王子的救济所，并将这位王子领回茹薄纳加尔。在一座湿婆庙里他与公主得以相会。但就在这个时候，那个小人弄瞎了王子的双眼，并将其投入一个山洞。在洞中苏加恩被一条巨蟒吞进肚里，但惧于他的离愁之火，它又立即将他吐了出来。一位山野之人给他涂了乌烟，使其完全恢复了视力。苏加恩正在森林中漫游着，突然被一头大象抓住了。但大象又被一只巨鸟叼上了天，大象惊慌之中放开了他，结果他掉到了海岸上。他从那里又寻寻觅觅来到一个叫作海城的城市。他进到当地公主庚沃拉沃蒂的花坛想休息一下。当公主与同伴一起来到花坛时发现了苏加恩，并被他迷住了。公主以吃饭为由派人把他召唤到房间。公主把自己的项链埋到饭里以偷盗罪把他扣留下来。这时候，一位叫索希勒的国王听到有人盛赞庚沃拉沃蒂后发起进攻，企图得到她。苏加恩王子击败了索希勒。最后，苏加恩王子在发誓见到吉德拉沃丽之前不圆房的条件下与庚沃拉沃蒂举行了婚礼。然后苏加恩王子带着庚沃拉沃蒂去了吉尔纳尔游玩[①]。

吉德拉沃丽派出的一位“苦行者”在吉尔纳尔认出了他，赶快回去向吉德拉沃丽报信。这位“苦行者”带上吉德拉沃丽的信又回到海城，并在那里点起火堆修行。听说这位“修行者”的道行后苏加恩王子来找他，知道他的身份后便随他去了茹薄纳加尔。就在这时，海城的一位说书人来到吉德拉沃丽父王的朝廷，唱起了关于索

---

① 吉尔纳尔（Girnar），山名，位于印度古吉拉特邦朱纳格特（Junagadh）附近。同莱沃德山（raivatgiri）。

希勒国王战争的歌。国王听后深为吉德拉沃丽的婚事担心，他派出四位画家去搜集各国王子的画像。这时候，吉德拉沃丽派出的那位“苦行者”已将苏加恩安排住下，正要将苏加恩到来的消息报告公主。一个女奴将这一消息告诉了怀有敌意的王后，结果那位使者半路就被扣住了。久等使者不回，苏加恩如坐针毡，不停念叨吉德拉沃丽的名字。国王为了杀死他放出了发疯的大象，但他杀死了疯象。然后，国王正要对他发动攻击，就在这时，派出去的四位画家之一从海城带回了击败索希勒的王子画像。国王一看，吉德拉沃丽的恋人正是那位苏加恩王子，于是他将女儿吉德拉沃丽嫁给了他。

多日来，海城的庚沃拉沃蒂因离别之苦而寝食难安，她派汉斯·米谢尔为使去到苏加恩王子身边，他以大黑蜂作比喻使王子忆起庚沃拉沃蒂的爱。随后王子携吉德拉沃丽启程回国，途中又带上庚沃拉沃蒂。然后诗人描写了途中遇到的海上风暴。最后，苏加恩王子回到自己的家乡奈巴尔，携两位王后统治国家多年。

如前所述，乌斯芒完全模仿了伽耶西。伽耶西之前的诗人们都是每五段四行诗后面加一段双行诗，但伽耶西却是用七段四行诗为一个轮次，乌斯芒也用了这样的轮次。毋庸赘言，这一故事的创作也很大程度上出于超自然考虑，诗人不仅把苏加恩王子作为修行者加以刻画，而且采用往世书风格，甚至把他视为来自最高苦行者湿婆的一部分。大自在天对国王特尔尼特尔非常满意，所以才赐予他恩典。

庚沃拉沃蒂和吉德拉沃丽似乎是作为非智与智而虚构的，苏加恩的意思是“英明的”。在修行时，不排除非智就不可能得到智（真知），因此苏加恩发誓在得到吉德拉沃丽之前不与庚沃拉沃蒂圆房。在《吉德拉沃丽》中也根据伽耶西的方式对城市、湖泊、游历、布施等进行了描述。描写湖中嬉戏时，诗人用另一种手法暗示了“得到神”的修炼。吉德拉沃丽在躲入深深的湖水之前说：“谁能找到我，胜利就属于谁。”女伴们极力寻找，但都找不到她。在描写离愁别恨时对六季[①]的描写也非常生动优美。

（5）谢赫·纳比（Shekh Nabi）——他是焦恩普尔[②]县豆斯普尔附近一个叫穆乌的地方的人，生活于贾汗吉尔时代。1619年，他写了一部叫作《格亚恩迪伯》（*Jnandip*）的叙事诗，诗中讲述了国王格亚恩迪伯和王后代沃嘉妮的故事。

泛爱支苏菲诗人的丰产期应视为到此为止。但如前所述，诗歌领域某种传统一旦形成，其丰产期过后很长时间都仍然会有些此类风格的诗作问世，只是出现的时间间隔越来越大，其对民众的影响也大不如前。因此，自谢赫·纳比起应视爱情诗传统已经结束。下面就简要介绍在《格亚恩迪伯》之后按苏菲诗人方法创作的诗人及其作品。

（6）卡西姆·夏赫（Kasim Shah）——德利亚巴德（巴拉本基）人，生活于1731年前后。他写了一部叫作《汉斯与杰瓦希尔》（*Hans Javahir*）的书，讲的是国王汉斯与王后杰瓦希尔的故事。

我们现有一本用波斯语字体出版（勒克瑙的纳米出版社）的这部著作，其中诗人提到了“时代之王”。不过，他的作品到处模仿伽耶西，甚至词汇都取自伽耶西，但却并不成熟。

（7）奴尔·穆罕默德（Nur Muhammad）——曾在德里莫卧儿皇帝穆罕默德夏赫的宫廷任职。他老家在焦恩普尔县与阿吉穆加尔县交界处一个叫作瑟伯勒赫德的地方。后来他从瑟伯勒赫德搬到了岳父母家所在地帕东（阿吉穆加尔县）。因为他岳父母没有其他子嗣，所以他成了倒插门女婿。他的兄弟穆罕默德·夏赫也就在瑟伯勒赫德。奴尔·穆罕默德有两个儿子——古拉姆·赫斯南和纳斯鲁丁。纳斯鲁丁一支的后裔谢赫·费达胡赛因如今仍在世，已经80多岁了，就住在瑟伯勒赫德，有时也住帕东。

---

① 古代北印度一般把一年分为六个季节，分别是：夏季、雨季、秋季、凉季、冬季和春季。

② 焦恩普尔（Jaunpur），是印度北方邦的一个县，其县城也叫焦恩普尔，距瓦拉纳西（迦尸或贝拿勒斯）58千米。

奴尔·穆罕默德是水平很高的波斯语学者，他的印地语诗歌知识也比其他苏菲诗人更丰富。他除了是宫廷大臣以外还用波斯语写有许多著作，但都毁于意外。伊斯兰历1157年（公元1744年），他写了一部叫作《因德拉沃蒂》（*Indravati*）的很美的叙事诗，其中讲述了加林加尔国王子拉吉恭瓦尔和阿格姆普尔国公主因德拉沃蒂的爱情故事。诗人沿袭传统习惯，对当时的统治者穆罕默德夏赫大加颂扬。

奴尔·穆罕默德沿袭伽耶西以前诗人每五段四行诗后加一段双行诗的传统。这部作品应被视为苏菲传统的最后一部作品。

奴尔·穆罕默德还有一部用波斯语写的著作，书名为《爱情之笛》（*Anurag Bansuri*）。这部作品从多个角度看都非同一般。首先它的语言比其他苏菲作品更多地吸收了梵语成分；其次是穆斯林对印地语的情感。很可能是在创作了《因德拉沃蒂》之后奴尔·穆罕默德经常听到人们的质问：你作为穆斯林为什么用印地语创作？因此，他在《爱情之笛》的开头部分不得不为自己进行辩解。

根据他的辩解，直到1743年穆斯林才开始疏离印地语，要把印地语留给印度教徒，把外来的——也就是叫作“乌尔都”的——波斯语的形式作为自己学习和写作的语言。在此之前，叫作“乌尔都”的语言在文学中还没有任何地位。从奴尔·穆罕默德的话语中可以得到这方面的明确暗示。

《爱情之笛》的创作时间是伊斯兰历1178年，也就是公元1764年。诗人尽力想使作品显得更具学术性，其内容也与哲学相关。在就身体、灵魂、心理都确立之后他才构思故事情节。在所有苏菲诗人的故事中它都显得与众不同。但整个故事和所有人物都是一种暗喻。还有一个特点就是，他没有在四行诗中间插入双行诗，而是插入了伯勒崴[①]。使用梵语词也是选择那些其他苏菲诗人没有用过的。由于与诗语比较接近，所以语言中经常使用伯勒杰语的词和用法。

如前所述，由于用印地语创作，他不得不时不时地在诗中证明自己是伊斯兰教的坚定信徒。

苏菲叙事诗连续不断的传统到此宣告终结。本来这一传统中只有穆斯林诗人，但也发现一位印度教徒。一位追随苏菲派思想的名叫苏尔达斯的旁遮普印度教徒，他在沙贾汗时期写了一本叫作《讷勒与德穆英蒂的故事》[②]（*Nal Damyanti Katha*）的书，但该书的创作水平极低。

文学的某种连续不可分割传统结束后仍会有属于该传统的一些零星作品出现。此类后来出现的属苏菲传统的作品中《四顶王冠的故事》（*Chaturmukut Ki Katha*）和《尤素福与佐列哈》[③]值得一提。

第四节　有形派罗摩支

举世闻名的斯瓦密·商羯罗大师所阐释的吠檀多不二论并不适合虔诚思想的创立。尽管它也承认梵的实际有形存在，但完全普及虔诚思想所需的坚实基础则是罗摩奴阇大师建立的。根据他的"制限不二论"[④]，世界万物只是由梵的有差别有属性的部分所生，最终又融归于它。因此，对于这些生命而言，解脱之路只有一条，就是通

---

① 伯勒崴（barawai）也作"伯勒瓦"（Barawa），印度古诗韵的一种形式，其中第一和第三句均为12个音长，第二和第四句为7个音长。偶数诗句的韵尾均为短音节。

②《讷勒与德穆英蒂》描写的是讷勒和德穆英蒂相爱，靠天鹅传情的故事。讷勒是尼阇陀国王，英俊潇洒，德穆英蒂是维德尔婆的公主，貌美动人。

③《尤素福与佐列哈》（*Yusuf Julaikha*）的故事出自古兰经和圣经，尤素福（Yusuf）为先知，佐列哈（Zulaikha）为埃及大臣之妻（一说为马格里布国王之女）。尤素福和佐列哈的爱情故事被改写成多种穆斯林使用的语言，尤其在波斯语和乌尔都语中有多种版本。

④ 制限不二论（Vishishtadvaitavad）认为，最高绝对"梵"与毗湿奴教派的最高人格神纳拉扬是同一的，梵是无限的，是世界的动力因和质料因。梵、个我和物质世界都是实在的，但其本性是各异的。梵是个我和物质世界的内制者，三者是不可分离的关系。也就是说它们的关系是"不一不异"或"不一不二"的，所以叫"制限不二论"或"限制不二论"。

过虔诚努力接近它。罗摩奴阇的徒子徒孙遍布全国，广大人民群众深受虔诚派的吸引。罗摩奴阇的希利派[①]崇拜毗湿奴或纳拉扬[②]。该派出了不少高僧大德。

14世纪中叶，毗湿奴派的希利派主要首领拉克瓦南德住在迦尸。眼看自己年龄越来越大，他经常思考：在我百年之后，怎样才能保证该派的理论传下去。最后他把真传教给罗摩难陀才算放下心来，然后不久便羽化升天。据说，罗摩难陀为传播自己的教派曾遍游全印。

关于罗摩难陀的生活年代，没有任何记录，因此我们只能依据一些偶然事件来确定。根据苦行者的传统看法，罗摩难陀曾与马尼格普尔的圣人谢赫·德吉进行过辩论。这位谢赫·德吉属于德里苏丹希坎德尔·洛迪时期的人。有人认为他是希坎德尔·洛迪导师，希坎德尔·洛迪就是按照他的建议把格比尔用链子锁住沉入恒河的。格比尔的学生达摩达斯也提到过此事。

谢赫·德吉和格比尔的辩论是人所共知的。这表明罗摩难陀生活在希坎德尔·洛迪时期。而希坎德尔·洛迪的在位时间是1489~1517年。因此我们把罗摩难陀的生活年代确定在这28年范围——也许往前推，也许往后延。

与格比尔一样，森·婆格德也是罗摩难陀得意门生之一。这位森·婆格德是邦特沃加尔国王的理发师，经常为他服务。这位邦特沃加尔[③]国王是谁？里瓦[④]国王莫哈拉杰·勒库拉吉·辛赫在其《罗

---

① 希利派（Shri Sampraday），毗湿奴教派的四个分派之一。这里的Shri指毗湿奴的妻子希利·勒格其密（Shri Lakshami）。该派认为毗湿奴与勒格其密是同一的，勒格其密是大神毗湿奴与人类之间的中介。“制限不二论”是该派的哲学基础。

② 纳拉扬（Narayan）是毗湿奴的一个称号，也译作“那罗延”。

③ 邦特沃加尔（Bandhavgarh），印度古代著名土邦王国里瓦（Rewa）的旧称，在今中央邦境内。

④ 里瓦（Rewa），有时作“里旺”（Riwang）。印度古代著名土邦，现为中央邦里瓦县，首府为里瓦市。

摩派虔诚者大系》(*Bhagat Mal Ramjasikavali*)中给出了线索。

在里瓦国的历史上，国王罗摩或罗摩金德尔在世年代一般认为是1554~1591年。在得到罗摩难陀的真传以后，森便成为坚定的虔诚者。大概就是在成为坚定的虔诚者之后，他作为大神[①]理发师的事才出了名。上述奇迹发生时他还在伺候国王。因此，如果在国王罗摩金德尔之前顶多30年他得到真传，那么就可将其生活年代最晚确定到1518年或1523年。这样的话，就可以将其生活年代粗略地确定为14世纪80年代到15世纪70年代。

在其《罗摩崇拜之路》(*Shri Ramarchan Paddhati*)中，罗摩难陀对自己的整个师承关系做了交代。根据这部作品，罗摩奴阇大师比罗摩难陀高14辈。罗摩奴阇大师归天的时间是1137年。如果我们把这14辈算作300年，那么罗摩难陀的生活年代基本上是上述时间。除此以外再没有关于罗摩难陀的事件可查了。

实际上，即便成为罗摩奴阇的信徒以后，罗摩难陀仍然保持了自己的崇拜道路的特点。他为崇拜借用的不是高在天宫的毗湿奴形象，而是采用在人世间演绎的毗湿奴的化身罗摩的形象。他所崇拜的最高神是罗摩，他的根本真言就是罗摩的名字。但并不能因此就认为在他之前印度没有任何崇拜罗摩的虔诚者。罗摩奴阇大师所注解的理论，其创立者谢特苟巴大师要早他五辈。在罗摩奴阇之后，其弟子古雷西斯瓦密的《赞美诗五首》(*Panchstavi*)中就明显闪耀着对罗摩的特殊崇拜。罗摩难陀只是从毗湿奴众多形象中筛选出了罗摩形象，认为他更加能给人带来好处，而且组建起了一个强有力的派别。与此同时，他还慷慨地认为，整个人类都有权享有这么简单易行的有形虔诚，使国别、肤色、种姓分别的思想远离虔诚道路。

---

① 这里原文为“Bhagvan”(大神，最高神，即可指毗湿奴，也可指湿婆)。根据上下文，可能因为国王的名字“罗摩”或“罗摩金德尔”与毗湿奴的化身罗摩(罗摩金德尔)的名字完全一样，所以称国王为“Bhagvan”。

他并非看到悉陀派或纳特派这样做才这么做的，而是根据有关大神崇拜的《摩诃婆罗多》《往世书》等所讲述的理论而这么做的。在罗摩奴阇教派中，真经只传给再生种姓[1]，但斯瓦密·罗摩难陀将崇拜罗摩的大门向所有种姓敞开，并组建了一个热心的舍弃世俗生活的团队——至今仍以“崴拉吉”[2]之名而广为人知。阿逾陀和质多罗俱吒[3]等地如今仍是遁世苦行者的主要聚居点。

在虔诚之路上他如此豁达绝不意味着像有些人认为或所说的那样：罗摩难陀是四种姓制和四行期制[4]的反对者。他认可社会的种姓与行期制度，接受各种责任义务的安排，只是在敬神领域承认人人享有平等权利。他不支持在虔敬大神时有任何歧视。在业的方面，他承认经典的权威；但在崇拜方面，不承认任何形式世俗的限制。他把各个种姓的人们聚集到一起教导他们虔敬罗摩，宣讲罗摩之名的伟大。

罗摩难陀的知名弟子有格比尔达斯、莱达斯、理发师森和看破红尘厌弃世俗而成为虔诚者的冈格饶纳加尔国王比巴（Pipa）。

目前所能得到的罗摩难陀创作的作品只有两部梵语著作——《毗湿奴派之莲光辉》（*Vaishnavamatabja Bhaskar*）和《罗摩崇拜之路》（*Shriramarchanpadhhati*），他的其他作品至今还未发现。

由于教派之争，一些新创作的作品被冠以罗摩难陀之名而大行其道，比如有关梵经的《乐注》（*Anand Bhashya*）和《薄伽梵歌注》

---

① 根据印度教关于种姓的教义，四种姓中只有前三个——婆罗门、刹帝利和吠舍为可再生种姓，第四个种姓首陀罗是不能再生的。所谓再生，就是出生后根据不同种姓在不同的年龄举行仪式，才能正式成为印度教暨该种姓的成员。

② “崴拉吉”（vairagi），意为“遁世者”，后成为罗摩难陀派的代名词，同时也被用来指该派的虔诚者。

③ 质多罗俱吒（Chitrakut）也译作“质多罗俱陀”，是印度教圣地之一，今译为“奇特拉库特”，位于今北方邦境内。根据《罗摩衍那》传说，罗摩、悉多和罗什曼的14年森林生活有11年是在这里度过的。

④ 为把世俗生活纳入宗教范畴，印度教为人生安排了四个阶段：梵行期（从师学习吠陀等宗教知识，禁欲苦行）；家居期（过世俗家庭生活，娶妻生子，安居乐业）；林栖期（子女成人，家事已毕，独自或携妻隐居山林，致力于修行）；遁世期（弃家云游，置苦乐于度外，靠施舍为生，以期最后解脱）。

（*Bhagvadgitabhashya*），对这些著作必须谨慎对待。[①]问题在于，有人希望把罗摩难陀传统与罗摩奴阇传统分离，表明它是独立的完全不同的传统。因此，为了证明罗摩难陀是一位独立的大师，他们以他的名义推出了一部吠檀多注释。罗摩难陀还经常创作有关戒律和赞颂的印地语小诗来唱诵，到目前为止，只发现两三首。

因为找不到有关斯瓦密·罗摩难陀的可靠事件，人们就有机会散布各种各样有关他的传闻。有些人说，罗摩难陀是不二论鸠迪尔修习院[②]的梵行者。关于这一点，只能说，很可能他曾经在该院作为梵行者修习过吠檀多，后来就被罗摩奴阇的理论吸引过去了。

另一广为流传的说法是，他是在吉尔纳尔或阿布山上修习瑜伽12年而得道的。目前所能见到的罗摩难陀的两部著作和流传至今的他的教派的敬拜方式都表明，他是在一个开放的世界思考想象神的光辉的纯粹毗湿奴虔诚派的追随者，而不是寻找自己内心的瑜伽派的追随者。因此，有必要揭开瑜伽修行得道的秘密。

《虔诚者花环》称罗摩难陀有十二弟子——阿南达难陀、苏卡难陀、苏尔苏拉难陀、讷尔赫尔亚难陀、帕瓦难陀、比巴、格比尔、森、特纳、莱达斯、伯德马沃蒂和苏尔瑟利。

阿南达难陀的弟子有格里斯纳达斯·博耶哈利，他在格勒达（位于拉贾普特纳地区的阿杰梅尔土邦）拿下了罗摩难陀教派的据点。这是第一个也是最主要的据点。对罗摩难陀教派来说，北印度格勒达的意义，就相当于南方的多达德利[③]对罗摩奴阇派的意义，格

---

①《乐注》是否罗摩难陀所著，印度学者意见分歧。有学者（如修格勒）认为此非罗摩难陀所著，也有学者认为没有明显证据表明不是罗摩难陀所著（如赫贾利伯勒萨德·德维迪）。

② 鸠迪尔修习院（Jyotirmatha）是商羯罗大师所指定的四大修习院之一。该院主要向修习者传授商羯罗的不二论。四大修习院承载了圣人传承传统，这四大修习院之外的任何人被尊为师都不能算印度教圣人主流。

③ 多达德利（Totadri）位于南印度的泰米尔纳德邦迪内沃利县南格内利镇，是印度教著名圣地，罗摩奴阇早年传法的地方。这里存有罗摩奴阇多达德利本座、螺号手法印等著名圣物。

勒达被称为“北方的多达德利”。格里斯纳达斯·博耶哈利是拉贾普特纳方向的达希马（达提杰）婆罗门①。正如在本书“初期”一章中指出的，在虔诚派运动之前，全国——尤其在拉贾普特纳——纳特派破耳修士们影响很大，在广大民众中以自己的得道成就建立起了很高的威望。当毗湿奴虔诚运动逐渐蔓延到全国时，对这一运动采取敌意态度对这些修士们来说就成为必然。当格里斯纳达斯·博耶哈利初到格勒达时，当地的一切完全掌控在纳特派修士手中。为了能够度过一整夜，格里斯纳达斯就在住地点上火堆坐着。但破耳修士们强行让他离开那里。好像博耶哈利对此也展现了自己的神通，他用衣服裹起火堆的火挪个地方又坐下来。见此情景，纳特修士的住持向雄狮一样扑向他。对此博耶哈利口中念道：“你真是个犟驴！”顷刻间那位住持变成了一头驴，那些破耳者的耳环纷纷脱落并集中到博耶哈利面前。在阿梅尔国王地王的再三求情之下，他才将那位住持恢复人形。从此国王成了博耶哈利的弟子，罗摩难陀的毗湿奴派占领了格勒达的地盘。

由于受纳特派修士长期影响，人们内心对瑜伽修行和成就的崇敬是根深蒂固的。因此，博耶哈利的传承中也融入了一些瑜伽修行的成分。博耶哈利有两位高徒——厄格尔达斯和吉勒赫达斯。正是这位吉勒赫达斯在崇拜罗摩的同时也倾向于瑜伽修习，从而使罗摩难陀“崴拉吉”派传统的一个分支也加入了瑜伽修行。这一分支在崴拉吉中被称为“苦行支”。后来吉勒赫达斯的弟子德瓦尔嘎达斯使该派得到发扬光大。

当某个分派流行后，接下来它就会为了表明自己的历史悠久而宣扬很多故事。在崴拉吉“苦行支”中，关于斯瓦密·罗摩难陀

---

① 达希马婆罗门（Dahima Brahmin）也称达提吉婆罗门（Dadhich Brahmin）是婆罗门的一个分支，自称是著名仙人达提吉的后裔。据称，达提吉曾将自己的骨头献给因陀罗制造标枪，以杀死恶魔弗栗多。

修行12年瑜伽的故事即属此类。表明某个分支历史悠久的努力不仅限于构想故事，有些新作也会被冠以最初教派缔造者之名。我们就有两部以斯瓦密·罗摩难陀之名而流行的低劣作品——一本叫《瑜伽如意明珠》(*Yogachintamani*)，另一部叫《罗摩护歌》(*Ramarakshastotra*)。两部书中将种种赞美巫法邪术之举的诗作也加到罗摩难陀头上。其中使用的sandhya（傍晚，黄昏）一词在纳特派那里的定义是"气息进入骨髓通络的节点"。同样，niranjan（无污点的；了却一切尘缘的）在荀勒克派那里也是个流行的词，用于地位在bindu（光）和nad（声）融为一体处得到认可的梵。

nad和bindu是什么，这在纳特派的传播部分已经阐述过。

在锡克教的《格兰特·萨希布》中有两首罗摩难陀的无形崇拜的诗，也不是毗湿奴派虔诚者罗摩难陀所写，很可能是另一个罗摩难陀所写。

如前所述，实际上罗摩难陀只有两部梵语著作存世。《毗湿奴派之莲光辉》(*Vaishnavmatabjabhaskar*)中罗摩难陀的弟子苏尔苏拉难陀提出九个问题，罗摩难陀的回答包含了对罗摩达尔格咒语①的解释、《哲学箴言》②、非暴力的意义、虔诚、毗湿奴派信徒的日常生活、16仪轨敬拜③等内容。

毗湿奴神的暗显④分为四种——自我显现、神显、证显和人显，据称他携希利·勒格其密⑤居住在卓越的国度（阿逾陀、秣兔罗等）。所有的人都应该寻求无视种姓分别和宗教仪轨的大神庇护。

---

① 罗摩达尔格咒语（Ram Tarak Mantra）是毗湿奴派的重要咒语，有"咒语之王"或"大咒"之称。念了该咒语就能进入"罗摩乐土"或天堂。

②《哲学箴言》(Tattvopadesh）为商羯罗的作品。

③ 16仪轨敬拜（shodashopacharapujan）即通过16个步骤拜神的仪式。16个步骤包括：默祷呼唤神的莅临，祈求神入座，为神洗手脚，为神漱口净身，自己用手掌饮水，为神穿衣，献圣线，献花，燃香，点灯，供食，敬饮水和槟榔等，献花祈愿，绕神像敬拜等。

④ 暗显（archavatar）指大神（毗湿奴）进入被崇拜物或人内部，使人对其产生爱恋。

⑤ 希利·勒格其密（Shri Lakshmi）是大神毗湿奴的妻子，为"财富女神"，佛教作"吉祥天女"。一般称"勒格其密"（有时译作"拉克其米"），有时也称"希利"。

（1）苟斯瓦密·杜勒西达斯（Goswami Tulasidas）——尽管通过罗摩难陀师徒的努力全国大多数地方罗摩崇拜的力量不断壮大，虔诚者用零星的短诗唱诵着罗摩的伟大。但在印地语文学领域，这种虔诚却是在16~17世纪通过杜勒西达斯闪烁出耀眼光芒的。他全面的天才在诗语的所有流行形式之中展现了奇迹。总之，罗摩崇拜的最闪亮的文学作品就是靠他这位杰出的虔诚者才横空出世，由此开启了印地语诗歌成熟的时代。

《西沃辛赫之莲》中提到苟斯瓦密一位弟子贝尼马特沃达斯创作过《圣贤传》（*Gosain Charitra*），以前一直找不到这部作品。但前不久它突然从阿逾陀冒了出来。阿逾陀有个很有能力的团队，经常发掘出一些佚书佚作。它先是发表了南德达斯所写赞美杜勒西达斯的一首诗歌，后又发布格比尔和苏尔达斯赞颂杜勒西达斯的一首。而苏尔达斯年龄上比杜勒西达斯大很多，而且远在他之前很久就成为著名虔诚派了，这是人所共知的。

这两首诗作与《圣贤传》是吻合的，因此我认为它们的出处都是相同的。《圣贤传》中所描述的不少事是完全违背历史的，马达伯勒萨德·古布德[①]在多篇文章中都指出了这一点。按照罗摩难陀师徒传承情况来看也可发现，杜勒西达斯老师的名字讷尔赫尔亚难陀，讷尔赫尔亚难陀的老师名字阿南达难陀肯定都是不相符的。阿南达难陀和讷尔赫尔亚难陀都是罗摩难陀十二门徒之一。尽管有些人称讷尔赫尔亚难陀[②]是阿南达难陀的学生，但根据《虔诚者花环》他是阿南达难陀学生希利任格的学生。在吉尔纳尔经常住有修行瑜伽的悉陀，“苦行支”的事也进入了《圣贤传》之中。

毫无疑问，这一切都是根据日期、星期和星象综合计算，把

① 马达伯勒萨德·古布德（Mataprasad Gupta），著名印地语文学评论家，主编出版了《伽耶西全集》《格比尔全集》等，著有《杜勒西达斯》等。

② 这里原文为“讷尔赫利达斯”（Naraharidas），其实就是讷尔赫尔亚难陀的另一名字。为了方便译文读者阅读，这里统一采用了后者。

关于杜勒西达斯流行的所有传言汇合一处，经过精心设计而创作的。但其中有一组词非常显眼，它宣布了这是部现代作品，这就是“satyan（真理；真实的），shivan（幸福，吉祥），sundaram（美）”。

这组词是英语评论界流行的the true，the good and the beautiful的译文。最初它在“梵社”[①]得到传播，后来传到孟加拉语和印地语现代评论中。这一点我们在印地语诗歌的“神秘主义”中已经阐述。

有一点可以肯定，《圣贤传》所提供的事件大多数是根据传统一直广为人知的。

有关苟斯瓦密·杜勒西达斯生平的另一部传记的信息是尊敬的因陀罗代沃·纳拉扬先生在杂志《穆尔亚达》[②]印历1969年3月号（公元1912年5~6月）上提供的，据说是杜勒西达斯另一位弟子勒库沃尔达斯所写的《杜勒西传》（*Tulasicharita*）。这在多大程度上能够得到证实，还很难说。两部传记的事件多有矛盾之处。根据贝尼马特沃达斯的说法，苟斯瓦密的父亲是阎牟那河岸边叫作杜贝布尔瓦的村庄的婆罗门和村长，其祖辈是从布吊加村迁徙过来的。但勒库沃尔达斯的《杜勒西传》中写道：苟斯瓦密的曾祖父布尔修罗摩·弥湿勒——噶纳[③]的弥湿勒[④]——住在瑟尔瓦尔[⑤]的格斯亚村，距穆乔利23苟斯[⑥]。他在朝觐圣地时来到质多罗俱吒，然后在当地的拉贾普尔定居下来。他的儿子是商羯罗·弥湿勒，商羯罗·弥湿勒

---

① “梵社”（Brahma Samaj）是近代重要的印度教改革团体之一，1828年由R. M.罗易创立。梵社把印度教的一元论与伊斯兰教的一神论思想结合，宣称神是唯一永恒的实体，没有任何形式和属性，是宇宙万物的创造者和支持者。在社会改革方面，反对种姓分离、教派对立和烦琐的祭祀仪式；主张男女平等，反对寡妇殉夫、童婚、多妻等现象；提倡开办新型学校、传播西方科学知识等。

②《穆尔亚达》（Maryada）创刊于1910年11月，为当时最优秀的印地语月刊，普列姆昌德初期的许多作品就发布于该刊。后来普列姆昌德也主编过该刊。因支持民族运动不得已于1923年停刊。

③ 噶纳（Gana）为北方邦一地名。

④ 弥湿勒（Mishra）为婆罗门种姓中的一个氏族或副种姓名。

⑤ 瑟尔瓦尔（Sarwar）这里指北方邦一地区，廓尔喀和巴斯迪地区的旧称，靠近印度尼泊尔边界。

⑥ 23苟斯（kosh）约相当于46英里或74千米。

得子茹德拉纳特·弥湿勒，茹德拉纳特·弥湿勒之子为穆拉利·弥湿勒。正是穆拉利·弥湿勒的儿子杜勒西罗摩后来成为虔诚派的翘楚苟斯瓦密·杜勒西达斯。

两部传记中苟斯瓦密的出生日期都是公元1497年。贝尼马特沃达斯的书中甚至给出了具体日期为印历五月白半月初七。但如果接受这一日期，那么杜勒西达斯就活到了126~127岁，这对于那些有神圣品行的圣雄来说倒也不是不可能。《西沃辛赫之莲》中写道：苟斯瓦密大约出生于公元1526年。米尔扎普尔的著名罗摩崇拜者和罗摩衍那学者潘迪特·罗摩古拉姆·德维迪根据虔诚者的传说认为，他出生于公元1532年。格里尔森博士接受了这一最晚的出生日期。他成为萨逻逾巴利婆罗门①一事在两部传记中都有记载且得到公认。根据以上公认的事实，苟斯瓦密的父亲名叫阿德马罗摩·杜贝，母亲叫胡勒希。母亲的名字有拉希姆②的双行诗为证。

根据杜勒西达斯《诗集》③中的相关诗歌，似乎有一种传言：苟斯瓦密出生于不吉利的时辰，因此他父母将他抛弃了。根据上述传言，《圣贤传》中写道，苟斯瓦密出生时就像个5岁大的男孩，牙都长齐了。他哭时不像哭，从嘴里只能听到“罗摩”一词。父亲认为他是个魔鬼，对他不管不顾。但母亲却为了保护他悲伤地把他交给一个女仆穆妮亚喂养。女仆抱上他回了娘家。五年后，穆妮亚也去世了。这一消息传给在拉贾普尔的孩子父亲，但父亲不愿去接孩

① 萨逻逾巴利婆罗门（Sarayupari）指居住在萨逻逾河（Sarayu）以东的婆罗门。萨逻逾巴利婆罗门在北方邦东部、中央邦北部、比哈尔、恰尔肯德和切蒂斯加尔部分地区均有分布。

② 拉希姆（Rahim）也叫阿卜杜尔拉希姆·汗（Abdurrahim Khan）或阿卜杜尔·拉希姆·汗–哈纳（Abdul Rahim Khan-e-Khana）（1556~1627）。身为穆斯林，却是著名的印地语诗人。他多才多艺，在阿克巴的朝廷有很高地位，是宫廷九宝之一。既是将军又管行政，还懂外交；既是诗人又是学者和艺术爱好者，还懂阿拉伯语、土耳其语、波斯语、梵语、印地语等多种语言。

③《诗集》（*Kavitavali*）是杜勒西达斯的主要作品之一，创作于16世纪。和《罗摩功行录》一样分为七章，描写了罗摩的历史，运用了格维德、四行诗和瑟崴雅等诗韵形式。

子。孩子好不容易将就着过了几天，最后巴巴[1]·讷尔赫利达斯将他收留在自己身边，还对他进行教育。他就是从这位老师那里经常听到罗摩故事的。后来也是跟随他来到迦尸，住到了崩吉根噶码头斯瓦密·罗摩难陀那里。那里还住着一位学养非常深厚的圣雄谢斯瑟纳德恩，他悉心教导杜勒西达斯，使他精通了吠陀、吠檀多、哲学、历史、往世书等。学到15岁以后，苟斯瓦密又回到自己的出生地拉贾普尔。但这时他家中已无任何亲人，房子也都被毁坏了。

一位家住阎牟那河对岸村子的持力仙人族裔[2]的婆罗门八月白半月初二到拉贾普尔沐浴。他对杜勒西达斯的学识、文雅和品性非常欣赏，于是把自己的女儿嫁给了他。就是在这位妻子的劝导下，苟斯瓦密才最终得以舍弃世俗享乐，获得虔诚的成就。原来他对妻子非常迷恋，有一次她回娘家以后，苟斯瓦密竟然渡过涨了水的大河去见她。当时妻子就为他作了一首双行诗：

> 如此追妻着实太羞耻，此爱只能呸呸来谴责。
> 予我俗贱之身万般情，应献罗摩足下享解脱。

这件事使杜勒西达斯很在意，他立即来到迦尸，舍弃了世俗享乐。这一事件被布里亚达斯写在了《唤醒虔诚的喜悦》(《〈虔诚者花环〉注》)[3]中,《杜勒西传》和《圣贤传》中也都提到此事。

离家以后，苟斯瓦密先在迦尸待了一段时间，然后又去了阿逾陀。此后他就去朝拜圣地，路过了杰格纳特布利、拉梅西沃尔、德

---

① 这里的“巴巴”（Baba）也是印度人对出家人的敬称，放到了人名的前面。

② 持力仙人（Bharadvaj），祭主仙人（Brihashati）之子，在吠陀仙人中有很高的地位。据称，其后裔既有婆罗门，也有刹帝利和吠舍，甚至有首陀罗，均可算作持力仙人裔族。

③ 布里亚达斯（Priyadas），绰号勒斯拉希（Rasarasi），《唤醒虔诚的喜悦》（*Bhaktirasabhodhini*）是他为纳帕创作的《虔诚者花环》所作的注释，完成于1712年。

瓦勒噶，到达布德里噶希勒穆。从那里又去了盖拉西山和玛纳斯湖[①]。最后他来到质多罗俱吒，在那里见到许多圣人。接下来于1574年到阿逾陀开始创作《罗摩功行录》，用时两年七个月最终完成。《罗摩衍那》[②]的有些部分——尤其是"吉什金陀篇"[③]——是在迦尸创作的。《罗摩衍那》[④]完成后他大都待在迦尸。在那里经常有许多学者前来拜访他，因为他已经誉满全国了。据说当时著名学者穆图苏登·瑟尔索迪[⑤]也与他有过对话，以致他兴奋异常地写过相关诗节。

据说苟斯瓦密的至交好友中包括纳瓦布阿卜杜尔·拉希姆·汗哈纳、莫哈拉吉·曼辛赫、纳帕吉和穆图苏登·瑟尔斯沃迪等。他与拉希姆经常有诗书往来。迦尸有他最好的朋友和崇拜者窦德尔，他是婆代尼的一位普米哈尔种姓地主。窦德尔去世后他曾为其写了好几篇诗作。

关于苟斯瓦密的死，人们盛传有这样一首双行诗：

> 健历一六八零年，八零恒河之岸边。
> 五月白半初七日，杜勒西离世升天。

但在巴巴·贝尼马特沃达斯的书中，该诗第二行是这样的：

> 五月黑半初三日，杜勒西离世升天。

---

① 盖拉西山即中国西藏境内的冈底斯山或其冈仁波齐峰；玛纳斯湖即西藏的玛旁雍措。这两处被印度教徒视为神山圣湖。据称湿婆修苦行就是在盖拉西山上。

② 原文如此，但根据上下文判断，似应为《罗摩功行录》。

③ "吉什金陀篇"（Kishkindha Kand）是《罗摩衍那》的第四篇。

④ 原文如此，但根据上下文判断，应为《罗摩功行录》。

⑤ 穆图苏登·瑟尔索迪（Madhusudan Saraswati）（1540~1640），著名吠檀多不二论哲学家，不二论派的主要大师之一。与莫卧儿王朝皇帝沙贾汗同时代，杜勒西达斯的密友之一。

这才是正确的日期，因为窦德尔的后裔至今还在这一天祭奠苟斯瓦密。

有些人根据一句带有“苏格尔地区”一词的诗句便往西跑到艾达县叫做索容[①]的地方寻找苟斯瓦密的出生地。这一方向最初是（拉贾普尔的）斯瓦密·拉拉·希达拉姆在自己编辑的《阿逾陀篇》[②]前言中提示的。那以后过了很久，才有人对这一暗示热衷起来，为了证明索容是其出生地而制造想象的证据。一切混乱的根源就是被误认为索容的“苏格尔地区”。苏格尔地区是贡达县境内萨逻逾河[③]岸边一个洁净的圣地，周边各县的人们都到这里沐浴，每年在这里举行庙会。

凡有语言鉴别能力的人都不难发现，杜勒西达斯的语言里，那些在特定地区之外没人说的词只属于两个地方——质多罗俱吒和阿逾陀。某位诗人的作品中如果出现许多只在某个特定地区使用的词，那么这个地区就与诗人有居住关系。从这个角度来看，事情就简单了，杜勒西达斯出生于他度过青少年时代的拉贾普尔。因为是萨逻沃利亚[④]，他的族人和亲戚都在阿逾陀、贡达和波斯迪附近地区，他们经常来往于这些地方。离家以后他就住在阿逾陀。现将《罗摩功行录》中一些只有阿逾陀周边（波斯迪和贡达等地区）使用的词和用法罗列如下：

Mahur = vish（毒，毒药），saraun = kasarat（体育锻炼，体操），phaharana或pharaharana = praphullchit hona（心花怒放），saraun karahin payak phaharai，phur = sach（真实的，真实），anabhal takana = bura

---

① 索容（Soron）为印度北方邦艾达县一小镇，古代称为“苏格尔地区”（Shukar Kanda或Sukar Kshetra），印度著名圣地之一。

②《阿逾陀篇》为史诗《罗摩衍那》中的第二篇。

③ 萨逻逾河（Sarayu或Saraju），也译作瑟尔逾河，也叫卡克拉（Ghaghara）或夏尔达（Sharda）。源自喜马拉雅山区，在北方邦的伯里亚（Baliya）与比哈尔的契伯拉（Chhapara）之间汇入恒河。

④ 萨逻沃利亚（Saravariya）与“萨逻逾巴利”同义，指萨逻逾河以东的婆罗门。

manana（见怪，不满），jehi raur ati anabhal taka，raur或 raurehi = apko（“您”的宾格），bhalau kahat dukh raurehi laga，rama lahin = rama ne paya（Rama得到或见到，第一人称阴性，复数，例如：bhari janam je pae na te paritosha uma rama rahi），kuti = dillagi（讥笑；专心）。

同样，以下这些词是只在质多罗俱吒附近和波克勒肯德（这里的语言只有东北印地语或阿沃提语）才使用的：kuray = 松软土地上因雨水而形成的坑；Suar = 厨师。这些词和用法表明了哪些地方的语言是杜勒西达斯的常用语言。现代以前的文学或诗所普遍使用的语言就是伯勒杰语，这是可以确定的。为了熟悉诗的语言，几乎整个北印度的人都练习它，通过这种训练来创作优美的诗歌。用伯勒杰语写作法式作品的金达穆尼、普胜、穆迪罗摩、达斯等多数诗人都是奥德人，是公认的伯勒杰语诗人。达斯提供了明确的规则，“不要认为用伯勒杰语的就是伯勒杰人”。但关于东部印地语或阿沃提语则情况不同。用阿沃提语创作的诗人全是奥德人或东部人。任何西部诗人都从来没有掌握东部印地语或阿沃提语达到能够以其进行创作的程度。一个说索容的西部方言（伯勒杰语）的人会写出《遮那吉之喜》[①]、《雪山女神之喜》[②]等那样的地道阿沃提语？会用阿沃提语创作出《罗摩功行录》这样的大诗？会像上述那样使用特定范围的语法？考虑语言问题主要是考虑它的语法形式。

虔诚派人们认为，自己世世辈辈都是众多值得敬拜的神祇的仆人。根据这种思想，杜勒西达斯和苏尔都在故事情节中或明或暗地将自己摆到罗摩或黑天身边。在什么地方出现此种现象，什么地方也就有诗人居住地的暗示。请看《罗摩功行录》“阿逾陀篇”，看看

①《遮那吉之喜》（*Janakimangal*）是杜勒西达斯的阿沃提语著名作品之一，描写了国王遮那竭（Janak）之女悉多（sita）与罗摩的婚姻故事。其中遮那吉（Janaki）就是对悉多的一种称呼，意为遮那竭之女。

②《雪山女神之喜》（*Parvatimangal*）也是杜勒西达斯的阿沃提语著名作品，内容是歌颂湿婆与雪山女神（Parvati）的婚事。

罗摩从钵罗耶伽前往质多罗俱吒途中渡过阎牟那河，并向婆罗杜婆迦带在身边的弟子们告别的地方。罗摩和悉多与岸边的苦行僧有过交流。

这苦行僧是突然出现的。他是什么时候来的？他是谁？对此没有任何地方提及。其实，是诗人用这种方式将自己作为苦行者送到了罗摩身边，而且正是他居住的地方，也就是拉贾普尔附近。

苏尔达斯也是支持虔诚者这一传统的。无可置疑的是，得了伯勒婆大师的真传以后，苏尔达斯就常去牛增山①上颂唱黑天赞美诗。在自己的《苏尔诗海》第十章，苏尔达斯为了能见到黑天而把自己作为塔提②送到了难陀的门前。

总而言之，一直以来所广为人知的拉贾普特纳才是准确的杜勒西达斯的出生地。

下面要关注的是，杜勒西达斯似乎并不属于罗摩难陀教派的苦行传统。上述教派中有许多师承系列，但任何一系都没有杜勒西达斯的名字。为了把他纳入罗摩难陀弟子系列，把他说成讷尔赫利达斯的弟子而加入的一系似乎是杜撰的。他们无疑是崇拜罗摩的毗湿奴教派，但属于斯马尔德③毗湿奴派。

苟斯瓦密的出现应该被视为印地语诗歌界的奇迹。印地语诗歌力量的全面拓展在他的作品中第一次得到展现。英雄史诗时期的诗人在非常狭隘的小圈子中，用诗语的陈旧形式承接着一种特殊风格的传统。它并没有使流行的语言得以完善和进一步发展。进入虔诚期，语言活的形式开始得到保护，格比尔达斯用流行语言创作了自己的真言。但那种语言是不稳定的，它没有任何确定的形式。被接

① 牛增山（Govardhav），沃林达文的一座名山，因黑天曾为使其免遭洪水而托起它而闻名。

② 塔提（Dhadhi）是以在吉庆时唱吉庆歌为生的一个种姓。

③ 斯马尔德（smarta）是毗湿奴派的一个分支。毗湿奴派从行为上分为两支——斯马尔德派和薄伽梵派。该派除信仰神创经典吠陀外，也信仰和遵守人为经典规范。

受为文学语言的肖勒塞尼–阿伯珀仑谢语或纳格尔–阿伯珀仑谢语[①]的通用形式则与格比尔毫无关系。他使用的是纳特派用的“混合语”，其中在克里保利语里融入了拉贾斯坦语和旁遮普语。原因在于，穆斯林的语言已经是旁遮普语和克里保利语，而无形派出家人的目标则是要对穆斯林也施加影响，因此他们的语言中也可以发现随心所欲使用阿拉伯语和波斯语词汇的情况。他们没有什么文学目标，只是远远地对有文化的人进行说教。

在英雄史诗时期，诗人们所掌握的文学语言虽然保持着古老形式，但加入了流行语，通过有形崇拜诗人而获得新的生命。虔诚者苏尔达斯面对传统的诗语，全面树立了伯勒杰语流行形式的威望，从而使文学语言与民间交流协调一致起来。他没有非难传统诗语，而是为它提供了一个新的流行形式。仔细观察审视一下《苏尔诗海》，就会发现其中有动词的一些古老变位形式、一些古老的代词（如jasu tasu，jehi tehi[②]）和一些俗语词。总之，他不是彻底抛弃传统诗语另起炉灶，完全采用新的流行语。他建立了一种文雅的语言共通形式，后来被持续用于诗歌的创作，这就是伯勒杰语的情况。与此同时，东部语言或阿沃提语也在向着文学创作的方向迈进。正如前文所述，阿沃提语最古老的作品是伊希沃尔达斯的《贞信故事》。后来泛爱支的穆斯林诗人也只选择用阿沃提语来讲述自己的故事。这样一来，苟斯瓦密·杜勒西达斯就发现，当时流行着两种诗语形式——伯勒杰语和阿沃提语。用这两种语言他都熟练地进行了创作。

说到韵文的形式，苟斯瓦密面前有好几种风格形式，其中主要的有：①英雄史诗时期的六行诗体；②维德亚伯迪和苏尔达斯的颂歌体；③庚格（Ganga）等歌人的格维德和瑟崴雅体；④来自阿伯珀

① 纳格尔（nagar）意为城市，纳格尔阿伯珀仑谢语即城市的阿伯珀仑谢语。

② Jehi=jisse（jo+se）是关系代词jo＋工具格或从格se的形式，大致相当于英语的from which或by which；tehi=usse（vah+se）是人称代词vah+工具格或从格se的形式，大致相当于英语的from this或with this。

仑谢语的格比尔有关伦理道德的真言的双行诗体；⑤伊希沃尔达斯的双行加四行诗体。这样，在文学领域，杜勒西达斯就获得了两种诗语形式和五种主要的创作风格。杜勒西达斯的创作方法最大的特点就是，凭借自己全面的天赋，用美妙的语言，将所有最美的东西呈现到世人面前，从而成为文学领域的一流作家。所有印地语诗歌爱好者都知道，他对伯勒杰语和阿沃提语都非常精通。我们在《苏尔诗海》中所发现的伯勒杰语魅力，在其他梵语形式的《颂歌集》[①]和《黑天颂歌集》[②]中都可以看到。在伽耶西的《伯德马沃德》中所享受到的纯阿沃提语的甜美，我们在《遮那吉之喜》、《雪山女神之喜》、《伯勒崴罗摩衍那》[③]和《宝贝罗摩剪指甲》[④]中也都能得到。毋庸赘言的是，苏尔却不掌握阿沃提语，伽耶西也不精通伯勒杰语。

我们可以发现，杜勒西达斯如此全面地掌握了当时流行的创作风格。

他按英雄史诗时期六行诗的方法创作的作品并不多，但照样全面体现了他的才能。

按照维德亚伯迪和苏尔达斯的颂歌体，他创作了很多庞大而优美的诗。苏尔达斯的作品中，没有荀斯瓦密作品中那些梵语“迷人词汇”和阿奴布拉斯法的奇妙运用。两位虔诚诗翘楚的作品中这种区别值得关注，我们当然也注意到了。荀斯瓦密的作品中包含更多梵语成分，但并不是说他的诗中纯地方语言没有魅力。他把两种魅力进行了独特神奇的糅合。《陈情书》开头颂诗中的梵语词序，与

---

① 这里的《颂歌集》(*Gitavali*)是指杜勒西达斯的《颂歌集》，其中收入了他不同时间用伯勒杰语创作的有关罗摩故事的歌。有时也作《罗摩颂歌集》(*Ramgitavali*)。

②《黑天颂歌集》(*Shri Krishna Gitavali*)是杜勒西达斯用伯勒杰语创作的非常优美、感情丰富的、赞美黑天的抒情诗。

③《伯勒崴罗摩衍那》(*Baravai Ramayan*)是杜勒西达斯的另一部作品，用伯勒崴韵脚形式写成，讲述了罗摩的故事。

④《宝贝罗摩剪指甲》(*Ramalala Nahachhu*)是杜勒西达斯的第一部作品，用阿沃提语写成。作品主要描写了罗摩的剪指甲仪式，因为按当地民俗结婚前新郎要举行剪指甲仪式，修剪手脚指甲，然后才去岳父母家迎娶新娘。

《牧童歌》相比，其特殊性在于它的不平衡，即随着情味的变化时而温柔甜蜜，时而冷酷无情。在《颂歌集》中可以看到内心三种情感的表达。

《颂歌集》是苟斯瓦密模仿苏尔达斯创作的。童年嬉戏的好几段诗都可在《苏尔诗海》中一字不差地看到，只是“罗摩”和“西亚姆”[①]有差别。到“楞伽篇”，根据故事的多样性对动人心弦的地方的选择是完全符合杜勒西达斯的。但到了“后篇”，由于大量模仿苏尔方法，他的严肃个性丧失殆尽。他也不再注意在别处他所描写的罗摩形象，《苏尔诗海》中黑天如何与牧女们荡秋千的，怎样欢度洒红节[②]的，他所展示的罗摩也在这么做。当然还会表现悉多的女伴和其他妇女对罗摩的敬拜之情。在许多诗句中从头到脚对罗摩光辉的描写也是一直按照苏尔风格进行的。他不再关心将来风流人物会将萨逻逾河岸边这欢愉场景变成什么样。

同样，杜勒西达斯还根据庚格等婆德（歌人）的格维德和瑟崴雅形式创作了整部《罗摩功行录》，其中各种情味以纯洁的形式、非常纯洁而有力的语言跃然纸上。杜勒西达斯在各种作品中讲述了各种情感丰富的罗摩故事。《诗集》中符合心愿的措辞和表达非常优美。

在《罗摩功行录》和《双行诗集》（*Dohavali*）里，有许多按伦理教诲的虔诚方法写的双行诗，其中非常感人地，有时非常有创作技巧地表达了有关品德操行的话，展示了热爱虔诚的优良品德。

正如伽耶西用四行诗和双行诗搭配的顺序写出《伯德马沃德》的叙事诗一样，杜勒西达斯用同样的顺序搭配创作了自己最著名的

---

① 西亚姆（Shyam）的意思也是“黑”，所以也是黑天的一个名称。

② 洒红节（Holi）也音译作“霍利节”“撒红节”，是印度教徒的重要节日，在每年印历12月的月圆日，共庆祝两天。前一天晚上烧“霍利伽”（柴火堆），人们绕火堆跳舞唱歌。第二天上午互相抛洒五颜六色的粉末或水，下午洗完澡换完衣服串门会友。因为是在春季，所以该节也有报春之意。

诗作《罗摩功行录》，该诗成了人们心中的花环。语言同样是阿沃提语，不同之处仅在于诗句中的词序。苟斯瓦密是通晓经典的学者，所以他的用词具有文学性，且较多采用梵语词。伽耶西只有纯阿沃提语的魅力，而苟斯瓦密的作品则非常优雅地融入了甜美的梵语词汇。

总之，杜勒西达斯确立了居于所有印地语诗歌创作风格之上的地位，这样的高度是任何人不可企及的。

现在我们来分析苟斯瓦密所描写的内容范围。我们将分析它的诗歌中容纳了多少种人生状况。关于这一点，我们首先得说，正是由于视野开阔，杜勒西达斯才带着仁爱与尊重走进了北印度全体人民的心里。如果推选印度人民的代表性诗人，那么肯定非这位泰斗莫属。其他诗人一般只在人们生活的某一方面获得成功，比如，英雄史诗时期的诗人在激情方面，虔诚时期的其他诗人在爱与智方面，庄严[①]时代的诗人在夫妻互信或情爱方面。而杜勒西达斯的作品影响到人们的所有情感和行为。一方面，他的作品在个人修行上教导人们离欲虔诚敬神；另一方面，展现了世俗领域家庭和社会义务的美好，从而使他们心安理得于此。他的语言中，与个人修行同时存在着世俗正法的明亮光辉。

前文已述，无形派圣人的作品中潜藏着对世俗正法的藐视。有形派虔诚者中，如果说有人认清了格比尔和达杜等反世俗正法性质的话，那就是苟斯瓦密。他发现，他们的语言使人们在心理本能上产生可怕变化，这种变化会使社会混乱不稳，失去控制。一个社会，如果失去对学贯五车的学者、对献身于抑止非正义的英雄、对认真履行家庭义务的德高望重者、对忠诚于丈夫的贞妇烈女、对尽心孝敬父母者、对舍命尽忠的仆人、对真心爱护子民的当权者等的敬与

---

① 庄严（alankar）的本意是装饰、修饰，沿用汉译佛经译法，译为“庄严”。狭义是指比喻、双关等修辞方式，广义指装饰诗或形成诗美的因素。

爱，那么这个社会就绝不可能有什么懿德善行。

苟斯瓦密在无形派的作品中清楚地发现了无视世俗正义的思想。同时他还发现，许多没有任何权威、没有受过任何教育的人，企图望文生义地利用吠檀多的一些激进言辞，促使一些愚昧者逃避社会责任，增强其带有愚昧成分的自命不凡意识。

苟斯瓦密用非常清晰明了的语言说明了瑜伽派和虔诚派的区别。瑜伽派把神视为内心的，致力于各种各样的内心修习。虔诚派则认为神是无处不在的，无所谓心内心外，因而在开放的可见的世界直观感受他的事迹。他们认为神并不只在人的微小内心里。

强调“内心”就会使秘密或神秘的观念扩散，从而对虔诚的直接而自然的道路形成障碍。那些说内心见证之语的人，往往为了表明自己是神秘秘密的见证者，将本来非常简单的事却要用隐喻的形式拐弯抹角地说出来。苟斯瓦密认为，这种遮遮掩掩的倾向是违背虔诚的，他认为简单明了永远是虔诚的标志——内心简单、语言简单和行动容易。他认为，虔诚之道是明白地摆在大家面前的、简简单单、自然而然的道路，它就像世上的粮食和水，人们很容易就能得到。意思就是说，用于虔敬的心，世人皆有。用心虔敬的方式，也如孝敬父母和疼爱妻子儿女的方式。

在到处巡游的纳特派修行士影响下，人们变成了盲目的绵羊，把各种各样的奇迹都视为美德的标记，而把向神虔敬当成只是少数见证秘密者的事。人人皆有的心可以通过无拘无束的兴趣投向神，这一点好像被人为遮蔽了，因此尽管人人有心，但却看不到真正自由的虔诚道路。前文已经谈过，纳特派的诃陀瑜伽道路是冷酷的，是缺乏同情心的。充满感情的行为与它绝缘。所以，总是听那些到处巡游的修行者充满神秘感的真言，人们内心虔诚的真情实感就被压抑住了，根本无法得到释放。

苟斯瓦密虔诚体系的最大特点就是它的完整性。他不放过生活的任何方面，任何方面都与其他方面协调一致。他既不反对业或法，也不反对智。法是他的永恒标志。杜勒西的虔诚可以说是法和智两者精髓的感受，这里也有瑜伽的配合，但仅仅满足于禅思，满足于使注意力集中便可。

在古老虔诚派内部，他也尽力抑止了许多不良现象。他还通过自己的和睦体系很大程度上消除了湿婆派和毗湿奴派之间不断增强的相互敌意，因而在北印度它才没能呈现出南方那样恐怖的局面。不仅如此，他还像把世俗正义与虔诚修行融为一体一样，建立了业、智和信之间的协调一致。在《罗摩功行录》“童年篇”中，圣人社会的一段长长暗喻非常清晰地将这一点呈现在世人面前。尽管他已达到虔诚的顶端，却仍没有放弃世俗。关注民众福利和争取民心的思想是他虔诚思想的组成部分。崇拜黑天的虔诚者是缺乏这一点的。在他们中间，只有崇拜者与被崇拜者关系的极端表现，其他形式各种世俗关系的有益之美没有得到建立。正因为如此，其他任何人的话都没有他充满虔诚味的真言那样有益。如今苟斯瓦密的《罗摩功行录》已经从宫殿走进乞丐的家中，时时刻刻被人们唱诵着。

苟斯瓦密运用多种方式阐述自己的有形崇拜。在《罗摩功行录》中，他将名和形都看成神的称号，认为它们就是神的体现。同样，他在《罗摩功行录》的“后篇”中说，与智相比，虔诚更加容易做到，而且能更快得到结果。

我们在《罗摩功行录》中可以发现作品在创作技巧、组织结构、引起共鸣等方面的优点。我们关注的第一点就是，叙事诗各部分的适当平衡一致。叙事诗中包含有故事、事物描写、情感表达、对话等部分。对阿逾陀城的壮观、童年嬉戏、人物细部、遮那竭的花园、灌顶大礼等的描写都不能过长，人物对话、爱、忧伤等情感的表现也不能很长，故事的环节哪里也不能中断。

第二点是，故事感人之处的特征。我们发现，只有那些能够触及人类心灵的事件才会得到传播，比如在遮那竭的花园里罗摩与悉多的相会、罗摩去森林、十车王之死、婆罗多的懊丧、在森林之路上男女众人的同情、战斗中罗什曼那[①]的威猛等情节。

第三点是，与情节相符的语言。根据味的不同而采用坚柔不同的诗句表达，自是定规成习。除此以外，苟斯瓦密还特别注意，在什么地方用学者的或受过教育者的语言，什么地方用纯口语。在吉迦伊和曼塔罗[②]的对话中，杜勒西达斯认为对话背景是在家里，因而采用了纯口语和妇女中流行的用法。在他的所有作品中都明显地表现出使用阿奴布拉斯法的倾向。

第四点是，在艳情的文雅范围以内有许多暗喻的描写。

《罗摩功行录》的前言写得如此隆重，看了以后马上就能感受到作品的重大意义。它清楚地表明，杜勒西达斯不是个视野仅限于自己的虔诚者，而是位放眼世界的虔诚者。在他所处的现象世界，他要展现神的罗摩形象的光辉，首先他环视四方，将它多形态的本质特性呈现在人们面前。然后发现并展示其好与坏的复杂性，以解除自己心中的疑团。

就在这篇前言中，杜勒西达斯写出了暗示符合自己信仰崇拜的制限二元论的诗节。

他不仅将世界说成是罗摩的，而且说成是悉雅－罗摩的[③]。悉多等同于自然界，罗摩则是梵的体现。自然界是非精神的一面，梵为精神的一面。因此，最高意义的存在是超于精神和非精神的，这一点是显而易见的，精神和非精神事实上是同一的。

《罗摩功行录》中除了有些地方对事件稍有改动和加入自己虚

① 罗什曼那（Lakshman）是罗摩的大弟弟。他随罗摩一起过林居生活，并协助他打败魔王罗婆那。

② 吉迦伊（Kaikeyi）是《罗摩衍那》中十车王最小的王妃，婆罗多的母亲。曼塔罗（Manthara）是吉迦伊的女仆。

③ 这里的“悉雅”（Siya）即罗摩的妻子悉多。

构的对话以外，杜勒西达斯没有自创事件或情节。按他的思路，在《罗摩功行录》中不这么做是完全正确的。他是想通过罗摩的已经证实的事迹制造一种维持终身的影响，而不仅仅是像诗一样只是暂时的情感。如果形成“这些事件和情节是杜勒西达斯自己杜撰的”之类的看法，就会阻碍那些事件或情节对听众或读者产生任何长久影响。但《颂歌集》不是叙事诗，诗中倒是模仿苏尔对事物的描写非常普遍。其中也完全有加入一些新的小事件或情节的余地，但还是没发现有虚构事件。这表明，他的才华在于就现有事件进行发挥，而不在于创造新的事件。他的创造倾向在于将客观实际原封不动地拿过来以揭示其本质。《苏尔诗海》在牧女们给黑天灌酒的本事中，以小故事的形式超常地用娱乐和嬉戏的方式新创了许多情节，这在杜勒西达斯的任何作品中都难以看到。

在《罗摩功行录》中，杜勒西达斯不仅是以诗人面貌，而且是以传道者的身份出现的。他总是通过某个角色的口来对人们说教。因此从诗的角度可以说，那些说教是角色个性塑造的手段。但事实并非如此，那些说教就是为了说教。苟斯瓦密创作的作品有12部非常著名，其中有5部较长，7部较短。《双行诗集》《格维德罗摩衍那》(*Kavittaramayan*)、《颂歌集》《罗摩功行录》和《陈情书》为长篇;《宝贝罗摩剪指甲》《雪山女神之喜》《遮那吉之喜》《伯勒崴罗摩衍那》《离欲之光》(*Vairagyasandapapani*)、《黑天颂歌集》《应罗摩之请答问集》①（*Ramajna Prashnavali*）为短篇。潘迪特·罗摩古拉姆·德维迪是一位著名的虔诚者，后来成为《罗摩衍那》专

①《应罗摩之请答问集》是一部以占星学形式写的用于预测吉凶的书，但内容全是罗摩悉陀的故事。全书以双行诗写成，共分七章，每章七首双行诗。据传说，当地国王丢了儿子，要求占星家庚噶罗摩第二天测出其子凶吉。庚噶罗摩无法完成，求助于杜勒西达斯。杜勒西达斯连夜为他写了这部书。第二天庚噶罗摩根据这本书告诉国王，他儿子安然无恙。最后王子果然平安回到王宫。国王重奖庚噶罗摩，他又将赏钱给了杜勒西达斯。杜勒西达斯用它造了十座诃奴曼庙。所以书名中的罗摩应该是指庚噶罗摩，而非罗摩神。

家，他只承认这12部是杜勒西达斯的作品。但《西沃辛赫之莲》中还列入了其他10部作品的书名，即《罗摩七百咏》（*Ramasatasai*）、《摆脱痛苦》（*Sankatamochan*）、《诃奴曼治胳膊》[①]、《罗摩之棒》（*Ramashalaka*）[②]、《韵体集》[③]、《六行诗罗摩衍那》（*Chhappay Ramayan*）、《战歌罗摩衍那》（*KaraKha Ramayan*）、《柔拉罗摩衍那》（*Rolaramayan*）[④]、《秋千罗摩衍那》（*Jhularamayan*）、《贡德里亚罗摩衍那》（*Kundliya Ramayan*）[⑤]。这里面有好几部目前根本找不到。潘迪特·罗摩古拉姆认为《诃奴曼治胳膊》只是《诗集》（*Kavitavali*）的一部分。《罗摩七百咏》中有700多首双行诗，其中大约150首属于《双行诗集》。书中大多数双行诗都是增强好奇心的、透着机敏狡诈和牵强附会的。尽管《双行诗集》中也有类似的诗，但很难理解，像苟斯瓦密这样严肃而充满同情心的艺术大家，会把这样的诗如此大量地集中在一起。不管怎样，冠以贝尼马特沃达斯之名的传记中也提到了《罗摩七百咏》。

关于有些作品创作的传言很流行，这里有必要提一下。有人说，《伯勒崴罗摩衍那》是苟斯瓦密根据密友阿卜杜尔拉希姆·汗哈纳的建议，并看了他的伯勒瓦（balewa）（《伯勒崴女主角分类》，*Barawai Nayikabhed*）之后创作的。《黑天颂歌集》据说是苟斯瓦密游历沃林达文时所作。但根据贝尼马特沃达斯的《圣贤传》，《罗摩颂歌集》和《黑天颂歌集》两部均是在苏尔达斯去质多罗俱吒见他之后不久创作的。苟斯瓦密的一位朋友潘迪特·庚噶罗摩·鸠迪希住在迦尸

① 《诃奴曼治胳膊》（*Hanumadbahuk*或*Hanuman Bahuk*）为歌颂诃奴曼的诗集。杜勒西达斯胳膊曾患风湿病，痛苦异常，久治不愈，后因敬拜诃奴曼得以痊愈。诃奴曼是罗摩最坚定的崇拜者，杜勒西达斯通过颂扬诃奴曼，进而歌颂了罗摩。

② 罗摩之棒（Ramashalaka）是杜勒西达斯的一部作品，全名为《希利罗摩之棒问集》（Shriramashataka Prashnavali）。

③ 《韵体集》（*Chhandavali*），有时也作《韵体罗摩衍那》（*Chhandavali Ramayana*）。

④ 柔拉（Rola）也有人译作“罗拉”，是一种对句四行诗体，每句24个音节。

⑤ 贡德里亚（Kundaliya）是一种韵诗体，由双行诗体和柔拉诗体结合而成。每颂六行，前两行为双行诗，后四行为柔拉。

的布拉赫拉德（快乐）码头，人们认为《应罗摩之请答问集》正是应他之邀所作。从《诃奴曼治胳膊》内容可以得知，该作品是杜勒西达斯在难以忍受的胳膊疼痛发作以后所作。杜勒西达斯之所以创作《陈情书》，据说是因为，当他在迦尸掀起虔信罗摩的旋风时，有一天迦利期[①]显身来威胁他，他写下了这封书表要呈递给罗摩的朝廷。

苟斯瓦密的全面诗才我们一开始就已交代过。他既没有滥用自己的创作才能，也没有陷入玩弄辞藻等文字游戏中。他非常熟练准确地运用修辞手段，使之能够生动且恰如其分地表达情感与事实，而不会显得与原意格格不入。有时进行长篇暗喻时，他也会模仿一个不好的传统。除了《双行诗集》中有些双行诗以外，其他所有地方的语言运用都是为了使情感和思想表达得更加清楚，而不是为了炫耀技巧。任何其他诗人的语言都没有他的语言那样清晰、精炼、完美。在苏尔达斯的作品中，有些句子丝毫无益于提高思想意识，似乎只是为了凑数而已。同样，有时为了韵脚把词的结构也破坏了。但杜勒西达斯的诗歌创作却非常成熟老练，而且组织得井然有序，一个冗词都找不到。遗憾的是，后来只有很少的诗人能够写出如此精炼的语言。他适当表现了各种情味，但又不过分。只有杜勒西达斯对爱和艳情的描写可以让人当众毫无顾忌地朗诵。我们可以毫不客气地说，只要有这样一位诗人，就足以表明印地语已经是成熟的文学语言。

（2）斯瓦密·阿格尔达斯——罗摩难陀有一弟子叫阿南达难

---

① 迦利期（kalikal或kaliyug）为印度教宇宙观的概念之一。印度教把世界看成不断“创造—毁灭—再创造”周而复始的过程。每个周期有四个阶段：“圆满期”（“圆满时代”，也称“黄金期”）；“三分期”（“三分时代”，也称“白银期”）；“二分期”（“二分时代”，也称“黄铜期”）；“迦利期”（“迦利时代”，也称“黑铁期”）。“迦利时代”是人类社会最坏的时代，需要湿婆将其毁灭，重新创造新的世界，进入下一个周期。这里是把“迦利时代”视为人格化的恶神或者瘟疫疾病。

陀，阿南达难陀有一弟子格里斯纳达斯·博耶哈利，斯瓦密·阿格尔达斯就是格里斯纳达斯·博耶哈利的弟子。《虔诚者花环》的作者、著名的纳帕达斯就是这位阿格尔达斯的弟子。前文提到过格勒达（拉贾普特纳）的著名据点，他也在那里待过，大约在公元1595年。已知他有4部作品：《五十二韵益言集》（*Hitopadesh Upakhanan Bavani*）、《禅那花蕾》（*Dhyanmanjari*）、《罗摩禅花蕾》（*Ramadhyanmanjari*）、《贡德里亚》（*Kundaliya*）。他的诗属于黑天崇拜者南德达斯的一类。

（3）纳帕达斯（Nabhadas）——为上述阿格尔达斯的学生，著名虔诚者和修行师崇拜者。生存年代约在1600年，在苟斯瓦密·杜勒西达斯去世后很久仍健在。他的著名作品《虔诚者花环》创作于1712年，布里亚达斯为其作了注。《虔诚者花环》用316颂六行诗写了200位虔诚者充满奇迹的传记。这些传记中记录的并非完整的生活经历，只是表现虔诚伟大的事项。似乎他的目的就在于宣传人民对虔诚者的敬仰，这一目的很大程度上实现了。如今在北印度的村村寨寨，穿着出家人服装的人比经学家、学者和潘迪特更加受到敬仰和崇拜，对虔诚者的威严及其充满奇迹的经历的宣传，某种程度上也是其重要原因。

有人说纳帕达斯属于豆姆种姓①，有人说属于刹帝利。为了见苟斯瓦密·杜勒西达斯，他似乎去过一次迦尸。但当时苟斯瓦密正在打禅，所以没见到。当天他就去了沃林达文。等坐完禅以后，苟斯瓦密非常遗憾，于是立即赶往沃林达文去见纳帕。纳帕正设宴款待毗湿奴派信徒，苟斯瓦密不请自来。苟斯瓦密担心纳帕会认为他傲慢无礼，所以在边上找了个最远的位子坐下。纳帕故意不往苟斯瓦密那里看。上饭的时候没有碗给苟斯瓦密盛牛奶米粥，苟斯瓦密便

① 豆姆种姓（dom）专门从事搬运和焚烧尸体的工作，属不可接触的贱民种姓。

拿起一只修行士的鞋子说："没有比这更好的碗了！"纳帕见状立即起身过来与他拥抱，激动得说不出话来。

他也和自己的老师阿格尔一样创作关于罗摩的诗。他的伯勒杰语非常好，作诗也非常有才能。前不久刚发现一部他有关罗摩生平的薄薄的诗集。

除了这些书以外他还创作了两部"阿什德亚姆"[①]——一种用伯勒杰语散文体，一种仿照《罗摩功行录》的风格用了双行诗加四行诗体。

（4）布拉恩金德·焦汉（Pranchand Chauhan）——梵语有好几部关于罗摩生平的剧，其中有些是根据戏剧的文学性原则创作的，有些则只是因为用了对话的形式就被称为戏剧了。布拉恩金德·焦汉就用后一种方式于1610年写出了《罗摩衍那大剧》（*Ramayan Mahanatak*）。

（5）赫利代罗摩（Hridayaram）——他是旁遮普人，格里斯纳达斯之子。他于1623年根据梵语《诃奴曼剧》创作了帕萨（即方言）的《诃奴曼剧》[②]，其中的诗非常优美纯正。作品中大多是诗和用瑟崴雅形式创作的很美的对白。前面已经说过，苟斯瓦密·杜勒西达斯运用几乎当时所有流行的诗歌形式歌颂了罗摩的生平，但唯独没有用表演或者说戏剧方式创作任何作品。正是从苟斯瓦密时期开始，随着他的名气大增，罗摩崇拜也在全国各地掀起汹涌浪潮。因此在他那个时期就有不少虔诚作品以戏剧形式问世，其中尤以赫利代罗摩的《诃奴曼剧》最为著名。

---

①"阿什德亚姆"（Ashtayam）这里是印地语的一种特殊诗歌形式。其中的"阿什德"的意思是"八"（Ashta），"亚姆"（yam）是一种时间单位，约三个小时。毗湿奴派寺庙里有一种祭拜方式叫"阿什德亚姆"，意思是"八个亚姆（24小时）的连续祭拜"。与此对应的有八种赞歌形式，统称为"阿什德亚姆"。

②《诃奴曼剧》（*Hanumannatak*）的梵语本作者和创作时间至今无法得到考证。赫利代罗摩的《诃奴曼剧》虽然名为诃奴曼，其实并非讲诃奴曼的生平，主要讲的是罗摩的生平故事。

对最初的罗摩崇拜者诃奴曼的虔诚已经成为罗摩派虔诚的一部分。斯瓦密·罗摩难陀创作的诃奴曼颂诗前文已经提及。苟斯瓦密·杜勒西达斯也在许多地方赞颂了诃奴曼,《诃奴曼治胳膊》就是作者呼唤着诃奴曼之名写成的。为虔诚而来敬拜的虔诚者所得的供品①也是虔诚道路上求之若渴的。1639年，拉伊穆勒·邦兑曾写过一本《诃奴曼传》(*Hanumachchrita*)，杜勒西达斯之后也有不少人写过《罗摩衍那》，但在苟斯瓦密的作品面前都相形见绌。一个半世纪以来，杜勒西达斯天才的耀眼光芒都一直笼罩大地，以致有关罗摩崇拜的其他任何作品都无法在它面前放出光彩。健日王纪元19~20世纪②，阿逾陀伟大的罗摩杰伦达斯·巴巴、勒库纳特·巴巴、里瓦土邦的大王勒库拉吉·辛赫等都创作了庞大的关于罗摩生平的著作，也都广受民众喜爱。这一时期出现了许多罗摩崇拜题材的诗。

罗摩崇拜诗潮的最大特点是，它包含了所有样式的诗作，鼓舞了多种创作方法。崇拜黑天的虔诚诗人只是填补了短诗的一个特殊部分——用于颂唱的歌词，而关于罗摩生平却创作出了大量的优秀叙事诗。

关于杜勒西达斯，前文已经指出，罗摩崇拜已经发展成完整的虔诚形态。爱与信仰两者的结合产生虔诚。信仰与正法③如影随形，哪里闪耀正法的光芒，哪里就有信仰。正法是梵的实在本质的显性方面，是整个世界境内所映射出的形态的积极表达。每个虔诚者都期待着本真的全能的一面在这显性世界出现，期待着见证正法的这一吉祥之光的闪耀。只有在这光芒的照耀下，他才能得以一见本真的永恒不灭的妙美。每当他发现俗世中法的本质消失了，被掩蔽了，

① 这里的“供品”原文为prasad。虔诚者在拜神时献给神祭品（多为食物），在祭礼后祭品又分发给信徒们，分发给信徒的祭品就叫prasad。

② 约公元18世纪下半叶~20世纪上半叶。

③ 正法（dharma）在印度是个特殊的概念，是印度教思想中宇宙与社会秩序的总称，根据不同的语境可以有多种意义，比如“天性”“职责”“本分”“道德”等。

那就好像神从他的视线——他睁大的眼前——消失了，他就会感到分离的焦虑和不安。然后，当正法之光撕破非法的黑暗、随着强劲的力量喷薄而出时，就好像可爱大神的迷人形象出现在他面前，他便激动万分。当体内的灵魂得以见证体外的本真，便产生“欢乐”，他就会感悟到“永恒的愉悦”。

这就是凭借神的化身而流行、并在杜勒西达斯的罗摩崇拜中得到全面发展的有形虔诚派的论据。在《陈情书》中，苟斯瓦密描绘了世界上弥漫的非法、不道、暴虐等恐怖画面，恳求神显现自己的实在本性和正法创立者本质。他坚信，总有一天会看到正法神的光辉。因此，他想象着本真已在世上显示灵光，已经建立起罗摩盛世，周围笼罩着一片幸福，自己感到兴奋不已。

放弃虔敬成分而仅仅抓住爱的虔诚派，与正法已经没有任何关系，某种意义上说它是不完整的。它会越来越倾向于崇拜艳情和肉欲之情等，渐渐地它还会拥抱“神秘”和“奥秘”。其结果必然是借虔诚之名行贪色淫秽之实。虔诚派黑天支放弃黑天的法性——世界保护者和使世界幸福者，却只抓住其男女柔情形象和隐喻爱情的虔诚的资料不放。这使它越来越失去正法之美的吸引力。杜勒西达斯则将虔诚以其完整形象、敬和爱完美一致地呈现在世人面前，将法和德确立为其永恒的象征。

非常遗憾的是，一段时间以来，有个团体正致力于将罗摩崇拜也纳入艳情而加以丑化。关于杜勒西达斯我们已经指出，在苟斯瓦密的《颂歌集》的后篇中可以发现对黑天崇拜者苏尔达斯艳情作品的模仿，但那也是仅限于节庆欢乐之时而已。这期间虔诚派黑天支势力得到很大发展，因为人性向来贪恋色欲，甚至虔诚派罗摩支内也受到艳情思想的任意侵入。这一艳情思想的始作俑者就是《罗摩功行录》著名注释者、阿逾陀迦那吉卡德地区的罗摩杰伦达斯（Ramacharandas），他创立了夫妻情敬拜，自己将其命名为“自喜”派[①]。丈夫穿上女人服装、为了去见“拉勒先生”[②]而进行十六种打扮、将悉多想象成小妾等行为成了该派的标志。为了证明自己的理论观点，罗摩杰伦达斯将许多新杜撰的著作说成古籍，极力在派内传播，比如《娄默希[③]本集》(*Lomashasanhita*)、《诃奴曼本集》(*Hanumatsanhita*)、《永恒罗摩衍那》(*Amar Ramayan*)、《普逊迪[④]罗摩衍那》(*Bhushundi Ramayan*)、《大罗摩衍那》(五章)、《憍萨罗篇》(*Koshalakhand*)、《罗摩九宝》(*Ramanavaratna*)、《附注大味乐》(*Maharasotsava*)(勒克瑙出版公司1847年出版)[⑤]。

《憍萨罗篇》中虚构了罗摩与牧女们歌舞的故事、娱乐消遣等的低俗淫秽场景，还说与牧女们歌舞本事实际上就是罗摩做的。罗摩作为毗湿奴化身完成了99个歌舞本事，就为了那剩下的一个，毗湿奴才不得不化身黑天来到人间的。这样一来，在寻欢作乐本事中，人们竞相增加罗摩的戏码，甚至远远超过了黑天。在“牛园”发生的与牧女歌舞之事，现在在沙祇城[⑥]却有过之而无不及。在这里，罗陀和金德拉沃丽等也与兰拨和优哩婆湿一起被列入歌舞女名单之中[⑦]。

---

① 自喜（Swasukhi）意为“自我幸福的”“自我愉悦的”。

② 拉勒先生（Lal Sahab）中的Lal意为“心爱的”“心上的”；Sahab意为“先生”。

③ 娄默希（Lomash）是一位仙人，在《往世书》中被说成是永生的。《摩诃婆罗多》中他与坚战一起去朝圣，并给坚战讲述所有圣地的故事。

④ 普逊迪（*Bhushundi*）是一种皮质武器，中间是园形皮子，皮子上用绳子或带子绑住一个圆环，就用这圆环打击对手。

⑤《娄默希本集》《诃奴曼本集》《永恒罗摩衍那》《普逊迪罗摩衍那》《大罗摩衍那》《憍萨罗篇》《罗摩九宝》与《附注大味乐》都是讲述罗摩故事的作品。

⑥ 沙祇城（Saket）即阿逾陀，是罗摩的出生地，也是其国都，是罗摩的活动场所。这与前面的牛园对应，牛园是黑天的活动场所。

⑦ 这里提到的几个人物中，罗陀（Radha）是黑天在牧区沃林达文的主要情人。据有的教派传说，她在天界就是毗湿奴的女伴，后也随其化身牧女来到沃林达文。金德拉沃丽（Chandravali）也是沃林达文的一个牧女，同时是黑天情人。兰拨（Rambha）为印度教传说的天界仙女，以貌美著称。《罗摩衍那》中曾被因陀罗派去诱惑蚁垤，以破坏其苦行。优哩婆湿（Urvashi，佛教中译作“广延天女”）是著名天国歌伎。著名梵语戏剧家迦梨陀娑的《优哩婆湿》就是讲她被打下凡界，后又重返天国的故事。

吉朗–切布拉[1]的基瓦罗摩（Jivaram）对罗摩杰伦达斯这一艳情崇拜做了些许改变。他以“女友情”取代了“夫妻情”，并将自己的教派命名为“梵喜”（Tatsukhi）派。勒契曼堡（位于阿逾陀）的尤格拉南涅谢伦（Yuglananysharan）对“女友情”的崇拜进行了广泛宣传。里瓦国王勒库拉吉·辛赫非常信任他，在征得他的同意后，在质多罗俱吒建了布拉摩登林等好几个神圣场所。质多罗俱吒被设想成沃林达文，那里的树林也被看成伯勒杰的游戏林。这一风流派别至今在阿逾陀仍然很强盛，那里很多神庙里都可以听到“斜着眼窥视”和“倾心斜视”的歌声。这一派的节日印历（健日王纪元）每年三月黑半月（下半月）初九就在这里庆祝。他们经常称罗摩和悉多为“双主人”，把一个名叫“格里巴尼瓦斯”的虚构人物说成自己的导师。1844年，托这位虚构者之名曾出版过一本《格里巴尼瓦斯诗集》（勒克瑙普林汀出版社），其中甚至有许多淫秽诗。类似的另一部作品《罗摩化身圣歌之河》（*Shriramavatar Bhajan Taragini*）也是从这些人那里传出来的。

这些足以表明，大神罗摩非凡神圣经历被这些人虚构得多么堕落不堪。看到能使人间纯洁的典范有如此令人恶心的反转颠倒，我们心中非常不安。这里之所以对这“风流派”进行一点描述，就是要提请研究虔诚派罗摩支文学的人们注意，“秘密”“神秘”“肉欲情”等的渗入就会造成某个虔诚派出现这种状况。苟斯瓦密曾以纯洁的、真正的、开放的形态使之光芒闪耀的虔敬罗摩，而今却被变态扭曲到如此地步。

① 吉朗–切布拉（Chiran Chhapara）位于今印度比哈尔邦。

第五节　有形派黑天支

沃勒普阿伽日耶（Wallabhacharya）[①]——前文说过，健日王纪元15和16世纪[②]，毗湿奴派的运动遍及全国，沃勒普阿伽日耶是其主要发起者之一。阿伽日耶生于健日王纪元1535年（公元1478年）二月黑半月十一日，逝于健日王纪元1587年（公元1530年）八月白半月初三。他是吠陀经学方面学富五车的权威学者。

从罗摩奴阇到沃勒普阿伽日耶，出现了众多虔诚哲学家和学者，他们的目标都是要摆脱商羯罗大师的神秘主义和幻象说。根据神秘主义和幻象说，虔诚被定义为只是无明或错觉。商羯罗只承认无处不在的无形梵是最高存在。沃勒普认为梵包括一切法，他把整个宇宙的创造说成是梵为了游戏而自造之物。把自己融入到自创的属于自己一部分的众生之中，只是梵的游戏而已。凭借自己难以想象的显形和隐身之力，永恒之梵既可变身为世界，又高于世界。他交替着显现或隐蔽自己的本真、理智和喜乐三种形态。众生中显现本真和灵魂，但隐蔽喜乐。无生中则只显现本真，理智与喜乐两者被遮蔽，根本就没有幻。

只有因其具有超凡特性而被称作超凡者的黑天是最高梵。喜乐就是以这个超凡者的形态完全显现的，因此才是最优的形态。超凡者黑天的一切娱乐都是永恒的。他在遍入天界（在毗湿奴界之上）为了自己的虔诚者表演着各种游戏。牛园就是这遍入天界的一个部分，其中阎牟那河、沃林达文、尼贡吉[③]等一切都是永存的。进入大

① 沃勒普阿伽日耶（Wallabhacharya）也可译作“沃勒普大师”。其实这是Wallabh Acharya的连拼形式。Wallabh是其正名，Acharya（阿伽日耶）只是一种称呼，意为“大师”“导师”，汉语旧译作“阿阇梨”。Acharya与人名连用时往往可以连拼。也可以独称其正名沃勒普（Wallabh）或仅称“大师”（Acharya）。有时也称其为穆哈伯勒普（Mahabrabhu）。他所创立的教派称“沃勒普教派”。

② 约公元14世纪下半叶~16世纪上半叶。

③ 尼贡吉（Nikunj）本义为“小丛林”，这里专指黑天与其情人罗陀幽会的地方。

神这“游戏世界”才是众生最高的行为目标。

商羯罗称无形才是梵的最高或最真实的形式，有形只是其行动的幻化形式。沃勒普阿伽日耶反其道而行之，称有形才是梵真实的最高形式，无形则只是它部分被遮蔽了的形式。为了修行虔诚，沃勒普放弃了痴迷于威信情感的“虔信”部分，仅取了“爱”的部分。他只承认表明爱的虔诚。《八十四毗湿奴派大师谈话录》（*Chaurasi Vaishnavon Ki Varta*）中，苏尔达斯的一段谈话只把爱说成是主要的，而把“虔信”或可敬之智说成只是附属的、辅助的。

在爱的修行中，沃勒普将放弃世俗礼教和吠陀礼教说成是理所应当的。众生只有得到大神的惠爱时，才会对这隐喻爱的虔诚有兴趣。大神的惠爱被叫做滋养或恩泽，因此沃勒普为自己的教派取名“恩泽派”。

他认为众生分为三种：（1）恩泽众生，依赖神的惠爱得以进入“永恒游戏”者；（2）力行（限制）众生，凭按吠陀的规矩礼仪行事得进天堂等界者；（3）俗流众生，处于世界潮流之中，仅致力于得到世俗幸福欢乐者。

在一部叫作《黑天保护所》（*Krishnashraya*）的“片段事件性著作”中，沃勒普描写了与自己时代非常对立的状况，他发现在此状况下模仿吠陀道路或力行道路很难。在全国范围穆斯林帝国已经非常稳固，唯一独立而有一定实力的印度教徒国家就是南方的维杰耶纳伽尔①，但由于与巴赫曼尼苏丹②们为邻，其存续的日子看来也屈指可数。一方面，伊斯兰教影响越来越大，苏菲派隐喻爱的虔诚思想的宣传通过苏菲派圣人得以轰轰烈烈地展开。另一方面，“无形派”

---

① 维杰耶纳伽尔（Vijayanagar）也译作毗奢耶那伽罗（或维查耶纳伽尔），为印度历史上最后一个印度教帝国，建立于1336年，1565年被伊斯兰教苏丹国击败。其首都也叫维杰耶纳伽尔，位于今卡纳塔克邦境内。

② 巴赫曼尼苏丹国（Bahmani Sultanate）位于印度德干高原的古代穆斯林统治国家。巴赫曼尼苏丹国创立于1317年，亡于1518年。

圣人们致力于使人们摆脱对吠陀经典繁文缛节的信仰。所以，沃勒普大师多少有点看准了时间和空间才创立了自己的“恩泽派”。

沃勒普大师的主要作品有：（1）《前弥曼差注》（*Purvamimansa Bhashya*）[①]；（2）以《小注》著称的《后弥曼差注》（*Uttarmimansa Bhashya*）或《梵经[②]注》（*Brahmasutra Bhashya*），是他阐明自己纯净不二论的主要哲学著作；（3）《〈薄伽梵往世书〉详解》（*Shrimadbhagavat Ki Suksham Tika*）和《〈薄伽梵往世书〉浅解》（*Subodhini Tika*）；（4）《〈薄伽梵往世书〉哲理之灯论》（*Tatvadipanibandha*）；（5）十六部小的片段事件性作品。这些著作中，《前弥曼差注》只发现很小一部分。《小注》沃勒普没能完成，所以后面的一章主要是由他儿子苟萨因·比特勒纳特[③]完成的。《〈薄伽梵往世书〉详解》还没有发现，《〈薄伽梵往世书〉浅解》也只发现一部分。片段事件性作品中，名为《恩泽俗流力行（限制）》（*Pushtipravahamaryada*）的书已经由穆勒金德·杜勒西达斯·德利瓦拉编辑出版。

与罗摩奴阇大师一样，沃勒普大师也游历了印度很多地方，通过论辩宣传了自己的思想。最后，他来到崇拜对象黑天的出生地安营扎寨，通过自己的学生布仁穆勒·克纳在牛增山上建了一座规模宏大的神庙和服务组织。沃勒普派接受的崇拜方式或服务方式主要展示了享乐、爱情和奢华的丰富材料，对庙宇要用“开了无数藏红

① 弥曼差（Mimansa）为印度古代哲学派别之一，分为前弥漫差和后弥曼差。前弥漫差注重吠陀祭祀的解释与研究。后弥曼差（Uttar Mimansa）也称吠檀多（Vedanta），注重奥义书的哲理，探讨宇宙与人生的究竟，使“自我”与“梵”归一，最后求得解脱。

②《梵经》（*Brahma Sutra*），又名《吠檀多经》（*Vedanta Sutra*）、《广博经》（*Vyasa Sutra*）等。

③ 苟萨因·比特勒纳特（Gosain Bitalanath）有时也作“苟斯瓦密·维特勒纳特”（Vitthalanath），沃勒普大师之子，“八贤”的提出者。生于1515年，卒于1585年。“苟萨因”（Gosain）是梵语“苟斯瓦密”（Goswami）的印地语形式。本书中这两种形式经常混用，需要读者注意。另外，该词一般用作姓氏或称号，作为称号则名前，作为姓氏则在名后。

花磨坊”之类的话来赞扬。这种感官的享受对男男女女的服务者能有什么正面影响！不管对民众有何影响，上述营寨的虔诚弟子们，通过漂亮的诗歌掀起迷人的爱情音乐潮流，使凋敝的印度教徒生活有了生气和活力。在这一音乐潮流中，其他奴派的黑天崇拜者也做出了贡献。

所有教派的黑天崇拜者都接受《薄伽梵往世书》中所描绘的黑天的伯勒杰本事①，因为他们认为，对于暗喻爱的虔诚来说，有黑天的亲昵形象就足够了。在他们看来，因为抛弃了由至高无上情感产生的虔信和可敬之智，所以没有必要再保留黑天作为世界保护者和正法创造者的本质特性。

大神的本性被如此抛在一边，这导致黑天崇拜者们心中无法形成被其本性吸引和将人们吸引到它那里的兴趣。结果是崇拜黑天的诗人们大都沉迷于形形色色零散艳情诗的创作，他们的作品既没有表现出生活的许多严肃方面感人肺腑的面貌，也没有出现多样性变化。他们根本没有采用能够满足片段事件长篇叙事诗或大诗等需要的黑天生平故事，仅仅歌颂了罗陀和黑天的情爱本事。

尽管薄伽梵派在《摩诃婆罗多》时期就已出现，化身思想也很早就在全国流行，但毗湿奴派的教派形式却是发轫于南方。出现了许多模仿吠陀传统的本集、奥义书、经书等。由于在《薄伽梵往世书》中对黑天亲昵形象的突出描写，所以在虔诚领域开辟了牧女式的性爱之路。在其传播过程中，南方神庙里的神女奴制②起到了特殊的辅助作用。父母将自己的女儿献给庙里，婚配给最高神。对她们

---

① 伯勒杰本事（Brajlila或Brajleela）中的伯勒杰是印度古代地名。伯勒杰本事就是黑天与牧女们的歌舞故事，因为黑天小时候生活在伯勒杰地区，沃林达文就属于该地区，在今北方邦境内。伯勒杰语就是该地区的语言，是因地而得名。

② 神奴制（Dev Dasi Pratha）是印度教的一种传统陋习，据说始于6世纪。根据这一制度，父母把自己未婚女儿献给寺庙，即婚配给神，终身为神服务，所以称为神奴。日常工作就是打扫卫生，唱歌跳舞，实际她们不仅受到僧侣的蹂躏，而且会受到香客的性侵。尽管中央政府要求取缔，但至今在印度有些邦还存在。

来说，要把神像当作自己的丈夫来敬。这些神女奴中也出现一些著名的女虔诚者。

南方的恩达勒（Andala）就是这样一位虔诚者。她生于716年。在一部名为《迪鲁巴瓦伊》[①]的诗中发现有她用达罗毗荼语创作的诗。有一处恩达勒说道："现在我已完全成年，除了主人毗湿奴以外，我不会让任何人成为我的丈夫"。这种情感的皈依久而久之便会使她产生秘密和神秘的倾向。前面已经提到过神秘主义苏菲派，他们也崇拜性爱。穆斯林社会的这些苏菲派对全国虔诚思想是有不小影响的。"性爱情"得到了鼓励，"性爱情"似的崇拜一直很流行，其中因苏菲派的影响出现了"内心相融""失去知觉""神经错乱"的神秘结合。米拉巴伊和杰德涅·穆哈布勒普[②]二人身上均可见到苏菲派的影响。

（1）苏尔达斯（Suradas）——关于苏尔达斯的纪事，根据《八十四毗湿奴派大师谈话录》，只知道他先前作为出家人在格乌卡德（位于阿格拉和马图拉之间）求学。在牛增山上建起纳特庙之后，有一次沃勒普来到格乌卡德，苏尔达斯来看望他，给他唱了自己创作的诗歌。大师将他收为弟子，要求他把薄伽梵的故事创作成适合唱诵的诗体。看到他真心实意的虔诚和诗歌创作天才，沃勒普安排他到自己建的纳特庙唱颂诗。这座庙是由布仁穆勒·克纳于1519年在牛增山上建成的。神庙建成11年后，也就是1530年，沃勒普大师去世。

就在纳特神庙建成后不久，苏尔达斯加入了沃勒普教派，这事

① 迪鲁巴瓦伊（Tiruppavai）是泰米尔语女诗人恩达勒的作品，书名中"迪鲁"意为"神秘的"或"神圣的"，"巴瓦伊"是一种泰米尔语歌曲形式。作品主要赞颂毗湿奴（黑天），劝导人们虔信黑天。

② 杰德涅·穆哈布勒普（Chaitanya Mahaprabhu，1486~1534）是毗湿奴虔诚派最重要的传播者和虔诚时期主要诗人之一，虔诚派分支高利派奠基者。毗湿奴派信众将他视为黑天与罗陀结合的化身。

通过《八十四毗湿奴派大师谈话录》的相关记述可以得到证实。

因此，大概在1523年前后，苏尔达斯成了沃勒普的学生，此后不久获得唱赞诗的差事。自此，他就在牛增山上的神庙里当差，这在《苏尔精要集》（*Surasaravali*）中有明确的暗示。谈到杜勒西达斯时我们说过，虔诚诗人经常会以某种方式把自己置于所崇拜的神的故事之中，假想自己触摸到大神的脚[①]。杜勒西达斯是以隐蔽的方式这样做的，苏尔则是以明显的方式这样做的。黑天出生后，难陀家里庆祝[②]时来了一位塔利[③]，表达了相关内容。

在牛增山脚下巴尔索利村，苏尔达斯就死在沃勒普大师之子苟萨因·比特勒纳特面前，这也是从上述《八十四毗湿奴派大师谈话录》得知的。苟萨因·比特勒纳特卒于1585年，现在无法说清楚苏尔达斯是在这之前多久去世的。

在完成《苏尔诗海》之后苏尔所写的《苏尔精要集》中，他的年龄被说成67岁。

也就是说，他是在67岁之前不久完成的《苏尔诗海》，大概在完成《苏尔诗海》后不久又写了《苏尔精要集》（*Saravali*）。苏尔达斯还有一部作品叫《文学涟漪》（*Sahitya Lahari*），其中有些为修辞和女主人公分类提供例子的诗句。

据推断，《文学涟漪》完成于1550年。不得不承认，这部讲文学活动的作品可能是苏尔从《苏尔诗海》脱身后才选编的。如果是在此两年之前创作了《苏尔精要集》，那么就可以说1550年苏尔达斯67岁。现在如果承认他活了80岁或82岁，那么可以推算出，他的出生时间就是1483年前后，去世时间为1563年前后。

① 在印度，触摸某人的脚是对其表示非常尊敬的一种方式。

② 黑天的舅舅刚沙得到天启：他外甥将杀死他。所以他在妹妹怀孕后就将其夫妇关进牢里，以便黑天出生后将其杀死。因为黑天是毗湿奴化身，所以他夜里出生后其父能够凭神通把他带出牢房，送到牧人难陀家。是难陀和耶修达夫妇将黑天养大的。

③ 塔利（dharhi）是一个以在吉庆时唱吉祥喜庆歌曲为业的种姓。

在《文学涟漪》的最后，有一段诗中苏尔提供了自己的族谱。根据该诗，苏尔是地王的诗人金德伯尔达伊后裔婆罗门婆德[①]。诗人金德的家族有位赫利金德，赫利金德的七个儿子中最小的就是苏尔吉达斯或苏尔达斯。当其他几位兄弟在与穆斯林的作战中阵亡后，失明的苏尔达斯很长时间都在到处游荡。有一天，他掉进一口枯井，并在里面躺了六天。第七天，黑天神突然显身于他面前，赐予他视力，使他看到了自己。黑天对他说："南方一个强大的婆罗门家族将消灭敌人，你将精通一切学问。"随后苏尔达斯便请求黑天："我用自己的双眼见到了你，现在我不想再用它们见到任何东西，我只求永远唱诗赞颂你。"当黑天把他从井下托出来时，他又恢复成原来的盲人，来到伯勒杰唱起赞颂诗。在那里苟萨因将他列入了"八贤"[②]。

我们估计，这段诗是后世某位婆德塞进《文学涟漪》的。请看下面这行诗：

强大的南方婆罗门使敌人被毁灭。

这行诗说明上述这段诗是苏尔死后很久的作品。"强大的南方婆罗门"明显暗示的是贝希瓦家族[③]。企图强拉硬拽将其转向至高神是徒劳的。

总而言之，我们只能满足于《八十四毗湿奴派大师谈话录》中所给的苏尔有限的生平。尽管传说这部《谈话录》也是沃勒普的孙子苟古勒纳特的，但实际并不像他所著。这部作品里好几处以非常尊敬和敬仰的词提到苟古勒纳特亲口所说的话，米拉巴伊则因不是沃勒普的学生而遭恶语相攻，甚至被谩骂。从迹象上看，

① 婆德（Bhatta）在这里指婆罗门歌人。

② 八贤（Ashta Chhap），也有人译作"八印"，指中世纪八位著名印地语虔诚诗人。

③ 贝希瓦（Peshawa）是中世纪南印度摩诃刺陀（Maharashtra，今译作"马哈拉施特拉"）或马拉塔（Maratha）帝国的宰相们的称号。

这部《谈话录》似乎是苟古勒纳特之后他的某位古吉拉特弟子的作品。

这节六行诗中只是暗示了久为人知的事实——苏尔是盲人，没有发现任何得到证实的生活经历。在苏尔时期有关历史的作品中，有些人只要在哪里发现有苏尔的名字，就极力把那里的事往著名的苏尔达斯身上扯。我们发现两处有这样情况：

①《阿克巴之镜》（*Aine Akabari*）中有阿克巴宫里仆人、琴师和乐师等艺术家的名单，其中记录有巴巴·罗摩达斯和他的儿子苏尔达斯两人的名字。这同一部作品中还写道，所有艺术家被分为七个组，每个组每星期到宫里为皇帝演出一次。阿克巴继位于1556年。我们的苏尔达斯是在1523年前后成为沃勒普弟子的，在此之前他也是作为出家修行者住在格乌卡德。这样的话，他是如何在1556年之后又过了很久到宫廷供职的？由此可见，《阿克巴之镜》中的苏尔达斯和《苏尔诗海》的苏尔达斯绝不是同一个人。

②有一部名为《阿布勒法杰勒信札》（*Munshiyat Abulaphajala*）的阿布勒法杰勒[①]书信集，其中有一封阿布勒法杰勒写给贝拿勒斯某位圣人苏尔达斯的信。贝拿勒斯一位会计员对这位苏尔达斯态度不好，为此他写了封信到朝廷对其投诉。阿布勒法杰勒的信就是给他的回复。贝拿勒斯的苏尔达斯是这样被召到阿拉哈巴德晋见皇帝的：

> “皇帝陛下将莅临阿拉哈巴德。但愿你也会因优质服务而受到尊敬，成为真主的人。感谢胡大，陛下知道你是有正义感的，要和你交朋友。”（译自波斯语）

从字里行间可以看出，阿布勒法杰勒认为，这位圣人可能接受

① 阿布勒法杰勒是阿克巴大帝宫廷九宝之一，《阿克巴之镜》和《阿克巴传》的作者。

了加入阿克巴“神圣信仰”[①]的入门教诲[②]。但实际上他很可能是追随格比尔的某位圣人。我们发现阿克巴去过两次阿拉哈巴德，一次在1583年，一次在1604年。就算我们承认这封信是阿克巴第一次巡游时写的，那时候我们的苏尔也早就去世了。即便我们承认他活到了那个时候，那他也已100多岁了。都已经是快去世的人了，他又何必陷入这种纷争，或者说他怎么会希望接受加入“神圣信仰”的入门教诲呢？

沃勒普大师之后，其子苟萨因·比特勒纳特继承父位。此时，已有多位恩泽派诗人创作了非常优秀的赞颂诗。因此，苟萨因·比特勒纳特从这些诗人中选出八位最优秀者，将其树为“八贤”。这“八贤”诗人为：苏尔达斯、贡朋达斯、巴尔马南德达斯、格里希那达斯、奇德斯瓦密、苟文德斯瓦密、吉杜尔普吉达斯和南德达斯。

黑天崇拜传统中，只采用黑天情爱形像来非常具象地表现泛爱。这里面没有加入他的世俗生活。这些黑天崇拜者的黑天，是被那些爱得发狂的牧女们包围着的苟古勒[③]的黑天，而非在大大小小的国王之间保护世界秩序的德瓦勒噶[④]的黑天。虔诚诗人们所一直采用的黑天柔情蜜意形象，成了充满欢愉波涛的无限美妙之海。面对这泛爱感情的激发者，人类在奇特的爱的世界里心花怒放。因此关于这些黑天崇拜诗人我们必须说，他们是一群陶醉于自我喜悦的生物，他们没有杜勒西达斯那样福利大众的情怀。社会将走向何方，他们毫不介意。为了证明自己对神的爱，他们通过艳情的超凡光辉和自我

① 神圣信仰（din-i-ilahi）也译作“宗教信条”或“一神教”，是阿克巴为缓和宗教冲突，吸收其他宗教的思想对伊斯兰教进行改革后所创。该信仰宣称，理性是探索宗教信仰问题的基础，并据此规定了伊斯兰教的“十诫”和“十德”。但“神圣信仰”并未得到伊斯兰教高层的接受，颇具争议，最终以失败告终。

② 入门教诲是指为正式加入某个教派或拜师而举行的仪式上，师傅向徒弟宣讲的经文或咒语。

③ 苟古勒（Gokul）是黑天在牧区生活的村庄名，村名的意思是“牛族”或“牛群”。

④ 德瓦勒噶（Dwarka）印度教著名圣地之一，位于今古吉拉特邦。根据传说，黑天对摩羯陀国王妖连的骚乱非常痛心，于是离开马图拉最后来到德瓦勒噶。

牺牲的表达来麻醉人民，甚至毫不关心这对那些只具有世俗简单眼光而耽于酒色的人们会产生怎样的影响。被这些虔诚诗人当作最高虔诚标志的罗陀–黑天之爱，又被后来的诗人们借用，使印地语诗歌充满了令人疯狂的艳情言语。

歌唱黑天生平方面，赞颂诗潮流在东部由杰耶代沃（胜天）和维德亚伯迪主导，伯勒杰的虔诚诗人们也在支撑着这一潮流。后来庄严时期的诗人为自己的片段事件性艳情诗只选择了罗陀–黑天的爱。这样，有关黑天的诗歌的亮点就仅限于片段事件性诗歌范围，而不是叙事长诗范围。以后在1752年，伯勒杰瓦西·达斯模仿《罗摩功行录》的方式，用双行诗和四行诗以长篇叙事的形式描绘了黑天生平，但作品水平很一般，传播也不怎么广。原因很简单，崇拜黑天的诗人们所选取的大神黑天生平的那一部分，无法满足一部优秀叙事长诗的要求。它缺乏人类生活的多面性，而这种多面性对长篇叙事诗来说是必不可少的。传统上，崇拜黑天的诗人只采用自己崇拜的神的童年本事和两性本事，这些只适合于颂歌和片段事件性诗歌。在片段事件性诗歌范围，毫无疑问，崇拜黑天的圣人和庄严派诗人把艳情味和慈爱味抬高到了极致。

前面已经说过，苏尔达斯根据沃勒普大师的要求，用颂歌演唱了《薄伽梵往世书》的故事。实际上，在他的《苏尔诗海》中，《薄伽梵往世书》第十章的故事非常简略地以编年史的形式寥寥几段就唱完了。同样在《苏尔诗海》中，从黑天出生到他前往马图拉的故事则非常详细地用各种各样的颂诗进行了演唱。这位真正沉迷于味论的诗人，用不同的游戏情节创作出一系列非常柔美而迷人的颂诗。关于这些颂诗，首先值得注意的是，尽管是用民间流行的伯勒杰语创作的第一部文学作品，但它却是那么优美，那么纯正。这部作品如此成熟，如此富有诗意，以致后来诗人们创作的艳情诗和慈爱诗，简直就像是苏尔嚼过的剩饭。因此，《苏尔诗海》就好像是连续不断传统的——尽管只是口头的——进一步完善和发展。

歌的传统无论在开化的还是未开化的民族中都有悠久的历史。开化的民族把它们也纳入了书面文学。进入书面形式以后，其面貌会随着文人诗的传统有很大变化。它与生活怎样结合，一直在打动着普通百姓的心。他们用什么样的语言方式表达自己的内心情感，这一切我们只能从流传已久的口头歌曲准确得知。我们只能从这些长期流传的歌曲获知一个国家诗歌传统的初始自然形态。在家家户户流行的妇女们的闺房歌曲中，我们会发现艳情和悲悯两种味的非常自然的流露。同理，在阿勒哈、格勒咖、歌颂祖先的歌曲中，可以发现表现英勇形象的自然简单的方法。要准确了解一个国家内在根本源流的形态，就必须完整收集整理编辑此类歌曲。但要选那些对印度文化的深刻内涵有鉴别力、具有全面历史观的人来从事这一搜集整理工作。

仔细看一看妇女中流传不衰的许多老歌就会发现，这些歌都质朴而强烈地表现了痴心女子对丈夫的爱。婚外恋的歌曲都是用的黑天和牧女的爱情故事，由此，这些歌曲也沾上了一些虔诚和正法的色彩。此类口头歌曲全国几乎所有地方都有传唱。在迈提利语诗人维德亚伯迪的《圣歌集》(1403)中，我们发现了它们的文学形式。如前所述，苏尔的艳情味圣歌创作有不少维德亚伯迪的影子，有些诗甚至意境都是相似的。

罗陀时时刻刻思念着黑天，结果自己变成了黑天的模样，嘴里不停念叨着“罗陀！罗陀！”。当清醒过来后，她又因见不到黑天而备受煎熬，口中又不停念叨起“黑天！黑天！”。无论在神智清醒时，还是恍惚时，她都不得不忍受分离之苦的煎熬。她的这种境地就如两头着火的木棍中的蛀虫。

《苏尔诗海》中迷离诗[①]随处可见，这也是模仿维德亚伯迪的结果。苏尔在好几处用“五光十色（的）”一词创作了古德（kut）[②]圣歌。

再说西部印地语的所有地区，歌曲的语言都是伯勒杰语。德里附近也是只用伯勒杰语唱歌。这些我们在讲库斯洛（公元1283年）的诗歌时已经阐述。在格比尔（公元1503年）[③]一节中已经说过，他的见证诗的语言就是“混合语”，而颂歌的语言却是当时诗歌创作通行的伯勒杰语。我们发现有一首颂歌几乎原封不动地出现在格比尔和苏尔的作品中，在格比尔最早的本子里就有这首诗，因此无法说清，它是怎样到苏尔作品中的。

罗陀–黑天爱情的诗歌从苏尔之前就一直流行，这在前面已经交代。拜居·巴沃拉[④]已经成为著名歌唱家，他在达恩森[⑤]之前就誉满全国了。

正如歌颂罗摩生平事迹的虔诚诗人中苟斯瓦密·杜勒西达斯地位最高，歌颂黑天事迹的虔诚诗人中苏尔达斯最为优秀。实际上，他们两位是印地语诗歌的太阳和月亮。这两位顶级虔诚诗人对语言的专注和锤炼，其他诗人是不具备的。印地语诗歌正是由于他们的影响才变得不朽，正是因为他们的语言生动有趣又感情丰富，其源泉才得以永不干涸。

---

① 迷离诗（Drishtikut）是指那种不能靠书面意义来理解，而要通过背景或惯例来理解的诗。

② 古德（Kuta）的原义是“难以理解的”“含义深奥的”。这里指圣歌（pad）的一种，其中使用有语义双关的词汇，使有些人难以一下子理解其真意。

③ 库斯洛后面括号中的“公元1283年”是其开始创作的年份。格比尔后面括号里的“公元1503年”可能有误。它表示的应该是格比尔《真言集》最早版本的年份，但在前面提到的最早版本的年份却是“公元1504年”。

④ 拜居·巴沃拉（Baiju Bavara，1542~1613）是印度古代著名歌唱家，别名为拜吉纳特·伯勒萨德（Baijanath Prasad）或拜吉纳特·米谢尔（Baijanath MIshra）。他是瓜廖尔国王的宫廷歌手，与阿克巴的宫廷歌手达恩森为同时代。

⑤ 达恩森（Tansen）也叫“米杨·达恩森”（Miyan Tansen）或“罗摩德奴·邦戴”（Ramtanu Pandey）印度著名经典音乐专家，阿克巴大帝的宫廷“九宝”之一。同时他也是位诗人。

尽管苏尔的诗没有杜勒西达斯的诗那么宽广，不像他的诗那样包含生活的各种各样情景，但在他的语言所涉足的有限的圣洁领域，他的诗是无所不包的。在艳情和慈爱的领域，他的目光所及是其他诗人无法企及的。苟斯瓦密·杜勒西达斯在《颂歌集》[①]中也借鉴了他的创作，将儿童本事做了很大拓展，但其中没有那么丰富的儿童情趣和行为，更多的是外形描写。苏尔对儿童无拘无束行为的描写如此引人入胜，在其他诗人那里是绝对没有的。

与慈爱味一样，艳情味的结合与分离两个方面如此巨大的拓展，其他诗人也是做不到的。只要黑天还在苟古勒村，他的生活就属于结合一面。以黑天向牧女们收税、黑天偷吃黄油、黑天偷走牧女衣服、黑天与牧女们歌舞等故事为题材，他创作了上千首诗歌，重现了罗陀-黑天之爱。

在艳情味范围以内对“情”和“情由”[②]两者非常详细而独特的描写，在这部诗海中翻腾着层层浪花。仅对罗陀-黑天形象描写的就有上百首诗，其中有丰富的明喻、隐喻和想象等修辞手法，仅对眼睛就有很多种表达方法。

噶林迪[③]岸边秋天的月光下上演的黑天歌舞光彩照人，简直无法形容，所有的天神都齐来观赏。苏尔用他那看不见东西的眼睛“看到”了一场特殊的爱界的欢乐之光。黑天去了马图拉之后，牧女们心中犹如离愁别绪之海，读者则沉浸其中无法自拔。离别可能有的各种状况，这里面全都有了。

在苏尔对别离的描写中，用尽了流传已久的“骂月亮”等一切传统手法，一样也没落下。

苏尔最大的特点是发明创造新的故事情节。我们发现，杜勒西

---

① 这里的《颂歌集》应该是指《黑天颂歌集》。

② 情由（Vibhav）是印度古典诗学的一个术语，也有人译作“别情”。根据婆罗多的定义“语言、形体和真情表演依靠它而展现”，实际上与原因、缘由和理由同义。

③ 噶林迪（Kalindi）的意思是“从噶林德山流出的”，实际上就是指阎牟那河。

达斯就不具备这种创新情节的才能。在儿童戏和爱情戏中，苏尔想象出不知多少出其不意的娱乐故事。在生活的某个领域内对故事情节如此美妙的想象是值得关注的。

黑天虔诚派用罗陀－黑天之爱创作诗歌的传统中，以故事戏或者为了外在目的的方法为主。其中着重描写娱乐、寻欢、歌舞、挑逗、会面技巧等外在的东西，很少表现专注于爱的内心的种种感受。在离愁描写中融入了一些不定情，但它们都是通行的和传统的，其中很少有新的创造。在“黑蜂歌”[①]中，苏尔无疑对内心进行了广泛开拓，通过牧女的话语表现了在爱的状态下无数种心理情感。《苏尔诗海》最能打动人心、最博学的部分就是“黑蜂歌”，其中牧女们的譬喻非常优雅迷人。如此美妙的责备型怨诗别处是见不到的。乌陀[②]想通过自己的无形梵智和瑜伽故事使牧女们断绝爱的念想，牧女们一会儿让他满意，一会儿向他陈述自己的无奈和痛苦。

这“黑蜂歌”的重要性因一件事更加有增无减。杰出的虔诚者苏尔在歌里用感人肺腑的方法——而非用基于心中感受的逻辑方法——描述了有形崇拜。有形无形的这一情节是苏尔自己创造的，它使对话变得非常可爱。《薄伽梵往世书》中是没有这个情节的。在苏尔的时代，无形派圣人集团的话很吃得开。因此苏尔就在上述地方加入了这一情节。当乌陀滔滔不绝地劝导牧女们崇拜无形梵时，她们打断他说，何必要拒绝身边这光辉的有形存在，却毫无意义地拿它看不见的、不确定的一面来说个没完呢！如果那无形和不可见者与人心有什么关系，那就请告诉我们。最后她们说：“我们觉得，黑天的“坏事”比你的无形更有趣味。”

（2）南德达斯（Nanddas）——基本与苏尔达斯同时代，当时的

---

① 黑蜂歌（Bhramaragita）是苏尔的诗歌，其中主要是乌陀与牧女们的对话。

② 乌陀（Udho）也作“乌陀沃”（Uddhav），既是黑天的舅舅又是其密友。黑天离开伯勒杰后从德瓦勒噶派他到伯勒杰来安慰牧女们。

"八贤"之一。他的诗歌创作时间一般认为在苏尔达斯去世以后，大约1568年。他的生平既不完整也不准确。纳帕的《虔诚者花环》里有关他的六行诗，涉及他生活的只有一行。

由此我们只知道，他的兄弟叫金德尔达斯。在他去世很久以后，出现了以苟斯瓦密·维特勒纳特①儿子苟古勒纳特之名所作的《两百五十二毗湿奴派大师谈话录》，其中有少许关于他的纪事。这部谈话录把南德达斯说成是杜勒西达斯的兄弟。通读全书可以清楚地发现，苟古勒纳特指的就是著名的苟斯瓦密·杜勒西达斯。书中明确写道：南德达斯成为崇拜黑天者，这使他的兄弟、罗摩的坚定崇拜者杜勒西达斯非常不高兴，甚至写信谴责他。书中还提到，有一天南德达斯心中产生一个想法："杜勒西达斯用方言写了《罗摩衍那》，我也要用方言写大神摩伽梵。"

书中还写了苟斯瓦密与南德达斯一起去沃林达文，在那里还发生了"杜勒西敬拜黑天，请他拿起弓和箭"②的事件。但事实上苟斯瓦密与南德达斯没有任何关系，这已经得到完全证实。所以上述《两百五十二毗湿奴派大师谈话录》中的事件其实是后来写的，其目的是提高虔诚者的荣耀，显示沃勒普大师的威望，因此它们不足为凭。

谈话录中还写道：南德达斯前往德瓦勒噶途中，在辛图纳德村迷上了一位漂亮的科德拉尼③，经常在这位妇女家周围转悠，她的家人还惊恐不安地跑到苟古勒村躲了一段时间。最后还是在圣人维特勒纳特开导下南德达斯才迷途知返，终于成为忠实的虔诚者。这个

① 苟斯瓦密·维特勒纳特（Vitthalanath）即"苟萨因·比特勒纳特"。

② 这行诗已经成为一个典故。杜勒西达斯去的沃林达文是黑天生活过的地方，那里人们只崇拜黑天而不拜罗摩。为了让人们认识到罗摩和黑天没有区别，罗摩就是黑天，黑天就是罗摩，杜勒西达斯决定把拿着笛子的黑天变成拿着弓箭的罗摩。他在黑天像前敬拜时说："人主啊，我在敬拜你，请你手里拿上弓箭吧。"他话音刚落，黑天神像的手里就拿上了弓箭，变成罗摩形象。

③ 科德拉尼（Khatrani）为刹帝利种姓中一个经商的亚种姓科德利（Khatri）的女性。

故事中唯一的史实是，南德达斯接受了维特勒纳特的入门开示。特茹沃达斯在《虔诚者名集》（*Bhaktanamavali*）中也是除了对他的虔诚大加赞赏以外没写任何其他东西。

在“八贤”中南德达斯的名字紧随苏尔达斯之后。他的作品也非常生动甜美。有一个关于他的俗语很著名——其他诗人是工匠，南德达斯就是宝石匠。他最著名的作品是用柔拉韵体写的《歌舞五章》（*Raspanchadhyayi*）。正如书名所显示的，该作品运用阿奴布拉斯等文学语言，详细描写了黑天与牧女们的歌舞。如前所述，苏尔更多使用的是自然而流行的语言，对阿奴布拉斯和人为选择的梵语词序似乎不感兴趣。但南德达斯的作品中这些用法却都能发现。除了《歌舞五章》以外，南德达斯还写有以下这些作品：《薄伽梵往世书第十章》（*Bhagavata Dasham Skandha*）、《鲁格米妮吉祥》（*Rukminimangal*）、《原理五章》（*Siddhant Panchadhyayi*）、《形象集》（*Rupamanjari*）、《情味集》（*Rasmanjari*）、《名誉集》（*Manmanjari*）、《别愁集》（*Virahmanjari*）、《姓名如意珠串》（*Namchintamanimala*）、《多义名词系列》）（*Anekarthnammala*，词典）、《施舍本事》（*Danlila*）、《尊严本事》（*Manlila*）、《多义名集》（*Anekerthamajari*）、《智识集》（*Jnanmanjari*）、《西亚姆亲系》（*Shyamsagai*）、《黑蜂歌》（*Bhramagita*）和《苏达马传》（*Sudamacharitra*）[①]。还有两部据说为他的作品是《益言集》（*Hitopadesh*）和《纳西盖德往世书》[②]（*Nasiketapuran*，散文体）。他还有两百多首零散的诗歌作品。就目前所知，他的书仅有四本已经出版——《歌舞五章》《黑蜂歌》《多义名集》和《多义名词系列》。其中只有《歌舞五章》和《黑蜂歌》比较有名。

---

① 苏达马为黑天少年时的同学和朋友，家里非常贫困，后来黑天助其致富。

②《纳西盖德往世书》中讲述了吠陀时期一位机敏的儿童圣仙纳西盖德（Nasiketa）的故事。纳西盖德也叫纳吉盖达（Nachiketa）。

（3）格里斯纳达斯（Krishnadas）——也是沃勒普的学生和“八贤”之一。尽管他是首陀罗种姓，但他成了沃勒普大师的得意门生和神庙的住持。《八十四毗湿奴派大师谈话录》中录有他的一些事迹。有一次，他因某事对圣人维特勒纳特不满，禁止维特勒纳特进自己庙门。为此，维特勒纳特的爱徒摩哈拉杰·比尔伯勒把格里斯纳达斯囚禁起来。后来维特勒纳特为这事非常痛苦，让人放了他并恢复住持一职。格里斯纳达斯也和其他黑天崇拜者一样，只以罗陀–黑天之爱为内容创作艳情味诗歌。他有一部薄薄的叫做《双主传》[①]（*Jagulman Charitra*）的书。除此以外，还有两部据说是他的作品——《黑蜂歌》和《爱的奥秘探索》（*Premtattva Nirupan*）。还有各地发现的一些零散的诗歌。与苏尔达斯和南德达斯相比，他的诗比较一般。

据说格里斯纳达斯是唱着颂扬黑天诗歌离开人世的。他的诗歌创作时间被认为在1543年前后。

（4）伯尔马南德达斯（Paramananddas）——他也是沃勒普大师的弟子和“八贤”之一。他生活在1549年前后，其居住地为曲女城。据此估计，他祖上就是曲女城人。他专注于创作非常简洁的诗歌。据说，沃勒普大师听了他的某首歌以后，好几天都陶醉得忘了自己身体的存在。经常可以从黑天崇拜者的口中听到一些他创作的颂诗。《伯尔马难陀诗海》（*Paramanandasagar*）中有他的835首颂诗。

（5）贡朋达斯（Kumbhandas）——也是“八贤”诗人之一，与伯尔马南德达斯同时代。他完全看破红尘，远离金钱、名誉、威望。有一次，应阿克巴大帝之召，他不得不前往法代赫普尔西格里[②]。在

① 双主传（Jagulman Charitra）描述的是黑天与罗陀的爱情故事，这里的双主（Jagulman）就指黑天和罗陀。

② 法代赫普尔西格里（Phatehpur Sikari）是印度北方邦阿格拉县的一个城镇，距阿格拉约40千米。阿克巴曾为在此建新首都大兴土木，但后来终因缺水而被放弃了。现仍完好保存当年的宏伟建筑，成为印度重要的旅游景点之一。

那里他受到隆重接待，但他后来一直为此事后悔不已。关于作品，至今没有发现他的任何著作，只有零星的诗作，内容都是关于黑天童年的故事和爱情故事的。

（6）杰杜尔普吉达斯（Chaturbhujadas）——他是贡朋达斯的儿子，也是维特勒纳特的弟子和“八贤”诗人之一。他的诗作语言流畅，组织得非常得体。已发现他创作的三部作品——《十二颂》（*Dvadashyash*）、《虔诚威严》（*Bhaktipratap*）和《爱之吉祥》（*Hitaju Ko Mangal*），另有一些零散诗歌。

（7）齐德斯瓦密（Chhitaswami）——是维特勒纳特的弟子和“八贤”之一。他先前是马图拉非常富裕的婆罗门祭司，连国王比尔伯尔（Birabal）这样的人都是他的斋主。因为是婆罗门祭司，所以他先前非常傲慢无礼，刚愎自用。后来入了维特勒纳特师门，成为非常平和的虔诚者，整天不停地反复唱诵黑天。他的创作时间在公元1555年以后。只能听到人们口头唱他的一些零散诗歌，各地都能发现一些。他的诗中除了艳情以外还表现了对伯勒杰大地的爱。与其他“八贤”诗人一样，他的诗也具有悦耳动听和感情丰富的特点。

（8）苟文德斯瓦密（Govindswami）——原来是家住恩德利①的瑟纳特耶婆罗门②，后像厌世者一样离家来到了穆哈文③。再后来成了维特勒纳特的弟子。维特勒纳特因喜欢他作的诗，所以把他列入了“八贤”。他住在牛增山上，在附近建了一个乌檀树园。树园至今仍被称作“苟文德斯瓦密的乌檀林”。他的创作时间在1543~1568年。他除了是诗人以外还是位熟练的歌手。达恩森经常过来听他的歌。

---

① 恩德利（Antari）是印度北方邦一城镇。

② 瑟纳特耶婆罗门（Sanadhya Brahman）是高尔婆罗门的一个分支。

③ 穆哈文（Mahavan）位于印度北方邦，距马图拉（Mathura）15千米。是伯勒杰地区重要的圣地，是黑天的兄长大力罗摩的出生地，距黑天居住的苟古勒村仅2千米。

（9）希德赫利温西（Hitahariwansh）——罗陀沃勒毗教派[①]创始者，圣人，1502年出生于距马图拉约6千米以南的巴德冈沃村。罗陀沃勒毗派学者苟巴勒伯勒萨德·谢尔马认为他出生于1473年。综合考虑各种事件来看，这种说法似乎不准确。欧尔恰[②]国王穆哈拉吉·穆图格尔的国师赫利罗摩·沃亚斯大约1565年前后成为他的学生。希德赫利温西是高尔婆罗门[③]，他父亲叫盖西沃达斯·米希勒，母亲叫达拉沃蒂。

据说，希德赫利温西是马特沃[④]信徒苟巴勒·婆德[⑤]的弟子。后来他梦见拉提噶[⑥]教给他咒语，他便创立了自己的教派。因此，希德派[⑦]可以看作是属于马特沃派。希德赫利温西有四个儿子和一个女儿。儿子们分别叫文金德拉、格里希那金德、苟比纳特和莫汗拉勒。苟萨因[⑧]1525年在沃林达文建了一尊黑天的雕像，并隐居在那里。他是优秀梵语学者和方言诗专家。170颂的《罗陀甘露宝藏》（*Radhasudhanidhi*）据认为就是他创作的。他伯勒杰语的作品尽管不是太精细，但还是挺生动而吸引人的。他的诗集以《希德八十四篇》（*Hitachaurasi*）闻名，因为书中收录了八十四篇诗作。布雷穆达斯（Premdas）曾用伯勒杰语散文体为该书写过一部注评（500页）。

希德赫利温西对伯勒杰语诗歌的发展传播起到了很大的作用。他的好几位弟子都是优秀诗人。赫利罗摩·沃亚斯（Hariram Vyas）

① 毗湿奴教派的一个分支，诗人赛沃格、特茹沃达斯、赫利拉姆·沃亚斯等均属此派。

② 欧尔恰（Oraccha）为印度古王国名，现在北方邦境内。

③ 高尔婆罗门（Gaur Brahman，Gaur Brahman或Gauda Brahman）为婆罗门一个分支，得名于古老地名“高尔城”（现在西孟加拉邦马勒达县境内）。高尔婆罗门又有许多分支，如阿迪高尔（Adi Gaur）、欧恰高尔（Ojha Gaur）、哈里亚纳高尔（Hariyana Gaur）等。

④ 马特沃（Madhava）是黑天或毗湿奴的一个称号。

⑤ 苟巴勒·婆德（Gopal Bhatta Swami）公元1496年出生于南印度。据传，杰德涅南巡时受到他的服侍，于是收他为徒。后来他追随杰德涅来到沃林达文。杰德涅去世后，苟巴勒·婆德成为该派首领。他在北印度和西印度都有许多弟子。

⑥ 拉提噶（Radhika）即罗陀。

⑦ 希德派（Hita Sanhraday）即希德赫利温西创立的教派。

⑧ 此处的”苟萨因“应为苟萨因·比特勒纳特，沃勒普大师之子。

在他去世以后写了非常深入人心的诗作。赛沃格吉、特茹沃达斯等都创作过非常优秀的诗歌作品。因为他的作品特别悦耳，所以他被称为黑天长笛的化身。他的创作年代被认为在公元1543~1583年。除了《希德八十四篇》之外，他还有些零散的作品，其中都是有关宗教教条的诗。诗人娄格纳特也为他的《希德八十四篇》写过一部评注。沃林达文达斯为了赞颂他而写了部《希德吉的千名录》（*Hitaji ki Sahasranamawali*）。杰杜尔普吉（Chaturbhuj）写了本《希德吉祥》（*Hita Ko Mangal*）。同样，希德·伯尔马南德达斯和伯勒杰吉文达斯为他写了生日祝辞。

（10）格达特尔·婆德（Gadadhar Bhatta）——是位南方婆罗门。他的生卒年代没有准确信息。但有一点是清楚的，即他经常给杰德涅·穆哈布勒普（Chaitanya Mahaprabhu）讲《薄伽梵往世书》[1]。

杰德涅·穆哈布勒普生于1485年，卒于1527年。因此他入门拜师杰德涅·穆哈布勒普应在1485~1527年。杰德涅·穆哈布勒普的六位弟子创作了高利派[2]的梵语根本经典，其中也包括吉沃·苟斯瓦密，他就住在沃林达文。根据杰德涅的相关诗歌推测，他的创作时间始于1523年，终于1543年以后。据此计算，他的作品问世应与苏尔达斯创作时期相同，甚至还早于苏尔达斯。作为出色的梵语学者，他对词的把握可谓炉火纯青，他诗中词的排列非常美妙。和杜勒西达斯一样，他除了梵语诗以外也创作混有梵语的方言诗。

（11）米拉巴伊（Mirabai）——是梅勒迪亚的拉陶尔·日德讷辛赫的女儿，拉沃·达杜的孙女，焦特普尔著名的拉沃·鸠塔的曾孙女。她1516年出生于一个叫作鸠格利的村子。她童年时嫁给了乌代普尔土邦王古马尔·婆吉拉杰，婚后不久丈夫就去世了。她很早

---

① 该句原文如此。但根据上下文判断，似应他听杰德涅·穆哈布勒普讲，因为他是杰德涅·穆哈布勒普的弟子。

② 高利派（Gauri Sampraday）即“高尔派”。

就迷恋于崇拜黑天，经常到庙里去，与圣人和虔诚者一起在黑天神像前愉快地唱颂歌跳舞。据说，由于担心她这种违背王族的行为引起众怒，家人对她甚为不满。甚至有人说，她好几次被人下了毒药，好在凭借神的恩典她都安然无恙，毒药对她没有起到任何作用。她对家人的所作所为非常失望，于是往来于德瓦勒噶和沃林达文的神庙，在那里唱诵赞美诗。所到之处的人们都对她敬若女神。相传，她曾赠诗于杜勒西达斯，后者也有诗歌回赠，但她早在1546年就死于德瓦勒噶了，所以这个传说只是建立在想象基础之上的。

米拉巴伊的崇拜属于甜蜜情，也就是说，她对自己心仪之神黑天的感情是最真挚的，是当成丈夫来爱的。前面已经说过，这种情感中往往掺杂有神秘主义的东西。

此类崇拜的宣传苏菲派也在进行，所以他们也必然对她产生影响。当人们在广场上禁止她到男人面前抛头露面时，她就说："除了黑天以外，还有哪个男人我会在他面前害羞呢？"米拉巴伊是最重要的虔诚者之一。纳帕、特鲁沃达斯、沃亚斯、穆卢格达斯等所有虔诚者都对她赞扬有加。她的诗有些用混有拉贾斯坦尼的语言，有的用纯文学语言伯勒杰语，但同样都有爱的迷恋。她创作有四部作品——《讷勒希的米饭》[①]（*Narasi Ji Ka Mayara*）、《〈牧人歌〉注》（*Gitagovind Tika*）、《牧人之爱》（*Rag Govind*）、《索拉特调颂歌》（*Rag Sauratha Ke Pad*）。

（12）斯瓦密·赫利达斯（Swami Hridas）——这位圣雄是沃林达文宁巴尔格派[②]中的德迪派[③]创立者。他还是阿克巴时期的虔诚

① 讷勒希（Narasi）是古吉拉特最著名的虔诚诗人，全名为讷勒希·梅赫达（Narasi Mehta）或讷勒辛赫·梅赫达（Narsingh Mehta）。

② 宁巴尔格派（Ninbarka Sampraday）是毗湿奴教派的四个分派之一，创立者为印度教哲学大师宁巴尔格。该派接受不二不异论哲学，对黑天和罗陀同等崇拜，认为罗陀与黑天就是完整的梵。

③ 德迪派（Tatti Sampraday）也叫"妻情派"（Sakhi Sampraday 或Sakhibhav Sampraday），也称赫利达斯派（Haridasi Sampraday）。

成就者和歌唱艺术家。他的诗歌创作时期为1543~1560年。著名歌唱大师达恩森也对他以师礼相待。据说阿克巴大帝曾与达恩森一起着苦行僧服装前去听他唱歌。当达恩森在斯瓦密·赫利达斯面前唱歌时，故意在一些地方唱错，他听后将错误一一纠正，然后自己又唱了一遍。用这种方法阿克巴有幸得以听到他的歌唱。此后，阿克巴想出大价钱收买他，都被他拒绝。有关他的出生时间等情况基本一无所知，但可以肯定的是，正如他后辈弟子瑟赫杰利塞任达斯所写，他是瑟纳特耶婆罗门。离开沃林达文后，斯瓦密·赫利达斯曾在尼图温住了一段时间。他的颂诗适合用很难的音调和调式来唱，读起来有点诘屈聱牙。诗中词的排列也不像其他诗人那样柔美，但意境确属上乘。他的几部诗集分别以《赫利达斯著作》（*Haridas Granth*）、《斯瓦密·赫利达斯之诗》（*Swami Haridasji Ke Pad*）和《赫利达斯真言》（*Haridasji Ki Bani*）之名见诸于世。

（13）苏尔达斯·穆登莫汉（Surdas Madanmohan）——他是阿克巴时期森蒂拉[①]的土地测量官。种姓为婆罗门，属毗湿奴派的高利分派。他把所得的一切基本都花在了出家人苦行僧身上。据说，有一次森蒂拉税务所有好几十万卢比税款入了库，他把这些钱全拿来给苦行僧们买吃喝的物资了。然后他用瓦砾装满箱子，连同一纸便条送进皇家国库，半夜三更他爬起来逃之夭夭。皇帝赦免了他的罪，召他回来，但他已看破红尘，结果留在了沃林达文。他的诗如此生动，以致很多他创作的诗竟然混入了《苏尔诗海》。他没有什么著名的书，只有一些零散诗稿传世。他的创作时间估计在1533~1543年。

（14）谢利婆德（Shribhatta）——是宁巴尔格派著名学者盖西沃·格西米利的高徒。据推算，他出生于1538年，所以他的作诗

---

① 森蒂拉（Sandila）为印度北方邦一地名。

时间在1568年或更早一些。他的诗通俗易懂，语言是流行的方言。诗也往往很短小，著作也不厚，但有一部叫《双主百咏》(*Yugal Shatak*)的书，书中有一百首诗，在黑天崇拜者中备受青睐。除了《双主百咏》以外，他还有一部更薄的书《最初的真言》(*Adi Bani*)存世。当他陶醉地唱自己的诗时，经常觉得看到与自己静思中想象的大神在显现闪耀。

(15)沃亚斯(Vyas)——全名为赫利拉姆·沃亚斯，欧尔恰人，瑟纳特耶须格勒[①]婆罗门。他是欧尔恰国王穆图格尔夏赫的国师。他原属毗湿奴派的高尔派，后追随希德赫利温西，成了罗陀沃勒毗教派。他在世时间为1563年前后。他以前是梵语经学家，总是喜欢辩论经典意义。一次他到沃林达文向苟斯瓦密·希德赫利温西提出挑战，要辩经。圣人希德赫利温西表情温和地口占一诗，沃亚斯听到后立即清醒了，成了希德赫利温西的忠实追随者。希德赫利温西去世后，他很悲伤，并写有相关诗作。当沃亚斯接受了希德赫利温西的入门教诲并定居于沃林达文后，穆哈拉吉·穆图·萨赫前来要接他回欧尔恰，但他并没有离开沃林达文，而且有些不耐烦。

沃亚斯的作品，规模上很庞大，内容上也比其他大多数虔诚诗人的更丰富。尽管他沉浸于黑天的童年本事和艳情故事，但也不时关注现实世界。他和杜勒西达斯一样，也让人想起虚伪和欺骗等。除了日斯康以外，他也倾向于探索真理。他将爱与肉体及其行为分离开，视其为“非躯体的”，即精神的或超自然的。他有不少关于智、舍弃和虔诚的颂歌和见证诗存世。他还写过一部《拉斯[②]五章》(*Raspanchadhyayi*)，却被人们误塞进了《苏尔诗海》。

(16)日斯康(Rasakhan)——是一位在德里的帕坦人贵族。他在《爱的花园》(*Premvatika*)中称自己属于王族。

---

① 修格勒(Shukla)指学习过《白夜柔吠陀》的婆罗门。

② 拉斯(Ras)是古代印度牧民的一种歌舞，但这里指的是黑天与牧女们的歌舞。

日斯康很可能与帕坦人王室家族有关。日斯康是坚定的黑天崇拜者，也是荀斯瓦密·维特勒纳特最得意的门生。《两百五十二毗湿奴派大师谈话录》中有他的纪事。根据该谈话录，他先前曾迷恋上一位商人的儿子。一天，他听到有人说，对大神要像日斯康对那位商人儿子那样爱。这件事使他心灵受到了极大创伤，于是他到处寻找纳帕大师，结果来到了荀古勒。在那里他接受了圣人维特勒纳特的入门教诲。这个传说还有另一种版本，据说他所钟爱的女人很傲慢，但对他很尊敬。有一天，他在读《薄伽梵往世书》的波斯语译本，读到书中牧女们坚定的超现实的爱时，他开始考虑，何不去爱这么多牧女为之宁愿赴死的人呢！就是因为这件事他才来到沃林达文的。

这些传说至少说明，他从一开始就是位情种。这种情爱最终演化成了对薄伽梵非常神秘的虔诚。在他的瑟崴雅体诗歌中流露出如此美妙爱的情感，以致普通百姓将与爱和艳情有关的瑟崴雅诗歌称为“日斯康”，比如会说“再来一段‘日斯康’”。他的语言非常简洁、流畅，没有辞藻的堆砌和冗词赘语。他和克纳难陀的作品中纯伯勒杰语的流畅和清晰，在其他人作品中是非常罕见的。他的创作时间可以确定为1583年之后，因为圣人维特勒纳特逝世于1586年。《爱的花园》创作于1614年，所以他迷人美妙的语言一定是在成为维特勒纳特的学生之后才得以展现的。他的作品规模并不大，但全部是能够触动相爱者内心的。他的两部小书都已出版——《爱的花园》（双行诗）和《博学的日斯康》（*Sujan Rasakhan*，格维德和瑟崴雅体）。他没有像其他黑天崇拜者那样采用“歌体”，而是用格维德和瑟崴雅体表达自己的真爱。他的诗作尽管有阿奴布拉斯法的华丽，却丝毫没有失去语言的精巧和清晰，其间也不乏对情感的优美表达。他借用大神的本事创作了非常迷人的作品。在他看来，大神是爱的极其强大的磁场，哪里有爱，那里就受到青睐。

（17）特茹沃达斯（Dharuvadas）——除了他曾梦中成为希德赫利温西的学生以外，关于他的生活纪事没见任何其他资料。他主要居住在沃林达文，其作品非常广泛。除了颂诗以外，他还以双行诗、四行诗、格维德、瑟崴雅等多种韵体描写虔诚和爱。他的作品大大小小合起来约有40部之多，它们是:《沃林达文精华》(*Vrindavanasat*)、《爱情精华》(*Singarasat*)、《味宝集》(*Rasaratnavali*)、《慈爱花簇》(*Nehamanjari*)、《秘密花簇》(*Rahasyamanjari*)、《幸福花簇》(*Sukhamanjari*)、《爱情花簇》(*Ratimanjari*)、《森林精舍》(*Vanavihar*)、《爱之精舍》(*Rangavihar*)、《情味精舍》(*Rasavihar*)、《欢乐之情趣语》(*Ananddasavinod*)、《爱情趣语》(*Rangavinod*)、《舞趣》(*Nrityavilas*)、《情爱之欢》(*Rangahulas*)、《名味本事》(*Man Raslila*)、《日赫斯[1]之藤》(*Rahaslata*)、《爱之蔓》(*Premalata*)、《爱情花簇》(*Premavali*)、《贡德里亚圣歌》(*Bhajankudaliya*)、《虔诚者名集》(*Bhaktanamavali*)、《内心之爱》(*Mansingar*)、《圣歌精华》(*Bhajansat*)、《爱情五十四首》(*Pritichauvani*)、《非韵诗集》(*Rasamuktavali*)、《侏儒大往世书的语言》(*Vaman Vrihat Puran Ki Bhasha*)、《会聚》(*Sabha Mandali*)、《情乐本事》(*Rasanandlila*)、《论辩》(*Siddhantvichar*)、《味宝花环》(*Rasahiravali*)、《情爱本事》(*Hit Singar Lila*)、《伯勒杰本事》(*Brajalila*)、《欢乐之蔓》(*Anandlata*)、《爱情之蔓》(*Anurag Lata*)、《现世的生活》(*Jivadasha*)、《吠陀本事》(*Vaidyalila*)、《施舍本事》(*Danlila*)、《婚娶》(*Vyahalo*，*Byahlo*)。

他仿照纳帕的《虔诚者花环》写了《虔诚者名集》，其中列举了到当时为止的虔诚者。他的有些作品提供了写作时间，如

① 日赫斯（*Rahas*）中央邦崩德勒肯德地区流行的一种民间舞蹈艺术，受到北方邦伯勒杰地区情味本事的很大影响。

《会聚》为公元1624年，《沃林达文精华》为1629年，《情味花簇》(*Rasmanjari*)[①]为1641年。因此，他的创作时间被认为是1603~1643年。

崇拜黑天的虔诚诗人系列到此告一段落。但这并不是说这样的诗人将来就不会有了。格里希那格勒·讷雷希·穆哈拉吉·纳格利达斯、阿勒贝利·厄里、贾贾·希德沃林达文达斯、婆格沃德·惹西格等许多后来的虔诚者都创作了非常优秀的作品，但像上述时期那么多虔诚诗人集中出现的情况，后来再也没有发生过。他们都是相隔较长时间单个出现的。这些崇拜黑天的虔诚诗人开创了我们文学中的爱情源泉。在其影响下，我们诗坛的繁荣兴旺和丰富情感将会一直延续下去。即便有"悲观主义"阴影，那也是不会长久的。这些虔诚诗人对我们的文学有重大贡献。

第六节　零散作品

虔诚诗潮流得以兴起的政治社会环境，我们在一开始就做了简单介绍。这种潮流并不是凭借王公贵族的推动和支持，而是人民的潮流，其始作俑者是时代。既不是名利创造了它，也不可能由于恐惧而被阻止。在这一潮流时期，像阿克巴大帝这样具有雄才大略和鉴赏力的统治者作为国王出现是个偶然事件。所以，把苏尔和杜勒西这样的虔诚诗圣的出现归因于阿克巴所建立的和平安宁是极大的错误。这种和平安宁所产生的文学是另一种形态，它没有一个固定不变的形式。其实，它是帕坦人统治时期因动乱和灾难被压抑的、行将灭亡的多种创作方式的复兴。帕坦人统治者因为自身的偏激而远离印度文化。阿克巴的政策无论人们称其为聪明也好，宽容也罢，它完全参与了印度传统文化构建，使艺术领域再次兴起了创作热情。

① 在上一段中所列书目中并没有这本《情味花簇》。

印度的艺术家们，先前在土邦王公那里一边谋生一边勉强支撑着歌曲事业，现在却到皇宫里在一片叫好声中展示自己的才艺。原来只有在幸存的印度教王公的宫廷里，诗人们才能得到鼓励和奖赏，现在在皇帝的朝廷上也开始得到尊敬。随着诗人得到尊敬，诗歌也得到极大发展，像阿卜杜尔拉希姆·汗-哈纳这样的高官自不必说，甚至皇帝都开始用伯勒杰语创作诗歌。

讷尔赫利和庚格这样的优秀诗人和达恩森这样的歌人为阿克巴宫廷增色不少。

这种适宜的环境无疑有助于印地语诗歌的发展，为英勇味、艳情味和法式诗的出现开辟了广阔的空间。正如在“初期”所阐述的，零散的诗歌大都是以此为题材用六行诗、格维德、瑟崴雅和双行诗体创作的。除了自由体作品以外，叙事长诗传统也得到了发展。这一时期还出现许多寓言诗。遗憾的是，戏剧作品没有受到关注。赫利代罗摩的方言《诃奴曼剧》(*Hanumannatak*)还不能算戏剧。同样，著名黑天派虔诚诗人沃亚斯的一位叫代沃的弟子创作的《代沃摩耶幻剧》(*Devmayaprapanchnatak*)也不是戏剧，而是知识对话。

毫无疑问，在阿克巴统治时期，一方面文学传统得到了鼓励，另一方面虔诚诗人非凡语言才能得到了发挥。这两者的共同发展使阿克巴时期光辉灿烂，在文学史上具有了特殊地位。这个时期涌现出苏尔和杜勒西这样虔诚的化身，讷尔赫利、庚格和拉希姆这样善于思考的无形派诗人，所以关注这一时期的文学荣耀是理所当然的。

(1)齐赫勒(Chhihal)——他是拉贾普特纳一带的人。1518年，他用混有拉贾斯坦语的方言双行诗体写了一本很薄的《五闺蜜》(*Panchsaheli*)。从诗歌的角度看，这并不是一部很优秀的作品。书中描写了五位女友的分别之苦。

他还写有一本《五十二颂》(*Bavani*)，其中共有52首双行诗。

(2)拉勒吉达斯(Lalachadas)——他是拉伊伯雷利的赫勒

瓦伊[①]。他用混有阿沃提语的方言于1528年创作了《诃利生平》（*Haricharit*），1530年创作了《〈薄伽梵往世书〉第十章的语言》（*Bhagvat Dasham Skand Bhasha*）。这两本书都是用双行诗和四行诗体写成，但从诗的角度看都是平庸之作。《〈薄伽梵往世书〉第十章的语言》被印度裔法国学者加尔松·德·达希（Garsan Da Tassi）提到过。他还指出，该书已被译成法语。

（3）格里巴罗摩（Kriparam）——有关他的纪事至今一无所知。他于1541年写了一本关于情味法式[②]的书《爱之河》（*Hitatarangini*）。在法式或阐释性作品[③]中这是比较早的一部。诗人说："其他诗人都用很大的韵式来描写艳情味，而我考虑到灵巧美观，只用双行诗来描写。"由此可以发现，好像在他之前就有人写法式作品，不过现在已无法找到。《爱之河》的一些双行诗与比哈利的双行诗非常相似。但这并不说明它出现于比哈利之后，因为作品中明确给出了创作时间。

两者中有一种情况是可能的——或者是比哈利故意借用了这些双行诗，或者这些诗是后来混进去的。《爱之河》的双行诗非常生动有趣，充满感情，语言也非常精致。

（4）穆哈巴德勒·讷尔赫利·本迪金（Mahapatra Narahari Bandijan）——他出生于1505年，卒于1610年。"穆哈巴德勒"的称号是从阿克巴宫廷获得的。他是阿色尼-法代赫普尔[④]人，在

---

① 拉伊伯雷利（Raybareli）是印度一个地区，现为北方邦一个县。该县县城也叫拉伊伯雷利。赫勒瓦伊（halavai）是印度的一个种姓，专门制作各种甜点出售。

② 法式（Riti）一词在诗学论著中表示的是"方法""风格""样式""传统"等意思。后形成一种流派——法式派。法式派认为，对词进行特殊的组织安排就是法式，法式是诗的灵魂。

③ 阐释性作品（lakshan granth）在古代印度诗学中指研究文学（诗歌和戏剧）象征的著作，属于理论和批评性质的作品，而诗歌和戏剧则称为"观赏性作品"（lakshya grantha）。

④ 阿色尼-法代赫普尔（Asani-phatehapur）即今北方邦法代赫普尔（费特普尔）县的阿色尼村，是印度历史上著名的村庄，距县城法代赫普尔仅约16千米。

阿克巴的朝廷里很受尊敬。他用六行诗和格维德体作诗。他创作的两部书很著名——《鲁格米妮之喜》(*Rukminimangal*)和《六行诗法则》(*Chhappaya Niti*)。后来又发现一本《格维德诗集》(*Kavittasangrah*)。

(5)讷娄德穆达斯(Narottamadas)——他是悉达普尔地区一个叫做瓦利地方的人。《西沃辛赫之莲》中说他在1545年还活着，他的种姓没有任何记载。他的作品《苏达马传》(*Sudama Charitra*)非常著名。书中描述了苏达马家的贫穷。尽管这本书很薄，但其内容非常生动形象，引人入胜，体现了诗人的敏感多情。其语言也非常精致洗练，词序搭配得当，不像许多其他诗人那样有赘词冗句。根据有些人的说法，他还写过一部与此相似的分章叙事诗《特茹沃传》(*Dhruvacharitra*)，但至今没有被发现。经常可以听到人们吟诵《苏达马传》中的诗歌。

(6)阿勒姆(Alam)——他是与阿克巴同时代的穆斯林诗人。伊斯兰历991年(公元1623年)，他用双行诗和四行诗写了一部爱情故事《马特沃讷勒和噶穆根德拉》①。诗中每五首四行诗之后有一首双行诗或首尔塔②。该书好像主要是以艳情的视角而写，而非超自然视角。其迷人之处在于故事本身，而非情节描写和情感表达等方面。故事本身是俗语和阿伯珀仑谢语流传下来的，诗人也提到了其创作时间。

(7)穆哈拉吉·豆德尔默勒(Maharaj Todarmal)——他生于1493年，卒于1589年。属刹帝利种姓。他有一段时间在谢尔沙赫当过高官，后来在阿克巴时期当过土地税务部门的大臣，还当过一个时期的孟加拉省长。他在宫廷里推广用波斯语取代印地语，以致印

①《马特沃讷勒和噶穆根德拉》(*Madhavanala Kamakandala*)讲述了婆罗门青年马特沃讷勒与妓女噶穆根德拉之间纯真的爱情故事。

② 首尔塔(Sorata)也是一种诗韵格式，每节48音节。它与双行诗正相反，奇数行(1、3)为11个音长单位，偶数行(2、4)为13个音长单位。

度教徒纷纷倾向于接受波斯语教育。他通常写有关伦理道德的诗歌。至今未见到他的著作，只有零散的格维德体诗。

（8）穆哈拉吉·比尔伯勒（Maharaj Birabal）——有人说他的出生地是纳尔瑙勒（Narnaul），他的真名叫穆黑希达斯（Maheshadas）。在钵罗耶伽城堡里有一根阿育王石柱，柱上铭刻着："健日王纪元1632年沙迦纪元1493年[①]九月黑半月初5星期一根噶达斯之子穆哈拉吉·比尔伯勒圣城钵罗耶伽朝圣成功记。"这篇铭文书似乎就是关于穆哈拉吉·比尔伯勒的，因为根噶达斯和穆黑希沃尔达斯之名很相似，好像是父子。从普胜[②]对比尔伯勒的记述可以得知其居住地。

他的出生地可以确认就是迪格旺普尔，但家族情况不详。显然，他是阿克巴的大臣之一，能言善辩，机智灵活，随机应变。他与阿克巴之间的插科打诨在印度农村非常有名。穆哈拉吉·比尔伯勒是伯勒杰语的优秀诗人，对其他诗人非常大度，又非常尊敬。据说，有一次他给了盖西沃达斯60万卢比，通过盖西沃达斯的努力使欧尔恰国王受到的一千万罚款得以免除。他去世后阿克巴还为他作了诗。

目前还没有发现他的任何著作，但在婆罗多普尔有一本数百首格维德诗的集子。他的作品充满修辞等成分，非常生动有趣。在诗中他把自己的名字叫作"梵"。

（9）庚格（Ganga）——阿克巴的宫廷诗人。拉希姆·汗-哈纳非常尊重他。关于他的出生时间和家族情况没有任何准确信息。有人认为他是婆罗门，但好像就是个婆罗诃摩婆德[③]。据说，根据某位纳瓦布或土邦王的命令用大象对他施以裂刑，在临死前他竟还吟出

---

① 年份原文如此。但若按健日王纪元推算应该是公元1575年，而按沙迦纪元推算则为公元1571年。

② 普胜（Bhushan）是法式时期三位主要诗人之一，其他两位分别是比哈利和盖西沃。在其他诗人一窝蜂以艳情味创作时，普胜却独树一帜，主要以英勇味创作。"普胜"这一称号是质多罗俱吒（奇特拉库特）的王公鲁多罗之子赫利代罗摩赐予的。

③ 婆罗诃摩婆德（Brahmabhatt）一般被认为是婆罗门种姓的一个分支，属于婆罗门+刹帝利构成的群体。

一首双行诗。其他好几位诗人也提到或暗示过此事。这表明，这一事件是真实的。诗人庚格说话是非常大胆的，他被认为是当时写英雄诗的诗人中最优秀的。据说，拉希姆·汗哈纳曾为一首六行诗赏与他360万卢比。

总之，庚格被认为是当时主要诗人之一，但至今还未发现他的任何著作。在过去的一些集子中可以看到他的很多格维德体诗作。除了性情爽直以外，他还健谈善辩。他创作了许多迷人的英勇味和艳情味格维德诗，有些寓言讽刺诗也很激动人心。他还非常聪明地在作品中夹杂一些滑稽味，用极度夸张的譬喻手法描写了离别之苦。毫无疑问，他具有渲染当时倾向的所有技巧。他的创作时间应该在17世纪中叶前后。

（10）穆瑙赫尔·格维（Manohar kavi）——他是位皇亲贵族，住在阿克巴的皇宫里。《西沃辛赫之莲》中写道，穆瑙赫尔·格维是位优秀波斯语和梵语学者，在波斯语诗中将自己的笔名写作“道斯尼”（Tausni）。穆瑙赫尔·格维写过一本叫作《问答百篇》（*Shat Prashnottari*）的书，还创作了不少零散的伦理道德和艳情味双行诗。他的诗歌创作时间应该在1563年之前。他的艳情诗非常感人而甜美，但诗中夹杂一些波斯化痕迹。

（11）伯勒婆德尔·米谢尔（Balbhadra Mishra）——他是欧尔恰国的瑟纳特耶婆罗门学者迦尸纳特的儿子，著名诗人盖西沃达斯的兄长。他大约生于1543年，他的《从头到尾》（*Nakha Shikha*）是一部著名艳情味作品。作品中他对女主人公肢体各部位用明喻、暗喻和反问等丰富的修辞手法进行了描写。他被归入盖西沃达斯时期和他之前的那些倾向于根据法式创作诗歌的诗人之列。正如格里巴罗摩（Kriparam）凭借味和法式描写女主角，伯勒婆德尔用同样的方法把女主角的身体部位作为对象来描写。他的创作时间应该在1483年之前。他的创作非常成熟老练，由此可以推想，他除了《从头到尾》以外肯定还创作有其他作品。1834年苟巴勒·格维（Gopal Kavi）曾为伯勒婆德尔的《从头到尾》写过一本评注，其中提到伯勒婆德尔还有三部作品——《伯勒婆德尔语法》（*Balbhadri Vyakaran*）、《诃奴曼剧》（*Hanumannatak*）和《〈牛增山七百咏〉评注》（*Govarddhansatsai*）。在搜寻他的作品时，又发现他的另一部名为《诗病考》（*Dushanvichar*）的作品，其中考察研究了诗歌创作中的一些问题和禁忌。

（12）杰马勒（Jamal）——他是一位对印度诗歌传统非常熟悉的热情的穆斯林诗人，其创作年代为1570年前后。他的伦理诗和艳情味双行诗在拉贾普特纳一带非常受欢迎，情感表达非常动人，但又不失简洁朴实。目前仍未发现他的任何著作，但有些汇集的双行诗。此外，他还对文字游戏很有造诣，还在自己的双行诗中植入了不少谜语。

（13）盖西沃达斯——他是瑟纳特耶婆罗门格里斯纳德特的孙子，迦尸纳特的儿子。他生于1555年，卒于1617年前后。他住在欧尔恰国王穆哈拉吉·罗摩的兄弟因陀罗基德·辛赫的宫里，很受尊重。他的家庭梵语学者辈出，其兄盖西沃·米谢尔是位优秀方言诗人。生活在这样的家庭环境中，他被认为是当时主要的文学学者型诗人。在他出现之前，有些诗人已经开始注意到情味、庄严等诗的元素研究。这也是自然而然之事，因为印地语诗歌创作已经非常丰富。只有在目标著作出现之后才会有对其进行阐释的著作。盖西沃达斯是梵语学者，因此对他来说，产生用方言和学术方法推动文学讨论的愿望再自然不过了。

在盖西沃达斯之前的1541年，格里巴罗摩已经对情味进行过研究。同一年代，吉尔卡利（Chirakhari）地区的莫汉拉勒·米谢尔（Mohanlal Mishra）写了一部有关艳情味、名为《艳情之海》（*Shringarsagar*）的书。与诗人讷尔赫利一起到阿克巴宫廷的格尔内斯（Karanes）曾写过三部有关庄严的著作——《耳饰》（*Karnabharan*）、《音饰》（*Shrutibhushan*）和《调饰》（*Bhupabhushan*）。但至今未见任何诗人全面介绍梵语文学经典中研究的诗素①。这项任务由盖西沃达斯完成了。

他是一位认为诗歌中庄严要处于首要地位的奇异诗人。就是根据这种情感倾向，他模仿了将味、法式等所有内容都纳入庄严范围的婆摩诃、乌德婆德②和檀丁③等古代大师，而不是学习使文学作品更加有规则、更加成熟的孟默德④、喜增⑤（Anandavardhan）和世主⑥。他把庄严分为普通和特殊两种类型，不仅把描写的体系，而且把描写内容也纳入其中。"庄严"一词他是从广义上使用的。事实上的庄严就是他的特殊庄严。庄严的标志他是借自檀丁的《诗镜》，也有很多内容来自阿穆尔创作的《诗如意神树注》⑦和盖西沃·米谢尔的《庄严之冠》⑧。

但在盖西沃去世五六十年后，印地语阐释性著作的传统没有走

---

① 诗素（kavyanga）指诗的情、味、庄严（修饰）等元素。

② 乌德婆德（Udbhat）为印度古代著名文学理论家，著有《庄严集》（*Alankar Sangrah*）和《〈婆摩诃〉注》（*Bhamah Vivaran*）等。

③ 檀丁（Dandin）也译作"昙丁"，6~7世纪印度著名梵语作家、诗人、理论家。代表作为长篇小说《十公子传》（也有人译作《十王子传》）和韵文诗论《诗境》（*Kavyadarsh*）。《诗境》探讨了诗的修辞和风格问题，是印度古代文学理论的重要著作。"檀丁"在现代印地语中一般写作Dandi（如本书），可译为"登迪"。但因"檀丁"之名基本已成定译，所以这里沿用"檀丁"，而非"登迪"。

④ 孟默德（Mammat）为梵语最优秀诗学家之一，他所著的《诗光》（*Kavyaprakash*）在印度诗学领域有很高的地位，至今仍是大学梵语学生的必读书目。

⑤ 喜增（Anandavardhan）为公元9世纪克什米尔人，梵语诗学大师。他所创作的《声光》（*Dhvanyalok*）是印度跨时代的诗学名著。

⑥ 世主（Vishvanath）音译为"维希沃纳特"，全名为"维希沃纳特·莫哈巴德勒"（Vishvanath Mahapatra）。世主为梵语诗学大师，写有《文学之镜》（*Sahityadarpan*）等名著。他还为孟默德的《诗光》（*Kavyaprakash*）作注，书名为《诗光之镜》（*Kavyaprakash Darpan*）。

⑦ 阿穆尔（Amar）的全名为阿穆尔金德尔（Amarchandra），属于耆那教系列的学者，是金登德·苏利（Jindanta Suri）的弟子。《诗如意神树注》（*Kavyakalpalatavritti*）实际是他与师兄弟阿里辛赫（Arisingha）共同完成的。这里把诗比喻为如意神树，因为如意神树是众神搅乳海时出现的宝物之一。

⑧ 盖西沃·米谢尔（Keshav Mishra）是16世纪德里人，应冈格拉国王之请创作了《庄严之冠》（*Alankarshekhar*）。

上盖西沃的道路。在诗的形式方面，走向了承认味的重要性的《诗光》和《文学之镜》方向；在庄严研究方面，更多的是模仿《月光》和《蓝莲喜》[①]。正因为如此，盖西沃的庄严阐释不同于印地语中流行的庄严阐释。他以庄严为内容写有《诗人至爱》(*Kavipriya*)和《鉴赏者之爱》(*Rasik Priya*)。

这些作品中见不到盖西沃自己的思考，全部资料都是从几部梵语著作中借取的，只是在名字上做了些变动。这样一来，除了造成混乱以外什么也没得到。盖西沃对暗喻作了22个分类，其中有15个原封不动地来自檀丁，5个只是改变了名字，剩下的只有两种——缩喻和反喻。其中把反喻说成暗喻本身就是毫无意义的。同样，他把“假省笔法”[②]分为9种，其中4种原封不动地直接来自檀丁，第5种“死亡假省”(maranakakshep)则是檀丁的“昏死假省”(murchchhakshep)的变形。《诗人至爱》中的“爱情庄严”也是檀丁的(而非世主的)“有情”(preyas)的别名而已。“答辩庄严”的4种类别实际上就是谜语。有些种类虽然是盖西沃从檀丁那里借来，但其意义已经被他理解得完全相反。

盖西沃的作品有7部，分别为《诗人至爱》《鉴赏者之爱》《罗摩月光》(*Ramachandrika*)、《雄狮天传》[③](*Virsinghadevacharita*)、《智识之歌》(*Vijnangita*)、《五十二宝》(*Ratanabavani*)和《如月贾汗吉尔》(*Jahangirjasachandtrika*)。

盖西沃没有诗人情怀，也不具备诗人应有的热情和敏感。他是想从梵语文学选取材料以博取自己博学和有创作才能的名声。但

---

①《月光》(*Chandralok*)是著名梵语庄严论著作，作者为12世纪著名梵语诗人胜天(Jayadev Mishra)。《蓝莲喜》(*Kuvalayanand*)是著名梵语庄严论著作，作者为16世纪著名梵语诗学家、哲学家阿伯耶·迪格契德(Appya Dikshit)。

② 假省笔法(Akshepa)是一种修辞方法，即省略重要部分反而加强意义，或故意省略重要部分而引人注意。

③《雄狮天传》(*Virsinghadevacharita*)为意译(简译)，全译应为《英勇狮子神传记》。

他并不具备这方面获得成功所需的对语言的把握能力。他在自己的作品中塞入了太多梵语诗句，而他的语言又不能清晰明确表达梵语诗句的真意。词语不完整、弱词和冗词的使用以及缺乏关联等原因使得句子不简练，诘屈聱牙，句义也无法表达清楚。盖西沃的诗之所以艰涩难懂，其主要原因就在于他的这一毛病：缺乏真情实感的严肃性和复杂性。《罗摩月光》中大量使用来自《仁慈拉克沃[①]》(*Prasannaraghava*)、《诃奴曼剧》、《无价拉克沃》(*Anargharaghava*)、《迦丹波利》《尼阇陀》(*Naishadha*)[②]的译文。许多地方由于译文糟糕而使语句意思都走了样，完全破坏了原来的语句。不过，那些复杂性不强的诗句——没有依赖复合词的风格——译文倒往往是可圈可点的，比如婆罗多的质问和吉迦伊的回答：

"母后，父王哪去了？"

"去了极乐世界。"

"为什么？"

"儿子非常悲伤。"

这些完全是《诃奴曼剧》中一段诗节的译文。

盖西沃写了两部叙事诗——一部是《雄狮天传》，一部为《罗摩月光》。前者根本说不上是传，其中雄狮天的传记仅占很小一部分，充斥全书的是关于"施舍""诱惑"等的对白。《罗摩月光》确是一部著名作品。但要记住一点，盖西沃只关注词语美和辞藻游戏，他对生活中各种严肃的和感人的方面并不关心。因此，他只适合创作小诗短诗，而非叙事长诗。他根本不具备创作长篇叙事诗的

① 拉克沃（Raghava）为罗摩的一个称号。

②《尼阇陀》(*Naishadha*）的全名应该是《尼阇陀传》(Naishadha Charita)，是12世纪著名梵语诗人赫尔斯（Harsh）的梵语大诗，讲述了尼阇陀国王讷勒与维德尔婆国公主的曲折爱情和婚姻。整个作品分为上下两部，共有11章，2830颂。

灵性。创作长篇叙事诗有三个必备条件：（1）各种关系的维持与把控；（2）熟悉故事的严肃性和动人之处；（3）场景的地域特征。

盖西沃并无维持把控关系的能力。他的《罗摩月光》看起来好像是分别描写的集子。由于不能把握故事的持续流畅，他不得不学习戏剧的方法，将说话的角色的名字与韵文分开表示。第二个条件盖西沃也不够，似乎罗摩故事对盖西沃的内心也没产生什么特殊的影响。他有写一部长篇叙事诗的愿望，并选择了写罗摩故事。盖西沃并没关注罗摩故事中感人之处。对这种地方他要么根本不管，要么说它只是编年史，随意应付一下了事。看到罗摩等人前往森林，看到面前这种超凡的美景和迷人的自然，同情的、纯洁的真实感情应该油然而生，但是生活于相互勾心斗角、善于玩弄政治的大臣们之中的盖西沃很难感受到这些。

在盖西沃的作品中寻找场景的地方色彩是徒劳的。首先，对盖西沃来说，自然景观没有任何吸引力，他为什么要去观察它们的地方特色？其次，在盖西沃之前很久就开始有了这种传统。迦梨陀娑的景色描写中所能看到的地方色彩到婆沃蒲迪[①]时期还保留一些，再往后就再也没有了。后来连描写都变得生硬僵化了。盖西沃的心与遍布周围的各种自然景色一点也不协调。

对于这种人，怎么可能指望他做出对自然景色的真实描写？在本吉沃蒂[②]和布拉沃尔森山[③]这样迷人的地方，除了用基于词的共性的双关语描写一场笨拙的游戏以外什么都见不到。仅凭词的共性所

---

① 婆沃蒲迪（Bhavabhuti）是伟大的梵语诗人和最优秀的剧作家之一。据称他的剧作可与迦梨陀娑媲美，其中主要有《大雄传》（*Mahavircharitam*）、《后罗摩传》（*Uttarramacharitam*）等。

② 本吉沃蒂（Panchavati）为印度著名古地名，位于现马哈拉施特拉邦纳西克县境内哥达瓦里河边。根据《罗摩衍那》传说，罗摩与悉多及罗什曼那的林居生活就是在这里度过的，悉多也是从这里被罗婆那掠走的。

③ 布拉沃尔森山（Pravarshan Giri）也称布拉瑟尔文山（Prasaravan Giri），位于今卡纳塔克邦迈索尔地区。根据《罗摩衍那》传说，罗摩寻找悉多途中帮助猴王复位后曾在这里的一个山洞里度过一个雨季。

采用的喻体与某个迷人景象产生的美感总是矛盾的或不协调的——如世界末日、般度五子、须羯哩婆[①]、阇施龙王[②]等。

以相似或相同的视角在景色描写中使用的比喻和比较等也不是为了增加美感，只是引起好奇罢了。但好多地方也可见迷人的恰如其分的喻体，比如对遮那竭普尔[③]日出的描写，其中除了“噶巴利格时期”以外其他所有喻体都很美妙。

总而言之，盖西沃既没有适于叙事诗创作的感受，也没有那样的能力。他只想零零星星地描写一些流传已久的固定内容（比如战争、军队的雄壮、庭园和朝堂的华丽、艳情味与英勇味）。因此他根本不管时机场合如何，只顾不停地往里塞各种描写。他只是为描写而描写，而不是根据情节和场合的需要，有些地方他甚至不管合不合适，比如婆罗多赶往质多罗俱吒的情节中对军队富丽堂皇和奢华的描写。他还不忘时不时加进一些枯燥的说教。他总是为褒扬施舍、谴责贪婪留有一席之地。有的地方根本不考虑角色的情况，很不恰当地粗暴塞入了说教内容，比如罗摩前往森林时对母亲乔萨里雅（Kaushalya）所做的对丈夫要忠贞的说教。

看了《罗摩月光》的长篇大论描写，可以清晰感觉到，盖西沃的关注点不在生活的严肃和动人方面。他特别醉心于描绘帝王般的奢华、富丽堂皇、城市的繁华、喧嚣热闹等场景。

最让人感到盖西沃的作品怪异并且反感的，就是过度修饰的倾向。由于有这种倾向，造成既没有自然表达感情的余地，又没有真

① 须羯哩婆（Sugriv）猴国国王波林（波利 Vali 或 Bali）的弟弟，意译为“妙项”。猴国原由波林统治，因追杀妖魔波林进入一座山洞一年没有出来，于是弟弟须羯哩婆便当了猴王。波林回来后兄弟俩发生冲突，波林差点杀了须羯哩婆。须羯哩婆逃走后得到罗摩帮助，杀了波林。须羯哩婆派诃奴曼带领猴子大军协助罗摩攻打楞伽城，救回悉多。

② 阇施龙王（Shesh Nag）为一蛇形神，阇施（Shesh）意为“剩下的”，因为在世界毁灭后它仍会存留下来。因其有一千个头，所以也译作“千首龙王”。它是毗湿奴在大海中的床榻。一说它在支撑着整个大地。

③ 遮那竭普尔（Janakpur）也译作“贾纳克布尔”，是弥提拉国首都，悉多出生的地方。现在尼泊尔境内。

正感人情节描写的余地。因而毫不费力就可随处发现语病和句病等。许多地方喻体也很蹩脚，与本体很不相符。

《罗摩月光》中，盖西沃最成功的是对话。这些对白中符合角色的愤怒、兴奋等，表达得也很美（比如罗什曼那、罗摩、持斧罗摩[①]之间的对话和罗婆－俱舍[②]情节的对话），口才和政治手腕给人的印象也很深刻。他的罗婆那－安伽陀[③]对话比杜勒西达斯写的对话更加合乎情理，也更加优美。《罗摩月光》和《诗人至爱》两部作品的创作时间，作者本人说都是1601年，差别只在于月份。

《鉴赏者之爱》（1591）的创作非常成熟。举例时充分利用了聪明才智和想象力，词序结构也非常美。这些例证中除了善辩还有生动有趣、感情丰富。《智识之歌》是梵语《知识之月升起》[④]之类的作品。《五十二宝》用六行诗体很好地描写了因陀罗基德的兄长日德纳辛赫的英勇。这是一部很不错的英勇味诗歌。

盖西沃的作品中，尽管没有苏尔和杜勒西等诗人那样生动有趣和专注，但他让人们扩大了对诗素的认识，从而为未来诗歌创作开辟了道路。

（14）候勒拉伊（Holray）——这位婆罗门婆德在阿克巴时期是赫利温西·拉伊的门客，有时也到王宫去。他从阿克巴那里得到过一些土地，在这些土地上还形成了叫候勒布尔的村庄。据说，苟斯瓦密·杜勒西达斯曾将自己的水罐赠给他，并有诗歌对答。

候勒拉伊的作品内容很丰富，但似乎他只对王公贵族的美德与

---

① 持斧罗摩（Parashurama）因修苦行而得一神斧，故名。他是毗湿奴的第六个化身。因为俗世刹帝利国王无道，毗湿奴便以自己身体一部分化身持斧罗摩来到世界上，据说曾21次消灭刹帝利国王。

② 罗婆（Lava）和俱舍（Kusha）是罗摩的双生子。

③ 安伽陀（Angada）有二，均为《罗摩衍那》中的角色，一是罗摩之弟罗什曼那的儿子，二是猴王波林之子。

④《知识之月升起》（*Prabodha Chandroday*）也译作《觉月升起》，是杰斯文德（Jasvant）于1586年创作的戏剧。该剧非常受欢迎。

才干进行描写，创作了不少赞颂阿克巴大帝的诗歌。对广大人民群众来说，没有任何特殊吸引力能使其作品得以保存。

（15）拉希姆（阿卜杜尔·拉希姆·汗–哈纳，Abdur Rahim Khan Khana）——他是童年阿克巴的庇护者、著名莫卧儿贵族白拉姆·汗·汗–哈纳①的儿子。他生于1553年，通晓梵语、阿拉伯语和波斯语，是精通印地语诗歌的诗人。他乐善好施，被称为当时的迦尔纳②。他的慷慨是出自真心的，与博取赞扬的私欲没有任何关系。他组织的聚会总是学者诗人云集。有一次他曾一下子给了诗人庚格360万卢比。阿克巴时期，他是军队统帅和宰相，屡次被委以重任，指挥过许多重大战役。

他一直活到贾汗吉尔时期。在贾汗吉尔时期，因在战争中犯欺诈罪曾被剥夺全部世袭领地，并被投入监狱。出狱后好长一段时间他经济上都非常拮据。但一个施舍数千万卢比的人，一个没有让任何人受冷落的人；那些乞讨者怎么可能不找他呢？实际上，当有乞讨者来找他，而他却无力给予足够帮助的时候，他是最感痛苦的。他曾用双行诗表达了对自己处境的感受：

在他有钱时总围着他转的人们，在他穷困潦倒时，大多避之犹恐不及。

---

① 白拉姆·汗·汗–哈纳（Bairam Khan Khan-I-Khana）为莫卧儿王朝巴布尔和胡马雍的重臣，在阿克巴亲政前一直是其摄政王。他率领大军开疆辟土，为莫卧儿王朝做出重要贡献。他文武兼备，著有许多波斯语诗词赞扬阿里和什叶派伊玛目阿里·里达。另外他还写有许多称颂胡马雍和阿克巴的文章。白拉姆·汗是他的名字，汗–哈纳则是胡马雍赐予他的称号，意思是“王中之王”。

② 迦尔纳（Karna）是《摩诃婆罗多》中的人物。他实际上是贡蒂婚前与太阳神的私生子。后来他被坚战封为安迦国国王。般度俱卢族大战最后几天他成了俱卢族军队的统帅。他被印度教徒认为既是大英雄又是大行善者，做了很多帮助别人的事，甚至他的失败和死都是因为要帮助假扮成出家人的因陀罗。因为他立下过施舍的誓言，被因陀罗骗取无敌黄金铠甲与耳环，所以才在战斗中被阿周那杀死。

据说就在这种窘境下，一位乞讨者找到了他，他写了一首双行诗，让他拿去找里旺（里瓦）国王，里旺国王给了那位乞讨者十万卢比。

他对苟斯瓦密·杜勒西达斯也很敬爱。据传，有一次一位婆罗门因没钱为女儿办婚事而惴惴不安，便来找苟斯瓦密。苟斯瓦密让他去找拉希姆，并给他写了一首双行诗的上句：

> 无论神仙之妻还是俗世普通妇女，她们都需要金钱与首饰，

拉希姆给了那位婆罗门很多东西，并把他送走。然后写出下句，完成那首双行诗：

> 女人虽然爱金钱，幸运的是却是有杜勒西达斯这样的孝子。

拉希姆有许多重大贡献，为莫卧儿帝国不知征服过多少地方。作为赏赐的领地，他得到大片大片的土地和城堡。他对世界有非常深刻的体验。他接受这种体验感人本质的敏感性是独一无二的。

将自己慷慨高尚的胸怀放到现实世界活动之中所获得的安慰，他用自己的双行诗表达了出来。与杜勒西的语言一样，拉希姆的语言也得以在印地语地区最普通的老百姓口头流传，其原因就是对真实生活环境的深刻感受。拉希姆的双行诗，不像沃林德[①]和吉尔特

① 沃林德（Vrinda）印地语诗人，生于1643年，卒于1723年。他的说教诗非常著名，在法式传统中他的名字非常受尊敬。

尔[1]的韵诗那样净是空洞的说教，而是充满知识又激动人心的。他有一颗真诚的内心。有能力接受真实生活环境中激动人心一面的诗人，才能成为人民爱戴的诗人。拉希姆的内心绝不会为了被感动而展开幻想的翅膀。他只有在现实世界和真实而直接的实践中才会为被感动而获得足够的形象。《伯勒崴女主角分类》中那些迷人又活泼的形象也是真实的，而非想象的虚假的游戏。他身上具有印度爱情生活的真实写照。

我们还发现，拉希姆也像杜勒西一样熟练掌握了语言。他对伯勒杰语和阿沃提语——分别是西部和东部语言——两种诗语都非常精通。《伯勒崴女主角分类》就是用非常优美的阿沃提语写成。他的诗句如此迷人，以致比哈利等后来诗人禁不住抄袭了很多。尽管拉希姆在普通百姓中以其双行诗闻名，但他也用伯勒崴、格维德、瑟崴雅、首尔塔、圣歌等形式创作了不少作品。

拉希姆卒于1626年。以前听说他的成文作品只有以下几部——《拉希姆双行诗集》(*Rasim Dohavali*)、《七百咏》(*Satasai*)、《伯勒崴女主角分类》(*Baravai Nayika Bhed*)、《艳情首尔塔》(*Shringar Sortha*)、《黑蜂八颂》[2]、《歌舞五章》[3]。但婆罗多城尊敬的学者穆亚辛格尔吉·雅格伊格又发现了一批他的作品，比如《城市光辉》(*Nagarshobha*)、零散的伯勒崴诗歌、零散的格维德和瑟崴雅诗歌。他还出版了一部名为《拉希姆宝卷》(*Rahimaratnavali*)的完整集子。

前文已述，他精通多种语言和多种学科。他创作了一部波斯语

---

① 吉尔特尔的全名为“吉尔特尔·格维拉易”(Girdhar Kaviray)，是印地语著名诗人和歌人。生于1713年，一生都靠唱诵贡德里亚诗歌行乞为生，其诗歌语言朴素简洁，内容多为说教。

②《黑蜂八颂》(*Madanashtak*)是描写黑天本事的作品。

③《歌舞五章》(*Raspanchadhyayi*)是描写黑天与牧女们歌舞的作品。

诗集，还把《巴卑尔纪事》[①]从突厥语译成波斯语。他还创作了一些混合类作品——《拉希姆诗集》（*Rahim Kavya*）是印地语梵语混合的集子，名为《星体惊奇》（*Kheta Kautukam*）的天文学著作是梵语波斯语的混合体。他还创作过一些梵语颂诗。

（16）噶迪尔——噶迪尔·巴克希（Qadir Bakhsha）是赫尔豆伊县[②]比哈尼城人，赛义德·易卜拉欣（Saiyad Ibrahim）的弟子。一般认为他出生于1578年，因此他的创作年代应该在1603年前后。没发现他有什么著作，但发现他一些零星的格维德诗作。他用流行的语言创作了不错的诗。

（17）穆巴勒克（Mubarak）——全名赛义德·穆巴勒克·阿里·比勒格拉密（Saiyad Mubarak Ali Bilgrami）。他出生于1583年，因此其诗歌创作时间应该在1613年以后。

他是优秀的梵语、波斯语和阿拉伯语专家，热心的印地语诗人。他似乎只创作艳情味诗歌，对女性身体部位的描写非常细致。据说，他对身体的十个部位进行了描写，对某个部位写了一百首双行诗。目前所见他的作品《额上乱发百首》（*Alakashatak*）和《瞳孔百首》（*Tilashatak*）即属此列。除这些双行诗以外，他还有许多格维德、瑟威雅体作品，而且为人们广为传唱。他的比喻都非常夸张，为了体现描写的高超他往往会做得很过分。

（18）伯纳勒希达斯（Banarasidas）——他是来自焦恩普尔（Jaunpur）的耆那教徒，宝石匠人。他也常住阿梅尔（Amer）。他生于公元1586年，其父名克德格森。他在一部名为《准小说》（*Arddhakathanak*）的作品中交代了自己到1641年为止的生活经历。这是古代印地语文学领域所见到的唯一的自传，因此具有非常重要的意义。从这部作品可以得知，他年轻时行为不端，并且患有麻风

①《巴卑尔纪事》（*Vakiyata Babari*或*Vakeata Babari*）是巴卑尔用突厥语写的自传。

② 赫尔豆伊（Hardoi）现在北方邦境内。

病，不过后来他改邪归正了。最初他主要创作艳情味诗歌，但后来智悟后将这些诗歌全都抛进了荀穆蒂河，开始创作说教诗。他也有些说教用的是伯勒杰语的非韵文。他用印地语总结了许多有关耆那教的著作。到目前为止，已知他的作品有：

《伯纳勒希游戏》（*Banarasi Vilas*，零散格维德诗歌集）、《戏剧时间精要》（*Natak samayasar*，贡德大师所创著作的精要）[①]、《名集》（*Namamala*，词典）、《准小说》、《伯纳勒希道路》（*Banarasi Paddhati*）、《解脱之路》（*Mokshapadi*）、《坚定崇拜》（*Dhruvavandana*）、《福庙语言》（*Kalyanmandir Bhasha*）、《吠陀规则五十首》（*Vednirnay Panchashika*）、《箭术》（*Maragan Vidya*）。

他的创作风格很鲜明，他的诗歌与达杜派的松德尔达斯的诗歌非常相似。

（19）赛那波迪（Senapati）——他是阿奴伯城[②]人，属噶涅古伯吉婆罗门[③]，他父亲名叫根噶特尔，祖父叫伯尔修博迪，师傅为希拉穆尼·迪克其德。一般认为他出生于1589年前后。他是位热心的印地语诗人。对季节的描写没有任何印地语诗人比得上他。从他对季节的描写中可以发现他对自然的入微观察。他的词序结构非常优美。有些地方在句号后（两句中）使用阿奴布拉斯和复词也很美妙。总之，他是当时非常敏锐有才的诗人。在自己生命的后半期，他对现世已经不再感兴趣。好像在穆斯林统治者的朝廷上他也很受尊重，因为他在厌世冲动下曾有相关诗歌表达。

① 贡德贡德（Kundkund）是耆那教天衣派最著名的大师，有学者认为他生活于公元1世纪，但并无可靠证据。

② 阿奴伯城（Anupashahar）现位于印度北方邦布伦德县（Bulandshahar）境内。

③ 噶涅古伯吉婆罗门（kanyakubja brahman）就是曲女城婆罗门（Kanaujiya brahman），是最坚定执行婆罗门职责的婆罗门，精通吠陀知识，善于使用各种兵器。他们认为自己是最优秀的婆罗门，其他婆罗门都源自曲女城婆罗门。

《西沃辛赫之莲》中写道：他曾弃家坐地修行[①]。在《格维德宝藏》[②]中有他的许多充满虔诚之情的格维德诗作。尽管格维德中出现了沃林达文一词，但他的崇拜对象似乎还是罗摩，因为他在许多地方都用了“悉雅之主”“罗摩”等名字。《格维德宝藏》好像是他最后的作品，因为它的创作时间是1649年。

他还有一部作品《诗如意神树》（*Kavyakalpadrum*）[③]也很著名。

如前所述，他的诗非常动人，作品既成熟又简练。一方面他具有充分的敏感性，另一方面又有带来奇迹的本领，别处找不到他那样清晰的双关的例子。很少见到诗人对语言把握得这么好。他的语言中很多魅力都来自伯勒杰语，而非梵语词汇。尽管阿奴布拉斯和复辞法非常多，但根本见不到斧凿的痕迹。他描写季节的许多格维德诗很多人都耳熟能详。与罗摩生平有关的格维德也非常出色。

（20）布赫格尔（Puhakar）——他是伯勒达波普尔（在曼布里县）人，但后来迁居到古吉拉特的索姆纳特吉附近普弥冈沃村。他属于噶耶斯特种姓，生活于贾汗吉尔时期。据说，贾汗吉尔曾因某事将他囚禁在阿格拉。就是在囚禁期间（1616）他写了名为《味宝》（*Rasaratna*）的著作，贾汗吉尔读后一高兴就把他给放了。这部作品中用好几种韵式（主要为双行诗和四行诗）按照长篇叙事诗的文学方法写了任帕沃蒂和苏尔森的爱情故事。以前的印地语诗人很少有用虚构的故事创作长篇叙事诗的传统，只有伽耶西等苏菲派诗人写过这样的书，但它们的规则方法都并非完全是印度的。从这个角度看，《味宝》在印地语文学中应该具有特殊地位。

---

① 弃家坐地修行（kshetra sannyas）是一种修行形式，即仅住在范围非常有限的地方修行，并决定不再离开那个地方。

②《格维德宝藏》（*Kavittaratnakar*）是所能见到的赛那博迪唯一一部作品，创作时间为1649年，是他零散作品的集子。

③ 如意神树（kalpadrum）是印度教诸天神和众阿修罗共同搅乳海时从乳海出现的14宝物之一，它能够满足所有愿望。

这部作品中用文学的方式描写了相聚和分离的各种场景。描写所用的方法就是艳情味自由诗人所使用的。见前倾慕[①]、女主人公的女伴、梳妆打扮、从头到脚的描绘[②]、季节描写等艳情味的材料应有尽有。诗意生动有趣，语言成熟老练。目前没发现他有其他著作。但看了他现有作品，感到他是一位很优秀的诗人。

（21）松德尔（Sundar）——他是瓜廖尔的婆罗门，曾在沙贾汗的皇宫里唱诗。皇帝曾先后赐予他“诗王”和“大诗王”称号。公元1631年，他创作了一部女主角分类作品《优美艳情》（*Sundar Shringar*）。除此之外，据说他还有两部作品——《宝座三十二首》（*Sinhasanbattisi*）和《十二月》（*Barahamasa*）。他似乎有点偏好复辞法和阿奴布拉斯法。他的作品用词非常新奇。

（22）拉勒金德（Lalachand）——也叫勒格丘德耶（Lakshodaya），他是美瓦尔国王杰格德辛赫（1628~1652）母亲江布沃蒂吉的主要弟子亨斯拉杰的兄弟东格尔希的儿子。他1643年创作了长篇叙事诗《伯德米妮传》（*Padminicharitra*），其中用混有拉贾斯坦语的方言描写了伯德米妮与国王日登森的故事。这里的故事与伽耶西创作的故事有诸多不同之处，比如伽耶西写的是日登森听了鹦鹉希拉曼对伯德米妮的描述后被迷住了，所以离家去寻找伯德米妮，但歌手们把他突然出走的原因说成是：“国王不喜欢王后布拉帕沃蒂给他端来的饭菜，王后生气地说：‘要是不喜欢我做的饭，那你娶个伯德米妮吧！’”日登森便起身离去。国王来到海边，成就者奥克尔纳特运用瑜伽神力把他送上了狮子岛。岛上正击鼓通告要为当地国王的妹妹

① 见前倾慕（purva rag）是印地语文学中的一个术语，是指主人公在见面之前听别人介绍或看到对方画像后便产生的爱慕之情。

② “从头到脚”的原文为nakha shikha，原义是“从指甲到发辫”，指代人体的所有部位，正好与汉语“从头到脚”对应。但在印地语中该词实际通常用于指对全身各个部位的详细描写，而且形成了一种固定描写法式，也有人称其为“通体描绘”。历史上出过多部专门研究这种描写法式的著作，而且书名都是《从头到脚》（*Nakha Shikha*）。

伯德米妮举行择婿大会。国王日登森展示了自己的英武，赢得了伯德米妮。

同样，在其他很多方面也与伽耶西所写的情况有所不同。这一传记作品应视为抒情诗。

虔诚时期苏菲作品以外的其他叙事诗

供养和保护诗人的国王们的传记诗和历史叙事诗写作是印度教徒自古以来就有的传统，但却没有书写韵体虚构小说的传统。这种小说并非没有，但很少，也就是说，人们虚构情节和事件的兴趣不大。既有的这种虚构都是借助一点点——有时甚至极少——某个历史人物或往世书人物或事件来完成的。有些地方甚至只有人名是历史上的或往世书里的，整个故事则完全是虚构的，比如伊希沃尔达斯创作的《贞信故事》(*Satyavati Katha*)。

自传体也没有得到发展，只有一部耆那教诗人伯纳勒希达斯创作的《准小说》(*Ardhakathanak*)。

下列是一些主要的叙事诗作品：

来自历史或往世书的

1.《罗摩功行录》(杜勒西达斯)

2.《诃利生平》(拉勒吉达斯)

3.《鲁格米妮之喜》(讷尔赫利)

4.《鲁格米妮之喜》(南德达斯)

5.《苏达马传》(讷娄德穆达斯)

6.《罗摩月光》(盖西沃达斯)

7.《雄狮天传》(盖西沃达斯)

8.《黑天与鲁格米妮之婚》(*Veli Krisan Rukamani Ri*，焦特普尔的拉陶尔国王地王)

虚构的

1.《陶拉与玛露双行诗》(*Dhola Maru Ra Duha*，古代)

2.《罗什曼那森与伯德马沃蒂故事》(*Lakshamansen Padmavati Katha*，诗人达莫)

3.《贞信故事》(伊希沃尔达斯)

4.《马特沃讷勒和噶穆根德拉》(阿勒姆)

5.《味宝》(布赫格尔)

6.《伯德米妮传》(拉勒金德)

7.《金花》(*Kashiram*，噶西拉姆)

自传

《准小说》(伯纳勒希达斯)

以上列举的名单中,《陶拉与玛露双行诗》和《黑天与鲁格米妮之婚》都是拉贾斯坦语作品。陶拉与玛露的爱情故事在拉贾普特纳地区非常流行，其双行诗非常古老，这从它的语言就可知晓。由于长期口耳相传，很多双行诗漏失了，这使故事的连续性在有些地方出现中断现象。因此大约在公元1561年，耆那教诗人古谢勒拉普(Kushalalabh)创作了一些四行诗补充进去。在格比尔的见证者诗中也可见许多“陶拉–玛露”双行诗原封不动地出现，由此也可推测这些双行诗的古老性。

《黑天与鲁格米妮之婚》是焦特普尔的拉陶尔王族民族自尊心很强的诗人地王的作品，他将伟大英雄气概悲痛地形诸笔端是有历史依据的。作品既成熟又引人入胜，描述的是黑天与鲁格米妮婚姻的故事。

《伯德米妮传》的语言也混合有拉贾斯坦语。

第三章　后中期

（法式时期：1643~1843）

第一节　概述

至此，印地语诗歌已经完全成熟。格里巴拉姆公元1541年就已经对情味做过一些研究。大约就在这个时候，吉尔卡利的莫汉拉勒·米谢尔写了一部名为《艳情之海》的著作。诗人讷尔赫利的朋友、诗人格尔内斯创作了三部有关庄严的著作——《耳饰》《音饰》和《调饰》。情味研究和庄严研究就这样开始以后，盖西沃达斯用学术的方法对诗歌的各个部分进行了研究。毫无疑问，正是盖西沃大师最先全面引入了诗歌法式。但印地语法式著作连续不断的传统却是在50年后由盖西沃的著作《诗人至爱》开启的，而且还是以另一种模式，而非盖西沃的模式。

关于盖西沃，前文已有交代，他是位过分讲究修饰的诗人，认为庄严在诗歌中占主要地位。正是由于他这种心理，印地语文学史上发生了一种奇怪的巧合，出现了梵语文学发展进程的简缩版。文学研究的逐渐发展会达到某种状态，盖西沃不是从这种发展而来的状态汲取素材，而是从它之前的状态选取材料。他向读者展示了以前婆摩诃和乌德婆德时代的诗素研究状况，而不是后来喜增大师、孟默德和世主所发展的研究状况。婆摩诃和乌德婆德时期修饰（alankar）与被修饰者（alankarya）还没有明确的区分，味、法式、修饰等全都用“庄严”（alankar）这个词。这在盖西沃的《诗人至爱》中也可发现。《诗人至爱》中将庄严分为“一般的”和“特殊的”两类，描写对象被列入“一般的”，真正的修饰被列为“特殊的”。

但在盖西沃达斯之后，当时法式著作的传统并没有流行开。《诗人至爱》问世50年后才开始其不间断的传统。但这一传统并未走上盖西沃所展示的早期大师（婆摩诃、乌德婆德等）的道路，而是走上后期大师们改进了的道路，其中修饰与被修饰者已经有了区分。印地语的庄严论著作大都是根据《月光》和《夜莲喜》（*Kuvaryanad*）创作的。有些著作中也可见到《诗光》[①]和《文学之镜》[②]的影子。印地语法式诗人在诗的形式和要素方面吸收了这些后期著作的观点。就这样，梵语文学理论史机缘巧合地在印地语中得到了简单复述。

印地语法式著作书写的传统由金达穆尼·德利巴提开启，因此应该承认，法式时期就是从他开始的。他在公元1643年前后写了三部专著——《诗辩》（*Kavyavivek*）、《诗界如意神树》[③]和《诗光》[④]，对诗歌的各种因素进行了全面研究，而且还写了一本论述韵律学的著作。自他以后，阐释性著作便如雨后春笋般涌现。诗人们建立了一

---

①《诗光》（*Kavyaprakash*）为著名梵语诗学家孟默德的诗学作品。

②《文学之镜》（*Sahityadarpan*）为梵语诗学大师世主的诗学作品。

③《诗界如意神树》（*Kavikul Kalpataru*），印地语中有的地方也写作Kavya-Kalpataru或Kavi-Kalpataru。

④ 这里金达穆尼·德利巴提的《诗光》与梵语诗学家孟默德的作品同名，也可见受其影响。

套诗歌写作的方法体系：先用双行诗对庄严或情味进行阐释定义，然后再写诗或瑟崴雅作为其例证。这是印地语文学建立的独特形态。在梵语文学中，诗人和诗学家是两种不同的群体，而在印地语诗坛，这种区别消失了。这种统一所产生的影响很不好，学者身份所需的洞察秋毫的观察力或研究能力没有得到发展。诗人们致力于仅靠一段双行诗给出不充分的阐释就完成了自己的诗歌创作。对诗歌因素广泛研究、进行逻辑批评、创建新的理论等一概全无。归根到底，当时散文体还没有得到发展也是其原因之一。所有写出的东西都是只用诗体。用韵体根本不可能对某个问题进行全面分析、论述或论辩。在这种情况下，看来唯有《月光》的这一方法是最简便的，只用一颂或一行诗把定义说完便万事大吉。

鉴于上述问题，我们就会明白，印地语涌现出了成百上千按照阐释性著作的传统创作的诗人，他们是不能归入学者之列的。他们实际上只是诗人而已，他们不具备学者的素质。他们不充分的阐释无法使人全面了解文学理论。许多地方他们自己都无法准确认识庄严的本质，有些地方连例证都不准确。只有极少数诗人名义上采用了《词力①》的内容，结果别说准确理解内容，有时甚至会产生错误的概念。诗一般分为两类——听觉的和视觉的，其中视觉诗歌的研究干脆就被放弃了。总之应该说，仅凭这些法式创作的人，其文学知识是肤浅的。这里笔者之所以写这些，就是为了避免人们误以为，在法式时期对文学理论广泛而严肃的研究和新的事物都在不断发生。

盖西沃达斯的描述中已经表明他的全部素材所从何来。后来的阐释性论著的诗人作者们，也都是从梵语著作中选取材料写出全部象征和分类的，而它们有时是不完整、不充分的。他们自己既没有

① 词力（Shabda Shakti）是印地语的一个概念，指词的意义显示能力，包括词义表达能力、象征能力和暗示能力。

对庄严领域，也没有对情味领域进行过基础性研究。达斯[①]将大量诗素内容纳入了自己的《诗规》（*Kavyanirnaya*）。他将庄严分成许多小的章节，这就很可能使人产生误解：也许他是有所依据对庄严进行的分类，但实际上他根本就没有花什么精力做任何分类。当然达斯的一个新举措却是值得注意的。梵语诗歌中不流行脚韵，因此梵语文学著作中并不讲究它。但印地语诗歌中却从一开始就有脚韵。所以达斯在自己的书中对它进行了分析研究，做了件很重要的工作。

普胜的“帕维格华美”[②]看来似乎是个新的庄严。但实际上梵语著作中的“帕维格”就另有其义，或有其扩展形式。“帕维格”与时间距离有关，“帕维格华美”则与空间有关。差别仅此而已。

达斯的“夸张”（atishayokti）的五个似乎新的类别中四个是有不同用法的，第五个“可能夸张”（sambhavanatishayokti）其实就是“关系夸张”（sambandhatishayokti）[③]。

诗人代沃[④]在“不定情”[⑤]中加上“欺骗”（chhala），有些人认为是新想法。他们应该知道，正如代沃其他所有东西都来自梵语《味河》[⑥]一样，这“欺骗”也不例外。实际上“欺骗”是包括在“佯装”（avahittha）中的。

前面已经提示过，印地语韵体阐释性著作提供的阐释和示例中有些地方是混乱的。现在谈谈它的混乱情况。要么是诗人们为了表

① 这里的“达斯”应该不是指盖西沃达斯，而是指后来的诗人作者毗卡利达斯，因为盖西沃达斯并没有写过《诗规》，而毗卡利达斯却写有《诗规》一书。

② 帕维格（Bhavik）是指印地语文学中将过去或未来的情感或事物同时展现的创作方法。

③ “关系夸张”是印地语诗学中修辞“夸张”的一种，就是在没有关系中展示出关系。

④ 诗人代沃（Deva kavi），法式时期著名诗人，有人认为其地位不亚于普胜、比哈利等，有“大诗人”的美誉。他的全名其实叫代沃德特（Devadatta）。印地语文学史上有多个叫“代沃”的诗人，但与他相比其他几位都相形见绌。大概正是这个原因，提到他时往往在其名后加“诗人”一词，以示区别。

⑤ “不定情”（sanchari）是随时变化的“情”，包括忧郁、沮丧、喜悦、佯装等33种，是用来辅助或强化常情的。

⑥《味河》（*Rasatarangini*）的作者为辛普纳特（Shambhunatha），约创作于公元1749年。

达自己的观点故意制造混乱，要么是由于粗心大意而出现理解错误。意见分歧的出现往往是在发现某种新的思维方式时。所以我们把原因确认为第二种情况。下面举例说明：

①盖西沃达斯从檀丁那里借取了三种隐喻——奇喻（adbhuta rupak）、反喻（viruddha rupak）和暗喻（rupak rupak）。其中第一种的阐释也没有表达出本质特征，其示例也成了更具相同性质的暗喻。反喻也与檀丁的不像，成了隐喻夸张（rupakatishayokti）。根据檀丁的说法，当用一个喻体比喻本体后再用另一喻体比喻时才是暗喻，盖西沃的阐释和示例都没能说明这一点。他的示例中只是显示了檀丁示例的外部结构，却没有表达出其实际内涵。这说明，他是在没有准确理解其真义的情况下把这些阐释和例证塞进印地语的。

②不仅普胜，几乎所有印地语诗人都在阐释“错觉”（bhram）、“怀疑”（sandeh）和“回忆”（smaran）庄严时都不提相似性问题，因而很多地方的示例都不属于庄严，而属于“情”的范畴。普胜的示例最为混乱。

③达斯从《词力》吸收了一些内容，但它一点都不能说明问题。“借喻”（upadan lakshana）的阐释没有了特征，示例也不恰当。示例清楚地显示，理解这一阐释的本质出现了误读。

既然根本没有专门研究诗素，那么种种“理论”如何能站得住脚呢？梵语文学中可见“庄严论”“法式论”“味论”“声论”“双关论”等众多理论，印地语法式领域根本没有发展出此类理论的道路。因为盖西沃达斯认为庄严必不可少，因此唯有他可以称为庄严论专家。盖西沃之后法式时期的诗人再也没有提出过任何理论。他们只承认味是诗的灵魂或主要的东西。穆哈拉吉·杰斯文德·辛赫以《月光》为蓝本创作了自己的《语言装饰》（*Bhashabhushan*），但没有收入“庄严必不可少”的理论。

这些法式著作的作者都是敏锐的、热心的、有才华的诗人。他们的目标是作诗，而不是用学术的方法研究诗素问题。因此他们做了非常庞大的工程，呈献了数量极为庞大的味（尤其是艳情味）和庄严的生动感人的诗例。就算从梵语全部阐释性作品中选出的所有如此生动迷人的诗例，集中起来也没有这么庞大的数量。与庄严相比，人们更加倾向于女主角分类。因此，在艳情味范围内，用印地语创作了许多穆格德格[①]体诗歌。味在印地语文学中如此广泛普及，以致拿它的一小部分就可写出一部独立的专著。诗人们在女主角分类中尽情展示了这种味的辉煌。味的作品实际上就是女主角分类的作品，其中其他味在前面已经简要介绍了。女主角是艳情味的支柱。对这一支柱的各个部位的描写都成了独立的题目，从头到脚已经不知有多少作品做了描写。同样为了刺激人们的感情，对六季描写也出了好多本书。关于夫妻别离的《十二月》也有不少诗人写。法式作品的这一传统也导致了文学广泛发展的受阻。大自然的多姿多彩、生活中种种值得深思的问题、世界的众多奥秘都难以吸引诗人们的注意，他们的眼光某种程度受到了限制和束缚，视界受到了局限。滔滔不绝的话语仅仅流淌在封闭的沟渠之中，导致经验感觉到的和没感觉到的话题都无法充满情感地出现在人们面前。另一个问题是，表达诗人个性特点的机会非常少。尽管我们多少可以展示一些诗人的语言风格、词序安排、修辞运用等方面的外在差异，但在观察他们内心世界时，却很少能获得有力的材料以进行高质量的评论。

法式时期有一个很大的缺憾需要弥补，但却没有如愿。语言在通过成百上千诗人得到完善而达到成熟的时候，应该通过语法将其系统化，以消除伯勒杰语诗歌中普遍存在的语法错误。别的且不说，也应该全面分析研究语病，以使语言更加纯洁。很少有诗人的语言结构是没有毛病的。普胜是位优秀诗人，对自己所使用的味非常投

① 穆格德格（muktak）是印度古代诗歌的一种形式，不同于长篇叙事诗，其中各段诗独立成篇，前后没有关联。

入，但他的语言却毛病百出。[1]如果词形固定了，人们重视正确词形的使用，那么诗人们就不敢随意破坏和改变词形。但没有建立起任何这样的语法系统，因此语言中的许多混乱现象依然如故。

诗人随意将伯勒杰语和阿沃提语这两种诗语混合使用，这也是语言混乱的原因之一。尽管一种文学语言不可能仅限于某一特定地区使用，但它的结构是始终一致的，伯勒杰诗语也是这种情况。在苏尔的语言中随处可见东部用法，比如mor（mera我的）、hamar（hamara我们的）、kin（karana“做”的完成体分词形式）、as（aisa这样的）、jas（jaisa关系形容词“那样的”）等词经常出现，比哈利语也不乏kin、din等词。法式著作得以发展，多数用的是阿沃提语，因此这一时期伯勒杰诗语中阿沃提语使用得就更多些。这种现象有个别诗人也意识到了。达斯在自己的《诗规》中对诗语也予以了关注。他对混合语言抱支持态度，诗中常有体现，其中双行诗中的摩揭陀语（Magadhi）一词是指东部语言。阿沃提语一般被认为是从半摩揭陀语（Ardha Magadhi）发展而来，属于东部印地语。对于获取语言知识来说，不一定非要住在伯勒杰不可，有才华诗人的语言也可佐证这一点。为证明混合语使用的合理性，达斯还说，甚至顶尖诗人杜勒西和庚格都使用这样的语言：

> 杜勒西与庚格吉，诗人之中两翘楚。
> 其诗之中亦可见，多种语言相继出。

这一质朴双行诗的意思如果有人理解为，杜勒西达斯和庚格之所以成为诗人翘楚，是因为他们的诗中有各种语言，那么对这种理解还能说什么呢？

---

① 请见下一节对普胜的阐述。——作者原注

达斯对诗语形式所做判定，是在对百年诗歌传统考察之后做出的，因此他的性质研究是非常正确的。他只认为伯勒杰语是诗语，当然其中也可能混有其他语言的词汇。但由于对有关语言问题没有更多研究，诗人们并没有把自己仅仅束缚于其他方言的词汇，他们还一直在随心所欲地使用其他方言的格尾和动词变位形式。他们这样做只是出于“美”的考虑，并不遵循任何语言规则。动词karana[①]的过去时形式，他们根据音韵的需要使用了kiyo，kina，karyo，kriyo，kin，甚至用kiy等形式。其结果是，语言不能得到稳定固化，而语言固化对于文学语言来说是必不可少的。如果有外国人研究伯勒杰语的诗语，语言形式不稳定将会使他遇到多大的困难？

虔诚期之初，由于与穆斯林的接触，一些波斯语的词和流行意义是如何融入印地语的，这在前面已经提到过。别说纳姆代沃和格比尔，就是杜勒西达斯也使用了gani（有钱的，富裕的）、garib（贫穷的；穷人）、sahib（先生）、itati（执行命令）、umaradaraj（长寿者）等许多词[②]。当然，苏尔的著作中这样的词要少些。然后随着穆斯林政权的巩固，这种词的使用日益增加，诗人们也给予它们越来越大的空间。大大小小的王宫里都开始模仿采用外国礼仪与文化，波斯语动听的词汇不绝于耳。因此歌人或诗人怎么可能还把自己束缚于ayushman和jayajaykar[③]呢？他们也开始站在朝堂上呼喊着：“umardaraj maharaj teri chahiy”[④]。Bakhatbaland[⑤]等也都成了口语中的

---

① 印地语动词karana的意思是“做”或“干”，大致相当于英语的do，但比do的用法广泛得多。

② 这里提到的这些词都来自阿拉伯语或波斯语，括号中的汉语释义为译者所加。

③ Ayushman为梵语词，意为“长寿的”“永生的”等。Jayajaykar也是梵语词，指获胜后的欢呼胜利或欢呼胜利的声音。

④ umardaraj maharaj teri chahiy的意思是“长寿属于大王陛下”或“大王陛下万寿无疆”。但其中的umardaraj（长寿的、永恒的）一词却是由阿拉伯语的umar（寿命、年龄）+波斯语的daraj（长的）构成。

⑤ Bakhatbaland中的bakhat（命运）和baland（高的）均为波斯语词。这里应该是表示“有运气的”，但其实波斯语中一般都不这么用。

常见词。

这就是所用语言的情况。有些诗人也开始采用波斯语诗的词汇。法式时期这样的词汇数量进一步增加。但值得庆幸的是，关注自己语言生动性的优秀诗人们给这类词只留有很小的余地。只是对传统文学不太熟悉的一般诗人有些地方不适当地使用了这些外国词。有文字修养的人有时见了“khusaboyan”①之类的畸形词就感到一种厌恶，觉得他们的诗简直就是村野之作。有少数诗人连同词汇甚至把情欲诗的全部修辞材料都照抄过来，“情”也一起搬来。日斯尼提②创作的《宝石千首》（*Ratanhazara*）中，此类现象数量惊人，达到令人反感的程度。比哈利③这样的优秀诗人尽管也不能避免波斯语“情”的影响，但他把那些“情”铸入了自己本土的模子。这就使它们不仅不让人讨厌，而且还一下子看不出其痕迹。对离别苦进行夸张时，他那长远的目光和敏锐的思想很大程度上是波斯语风格的，但他并没有用破坏“味”的令人厌恶的形式。

这里似乎还有必要提到，法式时期的诗人所青睐的韵体是格维德和瑟崴雅。格维德被认为既适合艳情味也适合英勇味。实际上，对其阅读方式稍作区分，就会发现其中符合这两者的音乐性。瑟崴雅对于艳情味和悲悯味非常合适，尽管英勇味的诗歌中诗人有时也会使用它。其实，这个时期大都是艳情和英勇这两种味的诗歌，尤以艳情味为主。因此，有人考虑到味的因素，称这个时期为艳情期，也未尝不可。许多诗人把对艳情的描写推到了庸俗淫秽的程度。其原因就在于人们的兴趣爱好，对他们来说，努力奋斗和展现英勇的生活已经几近消亡了。

---

① khusaboyan疑似khushabayan（口才好的）的变体。khushabayan的词源为波斯语。

② 日斯尼提（Rasanidhi）是法式时期著名诗人，原名为布里特维辛赫（Prithvisigha）。日斯尼提是其创作时的笔名，创作时间约在公元1603~1660年。《宝石千首》是其最著名作品，是模仿比哈利的《比哈利七百咏》之作。

③ 比哈利（Bihari）是法式时期最著名诗人之一。

第二节　法式时期作家兼诗人

前面对印地语文学进程做了简要介绍，由此可知法式时期的普遍倾向。现在对这一时期的主要诗人进行描述。

（1）金达穆尼·德利巴提（Chintamani Tripathi）——他是狄格旺普尔村（坎普尔县）人。他这一辈一共兄弟四人——金达穆尼、普胜、穆迪罗摩和杰达辛格尔，都是诗人。其中前三位均为印地语文学界风云人物。其父名叫日德讷格尔·德利巴提。近来有人提出质疑，认为普胜既不是金达穆尼和穆迪罗摩的兄弟，也没在西瓦吉[①]的宫廷待过。但这么重要的问题只要没有足够的反证，就不能随便推翻。金达穆尼出生于公元1609年前后，诗歌创作时间可以确认为1643年前后。他名为《诗界如意神树》的著作写于1650年。关于他的情况，《西沃辛赫之莲》中写道："他在纳格普尔城太阳族婆斯拉·穆格任德夏赫那里待了很久。他写有名为《韵辩》（*Chhand Vichar*）的重要韵律著作，还有《诗辩》《诗界如意神树》《诗光》和《罗摩衍那》，这五部著作在我们图书馆里都有保存。"他所创造的罗摩衍那格维德体是其他各种韵体中前所未有的。巴布·茹德罗·萨希·索伦吉[②]、沙贾汗皇帝以及杰讷迪·阿赫默德[③]都给过他不少赞助。他在作品中经常把自己的名字写作"穆尼马勒"（Manimal）。

从上述介绍可以看出，金达穆尼对诗歌的各种因素都有论述。他的语言非常优美，常押阿奴布拉斯韵。如果你看过以前奥德（阿沃特）地区诗人的语言，会觉得他的伯勒杰语非常纯正，内容描写的方式也非常吸引人。实际上他是最优秀的圣人之一。

---

① 西瓦吉（Shivaji）古代马拉塔国著名印度教国王，是穆斯林莫卧儿王朝最主要的对手之一。

② 巴布·茹德罗·萨希·索伦吉（Babu Rudra Sahi Solanki）中的"巴布"（Babu）是尊称，索伦吉（Solanki）是族名，属于中世纪印度的拉贾普特王朝家族的一个分支。茹德罗·萨希（Rudra sahi）才是人名，这里应该是指质多罗俱吒（奇特拉库特）的国王。

③ 杰讷迪·阿赫默德（Jainadi Ahamad）背景不详。

（2）贝尼（Beni）——他是位行吟诗人，大约生活于公元1643年前后。没有发现他的任何著作，但可以听到他的许多格维德诗歌被广为传唱。据此可以推测，他很可能写过关于全身描写和六季描写方面的书。他的诗歌一般来说都不错，使用阿奴布拉斯等很难的修辞却不失语言流畅。

（3）莫哈拉杰[①]·杰斯文德·辛赫（Maharaj Jasvant Singh）——他是马尔瓦尔（Marvar）的著名国王，当时最强大的印度教国王。奥朗则布[②]对他都惧怕几分。他出生于公元1626年，仅在奥朗则布时期他就参加了多次战争。他是大王格杰辛赫的第二个儿子，在其父死后，于1638年继承王位。其兄阿穆尔辛赫由于其傲慢的性格而不被父王青睐，因而与王位无缘。大王杰斯文德辛赫也精通文学和哲学。他执政时期的国家，知识成为常见的话题，优秀诗人学者人才辈出。大王自己就写有好几部作品，他让学者和诗人们写的作品更是不计其数。奥朗则布曾任命他担任一段时间古吉拉特的总督。从那里还曾被派随同夏伊斯达汗[③]前往南部对付华盖王（Chhatra Pati）西瓦吉。据说，夏伊斯达汗在进攻中遭遇不幸，很大程度上是因为听了他的主意。最后他被派往喀布尔以征服阿富汗人，并于1688年在那里去世。

他被认为是印地语文学主要学者之一，其《语言装饰》一书至今仍是关于庄严论的非常流行的教科书。该书实际上是他以学者身份所写，而非以诗人身份。在序言中已经提到，在法式时期出现的撰写阐释性论著的人都是诗人，他们写论著仅仅是出于写诗的目的，而非从阐释内容的角度出发。但莫哈拉杰·杰斯文德辛赫是这一规

① 莫哈拉杰（Maharaj）其实在这里是一种称谓，意思是“大王”。

② 奥朗则布（Aurangajeba）为莫卧儿王朝最强大的皇帝之一。

③ 夏伊斯达汗（Shaista Khan）是奥朗则布的舅舅，本名叫米尔扎·阿布·塔利卜（Mirza Abu Talib）。曾任军队统帅和孟加拉总督，是奥朗则布时期莫卧儿王朝的关键人物之一。

律的例外。他是以学者身份而非诗人身份出现在印地语文坛的。他完全仿照《月光》创作了自己的《语言装饰》，而且模仿了它的简洁方法。就像《月光》中往往在一颂之内就包含阐释和例证两者一样，《语言装饰》也总是在一首双行诗中既有阐释又有例证。这就使学生背记庄严非常方便，于是《语言装饰》就在印地语诗歌法式练习者中流传开来，就像《月光》在梵语学生中流行一样。《语言装饰》是一部很薄的书。

除了《语言装饰》以外，他所写的著作都是关于哲学的，比如《可见论》（*Aprokshasiddhanta*）、《经验之光》（*Anubhavprakash*）、《喜乐游戏》（*Anandvilas*）、《原理之觉》（*Siddhantabodha*）、《原理精华》（*Siddhantasar*）、《觉月升起》剧（*Prabodhachandroday*）。这些作品也都是以韵体写成，由此尽显其韵文创作的才能。但至于文学上，他只是以学者和教育者出现在我们面前。

后世有三部对《语言装饰》进行诠释的著作——一部是本希特尔（Banshidhar）于1735年写的《庄严宝藏》（*Alankar Ratnakar*），第二部是布拉达布萨希（Pratapsahi）的，第三部是诗人古拉卜（Gulab）的《装饰月光》（*Bhushanchandtrika*）。

（4）比哈利·拉勒（Bihari Lal）——据说属于马图拉焦贝种姓[①]，大约1603年出生于瓜廖尔附近苟文德普尔村。根据一首双行诗，他的童年是在本代勒肯德度过的，青年时期来到岳父母家所在的马图拉定居。

据推测，他至少活到1663年。他还在斋普尔的米尔扎[②]国王杰耶萨赫（杰耶辛赫大王）的宫廷里待过。据说这位诗仙到斋普尔的时候，大王正沉浸在与小王妃的缠绵之中，不理朝政，根本不出后

① 焦贝（Chaube）是婆罗门种姓的亚种姓之一，因为它源于马图拉地区，所以又称马图拉焦贝。

② 米尔扎（Mirja）是莫卧儿时期的一种称号，一般授予高等级贵族和王子。

宫一步。在朝臣们的建议下，比哈利·拉勒写了一首双行诗，千方百计送到后宫，交到国王手上：

当今花中既无香粉亦无甜，
黑蜂落入其间必将难自拔。

看了这首双行诗，大王终于走出后宫，从此比哈利声名大震。大王命令比哈利就作这种生动的双行诗。比哈利开始为他作诗唱诗，每首诗都会得到一个金币。就这样，他创作了七百首双行诗，汇积成集后以《比哈利七百咏》(*Bihari Satsai*)名闻遐迩。

在艳情味著作中，《比哈利七百咏》所获得的声誉和尊重是其他任何著作都没有获得过的。它的一首首双行诗被认为是印地语文学的一颗颗奇珍异宝，后人为它写有数十乃至上百部注疏。其中有几部注疏比较著名——诗人格里希纳（Krishna）用格维德创作的注疏、赫利布拉噶希（Hariprakash）的注疏、勒卢吉·拉勒（Laluji lal）的《宝石月光》(*Lal Chandrika*)、诗人萨尔达尔（Sardar）的注疏、苏尔迪·米谢尔（Surati Mishra）的注疏等。除了这些注疏以外，不少诗人还创作了发挥比哈利双行诗之“情”的六行诗、贡德里亚、瑟崴雅等。帕坦·苏尔丹针对这些双行诗所写的贡德里亚也很好，但还不够完整。帕勒登杜·赫利希金德尔希望再创作一些贡德里亚弥补这一缺憾。潘迪特·恩比伽德特·沃亚斯在《比哈利花园》(*Bihari Bihar*)中发挥所有双行诗的情，作出了柔拉诗。潘迪特·伯尔马难陀（Paramanand）以《艳情七百咏》(*Shringar Saptashati*)为名用梵语翻译了这些双行诗。甚至不久前本代勒肯德的作家戴维伯勒萨德（普利德穆）在乌尔都语双行诗中也写进了一段译文。就这样，出现了与比哈利有关的独立文学。从这一切可以推断出这部作品受欢迎的程度。前不久，著名文学鉴赏家、伯勒杰语现代诗人巴布·杰格纳特达斯·“日德纳格尔”（Jagannath “Ratnakar”）出版了最高级、最权威的比哈利这一作品，并附有非常权威的评注。至今没有任何其他作品像他这部作品编辑得那么辛苦、认真、细致。

除了《比哈利七百咏》之外，比哈利没有写过任何著作。就是这部《比哈利七百咏》让他声名显赫。这一现象宣告了印地语文坛这样的事实，一个诗人的荣耀不在于他作品数量的多少，而在于其作品的质量。短诗所应具有的质量，毫无疑问在比哈利的双行诗中达到了顶峰。短诗不会像长篇叙事诗那样悠长而有趣。读者会陶醉于长篇叙事诗的故事背景而忘掉自我，内心会受到持续的影响。而短诗中的情味都很短暂，只能使内心的花蕾短暂开放。如果说叙事诗是广袤森林的话，那么短诗就是精挑细选的花瓶。因此它比较适合聚集的人群。短诗中无法通过一个接一个的情景展现全部生活或生活的某个完整部分，只能把某个激动人心的情景片段突然呈现在人们面前，使读者或听者好像被魔法迷住了片刻。为此，诗人就必须想象出能够吸引人的事物或行为的微小片段，用非常简练而有力的语言把它们呈现出来。所以，诗人的想象力越丰富，语言能力也就越丰富，那么他在创作短诗时就会越成功。这种能力比哈利完全具备，因此他在双行诗这种短小诗体中可以装入如此饱满的情味。这些岂止是他的双行诗，简直就是情味的点点水珠。所以有人写诗曰：

《七百咏》之双行诗，犹如锐利的短箭，
看似如此地短小，却能刺穿人身体。

比哈利情味表达的华丽体现在他的“随情”①运用中。许多地方

① 随情（Anubhav）指文学作品中主人公情感的外在表现。

都可见其运用灵巧的话语技巧，但这一方法使他想象的美妙大放异彩。他的诗歌充满情调、生动形象，没有任何艳情诗人可以把随情和调情[①]运用得如此优美。

除表达情或表达味之外，比哈利还非常依赖于表现物——尤其是在对光辉或光彩、温柔、离愁、衰弱等的描写中。有时对物的表现甚至越过正常界限而成为儿戏。

许多地方为了表明其暗讽味需要非常牵强的想象。这种地方只有传统习俗或习惯才能帮助读者，读者不得不抛开整个上下文。这种双行诗在比哈利作品中有很多。这些诗歌表明，比哈利“水罐装大海”[②]的特点之所以如此著名，很大程度上是传统习惯使然。如果不是女主角分类的传统习惯如此强势流行，比哈利也没有勇气破解这样的谜团。

诗人对庄严的运用也非常巧妙。有的双行诗用了好多个庄严手法，却并没有因此显得繁琐俗气。“不协调法”（Asangati）和“矛盾法”（Virodhabhas）[③]的诗句非常独特，譬喻庄严也运用得很好；艳情味的不定情运用也如此迷人，以致有些双行诗可以反复从文学知音口中听到。除了纯粹的诗以外，比哈利创作的格言警句也很经典，其中许多都与说教有关。格言中描述新奇或用词新颖是主要的，所有格言中只有极少数可以算作真正的诗。比哈利仅仅为用词新颖而创作的双行诗极少。

---

① 调情（Hav）指文学作品中女主角在男主角面前表现出的引其注意的表情或动作。

② “水罐装大海”是印地语成语，意思是用很少的语言表达丰富的内容。这里指用双行诗这样短小的诗句表达丰富的内容。

③ “不协调法”和“矛盾法”均为是印度诗学中的修辞方法。“不协调法”意指因果关系不协调的修辞方法，即甲因不是顺理成章产生甲果，而产生出乙果。“矛盾法”或“矛盾修辞法”（virodhabhas）是指“字面上看似有矛盾实际上并不矛盾”的方法，或“本没有矛盾的情况也让人感到有矛盾”的方法。

比哈利的许多双行诗都是以《阿热亚七百首》[1]和《民谣七百首》[2]为参照创作的。关于这一点，潘迪特·布德穆辛赫·谢尔马有详细阐述，但同时他也指出了，比哈利是如何凭借自己的天才，赋予所接受的思想观念以独立的形式，有的地方甚至是更加优美的形式。

比哈利的语言尽管是口头流行的，但同时也是文学的。句子结构非常严谨，词形运用符合规则，这种情况很少有诗人能够做到。伯勒杰语诗人任意破坏词的结构改变词形的情况司空见惯。普胜和代沃经常随意肢解用词，有些地方甚至使用臆造的词。比哈利的语言基本没有这种毛病，只有极个别地方会出现将smar（记忆）一词写成samar，或者写出kakai这种变异形式。至于其他情况，如kranti（改变，变革）也称sankraman（ap sakron）；Achchha作为“洁净”之义是梵语词；roj作为“哭泣”之义是阿格拉周边地区常说的词，而且格比尔、伽耶西等也经常使用；sonajai一词实际源自swarnajati（黄茉莉）——与juhi（一种茉莉）一词没有任何关系；梵语中vari（水）和var（水）两个词都有；varda也是“云”的意思；milan作为“(途中）停歇地”的意思在古诗中司空见惯；流行伯勒杰语中只有pichhanana（认得，认出）的形式；khatakati的复数是不变形的；如果有人根本不了解这些，对数十上百词无法理解，那么有比哈利什么错呢?

尽管比哈利没有作为阐释性作品写出《七百咏》，但“从头到脚”“女主角分类”“六季”中收入了他全部的艳情味双行诗。有些注疏家将双行诗就按这样的文学顺序排列。如前所述，在创作双行诗时，比哈利肯定注意到了阐释问题，所以我们没有把比哈利归入

---

①《阿热亚七百首》（*Aryasaptashati*）是梵语单篇阿热亚体诗集，据说作者为牛增阇梨（Govardhanacharya）。书中实际收集了760首诗，而非700首。

②《民谣七百首》（*Gathasaptashati*）是一部以民谣（gatha）体写成的俗语诗集，成书于12世纪，作者有人认为是哈勒（Hal），也有人认为是夏里瓦亨（Shalivahan）。其诗歌一般描写世俗普通人的生活，所以有学者称其为进步文学第一例。

法式时期的零散诗人，而是将其当作代表性诗人之一。

对比哈利作品价值已经有过很多评价，我们应该更多以主要着眼于作品精妙或者说精细安排技巧的鉴赏者身份来认识它——从那些看了某件象牙雕刻的精细花纹赞叹不已的鉴赏者的角度。但对那些想在内心深处得到感人肺腑的效应、在纯净无暇的情感激流中浸润片刻内心的人来说，是不可能对比哈利满意的。比哈利的诗不会把余音绕梁的曲调或音乐传播到人们心中。如果比哈利身上流动着融化的情感，他就不会仅仅满足于一首首双行诗。要是改变动人心弦的效应，那么比哈利的双行诗就不会有代沃和伯德马格尔[①]的格维德瑟崴雅那样响当当的影响力。

另外，比哈利作品中没有情的最高和最优秀的形式。他的诗是艳情味的，但都未到达爱的高地，只处于低地水平。

（5）门登（Mandan）——他是（本代勒肯德地区）杰德普尔[②]人，1659年曾在土邦王门格德辛赫的王宫待过。他有不少零散的格维德、瑟崴雅被广为传唱，但至今没有任何著作出版。在搜寻古籍时发现了他的五部著作——《味宝集》(*Rasratnavali*)、《味之游戏》(*Rasvilas*)、《遮那竭二十五首》(*Janakapachisi*)、《遮那吉之婚》(*Janaki Ju Ko Byah*)、《眼睛五十首》(*Nain Pachasa*)。

其中前两部是研究味论的，这从其书名就可看出。从各种作品集中经常可以发现他的格维德、瑟崴雅作品，还发现了他这样的诗句："当初有多么幸福，现在就有多么痛苦，当门登离开黑天。"由此可见，他也写些歌词。目前所得到的韵文显示，他好像是位具有很

① 伯德马格尔的全名为伯德马格尔·婆德（Padmakar Bhatta）。他1753年出生于今中央邦的萨格尔（Sagar），也有说生于中央邦的邦达（Bangda），1833年去世。属于代楞格婆罗门（祖居地为特伦甘纳的婆罗门），虽然母语为泰卢固语，但为印地语文学繁荣做出了很大贡献，是法式时期伯勒杰语重要诗人之一。

② 杰德普尔（Jaitpur）是18世纪一个小土邦，位于本代勒肯德地区，以杰德普尔城为首府。现在北方邦穆候巴县（Mahoba）境内。

强想象力的敏锐诗人。他的语言，非常自然、流畅、意味深长。

（6）穆迪罗摩（Matiram）——法式时期主要诗人之一，金达穆尼和普胜的兄弟。大约1617年生于狄格旺普尔村（坎普尔县），活了很久。他曾在布翁迪[①]的大王帕沃辛赫那里待了很长时间，1659年至1688年某个时间，就是在他所赐寓所写出了研究庄严的论著《秀美与艳丽》（*Lalita Lalama*）。他的韵律学著作《音韵精要》（*Chhandsar*）是献给国王辛普纳特·索伦吉的。他最迷人的作品《味王》（*Rasraj*）不是为献给任何人的。除了这几部之外，他还有两部作品——《文学精要》（*Sahityasar*）和《艳情味述要》（*Lakshan Shringar*）。他还仿照《比哈利七百咏》的方法创作了《穆迪罗摩七百首》（*Matiram Satasai*），该书在印地语古籍普查时已经发现，其中的双行诗在生动性方面不输比哈利的双行诗。

穆迪罗摩最大的创作特点就在于简洁得非常自然，其作品中既没有情的生搬硬套，也没有语言的生编硬造。语言上没有冗词赘语，任何地方都不会只为阿奴布拉斯而塞入不必要的词，所有的词和句子都是为了表达情感而用。如此干净、流畅而又自然的语言，在写作法式作品的诗人中是很少有的。但有的地方它会受到大量阿奴布拉斯的束缚。总之，穆迪罗摩这样的情味浓厚、纯洁的语言在遵循法式的人中非常少见。

与语言一样，他既没有情感的矫揉造作，也没有表达行为和企图的虚妄。他没有陷入把情感捧上天或提出不切实际的想象迷宫。他没有像比哈利一样拿女主角的离愁开玩笑。他一系列富有表达力的行为都非常直接简单，不像比哈利那样拐弯抹角。他也不太喜欢譬喻。正如他认为词的新奇和奇妙与真正的诗不是一回事一样，他也把想法的虚假精致与诗加以区分。他有一颗真正的诗人之心。如

① 布翁迪（Bundi）古代一土邦，位于今拉贾斯坦境内。

果他不是无奈地按当时惯例走上法式的成规，如果能够按自己天生的灵感行事，那么他会展现更加自然和真实的情感表达，这一点是毫无疑问的。在印度生活中过滤后得来的他那激动人心的图画所带的情感，是所有人的体验共有的一部分。

穆迪罗摩的《味王》和《秀美与艳丽》这两部作品都非常著名，因为在味和庄严训练方面都一直使用这两本书。实际上它们是同类其他作品无法比拟的。例证的迷人可以使人一下子就能感受到味和庄严。《味王》一书自不必说，就是《秀美与艳丽》中庄严的例子也非常生动有趣，一目了然。正是由于这种生动和清晰，这两部作品才受到如此广泛的欢迎。在法式时期的诗人中，除了伯德马格尔以外，任何其他诗人都没有穆迪罗摩那样流畅的语言和简洁的表达方式。比哈利成功的原因很大程度上在于其博学。还有一点，他创作的是双行诗，因此它们没能产生格维德瑟崴雅体的旋律所产生的那种音乐性。

（7）普胜（bhushan）——这位著名英勇味诗人是金达穆尼和穆迪罗摩的兄弟。他出生于1613年。质多罗俱吒的索伦吉王茹德罗曾授予他“诗人普胜”称号，从此他以普胜之名闻名遐迩。他的真名实姓现已无法知晓。他在好几个国王那里待过，最终找到了随心的恩主、后来成为其英勇味诗歌主人公的华盖王西瓦吉大王。在波纳的国王切德尔萨勒那里他也很受尊敬。据说大王切德尔萨勒曾为他抬轿，为此他脱口占诗一句：“我要赞颂西瓦吉，还是赞美切德尔萨勒？”还听说他的每首诗都能从西瓦吉那里得到数十万卢比的赏赐。一般认为他卒于1715年。

法式时期以艳情味诗歌为主。有些诗人在赞颂自己的恩主时，在他们的武功情节中当然也会描绘一下他们的英勇，但因为只是作为毫无意义的遵循习惯之举，所以并不值得关注。人民对这种描写绝不会抱有真正的同感。而普胜的英勇味诗歌的两位男主角，则是在逆境中积极进取、努力维护印度教的两位著名英雄。在印度教徒心中当时就已产生了对他们的崇敬和景仰，后来也一直保持着，甚至有增无减。所以普胜的英勇味倾诉成了全体人民心中的财富。普胜的诗是一个事关诗人声名的不变事实的例证。人民内心接受了哪位诗人的作品，哪位诗人的声名就会一直保持下去，直到他的诗不再被接受为止。无论是梵语文学，还是印地语文学，都有成千上百的诗人为自己的恩主国王写下赞美作品，但今天人们却连他们的名字都不知道。只有那些搜寻古籍的人有时会在某位大王的藏书阁，抑或在某人家的角落里找出一两本他们的书。那位婆吉王广散钱财让人为自己歌功颂德，甚至他的传记也是诗人们为其捉刀。但如今还有谁知道他？

对西瓦吉和切德尔萨勒英勇气概的描写任何人都不能说是诗人的虚假奉承。它们不仅仅是对赞颂恩主习惯的模仿。全体印度教人民都热忱地要记住这两位英雄，普胜表现了人们的这种热忱。他是印度教人民的代表性诗人。正如一开始就交代的，在到西瓦吉的宫廷之前，他还到过其他国王那里。他肯定也不得不赞美他们的武功等，但那些赞美都不是真心的，都是不可靠的。后来普胜一定厌恶了自己的那些作品。他只有《西瓦王普胜》①《西瓦五十二首》②（*Shivabavani*）和《切德尔萨勒十首》③（*Chhatrasaldashak*）三部作品存世。据说除此之外他还有三部作品——《美德乌拉斯④》（*Bhushan*

①《西瓦王普胜》（*Shivarajbhushan*）是一部鸿篇巨著，其中有385篇诗作。该书是以庄严论著而写的，用双行诗对庄严进行阐释，用格维德和瑟崴雅举例。全书描写了西瓦吉的日常生活与工作。

②《西瓦五十二首》（*Shivabavani*）中共有52首诗，很有感染力地描写了华盖王西瓦吉的英勇气概和丰功伟绩，描写了他如何捍卫了印度教和国家。

③《切德尔萨勒十首》（*Chhatrasaldashak*）中仅有10首诗，描写了本代拉地区的英雄切德尔萨勒（Chhatrasal）的英勇气概。切德尔萨勒是本代拉国奠基者金伯德拉耶的儿子，一生都在为本代拉的独立与奥朗则布政权斗争和作战。

④ 乌拉斯（ullas）是一种庄严（修辞）方式，描写的是由于某物或某人的优点或缺陷而在另一物或人身上产生优点或缺陷。

Ullas）、《弊病乌拉斯》（*Dushan Ullas*）、《普胜千首》（*Bhushan Hazara*）。关于这些著名的诗歌，我们在此说它们如何如何辉煌壮丽，如何如何威风凛凛，也不过是吃别人嚼过的馍。这里我们要说的只是：普胜就是英勇味的诗人。他也有几首格维德和艳情诗，但数量极少，不值一提。因为是法式时期的诗人，普胜的主要作品《西瓦王普胜》是作为庄严论作品而创作的。但从法式著作的角度看，以庄严研究来考虑，并不能说它是一部优秀的作品。阐释的语言也不清晰，有些地方举的例子也不恰当。普胜的语言感染力是强烈的，但语言大多是杂乱无章的，往往违反语法规则，句子结构经常是混乱的。此外，词形有时也被破坏得一塌糊涂，有时用的完全是臆造的词。但那些避免了这两种弊端的格维德诗则非常有表现力和影响力。略看以下诗例：

> 因陀罗斩杀金帕①，大火将水烤干，
> 罗怙之王②战胜傲慢魔王罗婆那，
> 风卷残云，辛普将罗蒂之夫化作灰③，
> 持斧罗摩④杀死千手阿周那⑤，
> 似野火烧毁森林，虎豹扑向鹿群，
> 森林之王狮子征服大象，
> 俨然光明战胜黑暗，黑天斩首刚沙，
> 我们的西瓦吉像雄狮一样，战胜蔑戾车⑥族。

---

① 金帕（Janbh）是《梨俱吠陀》中的妖魔。

② 罗怙之王在这里指罗摩。罗怙（Raghu）为罗摩家族的族名。罗怙是罗摩的曾祖父，一代名王，罗怙族的始祖。

③ 辛普（Shinbhu）是湿婆的称号之一。罗蒂（Rati）是欲神（Kamdev）之妻，罗蒂之夫即欲神。这句指湿婆用额头的第三只眼将欲神烧为灰烬的故事。

④ 持斧罗摩（Parashuram）是毗湿奴的第六个化身。

⑤ 这里是《薄伽梵往世书》的千手阿周那（Sahasra Arjun），而非《摩诃婆罗多》中的阿周那（Arjun）。

⑥ 蔑戾车（Mlechchha）为原始部落民族，在雅利安人看来属于蛮族。

……

勇冠群王西瓦吉，安排位列小王间；

心中怒火在燃烧，宫廷之上显威严；

对帝不愿行礼节，口中放出不吉语；

满朝文武吓破胆，皇帝闻听亦变颜。

（8）古勒伯迪·米谢尔（Kulpati Mishra）——他属于马图拉焦贝种姓，住在阿格拉。值得注意的是，他是著名诗人比哈利的外甥。父名伯尔苏罗摩·米谢尔。古勒伯迪曾在斋普尔的大王杰耶辛赫（比哈利的恩主）的儿子罗摩辛赫大王的宫廷里待过。他的《味之奥秘》（*Rasrahsya*）的创作时间为健日王纪元1727年8月黑半月11日[①]。此前只发现他的这部著作为人所知，并已出版发行。但通过搜寻，又发现他的以下一些作品：《德罗纳篇》[②]（公元1680）、《逻辑之河》[③]（公元1686）、《从头到脚》《战争精华》（Sangram Sar）[④]、《味德之奥秘》（Gun Rasrahasya）[⑤]（公元1667）。因此他的诗歌创作时间可以确认在公元1667~1686年。

在法式时期的诗人中，古勒伯迪·米谢尔是位优秀的梵语学者。他的《味之奥秘》是对孟默德《诗光》逐字翻译。由于很好

---

① 这句话原文如此。健日王纪元1727年8月黑半月11日应该为公元1670年11月的某一天。但这似乎不太合理，因为一本著作不太可能在一天内就完成。下面《味之秘密/味德之奥秘》后面括号里的（1667）也与此不符。

②《德罗纳篇》（*Drona Parva*）原本是史诗《摩诃婆罗多》的第七篇的题目。

③ 此处原文为Yuktitarangini（逻辑之河），但其他作品中有的作Muktitarangini（解脱之河），两者仅有首字母“y”和“m”的差别。而印地语字母“y”（य）和“m”（म）极为相似。因此，原文中的“y”有可能为“m”之误。果真如此的话，这里就应该是《解脱之河》。

④《战争精华》（*Sangram Sar*）是以《摩诃婆罗多》第七篇《德罗纳篇》为基础创作的，属于歌颂黑天的诗歌。

⑤ 此处原文为Rasrahasya，即《味之奥秘》，好像不太合理。似应为《味德之奥秘》（Gun Rasrahasya）。首先，如果是Rasrahasya，则与前面注①所说的《味之奥秘》同名而时间不同；其次，作者也说了这是新发现的作品。应该不是前者；第三，其他版本或其他作家的著作中用的是Gun Rasrahasya，即《味德之奥秘》。

地掌握了文学理论，对古勒伯迪·米谢尔来说，努力做出比流行阐释性著作更加成熟的研究是非常自然的事。就是出于这一目的，他写出了《味之奥秘》。他体会到，诗体是不适于学术研究的，所以有些地方他也用了一些散文体的注释。但由于散文体没有得到改进，他创作这一作品的初衷并未实现。这部作品没能得到应有的传播。《诗光》中内容得以清晰地表达，而他的伯勒杰语韵散混合体中却没有这种清晰表达。有些地方语言和句子结构都很难让人看懂。尽管他在词力和情等研究中所给的阐释和例证很多都是《诗光》的，但在庄严讨论中一般都是在赞颂恩主罗摩辛赫时自己创作的。他生活在伯勒杰地区，所以应该是熟练掌握了流行的伯勒杰语的。我们推测，他在哪里能够更自由更随心所欲，在哪里的创作就会更生动，更感情充沛。

（9）苏克代沃·米谢尔（Sukhadev Mishra）——他的后人至今仍生活在道勒德普尔村（北方邦拉耶布雷利县）。前不久，出自该村的著名学者莫哈维尔·伯勒萨德·德维迪（Mahawir Prasad Dvivedi）写了一篇他的生平事迹，发表在《娑罗室伐底》杂志上。苏克代沃生于艮比拉，在他的《品行论》（*Vrit Vichar*）中对艮比拉有所描述。他的创作时间可以认为在1663~1703年。目前已知他有七部作品：《品行论》（1671）、《韵律思辨》（*Chhandvichar*）、《法吉勒·阿里之光》（*Phajila Ali Prakash*）①、《味海》（*Rasarnav*）、《艳情之蔓》（*Shringarlata*）、《神光》（*Adhyatmaprakash*）、《德希勒特·拉耶》（*Dasharatha Ray*）。

在《神光》中，诗人阐述了有关梵智问题，这使民间传言得到了证实：他是一位清心寡欲的苦修者。

从迦尸学习归来后，苏克代沃·米谢尔在阿索特尔（今法代赫

① 法吉勒阿里（Phajil Ali）是莫卧儿皇帝奥朗则布的大臣，曾经保护过苏克代沃·米谢尔。

普尔县）的国王婆格文德拉伊·克吉和道里亚凯拉的国王拉沃·摩尔登辛赫那里待过。他在奥朗则布的大臣法吉勒·阿里·夏赫那里也待过一段时间。最后他去了穆拉尔穆乌的国王戴维辛赫那里。在戴维辛赫的一再请求下，他率全家定居于道勒德普尔。国王拉吉辛赫·高尔赐予他“诗王”称号。实际上他是位成熟的诗人，也很有学者气质。任何诗人都没有他对韵律学研究得那么纯。他既是有学问的学者，又在诗歌艺术方面很有才华。《法吉勒·阿里之光》和《味海》中的艳情味例诗都非常美。

（10）迦梨陀娑·德利维迪（Kalidas Trivedi）——他是生活在恩德尔维德[①]的曲女城婆罗门。关于他的事件记载不多，好像在公元1688年曾与某位王公一起随奥朗则布的军队参加苟勒贡达[②]战役。通过对奥朗则布的颂扬他也描写了这场战役。

我们发现，迦梨陀娑在金布国王鸠格基德·辛赫那里也待过，1692年还为他写过《新郎新娘趣语》（*Var-Vadhu-Vinod*）。这是部关于女主角分类和从头到脚庄严的书。他还有一本收录了32首格维德的很薄的集子《戴项链的》（*Janjiraband*）。他的另一部名为《罗陀–马特沃婚趣》（*Radha-Madgav Budhamilan Vinod*）的作品也已被发现。除了这些以外，他的大型诗集《迦梨陀娑千首》（*Kalidas Hazara*）一直非常著名。关于这部诗集，《西沃辛赫之莲》中写道：它收录了从1424~1719年共212位诗人的1000首诗歌。在确定诗人的年代方面，这本书非常有用。他的儿子格文德拉和孙子杜勒赫都是很优秀的诗人。

他是位熟练而有才的诗人。他零散的格维德到处可以听到传唱，从这些格维德可以清楚地了解到他的心地善良。

---

① 恩德尔维德（Andarved）是指恒河与朱木拿河之间从阿拉哈巴德到赫利德瓦尔（位于今北阿肯德邦）的一片广大区域。

② 苟勒贡达（Golkunda）是印度南方的一座著名古城，曾是伯赫穆尼王朝苏丹们的首都。其遗址现在特伦甘纳邦海德拉巴市以西约6千米处。也译作“高康达”。

（11）拉姆（Ram）——《西沃辛赫之莲》中把他的出生日期写为1646年，而且说在迦梨陀娑的《迦梨陀娑千首》中收有他的格维德诗。他还有一部写女主角分类的著作《艳情芳香》（*Shringarsaurabha*），其中的诗歌非常优美。古籍搜寻中发现一本他的《诃奴曼剧》（*Hanuman Natak*）。据西沃辛赫称，他的诗歌创作时间大约在1673年。

（12）内瓦吉（Nevaj）——他是恩德尔维德的婆罗门，生活于1680年前后。好像在伯纳国王切德尔萨勒那里被任命顶替某位叫婆格沃德的诗人。

西沃辛赫把内瓦吉的出生时间写为1682年，似乎不准确，因为他的《沙恭达罗剧》）（*Shakuntala Natak*）的创作时间是1680年。另外还有两位内瓦吉，其中一位在婆格文德拉伊·克吉的宫廷里。我们这里的内瓦吉还被发现也在奥朗则布儿子阿吉姆夏赫那里待过。他是用双行诗、四行诗、瑟崴雅等韵体创作了《沙恭达罗剧》。他零散的格维德诗在许多地方都有收集汇编，流露出他的诗才和仁慈。内瓦吉毫无疑问是位优秀诗人，他的语言非常洗练、规范，富有表现力，很少冗词赘句。他似乎特别青睐于幽会艳情描写。

（13）代沃（Deva）——他是伊达瓦[①]的瑟纳特耶婆罗门。也有人极力证明他是曲女城人。他的全名叫代沃德特（Devadatta）。他自称《情乐》（*Bhavavilas*）的创作时间为1689年，而且创作该作品时他只有16岁。据此推算，他出生于1673年。除此以外没有任何关于他的记载。不过可以推测，他没有找到能使他欢度华年的中意恩主。他不停地从一个地方到另一个地方，在一些财主们那里转来转去，但从没久留。其原因无外乎他的性情古怪，或当时人们的

① 伊达瓦（Itawa）也译作埃塔瓦，印度北方邦一座古城，位于阿格拉东南方阎牟那河边。

兴趣与他的诗歌格格不入。他曾将自己的《一天一夜》[①]和《情乐》（*Bhav Vilas*）唱诵给奥朗则布的长子阿吉姆夏赫听，因为他酷爱印地语诗歌。后来他以婆瓦尼德特·崴希耶[②]之名为题写了《婆瓦尼之乐》（*Bhavanivilas*），以古谢勒辛赫[③]之名为题写了《古谢勒之乐》（*Kushalavilas*）。然后，他又为穆尔登辛赫之子国王乌德尤德辛赫创作了《爱之月光》（*Premchandrika*）。此后他踏上各地周游的漫长旅程。这一路的感受他都写在了名为《种姓之乐》（*Jativilas*）的作品里。这部作品描写了各个种姓、各个地区的女性。要说描写中很好地表现了她们的特点，恐怕也未必。这次游历之后，他好像遇上了一位好的恩主——国王莫迪拉勒，并于1726年以莫迪拉勒之名写了《味之游戏》（*Rasvilas*）。

法式时期代表性诗人中，代沃创作的作品可能是最多的。有人称他创作的作品有52部，有人甚至说有72部之多。不管怎么说，以下这些作品都是已知的：1.《情乐》；2.《一天一夜》；3.《婆瓦尼之乐》；4.《智人趣语》（*Sujan Vinod*）；5.《爱之波涛》（*Premataranga*）；6.《曲调宝藏》（*Rag Ratnakar*）；7.《古谢勒之乐》；8.《代沃传》（*Deva Charita*）；9.《爱之月光》（*Premchandrika*）；10.《种姓之乐》（*Jati Vilas*）；11.《味之游戏》（*Rasa Vilas*）；12.《炼诗》（*Kavya Rasayana*）或《炼词》（*Shabda Rasayana*）；13.《幸福海之波》（*Sukha Sagar Taranga*）；14.《树乐》（*Vriksha Vilas*）[④]；15.《雨乐》（*Pavas Vilas*）；16.《梵见五十首》（*Brahmadarshan Pachisi*）；17.《真见五十首》（*Tatvadarshan Pachisi*）；18.《自见五十首》（*Atmadarshan*

---

① 这里的《一天一夜》（*Ashtayama*）由Ashta和yama组成，前者意为“八”，后者意为“三小时的时间”，合起来的意思是“八个三小时”，实际就是“一天一夜”。

② 婆瓦尼德特·崴希耶（Bhavanidatta vaishya）是代沃的第二位恩主，莫卧儿王朝一诸侯国国王的侄子。

③ 古谢勒辛赫（Kushalasingha）是代沃的第三位恩主，是婆朋德土邦（Phaphund）王。

④《树乐》（Vriksha Vilas）的内容是关于讽喻（Anyokti）的。

Pachisi）；19.《世见五十首》（*Jagadarshan Pachisi*）；20.《味乐涟漪》（*Rasananda Lahari*）；21.《爱之明灯》（*Premadipika*）；22.《从头到脚》（*Nakhashikha*）；23.《爱见》（*Premadarshan*）。

代沃作品多，他往往把自己旧作中的格维德诗拿来打乱顺序，重新排列一番便完成一部新作。因此，那些同样的格维德在他的许多著作中会反复出现。《幸福海之波》就是从许多部著作选来的格维德诗集。《曲调宝藏》就是对曲调和调式形式的描写。《一天一夜》就是一天一夜享乐的流水账，好像是为了向当时那些饱食终日、无所用心、穷奢极欲的王公们提供消磨时间的详细方法而作。《梵见五十首》和《真见五十首》中的离世思想，很可能是看到人们对他诗歌的冷淡态度而产生的。

他以诗人和学者的双重身份出现在我们面前。前面已经指出，法式时期的诗人们完全不能胜任符合学者身份的工作。古勒伯迪和苏克代沃这样熟悉文学理论的大师尚且无法找到纯理论研究的方法，更何况其他诗人。实际上，一方面，伯勒杰语只是以适合诗歌的形式得以发展的，没能成为提高思维方式的适宜工具；另一方面，当时只有用韵体写作的传统。因此，作为学者的代沃也无法得到任何特殊的地位。有些人出于虔诚考虑，肯定想连同其他一些情况把一些理论萌芽也归功于他。他们这些人都觉得“真义详解”（Tatparya Vritti）是个新名词，见到“不定情”中又增加了一个“欺骗”就感到非常惊异。正理派哲学家们的“真义详解”长期以来就一直非常著名，一直就摆在所有梵语文学评论家的面前。“真义详解”其实就是使句中不同的词或词组的本义协调一致的注解，因此它与“词义表达力”[①]没什么区别，就是句子的“阿毗塔”（词义表达力）。剩下的问题就是不定情之一的“欺骗”，这是他从梵语《味河》借来的，

①“词义表达力”（Abhidha）是指印度古代文学中词的一种功能或能力，通过它可以了解一个词确定的、流行的、主要的意义。音译作“阿毗塔”。

从该书还借用了其他一些东西。另外，对文学论著稍有了解的人都知道，那里列举的33个不定情只是象征性的，不定情还可以有许多种。

“词义表达力”“象征力”等词力的研究在印地语法式著作中几乎没有涉及，这一内容的整体吸收和消化哪怕一点点都很难。

这里就不用多说了。表达的延伸达到那里？其运作机理如何？对这些问题没有全面思考，很难说出有价值的东西。代沃这里的“表达”似乎只是意指谜语式的“表义”。他关注的就是它的变体形式。

代沃的诗才或独特性是很突出的，但他的特定兴趣阻碍了他的全面发挥。有时他会进行非常复杂的创作，但他过分使用阿奴布拉斯的兴趣破坏了作品的完整性，使整篇作品显得拖泥带水、松散零乱。语言上有些地方不够流畅的原因之一也在于此。当然大多数情况下，他的语言是流畅的。有时过于讲究用词，疏于意义考量。

鉴于要考虑脚韵的元辅音皆须相同，他有时不得不用弱词，这些词有时把意思隐藏起来。有时为了压韵脚或阿奴布拉斯，他不仅破坏词的结构，而且把句子也弄乱了。什么地方完全保持了称心如意的情，什么地方的创作就非常生动。很少诗人能有他那种词义优雅和创新。毫无疑义，在法式时期他是非常大胆的天才诗人。这一时期的优秀诗人中，他具有特别值得骄傲的地位。有时他的想象非常细致而又大胆。

树枝搭出儿摇篮，嫩叶新芽铺成床，
花瓣成串以为衣，穿儿身上美无双。
柔风轻轻来吹拂，孔雀鹦鹉近身旁，
杜鹃高兴把掌鼓，使其快乐心花放。
莲花蕾般美公主，头顶藤蔓如纱丽，

撒下芥子与食盐，再加花粉驱邪忙。
宛如爱神国王子，春天如同他一样，
清晨玫瑰花盛开，叫醒婴儿般春天。

（14）希利特尔（Shridhar）或穆勒利特尔（Muralidhar）——钵罗耶伽（即今阿拉哈巴德）人，婆罗门种姓，出生于1680年前后。尽管目前仅有他的《战场信札》（*Jangnama*）已经出版——其中描述了法鲁克·西亚尔与贾汗达尔的战争[①]，但已故的巴布·拉塔克里希纳达斯提到过好几部他的法式著作，比如《女主角分类》（*Nayikabhed*）、《如画之诗》（*Chitrakavya*）等。他的创作时间应该在1703年之前。

（15）苏尔迪·米谢尔——生活在阿格拉的曲女城婆罗门。如他自己所言："苏尔迪·米谢尔为坎瑙季婆罗门，住在阿格拉城。"他在1709年写了《庄严花环》（*Alankaramala*），1737年写了《比哈利七百咏》的注评《永恒月光》（*Amarachindrika*）。因此他的创作时间可以确定为18世纪中叶前后。他经常往来于一位叫讷斯乌拉的贵族家和德里皇帝穆赫默德·夏赫的宫廷。他为《比哈利七百咏》《诗人至爱》和《鉴赏者之爱》（*Rasikpriya*）做了详细评注，从中可以得知他的文学功底和渊博知识。评注是用散文体写成的。除这些评注以外，他还把《僵尸鬼故事二十五则》[②]译成了伯勒杰语散文体，创作了以下法式论著：1.《庄严花环》；2.《味宝花环》（*Rasaratnamala*）；

① 贾汗达尔（Jahangdar）为奥朗则布之孙，巴哈杜尔一世之子，莫卧儿帝国第八位皇帝。法鲁克·西亚尔（Farrukh Siyar）是奥朗则布之曾孙，贾汗达尔是他的亲大伯父。1712年巴哈杜尔一世去世，法鲁克·西亚尔父亲阿齐姆在与大哥贾汗达尔争夺皇位中被杀，贾汗达尔继承皇位。1713年，法鲁克·西亚尔在贾汗达尔的将军赛义德兄弟帮助下进军阿格拉，打败贾汗达尔，将其处死，自己当上皇帝。但1719年法鲁克·西亚尔被赛义德兄弟打败并处死。

②《僵尸鬼故事二十五则》（*Vetal Panchavinshati*，又译*Vetal Pachisi*或*Betal Pachisi*）是印度最受欢迎的梵语故事集之一。书中以健日王搬运僵尸故事为主线，采用梵语文学常用的连环穿插形式，穿插了僵死鬼讲的24个小故事。

3.《味湖》（*Rasa Ssaras*）；4.《赏味者月光》（*Rasgrahak Chindrika*）；5.《从头到脚》；6.《诗论》（*Kavyasiddhanta*）；7.《味之宝藏》（*Rasratnakar*）。

《庄严花环》是参照《语言装饰》的方法创作的，也是阐释和例证都在同一双行诗中。

他的作品还没找全。已经找到的那些作品显示，他好像是位优秀的文学鉴赏家和诗人。他的诗倒是没有什么特殊之处，但他为文学做了很多有益的事。

（16）格文德拉·乌代纳特[①]（Kawindra Udaynatha）——迦梨陀娑·德利维迪之子。出生于1679年前后。他的《味之明月升起》（*Raschandroday*）非常著名，此外又发现了他的两部著作——《趣语月光》（*Vinodchantrika*）和《魔法游戏》（*Joglila*）。《趣语月光》创作于1720年，《味之明月升起》创作于1747年。所以他的诗歌创作时间一直延续到1747年，或更后一些。他在阿梅提国王希默德辛赫和古鲁德特辛赫·普伯迪[②]那里待了很长时间。

他的《味之明月升起》是一部优秀的艳情味论著。他的语言优美纯洁，与所描写内容相符的虚构也很迷人。

（17）希利博迪（Shripati）——他是噶勒比[③]的曲女城婆罗门。他于1720年创作了一部法式著作《诗莲》（*Kavyasaroj*）。此外他还有以下一些作品：1.《诗人如意神树》（*Kavikalpadrum*）；2.《味海》（*Rassagar*）；3.《阿奴布拉斯趣语》（*Anuprasavinod*）；4.《维格勒

① 格文德拉·乌代纳特（Kawindra Udaynatha）有时被本书作者写成乌代纳特·格文德拉（Udaynatha Kawindra）。

② 希默德辛赫（Himmatasingh）和古鲁德特辛赫·普伯迪（Gurudattaasingh）都是阿梅提土邦国国王，后者是前者之子。两人也都是诗人和诗人的恩主，该王族历代国王都曾容留保护过许多诗人，其中包括伽耶西、苏克代沃、迦梨陀娑·德利维迪、乌代纳特·格文德拉、杜勒赫等著名诗人。

③ 噶勒比（Kalapi）是印度北方邦贾劳恩县的一个城市。

姆[1]之乐》(*Vikramvilas*); 5.《莲蓓》(*Sarojakalika*); 6.《庄严恒河》(*Alankarganga*)。

希利博迪以非常纯洁的方式研究了诗歌的全部要素。在其著作中对诗病进行了比较细致的研究，在诗病的例子中用了很多盖西沃达斯的诗句。这表明，他对文学内容有完整清晰的认知和独立的思考。《诗莲》是部很成熟的作品。他对诗素研究的那种清楚明晰充分显示了他的真知灼见。如果有用散文体阐释的传统，他会更加充分地展示自己的博学。达斯应该感谢他，因为达斯把他的许多话原封不动地搬到了自己的《诗规》中。除了博学以外，他的诗才亦属一流。他创作思维活跃，愿望兴趣非常纯真。他很少陷入空洞辞藻堆砌的迷误之中。阿奴布拉斯在他的作品中比比皆是，但却没有影响意思和情的表达。多数阿奴布拉斯都是以与味相符的拼写形式出现的，在语言上有时制造华丽，有时带来甜美。他对雨季的描写非常优美。

(18) 比尔 (Bir) ——德里人，属于噶耶斯特种姓的亚种姓希利瓦斯德沃种姓 (Shrivastav)。他1722年写了一部关于味和女主角分类的著作《黑天月光》(*Krishnachantrika*)。该作品很一般。

(19) 格里希纳·格维 (Krishna Kavi) ——他属于马图拉焦贝种姓，以身为比哈利的儿子而闻名。他遵照比哈利的恩主大王杰耶辛赫的大臣拉贾·阿亚穆勒的命令，为《比哈利七百咏》作过注疏，注疏中有关大王的事用了动词的现在时，并赞颂了他。因此可以肯定，这本书是在杰耶辛赫在世时写的。大王杰耶辛赫一直活到1742年，所以这本注疏应该写于1728~1733年。书中格里希纳为了拓展双行诗的意义附加了瑟崴雅，注解中厘清拓展了诗素。他很好地阐述了诗素，诗素是该书的主要部分。格里希纳·格维也因此被归入

① 维格勒姆 (Vikram) 为大神毗湿奴的一个称号。

法式时期代表性诗人行列。他的语言简单、流畅，很少刻意追求阿奴布拉斯。他在双行诗后所加的瑟崴雅很好地证明了他的良苦用心、创作技巧和对语言的把控能力。

（20）日西格·苏婆迪（Rasik Subhati）——伊希沃尔达斯之子，1728年仍在世。他沿袭古沃勒亚南德[①]用双行诗创作了一部庄严论著《庄严月升》（*Alankarachandroday*）。他的诗作总体来说也不错。

（21）庚金（Ganjan）——他是迦尸人，属古吉拉特婆罗门种姓。他1729年创作了一部艳情味的著作《格莫儒丁·汗·胡拉斯》（*Kamaruddin Khan Hulas*），其中在对情和味进行分类的同时详细描写了六季。他在书中全面介绍了自己家庭情况，赞扬了自己曾祖父穆古德拉伊的格维德诗。格莫儒丁·汗·胡拉斯是德里皇帝的大臣，方言诗的爱好者。庚金对他的赞扬是非常真心的，由此可见他对诗人是非常尊重的。上述作品是为博取一位富豪的欢心而写的，因此在描写季节时列举了富人的兴趣和休息时用的许多东西。这方面他与诗人格瓦勒非常相似。这本书中真情实感和着墨自然的力度不够，语言也不那么文雅和简练。

（22）阿里·穆希布·汗（Ali Muhib Khan）——他是阿格拉人。1730年，他写了一部滑稽味的著作《臭虫二十二篇》（*Khatamal Baisi*）。本节开头就已指出，法式时期艳情味占主导地位。尽管也有一些以英勇味为题创作的法式论著，但没有任何人单独以其他味为题写作。这一大胆的工作赫杰勒德[②]阿里·穆希布·汗却做到了。该书的文学意义体现在好几个方面。滑稽味属于情由为主的味。这种味中只有情由的描写是充分的。鉴于这一点，当我们考察我们文学领域嘲笑的情由时，就会发现一种不变的传统。梵语戏剧中对贪吃

---

① 古沃勒亚南德（Kuvalayanand）为16世纪梵语诗学家、语法学家和吠檀多哲学家阿伯耶·迪格契德（Appaya Dikshit）的作品。

② 赫杰勒德（Hazarata）是伊斯兰教中对帝王、圣人、先知的一种称呼。

和肚子的嘲弄似乎已成定式，到了方言文学中则成了对吝啬鬼的嘲笑。多数情况下，就是这些成了滑稽味的支柱。穆希布·汗展示了文雅取笑的一片天地。他抓住了臭虫来表现滑稽味，他有关这一小昆虫的个别梵语诗句非常著名。这里面隐含着大与小没有区别的思想。考虑到这一切，我们认为汗先生或者说我们的“布里德穆”①先生是最高级别的引路诗人。他没有任何其他作品，但那无关紧要，他的《臭虫二十二篇》就足以使人们永远记住他。

（23）达斯或毗卡利·达斯（Bhikhari Das）——他是布拉达布加尔（奥德境内）附近德云冈村人，属噶耶斯特的亚种姓希利瓦斯德沃。他对自己的家庭情况有较全面的介绍。他的父亲叫格里巴勒，祖父是维尔帕努，曾祖父名拉伊·罗摩达斯，曾曾祖父叫拉伊·讷若德姆·达斯。达斯的儿子叫阿沃忒希拉勒，孙子是高利辛格尔。因高利辛格尔无后，整个家族断了香火。达斯的已知作品有《味之概说》（*Rassaransh*，1742）、《韵宝诗学》（*Chhandarnav Pingal*，1742）、《诗规》（1746）、《艳情规则》（*Shringar Niyama*，1750）、《名光》（*Namaprakash*，词典，1738）、《毗湿奴往世书语言》（*Vishnupuran Bhasha*，双行诗和四行诗）、《韵光》（*Chhand Prakash*）、《象棋一百首》（*Shataranjashatika*）、《阿墨尔之光》②（梵语《阿墨尔词典》的方言韵体版）。

在《诗规》中，达斯将布拉达布加尔的索姆王朝国王布里特维辛赫的兄弟巴布·辛杜博迪辛赫写成自己的恩主。国王布里特维辛赫1734年继承王位，1750年被德里的大臣瑟富德尔金格杀死。1749年以后他好像没有再写过任何作品，所以他的创作时间可以确认为1728~1750年。

---

① 这里“布里德姆”（pritam）是穆希布·汗的笔名，意思是“最亲爱的”。

②《阿墨尔之光》（*Amara Prakasha*）实际是梵语《阿墨尔词典》（*Amara Kasha*）的方言译本。《阿墨尔词典》在梵语词典中是最著名、最受欢迎的，据说是世界上同类第一部词典，其作者据认为是笈多王朝超日王的九宝之一阿墨尔辛赫（公元4世纪）。

在诗素研究方面，达斯具有最高的地位，因为他对韵式、味、庄严、法式、诗德、诗病、词力等所有内容的阐释都比其他人细致。如前所述，他从希利博迪那里借用了很多东西。他的阐释手法非常高明。他也具有一定的批判能力，比如他在印地语诗坛发现波尔吉雅①也充满爱情，而从味论角度而言，这属于不完全的情味显现。许多地方由于罗陀-黑天名字的出现而被奉为圣诗，诗病多少有些被忽视，但并非总是如此。因此达斯更多的还是想阐释斯沃吉雅②。但这还说不上是多么重要的发明。对达斯提到另外十个风情而感到惊讶的人应该知道，《文学之镜》中称女主角的天生庄严有18种：以轻柔动作模仿男主角（lila）、以柔美行为或表情吸引男主角（vilas）、轻浮（vichchhitti）、骄傲（vivvok）、五味杂存（kilkinchit）、摩达伊德（mottayitta）③、窃喜（kuttamitta）、惊慌或疑惑（vibhram）、温柔或优美（lalit）、欲语还羞（vihrit）、陶醉或疯狂（mad）、折磨或痛苦（tapan ）、着迷（maugdhya）、焦急不安或困窘（vikshep）、好奇（kutuhal）、欢笑（hasit）、惊讶或惊恐（chakit）、戏谑（keli）。如果说达斯从这些里面借取最后八种，再加上方言流行的十种风情，难道这就成了所谓创新吗？只要不把梵语主要理论著作的全部内容原封不动地纳入印地语之中，不全面研究文学理论，那么这种大惊小怪就会一直存在。

因此，关于达斯的学者身份问题，我们的看法与对代沃的评价相同。尽管在这方面达斯比其他人做了更多工作，但他仍然无法完全具备学者的素质。由于环境条件所限，他也是心有余而力不足。因为缺乏论证，他的阐释也不够充分，有些地方还出现谬误，有时

---

① 波尔吉雅（parakiya）指爱情人而冷落丈夫的女主人公。

② 斯沃吉雅（swakiya）指爱丈夫的女主人公。

③“摩达伊德”意指女主人公掩盖不住内心爱情流露的情态。

例证也不准确。以借代[①]为例，论述混乱，例证也与论述不尽相符。因此，达斯也和其他人一样实际只是个诗人。

达斯吉使用了文学的、精炼的方言。艳情就是当时的主要内容，所以他也和代沃一样详细描写了它。代沃为了描写不同地域不同人群的女性而写了《种姓之乐》，理发匠之妻、洗衣工之妻（或洗衣妇）等全都包括在内，但由于担心缺乏味或考虑到习俗，达斯吉不是把她们当作激发感情的人，而是作为红娘。他的《味之概说》中有理发匠之妻、舞女、洗衣工之妻（或洗衣妇）、陶工妻、槟郎女等，应有尽有。他比代沃更具味的洞察力，他的《艳情规则》就是独具特色的美诗，例证非常优雅迷人，生动有趣。语言上没有冗词赘语，既不追求词汇的新奇，也不会为长远考虑而心焦气浮。他的作品在艺术上是有节制的，情味上是消遣性的。除了纯粹的诗歌以外，他还创作了不少劝诫诗，其中语言美是必须的。正如在他身上很少发现代沃那样的崇高愿望和想象，同样也没有他那样的失败。他完全有能力想用什么方式表达什么事就能用什么方式表达——尽管其方式不是特别新奇。达斯吉是非常优秀的诗人。

（24）普博迪（Bhupati）——全名为拉杰·古鲁德特·辛赫（Raj Gurudatta Singha）。他是阿梅提的土邦王。1734年他创作了一部艳情双行诗《七百首》（*Satasai*）。乌代纳特·格文德拉在他这里待了很久。这位阁下既有文学鉴赏力，精通诗学，又尊重诗人。他还充满刹帝利的英勇豪气。有一次，他被奥德的纳瓦布萨阿德特汗激怒了。当萨阿德特汗包围他的城堡时，他冲出城堡，就在萨阿德特汗的面前砍倒许多人，杀出重围，朝着森林绝尘而去。

除了《七百首》以外，普博迪还写了两部法式论著《嗓音装饰》（*Kanthabhushan*）和《味之宝藏》（*Rasratnakar*），但至今尚未发现，

① 借代（Upadan Lakshana）指主要意思不变，但同时包含了其他意思，即包含或引申到事物的操纵者，比如：那里动了警棍了。这里面就包含了使用警棍的人。

很可能是用阿梅提语写的。

（25）豆施尼提（Toshanidhi）——著名诗人，希林格维尔普尔（即阿拉哈巴德附近的辛格劳尔）人，杰杜尔普吉·修格勒之子。1734年创作了一部关于味和情的分类的著作《月亮》（*Sudhanidhi*）。普查时已经发现他的两本书——《百律篇》（*Vinayashataka*）和《从头到脚》（*Nakhashikha*）。豆施尼提对诗素做了很好的阐释，而且提供了生动有趣的例证。提出的构想得到很好的贯彻，语言自然流畅。豆施尼提具有很强的文学鉴赏力，是非常有才华的诗人。情感运用非常丰富却不受羁绊。他和比哈利一样，也经常使用令人惊异的夸张。

（26）、（27）德勒博迪拉伊（Dalapatiray）和本希特尔（Banshidhar）——德勒博迪拉伊属商人种姓，本希特尔属于婆罗门。两人都是今古吉拉特邦艾哈默达巴德（Ahamadabad）人。他们1735年以乌代普尔国王杰格德辛赫之名创作了一部叫作《庄严宝藏》（*Alankararatnakar*）的著作。《庄严宝藏》是以穆哈拉吉·杰斯文德·辛赫的《语言装饰》为基础创作的，它与《语言装饰》的关系正如《月光》与《蓝莲喜》的关系。这部著作的特点在于，它试图阐释各种庄严的特征和本质，为此使用了散文体。法式时期为了阐释而经常有人使用散文体，这表明了一些论著者进行全面研究的强烈愿望。我们应该认识到，正是随着这一强烈愿望才产生了发展散文的夙愿，直到数百年之后这一夙愿才得以完成。

《庄严宝藏》中对例证减少了庄严修饰。例证也选用了许多其他优秀诗人的诗句，而且还借用了檀丁等一些梵语大师的例诗。因此这本书对于研究来说是非常有价值的。书中一长串印地语诗人的名单对历史考证也是非常有帮助的。

他们两位也是优秀诗人。除了精于韵体诗创作以外，他们两人还既敏锐，又充满智慧。

（28）索姆纳特（Somanatha）——属马图拉婆罗门。他在婆罗多普尔土邦王博登辛赫最小的儿子波罗达博辛赫那里待过。1737年，他创作了一部庞大的法式论著《味甘露宝藏》（*Rasapiyushanidhi*），其中分析研究了诗体学、诗的象征与阐释、诗意、分类、词力、语音、情、味、法式、诗德、诗病等所有内容。它是比达斯吉的《诗规》更庞大的作品。在诗素分析方面他与希利博迪和达斯吉相同。他对内容进行清晰阐述的方法非常好。

除了内容分析研究以外，诗歌创作方面他也很成功。他也用笔名"瑟希纳特"（Sasinath）创作诗歌。他情感丰富，有很强的鉴赏力，其语言没有斧凿的痕迹。他的讽喻因想象力丰富和能够引出愉悦的嘲讽而闻名。如果因为他没有陷入编排大量复杂内容的窠臼，就认为他的诗作平庸，那是完全违背良心的说法。除了《味甘露宝藏》外，又发现了他的三部作品：1.《黑天里拉沃蒂五章》（*Krishna Lilavati Panchadhyayi*，1743）；2.《神乐》（*Sujan Vilas*，1750）；3.《马特沃趣剧》（*Madhavavinod Natak*，1752）。

考虑到上述几部作品的创作时间，可以确认其诗歌创作应在1743~1753年。

除了法式论著和短诗创作外，他还对长篇叙事诗予以了关注。即便我们不把《宝座三十二篇》（*Sinhasan Battisi*）的译作视为诗，至少也得承认它是韵体叙事作品。《马特沃趣剧》大概是根据《马勒蒂与马特沃》[①]写成的爱情故事。前面已经提到过，印地语诗歌中书写虚构故事的习惯几乎等于零。到现在为止，只有贾汉吉尔时期诗人布赫格尔创作的《味宝》可以称得上是虚构的长篇叙事作品。因此，索姆纳特的这一努力是他视野开阔的标志。

（29）日斯林（Rasalin）——原名为赛义德·古拉姆·讷毕

①《马勒蒂与马特沃》（*Malatimadhav*）也译作《茉莉与春天》或《茉莉和青春》。讲述的是茉莉与春天（青春）的爱情故事。茉莉为女主人公，春天（青春）为男主人公。

（Saiyad Gulam Nabi）。他是著名的比勒村（赫尔朵伊县）人，那里出过许多优秀穆斯林学者。这里的人们认为，在自己名字前面加上"比勒村民"是非常荣幸的事。古拉姆·讷毕称自己的父亲名叫巴格尔。日斯林在1737年写了著名的《身体部位之镜》（*Ang Darpan*），其中通过比照比喻对各个部位进行了奇异的描写。这部书以其诗句奇异漂亮在诗歌爱好者中一直非常受欢迎。除了《身体部位之镜》以外，日斯林还于1741年用双行诗体写了一部研究味的著作《味论》（*Rasaprabodha*）。《味论》中共有1155首双行诗，包含有味、情、女主角分类、六季、十二月等众多议题。这是一部以味为内容的有多方面特色的优秀作品。日斯林自称，要了解味的内容，读了这部薄薄的小书以后就不用再看任何其他著作。但该书并没有像《身体部位之镜》那样名闻遐迩。

日斯林自我设限，仅进行双行诗创作。这种诗通过词汇方式表现音美的余地非常小。他较多关注奇异和文体优美。

（30）日库纳特（Raghunath）——这位为迦尸国王莫哈拉杰·波利本德辛赫的宫廷增光添色的歌手，后来成了著名诗人。迦尸国王赐给他一个叫作焦拉的村庄。他的儿子荀古勒纳特、孙子荀毕纳特和荀古勒纳特的弟子穆尼代沃用方言翻译了《摩诃婆罗多》，至今仍保存在迦尸国王的藏书阁里。西沃辛赫列出他的四部作品为：《诗月》（*Kavyakaladhar*）、《鉴赏者魅力》（*Rasikamohan*）、《世界魅力》（*Jagatamohan*）、《爱情盛典》（*Ishkamahotsav*）。他还提到一部为《比哈利七百咏》所做的注。这些诗应该创作于1733~1753年。

《鉴赏者魅力》（1739）是一部关于庄严的论著，其中的例证不仅用于艳情味，用于英勇等味的也有不少。该书的一个突出特点就是，说明庄严的例子中所用诗文的几乎所有诗行都能很好印证相应的庄严。这样，他的格维德或瑟崴雅全部都被用于证明庄严。普胜等许多诗人证明庄严所用的韵诗，实际上只有其最后的或者其他某一个诗行是例证。《诗月》（1745）是一部味论著作，其中根据惯例简要介绍了情的分类、味的分类，重点描述的是男女主人公的类别，题材内容研究似乎并非其目的。《世界魅力》（1750）其实就是为了宣扬一位勇武强大的国王的日常生活，其中也写了黑天一天的活动。作者通过对许多内容——诸如政治、天文、海洋、医学、兽医、狩猎、城市、军事、堡垒防卫、飞禽走兽、象棋等——的详细而枯燥的描写展现了其知识的渊博。在《爱之神》中他表现出创作克里保利语作品的兴趣。这表明，到那时为止，人们对克里保利的概念仍然只是以乌尔都语的形式出现的。

（31）杜勒赫（Dulah）——他是迦梨陀娑·德利维迪之孙，乌代纳特·格文德拉之子。好像在他父亲去世前他就已经创作出非常优秀的诗篇，他与其父同世时间并不太长。已发现他父亲所创作的作品最晚是1747年的，因此他的创作生涯可以大致确认为1743~1768年。目前只发现一部他创作的作品《诗人项饰》（*Kavikulakanthabharan*），书中没有交代其创作时间。但他另外还有一些零星的格维德可以听到被传唱。

《诗人项饰》是一部著名的庄严论著。尽管他在同一诗句里既做阐释又给例证，但由于用了与格维德和瑟崴雅一样的大韵格律，所以为全面阐述庄严的形式和诗例提供了充分的空间。与《语言装饰》等用双行诗创作的类似作品相比，它的特点就在于此。通过它可以很轻松地了解庄严。

《诗人项饰》中只有85首诗，已发现他的零星格维德也不过15到20首。因此他的作品是比较少的。但尽管如此，他仍然跻身于非常优秀的天才诗人之列，与代沃、达斯、穆迪罗摩等齐名。他之所以如此受到青睐，就在于他诗歌的成熟、迷人想象力和感染力。他的语言既可以用来证明庄严，又可以愉悦具有鉴赏能力的听众。有位诗人对他如此推崇，甚至说出这样的话："其他所有诗人都不过是迎亲队之一员，唯有杜勒赫才是新郎之王。”

（32）古马尔穆尼婆德（Kumaramanibhata）——他的生平无从知晓。大约1746年写了一部非常优秀的法式论著《日希格[①]之甘》（*Rasika Rasal*），该书中他自称是赫利沃勒普之子。西沃辛赫称他是荀古勒地区人。

（33）辛普纳特·米谢尔（Shambhunath Mishra）——叫这个名字的有好几位诗人，其中一位生于1749年，第二位生于1810年，第三位生于1844年。这里说的是第一位，他曾在阿索特尔（在福代赫普尔县）的王公婆格文德拉伊·克吉处待过。他创作了《味之波》（*Raskallol*）、《味河》（*Raslarangini*）和《庄严之灯》（*Alankardipak*）等三部法式论著。《庄严之灯》中大多数是双行诗，格维德和瑟崴雅很少。在艳情描写中很少用例子说明，而在描写恩主的功德威望时则用得很多。

（34）西沃瑟哈耶达斯（Shivasahayadas）——他是斋普尔人，1752年创作了《西沃四行诗》（*Shivachaupai*）和《谚语味月光》（*Lokoktiras Kaumudi*）两部作品。《谚语味月光》的奇妙之处在于，它用熟语和俗谚语来阐述女主角分类。

（35）茹伯萨希（Rupasahi）——属于伯纳地区的噶耶斯特种姓分支之一希利瓦斯德沃。1756年，他创作了《形美》（*Rupavilas*），其中用双行诗阐述了韵律、庄严和女主公分类等内容。

（36）里希纳特（Rishinath）——家住阿色尼的行吟诗人，著名诗人塔古尔（Takur）的父亲，赛沃格的曾祖父。作为迦尸王的大臣色达南德和日库伯尔·噶耶斯特的门客时，他创作了优秀作品《庄严顶珠花簇》（*Alankarmani Manjari*），其中以双行诗为主，但也间或出现一些克纳克切利[②]和六行诗。该书的写作时间是1774年，由此

---

① 这里的日希格（rasik）是一种韵式。

② 克纳克切利（ghanakshari）也是一种诗的格律，其实就是格维德。

判断好像是他晚年的作品。他的诗歌很优秀，他创作诗歌的时间可以确认为1733~1774年。

（37）拜利萨勒（Bairisal）——家住阿色尼的梵婆多[①]种姓，其后人至今仍居住在阿色尼。他在1768年创作了一部很不错的庄严论著《语言装饰》，基本全是双行诗。双行诗非常生动，而且有庄严的诗例。

（38）德特（Datta）——马利（甘布尔县）人，婆罗门种姓，曾经在吉尔卡利土邦王库马恩辛赫的宫里待过。他的诗歌创作年代应该在1773年前后。他写有一部关于庄严的书《美的艺术》（*Lalityakala*），据此可以认为他是一位很优秀的诗人。

（39）日登格维（Ratanakavi）——生平不详。西沃辛赫把他的出生时间写为1741年，据此可以认为，他的诗歌创作时间在1773年前后。他在斯利那加（加尔瓦尔）[②]国王富德赫萨希那里待过。他以富德赫萨希之名写了一部关于庄严的论著《富德赫普胜[③]》，其中对阐释、讽喻、诗的分类、语音、诗味、诗病等进行了详细描述。诗例中不仅收了艳情味韵诗，而且收入了许多赞颂国王的格维德。1770年，他写了《庄严之镜》（*Alankardarpan*）。他的阐述很清晰，例诗也非常引人入胜。毫无疑问，他是一位顶级优秀诗人。

（40）纳特（赫利纳特，Harinath）——他是生活在迦尸的古吉拉特婆罗门。他于1769年写了一本薄薄的《庄严之镜》（*Alankardarpan*），其中的每一个诗行都包含好几个例证。他的顺序与其他人相比有奇特之处，他首先用许多双行诗进行大量阐释，然

---

① 梵婆多（Brahmabhatta）是婆罗门种姓的一种，也可全音译作“婆罗诃摩婆多”，据称为婆罗门中最优秀者。

② 加尔瓦尔（Garhval）为印度北部古代一个王国，英国人统治时期成为一个县，现在印度北阿肯德邦境内。斯利那加（Shrinagar）是该王国的首都，所以这里作者以首都名称呼该王国为斯利那加（加尔瓦尔）王国。它与克什米尔邦的斯利那加没有任何关系，只是同名而已。

③ 这里的“普胜”意为“装饰”。

后以格维德等形式同时给出其所有的例证。其诗歌总体而言还算优秀。

（41）穆尼拉姆·米谢尔（Maniram Mishra）——他是曲女城居民伊恰拉姆·米谢尔的儿子。他于1772年写了两部作品——《韵律五十六篇》（*Chhandchhappani*）和《欢乐吉祥》（*Anandmangal*）。《欢乐吉祥》是《薄迦梵往世书》第十篇的韵体译作；《韵律五十六篇》则是关于韵律学的非常独特的著作。

（42）金登（Chandan）——他是纳希尔–布瓦扬（属夏赫杰汗普尔县）的游吟歌人，经常出入高尔土邦王盖谢利辛赫的王宫。他写有三部著名法式论著，即《艳情海》（*Shringarsagar*）、《诗饰》（*Kavyabharan*）和《欢乐之河》（*Kallolatarangini*）。除此以外，他还写有其他一些作品：《狮子之光》（*Kesariprakash*）、《金登七百咏》（*Chandan Satasai*）、《行路者之觉》（*Pathikabodh*）、《从头到脚》（*Nakhashikha*）、《名之花环》（*Namavala*，词典）、《书信知识》（*Patrikabodh*）、《真谛集》（*Tatvasangrah*）、《希德沃森德》（*Sitavasanta*，故事）、《黑天诗》（*Krishnakavya*）和《智慧欢乐》（*Prajnavilas*）。他看起来是位很成熟的诗人。《诗饰》一书写于公元1788年。他的零散创作算是很优秀了。《希德沃森德》的故事他也是以叙事诗的形式写出的。《希德沃森德》引人入胜的故事在不少地区都很流行，讲述的是受继母虐待的名叫希德沃森德的两位王子的故事。看了他的一长串书名就会想到，他的目光不仅限于法式论著，而是放眼到了文学的其他许多领域。

他还是位优秀的波斯语诗人，并将自己的笔名定为波斯语的“白檀”（Sandal）。他的《痴情的白檀》（*Divane Sandal*）有些地方可以看到。他的诗歌创作时间可以确定在1763~1793年。

（43）代沃吉南登（Devakinandan）——他是曲女城（坎瑙季）附近摩格任德纳加尔村人，父亲名叫瑟斯利·修格勒。1785年，他创作了《艳情记》(*Shringar Charitra*)，1800年创作《阿沃图德装饰》(*Avadhut Bhushan*) 和《瑟尔夫拉兹月光》(*Sarfaraz Chandrika*)。三部均为情味和庄严的论著。1786年，他曾到一位叫贡沃尔·瑟尔夫拉兹·吉利的富裕的寺院长老那里居住，他正是在那里创作了《瑟尔夫拉兹月光》。此后他去了茹达穆乌（在赫尔豆伊县）的一位贵族富商阿沃图德·辛赫那里，就是以他的名字命名了《阿沃图德装饰》。他还写有一部《从头到脚》。西沃辛赫只知道这部《从头到脚》，并不知道他还有其他作品。

《艳情记》里不仅有味、情和女主角分类等内容，而且也包含有庄严。《阿沃图德装饰》实际上就是《艳情记》的扩展版。他的语言淳朴，感情充沛。从他的创作也可发现他智慧的力量。有些地方他也说些深奥晦涩的话。他的诗尽管更多倾向于艺术上的新奇，但其中仍充满优雅和柔美。

（44）莫哈拉杰·拉姆辛赫（Maharaj Ramsingh）——他是讷尔沃勒格勒赫土邦的王公。他写了三部关于味和庄严的著作——《庄严之镜》(*Alankar Darpan*)、《味之家》(*Rasa Nivas*，1782）和《味趣》(*Rasvinod*，1803)。《庄严之镜》用双行诗写成。他的女主角分类做得也不错。他是一位优秀的诗人。

（45）诗人帕恩（Bhan kavi）——至今还不知道他的全名。他1788年创作了一部庄严论著《国王装饰》(*Narendrabhushan*)。由此我们只知道他是国王鸠拉沃尔辛赫之子，而且在国王任鸠尔辛赫·本代勒那里待过。他举的庄严例子几乎和艳情味一样都是英勇、恐怖、奇异等味的。这使他的作品必然显示出一些新意，这种新意给那些厌倦了数百年来千篇一律的艳情的读者似乎带来了些许喘息的机会。他的诗当然没有普胜那样的震撼，也没有著名艳情爱好者那样的痴迷和甜蜜，但其创作往往是经过仔细推敲和锤炼的。

（46）诗人塔恩（Than Kavi）——他的全名为塔恩拉伊

（Thanaray），是游吟歌人金登的外甥，住在拉伊伯雷利县的道里亚凯雷。他父亲叫尼哈勒拉伊，祖父穆哈辛赫，曾祖父拉勒拉伊。1791年，他以金拉拉（拜斯瓦拉地区）的贵族富商德雷勒·辛赫的名字为名创作了法式著作《德雷勒之光》（*Dalelprakash*）。该书的内容编排很不规律，其中研究了德论、味、情、分类、诗德诗病等内容，有些地方也对庄严等做些阐释。还有的地方会出现些音调和调式的名称，对此也会加以阐释。他与过去的注疏者情形基本相同。在书的最后他还附了图画诗。总而言之，该书他并非出于创作全面性论著的目的而写。在许多内容的书写中他好像都证明了自己的才能。这方面他非常成功，我们不得不说，他对自己选取的题目进行了一流的创作。他的语言柔美优雅，短元音运用得非常优美。他要是不把自己的作品当成魔术师的百宝囊，而是始终坚持一种风格，他应该得到伟大诗人的声誉。

（47）贝尼·本迪金（Beni Bandijan）——他是拉伊伯雷利县班迪村人，曾在奥德土邦国大臣莫哈拉杰·狄盖德拉耶那里待过。1792年，他以狄盖德拉耶的名字为题写了部庄严论著《狄盖德拉耶之光》（*Tikaitarayprakash*），在另一部论著《味之游戏》（*Rasvilas*）中他研究了情味。这两部著作还没有他的滑稽诗出名。他的滑稽诗已经由"印度生活出版社"汇集成《滑稽诗集》（*Bhanrauvasangrah*）出版。

滑稽诗属于滑稽味范畴，用于对某人嬉笑怒骂地加以谴责。它在几乎所有国家都是文学的一个组成部分。正如在波斯语和乌尔都语的诗歌中"赫鸠"①（Hajo）具有特殊地位一样，在英语中讽刺文学也在文学中占有特殊位置。东方文学中"讽刺诗"的讽刺对象大都为吝啬的财主或养客者，而欧洲文学中则是当代诗人或作家。这方

① 赫鸠（Hajo）是阿拉伯语词，原义为"谴责"。这里是指一种风格的乌尔都语或波斯语诗，其中主要进行谴责或讽刺。

面，欧洲的讽刺诗中文学消遣材料居多，乌尔都语文学中对“赫鸠”来说以物事闻名。这些“赫鸠”对某财主给的马进行的取笑能使人们笑得前仰后合。同样有位诗人谴责了奥朗则布赐给的母象。这一传统的追随者贝尼也是如此。哪怕发现一床破被，他也会戏谑一番，看到小芒果也会尽情揶揄。

不过乌尔都语诗人有时也对别的诗人讽刺挖苦，同样贝尼对勒克瑙的勒勒格达斯·摩亨德（他写过一部《真实故事》，其中用四行诗详细讲述了罗摩故事）也毫不客气。他的《狄盖德拉耶之光》写于1792年，《味之游戏》创作于1817年。所以他的创作时间可以确定为1792~1833年。

（48）贝尼·布拉文（Beni Pravin）——他是勒克瑙的瓦杰贝伊[①]，曾在勒克瑙的皇帝噶吉乌丁·海德尔的大臣拉贾·德亚格里希纳·噶耶斯特的儿子讷沃勒格里希纳·乌尔夫·勒勒讷吉家待过。就是按照勒勒讷吉的要求，他于1817年创作了《新七彩虹》（*Navasatarang*），此前，他还创作了《艳情装饰》（*Shringarabhushan*）。他还到比图尔在莫哈拉贾·纳那·拉沃[②]那里待了一些日子，并以他的名字仿照《诗人至爱》写了一部庄严论著《纳那拉沃之光》（*Nanaravaprakash*）。遗憾的是至今没有他的作品出版发行。不过他的一些零散格维德诗在不少地方被收入集子或被摘用。据说他与贝尼·本迪金（滑稽诗作者）有过一次对话，为此本迪金一高兴就给了他“布拉文”[③]的称号。后来因身体不好他与妻子一起去了阿布，最后病逝于此，没有留下任何子嗣。

---

① 瓦杰贝伊（vajapeyi）是勒克瑙婆罗门中非常有威望的一群人的称号。

② 比图尔（Bithur）现为印度北方邦坎普尔附近的一个城镇，古代对印度教来说具有重要意义。它还是1857年印度大起义的起源地和中心之一。莫哈拉贾·纳那·拉沃（Maharaj Nana Rav）原是马拉塔帝国的宰相巴吉拉沃二世的养子。巴吉拉沃二世去世后，英国人拒绝承认他的宰相继承权。他后来成为领导抗英力量的重要人物之一。

③ 布拉文（pravin）意为“精通的”或“会唱的”。

他的《新七彩虹》是部非常迷人的作品，其中对女主角分类之后，简单分析了味的分类和情的分类，也提供了其他味的例子。和法式时期其他与味有关的著作一样，这也只是一部艳情著作。其中在女主角分类部分有许多爱情活动的想象。他的语言非常清晰、简洁、流畅，而不像其他许多人的语言那样拖泥带水。对季节的描写，也是从刺激感情的角度来说能多美就做到多美，其中根据传统习惯也用了不少纵欲作乐的材料。对与情人幽会的女主人公等的描写非常生动有趣。他可以与伯勒杰语的穆迪罗摩之类的诗人媲美，有些地方在语言和情的优美方面甚至可与伯德马格尔比肩。似乎他认为瑟崴雅特别适合用于艳情。

（49）杰斯文德·辛赫二世（Jasvant Singha Dvitiya）——他属于波凯勒[①]刹帝利，是代日旺土邦（位于坎瑙季附近）王。他对学问知识情有独钟，自己的藏书阁里有许多梵语和方言的著作。他的诗歌创作时间据推测应该在1799年前后。他写有两部著作，一部是《兽医学》（*Shalihotra*），另一部是《艳情顶珠》（*Shringar Shiromani*）。我们这里只涉及第二部，因为它是有关艳情味的一部重要著作。他的诗歌水平一般。

（50）耶修达难陀（Yashodanand）——其生平不详。《西沃辛赫之莲》中称他出生于1771年。只发现他有一部很薄的作品《伯勒崴女主角分类》（*Baravai Nayika Bhed*），毫无疑问这是一部独特的作品，就算不比拉希姆的《伯勒崴女主角分类》好，也是可以与其比肩之作。这里面有9首伯勒崴用的是梵语，53首用的是纯阿沃提语。非常温柔善良的情要以非常简洁自然的方式表达出来，敏感才是诗人的力量所在。从这个角度出发，他这部薄薄的作品从价值上远胜许多大部头。在诗人行列中，他毫无疑问属于地位较高者。

① 波凯勒（Baghel）为刹帝利种姓的一个分支，主要居住在今北方邦波凯勒肯德地区，历史上曾经建立过波凯勒王朝。

（51）诗人格任（Karan Kavi）——属曲女城的邦代[①]。他曾在切德尔萨勒的后裔、伯纳国王莫哈拉杰·辛杜博迪的宫廷待过。他的诗歌创作时间可以确认为1803年前后。他写了《文学之味》（*Sahitya Ras*）和《味之波》（*Ras Kallol*）两部法式论著。他在《文学之味》中详细描述了诗的阐释、表达、音类、味类、诗德、诗病等几乎所有内容。从这个视角看，这是一部非常优秀的法式论著。他的诗歌也非常生动迷人。这表明，他是一位学识渊博的诗人。

（52）古尔丁·邦代（Gurdin Pande）——关于他的生平一无所知。他在1803年仿照《诗人至爱》的风格创作了一部很全面的法式论著《花园般迷人》（*Bagmanohar*），其中也包括诗体学内容。在这同一本书中囊括了诗体学、味学、庄严论、诗德、诗病、词力等全部研究主题。据此称它为一部全能著作一点也不为过。书中论述了各种韵律，是以音节为准的梵语韵律中非常优秀的作品，是一部非常有趣而有用的论著。

（53）伯勒赫摩德特（Brahmadatta）——他是位婆罗门，受到迦尸国王莫哈拉杰·乌迪特纳拉延·辛赫的弟弟巴布·迪伯·纳拉延·辛赫的供养。他于1803年写了《学者之乐》（*Vidvadvilas*），1808年创作了很优秀的庄严论著《灯光》（*Dipaprakash*）。他的作品简洁洗练。

（54）伯德马格尔·婆德（Padmakar Bhatta）——在法式时期的诗人里，有鉴赏力的人们给予他很高的评价。这一时期，除了比哈利以外，再没有他这样广受喜爱的诗人了。他之所以如此广受喜爱，就因为他的作品迷人。法式时期的诗歌通过他和伯拉达波萨希的声音达到法式传统完美的顶峰，然后便开始衰落。因此他既是法式传

① 邦代（Pande）是婆罗门的一个亚种姓。

统最顶尖的诗人，同时也是获得如此殊荣的最后一人。全国再也没有出现像他这样声名显赫的诗人。

伯德马格尔·婆德属于泰伦格[①]婆罗门。其父莫汉拉勒·婆德出生于邦达[②]，是位权威学者和优秀诗人，因此在好几个土邦国的都城都受到尊敬。他在那格浦尔的王公日库纳特拉沃（阿巴·萨赫布）那里待过一段时间，然后到伯纳国当国王辛杜博迪的国师，并获赐好几个村庄。离开那里他又来到斋普尔国王莫哈拉杰·波罗达博辛赫处，并获赐“诗王之顶”称号和大片领地。他的儿子后来成为著名的伯德马格尔·吉（Padmakar Ji）。伯德马格尔1753年出生于邦达，活到80岁高龄，最终于1833年在坎普尔的恒河岸边与世长辞。他到过好多个地方，苏格拉[③]的诺内·阿尔隽辛赫让他当了自己的经师。1792年，他投奔了苟萨因·阿奴伯·吉利（别名希默德伯哈杜尔）。希默德伯哈杜尔是一位勇士，以前曾投靠邦达的纳瓦布，后来到奥德皇帝这里担任高级指挥官。伯德马格尔以他的名字写了一部激昂的英勇味作品《希默德·伯哈杜尔功名集》（*Himmat Bahadur Virdavali*）。1799年，他又投奔色达拉（Satara）土邦的王公日库纳特拉沃（著名的拉寇巴）[④]，获赠一头大象、十万卢比和十个村庄。此后，他又辗转到斋普尔邦国王公波罗达博辛赫处，在那里待了较长时间。波罗达博辛赫之子王公杰格德辛赫继位后他仍然在斋普尔待了很久。他以杰格德辛赫之名创作了著名的《世界趣语》（*Jagadvinod*）。好像也就是在斋普尔，他用双行诗创作了庄严论著

① 泰伦格（Tailang）是印度古代一个南方王国，地域大致为今“特伦甘纳”地区（Telangana）。也可指“特伦甘纳人”，有时也指特伦甘纳地区的婆罗门。特伦甘纳在印度独立后成为安得拉邦一部分，2014年经印度联邦议会两院批准脱离安得拉邦，单独成立特伦甘纳邦。

② 邦达（Banda）为印度北方邦一个县及其首府名。

③ 苏格拉（Sugara）应该是一地名。

④ 日库纳特拉沃（Raghunatharav）为著名马拉塔人首领，以拉寇巴（Raghoba）之名著称。

作《诗饰》(*Padyabharan*)。此间他还去过一次乌代普尔王公皮姆辛赫的宫廷，受到优厚的礼遇。受王公之命他还描写了格恩高尔的庙会[①]。杰格德辛赫1803年去世，此后他便去了瓜廖尔王公道勒德·拉沃·辛提亚的王宫。

在辛提亚的宫廷他也备受礼遇，据说在那里他应军事首领乌达吉之邀翻译了《益言集》[②]。离开瓜廖尔他去了布翁迪（Bundi），然后又从那里回到家乡邦达。后半生他一直疾病缠身。就是那时，他写出了充满厌世和虔诚味的著作《智觉五十篇》(*Prabodhpachasa*)。他知道自己将不久于人世，考虑到要死在恒河岸边，所以他就去了坎普尔，在那里度过了自己人生最后的七年。著名的《恒河微澜》(*Gangalahari*)就是那时写的。

《罗摩味之道》(*Ramarasayan*)是以蚁垤[③]《罗摩衍那》为基础创作的纪传诗，用双行诗和四行诗体写成。但这部诗作写得并不成功，或许这不是他的作品。

他的《世界趣语》也和穆迪罗摩的《味王》一样成为诗歌爱好者和实践者不可或缺的心爱宝物。实际上它好像成了艳情味的精华之作。他那美妙想象塑造了如此自然而表情丰富的形象，以致读者好像身临其境一样被迷住了。除了比哈利以外，没有任何诗人具有塑造这样生动形象的想象力。这种想象在不具备能力的词汇里只能苦苦挣扎。丰富情感只有与想象和语言结合才能够转化成优秀诗篇。可以看出，他对语言的各种表现力都能够驾轻就熟，有很强的驾驭能力。他的语言，有时通过温柔甜蜜的词汇塑造生动活泼的充满情

---

① 格恩高尔（Gangaur）为拉贾斯坦地区的一个节日名。

② 这里所说的《益言集》(*Hitopadesh*)应该是纳拉扬（那罗延）所写，大约创作于11世纪（一说14世纪）。《益言集》中多是以动物为主的寓言故事，每个故事最后都以有教益的话结束。

③ 蚁垤（Valmiki）为意译，音译作“跋弥”或“瓦勒米基”。印度古代著名梵语诗人，大诗史《罗摩衍那》的作者，有“最初的诗人”之称。

感的爱情形象；有时流淌着情与味的波澜；有时用阿奴布拉斯方法制造出铿锵之声；有时像由于豪迈的英勇气概而躁动的军队怒吼着阔步向前；有时像平静的湖水波澜不惊，为人类生活展现安宁的愿景。总而言之，他的语言包含了一个伟大诗人所应具备的多种能力。语言能力的这种多样化只有苟斯瓦密才具备。

几乎所有印地语诗人都具有超乎寻常的对阿奴布拉斯法的偏好，伯德马格尔也不能免俗。但我们稍加注意就会发现，他这种倾向不会令人厌恶，只出现在一些特定形式的诗歌之中，他是故意想在这类诗歌中表现出词汇的奇迹。连续不断的阿奴布拉斯现象大多出现在他的描述性作品中。在那些优美想象中跳动着美妙温柔的情感浪花的地方，其语言非常流畅、自然而简洁，这种地方难免也有阿奴布拉斯，但用得非常克制有限。塑造情感形象的想象力简直没的说。他不是靠推断来写技巧性内容的诗人，他心中有真实自然的感情冲动。通过象征性词汇的运用，他使自己内心不可言喻的感情如此形象化，以致读者或听者内心的共鸣油然而生。这种象征性是他的重要特征之一。

（55）格瓦勒·格维（Gvala Kavi）——他是马图拉歌人赛瓦拉姆的儿子。他是位优秀的伯勒杰语诗人，其诗歌创作时间在1822~1861年。他的《阎牟那河涟漪》（*Yamuna Lahari*）创作于1822年，最后一部作品《虔诚者情感》（*Bhakta Bhavan*）写于1862年。他一共写了4部法式论著——《爱味者之乐》（*Rasikanand*，关于庄严的）、《味与色》（*Ras Rang*，1847）、《黑天从头到脚》（*Krishnaju Ko Nakhashikh*，1827）和《诗病之镜》（*Dushanadarpan*，1834）。除此以外，又发现两部他的作品——《赫米尔的坚毅》（*Hammir Hatha*，1824）和《牧女二十五篇》（*Gopipachchisi*）。《诗人之心趣语》（*Kavihridya Vinod*）是他许多诗歌的合集。

还有两部据说也是他的作品，即《罗陀-马特沃相会》

（*Radhamadhava Milan*）和《罗陀八章》（*Radha Ashtak*）。

他对法式时期的情结是如此之浓，以至于在《阎牟那河涟漪》这样的颂神诗里也要阐释九味[1]和六季。他的知识渊博，语言流畅规范。对六季的描写非常细腻，但仍然是能够激发人们艳情味情感的那种。他描写六季的格维德可以从人们的口中听到不少，其中也有很多属于感官享受的贵族东西。格瓦勒曾遍游印度各地，他对各地方言都非常熟悉。他也曾用纯东部印地语、古吉拉特语和旁遮普语创作过一些格维德和瑟崴雅。他用波斯语和阿拉伯语词汇也很多。总之，他是位博学多才的诗人，当然也带有点放浪不羁，他的很多诗歌都属市井庸俗之列。

（56）布拉达布萨希（Pratapasahi）——他是日登森·本迪金之子，曾受到吉尔卡利[2]土邦王公维格尔穆萨希供养。他于公元1809年创作了《诗乐》（*Kavya Vilas*），1825年创作了《讽喻味月光》（*Vyangyartha Kaumudi*）。除了这两部出色的论著外，他还有如下一些作品：《杰耶辛赫之光》（*Jaysingh Prakash*，1795）、《艳情花簇》（*Shringar Manjari*，1832）、《艳情顶珠》（*Shringar Shiromani*，1837）、《庄严如意明珠》（*Alankar Chintamani*，1837）、《诗趣》（Kavya Vinod，1839）、《味王注》（*Rasraj Ki Tika*，1839）、《宝月光》（*Ratnachindrika*，《七百首》的注，1839）、《双主从头到脚》（*Jugal Nakhashikha*，对悉多和罗摩从头到脚的描写）、《伯勒婆德罗〈从头到脚〉注》（*Balbhadra Nakhashakh Ki Tika*）。

根据这一书目，他的诗歌创作时间可以确定为1823~1843年。从这一串书名就可以推断出他文学知识的雄厚和学识的广博。在学问上他与穆迪罗摩、希利博迪和达斯齐名，某种程度上他完善了他

---

① 九味（navaras）即九种情味，分别是：艳情味、悲悯味、滑稽味、暴戾味、英勇味、恐怖味、厌恶味、奇异味、平静味。

② 吉尔卡利（Charakhari）位于今印度北方邦赫米尔普尔县境内，英国殖民统治时期是本代勒肯德地区的一个小土邦。

们所开创的工作。关于比喻和讽刺的例子还有一部以《讽喻味月光》为名的独立著作，其中包括格维德、双行诗、瑟崴雅，总共130首韵体诗，全部是讽刺或讽喻的例子。稍有文学素养的人不用说也明白，这些例证多数是物事讽喻①的例子。把物事讽喻扯得太远就不得不借助非常复杂的思考，要抓住讽刺味就只能依赖对文学惯例的熟练把握。对于那些不熟悉女主人公分类、情味等所有内容及相关喻体的人们来说，这种诗作无异于天书。

在读者看来，他的某些瑟崴雅诗歌描写的是少年时期迷人的游戏中最为动人的场景，但深谙艺术的行家们关注的却是另一面。他们会从中得出这样的讽喻味——在水罐中看到自己眼睛的倒影便误认为是鱼。这种迷误或错觉就是一种庄严。因此迷误或错觉庄严就形成了这种暗讽。“错觉”庄严中总是包含有“类似”的暗讽，因此就可以得出这样的暗讽味——“眼睛就像鱼一样”。现在我们不再纠缠于庄严，再看看女主人公分类。上述那种迷误或错觉往往发生在无知的少年时代，所以上述瑟崴雅就成了无知少年时代的例子。这一长长的语义转移历程只有凭借传统惯例才能得以完成。要是不了解在诗人传统中眼睛是通过鱼来比喻的，那么这一切意义就不可能达成。

布拉达布萨希可以按一本书的要求，将所有的诗歌根据女主人公分类法按顺序排列，这样你只要愿意，就可以称它是一部非常生动有趣的女主人公分类著作。他的这种才能是前所未有、无与伦比的。如果我们从学问和诗才的完美结合角度考虑，他要超过穆迪罗摩、希利博迪和达斯。一方面，语言的温柔舒适、简洁明了、虚构的具象化以及内心的柔软都与穆迪罗摩、希利博迪和贝尼·布拉文

① 物事讽喻（vastu vyanjana）是印度古代文学中的一种修辞方式，与情感讽喻（bhav vyanjana）相对，两者统称为讽喻（vyanjana）。物事讽喻指物事与物事之间的类比讽喻，情感讽喻则指情感方面的讽喻。

不相上下；而另一方面，在学问上要比他们三人以及达斯还要略胜一筹。他的天才与伯德马格尔的天才共同使法式诗歌艺术达到完善程度。伯德马格尔运用阿奴布拉斯法经常会越过兴趣的界限，但这位善于思考的善唱者从来都不会出现这样的毛病。他的语言很大的优点就在于始终如一，其中既没有人为的虚夸，也没有节奏的松弛和词形的破坏。印地语短诗诗人往往由于按照顶针格进行创作会出现非常明显的诗病。他们最后一行诗的语言往往非常整齐、有规则并且能够动人心弦，但其他三行中就很难看到这种情况。许多诗中前三行的句子结构完全是混乱无序的，许多词和词组的运用是毫无意义的。而布拉达布萨希的语言总是一以贯之。综合而言，我们认为布拉达布是不亚于伯德马格尔的伟大诗人。

（57）日希格·荀温德（Rasik Govind）——他是宁巴尔格派一位圣雄赫利沃亚斯（Harivyas）的嫡系弟子，住在沃林达文。赫利沃亚斯的嫡系弟子中塞尔维希沃尔谢仁·代沃是位伟大的虔诚者，日希格·荀温德就是他的亲传弟子。他是（拉贾普特纳的）斋普尔人，属于纳达尼种姓[①]。其父名为夏利格拉姆，母名古玛娜，叔叔叫莫迪拉姆，兄长叫巴勒穆贡德。他的诗歌创作时间为1793~1833年。至今已发现9部他的著作，也可能还会有其他作品。已发现的9部作品为：

①《罗摩衍那索引》（*Ramayan Suchnika*）用33首双行诗按字母顺序简单介绍了罗摩衍那的故事。这是1801年以前创作的。

②《日希格·荀温德之乐云》（*Rasik Govindanand Ghan*）是一部七八百页的鸿篇巨制，其中详细描述了味、女主人公分类、庄严、德、病等内容。该书应视为他的主要论著，创作完成于1801年春五

① 纳达尼（Natani）种姓属于肯代勒瓦勒吠舍种姓的一个分支。肯代勒瓦勒的意思是“肯代拉的”，“肯代拉”是印度拉贾斯坦的历史名城之一。

日[①]。全书分为五章，其主要特点是：阐释用的是非韵体，各种味、庄严等的形式或性质尽量用散文体解释，还不时地提到梵语大师们的观点。

总而言之，这部著作是以学者的视角写成的。毫无疑问，与其他论著相比，这部作品既有更多的思考，也有许多过去被忽视的东西。在印地语论述性著作中对病的描述是很少见的，他却根据《诗光》进行了详细阐述。情味、庄严等例子有些就是他自己独创的，当然也有很多借用别人的。在选取诗例时，他表现出非常专业的鉴赏能力。梵语诗例的翻译也做得非常漂亮。

③《勒契门月光》（*Lchhiman Chandrika*）是应勒契门·噶尼耶古布杰[②]之邀而做，是《日希格·苟温德之乐云》中出现的阐释的简写本。

④《八方言》（*Ashtadeshabhasha*）用伯勒杰语、克里保利语、旁遮普语、东部语等八种方言讲述了罗陀与黑天的艳情故事。

⑤《诗体学》（*Pingal*）。

⑥《六季叙事》（*Samay Prabandha*）用85首韵诗讲述了罗陀和黑天不同季节的生活。

⑦《迦利时代拉索》（*Kaliyug Raso*）用16首格维德诗描述了迦利时代种种恶行弊端。每一首格维德最后都会有这样一段："仁慈的牧民之王，请帮帮我们吧！冷酷无情、面目狰狞的迦利期来了。"创作时间大约为1808年。

⑧《日希格·苟温德》是仿照《月光》或《语言装饰》的形式创作的关于庄严的一部小书，其中阐释与实例集于同一首双行诗。创作时间为1833年。

---

① 春五日（Vasant Panchami或Shripanchami）是印度教徒的一个节日，大约在每年印历11月（约公历1~2月）白半月初五日。该句原文为"创作于春五日"。但如此巨作在一天就创作出来不符合逻辑，因此改译为"完成于春五日"。

② 勒契门·噶尼耶古布杰（Lachhiman Kanyakubja）的背景不详。

⑨《双味甜蜜》用柔拉韵体非常简洁生动地描写了罗陀与黑天的游戏以及沃林达文景象，充分体现了诗人的鉴赏力和诗才。

第三节　法式时期其他诗人

我们已经简要描述了法式时期创作学术论著的代表性诗人，现在我们将介绍这一时期那些没有创作学术论著，而是创作另一种形式作品的诗人。此类诗人有的写了叙事诗，有的写了有关说教或虔诚的诗作，还有的写了一些零星的艳情味诗歌。这后一类诗人与前一类代表性诗人的区别仅在于，他们没有系统地将对情、味、女主角分类以及庄严等的阐释一起放到诗里来创作。他们大多也是艳情诗人，也创作了零散的艳情味诗歌。从创作风格上来说没有任何差异。此类诗人中克纳难陀是最出色的。这些诗人的作品中优美而感人肺腑的诗作比比皆是，原因在于他们不受任何束缚，什么时候想写，想写什么样情感的诗，信手便写。那些写法式论著的诗人必须写出能够为每一个庄严或女主人公类型提供例证的诗句，其中不可能所有情节都符合其天生情趣或爱好。在日斯康、克纳难陀、阿勒姆、塔古尔等那样陶醉于爱情的诗人中，没有一个人创作过阐释性作品。

长篇叙事诗在这个时期没有得到特别的发展和提高。叙事性的故事倒是写了不少，但其中只有少数具有诗性的吸引力。瑟伯勒辛赫的《摩诃婆罗多》、切德尔的《胜利珠串》（*Vijaya Muktavali*）、古鲁·苟文德辛赫的《金迪传》（*Chandicharitra*）、诗人拉勒的《切德尔之光》（*Chhatra Prakash*）、鸠特拉杰的《赫米尔拉索》、古芒·米谢尔的《尼阇陀传》（*Naishadha Charit*）、萨逻逾罗摩的《杰米尼往世书》[①]（*Jaiminipuran*）、苏登的《苏加恩传》[②]（*Sujan Charitra*）、戴维德特的《僵尸鬼故事二十五则》、赫尔纳拉扬的《马特沃讷勒和噶穆根德拉》、伯勒杰瓦西·达斯的《伯勒杰娱乐》（*Brajavilas*）、苟古勒纳特等的《摩诃婆罗多》、穆图苏登达斯的《罗摩马祭》（*Ashvamedha*）、格里希纳达斯的《方言薄伽梵》（*Bhasha Bhagavat*）、讷沃勒辛赫的《方言七百首》（*Bhasha Saptashati*）、《阿勒哈罗摩衍那》（*Alharamayan*）、《阿勒哈婆罗多》（*Alhabharat*）、《原始图拉故事》（*Mul Dhola*）、金德尔谢克尔的《赫米尔的坚毅》（*Hammir Hatha*）、谢利特尔的《战斗篇》（*Janganama*）、伯德马格尔的《罗摩味之道》，这些都是这一时期主要的故事诗。其中只有金德尔谢克尔的《赫米尔的坚毅》、诗人拉勒的《切德尔之光》、鸠特拉杰的《赫米尔拉索》、苏登的《苏加恩传》以及苟古勒纳特等的《摩诃婆罗多》等以不同的篇幅表现出诗歌的丰富情感。《赫米尔拉索》非常优秀，备受称赞，《罗摩马祭》文学性也很强，《伯勒杰娱乐》中虽然诗德有所欠缺，但在文化水平不高的黑天派虔诚者中却流传甚广。

还有一种与故事性叙事诗不同的作品也很常见，我们也可以称之为描写性叙事诗。《施舍本事》（*Danlila*）、《尊严本事》（*Manlila*）、《水中嬉戏》（*Jalvihar*）、《林中嬉戏》（*Vanvihar*）、《狩猎》（*Mrigaya*）、《秋千》（*Jhula*）、《洒红节颂》（*Holivarnan*）、《神诞日赞》（*Janmotsavavarnan*）、《吉祥颂》（*Mangalvarnan*）、《罗摩婚宴》（*Ramkaleva*）等就是此类作品。长篇叙事诗中也常有这种描写性情节。诗歌传统中，正如艳情味领域开始以“从头到脚”“六季”等为题材创作独立的作品，在故事性大诗中也开始选取某个部分为题材创作单独的作品。这些作品非常详细地描写具体情节，有时细到与纯洁的文学兴趣完全相悖的程度。一方面，诗人兴致勃勃地打

① 杰米尼（Jaimini）是古代印度一位伟大的仙人，是前弥漫差哲学的创立者。
②《苏加恩传》描写了婆罗多普尔统治者苏加恩辛赫从公元1745~1753年进行的战争。

开自己知识的百宝箱——比如描写迎亲队时，就不厌其烦地罗列出数百个马的品种；轮到描写衣服的情节，就会提到数十种布料和衣服的名称；说到吃的，就有数百种糖果点心、油炸食品、干鲜水果出现到面前。另一方面，无论多么有耐心的人对此也没法再淡定。

第四类是那些创作零星的伦理道德诗的人们。我们认为，称这类人为诗人并不合适。在说明事实的方法上有时他们是能言善辩的，但仅靠能言善辩是不可能创作出诗的。当然，有时有些感人的与内心体验有关的韵体作品也会进入伦理道德的著作，但其数量毕竟非常有限。因此，对创作此类作品的人，我们不称“诗人”，而称其为“箴言作者”或“格言家”。法式时期的沃林德（Vrind）、卡克（Ghagh）和拜达勒（Baital）都是优秀的“格言家”。

第五类是用韵体诗讲述梵智和离欲的说教者。他们有时为了说教而使用明喻、隐喻的手法，但仅仅是为了说教，而非为了制造情味的影响。其目的更多着眼于唤醒智觉本性，而非激发内心情感。对这类作者，我们只称其为“韵文作者”。当然，其中那些感情丰富、有才华的，那些能够凭借讽喻唤起人们对神的爱、使人舍弃现世享乐、有悲悯之心的作者，绝对可以说是一流诗人。

第六类是一些虔诚诗人，他们按照老的虔诚者的方式创作了充满虔诚和爱的祈求诗。

除了这些以外，还有些赞颂恩主的零星的英勇味诗歌也不断问世，其中充满对战场英勇和施舍英勇非常夸张的赞美。此类诗歌往往在一些情味论著中比较常见，而且是用作例证的，比如《西瓦王普胜》；或一些单独成书的形式，诸如《西瓦五十二首》《切德尔萨勒十首》《英勇无畏赞歌》等。此类著作中，只有那些作为颂神诗的，或者其主人公为誉满全国的英雄或人们普遍尊敬者的（如西瓦吉、切德尔萨勒、莫哈拉纳·布拉达布等），才能够成为广受欢迎的作品。按照寄人篱下诗人的习惯为讨好恩主而创作的作品、主人公在人们心中没有任何地位的作品，按自然规则当然不可能获得成功。许多作品都销声匿迹了，就因为诗人实际上在创作中只顾铺张炫耀自己的天才。这样的作品只能让诗人实现自己的愿望，却对获得声誉无益。如果比哈利只为赞美杰耶辛赫而创作自己的《七百首》，那么他就只能多得几个金币而已。不知有多少梵语和印地语诗人辛辛苦苦创造的文学成果就这样湮没无闻了，这是诗坛值得引以为戒的事情。

与虔诚时期一样，法式时期也出现一些零星的散文作品，但大多非常粗糙稚嫩。只有少数像毗湿奴派传教士们所写的《毗湿奴派大师对谈录》那样的著作中才有成熟的伯勒杰语。剩下的就是克里保利语。克里保利语很长一段时间都被认为是穆斯林的日常生活用语。有时诗人们在写到穆斯林时也用到它，比如：Aphajal khan ko jinhonne maidan mara（普胜）[①]。但后来因为德里成为首都，法式时期克里保利语成了上流社会的日常用语，而且开始用它创作很不错的散文作品。1741年，罗摩伯勒萨德・尼任杰尼用非常纯的散文体创作了《方言极裕仙人瑜伽》。

法式时期旺土邦王维希沃纳特・辛赫创作了第一本印地语戏剧作品《欢乐罗怙南登》[②]。此后，格内希・格维写了一部叫作《布勒德尤穆讷的胜利》[③]的韵体剧本，其中尽管有“角色上场”“开场白”[④]、“幕间插叙”[⑤]等，但由于加入了故事性韵体，所以见不到戏剧的自然面貌。

---

① 该句的意思应该是“他战胜了阿福杰勒・汗”。

②《欢乐罗怙南登》（*Anand Raghunandan*）中的“罗怙南登”为罗摩的称号之一。该剧也译作《罗摩乐剧》。

③《布勒德尤穆讷的胜利》（*Pradyumna Vijay*）是一部七幕剧，讲述了阿修罗沃基拉纳特的女儿伯勒帕沃蒂（Prabhavati）和克里希纳的儿子布勒德尤穆讷（Pradyumna）自由恋爱、私定终身的故事。

④ 开场白（vishkanbhak）也可译作“幕前剧情简介”指剧的开头部分，由演员简单说明剧情。

⑤ 幕间插叙（praveshak）指两幕之间穿插的对前后剧情简介。

（1）本瓦利（Banvari）——我们只知道他活跃在1633~1643年，对其生平知之不多。他对穆哈拉吉·杰斯文德·辛赫的哥哥阿穆尔辛赫的英勇大加赞颂。历史上有件广为人知的事：有一次在沙贾汗的朝廷上，色拉沃德·汗因为某件事说阿穆尔辛赫是乡巴佬，结果阿穆尔辛赫拔出宝剑就把色拉沃德·汗当场刺死。本瓦利在自己的诗歌中对这一事件有极富色彩的描写。

本瓦利的艳情味诗歌也非常有魅力，他非常注重复辞法的运用。

（2）塞伯勒辛赫·焦汉（Sabalasingha Chauhan）——他的居住地无法确认。西沃辛赫写道：有人称他为塞伯勒格尔赫[①]的王。西沃辛赫根据自己的推测认为，塞伯勒辛赫·焦汉是伊达瓦地区[②]某个村的一个地主。塞伯勒辛赫·焦汉自称与奥朗则布宫廷中某位土王米德尔森有关系。他将全部《摩诃婆罗多》的故事用双行诗和四行诗写了出来。他的《摩诃婆罗多》是一部庞大的作品，是他在1661~1724年完成的。除了这部巨著以外，塞伯勒辛赫·焦汉还将《时令之环》（*Ritusanhar*）译成了方言本，还写有《相乐》（*Rupvilas*）和一部韵律学著作，但都没什么名气。实际上他是以其《摩诃婆罗多》而闻名的。尽管其中缺乏语言的华丽和诗的美感，但诗人以质朴的语言很好地讲述了故事。

（3）沃林德（Vrind）——他是梅勒达（焦特普尔）人，格里希纳加尔土王穆哈拉吉·拉杰辛赫的老师。1704年，他可能与格里希纳加尔土王一起随奥朗则布的军队去过达卡。他的后人至今仍生活在格里希纳加尔。他的《沃林德七百首》（*Vrind Satsai*，1704）非常有名，其中收录了沃林德的七百首伦理道德诗。后来又搜寻到他的《艳情味教本》（*Shringar Shiksha*，1691）和与情味有关的《情味五十首》（*Bhavanpanchashika*）。但他的名声主要源于他的格言作者

① 塞伯勒格尔赫（Sabalagarha）也译作萨巴尔加尔，现为印度中央邦的一个镇。
② 伊达瓦（Itawa）也译作埃塔瓦，现为印度北方邦的一个县。

身份。

（4）切德尔辛赫·噶耶斯特（Chhatrasingh Kayastha）——他是伯代西沃尔地区阿黛尔村人，属于希利瓦斯德沃－噶耶斯特种姓。他的恩主是阿墨拉沃蒂的一个叫格勒亚讷辛赫的人。1700年，他创作了《胜利自由宝鬘》（*Vijaymuktavali*），以自由的形式用多种韵体描述了《摩诃婆罗多》的故事。书中的诗德很充分，有些地方的诗句非常出色。

（5）拜达勒（Baital）——他属于歌人种姓，在土邦王维格尔穆萨希的宫廷供职。如果这位维格尔穆萨希就是那位写过《维格尔穆七百首》等著作的维格尔穆萨希，也就是那位恰尔卡里的著名土邦王，库芒、布拉达布等诗人的恩主，那么就得承认，拜达勒的生活年代在1782~1829年。但《西沃辛赫之莲》中写的却是：他出生于1677年。拜达勒也和吉里特尔·拉伊一样创作了贡德里亚体伦理道德诗，每一首贡德里亚中都要称呼“维格尔穆”。他说唱了许多有关世俗生活内容的诗歌，诗歌虽然很纯朴，但很有影响力。他也和吉里特尔·拉伊一样，都没有特别追求口才的雄辩或明喻隐喻等技巧，简简单单的事就完全用简简单单的韵律来表现。尽管如此，他的话语方式中却蕴藏着非同寻常的美。

（6）阿勒姆（Alam）——他本属于婆罗门种姓，但后因爱上一位叫谢赫的染布女工而改宗为穆斯林，并与之成婚。他与谢赫生有一子，名叫杰汗。他曾受奥朗则布的二子穆阿杰姆的庇护，穆阿杰姆后来以巴哈杜尔沙之名继承皇位。因此，阿勒姆的诗歌创作时间可以认定为1683~1703年。他有一部诗集《阿勒姆之乐》（*Alamkeli*）。除了这部诗集中的韵诗以外，他还有许多很优秀的诗歌被收到其他集子中，被人们广为传唱。

染衣女工谢赫也写一手好诗。她与阿勒姆相爱的传奇故事非常有名。据说，有一次阿勒姆把一条头巾交给她，让她给染一下。匆忙中阿勒姆没注意到一张纸条还绑在头巾角上就走了。这张纸条上写着一首双行诗的一半：

美女像金手杖一样，却为何腰如此之细？

谢赫看到后将这首双行诗补齐：

上天将她腰上金子割下，装到了乳房里。

然后将纸条又绑到头巾上还给了阿勒姆。就从那天起阿勒姆彻底爱上了谢赫，并最终娶了她。谢赫是位非常灵巧而又机智的女性。有一次，夏赫贾达·穆阿杰姆跟谢赫开玩笑地问她："阿勒姆的女人就是你吗？"谢赫随口答道："杰汗伯纳赫·杰汗的妈就是我。"《阿勒姆之乐》中有许多格维德都是谢赫的手笔。阿勒姆的格维德和瑟崴雅中也有不少被认为是谢赫的作品。

阿勒姆不是创作法式作品的诗人。他是疯狂的爱情诗人，总是按照自己的情绪创作，因此他的作品表现了内心的真实。"爱的恻隐"或"爱的隐痛"充满他的每一行诗句。他的比喻也做得非常奇特，也非常多。他对词的多样性、阿奴布拉斯法等没有特别的偏好。他作品中的箴言如此令人癫狂，读者听者都会陶醉其中。这种着迷只有在真正的灵感中才有可能。他也用列克达语[①]或乌尔都语创作格维德。他的语言也非常精炼、规范，但有时也使用"keen कीन""deen दीन""jeen जीन"等阿沃提语或东部印地语。有些地方还可发现波斯语风格的有碍味的情。从爱的专注角度出发，他应该归入日

① 列克达语（Rekhata）为印地语和乌尔都语的早期形式或古称。列克达原本是一种歌或诗的形式，最早通过穆斯林用混有阿拉伯语和波斯语词的印地语传播开来，因此很长时间人们都把乌尔都语称为列克达。

斯康和克纳难陀之列。

（7）古鲁·荀文德辛赫（Guru Govindsingh）——他是锡克教伟大的第十任古鲁。他生于1666年，卒于1708年。尽管所有的古鲁都多少创作一些圣诗圣歌，但这位圣师更懂诗歌，是位优秀作者。他对锡克教缺少经典很不以为然，所以派了很多锡克教徒去迦尸学习研究语法、文学、哲学等。他一直在为捍卫印度教情感和雅利安文化而战斗。为保卫“迪勒格”和“杰内乌”①，他的宝剑始终保持出鞘，随时准备应战。尽管锡克教属于无形崇拜教派，但他对有形神形象也表示崇敬，谈论大神的故事时也充满虔诚之情。人们所共知的是，他是力量的崇拜者。他这种纯粹的印度教徒情感令人很费解，当今锡克教派中先知崇拜的狂热从何而来？受什么人的鼓舞？

他用印地语创作了好几部优秀的文学性作品，其中部分著作的名称为《懿德之光》（*Sunitiprakash*）、《箭之光》（*Sarvalohprakash*）、《爱之正道》（*Premsumarg*）、《智海》（*Budhhisagar*）和《金迪传》（*Chandichritra*）②。《金迪传》的创作方法非常有感染力，古鲁·荀文德辛赫用非常优美的诗歌写出了“难近母七百颂”③的故事。

（8）谢利特尔（Shridhar）或“穆日利特尔”（Muralidhar）——他是钵罗耶伽人。他写有好几部作品和很多零散诗篇。除了音乐著作，女主角分类，耆那教圣人传记，黑天本事的散诗、图画诗等以外，他还写了名为《战场书》（*Jangnama*）的长篇历史诗，描写了法鲁克西亚尔与贾汗达尔·夏赫的战争。该书已经由迦尸天城体宣传

---

① 迪勒格（tilak）的原义为“吉祥点”，印度教徒一般点在自己的额前以示吉祥。但这里是指印度教徒作为宗教信仰标志涂抹在额头或其他部位的标记，而且可以标示其属于“湿婆派”或“毗湿奴派”。杰内乌（janeu）可以译为“圣线”，实际就是一种粗线绳，佩戴时或左肩右斜，或右肩左斜，为婆罗门种姓的标志。

② 金迪（Chandi）为印度教著名女神，难近母的另一种表现形式。

③ 难近母七百颂（Durga Saptashati或Devimahatmya）是《摩根德耶往世书》的一部分，共13章，分为三个传记，即“伟大迦利”（Mahakali，第1章）、“伟大勒格其密”（Mahalkshami，第2~4章）和“伟大娑罗室伐底”（Mahasarswati，第5~13章）。

推广大会[①]编辑出版。这本薄薄的小书用格维德和瑟崴雅体很好地描绘了军队进攻和给养情况。其创作年代可以推测在公元1710年前后。

（9）诗人拉勒（Lal Kavi）——其全名为苟瑞拉勒·布娄希德（Gorelal Purohit），是（本代勒肯德地区）穆乌（Mau）[②]人。他奉著名国王切德尔萨勒之命，用双行诗和四行诗非常详细地描写了切德尔萨勒的事迹。书中只记述了切德尔萨勒1707年以前的事迹。由此可以推断，要么是这本书没有找全，要么就是诗人拉勒早于切德尔萨勒去世。不管怎样，从历史的角度看，《切德尔之光》（*Chhatraprakash*）是一部具有重要意义的著作。其中的事件都是真实可靠的，细节也非常准确，甚至还明确提到切德尔萨勒落荒而逃的那场战争。书中描写的事件与年代等都是完全符合史实的，已经由迦尸天城体宣传推广大会编辑出版。

作品的创作很成熟，也很符合诗德要求。诗人拉勒的语言组织能力非常强，对关系的把握精准，为了细节描写对看点的选择也很到位。很少见到事无巨细令人觉得乏味的描述。总之，只有极少数印地语诗人具备诗人拉勒的语言组织能力。在词汇奇异性、新颖性方面，他从来不会生搬硬造。在需要展示情感丰富的地方，他也只是使用朴实自然的语句，既不展开想象的翅膀，也不用复杂的推论。他也特别关注本国形势，既是西瓦吉的坚定追随者，又是切德尔萨勒的崇拜者。他在书中还展示了切德尔萨勒对西瓦吉的崇拜之情，刻画了两人会面的情景，这些情节都是值得关注的。

在《切德尔之光》中，诗人拉勒详细描述了本代拉王族的崛起、金伯德拉伊的征战纪事、切德尔萨勒的奋斗与功绩等内容。无论从诗的角度，还是从历史的角度，这部著作在印地语中都具有非同一

---

① 天城体推广大会（Nagaripracharini Sabha）是一个民间团体，1893年由夏姆松德尔·达斯（Shyamasundar Das）等创立于迦尸（瓦拉纳西）。其宗旨是宣传、推广、发展印地语语言和文学以及天城体字体。

② 穆乌（Mau）现为北方邦穆乌县及其首府。

般的地位。诗人拉勒还有一部著作《毗湿奴之乐》(*Vishnuvilas*)，用伯勒崴讲了女主角分类问题。

(10)克恩阿南德(Ghanaanand)——他是“有形情味的偶像”和伯勒杰语诗歌的代表诗人之一。他大约生于1689年，1739年卒于纳迪尔夏赫[①]的残暴统治。他属于噶耶斯特种姓，是德里皇帝穆赫默德夏赫的文书长。据说有一天，一帮心怀叵测的家伙在朝廷上对皇帝说，文书长歌唱得特别好。他向皇帝一再解释推托，而那帮家伙却说，他不会这么轻易唱的，只有他相好的妓女苏加恩让他唱他才会唱。于是妓女被传到宫里。他面对着苏加恩，背朝着皇帝唱起来，唱得大家都着了迷。皇帝欣赏他的歌唱，但对其百般搪塞和不敬非常恼火，于是把他赶出了国都。临走时他请求苏加恩也和他一起离开，但她没有跟他走。此后他便产生了厌世的想法，于是前往沃林达文，成为宁巴尔格派的毗湿奴崇拜者。在那里，他开始了完全隐居的生活。

1739年，当纳迪尔夏赫军队的士兵到达马图拉时，一些人向他们报告，沃林达文住着皇帝的文书长，他肯定有很多钱财。于是士兵们前来把他团团围住，大声喊叫着：“jar jar jar(给钱！给钱！给钱！)。”克恩阿南德则将词的音序倒过来喊道：“raj raj raj(尘土！尘土！尘土！)”并抓了三把沃林达文的尘土抛向他们。除了尘土他还能有什么呢？士兵们一怒之下将他的手砍了下来。

已知克恩阿南德的著作有：《苏加恩之海》(*Sujansagar*)、《分离本事》(*Virahlila*)、《杜鹃之海》(*Kokasagar*)、《调情之蔓》(*Raskelivalli*)、《善根》(*Kripakand*)。除此以外，他还有一些零散格维德和瑟崴雅的集子，其中分别收有150~425首不等的诗。还有一部关于崇拜黑天的大部头著作，收藏在切德尔普尔的王家图书馆，

① 纳迪尔夏赫(Nadershah)也作“纳迪尔沙”是奴隶出身的波斯国王，1739年击败莫卧儿军队，侵入德里，实施残暴的烧杀抢掳，最后迫使莫卧儿皇帝赔偿了大批金银财宝。

其中描写了“情人恩惠”“伯勒杰生活”“分离之蔓”“善根论”“山之歌”“情光”“苟古勒之趣”“灵魂奇迹”“黑天月光”“名美”“沃林达文表情”“情书”“味之春”等许多内容。他的《分离本事》用的是伯勒杰语，却是波斯语的韵。

其他任何诗人都写不出他那样地道、生动而有感染力的伯勒杰语。此外，其成熟度和甜美度也是前所未有的。他写的较多的是离愁艳情味，他是离愁艳情短诗的主要诗人。他的格言都是围绕着“爱的隐痛”展开的。爱情道路上如此老练沉稳的行者，语言知识如此丰富的诗人，在伯勒杰语中，他是独一无二的。

克恩阿南德在自己诗里经常称呼的“Sujan”，应该视为艳情味中的主角和虔诚味中的黑天。据说，他对自己的前恋人“苏加恩”的名字非常喜欢，以致在隐居以后仍然不舍得放弃。尽管在后来的生活中他以隐居的虔诚者身份去了沃林达文，但他的大部分诗歌却无法归入虔诚味之列，只能算作艳情味。他是先接受了世俗爱情的入门教诲，而后沉浸于对神的爱。他的诗歌是以情为主，空洞的别情描写在他的诗里很少见。就算有些地方他描写了容貌的华美，那也只是以描写其影响为主。由于他的格言特别倾向于内心世界的探究，所以研究外部感官感觉的作品很少。只有作为对洒红节庆典中或路上男女主角的相会、他们迷人的行为举止等的描写才会出现。幽会的外形描写有时也会见到，但那也不是以外在行为举止为主，而是以内心的欢愉和专注为主。

对爱情状态的描写是他的专长。他对爱情神秘的内心状态的揭示是其他艳情诗人所力不能及的。这种状态的首要特征就是内心或爱的主宰和智之所依。恋人们的内心情感是这样的：只要看到爱的任何很普通的举动，他（她）都会认为对方是对自己有意，因而心花怒放。

针对诗人们这种洞察力，一位著名心理学专家说过：要了解情或者情感的本质，心理学家的分析远没有诗人格言的思考有用。克恩阿南德通过矛盾修辞法解决了爱情的不可言喻性问题。他之所以喜欢基于矛盾对立的奇妙，原因就在于此。

尽管幽会和离别这两种情况他都写了，但更多关注的还是离别的内心状态，因此他有关离别的诗最著名。对离别的描写也更多着墨于内心情感探索，而非外部表象。克恩阿南德既没有像比哈利那样用外部表征衡量离别之愁，也没有表现其外表的激动。所有的不安都是内心的。外表上看，离别都是平静和严肃的，既没有辗转反侧，也没有床笫之火一般的炙烤，更没有激动得到处游串。他表现的是无言中的呼唤。

可以说，克恩阿南德对语言的准确把握，是别的诗人无法企及的。语言好像与他的心结合后变得无比驯服，他可以随着自己独特的情感表达，想让它怎么变就怎么变。有了他内心的配合，语言新的活力得到了训练，显得比以前更加强大。一旦需要，他可以把它从已有的体系转移到新的系统。他不是运用语言过去已有的力量，而是赋予它新的力量。克恩阿南德属于那种发展了语言表达力的诗人。在印地语旧诗人中，为表达自己情感的独特形式而如此大胆使用语言的没有第二人。语言的象征和暗示能力到底能达到什么程度，对此他也具备全面鉴别的能力。

比喻的广阔天地始终是开放的，但印地语诗人却很少涉足其间。只有克恩阿南德成了纵横驰骋于这一领域的诗人。很可惜，他所显示的象征的具象化和用法的独特性，在近200年后的现代后期，也就是当代的新诗潮中，在“表现主义”的影响下，才带着西方的色彩出现。相关诗歌完整显示了诗人那深入人心的寓意。无需赘言，诗人的诗句根据内心的冲动采用了曲线方式。

情感的激流遇阻以后，有时会溅起暗示的水花，同样有时也会以温柔、简洁而流畅的语流表现出来，这种地方会显示出非常流畅简练的伯勒杰语的美妙。克恩阿南德格言的富于想象也是自成一体的，不像比哈利的双行诗那样要借助文学的传统和习惯（比如“女主角分类”）。他的格言的整体结构或结合也是独特的。

（11）日斯尼提（Rasnidhi）——其原名为波利特维辛赫（Prithvisingha），是德迪亚的一个地主。我们发现，1660年他仍在世。他是位优秀诗人，曾仿照《比哈利七百咏》创作出名为《宝玉千首》（*Ratnahazara*）的双行诗著作，有的地方直接照搬了比哈利的诗句。除此以外，他还创作了许多其他双行诗，这些双行诗已经由（切德拉普尔的）巴布杰格纳特·伯勒萨德结集出版。还有阿丽勒[①]和船歌的集子也已经被发现。他属于艳情味诗人。他努力在自己的诗里加入波斯语诗歌的情味，以展示自己的才能。有些地方他还使用大量波斯语爱情诗的词汇，不惜损害其优秀诗人的声望。在完全以自己方式创作的诗歌方面，他是成功的。

（12）穆哈拉吉·维希沃纳特·辛赫（Maharaj Vishvanath singh）——他是里旺土邦的王公，非常热爱学问，著名诗人穆哈拉吉·勒库拉吉辛赫的父亲。他1721~1760年在位。他既是虔诚者，又是博学者，还是诗人和学者的养护者，自己也是深谙诗歌创作的行家。毋庸讳言，以他的名字而闻名的许多诗作都是出自他人手笔，但他自己亲笔所创的诗歌也不在少数。下面列举了他自己所创作品的目录，从中可以得知他写了哪些方面的内容。

①《昼夜记》（*Aashtayam Ahnik*）；②《欢乐罗怙南登》（*Anandaraghunandan*，戏剧）；③《最优诗光》（*Uttam Kavyaprakash*）；④《吉达罗怙南登百首》[②]（*Gitaraghunandan Shatika*）；⑤《罗摩衍那》；⑥《吉达罗怙南登见证》（*Gitaraghunanda Pramanik*）；⑦《全集》（*Sarvasangrah*）；⑧《格比尔〈真言集〉注》

① 阿丽勒（Arilla）也是一种按音长计算的韵式，其中每句16个音长。
② 吉达（gita）意为“歌”。“吉达罗怙南登”意为“罗摩之歌”。

（*Kabir Bijak ki Tika*）；⑨《〈陈情书〉注》（*Niyamapatrika ki Tika*）；⑩《罗摩坐骑》（*Ramachandra ki Savari*）；⑪《圣歌》（*Bhajan*）；⑫《词义》（*Padartha*）；⑬《箭术》（*Dhanurvidya*）；⑭《阿难陀罗摩衍那》（*Anand Ramayan*）；⑮《异教之规》（*Paradharma Nirnay*）；⑯《和平百咏》（*Shanti Shatak*）；⑰《吠檀多五百首》（*Vedanta Panchak Shatika*）；⑱《歌集上部》（*Gitavali Purvarddha*）；⑲《八极》（*dhruvashtak*）；⑳《最高道德月光》（*Uttam Niti Chandrika*）；㉑《无知伦理》（*Abodha Niti*）；㉒《欺骗短章》（*Pakhand Khandika*）；㉓《最初的幸福》（*Adimangal*）；㉔《春天三十四首》（*Basant Chautisi*）；㉕《八十四罗麦尼[1]》（*Chaurasi Ramaini*）；㉖《常识》（*Kakahara*）；㉗《词》（*Shabda*）；㉘《祭品盛宴》（*Vishva Bhojan Prasad*）；㉙《禅那花簇》（*Dhyanmanjari*）；㉚《世主之光》（*Vishvanath Prakash*）；㉛《至高梵》（*Paramatatva*）；㉜《音乐罗怙之喜》（*Sangit Raghunandan*）等。

尽管穆哈拉吉·维希沃纳特·辛赫是罗摩的崇拜者，但根据家族传统，他也很尊重无形派的真言。格比尔达斯的弟子达摩达斯到邦特沃国王处传道是历史上有名的事件。《常识》《词》《八十四罗麦尼》等就是其影响的标志。但他的创作主要还是与罗摩生平故事相关。《格比尔〈真言集〉注》的创作不是集中于无形梵，而是降低到有形罗摩身上。穆哈拉吉·维希沃纳特·辛赫是用伯勒杰语写作戏剧的第一人，从这个角度说，他的剧作《欢乐罗怙南登》具有特别重要的意义。帕勒登杜·赫利希金德尔认为，这是印地语的第一部戏剧作品。尽管剧中用了大量韵体，但对白全部用的是伯勒杰语散文体，场次和角色安排也都如此。作为第一位印地语戏剧作者，他将会被永远铭记。

---

① “罗麦尼”（Ramaini）为格比尔达斯的《真言集》的序言部分，用双行诗和四行诗写成。

他的诗歌大多数是描写性或说教性的，其语言清晰简练。

（13）婆格德沃尔·纳格利达斯（Bhaktavar Nagaridas）——尽管有好几位伯勒杰语虔诚诗人以这个名字出了名，但其中最为著名的还是格里希纳加尔的王公穆哈拉吉·萨文德辛赫。他出生于健日王纪元1756年10月黑半月12日[①]，从小就非常勇敢，13岁时就杀死了布翁迪（Bundi，也译作“邦迪”）的哈拉[②]杰德·辛赫。公元1747年，他在德里宫廷任职，在这期间他父亲穆哈拉吉·辛赫离开了人世。国王阿赫默德夏赫赐予他格里希纳加尔邦国的继承权。但当他到达格里希纳加尔时却发现其兄长已经在焦特普尔国王的帮助下早就占据了邦国的王位。于是，他返回伯勒杰，后在马拉塔人的帮助下终于击败兄长，夺回了王权。后来在家族内讧的困扰下他心灰意冷，抛弃一切去了沃林达文，过起了弃世虔诚者的生活。

到达沃林达文后，那里的虔诚者们对他非常尊敬。其中一位虔诚者写道：“开始喊他‘格里希纳加尔大王’这一俗名，他听了以后总是比较冷淡；但当喊他‘我的纳格利达斯’时，他便立即起身，张开双臂上来与我热情拥抱。”

这时候正是沃勒普嫡传的第五代继承人为沃林达文的掌门。他对沃林达文非常喜欢。有一次他从沃林达文渡过阎牟那河到对岸去办事，回来时到岸边一看，连一只筏子都没有了。他无法忍受与沃林达文分离的折磨，以致他干脆跳下河游回了沃林达文。在沃林达文，他的女伴也和他住在一起，她也会作诗。

他是留下大量诗作的虔诚诗人，其创作时间可以确定为公元1723~1762年。他的第一部著作《意愿花簇》（*Manorath Manjari*）完成于公元1723年。健日王纪元1814年（公元1757年）七月白半月初十，他将王位让给儿子瑟尔达尔辛赫便离家出走了。由此可

---

① 约为公元1699年的某日。

② 哈拉（Hara）是刹帝利的一个亚种姓。

见，早在他弃世之前很久就已经写过许多有关对黑天虔诚和伯勒杰本事的书。他在格里希纳加尔写的大大小小的著作总共有73部，分别为:《艳情味精要》(*Sringarsar*)、《牧女情爱之光》(*Gopiprem Prakash*)、《诗恋花环》(*Padprasangmala*)、《天堂般的伯勒杰》(*Brajbaikunth Tula*)、《伯勒杰精华》(*Brajsar*，1742)、《黎明本事》(*Bhorlila*)、《清晨味之花簇》(*Pratarasamanjari*)、《游乐月光》(*Biharchandrika*，1731)、《食乐八章》(*Bhojananandashtak*)、《双味甜蜜》(*Jugalarasa Madhuri*)、《花乐》(*Phulavilas*)、《牛群来挤奶》(*Godhan Agaman Dohan*)、《迷乐八章》(*Anandalagnashtak*)、《洒红节娱乐》(*Phagavilas*)、《夏日游乐》(*Grishmabihar*)、《雨季二十五首》(*Pavas Pachisi*)、《牧女谈话喜乐》(*Gopibainvilas*)、《牧女歌舞味蔓》(*Rasarasalata*)、《眼神之味》(*Nainaruparas*)、《凉海》(*Shitasagar*)、《爱之花圃》(*Ishkachaman*)、《会场装饰》(*Majalis Mandan*)、《阿丽勒八章》(*Arillashtak*)、《永远的船歌》(*Sada Ki Manjha*)、《雨季船歌》(*Varsha Ritu Ki Manjha*)、《洒红节船歌》(*Hori Ki Manjha*)、《黑天生日庆典格维德》(*Krishna Janmotsava Kavitta*)、《心上人生日庆典格维德》(*Priya Janmotsava Kavitta*)、《桑契[①]格维德》(*Sanjhi Ke Kavitta*)、《牧女歌舞格维德》(*Rasa Ke Kavitta*)、《月光格维德》(*Chandani Kavitta*)、《迪瓦利[②]格维德》(*Divari Ke Kavitta*)、《托起牛增山格维德》(*Govardhanadharan Ke Kavitta*)、《洒红节格维德》(*Hori Ke Kavitta*)、《洒红节苟古勒八章》(*Phaggokul Ashtak*)、《秋千格维德》(*Hindora Ke Kavitta*)、《雨季格维德》(*Varsha Ke Kavitta*)、《虔诚之路明灯》(*Bhaktimag Dipika*，1745)、《朝圣之喜》(*Tirthanand*，1753)、《洒红节嬉戏》

① 桑契（Sanjhi）指节日里妇女用各种彩粉、谷粒、树叶、花瓣等在家里或寺庙地面上绘制的花鸟鱼虫、飞禽走兽等图形。

② 迪瓦利（Divari）原指灯节或排灯节，这里是指本代勒肯德地区一种民间歌舞形式，一般在灯节期间表演。

（*Phagavihar*，1751）、《童趣》（*Balvinod*）、《林趣》（*Vanvinod*，1752）、《神之乐》（*Sujananand*，1753）、《虔诚精华》（*Bhaktisar*，1742）、《体征》（*Dehadasha*）、《离欲藤蔓》（*Varagyavalli*）、《味宝集》（*Rasikratnavali*，1725）、《痛苦离欲藤蔓》（*Kali Vairagya Vallari*，1738）、《阿丽勒二十五首》（*Arilla Pachisi*）、《解脱方法》（*Chhutak Vidhi*）、《阅读规则之光》（*Parayan Vidhi Prakash*）、《从脚到头》（*Shikhnakha*）、《从头到脚解脱格维德》（*Shikhanakha Chhutak Kavitta*）、《佳吉丽扬》（*Chachariyan*）[①]、《列克达》（*Rekhata*）、《理想花簇》（*Manorath Manjari*，1723）、《罗摩功行花环》（*Ramcharittramala*）、《诗觉花环》（*Padaprabodhamala*）、《双主虔诚趣语》（*Jugal Bhaktivinod*，1751）、《味序之双行诗》（*Rasanukram Ke Dohe*）、《秋日船歌》（*Sharad Ki Manjha*）、《桑契选花对话》（*Sanjhi Phul Binana Sanvad*）、《描写春天》（*Vasant Varnan*）、《味序格维德》（*Rasanukram Ke Kavitta*）、《洒红节游戏之序格维德》（*Phag Khelan Sametanukram Ke Kavitta*）、《园中树林之乐》（*Nikunjvilas*，1737）、《了解苟文德》（*Govid Parachai*）、《林中人赞》（*Vanjan Prashansa*）、《解脱双行诗》（*Chhutak Doha*）、《庆典花环》（*Utsavamala*）、《非韵诗集》（*Padamuktavali*）。

除了上述作品之外，还有两部没有发现的作品《国王的奢华》（*Vainvilas*）和《暗味之光》（*Guptarasa Prakash*）。看了这一长串的书目，读者在惊异之余应该了解到，这些书名只是用一些韵文对不同主题或内容的描写。如果把它们集中起来会形成五部或七部规模可观的著作。所以不应把上述作品名称理解为书名，而应仅视其为描写的题目。其中很多不过只是五首、十首或二十五首韵诗而已。黑天派虔诚诗人的大多数作品都以这种形式写成。对虔诚时期如此

① 佳吉丽扬（Chachariyan）为“佳吉丽”（Chachari）的复数形式。“佳吉丽”是一种歌曲或曲调，尤其在洒红节时唱的曲调。

众多诗人有关黑天本事的零星诗句感到厌倦的、仅坚持文学视角的读者大概会觉得纳格利达斯的这些作品大都是在吃别人嚼过的馍。但他是位虔诚者，对文学作品的新意没有任何想法。尽管如此，他的风格和观念还是有许多新意和特点的，有些地方他运用了非常妙的方法，有些地方他还展现了波斯语诗歌的爱情或苏菲派色彩。他除了歌词以外还运用了格维德、瑟崴雅、阿丽勒、柔拉等多种韵式。他的语言也很简洁流畅，尤其是歌词，格维德的语言则不那么流畅。

（14）鸠特拉杰（Jodharaj）——他是高尔婆罗门巴勒格里希纳的儿子。他曾应尼温加尔（现在的尼姆拉纳–阿勒沃尔）的土邦王金德尔帕恩·焦汉之请，于1818年写了一部长篇叙事诗《赫米尔拉索》，以英雄史诗时代的六行诗形式描述了任腾婆尔著名国王赫米尔代沃的事迹。赫米尔代沃是地王的后裔。他曾多次击败德里苏丹，最终死于阿拉乌丁的进攻。从这个角度看，该诗的主人公可跻身于全国性著名英雄之列。鸠特拉杰也经常模仿金德等古代诗人的语言，比如随处可见词尾hi的古老形式h的运用。《赫米尔拉索》全诗非常壮丽，对事件的描写既恰当又细致。为了使诗有特色，诗人还虚构了一些事件，比如穆希马·蒙荀勒与自己的妓女情妇一起逃出德里，到赫米尔王那里避难；还有阿拉乌丁向赫米尔索要这两人。这些虚构事件是遵循古代诗人的惯例，把政治目的从战争的起因中排除，而把爱情问题说成是战争的起因。1845年，金德尔谢克尔·瓦杰巴伊写了《赫米尔的坚毅》（*Hammir Hatha*），原封不动地采用了这个事件。诗人格瓦勒的《赫米尔的坚毅》里很可能也用了这一事件。

鸠特拉杰成功运用了刻画英雄史诗时代最后一位拉贾普特英雄传记所应该使用的形式和语言。他对诗歌的历史传统非常熟悉，这是显而易见的。

（15）巴克希·亨斯拉杰（Bakhshi Hansraj）——他属于希利瓦斯德沃·噶耶斯特种姓，1742年出生于伯纳。其先人巴克希·赫利吉舒讷吉是伯纳土邦的大臣。亨斯拉杰是伯纳王公希利·阿曼辛赫的朝臣。他是伯勒杰地区沃亚斯格迪的一位圣雄“维杰耶瑟其”的学生。圣雄给他取了个教派性名字“妻情之爱”（Premsakhi）。由于崇拜“瑟吉帕沃”[①]，他创作了许多关于甜蜜爱情的作品。

现已发现他的作品有四部：《慈爱之海》（Saneh Sagar）、《离别游戏》（*Virahavilas*）、《罗摩月光》（*Ramchandrika*）、《十二月》（*Barah Masa*）[②]。其中《慈爱之海》非常庞大，《离别游戏》可能是他写的第一部作品。《慈爱之海》已由受人尊敬的拉拉·婆格瓦恩丁[③]编辑出版，其他三部还没有出版。

《慈爱之海》用美妙的韵律对黑天的各种本事进行了描述，语言非常甜美、生动、通俗、流畅，难得一见。词序安排十分优美，没有丝毫人为造作的痕迹。阿奴布拉斯的使用很有节制，非常自然。优美主要不在于梵语词汇，而在于朴素易懂的方言词汇。方言全是典型的语言。虚构想象完全服务于“情”的概念，而非为了展现自己而无拘无束任意翱翔。为了情的发展，他只使用常见的自然的行为举止。《慈爱之海》实在是一部独特的作品。

（16）杰讷格拉杰·基修利谢伦（Janakaraj Kishorisharan）——他是阿逾陀的出家人，1740年仍在世。他写了许多有关虔诚、智、罗摩生平的诗歌，也用梵语写过一些著作。他的印地语诗歌总体而言也算优秀之作。他所创作的书目如下：《运动奥秘之灯》（*Andolan Rahasya Dipika*）、《杜勒西达斯传》（*Tulasidas Charitra*）、《智慧精华月光》（*Viveksar Chindrika*）、《原则三十四

---

① 瑟吉帕沃（Sakhibhava）的意思是“妻情”，是毗湿奴教派中妻情派对毗湿奴虔诚的一种方式，即把自己当成神的妻子，像妻子对丈夫崇拜一样对神膜拜。

② “十二月”是通过离愁者描写十二个月自然景色特点的一种诗歌形式。

③ 拉拉·婆格瓦恩丁（Lala Bhogavandin）是19世纪末20世纪初著名学者。

条》(*Siddhant Chauntisi*)、《元音十二拼》(*Barah Khari*)[①]、《美妙艳情之灯》(*Lalit Shringar Dipak*)、《诗集》(*Kavitavali*)、《遮那吉避难装饰》(*Janakisharanabharan*)、《悉多罗摩教条短诗集》(*Sitaram Siddhantamuktavali*)、《独一之河》(*Ananyataragini*)、《罗摩味之河》(*Ramarasrangini*)、《灵魂关系之镜》(*Atmasambandha Darpan*)、《洒红节火趣之灯》(*Holikavinod Dipika*)、《吠檀多精要》(*Vedant Sar*)、《知识之灯》(*Shruti Dipika*)、《味之灯》(*Rasdipika*)、《双行诗集》(*Dohavali*)、《罗怙沃尔[②]怜悯装饰》(*Raghuvar Karunabharan*)。

从上面的书目即可看出，他写的多是描写罗摩和悉多艳情、娱乐等方面的方言诗歌。

(17)阿勒贝利·阿里(Alabeli Ali)——他是毗湿奴斯瓦密派[③]圣雄温希阿里的弟子。除此之外，对他的生平几乎一无所知。据估计，他的诗歌创作时间大约为18世纪中叶。他除了是位优秀的方言诗人以外，用梵语也创作了许多优秀诗歌，他所写的《颂神诗》(*Shristotra*)就是明证。他还写了一部《时间关系诗歌集》(*Samay Sambandh Padavali*)，其中有313首充满情感的颂歌。

(18)希德·沃林达文·达斯叔叔(Chacha Hit Vrindavan Das)——他是布斯格尔的高尔婆罗门，1708年出生。他是拉塔沃勒普·苟斯瓦密的弟子。由于是当时苟萨因父亲的小弟，人们都比照苟萨因称其为“叔叔先生”。他曾客居于穆哈拉吉·纳格利达斯的兄弟布哈杜利辛赫那里，但当王族发生不和时，他便离开格里希纳加尔前往沃林达文，并在那里一直到去世。目前已经发现他从1743~1787年的作品。正如据说苏尔达斯创作了12万5千首颂诗，他

① “元音十二拼”是指十二个元音分别与每一个辅音（包括固定辅音复合辅音组合形式）的拼读或拼写。

② 罗怙沃尔（Raghuvar）为罗摩的一个称号。

③ 毗湿奴斯瓦密派（Vishnuswami Sampraday）创立者为毗湿奴·斯瓦密。该派为毗湿奴派的四大支派之一。

也以创作了10万首颂诗和韵文而闻名，其中约2万首已经被发现。他非常漂亮地阐述了“从头到脚”“一天一夜”“六季叙事”“欺骗本事”[①]等许多主题。他对“欺骗本事”的描写是非常独特的。他的作品都还没有出版。《罗摩宝藏》（*Ramratnakar*）等著作中收录了不少他的诗作。切德尔普尔的王室藏书阁保存有他的许多作品。

尽管数量如此庞大，但他的作品过于松散，或者说不充实。他“欺骗本事”故事中很多对话和行为举止的运用表现了他丰富的想象力。

（19）吉尔特尔·格维拉耶（Girdhar kaviray）——对他的生平几乎一无所知。从名字看，他似乎属于歌人种姓。西沃辛赫将他的出生时间定在了1713年，可能是对的。以此推算，他的诗歌创作时间可以确定为1743年以后。他有关伦理道德的贡德里亚在乡村非常流行，没受过任何教育的人也能吟诵几句。他之所以受到如此喜爱，完全是因为他用简单朴素的语言说出了真情。他的作品中既没有通过阿奴布拉斯等手段，也没有用隐喻或明喻等来装饰语言。他只是为了证明自己的说法而用了大量的例子而已（不是出于庄严的考虑）。有些地方他少量地借助了一些箴言警句。考虑到这一切，只能称其为“打油诗人”，连“箴言作者”都算不上。多数诗人与他的区别就在于此。其他人在很多地方都使用了非常恰当和优美的比喻，而他只是直白地进行说明。许多地方他也不顾优雅，把家里的普通事务和家长里短都用清晰的词语加以阐述。这种清晰明了的表述就是他受欢迎的唯一缘由。

（20）婆格沃德·日希格（Bhagavat Rasik）——他是枯骨派圣雄斯瓦密·勒利德莫赫尼达斯的学生。他没有接受当教派领袖的安排，只是以超然的态度沉浸于精神祈祷。据估测，他大约出生于公元

---

① “欺骗本事”（Chhadmalila）指描写罗陀化妆成女神、女王等与黑天约会的故事。

1738年，所以他的创作时间可以认定为1773~1793年。他创作了许多与自己崇拜有关的充满独有之爱的颂诗、格维德、贡德里亚、六行诗等，其中一方面表现了弃世之情，另一方面又洋溢着独一之爱。他的心充满了爱的欢乐之情，他沉浸于黑天崇拜，并很好地诠释了泛爱。

（21）希利·赫提（Shri Hathi）——他是希德赫利温西的弟子一脉中文学知识非常丰富、非常擅长艺术的诗人。他于1780年写了《爱情甘露百首》(*Radhasudhashatak*)，其中有11首双行诗，103首格维德和瑟崴雅。与大多数虔诚者相比，他的特点在于他还强调艺术。他的作品中，复辞法、阿奴布拉斯法、明喻、隐喻等非常常见。同时，他没有让语言和句子结构中出现拖沓。《爱情甘露百首》尽管篇幅不长，却是有自己特色的作品。帕勒登杜·赫利希金德尔对这部作品非常喜欢。

（22）古芒·米谢尔（Guman Mishra）——他是穆候巴[①]人苟巴勒穆尼的儿子。他还有三个兄弟：迪伯萨希、库芒和阿芒。在1743年客居比哈尼土邦王阿克巴尔阿里·汗那里时，古芒用各种韵式翻译了赫尔斯[②]创作的关于尼阇陀的诗作。他只有这部作品出了名并且已被出版发行。此外，还发现了他的另两部作品:《黑天月光》（*Krishnachndrika*）和《韵律森林》(*Chhandtavi*，韵律学)。《黑天月光》的创作时间是1781年。他的创作生涯应该在1743~1783年。除了这三部作品外，据说还有关于味、女主角分类、庄严等内容的其他一些作品。

这里只能对他有关尼阇陀的作品加以描述。这部作品中他用了许多种韵式，而且不停变换，甚至包括用以字母数量为准的较难韵

① 穆候巴（Mahoba）是印度北方邦的一个县及其首府名。著名世界文化遗产“克久拉豪”（Kajuraho）就在该县境内。

② 赫尔斯（Harsha或Shriharsha）是12世纪著名诗人。他创作了著名的梵语长篇叙事大诗《尼阇陀传》。

式创作的双行诗和四行诗，这些韵式有因陀罗沃基拉[①]、温西斯特[②]、门达格朗达[③]、夏尔杜勒维格里迪德[④]等。在作品的开头，他赞扬阿克巴尔阿里·汗时用了许多格维德，这清楚地表明了他对奇迹的偏好。诗中有大量波利森克亚庄严[⑤]。毫无疑问，古芒精通文学，擅长诗歌，对语言的把握也非常好。对那些“情”不太复杂的诗节，他的翻译都非常生动优美，好像是独立创作的作品。但有些比较复杂的地方，其句子就比较绕，意思也不太清晰。如果不拿原作对照，这种地方就很难弄清其真正的意义。所以就全书而言，应该说翻译并不成功。在完整全面翻译梵语“情”方面的失败并不能仅仅归咎于古芒。法式时期试图翻译梵语作品的诗人许多都不成功。好像这一时期伯勒杰语得以发展的那种柔美形式非常适合于简单的表达，但对于复杂的情感和思想表达就不那么管用了。古勒伯迪·米希尔在《味的秘密》中对《诗光》的翻译也有许多地方同样不清楚。

古芒属于优秀诗人之列，这一点毫无疑问。在不被复杂情感缠绕的地方，其作品还是非常引人入胜的。

（23）萨逻逾罗摩·本迪德（Sarayuram Pandit）——他1748年创作了《方言杰米尼往世书》（*Jaimini Puran Bhasha*）。在其著作中他对自己一点也没做介绍。《方言杰米尼往世书》是用双行诗、四行诗以及好几种其他韵式写成的，共分成36章。其中有许多故事，比如坚战的王祭、简写罗摩衍那、休弃悉多、与罗婆和俱舍之战、穆育尔陀吉和金德尔达斯等国王的故事等。四行诗的风格与《罗摩功行录》相似。他的诗歌很美，带点深奥。

---

① 因陀罗沃基拉（indravajra）是印地语诗歌的一种韵式。

② 温西斯特（vanshastha）是印地语诗歌中一种每行12个音节的韵式。

③ 门达格朗达（mandakranta）是印地语诗歌中一种每行17个音节的韵式。

④ 夏尔杜勒维格里迪德（shardulavikridit）是印地语诗歌中一种每行19个音节的韵式。

⑤ 波利森克亚（Parisankhya）是一种比较复杂的庄严形式。

（24）婆格文德·拉易·克吉（Bhagavant Ray Khichi）——他是阿叟特尔（属普黑德普尔县）非常有才的大王，在他那里总是有许多优秀诗人受到款待。《西沃辛赫之莲》中写道：他用非常美的格维德创作了七章本《罗摩衍那》。他这部《罗摩衍那》至今没有被发现，倒是他赞美诃奴曼的50首格维德被找到，这很可能就是《罗摩衍那》的一部分。我们还搜寻到他的《诃奴曼五十首》，其中交代了创作时间为1760年。他的诗充满激情，十分壮丽。

（25）苏登（Sudan）——他是马图拉人，属马图拉焦贝种姓。他的父亲名叫伯森德。苏登曾被婆罗多普尔土邦王伯登辛赫的王子苏加恩辛赫（绰号苏日杰穆勒[①]）供养。苏登在《苏加恩传》（*Sujancharit*）中用叙事长诗描述了苏加恩的丰功伟绩。在莫卧儿帝国衰败的时候，婆罗多普尔的贾特国王们的影响是如何拓展的，历史上都很清楚。他们多次掳掠王宫和国库。关于巴尼帕特的最后一战，历史学家们认为，如果白沙瓦的军队能够按照老练的婆罗多普尔国王的意思来指挥，如果不是他一怒之下撤军，马拉塔人是绝不会失败的。仅从这些就可以想见婆罗多普尔人的可怕和影响力。因此苏登找到了一个真正英勇的传记主人公。

《苏加恩传》是一部庞大的作品，描述了1745~1753年所发生的事件。因此可以认为该书完成于1753年以后10~15年。由此推算，它的创作时间应该在1763~1768年。诗人描写的苏日杰穆勒的英勇事件并非凭空想象，而是有历史依据的，比如：皇帝阿赫默德夏赫的军事统帅阿瑟德汗对福德赫阿里发动进攻后，苏日杰穆勒站到福德赫阿里一方，消灭了阿瑟德汗及其军队，战胜美瓦尔、芒劳加尔；1747年帮助斋普尔击退马拉塔人；1748年打败皇帝的军事统帅色拉沃德汗·伯克希；1749年联合皇宫大臣瑟福德尔金格·孟苏尔[②]的军

① 苏日杰穆勒（Surajmul）的意思是"太阳之神"。
② 瑟福德尔金格·孟苏尔为莫卧儿王朝奥德省的省督。

队进攻本格希帕坦人；与莫卧儿皇帝作战并抢劫德里等。鉴于这一切，《苏加恩传》也是具有一定历史意义的。

有关这部诗作，最受诟病的是过分细致而充分的描写。诗人十分喜欢罗列事物，这使读者在好多地方感到兴趣大减。在韵文中罗列人名、物名可以视为这位诗人的一个特点。在作品一开头就列出了175位诗人的名字。有的地方历数各种马的名称，有的地方罗列各种武器的名称，有的地方不同部落和不同种姓的名单没完没了，这使作品的文学性大减。有些地方诗人用各种方言玩文字游戏，使得这种以传记为题材的诗中应有的严肃性一点也见不到。在苏登那里，战争、热情洋溢的演讲和作品的文学性已经大打折扣。由于过度展示自己的才智和特点，有些地方显得很不合适。对于语言，苏登也做得过于随意，旁遮普语、克里保利语全都掺和进去了。不为所知的和被曲解的词也被用上了。整部作品中没有受到这些缺陷侵扰的地方当然是迷人的，但人们对多数词语没完没了的重复感到厌倦。这是部英雄味的作品，其中描写的就是各种各样的战争，因此每章的题目都用战争命名，整个作品被分为七场战争。用到的韵律非常多。

（26）赫尔纳拉扬（Haranarayan）——他写过两部故事性诗作:《马特沃讷勒和噶穆根德拉》和《僵尸鬼故事二十五则》（*Betal Pachchisi*）。《马特沃讷勒和噶穆根德拉》的创作时间是1755年。他的诗主要以阿奴布拉斯来修饰。

（27）伯勒杰瓦西·达斯（Brajvasi Das）——他是沃林达文人，沃勒普教派信徒。1770年，他仿照杜勒西达斯用双行诗和四行诗创作了长篇叙事诗《伯勒杰娱乐》（*Brajvilas*）。这是他最著名的作品，在普通读者中传播很广。该书的故事也是采用《苏尔诗海》的方式，在很多地方苏尔的词和情也都是用四行诗表达的。对此，作者本人也不否认。此外他还用各种韵式翻译了《觉月升起》。

伯勒杰瓦西·达斯用的只有杜勒西达斯的韵式，语言却是地道的伯勒杰语。书中任何地方都见不到丝毫阿沃提语或贝斯瓦利语的痕迹。那些连方言的特征都不了解的人，看到描写英勇味时根据传统用了字母重叠，一些人就说这是俗语，那就随他们说好了！《伯勒杰娱乐》中描写了黑天从出生到前往马图拉的各种本事，语言朴素，组织合理流畅。因为没有冗词，作品内容显得非常清晰明了。虽然如此，作品中还是缺乏杜勒西达斯的《罗摩功行录》得以在全国广泛传播的东西，它没有罗摩生平和杜勒西作品中那种生活环境的多样性、严肃性和激动人心的事件。它更多的只是游戏人生的白描。然而，在普通崇拜黑天的虔诚派读者中，它还是很流行的。

（28）苟古勒纳特（Gokulnatha）、苟比纳特（Gopinatha）和穆尼代沃（Manidev）——这三位大师共同为印地语文学做出了重大贡献。他们用格维德体的各种韵脚翻译了全本《摩诃婆罗多》和《诃利世系》[1]（《摩诃婆罗多》的附录）。印地语文学中此前没有如此庞大的叙事长诗，它共有约两千页。尽管篇幅如此之长，却没有松散的感觉，也不缺乏趣味性和诗德。韵脚的安排也是以如此长篇巨制中应有的方式。所采用的韵脚可以一韵很长，没有像盖西沃达斯那样不停换韵。韵式的选择也很出色，用了大量儒伯玛拉[2]、克纳格切利、瑟崴雅等优美韵式，中间也穿插一些双行诗和四行诗。语言简洁明了，组织严谨。没有过分强调阿奴布拉斯法，但也根据需要适当采用了一些。作品无论从什么角度说都具有很强的文学性和吸引力，体现译者的诗歌功底。完成这部作品共用了50多年的时间。据估计，从1773年就已开始动笔了，直到1827年才告完成。这项工作是奉迦

---

①《诃利世系》（Harivansh）是一部梵语叙事长诗，长达一万六千多颂。原为《摩诃婆罗多》的最后部分，但也可独立成篇，实际内容与《摩诃婆罗多》没有太多联系，主要叙述黑天的世系（族谱），关于黑天最主要的一些故事都保存在这里。

② 儒伯玛拉（rupamala）也称“穆登”（madan），是印地语诗歌的韵式之一，共有四行，即每行音长为24个。

尸王公莫哈拉杰·乌迪德纳拉扬·辛赫之命而做，他提供了数十万卢比的费用。这一文学巨著得以完成，印地语爱好者将永远感激这位莫哈拉杰。

苟古勒纳特和苟比纳特分别是著名游吟歌手诗人日库纳特的儿子和孙子。游吟歌人穆尼代沃是婆罗多普尔土邦杰汉普尔村人。他不满继母的虐待而出走，来到迦尸。在迦尸，他曾住在苟古勒纳特的家里。在其他地方他也很受尊敬。在生命的最后日子里，有时他也感到很不安。他卒于1863年。

苟古勒纳特除了《摩诃婆罗多》以外，还写有如下作品：《觉月光》(*Chetachandrika*)、《苟文德福舍》(*Govindvihar*)、《罗陀黑天游戏》(*Radhakrishna Vilas*，1801)、《罗陀从头到脚》(*Radha Nakhashikha*)、《名宝花环》(*Namaratnamala*，词典，1813)、《悉多罗摩德海》(*Sitarama Gunarnava*)、《阿马尔词典语言》(*Amarakosh Bhasha*，1813)、《诗人语言装饰》(*Kavi Mukhamandan*)。

《觉月光》是一部庄严论著，其中也提供了迦尸王族的谱系。《罗陀黑天游戏》是关于味的论著，与《世界趣语》差不多。《悉多罗摩德海》是《神谕罗摩衍那》[①]的译本，其中描写了罗摩的全部事迹。《诗人语言装饰》也是有关庄严的著作。苟古勒纳特的诗歌创作时间应该在1783~1813年。从其作品目录便可看出他是位多么有才华的诗人。在法式和叙事两个方面他都创作了丰富的作品，这么大的体量和这么多种类作品的创作，只有他这样文学知识全面、诗歌艺术经验丰富、语言驾驭到位的诗人才能做到。所以，他是《摩诃婆罗多》三位译者中最优秀的一位，也是文学领域地位很高的诗人。他这样在法式著作和叙事创作两方面同样熟练有才的诗人，在法式

①《神谕罗摩衍那》是指辛格尔（湿婆）讲给妻子雪山女神听的罗摩故事。据说湿婆在讲的时候被一只乌鸦听到了。这只乌鸦原来是能知三世的婆罗门，他因故被一仙人诅咒变成乌鸦，后来又转生成为伽格普雄迪。伽格普雄迪把从湿婆口中听来的罗摩故事传授给自己的学生，于是罗摩的故事就传开了。这湿婆口传的罗摩故事就称为神谕罗摩衍那。

时期找不到第二人。谁译了《摩诃婆罗多》哪个部分，在其所译部分都有所交代。

（29）伯塔（Bodha）——他是（邦达县）拉贾普尔的萨逻逾巴利婆罗门。他家有亲戚在伯纳土邦的宫廷里很受尊敬，这层关系使他从小就去了伯纳。其实他原名叫“布提森”（Buddhisen），但土邦国王喜欢喊他“伯塔”，于是他就以“伯塔”之名而闻名了。除了方言诗以外，他还精通梵语和波斯语。《西沃辛赫之莲》中称他出生于公元1747年。他的诗歌创作时间应该在1773~1803年。

伯塔是位风流人物。据说他爱上了伯纳宫廷里一位叫苏帕恩的妓女。国王对此很不高兴，一气之下把他放逐半年以示惩戒。他在与苏帕恩分离的情况下艰难度过了半年，并在此间写了一本叫《离愁之海》（*Virahavarish*）的书。半年后他回到宫廷，朗诵了这部《离愁之海》。国王听了十分喜欢，就让他提些要求。他马上说：“主啊！就要苏帕恩。”国王一高兴就把苏帕恩赐给了他，他终于如愿以偿。

除了《离愁之海》以外，《爱情信札》（*Ishkanama*）也是他著名作品之一。零零星星还搜集到不少他的格维德和瑟崴雅。伯塔是一位醉心于味的诗人，所以他没有写任何法式著作，而是凭兴趣随心所欲地创作许多零散的颂歌。他是当时的著名诗人，写了许多探索爱之道的诗作。他用非常触及内心的方法表现了“爱的隐痛”（Prem Ki Pir）。尽管有不少语法缺陷，但语言仍然很流畅，而且成语非常丰富。这一切使爱的激情欲罢不能。他天生就不缺乏放荡不羁的性情，有时也创作一些带有“长枪”“匕首”和“牺牲的”等通俗风格的作品。总而言之，他是位善于思考、精通诗学的诗人。

（30）罗摩金德尔（Ramachandra）——他对自己的情况一点也没有交代。《方言湿婆伟大》（*Bhasha Mahimna*）的作者迦尸人穆尼亚尔辛赫称自己为“罗摩金德尔大师不可分的仆从”。穆尼亚尔辛赫的《方言湿婆伟大》写于1784年。他的一部已知著作为《圣足月光》

（*Charanchandrika*），他的一切声誉均来自该书。这是一部关于虔诚味学的著作，只有62首格维德，其中非常有趣而独特地描述了雪山女神的双脚。这一描写映射出了雪山女神非凡的美丽、威严、力量和安宁。对崇拜对象某一部分的至高无上品质的情感只有在虔诚的极致感情冲动中才有可能发生。其语言极具隐喻性和学识性。

（31）孟基德（Manchit）——他是穆乌（本代勒肯德地区的一个县）人，婆罗门种姓，生活在1779年前后。他写过两本关于黑天生平的书:《高尚施舍本事》（*Surabhi Danlila*）和《黑天衍那》（*Krishnayan*）。《高尚施舍本事》中用萨尔[①]韵式详细描写了童年游戏、连理树倒下和施舍的故事，其中对黑天从头到脚的描写也很美。《黑天衍那》是仿照杜勒西达斯的《罗摩衍那》用双行诗和四行诗写成的，作者甚至连词汇也模仿了苟斯瓦密的。很多地方的语言都使用了阿奴布拉斯法，也使用了不少梵语词。这使他的四行诗比伯勒杰瓦西·达斯的四行诗更加贴近和符合杜勒西达斯的四行诗。但这种贴近和符合只是在有些方面有所体现。对于精通语言的人来说，它们两者的差别是很明显的，他的语言是伯勒杰语，不是阿沃提语。他的语言哪里有杜勒西达斯的清晰凝练？与《黑天衍那》相比，《高尚施舍本事》更加生动有趣。

（32）穆图苏登达斯（Matusudandas）——他属于马图拉焦贝种姓。他应某位叫苟文德达斯的人之邀，于1782年写了一部很长的优美叙事长诗《罗摩马祭》（*Ramashvamedha*），无论从那个角度说，它都可以称得上苟斯瓦密《罗摩功行录》的续篇。作品中以韵体往世书形式非常详细、引人入胜地描写了罗摩举行马祭，随祭马而行的军队与苏巴胡、德孟、恶魔维迪云马利、国王维尔穆尼、湿婆、国王苏日特等展开大战，最后与罗摩的双生子罗婆和俱舍发生可怕的战斗，罗摩阻止

① 萨尔（Sar）是一种以音长为基础的诗韵形式，其中每行诗有28个音长。

了战斗，悉多携儿子罗婆和俱舍来到阿逾陀。该著作完全是按《罗摩功行录》的风格创作的，其中双行诗与四行诗同时使用，其间也不时夹杂有吉迪嘎[①]等其他韵式。词的组合和语言的优雅也几乎一如《罗摩功行录》。词的后缀和语法形式也大都是阿沃提语的。穆图苏登达斯对苟斯瓦密体系性的模仿是绝对成功的。他的叙事技巧、诗才和语言修养都是顶级的。他的四行诗放到苟斯瓦密的四行诗中绝对可以以假乱真。即便目光敏锐的语言专家也只能在有些地方发现它们的差别，因为这些地方用的是口语，所以更充分地显示出了语言的真实面目。这种地方看不到苟斯瓦密的阿沃提语语法形式和后缀，因而就可以感觉到差异。但如前所述，穆图苏登达斯词汇组合的老练成熟和语言的优雅与苟斯瓦密是非常想像的。

（33）穆尼亚尔·辛赫（Maniyar Singh）——他是迦尸人，属刹帝利种姓。他只写有关神的诗，而且写得很好。现已发现他的著作有：《方言伟大》[②]（*Bhasha Mahimna*）、《美的涟漪》（*Saundarya Lahari*，赞颂雪山女神或难近母）、《诃奴曼二十六首》（*Hanumata Chhabisi*）、《美妙篇》（*Sundar Kand*）[③]。《方言伟大》写于1784年，其语言多用头韵，文雅又洗练，充满感染力。穆尼亚尔·辛赫是位优秀诗人。

（34）格里斯纳达斯（Krishnadas）——他似乎是生活在米尔迦普尔的一位崇拜黑天的虔诚者。他公元1796年创作了一部420页的《美妙涟漪》（*Madhurya Lahari*），其中用各种韵式描述了黑天的生平事迹。他的作品总体而言算是优秀的。

（35）格内希（Ganesh）——他是讷尔赫利·本迪金家族诗人

---

① 吉迪嘎（gitika）是印地语诗歌的一种四行体韵式，每行26个音长，行中停顿点前后音长一般为14-12或12-14。每行结尾的两个音节的音长必须是“短-长”式。

②《方言伟大》（Bhasha Mahimna）中的“伟大”（Mahimna）实际上就是指湿婆的伟大，书名的意思是“方言版湿婆伟大”。

③《美妙篇》是史诗《罗摩衍那》的第五篇。

拉勒的孙子，古拉伯·格维的儿子。大约生活在1793~1853年。他曾在迦尸土邦王莫哈拉杰·乌迪德纳拉扬·辛赫那里待过，一直活到莫哈拉杰·伊希沃利伯勒萨德·纳拉扬·辛赫时期。他写有三部著作，分别为《蚁垤〈罗摩衍那〉诗意光明》（*Valmiki "Ramayan" Shlokartha Prakash*，全部《童年篇》和《吉什金陀篇》的五章）、《明光[①]胜剧》（*Pradyumna Vijay Natak*）和《诃奴曼二十五篇》（*Hanumat Pachisi*）。

《明光胜剧》是全韵体，用了许多种韵式，共分为七幕。其中讲述了明光前往魔鬼之城沃基拉纳婆普尔并与波罗帕沃蒂[②]举行乾达婆婚礼的故事。尽管其中加入角色上场、幕前剧情简介、幕间插叙等部分，但由于故事也用韵文描写，戏剧性就大为减弱。

（36）塞蒙（Samman）——他是（赫尔多伊县）穆拉旺村人，出生于1777年，属婆罗门种姓。他的道德伦理双行诗就像吉尔特尔的贡德里亚一样在乡村中广为传颂。他的说唱方式很能鼓舞人心。他有关"日月轮替"（Dinon Ke Pher）的双行诗尤为女性所爱。他于1822年创作了一部法式论著《韵律诗装饰》（*Pingal Kavyabhushan*）。但他之所以闻名，更多的是因为其双行诗。他的创作时间应该在1803~1823年。

（37）塔古尔（Thakur）——叫这个名字的有三位诗人。其中有两位是阿色尼的梵婆多种姓，另一位是本代勒肯德的噶耶斯特种姓。这三位诗人的诗歌如此相似，以致很难区分它们。当然，本代勒肯德塔古尔的那些带有本代勒肯德地区谚语和成语的诗歌还是可以辨别出来的。

阿色尼最早的塔古尔：他大约出现在法式时期的1643年前后。有关他的生平基本一无所知，唯有他的零星诗歌经常被传颂。他很

---

① 明光（Pradyumna）音译为"布勒迪尤蒙"，是爱神转世的黑天与鲁格米尼之子。

② 波罗帕沃蒂（Prabhavati）为沃基拉纳婆普尔城魔王之女。

可能没有创作过法式诗歌，只是按照自己内心的灵感时不时用流行的纯洁语言创作一些格维德和瑟崴雅。

阿色尼第二位塔古尔：他是诗人里希纳特的儿子，诗人赛沃格的父亲。根据赛沃格的侄子希利格里希纳对自己先人的描写，里希纳特的先人代沃吉南登·米谢尔是苟勒克普尔县名门萨逻逾巴利婆罗门——博雅希村的米谢尔，他写得一手好诗。有一次在蒙乔拉的国王那里参加一场婚礼时，代沃吉南登像歌人一样唱诵了一些格维德，并得到了奖赏。为此，他的兄弟们把他逐出家门。他后来娶了歌人讷赫尔赫尔·格维的女儿，去了阿色尼并成为歌人。就是这位代沃吉南登的后人中出了塔古尔的父亲诗人里希纳特。

塔古尔于1804年创作了对《比哈利七百咏》注疏的《七百咏义疏》（*Satsai Varanarth*），也叫《代沃吉南登注疏》（*Devkinandan Tika*）[①]。因此，他的创作时间应该在1803年前后。他曾在迦尸王的亲属、迦尸著名贵族巴布·代沃吉南登（他的宫殿至今犹存）那里接受供养。已故潘迪特恩彼伽德特·沃亚斯在自己的《比哈利花园》（*Bihari Bihar*）的序言中特别提到有关他的事。这位塔古尔的诗歌也很生动有趣。他的诗中情与景表现得很真实。

第三位（本代勒肯德）塔古尔：他属于噶耶斯特种姓。他的全名叫拉拉·塔古尔达斯。他的祖先是噶荀利（属于勒克瑙县）人。他的祖父克德格拉耶是一位官员，其儿子古拉伯拉耶风风光光地娶了欧尔恰土邦的拉沃拉贾（土邦王的亲信）的女儿。这位古拉伯拉耶就是诗人塔古尔的父亲。不知什么原因，古拉伯拉耶住到了欧尔恰的岳父家，塔古尔于1766年就出生在那里。受完教育后，他成了优秀诗人，在杰德普尔广受尊敬。当时杰德普尔土邦王是盖色利·辛赫。塔古尔还有些家人去了毕加沃尔，所以他有时也住到那

① 因为塔古尔接受了代沃吉南登的供养，所以该著作标以代沃吉南登之名。

里去。毕加沃尔的土邦王也赐给塔古尔一个村庄以示敬意。杰德普尔土邦王盖色利·辛赫去世后，其子巴里切德继承了王位，塔古尔成了他的宫廷之宝。塔古尔的名声由此鹊起，他开始往来于本代勒肯德地区各土邦的宫廷之间。在邦达的希穆德布哈杜尔·苟萨因的宫廷里，有时他与伯德马格尔·吉之间有嫌隙。有一次，伯德马格尔·吉说："塔古尔的诗确实作得不错，但字词分量有点轻。"塔古尔马上回道："所以我的诗能够到处飞传。"

历史上著名的是，希穆德布哈杜尔有时帮助英国人，有时为支持勒克瑙的纳瓦布而战。有一次，穆德布哈杜尔欺骗杰德普尔土邦王巴里切德，请他到邦达来。巴里切德正往邦达去的时候，路上遇到了诗人塔古尔。塔古尔口诵两首带有暗示的格维德，巴里切德听完立即返回王宫。

据说，希穆德布哈杜尔听说此事后，派人召塔古尔进宫。塔古尔明知召他的原因，但还是毫不犹豫地去了。当希穆德布哈杜尔对他大发雷霆的时候，他念出一首格维德。然后，当希穆德布哈杜尔对他又说一些狠话时，据说塔古尔从鞘中拔出长剑，又念出一首。

希穆德布哈杜尔听后马上不作声了。然后笑着说："诗人啊！算了吧！我只是想看看，你只是个空谈的诗人，还是也有先辈们的勇敢。"对此塔古尔巧妙地答道："尊敬的大王啊！勇敢一直独一无二地眷顾着我们，如今勇敢怎么会丢失呢？"（苟萨因·希穆德·吉利的真实姓名叫阿奴伯·吉利，希穆德、布哈杜尔只是国王的头衔或称号。①）

①"苟萨因·希穆德·吉利的真实姓名叫阿奴伯·吉利，希穆德、布哈杜尔只是国王的头衔或称号"这句话中"希穆德"的意思是"胆量"或"勇敢"，"吉利"与"丢失"一词发音相同，"阿奴伯"的意思是"独一无二的"，"布哈杜尔"的意思也是"勇敢的"或"勇士"。这些都与塔古尔回答中的"勇敢""丢失""独一无二"一一对应："勇敢（希穆德）一直独一无二地（阿奴伯）眷顾着我们，如今勇敢（希穆德）怎么会丢失（吉利）呢？"而国王的名字"苟萨因·希穆德·吉利"却成了"苟萨因的勇敢丢失了"。塔古尔实际利用国王的名字，幽默地隐喻地反驳国王的话，揶揄了国王。

塔古尔卒于1823年前后。所以他的创作生涯大约在1793~1823年。受人尊敬的拉拉·婆格瓦恩丁将他的诗歌出了一部很好的集子，名为《塔古尔的骄傲》(*Thakur Thasak*)。但这里面也混入了一些其他两位塔古尔的诗。这部集子介绍了诗人的不少生活情况。塔古尔的儿子德里亚沃辛赫和孙子辛格尔伯勒萨德也是诗人。

塔古尔是位真性情的诗人，没有丝毫的做作。既没有无意义的辞藻堆砌，也不用虚无缥缈的假想，还不滥用违背感觉的情感。人们是怎样感受情感的，感受到了什么样的情感，诗人就用相应的方式，以自然的语言表现感受到的那种情感。诗人的目标就是用口头流行的语言原封不动地呈现情感。伯勒杰语的艳情诗往往都是借女性角色之口表现的，所以诗人随处采用的俗语更增加了诗句中的自然真实感。人所共知的是，女人说话总是满嘴俗话熟语，这些俗话熟语对于完整表达其内心情感来说好像就是一种完美的文库。塔古尔对俗话熟语的完美运用，其他诗人是无法企及的。这些俗话熟语中有些是各地普遍流行的，有些则只是本代勒肯德地区才使用的。塔古尔是真正宽仁的、感情丰富的、深入人们内心的诗人，因此他的诗歌，尤其是格维德才如此广受大众喜爱。如此特立独行的诗人怎么可能喜欢受制于某种约束而作诗呢？随时随地心中有了灵感马上就会表达出来。

塔古尔主要是爱的描写者，但也是全面观察人们生活的诗人。因此除了专注于爱的情感以外，有时他显得对阿克迪①、洒红节及其歌唱、春节、打秋千等欢乐时光也很沉迷，有时会发现他对人们的卑贱、虚伪表示悲哀，有时会看到他对时间流逝感到苦恼、颓丧。他认为，诗歌创作是很难的，仅根据传统习惯把一串词连在一起那不叫诗。

---

① 阿克迪(Akhati)是印历二月白半月初三日。按印度教传统，这是个吉祥日。这一天无论做什么事都会得到吉祥永恒的结果。

（38）勒勒格达斯（Lalakadas）——根据诗人贝尼的朋娄瓦[①]，他似乎是勒克瑙的某位戴串珠[②]的祭司，经常与自己的弟子们一起到处巡游。据此可以推测，他在1803~1823年仍然在世。他写了一部名为《真实故事》（*Satyopakhyan*）的描述性著作，其中详细描写了罗摩从出生到结婚的故事。该书的目的不在于多么技巧地讲故事，而在于对（神的）出生的庆祝、童年本事、洒红节、戏水、荡秋千、婚礼等的详细描写。它的目的也可以理解为就是穆哈拉吉·勒库拉吉·辛赫写《罗摩选婿》（*Ramaswayanvar*）的那种目的。但这部作品更加朴实，而且只用了双行诗和四行诗。在描写的时候，勒勒格达斯集中了方言诗人的情感，同时也用了梵语诗人的情感。作品看起来是很不错的。

（39）库芒（Khuman）——他是位吟游诗人，曾在（本代勒肯德地区）吉尔卡利土邦王维格日姆萨希（*Vikramasahi*）那里接受供养。已发现他的作品有：《永恒之光》（*Amarprakash*，1779）、《一天一夜》（*Ashtayam*，1795）、《罗什曼那百咏》（*Lakshamanshatak*，1798）、《诃奴曼从头到脚》（*Hanuman Nakhashikha*）、《诃奴曼五篇》（*Hanuman Panchak*）、《诃奴曼二十五首》（*Hanuman Pachisi*）、《伦理道德规范》（*Nitividhan*）、《战争精华》（*Samarsar*，对战争进程中良辰吉时的思考）、《人狮传奇》（*Nrisingh Charitra*，1822）、《人狮二十五首》（*Nrisingh Pachisi*）。

根据这一书目，他的创作生涯应该在1773~1823年。《罗什曼那百咏》中用非常激昂的言辞描写了罗什曼那与因陀罗耆[③]的大战。库芒在写诗时用的笔名为“芒”（Man）。

（40）讷沃勒达斯（Navaladas）——他是詹西人，曾为塞穆特尔

① 朋娄瓦（Bhanrova）是一种不适于颂唱的讽刺幽默诗或歌。

② 颈上戴串珠是毗湿奴教派的象征。

③ 因陀罗耆（Indrajit）为十首魔王罗婆那（Ravan）之子。这里原文用的是他的一个称号“雷鸣”或“雷声”（Meghanad）。为了让读者容易记住，所以用了他的真名来译。

（Samathar）土邦王拉贾·辛杜伯迪服务。他创作了许多作品，内容广泛，风格各异。他还是位优秀画家。他特别偏好虔诚和智识。他的作品有：《（黑天）歌舞五篇》[①]（*Ras Panchadhyayi*）、《罗摩金德尔欢乐》（*Ramachandra Vilas*）、《消除疑虑》（*Shankamochan*，1816）、《女珠宝商激情》（*Jauharintarang*，1818）、《知味者之音》（*Rasikranjani*，1820）、《知识太阳》（*Vijnan Bhaskar*，1821）、《伯勒杰之灯》（*Brajadipika*，1826）、《修格–任帕对话录》[②]（*Shukarambha Sanvad*，1831）、《罗摩如意明珠》（*Rama Chintamani*，1846）、《原本婆罗多》（*Mul Bharat*，1854）、《婆罗多莎维德丽[③]》（*Bharat Savitri*，1855）、《婆罗多诗集》（*Bharat Kavitavali*，1856）、《方言七百咏》（*Bhasha Saptashati*，1860）、《诗人生活》（*Kavi Jivan*，1861）、《阿勒哈罗摩衍那》（*Alharamayan*，1865）、《鲁格米妮吉祥》（*Rukminimangal*，1868）、《原始陶拉故事》（*Mul Dhola,1868*）、《神秘拉沃尼[④]》（*Rahas Lavani*，1869）、《至高神罗摩衍那》（*Adhyatma Ramayan*）、《诗剧罗摩衍那》（*Rupak Ramayan*）、《女性之光》（*Nariprakash*）、《悉多选婿》（*Sitasvayanvar*）、《罗摩婚姻篇》（*Ramavivah Khand*）、《婆罗多校注》（*Bharat Vartik*）、《罗摩衍那念珠》（*Ramayan Sumirani*）、《前艳情篇》（*Purva Shringarkhand*）、《弥提罗篇》（*Mithilakhand*）、《奉献与诱惑对谈录》（*Danalobha Sanvad*）、《出生篇》（*Janma Khand*）。

---

① 这里的“歌舞”（Ras）实际指黑天与牧女们一起跳的歌舞，所以用括号做了标注。

② 修格（Shuka）是一位从小就弃世离家的修行者，全名修格代沃（Shukadev）。任帕（Rambha）是位仙女。任帕看上了修格的貌美，前往引诱修格，但修格始终不为所动。《修格–任帕对话录》就是他们之间的对话。任帕象征享乐，修格象征解脱。

③ 莎维德丽（Savitri）是《摩诃婆罗多》中一个插话的女主角。她是摩德罗国王马主的女儿，偶遇落难王子萨谛梵，两人一见钟情。然而萨谛梵命中注定寿数短暂，莎维德丽不顾他还仅有一年寿数，决意嫁给他。莎维德丽不离不弃守护他。死期到时，死神抓走了萨谛梵的灵魂，莎维德丽紧追不舍，一次次请求留下萨谛梵的生命。死神终于被打动，答应了莎维德丽的请求，不仅留下萨谛梵，而且使萨谛梵的父亲重见光明并夺回自己的国家。但这里的莎维德丽（Savitri）不是上述人物，而是“太阳光”。所以《婆罗多莎维德丽》（Bharat Savitri）也可译作《婆罗多阳光》，是《摩诃婆罗多》末尾诗句中出现的一个词，指的是《摩诃婆罗多》中大战本身的全部故事，不包括插话等。

④ 拉沃尼（Lavani）是一种民歌曲调名，也是一种韵律。

上述著作中尽管多数都很薄，但也显示了其创作的多样化。他的这些书都还没有出版，因此无法就他的作品说三道四。从搜寻到的例子来看，他的创作似乎是有内容的、熟练的。他还用伯勒杰语做了注释并写了些散文体。

（41）罗摩塞哈伊·达斯（Ramasahay Das）——他是焦贝普尔县（贝拿勒斯）人拉拉·婆瓦尼达斯·噶耶斯特的儿子，曾在迦尸土邦王穆哈拉吉·乌迪德纳拉扬·辛赫那里被供养。他仿照《比哈利七百咏》创作了《罗摩七百咏》（*Ramsatasai*）。在模仿比哈利的作品中这一部最有名。它的许多双行诗都以优美的想象而直追比哈利的双行诗。但如果说这些双行诗可以与比哈利的以假乱真，不仅是对诗才和情感不尊重，也可以认为是企图贬低比哈利。比哈利的主要特点，在关于他的那一节中已经阐述过。《罗摩七百咏》只是在用词技巧和善辩方面努力进行了模仿，而且也是成功的。但《比哈利七百咏》对调情运用得那样妙，对行为描绘得那样迷人，语言那样优雅，对不定情表现得那样美，这一切在《罗摩七百咏》中是不存在的。模仿表面的东西是可以的，内心的东西是模仿不了的。而要了解内心，必须要有心，仅靠脸上的两只眼睛是不行的。尽管有如此重大的差异，《罗摩七百咏》仍然是艳情味的最好作品。除了这部《罗摩七百咏》以外，他还写有三部作品:《语言装饰》（*Vanibhushan*）、《纪事之河》（*Vrittatarangini*）和《知识入门》（*Kakahara*）。

《语言装饰》是一部有关庄严的论著。《纪事之河》是关于韵律的著作。《知识入门》是有点类似于伽耶西《字母表诗》的大部头著作，有可能是后期作品，因为其中有许多道德伦理说教。罗摩塞哈伊的诗歌创作时间应该在1703~1823年。

（42）金德拉谢克尔（Chandrashekhar）——他属于瓦杰巴

伊[1]种姓。他1798年出生于穆阿吉马巴德（在弗德赫普尔县）。其父穆尼罗摩也是位优秀诗人。他曾到德尔朋格待过一段时间，然后又到焦特普尔土邦王穆哈拉吉·曼辛赫那里待了6年。最后他去了巴迪亚拉土邦王莫哈拉杰·格尔穆辛赫那里，在那里直到去世。他卒于1875年，所以他活到了穆哈拉吉·纳兰德拉辛赫为王时期。他正是按照纳兰德拉辛赫命令创作了著名的英雄史诗《赫米尔王坚毅》（*Hammirahatha*）。除此之外，他创作的作品还有《辩乐》（*Vivekavilas*）、《味趣》（*Rasikavinod*）、《虔敬毗湿奴之乐》（*Haribhaktivilas*）、《从头到脚》《沃林达文百咏》（*Vrindavanshatak*）、《幻觉五十咏》（*Guhapanchashika*）、《达杰格[2]天文学》（*Tajak Jyotisha*）、《二月的春天》（*Madhavi Vasant*）。

尽管他在艳情诗创作方面也非常熟练，但仅《赫米尔王坚毅》就足以使他名留千古。他在表现勇气与热情时所运用的流畅、自然、有力的语言，很少有其他诗人能够做得到。在描写英勇味时，他展现了非常良好的文学智慧。他没有像苏登等诗人那样陷入没完没了重复用词的窠臼，而是更多借助能够表现强烈激情的语句，这才是英勇味的生命所在。值得注意的另一个问题是，他没有给不必要的详细描写留有余地，因为这种详细描写中充满又臭又长的物事名单。总之，金德拉谢克尔运用的是英勇味描写非常优秀的方法。

现在我们再谈谈情节安排。诗人在这方面没有什么创新，只是沿用前人的东西。穆希马·蒙苟勒带着一位美丽聪慧的女子逃离阿拉乌丁的宫殿，阿拉乌丁像赫米尔王要求将其遣返，赫米尔王因为已经同意庇护他们，所以非常轻蔑地拒绝了阿拉乌丁的要求。这一切别说鸠特拉杰已经写过，其实早在鸠特拉杰之前就由阿伯珀仑谢语诗人们根据英雄史诗时期的传统虚构出来过。为了表现城堡被围

---

① 瓦杰巴伊（Vajapeyi或Vajapayi）是婆罗门的一种。

② 达杰格（Tajak）是一部阿拉伯语天文学著作。

时堡主的安之若素和无所畏惧，先前的诗人们往往展示堡内的歌舞升平。伽耶西在《伯德马沃德》中描述：阿拉乌丁包围吉道尔城后，国王日登森在城内跳舞，敌人从城外放箭，女舞者中箭身亡。《赫米尔王坚毅》中也正是这样描写的。这不是金德拉谢克尔的发明，是对已有传统的效仿。这只不过表达他当时的极度悲伤而已，只能把它理解为一种悲诉。从这个角度看，罗摩这样恪守诺言、言而有信的角色也被安排进行过这样的悲诉，但并不能认为这样就给他的生平抹了黑。

《赫米尔王坚毅》有一种观点不太恰当。优秀诗人全都通过赞扬反派角色的勇武和威猛来表现与之交锋的主角的英勇气概和盖世神功。罗摩的反角罗婆那是怎样的？他可以让因陀罗、穆儒德[①]、阎摩、太阳神等为自己服务。但在《赫米尔王坚毅》中，阿拉乌丁看到老鼠跑到角落里都吓得跳起来逃跑，并大呼小叫。

金德拉谢克尔文学语言掌握得非常好。尽管阿奴布拉斯用得很多，但并不显得笨拙，都对味有所助益。对战争、狩猎等的描写以及对白都用得恰到好处。词序的组织安排完全符合所描写的味的要求。在有艳情情节的地方，就感觉在阅读某位最优秀艳情味诗人的作品。总之一句话，《赫米尔王坚毅》是印地语文学之宝。

（43）巴巴·丁德亚勒·吉利（Baba Dindayal Giri）——他是位出家人。健日王纪元1859年十一月白半月初五[②]，他出生于迦尸城噶耶卡德区一个巴特格[③]家庭。在五六岁时，他的父母就撒手人寰，将他托付给了寺院长老古夏吉利。长老古夏吉利是本吉格娄希巡游[④]

① 穆儒德（Marut）是吠陀中的一类神，据说有180多个，是33位主要神祇的仆从，其中有7个战士最为重要。

② 健日王纪元1859年十一月大约在于公元1802年一二月间。

③ 巴特格（Pathak）为婆罗门的一个亚种姓。

④ 本吉格娄希巡游（Panchakroshi Yatra）就是沿着固定路线和顺序围绕圣城乌贾因（Ujjain）巡游一周，整个巡游里程约118千米，沿途有许多寺庙或圣地。巡游每年始于印历二月黑半月初十，朔日结束。

路上叫作代赫利–维纳耶格地方的住持，在迦尸还有几处寺院，但他主要住在噶耶卡德的寺庙。长老古夏吉利死后，他的许多财产均被拍卖，丁德亚勒·吉利便住到了代赫利–维纳耶格附近的穆陶利村寺庙。巴巴吉[①]梵语和印地语造诣都非常高，巴布·苟巴勒金德尔（吉利特尔·达斯）[②]深受他的喜爱。丁德亚勒·吉利卒于公元1858年。他是位心地善良、感情丰富的诗人。他的寓言是其他印地语诗人所没有的。尽管这些寓言是从梵语借来的，但从语言风格的生动性和词序排列的美妙性上看，它们都是独立的诗作。巴巴吉对语言的掌握非常熟练精确。他的语言净化纯正、组织得体，是其他诗人难以达到的。有些地方可能也会发现东部化或不恰当的句子，但非常少。因此他的寓言才能如此打动人心。他的《寓言如意神树》（*Anyokti Kalpadrum*）是印地语文学的无价之宝。在寓言领域，诗人的觉察力和鉴赏力得以充分展示。这方面只有敏感的优秀诗人才能成功。就世俗方面，他当然就讲些朴素的寓言，超自然方面他也有些神秘的诗句箴言。

巴巴吉对具有表现力的优美词句烂熟于心，同样也凭借词的奇异多样创造了许多复辞和双关。正如他把自己的丰富情感呈现在我们面前一样，他也没放过展现奇异技巧的机会。因此不能急于说他是以艺术为主还是以内心为主。他好就好在总是把这两者分得很清。在《寓言如意神树》的开始部分有不少双关诗，但中间部分就很少。同样，在《爱之花园》（*Anuragbag*）中多数作品也都没有词的多样化等。尽管总是使用带有阿奴布拉斯的词汇，但在以奇异为目标的

---

① 巴巴吉（Baba Ji）是两个敬称词“巴巴”和“吉”的连用，实际还是指“丁德亚勒·吉利”。

② 巴布·苟巴勒金德尔（Babu Gopalchandra）是帕勒登杜的父亲，也是著名诗人。吉利特尔·达斯（Girdhar Das）是其笔名。英文名又为Babu Gopal Chandra，译为巴布·苟巴勒·金德尔。印度人名有时连写，有时分开写，本书译者大多遵原著，原著连写即连写，原著分开则加圆点分写。

地方，双关、复辞、谜语等全都有。总而言之，他是位多彩的诗人。他完全掌握了各种创作方法。

已知他创作的作品有:《寓言如意神树》(1855)、《爱之花园》(1831)、《弃世日主》(*Vairagya Dinesh*，1849)、《世主九宝》(*Vishvanatha Nav Ratna*)、《范例之河》(*Drishtant Tarangini*，1822)。

根据这份书单，他的诗歌创作时间应该在1822~1835年。《爱之花园》中用非常美的格维德描写了黑天的各种本事。马利尼[①]韵式用得也很美。《范例之河》中都是关于伦理道德的双行诗。《世主九宝》是赞颂湿婆的颂神诗。《弃世日主》一方面描写了各个季节的光彩，另一方面描写了智、弃世等。

(44)伯杰内斯(Pajanes)——他是伯纳人，关于其生平人们知之甚少。他的圣歌创作生涯大约在1843年前后。没有发现他的任何著作，但他有不少零散诗作散存于各种诗集中，或为人们口头传颂。属于伯勒杰语著名诗人之一。塔古尔·西沃辛赫曾提到过他的两部著作——《迷人的情人》(*Madhurapriya*)和《从头到脚》，但至今没有被发现。婆罗多吉文·布瑞姆将他散存的诗歌汇集成册以《伯杰内斯之光》(*Pajanes Prakash*)之名出版，其中包括127首格维德和瑟崴雅。读了他的诗歌就会发现，他还通晓波斯语。在一首瑟崴雅中他就用了不少波斯语词和句子。他的作品全都属于艳情味，但其中很难的字母(如卷舌的t、th、d等)却比比皆是。他很少在意“矛盾描写”问题，但这并不是说他不用带有温柔的阿奴布拉斯的柔美语言。他的遣词造句非常优美。他的格维德大多是对肢体的描写，由此可以推断，他一定写过“从头到脚”。他尤其注意词的奇异多样性，以致有的地方甚至显得粗糙。

① 马利尼(malini)韵式中每行的停顿点为前8个后7个音节之间。

（45）吉利特尔达斯（Giridhardas）[1]——他是帕勒登杜·巴布·赫利希金德尔[2]的父亲，也是伯勒杰语非常成熟的诗人。他的原名为苟巴勒金德尔，但在诗歌中他用笔名“吉利特尔达斯”“吉利特尔”（Girdhar）或“吉利塔任”（Giridharan）。有关他的情况，帕勒登杜写道：“诗人吉利特尔达斯共创作了40部作品。”他出生于健日王纪元1890年十月黑半月十五日[3]。其父噶雷·赫尔斯金德是迦尸很有威望的贵族，但在吉利特尔达斯年仅9岁时就已去世。吉利特尔达斯凭借自己的勤奋在梵语和印地语方面取得了突出成就，收集了一大批著作。他为自己的书斋取名“娑罗室伐底宫”，已故拉简德尔·拉勒·米德尔博士曾为此出价十万卢比。当时他这里整天门庭若市，往来学者诗人络绎不绝，他们大部分时间都花在了谈诗论文上。他卒于公元1860年。

帕勒登杜曾提到他写了40部作品，其中很多都没有被发现。帕勒登杜的外孙、杰出印地语作家、尊敬的伯勒杰日德讷达斯先生将自己亲眼见过的18[4]部著作的书名罗列如下：大诗《诛灭杰拉森特》[5]（Jarasandhavadha）、《言语装饰》（*Bharati Bhushan*，庄严类）、《方言语法》（*Bhasha Vyakaran*，关于音韵）、《味之宝藏》（*Rasaratnakar*）、《夏天的描写》（*Grishma Varnan*）、《鱼的故事》（*Matsya Kathamrit*）、《人狮传》（*Nrisingh Kathamrit*）、《侏儒传奇》（*Vaman Kathamrit*）、《持斧罗摩传》（*Parashuram Kathamrit*）、《罗摩传》（*Ram Kathamrit*）、《大力罗摩传》（*Balram Kathamrit*）、《黑天传》（*Krishna Charitra*，

---

① 吉利特尔达斯即吉利·特尔达斯（Girdhar Das）。印度人名有时连写，有时分开写，本书译者大多遵原著，原著连写即连写，原著分开则加圆点分写。

② 帕勒登杜·巴布·赫利希金德尔中的“巴布”也是尊称，并非其名字。这种把尊称放在名和姓之间的用法较少。

③ 健日王纪元1890年相当于公元1833年，其“十月”相当于公元的12月至次年1月。

④ 此处原文为18，但下面罗列的作品仅有16部。

⑤ 杰拉森特（Jarasandha）是摩诃婆罗多时期摩羯陀国王，马图拉暴虐国王刚沙的岳父。因为黑天杀死了刚沙，他与黑天和般度五子为敌。后来在他与般度五子的怖军（毗姆）摔跤决斗时，怖军在黑天指导下将他杀死。

4701行)、《佛陀传》(*Buddha Kathamrit*)、《友邻王剧》(*Nahus Natak*)、《伽尔格本集》[1](*Garga Sanhita*，双行诗和四行诗的大型黑天生平)、《艾噶德希[2]伟大》(*Ekadashi Mahatmya*)。

除此以外，根据帕勒登杜的一份笔记，已故巴布·格里希纳达斯曾提到他还有21[3]部作品，分别为：《蚁垤罗摩衍那》(*Valmiki Ramayan*，全七篇诗体翻译)、《韵海》(*Chhandarnav*)、《伦理道德》(*Niti*)、《奇异罗摩衍那》(*Adbhut Ramayan*)、《勒格其密从头到脚》(*Lakshmi Nakhashikh*)、《梵语对话》(*Varta Sanskrit*)、《K字母开头的一千名字》(*Kakaradi Sahasranam*)、《伽耶[4]行》(*Gayayatra*)、《伽耶八章》(*Gayashtak*)、《十二瓣莲花》(*Dvadash Dal Kamal*)、《赞歌》(*Kirtan*)、《森格尔申[5]八章》(*Sankarshanashtak*)、《恶魔之敌[6]赞》(*Danujaristotra*)、《牛护赞》(*Gopalstotra*)、《薄伽梵赞》(*Bhagavatstotra*)、《湿婆赞》(*Shivstotra*)、《罗摩赞》(*Shri Ram Stotra*)、《罗陀赞》(*Shri Radha Stotra*)、《罗摩八章》(*Ramashtak*)、《迦利时代八章》(*Kaliyakalashtak*)。

吉利特尔达斯创作了两类著作。《伽尔格本集》等虔诚派的故事是用比较简单的韵诗写成，但从诗艺的角度创作的作品——如《诛灭杰拉森特大诗》《言语装饰》《味之宝藏》《夏天的描写》——充满了双关和阿奴布拉斯，以致有的地方甚至难以理解。他展现最多的就是双关和阿奴布拉斯的奇妙。《诛灭杰拉森特大诗》中那样对双关和阿奴布拉斯的运用，别处是绝对见不到的。《诛灭杰拉森特大诗》

① 伽尔格(Garga)是古代印度教一位仙人，他写过一部“本集”(Sanhita)，其中详细描写了黑天的生平事迹。

② 艾噶德希(Ekadashi)为印历每月白半月和黑半月的十一日，全年共24个艾噶德希日，各有自己的名称。根据传统，印度教徒这一天要戒食。

③ 此处原文为21，但下面罗列的作品仅有20部。

④ 伽耶(Gaya)是印度教重要圣地之一，现在是印度比哈尔邦第二大城市。

⑤ 森格尔申(Sankarshan)是黑天的哥哥大力罗摩的另一个名字。

⑥ 恶魔之敌(Danujari)指天神。

没有写完，只写到11章，但其风格是独树一帜的。读了他的这些诗，就会产生一种想法，他比较倾向于奇绝。他的作品中没有那种味感。年仅28岁就能写出这么多著作，这显示了其诗歌创作极不寻常的功力。

（46）德维基代沃（莫哈拉杰·芒辛赫）[Dvijadev（Maharaj Mansingh）]——他是阿逾陀的土邦王，作的诗非常生动。他对季节的描写非常引人入胜。他的侄子普沃内希（就是那位与阿逾陀土邦王德杜阿打过官司的德利娄基纳特先生）称德维基代沃有两本书——《艳情三十二咏》（*Shringar Battisi*）和《艳情之蔓》（*Shringar Latika*）。《艳情之蔓》已由阿逾陀王后出版了非常豪华的附注版本。作注者为前阿逾陀土邦王穆哈拉吉·布拉达布纳拉扬·辛赫。《艳情三十二咏》也曾出版过一版。德维基代沃的格维德在诗歌爱好者中像伯德马格尔的一样著名。应该将他视为伯勒杰语艳情味诗歌传统的最后一位著名诗人。正如写阐释性作品的诗人中伯德马格尔是最著名的，同样在整个艳情诗传统中就是德维基代沃最著名。他那样生动有趣富有情感的零散艳情诗再也难觅了。

德维基代沃非常重要的优点就是语言清新。他没有让自己的语言因为阿奴布拉斯等问题而显得粗糙。在描写季节时，他是那么的心旷神怡。许多诗人对季节的描写无法使人感受其内心真实的欢快之情，给人一堆死灰的感觉。但在德维基代沃的鹧鸪鸣叫中也清晰地跳跃着他自己内心的啁啾。在一个季节之后新的季节到来时，他的心似乎也不由自主地前来迎接。

第四章　现代期

——散文体文学篇（1843~1923）

第一节　概述：散文体文学的发展

现代以前的散文体

首先须简要讨论一下现代以前印地语存在的规模与形态。在此之前，文学的语言一直就是伯勒杰语，这一点无需赘言。所以，至此所能见到的散文体古老作品都是用伯勒杰语写成的。在搜寻印地语书籍时，发现一些与诃陀瑜伽、梵智等有关的苟勒克派作品，其创作时间大约在1350年，有些作品中还提供了创作时间的具体信息。还有一本是用散文体写成的，其作者名使用了“puchhiba”“kahiba”等形式，看起来似乎是拉贾普特纳的居民。可以将其中的散文视为1343年前后伯勒杰语散文的范本。

我们可以确认它是散文的古老形式。同时我们还注意到，它可能不是某个梵语作品的译文。不管怎么样，它是1343年前后伯勒杰语散文体的范本。

伯勒杰语散文

（1）维特勒纳特（Vitthalanatha）——上述范本之后，我们又在虔诚期黑天派中发现了散文著作。沃勒普大师的儿子苟萨因·维特勒纳特用伯勒杰语写了一部《艳情味装饰》（*Shringarras Mandan*）。这之后又有两部教派作品问世，都比较长，语言也很通顺流畅。它们在沃勒普教派中非常流行。这两部作品是《八十四毗湿奴派大师谈话录》（*Chaurasi Vaishnavon Ki Varta*）和《两百五十二毗湿奴派大师谈话录》（*Do Sau Bavan Vaishnavon Ki Varta*）。前者据说为沃勒普大师的孙子、圣者维特勒纳特的儿子圣者苟古勒纳特所写。但看起来更像苟古勒纳特的学生所写，因为这里面多处都是以非常虔诚的态度提到苟古勒纳特的。这本书写了能够体现毗湿奴信徒和大师们的伟大故事。其创作时间应该在17世纪上半叶。《两百五十二毗湿派大师谈话录》似乎更晚，大约是在奥朗则布时期创作的。这些对谈故事是用伯勒杰语口语形式写成的，其中许多地方还毫无顾忌地使用了阿拉伯语和波斯语词汇。这些故事并非出于文学技巧或创造性考虑而写。

（2）纳帕达斯吉（Nabhadas Ji）——他在1603年前后用伯勒杰语写了一本《一天一夜》，描写了罗摩一天的活动。语言风格如下：

> 这时，王子先躬身摸了极欲仙人的脚以示敬意，然后起身敬拜众先辈，最后向大王致敬并坐在了十车王身边。

（3）崴贡特穆尼·修格勒（Vaikunthamani Shukla）——大约在公元1603年，崴贡特穆尼·修格勒用伯勒杰语散文体写了两本小册子——《八月庄严》（*Agahan Mahatmya*）和《二月庄严》（*Vaishakha Mahatmya*）。

还发现一本用伯勒杰语散文体写的《纳西盖德大师》

（*Nasiketopadhyay*），大约写于1703年以后，作者名不得而知。

（4）苏尔迪·米谢尔（Surati Mishra）——他于1710年从梵语借取故事题材写了《僵尸鬼故事二十五则》。后来勒卢拉勒（Lallulal）用克里保利印度斯坦语也写了这个故事。拉拉·希拉拉勒（Lala Hiralal）根据斋普尔土邦王塞瓦伊·伯勒达布辛赫的命令于1795年写了一本很厚的《阿克巴法令的散文语言》（*Ain Akabari Ki Bhasha Vachanika*）。

它的语言是口语形式，其中也有许多流行的阿拉伯语和波斯语词。

这种伯勒杰语散文体的书随处可见，它们并不能说明散文有任何发展，文学的创作还都只是用韵体。如果散文体也得到了发展，那么大约在19世纪中叶就会出现有关语言的巨大不平衡问题。伯勒杰语不可能像克里保利语那么迅速地被用于创作散文。要花一段时间思考、徘徊和争论，然后还经历了一段两种散文潮流的同场竞技。因此，也可以把这看成为神的旨意：这种语言变革没有发生。而克里保利语有时单独地，有时显示在伯勒杰语怀抱中，渐渐成为生活中的高雅语言而迅速走上散文的康庄大道。

由于写作散文的传统没有得到全面传播，伯勒杰语的散文体只有在原地踏步。上述两部《毗湿奴信徒对谈录》中所显示的那种精炼通顺的形式后来再也没有出现。对诗作的评注等作品中出现的一点点散文体也大都不够精炼通顺，很不给力，连阐明相关意思和情感的能力都不具备。这些评注都是按照梵语“ityamara:”[①]和“katambhutam”[②]的方法写成的。因此，要凭借这些东西提高散文是不可能的。其语言如此粗糙，如此词不达意，以致对原文都理解

① ityamara: 为梵语，意思是“《阿马尔词典》里这样说”。《阿马尔词典》是健日王时代由阿马尔辛赫（Amarsingha）编纂的著名梵语词典。

② katambhutam 亦为梵语，意思是“怎样发生的”。

了，却还看不懂注解，不知所云。1815年所写的贾恩吉伯拉萨德（Jankiprasad）的《罗摩月光》的著名评注，其语言也是这种状态。可以说所有评注中都是这样的语言。诗人瑟尔达尔就是当时的人，他对《诗人至爱》《情人举止》（*Rasik Kriya*）、《七百咏》等所做评注的语言更加粗陋，矛盾百出。总之，在克里保利语因散文而崛起时，伯勒杰语散文还没有得到发展，没有任何散文文学出现。因此人们毫不犹豫地要选择克里保利语。

克里保利语散文

随着穆斯林散布到全国各地和德里宫廷文明广泛的传播，德里的克里保利语逐渐成了高雅人群交往的语言。早在健日王纪元14世纪，库斯洛就在使用伯勒杰语的同时，也使用纯克里保利语创作了一些赞美诗和谜语。从奥朗则布时期开始就出现了用混有波斯语的克里保利语或列克达创作的诗歌，而且在学了波斯语的人们中越来越流行。这样就以克里保利语形式开创了乌尔都语文学，后来外国语词汇越来越多的渗入，克里保利语的范式也越来越外国化。

莫卧儿帝国的衰落也加速了克里保利语的传播。德里、阿格拉等西部城市不再繁荣，勒克瑙、巴特那、穆尔西达巴德等新兴都市开始闪耀光芒。正如米尔、英夏等许多乌尔都语诗人离开越来越衰败的德里，转而投奔东部城市一样，德里周边地区的印度教徒商人种姓——阿格尔瓦拉（Agarvala）、克德利（Khatri）等——为了生计也开始向勒克瑙、费贾巴德、钵罗耶伽（布拉亚格）、迦尸、巴特那等东部城市迁移，他们的口头语言也随之传了过去，东部城市逐渐成了这些西部商人的天下。这样，大城市市场的商业语言也成了克里保利语。克里保利语是天生自然的语言，而非毛拉和书记员的宫廷乌尔都语。它以自己纯真的形态成为不断从西部来的人们的家庭日常用语。所以有些人认为，印地语是通过穆斯林得以存在的，其原始形态是乌尔都语，现代印地语散文的语言就是从中剔除了阿拉伯语和波斯语词汇形成的，这是完全错误或无知的说法。其错误的原因就在于，印度传统文学——到1843年以前一直是韵体——的语言只有伯勒杰语，克里保利语就和其他地方的方言一样，只能闲待在角落里，文学或者诗歌中从来没有用过它。

但是，某种语言没有用于文学并不能证明这种语言根本不存在。在获得乌尔都语形式之前克里保利语就以地方的形式存在，如今仍然存在。在文学中也不时有人会用它，这在前面已经交代过。

从婆吉时期到赫米尔代沃时代，阿伯珀仑谢语诗歌的持续不断传统中就有克里保利语的影子，这在许多诗句中都可以看到。

此后的虔诚期初期无形派的圣人诗人如何在自己的混合语中使用克里保利语，这在“虔诚时期”章节中已经提到过，这里再请看格比尔达斯的真言：

> 格比尔心底纯洁如恒河水。
>
> ————————
>
> 我格比尔继续说，大家都要仔细听，
> 祈念罗摩有好处，否则你会遭不幸。
>
> ————————
>
> 既来之则安之。
> 我将永远享受老师的教诲。

在阿克巴时期，诗人庚格用克里保利语写了一本叫《一些韵式描写的伟大》（*Chand Chhand Baranan Mahima*）的散文体书。

阿克巴和贾汗吉尔时期克里保利语在一些地区已经成为文明社会的交流语言。这种语言不能说是乌尔都语，而是印地语的克里保利语。尽管由于以前一直没有被接受为文学语言而没有用它创作更多作品，但也不是说不能用它创作作品。自从因德里成为首都，克里保利语在上流社会的使用得以增加，经常可以看到用这种语言的散文体写的书出现。

1741年，罗摩伯勒萨德·“尼伦杰尼”（Ramprasad “Niranjani”）用纯正的克里保利语写了一部著作，叫作《方言极裕仙人瑜伽》（*Bhasha Yogavashishta*）。他当时在巴迪亚拉（Patiyala）土邦的王宫里，经常给王后念诵自己写的故事。看了他的著作就会清楚，早在蒙西·色达苏克（Munshi Sadasukha）和勒卢拉勒之前60年就有人以精炼方式写作时使用了克里保利语。到目前为止已经发现的克里保利语作品中，这部《方言极裕仙人瑜伽》是最古老的，其中散文体就已显示出改良的形式。所以，只要没有发现比这更古老的作品，就只能承认它是经过改良净化的第一部散文体著作，罗摩伯勒萨德·“尼伦杰尼”是第一位成熟的散文作者。下面摘录两段以飨读者：

（甲）

向第一梵最高梵致敬！你使一切闪光，一切都融于你，存在于你之中……你那欢乐之海的一微滴就会使整个世界欢乐，你的欢乐使一切有生得以延续。投山仙人的学生苏迪格钦心中产生一个疑问，为了解决这个疑问他前往投山仙人的住地。到那里以后先按规矩向老师致礼，然后落座。接着他请教老师：“啊，大仙！您是无所不知的知识学问的宝库。请您为我解答一个疑问：获得解脱的原因是业还是智？抑或是两者兼而有之？请明示。”听了他这番话，投山仙人说：“啊，尊敬婆罗门的学生！仅靠业是无法得到解脱的，仅靠智同样无法达到解脱。解脱要靠这两者才可得到。

业可以使内心清净，但无法使人得到解脱，没有内心清净，仅靠智也无法得到解脱。”

（乙）

喂，罗摩啊！不傲慢的人不会因为肉体的吉凶而产生依恋和憎恶，因为他的欲望是纯洁的。× × × 肮脏的欲望是转世轮回的因，当你坚定地抛弃这种欲，即便你仍然是造业者，但却将是纯洁无瑕的。当你断灭喜忧等不定因时，你就会成为无欲者，从而摆脱惧与怒等。× × × 你要像得到自我真谛者那样坚守诺言。有了这样的眼光再来看自我解脱，你就会失去冲动，涅槃后就不会再受生死轮回的束缚。

多么符合逻辑的修行者，多么通顺的语言！

此后，在1761年，伯斯瓦（位于中印度）人潘迪特·道勒德罗摩翻译了赫里谢讷大师创作的《耆那教莲花往世书》（*Jain Padmapuran*），该书是一部长达700多页的巨著。语言没有上述《方言极裕仙人瑜伽》的那么精炼，但他完全证明了，在与波斯语乌尔都语没有任何关系的上层人们中，非常自然地流行着克里保利语。波斯语和乌尔都语教育从来就没有在中印度强制推行。这本书是为耆那教徒写的，而耆那教社会一直是与商业紧密联系的社会。与穆斯林赋予克里保利语的形式完全不同，它以自己自然的形态也得花两三年学习。《方言极裕仙人瑜伽》和《耆那教莲花往世书》都有力地证明了这一点。因此，没有任何理由说克里保利语的散文传统是受英语的影响。《耆那教莲花往世书》的语言形式如下：

赡部洲婆罗多境叫作摩揭陀的国家非常美妙，那里住着嘉行懿德的统治者，人们像在天堂一样享用着一切，获得拥有土地非常荣耀光彩。那里各种粮食堆积如山。

后来在1773~1783年，拉贾斯坦的某位作者写了一部《孟多沃尔素描》(*Mandovar Ka Varnan*)，其语言不是文学语言，而是口头语言，比如：

> 先前这里有一位叫芒德沃耶（Mandovya）的仙人的精舍（ashram），由于这个原因，这地方就得名芒德沃亚谢勒姆。这个词后来就讹变成了孟多沃尔。

前面说过，全国传统文学中没有接受克里保利语。这里有必要解释一下这句话的意思。上述说法是指书面文学，而非口头文学或口述文学。无论什么语言，或多或少都会有自己的文学——尽管不是书面的，而是仅仅凭借口耳相传传统流传下来的。所以克里保利语也有些歌曲、颂歌、打油诗等肯定从库斯洛之前就开始流传了。库斯洛那样的谜语在德里周边地区很流行，库斯洛就是以它们为蓝本才创作出自己的谜语诗和穆格里①的。当然，在波斯语韵诗中塑造克里保利语的努力还是首要的。

当穆斯林极大改变了克里保利语的形态，开始大量注入外国人的情感时，在印地语诗人眼里它好像成为穆斯林的语言似的。因此，普胜、苏登等诗人只在穆斯林宫廷情节中或在穆斯林角色的话语中才用这种语言。但正如刚才指出的，独立于穆斯林赋予的人为形式的、自然的、本土的克里保利语形式也随西部商人们扩散到了全国各地。它的传播与乌尔都语文学一点儿关系都没有。渐渐地，这种克里保利语成了人们交流中普遍使用的雅语。当英国人在印度建立

① 穆格里（Mukari）是民间流行的一种类似谜语的小诗。

统治时，克里保利语已经成为整个北印度人们交际的文明语言。一方面是毛拉等受过波斯语教育的人们使用它的被称为乌尔都语的人造形式，另一方面印度教的修行者、学者、头面人物在讲话时都用它真正的自然形式。受过梵语教育的学者们，其语言中也会混入一些梵语词。

在法式时期行将结束时，英国人的统治在全国完全站稳了脚跟。所以，对于英国人来说，尽量学习当地的语言是必然的。但他们发现上层社会之间流行两种语言，一种是克里保利语的本土自然形式，另一种是穆斯林赋予的宫廷形式，或者叫乌尔都语。

尽管英国人是外国人，但他们很清楚，叫作乌尔都语的语言不是本国的自然语言，它的文学也不是保留了人民情感和思想的本国文学。因此，当他们需要学习这个国家的语言，并开始寻找散文时，就需要两种书籍——既需要乌尔都语的，也需要印地语（纯克里保利语）的。但实际上那时候既没有乌尔都语散文作品，也没有印地语散文作品。其实在威廉堡学院着手安排写作乌尔都语和印地语散文之前，用印地语的克里保利语已经写出过好几本散文体著作了。

前面已经提到过《方言极裕仙人瑜伽》和《耆那教莲花往世书》。在那以后，就在英国人开始安排写书之前一两年，蒙西·色达苏克的说教性著作和英夏的《王后盖德吉的故事》（*Rani Ketaki Ki Kahani*）也已经写成。所以，在英国人推动下才产生印地语散文的说法是不对的。由于德里的衰落，那里的印度教商人和其他阶层的人们为了生计而星散到全国各地，克里保利语以自己自然的本土形式成为知识阶层的口头流行语。就在这个时候，人们开始想到用它来写散文。在那之前，印地语和乌尔都语文学都还只有韵体形式。在印地语诗歌中，一直使用的是传统的诗语伯勒杰语，而乌尔都语诗歌中，使用的则是克里保利–阿拉伯语–波斯语混合形式。当克里保利语以自己的自然形态传播到四面八方时，它广泛流行，接受它作为印地语散文创作语言显示出成功的可能。

因此，当1803年威廉堡学院（位于加尔各答）印地语–乌尔都语教师约翰·亨利·吉尔克里斯特（John Henry Gilchrist）着手写作本土语言的散文作品时，他对印地语和乌尔都语做了分别安排。这就意味着，他发现印地语作为语言是独立于乌尔都语存在的。在威廉堡学院的精舍里，勒卢拉勒·古吉拉迪用克里保利语散文体写了《爱之海》（*Premsagar*），色德勒·米谢尔写了《纳西盖德传说》（*Nasiketopakhyan*）。所以，共同推动印地语散文发展的有四位伟大人物——蒙西·色达苏克、赛义德·英夏·阿拉汗、勒卢拉勒和色德勒·米谢尔。这四位作家都出现在公元1803年前后。

（1）蒙西·色达苏克·拉勒·“尼亚杰”——他是德里人，出生于1746年，卒于1824年。1793年前后，他在东印度公司属下的朱纳尔（尼贾普尔县）任职。他用乌尔都语和波斯语写了许多书，也做了很多诗。从他的《历史精选》（*Muntkhabuttavarikha*）中所写的情况可以得知，他在65岁时放弃事业去了钵罗耶伽，剩下的岁月是在颂神中度过的。这本书完成于1818年，六年以后他离开人世。蒙西·吉从毗湿奴往世书选取内容写了一本书，至今还未发现完整版。在蒙西·吉的这本书中也可以看到像《方言极裕仙人瑜伽》里那样无可指责地流传很远的散文。现从中摘录一段如下：

> 由此可知，净化也是没有限度的，称号是可以转移的。行为高尚，则百年之内就会从旃陀罗变成婆罗门；行为不端，则马上从婆罗门堕为旃陀罗。尽管按这种思想人们会说我们是无神论者，我们不在乎这样说。事情的真像该说就得说，不管别人觉得好还是坏。追求学问，目的在于获得真知，由此融入自我本真。学习知识不是为了耍奸使猾、

> 欺瞒算计他人、掩盖真相、道德败坏、酗酒滥饮、聚财敛物，心里充满阴暗也不去净化。鹦鹉可以说出纳拉扬之名，却没有任何知识。

蒙西·吉这篇散文既不是在某位英国官员的鼓动下，也不是按别人给定的模式写成的。他是个虔诚向神的人。他发现印度教徒的口头语言在四面八方都很流行，东部各省也是如此，于是就用它进行了创作。很多地方他都用了纯梵语原形词，完全展现了它未来的文学形式。尽管他就是生活在德里的语言学家，但他在自己的散文中却用了广大地区的故事讲述者、学者、出家人、圣仙之间流行的克里保利语形式，其中也夹杂着梵语词。就是这种混有梵语的印地语被说乌尔都语的人们称为“方言”。看到这种语言因乌尔都语而不能流行，蒙西·色达苏克这样表达了自己的遗憾：

> 语言的交流习惯从世界消失了。

总之，蒙西·吉吸收了印度教徒的高雅口语，而不是从乌尔都语吸收。以下用法清楚地说明了这一点：

> Swabhav Karake Vedaitya Kahala（他们自然地被称为魔鬼）。
>
> bahut jadha chuk hui（出了很多错）。
>
> Unhin Logon se ban awaihai（就是从那些人变来的）。
>
> Jo bat satyahoy（真的事情）。

迦尸在东部，但这里的学者数百年来一直就是说着

“hoyaga”“avata hai”“is karke”等[1]。这一切都说明，克里保利语是独立于乌尔都语传播的。

（2）英夏·阿拉·汗（Insha Alla Khan）——他是乌尔都语非常著名的诗人。在德里衰落后他移居到了勒克瑙。他父亲米尔·马夏·阿拉·汗是从克什米尔来到德里的，改名为夏希·哈吉姆。随着莫卧儿皇帝每况愈下，哈吉姆先生去了穆希达巴德土邦的纳瓦布那里。英夏就是在穆希达巴德出生的。当孟加拉纳瓦布希拉居道拉遇害，孟加拉陷入黑暗时，早已成为优秀学者和著名诗人的英夏来到了德里，住进了夏赫·阿拉姆二世的皇宫。在那里，他凭借自己的天才力压反对他的乌尔都语诗人们。当库拉姆·噶迪尔[2]亲手弄瞎皇帝双眼，掠走皇家国库后，英夏在德里已经难以养家维持生计，于是便去了勒克瑙。1798年，纳瓦布萨阿德阿里·汗登上纳瓦布宝座，他开始往来于纳瓦布的宫廷之中。很长时间他都很受尊敬。但最终因为一个玩笑他的薪俸等全被停了。他的晚年是在非常凄惨中度过的。他卒于1818年。

英夏大约于1798~1803年写了《乌代帕恩传》（*Udaybhancharit*），或者叫《盖德吉王后的故事》（*Rani Ketaki Ki Kahani*）。关于创作这本书的原因，英夏是这样写的：

> 有一天我在家突然想到一件事：我要写一个重要的故

---

① 在现代印地语中，“hoyaga”是系动词hona（是，有）的将来时变位的不规范形式，正确的形式应该是“hoga”。“avata hai”是动词ana（来）的现在经常时的不规范形式，正确的形式应该是“ata hai”。“is karke”是动词词组yah karana（做这事）的完成分词（也称kar分词）的不规范形式，其中is 是单数第三人称代词yah的不规范形式。该词组正确的形式应该是“yah karke”。

② 库拉姆·卡迪尔（Ghulam Qadir）为原印度（现巴基斯坦）与阿富汗交界地区洛希尔部落首领，被历史学家形容为疯子。1788年率军攻入莫卧儿王朝首都德里，强迫皇帝夏赫·阿拉姆二世任命他为首相。后来他用匕首亲自将夏赫·阿拉姆二世的眼珠剜出，并将国库洗劫一空。

事，里面除了辛德维[1]以外不会混入任何其他方言，于是我的心像花蕾一样舒展开来。外来的语言和村野之言都不能混于其间……自己熟人中有个别非常有学问的、过时的、老于世故的人，带着不和谐音……而且说：看来这可不成，既不出现辛德维，也没有"帕卡本"（Bhakhapan），就按优秀的（最优秀的）人们相互交流那样，原封不动地就照他们那样，不偏袒任何一方。不能这样做。

这表明，英夏的目的就是要用纯印地语写作，其中除了印地语以外任何其他方言都不带。摘录中的"帕卡本"一词值得注意。穆斯林用"帕沙"（Bhasha）一词往往指文学印地语，其中根据需要会吸收梵语词——无论它是伯勒杰语，还是克里保利语。这就是说，说乌尔都语或波斯语的人往往只把混合有梵语的印地语说成"帕沙"。他们使用"帕卡"（Bhakha）并非专指伯勒杰语。正如他们把混有阿拉伯语和波斯语的印地语说成乌尔都语一样，他们把混有梵语的印地语称为"帕卡"。那些没有用学术观点研究语言或仅仅受过乌尔都语专门教育的一些新老印地语作家陷入了"Bhakha"一词的迷魂阵，不敢把伯勒杰语说成印地语。曾举着"克里保利语诗歌"旗帜的巴布·阿尤提亚·伯勒萨德·克德利（Ayodhya Prasad Khatri）到处奔走呼号，他说："现在哪里有用印地语创作的诗？苏尔、杜勒西、比哈利等作诗所用的语言只是'帕卡'，不是印地语。"很可能到现在还有不少人仍然抱有这种陈腐的观念。

英夏宣称将自己的语言用三种词加以区分——外来语言=阿拉伯语、波斯语、突厥语；村野语言=伯勒杰语、阿沃提语等；帕卡本=混有梵语词的语言。

---

① 辛德维（Hindavi）是中世纪作家对早期印地语的称呼。

但愿通过这种分析能使上面所说的话易于理解。英夏努力与帕卡本和穆阿拉本这两者保持距离，但另一个魔鬼总会以某种形式附身。有时候，尤其是在长句中，波斯语风格的句式还是会出现，不过很少。比如：

> “在造我者也是创造我们者的面前，我低着头搓揉着鼻子。与这低头的同时我整日整夜念叨着大神送来爱子。”这封沾满了带有槟榔汁唾液的信终于到了儿子手上。

早期的四位作家中，英夏的语言最华丽、娇媚、流畅，成语也最丰富。首先，克里保利乌尔都语在诗歌里早已成熟，所以在面向操乌尔都语者写诗的时候成语等经常会喷涌而出。其次，英夏希望通过多彩活泼的语言展示自己的写作才能。蒙西也算是德里人，也具有乌尔都语文学的完整经验。但出于宗教情感，他故意要让自己的语言保持严肃性和规则性。带阿奴布拉斯的停顿在英夏的散文中很多地方都有，比如：

> 两位国王开战以后，王后盖德吉哭得简直就像五六月天一样了[①]。两位国王心里开始犯嘀咕，这是什么爱情？竟然要让两人之间流血，却又都在想做善事。

到英夏的时候，现在分词、形容词和中心词之间的共格有些已经形成，在他的散文中经常可以看到。尽管如此多样，英夏还是在很多地方使用自己非常喜爱的纯的家庭日常语言，描写也总保持印度式的。请看他流利而华丽美妙的语言：

---

① 这里是印历（健日王纪元）的五月和六月，这时正值印度的雨季，整天大雨不断，所以用五六月来形容王后的哭，说明哭得厉害。

千万别让这事发生，否则你会后悔，会招报应的。我是无能为力的。你有什么好事，我是不会说的，但今天这事我憋不住，一定要说。你还年幼，还见得少。对这种事我要真的看出苗头，就会让你爹把他已经给了那个下流不幸的魔鬼、穆钦德尔的儿子阿沃图德的湿婆林伽[①]夺回来。

（3）勒卢拉勒（Lallulal）——他是住在阿格拉的古吉拉特婆罗门，生于公元1763年，卒于1835年。他似乎并不特别精通梵语，但他对方言诗歌还是很精通的。他也懂乌尔都语。公元1803年，根据加尔各答威廉堡学院教师约翰·吉尔克里斯特的要求，他用克里保利语散文体创作了《爱之海》，其中描写了《薄伽梵往世书》第十章的故事。他没有像英夏那样只选择用纯印地语写作，但显然也决心不让外来词进入自己的语言。如果他不懂乌尔都语，就不可能像已经做到的那样避免阿拉伯语和波斯语。许多阿拉伯语和波斯语词在口语中已经融入得如此之深，以致只懂梵语印地语的人很难辨别出它们。我想起一位潘迪特先生，他总爱说lal[②]（红宝石）这个词，却认为kaleja（心）和baigan（茄子）[③]是非雅利安语的，因而避免说它们。勒卢拉勒无意中有的地方也会写类似的波斯语或突厥语词，比如bairakh这个词是突厥语的bairak，意思是“旗帜”。在《爱之海》中这个词就出现了，请看：

---

① 湿婆林伽（Shivling）是湿婆的男性生殖器，一般指湿婆生殖器的各种材质的绘画或雕塑品。

② Lal的意思较多，有红色的、心爱的、男孩、儿子、红宝石等。其中大部分意思源自印地语，但作为“红宝石”之义却来自波斯语（外来语），而且在印地语中用得非常多。

③ kaleja和baigan的词源分别是梵语和印地语，所以实际上属于雅利安语。

湿婆把一杆旗（dhvaja）交给巴纳苏尔[1]说："把这杆旗（Bairakh）拿去。"

但这样的词也就在三两处出现过。

尽管蒙西·色达苏克·拉勒也尽量不用阿拉伯语-波斯语词，而用混有梵语的萨图语言[2]，但勒卢拉勒的语言中与其有较大区别。蒙西的语言是干净纯洁的克里保利语，而勒卢拉勒的语言却是类似崇拜黑天的说书人的带有伯勒杰语色彩的克里保利语。sammukh jay（सम्मुख जाय）、sir nay（सिर नाय）、soi（सोई）、bhai（भई）、kijai（कीजै）、nirakh（निरख）、lijai（लीजै）之类的词经常用到。在阿克巴时期，诗人庚格所用的那种克里保利语，勒卢拉勒也在用。两人的语言区别仅在于，庚格也经常用波斯语-阿拉伯语的流行词，但勒卢拉勒却避开此类词。语言的修饰在《爱之海》里也较多。除了在停顿处押韵外，描写性句子也很长，随处还可见到阿奴布拉斯，成语用得很少。总而言之，勒卢拉勒的《诗光》更多起到的是散文爱好者对谈的作用。既不符合日常行为，也不适合相关的思潮。《爱之海》的几段文字如下：

仙人修格代沃说："大王！看到格里湿姆的胡作非为，雨王考虑到大量鸟兽昆虫等动物的惨状，带上四面八方的乌云前来作战。当时雷电大作，就像擂起战鼓，各种云蜂拥而来，就像勇敢的英雄刹帝利。在他们中间闪电像武器一样闪着光芒，到处都是成群的苍鹭，就像战旗在迎风飘扬。青蛙、孔雀就像唱战歌的歌手，颂扬着功德，哗啦啦

① 巴纳苏尔（Banasur）是往世书中的人物，是魔王巴利的百子之一。在他与黑天的大战中，他请来湿婆为他作战，最后还是被黑天打败。

② 萨图语言（Sadhu bhasha）为19~20世纪孟加拉文学所使用的语言，仅限于书面。萨图一词的意思是"出家人"或"苦行者"。

的雨点就像落下支支利箭。”

说完这些，大神带上吉丽嘉①来到河边。在水里沐浴净身后，他非常怜爱地为雪山女神披上衣装，戴上配饰。最后，他沉浸于欢乐之中，打起长鼓，跳起湿婆舞，按照音乐的法式唱起歌曲，以讨其欢心。

当乌沙十二岁时，见了她脸上的光芒，满月的月亮也失去了光泽。在那她满头乌发面前，朔日夜晚的黑暗也相形见绌。见了她的发辫，雌蛇王赶快蜕下皮，悄悄溜走。看一眼她的那对弯眉，神弓便心跳加快。看了她灵动的大眼睛，小鹿、鹌鸽和池鱼都要嫉妒。

勒卢拉勒用乌尔都语、克里保利印地语和伯勒杰语三种语言写作散文。他不懂梵语。有人建议他把用伯勒杰语写的故事和小说移植到印地语和乌尔都语散文体中。据此，他写了《宝座三十二篇》《僵尸鬼故事二十五篇》、《沙恭达罗剧》（*Shkuntala Natak*）、《马特沃–讷勒》和《爱之海》。《爱之海》之前的四本书完全是乌尔都语的。除此以外，1812年他以《政治》（*Rajniti*）为名用散文写了一些益世故事（都是用韵体写过的）。他还以《马特沃之喜乐》（*Madhavvilas*）和《聚会之喜》（*Sabhavilas*）之名出版了伯勒杰语韵诗集。他为《比哈利七百咏》做的评注《宝石月光》（*Lalchandrika*）也很著名。他还在加尔各答创办了一家自己的出版社，1832年他从威廉堡学院退休后把它迁到了阿格拉。在安顿好出版社以后，他又回了加尔各答，最后在那里去世。他为自己的出版社取名“梵语出

---

① 吉丽嘉（Girija）的意思是山的女儿，是湿婆妻子雪山女神（Parvati）的一个称号。

版社”，除了出自己写的书以外，还经常出版《罗摩衍那》等古籍经典。他的出版社出版的书很受人们喜爱。

（4）色德勒·米谢尔（Sadal Mishra）——他是比哈尔人，曾在威廉堡学院工作。他也和勒卢拉勒一样在上述威廉堡学院官员鼓励下写了克里保利语散文作品。他的《纳西盖德传说》也是勒卢拉勒写《爱之海》的时候写的，但两人的语言差距很大。他的语言里不像勒卢拉勒的语言中有大量的伯勒杰语形式，也没有传统诗语词汇的到处渗入。他尽可能只用克里保利语。但他的语言也不是纯的。有伯勒杰语的形式，东部语言的词也随处可见。Phulanha ke bichhaune（फूलन्ह के बिछौने）、chahundis（चहुँदिस）、suni（सुनि）、sonanha ke thanbha（सोनन्ह के थंभ）等都用的是伯勒杰语的；ihan（इहाँ）、matari（मतारी）、barate the（बरते थे）、jarai（जड़ाई）、bajane（बजाने）、laga（लगा）、jaun（जौन）等则都是东部语的。为表明他的语言，从《纳西盖德传说》摘录一段如下：

> 就这样，圣贤纳西盖德描写了包括阎王的城市在内的阴曹地府，然后把“谁造了什么业，得了什么果”全都告诉了仙人们：那些杀牛者，杀害婆罗门、父母、朋友、男孩、妇女、主人、老人、老师的人全都填写虚假证人，整天沉浸在虚假的业中，抛弃糟糠之妻与别人的女人结婚，看到别人的痛苦自己高兴，缺乏道德心深陷罪恶之中，不愿听有利于父母的话，与所有的人为敌。这种罪恶之人从非常恐怖的南门进入阴曹地府。

在共同开创散文传统的上述四位作家中，只有蒙西·色达苏克和色德勒·米谢尔的语言能完全反映出现代印地语的雏形。只有他们的语言是实用的。这两者中又以蒙西·色达苏克的出家修行者语言（sadhu bhasha）更具重要意义。蒙西·色达苏克也是四人中最早开始写作的，所以在散文体开创者中他应该具有特殊地位。

印地语散文体大约开创于1803年，但它连续不断的文学传统并非始于那个时候。偶尔有几本书用未经良好训练的语言写成，但至今没有发现1858年以前用适于文学的规范语言所写的任何作品。1832年，有人用克里保利语散文体翻译了《白云的话》（*Gora Badal Ri Bat*），原作是1623年杰德穆勒用拉贾斯坦语韵体写成的。请看其一小段译文：

> 白云的故事凭借古鲁之力和娑罗室伐底的恩惠才得以完成。为此我要向古鲁和娑罗室伐底致敬。这个故事是在1680年[①]十二月白半月望日创作的。这部作品中有两种味——英勇味和艳情味。故事讲的是住在名为“障扇”（Morchharo）的村庄的格贝瑟尔。这个村的人们非常幸福，家家充满欢乐，户户不见乞讨者。

1803~1858年，从散文创作角度看几乎是空白期。直到1857年大起义以后，印地语散文文学传统才得以很好地流传下来。

1803年前后，如果说印地语散文所受到的尊重被什么人利用的话，那就是基督教的传教士，因为他们要让自己的教义在普通老百姓中传播。希拉普尔（Sirapur）是当时传教士的据点。在威廉·凯瑞（William Carey）和其他几位英国传教士的努力下，《福音书》被翻译成好几种北印度的语言。据说，《圣经》是由凯瑞亲自翻译的。1809年，他出版了《新宗教信条》（*Nai Dharma Niyam*）。1818年，基督教全部经典翻译完毕。这方面值得注意的是，这些译者只把色

---

① 这里的1680年应该是健日王纪元，换算成公元应该是1623年。

达苏克和勒卢拉勒的不太纯的语言作为范例，而把乌尔都语化特点完全排除在外。这充分表明，混有阿拉伯语和波斯语的语言与普通百姓的关系不大，而他们正是要在这些普通人中宣传教义。基督教传教者们肯定也发现了普通印度教徒一直用来讲故事、听故事的语言的地位和作用。一些人认为反对混有梵语的语言是时髦之举，而普通老百姓对它却比对乌尔都语熟悉得多。那些住在北印度的英国人只能听到文书和厨师们的语言，如果说他们至今仍然把乌尔都语或印度斯坦语看成普通百姓的语言，也是不足为奇的。但那些神父们看到普通百姓用什么语言来宣传宗教和知识，他们就采用什么语言。

基督教徒在翻译宗教经典的语言中尽可能不用波斯语和阿拉伯语词，但却毫不犹豫地采用甚至纯粹的村野之词。他们的语言只遵循色达苏克和勒卢拉勒的范式。其中就算出现一些显得怪异的现象，那也是源于外来语言的句法结构和风格。与《爱之海》一样，在基督教经典中也是用karanhare（乡村印地语“做…的”？）代替karanevale（印地语“做…的”），用patuka（印地语“腰带”）代替kamarband（波斯语“腰带”）等。但没能像勒卢拉勒的书中出现这么多伯勒杰语特征，不是使用ay（伯勒杰语“来”的完成分词）和jay（伯勒杰语“去”的完成分词）的形式，而是用了ake（纯印地语“来”的完成分词）和jake（纯印地语“去”的完成分词）的形式。[①]总之，基督教教义宣传者用的是纯印地语。下面仅举一段文字为例：

这时，耶稣为了接受约翰的洗礼从加利利来到约旦河边。但约翰阻止他说：“本该我受你洗礼，你怎么来让我给你洗呢？”耶稣答道：“你暂且答应这么做吧，因为我们应

① 这一段的括号里的注释均为译者所加。

该用这种方式完成这天职。”耶稣受了洗，随即从水中出来。看吧！天豁然为他开了，他看到上帝之灵像鸽子一样从天而降并落到他身上。看啊，从天上传来声音说：“这是我的爱子，我对他非常满意。”

自此以后，不断有基督教的书籍和小册子出版。上述希拉姆普尔出版社1836年出版了一部叫《达乌德歌集》（*Daud Ke Giten*）的书，其语言中可发现一些非常流行的波斯语和阿拉伯语词。从那以后，在许多城市为少年儿童开办了大大小小的基督教学校，与教育有关的书籍也开始出版发行。这些书籍中的印地语也像《圣经》译本的语言一样简单纯洁。阿格拉、米尔迦普尔（Mirjapur）、蒙格尔（Munger）等是那时基督教传播的中心。

好多地方已经开办了教授英语的中小学和大学，同时也教授印地语和乌尔都语。所以对与教学相关书籍的需求在1843年之前就已经出现了。为了相关教学书籍的出版，1833年前后在阿格拉成立了“学校教科书协会”，该机构1837年翻译出版了一部英国史，1839年以《故事精华》（*Kathasar*）之名翻译出版了马什曼[①]（Marshman）先生的《古代史》。《故事精华》的作者或者说译者为潘迪特·日登讷拉勒（Ratanalal），其编辑者穆尔神父（J. J. Moor）在自己短小的英语说明中写道：“如果该书得到广大群众的鼓励，将会出该书的第二部分《现代史》。”这本书的语言很纯，也很有学术性。书中karo（动词“做”的命令式形式）取代ko，pavte hain（动词“得到”的现在经常时形式）取代pate hain等用法很常见。[②]请看下面一段例子：

① 马什曼（1794~1877）的全名为“约翰·克拉克·马什曼（John Clark Marshman），是位英国记者和历史学者，加尔各答的《印度之友》（*Friend of India*）的编辑和出版者。5岁时便随父母来到孟加拉，在印度生活多年。

② 这一句的括号里的注释为译者所加。

但是，索伦的这些最好的措施也没能使矛盾消失，反对者心中的愤怒也没有消除，然后贵族们中也出现骚乱。所以，在老百姓的帮助下，一位叫皮希斯忒尔特斯的男人成了众星之月。他强力镇压所有捣乱者，轻松进行统治，因此被称为无道者。尽管如此，他仍然是当时出类拔萃的聪明而有远见者。

为了阿格拉的上述协会，1840年潘迪特·盎噶尔·婆德（Aungar Bhatta）写了《地理精要》（*Bhugol Sar*），1847年潘迪特·巴德利拉勒·谢尔马（Badrilal Sharma）写了《化学之光》（*Rasayan Prakash*）。加尔各答也有一个学校教材协会，它出版了《物理学之海》（*Padartha Vidya Sagar*）等多部科学著作。还有一些类似的读物也由传教士的出版社出版了，比如阿拉哈巴德教会出版社1840年出版的《阿贾穆加尔[①]读本》（*Azamagarha Reader*）等。

在大起义爆发前不久，米尔迦普尔开办了一家基督教的“阿拉凡出版社”（Araphan Press），由谢里夫先生编辑出版了不少有关教育的书，比如《地理之镜》（*Bhucharitra Darpan*）、《地理学》（*Bhugolvidya*）、《娱乐新闻》（*Manoranjak Vrittanta*）、《动物学》（*Jantuprabandha*）、《知识之海》（*Vidyasagar*）、《学者集》（*Vidvan Sangrah*）等。这些书都问世于1855~1862年。自从教会团体不断用纯印地语出版书本和小册子以来——其中包括有些辩论、说教和赞神曲，有些颂神曲在本土基督徒中非常流行，至今仍然在唱颂。总之，基督教徒对印地语散文的传播有很大贡献，教学用书最早就是他们写的，为此印地语爱好者要永远感激他们。

毋庸赘言，基督教徒的传教工作仅对印度教人口有影响，所以

① 阿贾穆加尔（Azamagarh）是现印度北方邦的一城市名。

在受过教育的印度教徒中开始出现捍卫自己宗教的焦虑。基督教传教者抓住印度教粗浅的表面问题便大做文章，加以诋毁。鉴于此，孟加拉的拉贾·罗摩莫汉·拉易（Raja Rammohan Ray）挺身而出，抓住奥义书和吠檀多的梵智，对其大加宣传。在新式教育的影响下，许多有文化的人心中对偶像崇拜、圣地朝觐、种姓制度、可接触与不可接触等已经不信仰，因此罗摩莫汉·拉易排除了这些东西，为鼓励对纯洁梵的崇拜建立了“梵社”。1815年，他把《吠檀多经注》（*Vedanta Sutron Ka Bhashya*）翻译成英语出版。1829年，他还用印地语出版了名叫《孟加拉使者》（*Bangdut*）的报刊文摘。拉贾先生的语言中个别地方肯定带有孟加拉语特征，但其形式绝大多数与语言学专家使用的是一样的。请看例文：

那些不全面完整研究吠陀的婆罗门，都是未举行过宗教仪式的。为了证明这一点，笃信宗教的婆罗门苏伯勒赫穆涅·夏斯德利先生给全国许多缺乏对吠陀整体研究的婆罗门发去一封信，在信中他是这么写的：没有研读吠陀的人是无法进入天堂和解脱的。

在不少城市，尤其在加尔各答，都有了出版机构。在孟加拉已经创办了一些英语和孟加拉语的报刊，也有了不少读者。在这种形势下，坎普尔的居古勒吉修尔于1826年发行了一份叫作《太阳新闻周报》（*Udant Martand*）的报刊。该报应该被视为印度第一份印地语报刊，正如下面这篇文章中表明的：

《太阳新闻周报》是首次为印度教徒利益开办的，此前没有任何人开办过。而用英语、波斯语和孟加拉语出版的报纸，只有说那些语言的人们和读者能够享受到。开办该报是希望印度斯坦人能看到真实的消息并读懂它，不再期待外来语言，不放弃自己语言的成果。所以……根据总督巴哈杜尔先生的指令，勇敢地精心搭建了这一新的平台。无论谁希望得到本报，就请将姓名地址寄到阿姆拉德拉巷37号“太阳报社”，一周左右就能收到报纸，本地人送货上门，外地人通过邮局发送。

这份刊物仅发行了一年就因缺乏资助而关闭。该刊以“中部语言”之名称呼克里保利语。为了进一步展示它的语言特点再举两例如下：

1. 有位著名律师，一直做辩护工作，做着做着便老了，于是把这项工作交给了女婿，然后便无忧无虑了。女婿干了几天以后，有一天来到他这里高兴地说：“老师，你交给我的那个重要的存年旧案今天判了。”老律师听了以后非常后悔地说：“你把一切都毁了！我父亲就是靠那个案子出名的，后来他临死的时候把它交到我手上。我也把它压着，所以至今过着好日子。原本想把它传给你，以后你也会把它继续传给儿子、孙子、重孙子……可你却没几天就把它给丢了。”

2. 11月19日，为迎接奥德比哈利皇帝而放了礼炮。当天下午，日斯当勒格先生、黑勒先生和菲尔德少校代表勋爵先生来到奥德比哈利的兵营，向长官致敬，邀请他随勋爵在黎明后一起去见皇帝。然后为了奥德比哈利皇帝离开，在坎普尔恒河上架起了浮桥，皇帝风风光光地过了河，去了总督巴哈杜尔那里。

随着法式时期的结束，英国人在全国的统治已完全建立。与这一政治事件相伴的是国民教育方式也发生了变化。英国人政府推行英语教育。1797年，东印度公司的领导们收到一份通过英语教育来训练印度国民的建议，但当时建议没有得到任何反应。后来在拉贾·罗摩莫汉·拉易等受过教育的有影响的人士的努力下，为开展英语教育，在加尔各答建立了印度教徒学院，人们从这里学了英语后开始在政府任职。在此之前，人们还没有这种想法：学习本国语言也可以接受教育。除了英语以外，如果说还注意到什么语言的话，那就是梵语和阿拉伯语。梵语学堂和阿拉伯语穆德尔萨（学校）从公司当局一直得到一定的资助，但面对英语受到的追捧，人们开始对这些机构失去热情。它们原来得到的资助也渐渐被停了。有些人还坚持接受这些古老语言的教育，但麦考莱[①]（Macaulay）强烈地支持英语教育，对东方文学非常不屑，以致东印度公司当局最终于1835年通过了英语教育法案，从此逐渐开办了英语学校。英语教育制度建立起来以后，英国政府的注意力开始转移到司法语言上。在莫卧儿时期，官方活动和行政机构的全部工作都是用波斯语。当英国人的统治刚建立的时候，他们还是延续了这一传统。

他们是允许波斯语作为行政机构的语言的，但人民对那种语言和字体不熟悉，在使用中有许多困难。为了克服这些困难，公元1803年当局颁布了一项新法律，发布了以下命令：

任何人都不否认，条款的书面命令不是每人都了解。每个县的执政者都必须在了解这一法令后，发布一个通告，

① 麦考莱（1800~1859），全名为托马斯·巴宾顿·麦考莱（Thomas Babington Macaulay）。英国政治家、诗人和历史学家。1830年被选为英国议会议员，1834~1838年赴印度，任英国东印度公司最高理事会法务专员。在印期间主持制订印度刑法典和教育法，规定以英语取代波斯语作为印度官方语言和学校教学媒介语言。

下面用波斯语和天城体帕卡（方言）字母注上说明……法庭上要宣读……为了让所有人都懂，法院法官大人在法庭上也要宣读。（公元1803年，法令31第20条）

由于波斯语是司法语言，人民遇到困难的感觉越来越强。所以政府于1836年发布公告：所有官方活动都要用通行的语言。我们将联合省[①]的最高税务法庭发布的公告抄录如下：

通告：最高税务法庭庭长

西部的最高税务法庭成员注意到，由于法庭活动全是用波斯语进行，人们都会遇到障碍，非常痛苦。如果诉状能用自己的语言写出提交政府，将是件重要的事情，所有人都会舒心的。所以现在发布命令，从1244年[②]7月黑半月初一开始，谁有诉讼请求需呈交庭长或法庭，可以用自己的印地语方言或用波斯语的天城体字母撰写诉状，或直接呈递或邮寄。诉状用什么字体写，法庭判决就用什么字体和语言写。

公元1836年7月29日

这份通告中明确表示，语言只用印地语，字母用波斯语代替天城体也可以[③]。遗憾的是，没能形成合适的制度。穆斯林进行了很大努力，试图阻止印地语进入行政机构，而让乌尔都语进入。他们诡

① 联合省（United Provinces）为英殖民统治时期印度的重要省份，辖区大约相当于今天印度的北方邦和北阿肯德（乌德拉肯德）邦。

② 这里的“1244年”似应为伊斯兰历纪元。根据伊斯兰历与公历的计算公式可知，伊斯兰历1244年应为公元1827年。但此处通告著明的发布日期却是公元1836年。经对照，好几个版本均是“1244年”。译者怀疑“1244年”应为作者之误，似应为“1254年”。伊斯兰历1254年为公历1837年，这样实施日期就与通告发布日期1836年相符了。

③ 这句话与通告中的所说“用波斯语的天城体字母”似有矛盾。可参见原著p295。

计多端，以致就在一年以后，也就是1837年，乌尔都语成了我们省所有部门的语言。

全靠政府恩赐，克里保利语的阿拉伯语–波斯语化形式成为书面司法用语摆在所有人面前，从生计和身份尊严角度都不得不学乌尔都语。学校开始以国语之名只教孩子们乌尔都语。只有学过乌尔都语的人才被称为受过教育。印地语诗歌传统尽管在众多土邦王公朝廷的支持下一直非常流行，但学习印地语的人口却在不断减少。受过新式教育的人们与它渐行渐远。在这种逆境下，学过乌尔都语的人们之所以还与普通百姓一起保持着对自己传统文学的观念，那也只是出于宗教情感。只有杜勒西达斯创作的四行诗和苏尔达斯的赞美诗等使学习乌尔都语的人们与“帕卡”还保持着某种联系。否则，在时代变迁的影响下，那些受乌尔都语洗脑的人们大都内心早就背离自己的传统文学了。对艳情味方言诗的研习也只是像对吹拉弹唱的兴致一样偶有保留。已故的巴布·巴勒姆庚德·古布德在形容这种局面时写道：

> 学习天城体字母的人被迫去学习波斯语字母，印地语不再是印地语，而成了乌尔都语……印地语成了用天城体书写不标准语言的代名词。

1845年，尽管拉贾·西沃伯勒萨德（Raja Shivprasad）还没进入教育局，但作为专心治学的学者，他还是比较关注自己的语言印地语。所以，当他看到其他语言都在到处发行报刊，便努力在迦尸出版发行了《贝拿勒斯报》（*Banaras Akhabar*）。但该报的读者起初都是受过新式教育的人，而这些人原来日常读写的都只有乌尔都语，所以该报的语言也只用了乌尔都语，尽管字体是天城体。这份报纸是用劣质纸张平板印刷的。尽管该报的语言是较纯的乌尔都语，但为了制造点印地语形象，中间也用了诸如dharmatma（圣人或道德高尚的）、parmeshvar（最高神或最高实在）、daya（同情、怜悯）[①]等词。拉贾先生自己也经常为该报写文章。该报的语言从下面摘录部分也可略知一二：

> 在基德·萨赫布·巴哈杜尔大人的关照和圣人们（dharmatma）的帮助下，这里近些年来建立的新学堂（pathashala）的状况已经多次说明过……人们经常赞扬这所学堂（pathashala）[②]房屋样式的优点，议论建房的花费：花费一定超支了吧！各方面看都是值得赞扬的。这一切都是因为马穆杜赫先生的英明。[③]

这种语言人们怎么会认为是印地语呢？所以，通过巴布·达拉莫汉·米德拉等人的努力，1850年在迦尸又创办了一份报纸《月亮》（*Sudhakar*）。据说，迦尸城著名星象学家苏塔格尔（Sudhakar）就是根据该报的名称而得名的，因为在他叔叔从邮差手里拿到该报的那一刻，正好从屋里传来苏塔格尔出生的消息。这份报纸的语言有了很大改进，用的是标准印地语。但该报没能维持多久。1852年，在阿格拉有位叫蒙西·色达苏克拉勒的人组织并主编出版了《智光报》（*Buddhi Prakash*）。该报存在了好多年。《智光报》的语言就当时来说是非常不错的。请看例文：

---

① 这段中原文后面括号里的汉语意思为译者加注，其原文均是印地语词，翻译时用了拉丁语转写形式。

② 这一段括号中所注均为原词的拉丁字母转写形式，因为它们都是印地语词，所以译者特地注出，以显示其文中印地语词少的特点。印地语和乌尔都语均源自克里保利语，其代词、动词的形态是一样的，主要区别就在于名词、形容词等。这篇短文中除了括号标注的几个词和动词以外绝大部分词都是乌尔都语。

③ 该段文字的原文中除了动词和括号里注明的词以外，其他基本都是乌尔都语词。括号里的注义也是译者为了读者尽可能了解原文面貌所加。

加尔各答消息

在本国西部，许多人发现，按照孟加拉的习俗，当地人要把快咽气的病人运送到恒河岸边去，而不是尽力想办法救治病人或保护病人，却与此相反把病人抬到河边放进水里，还高喊着“大神召唤！大神召唤！”而剥夺他的生命。

女性教育问题

女性身上的忍耐性、温柔、仁慈等所有优良品质都是神创的。她们唯独缺少的是知识。要是她们也有了知识，那么她们就会摆脱一切债务，她们可以比任何人都会教育孩子。通过教育让孩子在少年时代避免过错，教给他们简单的知识，这是最适于她们的工作。

如此一来我们可以发现，尽管乌尔都语被作为司法语言，但早在19世纪中叶前后，印地语克里保利语散文传统就已经在印地语文学中兴起了，已经开始用散文出版书籍和报刊。诗歌语言仍然是伯勒杰语。英印政府注意到了本土语言的教育问题，开始考虑其制度性问题。穆斯林早已成功将印地语排除在司法语言之外。现在他们又致力于使印地语在教育领域也无法获得地位，让学校不安排印地语课程。因此，就到处议论为国民教育开设穆德尔萨。政府开始考虑必须为所有学生安排印地语教学时，出现了来自有影响力的穆斯林的激烈反对，以致深受其扰的政府不得不放弃自己的想法，于1848年颁布了如下公告：

认为所有学生都有必要了解非全国性司法语言的想法

在我们看来是不对的。此外，德里学院（Delhi College）[①] 里大量存在的穆斯林学生对此也会反感。

反对印地语的行为一直有增无减。1854年之后，当教育开始进行标准化管理时，甚至有人试图让本土语言学校中的印地语教学也不能继续下去。反对印地语的领袖就是在英国人圈子里非常受尊敬的赛义德·阿赫默德先生。他把印地语说成是村野匹夫的一种方言，极力引导英国人向乌尔都语倾斜。该省印度教徒拉贾·西沃伯勒萨德是和赛义德·阿赫默德一样受到英国人宠爱的人。因此他不得不为捍卫印地语挺身而出，而且他一直在为此而努力。关于印地语的争论持续了20年之久——直到帕勒登杜时期。

加尔松·德·达希（Garsan Da Tassi）是位法国学者，在巴黎教授印度斯坦语或乌尔都语。他在1839年写了本《印度斯坦语文学史》（*Hindustani Sahitya Ka Itihas*），与乌尔都语诗人同时也提到一些印地语著名诗人。在1852年12月5日的演讲中，他用以下这段话承认了乌尔都语和印地语的同时存在：

北方穆斯林的语言即印度斯塔尼乌尔都语被确立为西北省（今联合省）的司法语言。尽管印地语与乌尔都语也和它与波斯语一样同时存在。实际上穆斯林皇帝总是任命一位印地语文书，称为“印地语书写者”（Hindinavis）[②]；同时任命一位波斯语文书，称作“波斯语书写者”（Farsinavis）。这样便

① “德里学院”最早可以追溯到1792年建立的东方学院（主要教授文学、科学和艺术）。1824年英国东印度公司当局将其冠名为印度学院，主要教授波斯语和阿拉伯语，也有一个梵语系，不久又增加了乌尔都语和印度斯坦尼语。后几经变故，最终于1925年被并入了德里大学，成为德里大学的一个学院。1975年，该学院更名为“扎吉尔·侯赛因德里学院”（Zakir Husain Delhi College）。

② Hindinavis还有“印地语文书（公文）”的意思。

于其命令能够以两种语言书写。同样，英印政府在西北省为了印度教徒民众，往往在发布乌尔都语司法法律文本的同时也发布天城体的印地语译本。

从达希的演讲可以得知，在确立乌尔都语为司法语言之后一段时间，也用简单易懂的语言和天城体字母发布法律和政府命令的印地语译本。似乎随着支持乌尔都语者力量的增加，印地语译本的发布便完全停止了。正如刚才所说，到拉贾·西沃伯勒萨德和帕勒登杜之前，印地语和乌尔都语的争吵一直不断。加尔松·德·达希远在法国也参与到这场争论之中。他熟悉阿拉伯语和波斯语，又是印度斯坦语或乌尔都语教师。与当时大多数欧洲人一样，他的宗教性也很强。无论何时何地发生印地语和乌尔都语争论的问题，精通与英国人打交道的赛义德·阿赫默德都会拿出宗教处方，以加强反印地语力量。他跟英国人解释说，印地语是印度教徒——偶像崇拜者的语言，乌尔都语则是穆斯林的语言，而穆斯林与英国人有宗教上的联系，两者都承认闪族宗教或先知宗教的教义。

1852年前后，加尔松·德·达希曾认为，印地语和乌尔都语两者的存在是必要的。他还曾经说过：

尽管我本人是乌尔都语的强烈支持者，但我认为，把印地语说成方言或土语是不合适的。

同是这位加尔松·德·达希，后来却在宗教极端思想的鼓动下对赛义德·阿赫默德大加赞赏，对于印地语他竟然说：

目前印地语的地位就相当于一个方言，在不同的村庄以不同的形式使用着。

在印地语和乌尔都语之争发生后，他出于宗教联系考虑，采取了支持乌尔都语的态度，并且说：

> 印地语中包含有印度教的影子，印度教从根本上是偶像崇拜，属于自然崇拜。与此相反，乌尔都语中则包含了伊斯兰文化和行为实践。伊斯兰教也属于闪米特宗教，一神崇拜是其根本理论原则。因此，伊斯兰教中有基督教或耶稣教的许多特征。

1870年，加尔松·德·达希在演讲中更加明确地说：

> 关于赛义德·阿赫默德·汗这样著名的伊斯兰学者，我不想再多说什么溢美之词。我与乌尔都语和穆斯林的关系是人所共知的。我认为，穆斯林把《古兰经》视为天书自不必说，但他们也不拒绝《福音书》。而印度教徒却因为是偶像崇拜者根本不接受《福音书》的教义。

这些已经足够说明，他是在什么样的情感支配下反对自古流传下来的传统本土语言而支持乌尔都语的。尽管反对力量很强，正如不可能抛弃全国流行的字体和字母表一样，自古流传下来的印地语文学也绝不会被抛弃。因此，尽管乌尔都语是司法语言，在教育领域也不得不给真正本土的语言留有一席之地。印地语文学在诗歌文学中大量存在，所以不得不原模原样接受它。关于散文题材问题的拉锯战开始了。就在这拉锯过程中拉贾·勒克契曼·辛赫（Raja Lakshman Singh）和拉贾·西沃伯勒萨德登场了。

第二节 散文体文学的兴起

乌尔都语是怎样以印地语之名用天城体字母书写的，这在有关《贝拿勒斯报》段落中已经谈过。1856年，也就是大起义前一年，拉贾·西沃伯勒萨德被任命为教育局的检查员。当时教育局也和其他部门一样是穆斯林当道。在他们心中，对“帕沙本”（Bhashapan）的惧怕一直是个问题。他们非常害怕终有一天不得不学习与“帕卡”（Bhakha）梵语有联系的“印地语”。因此他们先是极力反对除乌尔都语以外的印地语教学制度。他们认为，既然工作中用了乌尔都语，那还增加另一种口头语言的负担有什么好处呢？听到用“帕卡”讲述印度教徒的故事等，他们总是把印地语也说成“村野匹夫的”方言。这种局面下，拉贾·西沃伯勒萨德为了捍卫印地语，不得不面对巨大的困难。每当提出印地语的问题，穆斯林总是把它说成“很难的口语”而加以反对。所以，当时对于拉贾·西沃伯勒萨德来说，唯一能做的就是尽可能地依赖纯印地语的支持，其中也吸纳一些波斯语和阿拉伯语流行词。那时还没有文学课程的书籍。拉贾先生就亲自投入编写教材工作，同时他还拉上潘迪特·希利拉勒和潘迪特·温希特尔等密友也来写教科书。拉贾先生在教材中写了许多有益的故事，比如《国王婆吉的梦》（*Raja Bhoj Ka Sapana*）、《维尔辛赫纪事》（*Virsingha Ka Vritant*）、《懒人被鞭笞》（*Alasyon Ko Kora*）等。1852~1862年用印地语出版了许多有关教学的书。

潘迪特·温希特尔是阿格拉师范学校的教师，他办了一份印地语–乌尔都语报纸，其印地语栏目的名字是“婆罗多大地不朽”（Bharatakhandamrit），乌尔都语栏目的名字是“甘露”（Abehayat）。他写的书有：①《花园》（*Pushpavatika*，1852），为《玫瑰园》[①]中

①《玫瑰园》（Gulistan）为13世纪伊朗设拉子著名波斯语诗人谢赫·萨迪的著名作品，完成于1258年（一说1259年）。该书共分为8章，以说教为主。也译作《蔷薇园》。

部分内容的翻译；②《婆罗多伐湿历史》[①]（*Bharatavarshiy Itihas*，1856）；③《生活传统》（*Jivika Paripati*，1856）是一部经济学著作；④《世界纪事》（*Jagat Vrittant*，1858）。

潘迪特·拉勒1852年创作了《信札》（*Patramalika*）。加尔松·德·达希说他写过好几本书。

比哈利拉勒1862年用印地语翻译了《玫瑰园》（*Gulistan*）的第8章。

潘迪特·巴德利拉勒根据拜伦达因博士的建议于1862年翻译了《益言集》，其中删减了不少故事。同年他还出了另外两本书——《正理集》（*Nyayshastra*，正理派理论）和《益言花簇》（*Updesh Pushpavali*）。

这里必须指出，拉贾先生最初的作品都是用非常流行的简单的印地语写成，不像他后来所写的书（比如《太阳的历史》[②]等）中显得那么乌尔都语化。以《国王婆吉的梦》为例摘引部分内容如下：

> 威震天下的大王婆吉的大名谁人不知谁人不晓？他的伟大和光辉誉满世界。无论多么勇武的国王听到他的名字都会发抖，无论多么霸气的国王都会匍匐在他的脚下。他的军队像大海的汹涌波涛，他的财富是金山银库和宝石矿的两倍。他的慷慨施舍使人们忘记了国王迦尔纳，他的正义使健日王相形见绌。

他在《道德精华》（*Manav Dharma Sar*）的语言中融入了较多的梵语，这一点从下列这段引文中就可看出：

---

① 婆罗多伐湿（Bharatavarsha）即梵语或印地语的印度国名，其中的“伐湿”（varsha）意为“广阔大地”，所以“婆罗多伐湿”也可译作“婆罗多国”。

②《太阳的历史》（*Itihastimiravashak*）是拉贾·西沃伯勒萨德的作品，写于19世纪，实际上就是“印度历史”，共分为3部。

《摩奴法论》[①]（*Mnusmriti*）是印度教徒的主要经典。任何印度教徒都不能说它不可信。《吠陀》中写道：摩奴所说的一切对生命来说都是良药；波利赫斯伯迪[②]写道：宗教经典大师中摩奴最为重要，而且极受尊敬，因为在自己的经典中写出了吠陀的全部含义……遗憾的是，我们国人自称印度教徒却不了解自己的宗教经典，而且一切行为举止均与之相左。

《道德精华》的语言并非拉贾·西沃伯勒萨德所接受的语言。从一开始他就支持流行的纯印地语，其中也随意使用普罗大众中盛行的阿拉伯语和波斯语词汇。在其文学教科书《古德伽》[③]中，他建立了混有少量梵语的简单的纯语言标本，但1860年以后，他开始倾向于乌尔都语，而且日益加深。究其原因，可谓言人人殊。他之所以这样做，可以说是因为看到绝大多数有教养人们的偏好，也可以说是因为英国官员的青睐。可能多数意见认为，后一种原因更靠谱。不管怎样，1860年以后拉贾所写的历史、地理等教科书的语言完全采用了乌尔都语化的印地语。《太阳的历史》第二部的1807年所写英语序言中，他明确写了“我模仿了《僵尸鬼故事二十五则》的语言”。请看他是怎样说的：

“很抱歉，我可能要在此对这些人说几句，他们总想在

① 法论（smriti）一词原意为记忆，这里是印度教宗教、哲学、行为规范等方面经典的总称。属于圣传经（圣仙创作），与天启经（吠陀经典）相对应。《摩奴法论》是法论中最著名者。

② 波利赫斯伯迪（Brihaspati）是《波利赫斯伯迪法论》的作者。据称，波利赫斯伯迪是天神的老师。

③ 古德伽（Gutaka）意为“小型书”或“袖珍本”。

> 印地语书中排除波斯语词，甚至排除那些早已成为我们日常生活用语的词，而用那些早已过时的、不合时宜的梵语词或只有乡野村夫使用的粗鄙表达方式取代它们。某种程度上我采用了《僵尸鬼故事二十五则》的语言。”

在关于勒卢拉勒的一节中已经谈过，《僵尸鬼故事二十五则》的语言完全是乌尔都语。拉贾先生在一篇名为《语言史》（*Bhasha Ka Itihas*）的文章中阐述了自己关于乌尔都语的原则，该文是他当时语言的一个主要例证，因此我们从中选取部分内容如下：

> 选择用词时，我们应该尽可能采用那些通俗的（amphaham）、众人喜爱（khaspasand）的词，也就是大多数人能够看懂的词，有文化的人、博学者（Alimaphajil）、潘迪特（pandit）、专家学者（vidvan）们的口语中也没有抛弃的词。我们应尽可能做到绝不采用非本地的词，绝不建梵语造币机发行新词硬币。只要我们不是觉得非发行它不可，也就是说我们的口语中确实没有表达该义的词，这样做就不合适。除非确实有作诗的需要，或学术的（ilmi）需要，抑或其他特殊需要。

根据拉贾先生所制定的关于语言的原则，他的这些语言多大程度上是符合的，读者自可明了。

“amphaham”（通俗的，普及的）、“khaspasand”（特别喜欢的）、“ilmi zarurat”（学术需要）在普通大众中根本就不是常用词。波斯语的“Alimaphajil”（博学的、饱学之士）尽管可以算得上属于此类，但印地语的pandit（潘迪特、学者、饱学之士）和vidvan（学者）则与此类词相距十万八千里[①]。一国的文学与这个国家的文化传统是紧密相关的。因此文学的语言抛弃其文化传统是不可能行得通的。语言中的情趣和词汇中的美感是与该国自然条件背景相对应的。这种兴趣取向的构建中，有该国自然面貌、状况、人们的行为方式等的贡献，同样有世代流传下来的文学的参与。融入一些梵语词使方言的美好文学形式得以流行上千年，现在要取代它，把外国形式的语言套到脖子上，是与本国水土不服的。这种违背自然的语言很多人会感到别扭，但当时的拉贾·勒克契曼·辛赫采用真正印地语的范式向前迈进了一步，他于1861年在阿格拉出版发行一份名为《同情百姓者》（*Prajahitaishi*）的报纸，1863年用非常生动的纯印地语翻译出版了《凭表记认出沙恭达罗》（*Abhijnan Shakuntala*）。该书受到广泛赞扬，在语言方面使人们再次眼前一亮。拉贾·勒克契曼·辛赫先生为人们呈献了这样的语言：

> 阿讷苏娅[②]：（轻轻地对波利茵沃达[③]）女伴啊！我也在这样想。我现在就去问他。（来到他面前）圣雄！听了你美妙的话语我深信不疑。我还想问问，你是哪个王朝的宝贝？你把哪个国家的老百姓留在那里让他们承受与你离别的痛苦，自己却跑到这里来？什么原因，让你把柔弱的身躯放到这艰难的静修林来吃苦受罪？

这里的语言纯正简洁，但却用了许多长期以来在文学中常用

① Alimaphajil的意义“博学者”与后面的pandit和vidvan表面意义虽然相同，但内涵却大不一样。pandit（潘迪特）一般是对婆罗门学者的专称，vidvan同样指印度教宗教知识的学者，也指“潘迪特”。

② 阿讷苏娅（Anasuya）为印度古代著名戏剧家迦梨陀娑的梵语剧作《沙恭达罗》中沙恭达罗的女友。

③ 波利茵沃达（Priyanvada）也是剧作《沙恭达罗》中沙恭达罗的女友。

的梵语词。在《罗怙世系》（*Raghuvansh*）散文体译本序言中，拉贾·勒克契曼·辛赫明确地表达了关于语言的看法：

> 我们认为，印地语和乌尔都语是两种不同的语言。印地语是整个国家的印度教徒所说的语言，乌尔都语则是这里的穆斯林和学习过波斯语的印度教徒的口头语言。印地语中有许多梵语词汇，乌尔都语中则有许多阿拉伯语和波斯语词汇。但也不一定说印地语就完全不包含阿拉伯语和波斯语词，同时我们也不能把满篇都是阿拉伯语和波斯语词的语言说成是印地语。

现在英国人也开始认真注意学习研究印度的本土语言了。其中那些勤奋又聪明的人，那些了解全印度文学传统和语言传统的人，都十分清楚北印度的真正自然的语言形态是什么。印地语爱好者应该永远记住英国学者弗雷德里克·宾卡特（Frederick Pinkat）。宾卡特1836年出生于英国，他有很好的出版工作经历，最后成为伦敦著名艾伦公司（W. H. Allen and Co. 13 Waterloo place，pall Mall，S. W.）的大型印刷厂经理。在那里，直到去世前不久，他都一直在默默地为印度文学和印度人民的利益而努力。

宾卡特先生从小就经常听人们议论梵语，因此他非常努力地学习研究它。此后他学习了印地语和乌尔都语。就待在英国，他居然非常熟练地掌握了这两种语言，能够用它们写文章和著书，并且在自己的出版社出版作品。尽管他的乌尔都语很熟练，但他非常清楚：印度传统的自然语言是印地语，因此他一生都在为它服务效劳。关于他的印地语文章、著作和诗歌，将在后面帕勒登杜时期一节加以描述。

1890年，他脱离上述艾伦公司，被任命为著名商号吉尔波特-

理文藤（Gilbert and Rivington Glerkenwell London）的东方部顾问（Orient Adviser and Expert）。该公司用乌尔都语出版发行了一份商报《贸易规则》（*Ain Saudagari*），就由宾卡特先生任主编。他在该报留有印地语版面。毋庸赘言，印地语文章就由他自己来撰写。除了自写文章以外，该报印地语版面的内容还被摘登在印度斯坦出版发行的报刊上，如《印度斯坦报》（*Hindostan*）、《雅利安镜报》（*Aryadarpan*）、《印度之友》（*Bharatmitra*）。

他是真心为印度好。他与拉贾·勒克契曼·辛赫、帕勒登杜·赫利希金德尔、布拉达布纳拉扬·米谢尔、噶尔迪格伯勒萨德·克德利等印地语作家始终保持印地语书信往来。当时的每位印地语作家家里都会发现他的几封书信。他经常在当地报刊上写文章向伦敦人介绍印地语作家。1895年11月，他为宣传瑞亚纤维（rhea fiber，即苎麻纤维，用以制作高档衣服）来到印度斯坦。但在那里仅住了一年多一点，便在勒克瑙去世。

1862年，当拉贾·勒克契曼·辛赫写作《沙恭达罗》剧时，宾卡特看了他的语言后感到非常高兴，并且写文章加以介绍。他之所以这么做，是因为他认为把外来背景和形态的语言强加给这里的居民是很不合适的。在为巴布·阿约提亚伯勒萨德的《克里保利语韵诗》（*Khariboli Ka Padya*）所作英语序言中，他明确表达了这一观点。请看他是怎么说的：

> 由于把混有波斯语的印地语（也就是乌尔都语或印度斯坦语）作为官方语言，它就得到了很大的发展。这使一种新的文学语言得以创立。西北地区的居民——其语言就是这种语言——被迫在学校像学外语一样学习它。

前文已述，拉贾·西沃伯勒萨德尽管倾向于乌尔都语，但在文学教科书《古德伽》中却只把印地语作为语言的范例。在《古德伽》中他在收录“国王婆吉的梦”和“王后盖德吉的故事”的同时也收录了很大一部分《沙恭达罗》剧。第一部《古德伽》大约出版于1867年。

1862~1867年创办了好几份印地语报刊文摘。《同情百姓者》前面已经提到过。1863年阿格拉（希耿德拉区）又创办了一份宣传基督教的名为《人民之友》（*Lokmitra*）的报纸，其语言为纯印地语。勒克瑙出版的乌尔都语《奥德报》（*Avadha Akhabar*）有些版面刊登印地语文章。

正如联合省有拉贾·西沃伯勒萨德在教育局捍卫着印地语，在旁遮普省[①]则有巴布·讷温金德尔·拉易。1863~1880年，讷温金德尔巴布自己或让他人出版了一批不同内容的印地语书籍。这些书很长时期都在教学中使用着。他还是旁遮普女性教育的主要宣传者。在宣传教育的同时，他还一直积极努力投身于社会改革。前面已经谈过他是如何为了阻止基督教的影响而在孟加拉建立梵社的。出于宣传梵社原则和理论的目的，讷温金德尔还时不时出版一些刊物。1867年3月，他的刊物《给予知识》（*Jnandayini Patrika*）出版发行，其中也经常有关于教育、常识和科普的文章刊出。这里必须强调的是，在他帮助下，通过教育局传播的印地语散文都是纯印地语散文。他一直都在避免让印地语陷入乌尔都语的困境。

为了捍卫印地语，他不得不像拉贾·西沃伯勒萨德一样与乌尔都语支持者斗争。为了提升科学知识，他在拉合尔成立了名为“拉合尔会议”的论坛。在1866年的一次大会上，一位叫赛义德·哈迪·胡赛因·汗的人发表演讲，说只有乌尔都语适合在全国通行。这次大会的第二次会议上，讷温巴布对汗先生的演讲进行了全面批

① 这里指英国殖民统治时期的旁遮普省，辖区约相当于今印度旁遮普邦和巴基斯坦的旁遮普省。

驳。他说：

> 乌尔都语通行不会给全国带来任何好处，因为它是穆斯林特定群体的语言。那里面被穆斯林毫无意义地塞进了许多阿拉伯语–波斯语词。乌尔都语也不适合诗体或韵体作品。印度教徒有责任和义务不断提升自己的传统语言。除了爱情诗以外，用乌尔都语根本没有能力表达任何严肃的题材和内容。

听了讷温巴布这次演讲的内容，身居法国的、伊斯兰教的拥趸、印地语的宿敌加尔松·德·达希怒火中烧。在一次讲道时他非常激愤地表达了对印地语的反对和对乌尔都语的支持，并称讷温为狂热偏激的印度教徒。现在这位法国学者对印地语已经如此恼火，以致想对其挥斧断根。他引用了宾斯[①]（Beames）先生的话说：印地语是一种很古老的语言，早在梵语之前就流行了。雅利安人来了以后把它消灭了。它所残留下来的一些词的词源也有办法通过梵语加以证实。就这样，无论何时何地只要提到印地语的名称，达希都会恶毒地说些诸如此类的话来反对它。

赛义德·阿赫默德爵士对英国官员有多大的影响，前面也已谈过。1868年省教育局局长哈维尔（M. S. Havell）先生表示：

> 如果教授印度教徒的孩子们乌尔都语，而不是让他们练习用一种“方言”表达思想，那该多好，这种方言终有一天不得不向乌尔都语低头屈服。

① 宾斯（Beames）全名为John Beames（1837~1902），是英属印度的一名文官和作家，也是印度历史学家，文学家和语言学家。曾于1872~1879年出版了三卷本印度雅利安语比较语法。

这种观点被加尔松·德·达希兴奋地纳入了自己的演讲。同样在阿拉哈巴德学院的一次大会（1868）上，就“本土语言”是印地语还是乌尔都语的问题发生了争执，不少人发言表示支持印地语。他们认为，在法庭上使用乌尔都语导致的结果是：绝对多数的人——尤其是农村人——因不懂乌尔都语而承受了巨大的痛苦与烦恼，因此使用印地语非常必要。发言者中有些人还要求只用天城体字母。还有些人提出，语言也需要改革，要使之简便化。就此事件加尔松·德·达希对支持印地语的发言者大加挞伐。

就在这期间，《印度日报》（*Indian Daily News*）发表的一篇文章，指出了使用印地语的必要性。对此，加尔松·德·达希先生也站出来予以回应。《奥德报》有一次刊登了支持印地语的文章，他也在提及该报编辑的观点时把印地语说成是“拙劣的方言”，还说它的字母也显得不美观。

就在教育运动的同时，为了阻止基督教的传播，在西部地区掀起了有关教义之争的运动。眼见着接受新式教育的人们越来越被先知的一神主义思想所吸引，斯瓦密·德亚南德·瑟尔索迪[①]借助吠陀一神主义思想站了出来，于1863年开始在多座城市巡回演讲。不用说，这些演讲只用全国广泛通行的修行者的印地语。斯瓦密吉自己的《真理之光》（*Styarthaprakash*）就是用印地语或“雅利安语”出版的，《吠陀注》（*Vedon Ke Bhashya*）也是用梵语和印地语两种语言出版的。斯瓦密的追随者将印地语称作“雅利安语”[②]。斯瓦密吉于

① 斯瓦密·德亚南德·瑟尔索迪（Swami Dayanand Saraswati）近代印度著名思想家、宗教改革家、“圣社”的创立者。

② 雅利安语（Arya Bhasha）也可译作“雅语”，因为Arya一词的本义就有“优秀的”或“高雅”意思。

1865年创立了“雅利安社”[①]，并确定所有社员都必须学习印地语或雅利安语。联合省的西部地区和旁遮普省在雅利安社的影响下，印地语散文开始非常迅速地传播。此前因为旁遮普语没有书面文学，加上与穆斯林的接触特别多，旁遮普人的读写语言都一直是乌尔都语。如今在旁遮普能够听到用印地语交流全靠这些印地语散文所赐。

1853年前后，具有非凡天才的大学者潘迪特·谢尔塔罗摩·普劳利的演讲和故事开始在旁遮普火起来。在贾兰塔尔（Jalandhar）的神父苟古勒纳特的说教影响下，格布尔特拉（Kapurathala）土邦王穆哈拉吉·任维尔辛赫已经开始倾向基督教。潘迪特·谢尔塔罗摩立即于1863年赶到格布尔特拉，消除了穆哈拉吉的所有疑问，描述了古代四种姓四行期[②]制度的美好，使所有人都着了迷。潘迪特·谢尔塔罗摩·吉在旁遮普走遍了大大小小的地方，到处宣传教义和演讲，讲述《罗摩衍那》《摩诃婆罗多》的故事。人们甚至从很远的地方赶来听他讲故事，听故事的人成千上万。他的话语有奇妙的吸引力，语言非常有感染力。他到处建立宗教协会，培养传道者。他也用旁遮普语和乌尔都语写了一些书。但主要的著作都是用印地语写的。其理论著作《真理之光》是用非常成熟老练的语言写成的。他是位非常有独立思想的人，他认为出于任何目的掩盖吠陀经典的真实目的都是不合适的。因此他一直对斯瓦密·德亚南德的一些话持反对态度。尽管他说或写的许多话使偏激盲从者不愉快，甚至有人说他是无神论者，但在他去世前，整个旁遮普的印度教徒都一直视他为印度教的支柱。

---

① 雅利安社（Arya Samaj）也译作“圣社”，是著名的印度教改革组织，也是一场印度教改革运动。该组织奉吠陀文献为印度教最神圣的经典和最高权威，主张“回到神圣的吠陀去”，恢复和重建吠陀宗教。

② “四种姓”即婆罗门、刹帝利、吠舍和首陀罗。许多印度教徒认为印度教早期四种姓制度只是社会分工问题，各种姓分工不同，各司其职，有利社会发展进步。种姓歧视问题是后来才出现的弊端。“四行期”则是将再生种姓即前三个种姓的一生分为四个时期：梵行期、家居期、林居期、遁世期。不同时期履行不同的职责。

潘迪特·谢尔塔罗摩·吉也创作一些诗歌。他用印地语散文体写了大量作品，始终致力于宣传印地语。1867年，他写了一部关于精神问题的书《自我疗法》(*Atmachikitsa*)，并于1871年将其译成印地语出版。此后，他又写了《真谛之灯》(*Tattvadipak*)、《护法》(*Dharmaraksha*)、《箴言集》(*Upadeshsangrah*)、《箴言百篇》(*Shatopadesh*，双行诗)等有关宗教的书。除此之外，他还写了一部很长的自传(约1400页)，但已佚失。他还在1877年写了一部长篇社会小说《幸运者》，受到广泛赞扬。

他是当时真正的印地语热爱者和成熟的作家。他逝世于1881年。他去世的那一天，突然从他口中冒出这样的话："印度有两位印地语作家——一位在迦尸，另一位在旁遮普，但今天只剩下一位了。"不用说，迦尸的作家是指赫利希金德尔。

一方面，拉贾·西沃伯勒萨德一直用"通俗的""众人喜爱的"语言写着箴言；而另一方面，印地语巩固了自己的形式得以流行。在这个问题上，宗教运动和社会运动也起到了很大的助推作用。印地语散文的语言要向什么方向发展，时代正在给以准确的提示。所有印度民族语言的文学长期以来一直都在吸收自己熟悉的充满情感的梵语词汇。所以，在新的发展中，怎么可能抛弃这些词汇而突然接受任何外来语言的词汇呢？当孟加拉语、马拉提语等本土其他语言的散文都汲取传统的梵语词汇向前迈进时，印地语散文还要在乌尔都语的困扰中停滞到何时呢？印地语怎么能放弃正常关系，切断与本国其他语言的联系呢？作为她们的亲姐妹，怎么可能以陌生人的身份和她们一起前行呢？既然希腊语和拉丁语词在欧洲不同起源的当地语言间保持着一种文学关系，那么同一起源的雅利安语族之间那些同源语言的词汇传统如果作为一种联系出现，有什么奇怪的呢？

有些英国学者为了嘲讽含有梵语的印地语却在英语句子中大量使用拉丁语词。他们应该明白，英语与拉丁语是没有语源关系的，而印地语、孟加拉语、马拉提语、古吉拉特语等语言都是属于梵语家族的——都是从她的俗语形式发展演变而来的。这些雅利安语言与梵语有非常密切的关系。这些语言的文学传统也可以说是梵语文学传统的延伸。正如方言文学从梵语文学继承一些积累的词汇，同样也继承了其思想和情感。印地语怎么可能与思想和语言的这一源流割断联系呢？

拉贾·勒克契曼辛赫时期印地语散文的语言就展示了自己未来的形态。现在需要的是能够凭自己的天才和创造力将其完善净化、能够用它创作符合受过教育的人们兴趣取向的有能力的作家。就在这样的形势和背景下，帕勒登杜·赫利希金德尔登场了。

第五章　现代散文体文学传统（1868~　）

第一节　概述

帕勒登杜・赫利希金德尔对语言和文学两方面都有非常深刻的影响。他既改良和净化了散文语言，赋予它流畅的、甜美的和纯净的形式，又将印地语文学带上了新的康庄大道。人们一致认可他对语言改造的重要意义。蒙西・色达苏克的语言尽管很优秀，但不免带有学究化色彩；勒卢拉勒的语言带有伯勒杰语特征；色德勒・米谢尔的语言则有些东部化；拉贾・西沃伯勒萨德的语言乌尔都语化，不仅限于词汇层面，而且深入到句法结构；拉贾・勒克契曼辛赫的语言倒是既纯又甜美，但夹杂了不少阿格拉的口语成分。语言被磨炼成文雅简单的形式是通过帕勒登杜的艺术手法得以实现的。帕勒登杜・赫利希金德尔对韵体伯勒杰语也做了很大改良。他将过时的词剔除，给诗歌语言也带来了流畅与纯洁。

帕勒登杜・赫利希金德尔所做的更为重要工作是，为文学指明了新的道路，并把它带到了文化人的交流之中，他被认为是当代印地语散文的开创者。在新式教育的影响下，人们的思想意识改变了。在他们心中，对国家利益、社会利益等产生了新的感悟。随着时代的发展，他们的情感和思想已经大大向前迈进了，但文学却落在了后面，一直只有虔诚与艳情等旧式诗歌。当然间或也出现了一些有关教学的书，但一直没有任何大的努力来创作符合时空变换的文学。在孟加拉，已经有新式戏剧和长篇小说问世，反映了国家和社会新的取向和情感。印地语文学却仍然停留在老路上。帕勒登杜扭转了文学方向，使其重新贴近了生活。这样，我们文学与生活之间的脱节就被他消除了。使我们的文学贴近新内容的只有帕勒登杜。

由于乌尔都语的原因，至此印地语散文语言的形态仍然处于困扰之中。拉贾·西沃伯勒萨德和拉贾·勒克契曼辛赫所写的东西，某种程度上还只是尝试。当帕勒登杜把自己纯熟的、改良的语言呈现到人们面前时，说印地语的人们终于有了书写散文的克里保利语的自然文学形式，语言形式再也不是问题了。尝试的时代结束了，语言形式固定了下来。

语言形式固定下来之后，当文学创作大规模来临时，风格类型、作者个人特征等就体现出来。在帕勒登杜的影响下，很短时间就形成了一个优秀的作家群体，其中主要有布拉达布纳拉扬·米谢尔、乌巴提亚耶·伯德利纳拉扬（Upadhyay Badarinarayan）、塔古尔·杰格莫汉辛赫（Thakur Jagmohansingha）、巴勒格里希纳·婆德（Balakrishna Bhatta）等。这些作家的风格具有明显的差异。仅在帕勒登杜作品中我们就可以发现两种风格的运用。他在表达感情奔放时是一种风格，探索真相时则是另一种风格。在叙述丰富情感时，句子往往较短，词汇也是简单的口语，其中有时也会有非常流行的阿拉伯语波斯语词，但非常少。当表达一种心情安宁状态，而且间或留有思考余地时，其语言就更加优雅和严肃，句子也较长，但其关系并不复杂。探讨真理或理论阐述时可以发现梵语词汇的混入。

有个问题值得特别关注，在事物描写或景象描写中似乎想方设法运用优美的或带有较难字母的梵语词，而且往往是整体，并带有“阿奴布拉斯”形式。这种倾向我们在帕勒登杜作品中一般看不到。

布拉达布纳拉扬·米谢尔的特点是风趣幽默，因此他的语言非常自由，随心所欲，带有口语的活泼和灵动。在风趣幽默的创作兴奋中，其语言有时会超越界限，留下大量东部谚语和成语。在乌巴提亚耶·伯德利纳拉扬·焦特利·“爱云”[①]的文章中有旧式散文诗的影子，由许多长串词组扭结成的句子非常长，长到很难厘清词组之间的关系。他有时在句子之间的停顿处也用“阿奴布拉斯”形式，让人想到英夏和勒卢拉勒。从这个角度看，“爱云”似乎还是在维护着旧的传统。

巴勒格里希纳·婆德的语言大多是用于谴责的语言。显示其暴躁的文章主要都是娱乐性的。那是个新旧博弈的时代，婆德·吉往往可以得到足够让他急躁的材料。他的创作总是致力于驱除不合时宜的根深蒂固的陈旧思想，建立适应当前形势的新思想。他的语言尖刻、辛辣、犀利、奇异。

塔古尔·杰格莫汉辛赫的风格倾向于炼词和“阿奴布拉斯”，与伯德利纳拉扬·焦特利风格相似，没有复杂的长句。此外，在他的语言中，对那些讨人喜欢的词的选择可谓独树一帜，这些词能够以感人肺腑的方式将迷人的印度舞台植入人心。

赫利希金德尔时代的所有作家都具有鉴别自己语言背景的能力。他们只选用那些在文明社会一直通行的梵语词及其形态。那些只有说梵语的人才熟悉的词及其形态，那些没有随语言潮流很好流传的词，他们只在非常不得已时偶尔用之。他们的书写中既没有

① 乌巴提亚耶·伯德利纳拉扬·焦特利·“爱云”（Upadhyay Badarinarayan Chaudhari “Premghan”）即上一段中提到的乌巴提亚耶·伯德利纳拉扬，其中的“爱云”（“Premghan”）为意译，音译应作“普雷姆肯”，是作者的笔名。印度人有时喜欢在作家全名后面加其笔名。

uddiyaman（飞行的）和avasad（悲伤）之类的词，也没有audarya（慷慨、大方）、saukarya（简单、舒适）和maurkhya（愚蠢）之类的形态。①

就在帕勒登杜时期，全国各个角落都涌现出了印地语作家，他们在帕勒登杜去世以后仍然活跃在文学领域。在赋予印地语符合各自内容范围的形式方面，他们都有所贡献。本来写有关宗教内容的作家（比如恩比噶德特·沃亚斯）在呈现学术内容时，在报刊上论辩政治事件时，就用了印地语。总之，这一时期不仅用于纯文学的形式，而且实用形式也很出色。

至此，我们将结束语言与风格的论述。现在再来看看作者的视域及其内心世界。赫利希金德尔以及他同时代的其他作家所具备的普遍优点，就是有生气或朝气蓬勃。他们全都或多或少地具有风趣幽默感。拉贾·西沃伯勒萨德或拉贾·勒克契曼辛赫虽然都熟练掌握了语言，但却迫于环境只能是安静的作家。在他们身上看不到赫利希金德尔这批作家身上体现的那种生机勃勃、自由浪漫、精神振奋的气质。帕勒登杜的同伴们非常乐意地接受了活跃于知识阶层的情感。

最值得牢记的是，那些老作家的内心与印度生活的方方面面完全保持着令人感动的联系。不同季节的节日让他们兴奋与激动，世代流传的欢乐节日盛典唤起他们心中的渴望，给他们带来无限欢愉。和今天一样，他们的生活与国家是无法割裂开的。来自外国的风暴还不至于完全迷住他们的双眼，使他们看不清自己国家的面貌。他们看到了时移世易，他们也想到了改革之路，但他们并不认为亦步亦趋地学习西方就是进步。在新旧交替之际，他们站出来希望将两者结合，要使新的变化成为传统的拓展，而非被外层束缚的东西。

① 这里括号中的汉语意思为译者所加。

非同寻常的是，现代散文文学的传统是从戏剧开始的。帕勒登杜之前，曾有几部以“戏剧”为名用伯勒杰语写成的作品，其中除了莫哈拉杰·维希沃纳特辛赫的《欢乐罗怙南登》（*Anandraghunandan*）以外，其他几部没有一部具备戏剧特征。赫利希金德尔首先将《维迪亚与孙德尔》（*Vidyasundar*）[①]从孟加拉语译成印地语，并于1868年出版。在此之前他曾写过一部《侨居》（*Pravas*），但没有写完。后来他也大多写的是戏剧作品。潘迪特·布拉达布纳拉扬和伯德利纳拉扬·焦特利也是模仿他。

我们不得不遗憾地说，帕勒登杜时期轰轰烈烈开始的戏剧传统后来非常不景气。巴布·罗摩格里希纳·沃尔马通过翻译孟加拉语戏剧作品好歹延续着印地语戏剧的香火，他翻译的喜剧有《女英雄伯德马沃蒂》（*Vir Nari Padmavati*）和《格里希纳古玛丽》（*Krishnakumari*）等。戏剧之所以如此不景气，除了人们对长篇小说的兴趣与日俱增以外，表演场所的缺乏也是原因之一。通过表演才能使人们对戏剧的兴趣增加，才能使戏剧文化得到传播。戏剧是视觉艺术，它的魅力很大程度上依赖于表演。那时候演员都是专业的帕尔西人[②]，他们不愿意放弃乌尔都语戏剧来演印地语戏剧。在这种状况下，印地语爱好者怎么可能保持对戏剧的热情呢？

帕勒登杜、布拉达布纳拉扬·米谢尔、伯德利纳拉扬·焦特利经常做出很大努力，安排演出，有时还亲自参加表演。潘迪特·希德拉·伯勒萨德·德利巴提创作的戏剧作品《遮那吉之喜》（*Janakimangal*）得以隆重上演，帕勒登杜也扮演了角色。迦尸土邦

① 该剧情节为：多才多艺的王子Sundar通过奉献取悦女神Kalika，得到了与美丽而博学的公主Vidya结婚的恩惠。Sundar随后来到Vidya的国家。他通过宫中卖花女寄来情书和画取悦公主Vidya，他们相爱了。Sundar然后通过隧道进入Vidya的卧室，并与她同寝。但当Vidya的父王得知她怀孕时非常愤怒，要用刺穿法处死Sundar。然而，Sundar又求助于女神拯救了自己的生命，并娶了Vidya。

② 帕尔西人（Parsi）也译作“帕西人”，是早年从伊朗为躲避穆斯林而逃到印度的拜火教（亦称祆教、琐罗亚斯德教）徒，至今仍保留自己的信仰和习俗。

王穆哈拉吉·伊希沃利伯勒萨德·纳拉扬·辛赫也莅临观看了演出。其详情在1868年5月8日的《印度邮报》(*Indian Mail*)上有报道。布拉达布纳拉扬·米谢尔为了演出，请求父亲允许其刮掉胡须，这是当时很有名的事件。

写完《克什米尔之花》①(*Kashmirkusum*)和《皇帝之镜》(*Badashahdarpan*)，赫利希金德尔的注意力转向了历史书写；写了杰耶代沃的生平事迹以后，他的注意力又转向了传记。但当时其他作家都对这些内容没有显示出任何兴趣。

除了写书以外，他还在各种刊物上发表了各种内容的零散文章和散文，比如政治、社会现状、国情、季节景色、节日庆典、生平传记、历史事件、与现世和生活有关的普通内容（如自立、精力集中、想象）。我们可以根据文章或散文的多样性对其进行分类。有关政治、社会现状和国情的文章当然带有一定思想性，但大部分还是情感性的作品。在传记和历史事件中，除描述史实以外也会夹杂情感的表达。对季节景色和节日庆典则会用华丽的辞藻进行描述性叙述。在对有关现世生活的普遍内容的阐述中，语言优美的同时，也会出现少许思想方面的内容。很多作家都有个人风格与特色。

如前所述，这一时期的作家几乎全都具有风趣幽默的倾向。由于新旧之争，他们从两方面都可以得到支持。事事都求助于父辈祖辈、靠宗教的虚张声势掩盖罪恶的老朽傻瓜们成为他们嘲弄的目标，同样，对西方的一举一动都亦步亦趋的奴隶们也是他们戏谑调侃的对象。

尽管对戏剧和散文有特殊的偏好，但看到孟加拉语的情况，人们还是对新式长篇小说也产生了兴趣。最先出现的英语式的原创印地语长篇小说就是拉拉·希利尼瓦斯达斯（Lala Shrinivasdas）

①《克什米尔之花》是《王河》(*Rajtarangini*)的一部分。《王河》为12世纪克什米尔诗人、克什米尔史学家格尔汉（Kalhan）创作的关于克什米尔历史的著名梵语作品。

的《宝贵的教训》（*Parikshaguru*，原义为“应试导师”）。此后，巴布·拉塔格里希纳达斯写了《无助的印度教徒》（*Nissahay Hindu*），潘迪特·巴勒格里希纳·婆德写了两部中篇小说《新梵行者》（*Nutan Brahmachari*）和《一百个傻瓜和一个聪明人》（*Sau Ajan Aur Ek Sujan*）。在此之前，孟加拉语已经写出了很多优秀长篇小说。所以，为了填补这方面的文学空白，似乎翻译这些孟加拉语作品就显得非常有必要。赫利希金德尔先前曾着手翻译一部孟加拉语长篇小说，但没有完成。就在那个时期，布拉达布纳拉扬·米谢尔和拉塔杰伦·苟斯瓦密（Radhacharan Goswami）翻译了好几部长篇小说。随后，巴布·格达特尔·辛赫（Gadadhar Singh）翻译了《孟加拉征服者》[1]和《杜尔盖希南蒂尼》[2]。梵语《迦丹波利》（*Kadambari*）的故事他也根据孟加拉语进行了转写。后来巴布·拉塔格里希纳达斯、巴布·噶尔迪格伯勒萨德·克德利、巴布·罗摩格里希纳等人发起的翻译孟加拉语长篇小说的传统延续了很长时间。这些长篇小说展现了平凡生活中非常感人的事件。

随着第一次文学繁荣接近尾声，长篇小说的译本已经一本接一本地出版，几乎目不暇接。但后来的译者对自己语言的掌握已经不那么熟练，几乎大多数都不能正确使用印地语。有时甚至把孟加拉语词和成语原封不动地搬到译文里——比如：kandana（嚎啕大哭）、siharana（颤抖）、dhu dhu karake ag jalana（火猛烈地燃烧）、chhal chhal ansu girana（哗哗地流眼泪）等。[3]这类译作的最大贡献在于，它使我们很好地了解了新型的社会历史长篇小说的形式，培养了作

---

①《孟加拉征服者》（*Bangvijeta*）是一部关于为自由而斗争的长篇历史小说。作者罗梅西·金德尔·德特（Romesh Chunder Dutt，1848~1909）曾任英印政府公务员，同时是著名经济史学者，政治活动家，著名孟加拉语作家。

②《杜尔盖希南蒂尼》（*Durgeshnandini*）是印度孟加拉语作家本吉姆·金德尔·基多巴提亚耶1865年创作的浪漫历史小说，讲述了莫卧儿帝国将军杰格德·辛赫与封建主女儿提娄德玛（Tilottama）和叛军头领女儿阿耶夏（Ayesha）之间三角恋爱的故事。

③ 括号中的汉译为译者所加。

家们书写独立长篇小说的兴趣和能力。印地语散文的全面发展通过这样的事实便可知一二——赫利希金德尔在世时就出现了二十多种印地语报刊。现将其名单列举如下：

（1）《阿勒摩拉报》（*Almora Akhabar*，1871，主编：潘迪特·噶尔迪格伯勒萨德·克德利）

（2）《印地语之光》（*Hindi Diptiprakash*，加尔各答,1872，主编：巴布·噶尔迪格伯勒萨德·克德利）

（3）《比哈尔兄弟》（*Bihar Bandhu*，1872，主编：盖西沃拉姆·婆德）

（4）《真理之镜》（*Sadadarsha*，1874，主编：拉拉·希利尼瓦斯达斯）

（5）《迦尸月刊》（*Kashipatrika*，1876，有关教育的月刊，主编：巴勒代沃伯勒萨德B. M.）

（6）《印度兄弟》（*Bharat Bandhu*，阿里加尔，1876，主编：逗达拉姆）

（7）《印度之友》（*Bharat Mitra*，加尔各答，1877，主编：茹德尔德特）

（8）《友乐》（*Mitravilas*，拉合尔，1877，耿亥亚拉勒）

（9）《印地语之灯》（*Hindi Pradip*，钵罗耶伽，月刊，1877，主编：巴勒格里希纳·婆德）

（10）《雅利安之镜》（*Aryadarpan*，夏赫杰汉普尔，1877，主编：波克达沃尔辛赫）

（11）《明月精华》（*Sar Sudhanidhi*，加尔各答，1878，主编：色达南德·米谢尔）

（12）《合格演讲者》（*Uchit Vakta*，加尔各答，1878，主编：杜尔加伯勒萨德·米谢尔）

（13）《高贵荣誉明月》（*Sajjan Kirti Sudhakar*，乌代普尔，1879，

主编：温希特尔）

（14）《印度盛景创造者》（*Bharat Sudasha Pravartak*，法鲁卡巴德，1879，主编：格内希伯勒萨德）

（15）《欢乐云海》（*Anand Kadanbini*，米尔贾普尔，月刊，1881，主编：乌巴提亚耶·伯德利纳拉扬·焦特利）

（16）《爱国者》（*Deshahitaishi*，阿杰梅尔，1879）

（17）《日光》（*Dinkar Prakash*，勒克瑙，1883，主编：罗摩达斯）

（18）《太阳之法》（*Dharmadivakar*，加尔各答，1883，主编：戴维塞哈伊）

（19）《钵罗耶伽报》（*Prayag Samachar*，1883，主编：代沃吉南登·德利巴提）

（20）《婆罗门》（*Brahman*，坎普尔，1883，主编：布拉达布纳拉扬·米谢尔）

（21）《同情者》（*Shubh Chintak*，杰伯勒普尔，1883，主编：悉达拉姆）

（22）《太阳美德》（*Sadachar Martand*，斋普尔，1883，主编：拉勒金德·夏斯德利）

（23）《印度斯坦》（*Hindustan*，英国，1883，主编：拉贾·罗摩巴勒辛赫，日报）

（24）《甘露之流》（*Piyush Pravah*，迦尸，1884，主编：恩彼伽德特·沃亚斯）

（25）《印度生活》（*Bharat Jivan*，迦尸，1884，主编：罗摩格里希纳·沃尔马[①]）

（26）《印度月》（*Bharatendu*，沃林达文，1884，主编：拉塔吉

① 后面均为Radhakrishna。

伦·荀斯瓦密）

（27）《诗人甘露太阳》（*Kavikul Kanj Divakar*，伯斯蒂，1884）

这些报刊大多数发行时间不长就停刊了，但有些则持续公益为印地语服务了较长时间，比如《比哈尔兄弟》《印度之友》《印度生活》《合格演讲者》《印度斯坦日报》《雅利安之镜》《婆罗门》《印地语之光》。《友乐》是瑟纳登宗教[①]的支持者，在旁遮普做了很多印地语宣传推广工作。《婆罗门》《印地语之光》和《欢乐云海》是文学期刊，其中刊载了很多优美的散文叙事作品和诗歌。这些刊物始终面临着经济困境。《印地语之光》曾好几次不得不停刊。《婆罗门》主编潘迪特·布拉达布纳拉扬·米谢尔疲于向读者募捐，有时不得不在刊物上写出这样的请求：

八个月过去了，施主们！给点施舍吧！

巴布·噶尔迪格伯勒萨德·克德利为印地语时事通讯的传播做了很大努力，1872年出版了一本名为《印地语之光》的通讯刊物和一本叫《爱之乐》（*Premavilasini*）的期刊。当时根本就没有人读印地语的通讯。为了发掘读者，巴布·噶尔迪格伯勒萨德到处奔走努力，甚至亲自上门给人宣读。尽管如此，他的通讯刊物还是不久就停了。1877年以前一直都没有任何稳定的优秀期刊出现。因此，1877年在杜尔加伯勒萨德·米谢尔、丘杜拉勒·米谢尔、色达南德·米谢尔以及巴布·杰格纳特伯勒萨德·克纳的努力下，加尔各答成立了“印度之友委员会”，大张旗鼓地出版了《印度之友》。该

---

① 瑟纳登宗教（Sanatan Dharma）意译为“古老传统宗教”。“瑟纳登”的意思是“古老的”或“无始无终的”，实际就是指古老的吠陀教或印度教。在一千多年以前，印度人都是以“瑟纳登”称自己的宗教，至今有些印度教徒仍然以此称自己的宗教。印度教（Hindu dharma或Hinduism）或婆罗门教（Brahmanism）是西方人（包括波斯人、阿拉伯人和欧洲人）对印度传统宗教的称呼。

报很长时间都在印地语通讯报刊中享有很高地位。在开始阶段，潘迪特·丘杜拉勒·米谢尔为其主编，帕勒登杜也经常为其撰稿。

就在这期间，在苟比纳特的热情努力下，拉合尔也出版发行了《友乐》。在此之前，旁遮普没有任何印地语报刊，只有巴布·讷温金德尔办的一份乌尔都语印地语双语刊物《知识传授者》（*Jnanpradayini*），其中刊载的除了教育和改革的文章外，基本都是梵社的事。其后发行的《印地语兄弟》（*Hindibandhav*）也是用乌尔都语和印地语两种语言。只用印地语的报刊一份也没有。潘迪特·苟比纳特倾倒于《诗人语言甘露》[①]（*Kavi Vachansudha*）的文章风格和语言，于是创办了《友乐》，其语言非常优美且富感染力。帕勒登杜仙逝后，该报以非常感人肺腑的语言表示了哀悼，并鼓励开启以他为名的新纪元。

此后，1878年在加尔各答，潘迪特·杜尔加伯勒萨德·米谢尔主编出版了《合格演讲者》，潘迪特·色达南德主编出版了《明月精华》。这两位先生在那个大时代为填补印地语的空白做出了贡献。后来噶拉冈格尔[②]的坚定爱国者拉贾·罗摩巴勒辛赫为自己的母语站出来，于1883年在英国创办了名为《印度斯坦》的报纸，其中用的是印地语和英语两种语言。帕勒登杜去世后的1885年，该报开始以印地语日报形式出版，发行了很长时间。在国内受到广泛尊敬的潘迪特·穆登莫汉·马勒维耶、潘迪特·布拉达布纳拉扬·米谢尔、巴布·巴勒穆贡德等都做过该报的编辑。在赫利希金德尔在世时，也就是1884年，巴布·罗摩格里希纳·沃尔马在迦尸创办了《印度生活》。该报的报名还是帕勒登杜给取的。

---

①《诗人语言甘露》是1868年创办的主要报纸，由帕勒登杜出任主编。1875年被改为周报，后因种种困难于1885年停刊。但不知何故，在作者所列的27种印地语刊物中没有该刊。

② 噶拉冈格尔（Kalakankar）是印度一处著名遗址，位于今北方邦布拉达布加尔县。

第二节　散文体文学的开端：第一次繁荣（1868~1893）

（1）帕勒登杜·赫利希金德尔（Bharatendu Harishchandra）——健日王纪元1907年（公元1850年）六月白半月初五，他出生于一个富有的吠舍家庭；他去世于健日王纪元1941年（公元1884年）十一月黑半月初六，年仅35岁。

公元1865年，他随全家前往杰格纳特吉[①]朝圣。就是在这次旅程中，他了解到孟加拉新的文学进步。他看到了孟加拉语涉及社会、历史、传说的戏剧、小说等的新形式，感受到印地语还缺乏此类书籍。1868年，他从孟加拉语翻译出版了《维德亚和松德尔》（*Vidyasundar Natak*）。就在这部译作中他展示了印地语散文非常优美的形式。同年，他创办了一本叫作《诗人语言甘露》的刊物。起初刊登古代诗人的诗作，后来也开始刊载散文作品。1873年，他创办了月刊《赫利希金德尔专刊》（*Harishchandra Maigazin*），发行了8期后改名为《赫利希金德尔月光》。印地语散文完全改观的形式最初就是在这份《月光》[②]中出现的。被全国视为自己财富、人们趋之若骛的可爱的印地语就在这份刊物杂志上得到了展示。帕勒登杜认为，新的改良印地语就是从这时候才崭露头角的。他在自己的《时代之轮》（*Kalchakra*）一书中写道：印地语"于公元1873年以崭新的形式面世"。

与"赫利希金德尔的印地语"兴起的同时，新的作家群体也不断涌现。帕勒登杜亲自为《月光》撰稿自不必说，还大力鼓励其他作家也积极投稿。已故大师伯德利纳拉扬·焦特利非常赞赏巴

---

① 杰格纳特（Jagnatha）是大神毗湿奴化身黑天的一种形式，也译作"扎格纳特"，意译为"世主"。但这里的"杰格纳特"是指坐落在奥里萨邦布里市（Puri）的"杰格纳特"神庙。该庙是印度教全国最著名的四大圣地之一。"吉"（Ji）是对它的尊称，有时也在其名字前面加"希利"（Shri）表示尊敬。

② 这里的《月光》实际就是前文的《赫利希金德尔月光》，后面也经常以《月光》之名被提及。

布·赫利希金德尔的编辑艺术。他为《月光》撰稿速度很快，内容编排非常讲究。在印地语散文文学的这一初始阶段，值得注意的是，当时屈指可数的作家都是饱学之士，其作品都具有本土性和原创性，他们的印地语是真正的印地语。他们对自己语言的背景非常熟悉。这时候，从孟加拉语、马拉提语和乌尔都语翻译作品的风暴已经不复存在，这种风暴盛行了二三十年，曾导致印地语的形式陷入危机之中。这时候已没有哪位作家再把孟加拉语的词汇和句子原封不动地拿来使用，或词对词地硬译英语句子和成语，然后还宣称写的是印地语。这时候的印地语中不再有“dik dik ashanti”（到处都不太平）、没有“kandana”（大声哭）、“siharana”（颤抖）、“chhal chhal ashrupat”（流泪）、“jivan hor”（生活竞争）、“kavi ka sandesh”（诗人信息）、“bhag lena Aur swartha lena”（参与和喜爱）。①

杂志上刊登的赫利希金德尔的《第五位先知》（*Panchaven Paiganbar*），蒙西·吉瓦拉伯勒萨德的《格里拉杰大会》（*Kaliraj Ki Sabha*），巴布·逗达拉姆的《千古绝梦》（*Adbhut Apurva Swapna*）、《火车的可怕游戏》（*Rel Ka Vikat Khel*）等很长时间都是人们津津乐道的作品。1874年，帕勒登杜为妇女教育问题创办了《儿童知识》②。至此帕勒登杜创办了三份刊物。在此之前，1873年他创作了其第一部笑剧《按〈吠陀〉杀生不算杀生》（*Vaidiki Hinsa Hinsa Na Bhavati*），其中揭露了社会上流行的以宗教和信仰为名的诸多不道德卑劣行为。他以拉贾·西沃伯勒萨德为对象讽刺了阿谀奉承现象，鞭挞了迷恋于沽名钓誉的人们。沉浸于对印度的爱、一心想着祖国利益的赫利希金德尔之所以受到政府的排斥，其原因很大程度上被认为就是拉贾·西沃伯勒萨德。

① 这里括号中的汉语注义为译者所加。

②《儿童知识》（*Balabodhini*）也有译作《妇女知识》的，但其原文中bal一词的意思却是“儿童”。

在散文体创作上，帕勒登杜的注意力首先投向了戏剧。他在《戏剧》（*Natak*）一书中写道：印地语原创的戏剧在他之前只写过两部——穆哈拉吉·维希沃纳特辛赫的《欢乐罗怙南登》和苟巴勒金德尔（Gopalchandra）的《友邻王》（*Nahusha*）。毋庸赘言，这两部戏剧作品都是用的伯勒杰语。帕勒登杜创作的戏剧作品有：

> 1.原创的：《按〈吠陀〉杀生不算杀生》、《金德拉沃利》（*Chandravali*）、《解铃还须系铃人》（*Vishasya Vishamaushdham*）、《印度惨状》（*Bharatdurdasha*）、《蓝色女神》（*Nildevi*）、《黑暗城邑》（*Andhernagari*）、《爱情女修道者》（*Premyogini*）、《节妇的声威》（*Sati Pratap*，未完成）。
>
> 2.翻译的：《维德亚和松德尔》、《虚伪和欺骗》（*Pakhandvidanban*）、《特嫩杰耶的胜利》①、《樟脑球》（*Karpurmanjari*）、《罗刹指环印》（*Mudrarakshas*）、《信守真理的赫利希金德尔王》②、《印度母亲》（*Bharatjanani*）。

《信守真理的赫利希金德尔王》一般被认为是印地语原创的，但我们发现一部古老的孟加拉语剧本，也可以说是它的译本。据说《印度母亲》是他把一位朋友的孟加拉语剧本《印度母亲》（*Bharat Mata*）翻译后重新加工改写的。

在帕勒登杜的戏剧作品中，我们首先注意到的是，他的素材是从生活的多种领域获取的。《金德拉沃利》中表现的是爱的理想典范。《蓝色的女神》是以穆斯林对旁遮普印度教国王发动进攻的历史

---

①《特嫩杰耶的胜利》（*Dhananjayvijay*）也有人译作《阿周那的胜利》，因为这里的特嫩杰耶（Dhananjay）是阿周那的称号之一。

②《信守真理的赫利希金德尔王》（*Satya Harishchandra*）也译作《信守不渝的国王》。

事件为素材写成的。《印度惨状》以非常娱乐的形式把祖国的状况呈现在读者或观众面前。《解铃还须系铃人》是为展示印度土邦王国之间勾心斗角状态而创作的。《爱情女修道者》中，帕勒登杜描绘了当前虚伪的宗教和社会生活中自己的状况，这正是他的特色。

在戏剧创作风格上，他采取了中间道路。他既没有像孟加拉语戏剧那样彻底抛弃古老的印度风格，从而走上模仿英语戏剧的道路，也没有让自己陷入古代复杂的戏剧理论窠臼。他的重要剧作中都有序幕。有时他也用伯达噶场景（Pataka）[①]等。

尽管他创作最多的是戏剧，但他始终致力于印地语文学的全面发展。他写出《克什米尔之花》（*Kashmirkusum*）、《皇帝之镜》（*Badshahdarpan*）等著作开辟了历史创作之路。后期他转向了长篇小说的创作，但不久就去世了。他是内心感情非常丰富的诗人。因此，一方面他的写作产生了属于艳情味的非常有味动人的格维德和瑟崴雅，以致在他活着的时候就开始广为传颂；另一方面，他充满爱国情怀的诗作在各地鼓舞着人们为祖国幸福吉祥而努力。

凭借自己的全面才能，他一方面似乎属于伯德马格尔和德维吉代沃[②]的传统，另一方面又列入亥默金德尔和孟加拉的马伊凯勒[③]之类。一方面他似乎沉浸于对罗陀黑天的虔诚，编织着新的虔诚者花环，另一方面又可发现他嘲讽寺庙住持和抱着经典注释的虔诚者的生平，对寺庙、女性教育和社会改良等发表看法。新与旧的完美结合是帕勒登杜艺术的特殊魅力。在一个文学新时代初期，作为开创

① 伯达噶（pataka）是指戏剧中一种场景，其中当一个角色沉思于某事时，另一角色突然到来并说起另外的事，但此事正好又与前角所思之事相关，而且与之吻合。

② 德维吉代沃（Dvijadev，1830~1871）是阿逾陀的土邦王，原名为“穆哈拉吉·曼·辛赫”，“德维吉代沃”是他写诗时用的笔名。他善于描写季节。1857年印度大起义时他支持英国人。

③ 马伊凯勒（1824~1873），原名为“穆图苏登·德特”。后因与基督教女子结婚，其名前就加了外国人名“马伊凯勒”（Michael），全名变为“马伊凯勒·穆图苏登·德特”（Michael Madhusudan Dutt）。他是当时孟加拉青年的杰出代表之一，孟加拉语文学复兴的诗人和戏剧家，先是用英语创作，后改用孟加拉语创作。

者崛起后，他还向世人展示，应该消化吸收新的和外来的情感以后把它们融入自己的文学，使其与自己文学的优势部分完美结合。毫无疑问，在这新旧结合的时代，帕勒登杜是伴随着迫切需要传播的清新艺术崛起的。

就在帕勒登杜生活的年代，在其周围形成了一个作家和诗人的优秀群体。乌巴提亚耶·伯德利纳拉扬·焦特利、布拉达布纳拉扬·米谢尔、巴布·逗达拉姆、塔古尔·杰格莫汉·辛赫、拉拉·希利尼瓦斯达斯、巴勒格里希纳·婆德、盖西沃拉姆·婆德、恩彼伽德特·沃亚斯、拉塔杰伦·苟斯瓦密等许多成熟天才的作家都为印地语文学的这一新发展做出了贡献。帕勒登杜逝世于1885年，但他的这一群体一直在从事着文学创作。这些作家写出了各种形式的散文著作、戏剧、小说等。这些作家所具有的本土原创性是第二次繁荣时期的作家所不具备的。我们发现帕勒登杜运用了两种风格，感情奔放的风格是首位的，探索真理的风格是第二位的。在感情奔放的语境下，句子都很短小，用词都是简洁的口语，其中有时也用一些常见的波斯语、阿拉伯语词，但都非常少。请看从《金德拉沃利》摘引的一段：

骗子，骗子，骗子！岂止是骗子，简直就是背信弃义。为什么要拍着胸脯、赌咒发誓地向大家保证？你们都该死！甚至都该下地狱……到底有什么事，竟如此争吵不休？是谁让这混乱和胡闹发生的？如果什么事都不发生，你们还是你们，就只有安宁祥和，只有幸福欢乐。为什么制造这么个乌烟瘴气的世界？算了吧！为这么大的工厂感到极为羞耻。大家都以名图利，说假话，为自己奔波，但是，哎！纯粹不知羞耻——不折不扣的厚颜无耻！羞耻感已经被丢弃，声誉也抛到九霄云外。你们住的小区如今连羞耻感的风都吹不进去。嗨，哪怕勇敢地站出来一次，何至于如此疯狂地争斗，却一无所获？为什么会遇上这么“不知羞耻的人”？你们就是顺从的不知羞耻的人。

在表达内心某种经常性痛苦，并且有思考余地时，其语言就比较纯，比较严肃，句子也较长，但词序和关系并不太复杂，比如《爱情女修道者》中苏德尔塔尔的这段话：

难道全世界的人都会幸福，只有我们最亲的兄弟、父亲、朋友、儿子、包含所有感情的、爱情的唯一偶像、仁慈的唯一对象、印度的唯一利益、印地语的唯一创造者、方言戏剧的唯一生活提供者“赫利希金德尔”会痛苦吗？（眼里噙着泪花）哈，尊贵的大人！一点都不用担心。你能够做到无论有多大的痛苦，都将它视为幸福。……朋友！你已经把别人的恶自己的善都忘了，他们的指责能把你怎么样呢？何苦让自己的内心如此焦虑不安呢？要记住，这些爬虫就这样了，你将脱离尘世踩着它们的头顶任意遨游。

在阐述事实或描写事物的时候，有时他的语言中会有较多的梵语词汇渗入。这种情况的最夸张的例子可在他《蓝色的女神》的句子中看到：

今天是个重要日子，对基督教徒来说没有比这更快乐的一天了，但今天我却反倒很痛苦。痛苦的原因就是人类天生的嫉妒。当我看到英国美女们梳着油头，戴着假发辫、假首饰，穿着五颜六色的衣服，束着细腰，面带喜色，跟着各自的丈夫，像木偶似的到处逛游时，我就想起我们国家淳朴老实的女性的境况，这就是我痛苦的原因。

但这并不是帕勒登杜的真实语言形式。他的真实语言的形式应该在前两段摘录中。不管他的语言是什么样的，它的句子关系结构简单，不复杂。他的文章情感动人，没有绘声绘色或猎奇的倾向。

必须牢记，那时的所有作家中，帕勒登杜的语言是最纯最规范的，其中词的形式变位也是按统一的体系，句子也是中规中矩的。从“爱云”等其他作家的语言中，我们可以看到逐渐发展和改良的过程。如果把1881年的《欢乐云海》的某篇文章拿来放到10年后来看，就会发现有很多的差异。帕勒登杜的文章就没有这么大的差异。当然，“ichchha kiya, Ajna kiya”①之类违反语法规则的用法有些地方肯定会有的。

（2）布拉达布纳拉扬·米谢尔——他父亲是从乌纳达移居到坎普尔的。布拉达布纳拉扬1856年出生在坎普尔，1894年去世。他是个随心所欲的人，有时混迹于“拉沃尼”②曲调爱好者之中，有时跑到庙会或表演场所坐上大篷车。

布拉达布纳拉扬尽管在写作艺术上视帕勒登杜为典范，但他的写作风格还是与帕勒登杜的风格存在许多差异。布拉达布纳拉扬以诙谐幽默见长，所以他的语言往往带有诙谐的优雅。为此他不在乎使语言东部化，经常毫无顾忌地使用自己贝斯瓦拉方言的村野俗语和词汇。无论什么题材，他都会发掘出诙谐和娱乐的材料。他的刊物《婆罗门》就是为了写不同题材的散文作品而创办的。该刊发表

---

① ichchha kiya的意思是“希望”，其中的“ichchha”（意愿、愿望）是阴性名词，“kiya”是动词“karana”（相当于英语的do）完成体变位形式。根据印地语语法规则，及物动词的完成体形式要随宾语的性数变化。其宾语“ichchha”是阴性单数，所以动词“karana”的变位应该随宾语变为ki，而不应该按阳性单数变成kiya。同样道理，Ajna kiya中Ajna的意思是“命令”，也是阴性单数，其动词“karana”的变位也应该是ki，而不应该是kiya。

② 拉沃尼（Lavani）是马哈拉施特拉邦的一种民间曲调形式。

各种题材的文章，米谢尔先生的写作涉及国情、社会改革、宣传天城体印地语、一般娱乐等所有内容。从标题中的关键词便可知晓其文章内容的多样性，比如“智者之死”（samajhadar ki maut hai）、“谈话”（bat）、“集中精力”（manoyog）、“老年”（vridhha）、“世界”（bhau）。尽管他的兴趣更多倾向于诙谐幽默，但当他写一些严肃内容的时候，就会使用更纯更规则的语言。下面请看两种内容的写法：

鉴赏家之死

“傻子最好，因为他不关心世事。”此言非虚。惬意地捞取不义之财，与阿谀奉承者吹牛聊天，遇上节庆典礼便到恒河沐浴净身一番，然后给毗湿奴大神几个拜萨，从而轻松免费获得“达摩偶像”和“达摩化身”的头衔；已然成了世界至善，何须再去慨叹“哎！哎！”，何须再去呼喊“嗨！嗨！”。痛苦灾难都属于可怜的精力旺盛者，他们始终追随潮流；当全面宣传本国语言时，当时的学者们说，“有天音之称的梵语是大智慧的语言”。现如今另一种语言，不，是另一些语言的垃圾（乌尔都语）成了心中的菩提，现在担心的是如何摆脱这女魔[①]。

全神贯注

人的身躯所做的一切事情都与其心密切相关。做事时心情愉悦，事情就做得好。如果所做的事有违心意，那么无论实际上多么好的事，也无法圆满完成，做事者也得不到应有的愉悦。因此人们说，心是身体这个城堡的国王，它的天性就是不安寂寞。如果任其发展，往往会误入歧途。

① 在印地语中，语言是阴性名词，所以这里用“女魔”称之。这里似应指梵语。

如果不能加以制止，有时就会染上懒惰和无所事事的恶习，
最终将虚度年华。

布拉达布纳拉扬除了一些零散的散文作品以外，还写了好几个剧本。《迦利时代好奇心》[①]中刻画了伪君子和行为不端者，警示人们要提防他们。《音乐沙恭达罗》（*Sangit Shakuntala*）是适于按拉沃尼的方式演唱的克里保利语韵体“沙恭达罗剧”。米谢尔先生也仿照帕勒登杜创作了一部名为《印度惨状》（*Bharatdurdasha*）的剧本。《坚毅赫米尔王》（*Hathi Hammir*）是以阿拉乌丁进攻任腾婆尔为题材创作的。除《牛的危机》（*Gosankat*）和《迦利时代的威力》（*Kaliprabhav*）剧外，他还有一部叫《赌徒的毁灭》（*Juari Khuari*）的笑剧。

（3）巴勒格里希纳·婆德——婆德1844年出生于钵罗耶伽，卒于1914年。他是钵罗耶伽“噶耶斯特学堂”的梵语教师。他为了开辟印地语文学之路而创办了《印地语之灯》。这份刊物他一直坚持办了三十年，刊登许多社会、文学、政治、伦理道德等各种短小精悍的散文作品。与米谢尔吉一样，婆德也经常使用俗语谚语，但他更青睐成语。他的文章也充斥大量幽默讽刺的词汇，句子也比较长。他从来不按绝对的克里保利语模式写作，东部用法也非常多。他总是用“samajhay bujhay”的形式代替“samajha bujha kar”[②]。从他的写作方式可以得知，他是在积极努力，要把受过新式教育、学了英语的人们吸引到印地语这边来。经常可以看到括号里标的education等

①《迦利时代好奇心》的印地语名为Kalikautuk Rupak或Kalikautuk。该剧名义上是写迦利时代的道德败坏，实际是揭露印度现实社会中虚伪修行者的争论、行为不端者的各种恶行。

②“samajhay bujhay”应是动词samajhana和bujhana（两者的意思均为“解释”或“讲解”）东部印地语用法的完成分词形式，“samajha bujhakar”则是这两个动词的标准的克里保利语完成分词（表示动作先后次序，类似于汉语的连动式）的形式。

英语词。同样，婆德心血一来潮，不仅用阿拉伯语的词，甚至还会用长长的句子。如此看来，他的风格中闪现着一种奇特。与布拉达布纳拉扬的诙谐幽默相比，婆德的诙谐幽默总是带有一点怒气。有时他的句法结构也是非常优秀和独一无二的。

婆德写了许多种散文作品，但都比较短小。他总是说，不知道什么样的人才能写出长篇的散文。他对成语非常有灵感。他以“眼睛”“耳朵”“鼻子”等为题写的不少文章中都非常恰当地使用了大量成语。有一天他到我家来，他发现我弟弟用手遮着眼，就问他：“老弟，眼睛怎么了？”我弟弟回答：“眼睛肿了。”他立即说道：“这眼睛就是个非常晦气的家伙，它的来、去、起、坐全是坏事。”① 除了写有各种内容的许多散文作品以外，婆德还坚持经常通过《印地语之灯》向读者介绍梵语文学和梵语诗人。潘迪特·布拉达布纳拉扬和巴勒格里希纳·婆德为印地语文学所做的工作，正如约瑟夫·艾迪生和理查德·斯梯尔② 为英语文学所做的贡献。婆德的两例作品如下：

想象力

有谁见过那么多虚假事物之母——幻想女魔③ 的全貌！在推理过程中，焦虑不安的乔达摩④ 成了圣仙乔达摩。迦那

① 这里表现了婆德对以眼睛为主体的成语的研究。“眼睛肿了”是成语的用法，原句直译就是“眼睛来了。”所以后面婆德说了眼睛“来”“去”“起”“坐”等成语都表示不好的事。“眼睛来（ankh ana）”表示“眼睛肿或痛”，“眼睛去（ankh jana）”指“失明”；“眼睛起（ankh uthana）”同ankh ana，指“眼睛肿痛”；“眼睛坐（ankh baithana）”也指“眼睛失明”或“眼球塌陷”。

② 约瑟夫·艾迪生（Joseph Addison）是17~18世纪英国散文家、诗人、辉格党政治家。理查德·斯梯尔（Richard Steele，1672~1729）是与约瑟夫·艾迪生齐名的散文家。18世纪初，艾迪生与斯梯尔合编《闲谈者》，每周3期，每期一文。后艾迪生又主编《旁观者》日刊，并为主要撰稿人。斯梯尔和其他少数作家也为其供稿。

③ 印地语中“幻想”（kalpana）是阴性名词，所以称其为“女魔”“爱女”。

④ 乔达摩（Gautama）相传是印度古代婆罗门教哲学六派之一“正理派”的创始人，正理派最早的根本经典《正理经》的作者。

陀吃完草秸开始捡碎末，[1]但还是没能战胜心中的爱女——想象。可怜的迦毗罗[2]想象着二十五谛，想得脸都蜡黄了。看到这三位伟大哲学家的处境，毗耶娑[3]就在心里想，谁还会跟在这女妖后面瞎跑！我们所能看到听到的这整个世界全是虚构的，虚幻的，不能长久的，终将毁灭的，所以是微不足道的。

自力更生

五十年来，我们国人没有利用英国人统治的和平与安宁为任何人办什么好事，却让十岁的娃娃就结婚，使生育数量倍增。我们国家的人口肯定应该减少。……能够自力更生的、靠自己双手的、有英雄气概的、强壮的、命好的，一个子女就足够了。像猪狗一样无所事事、浑身充满奴性、过着寄生虫生活的，就算有十个又有何用？

除了散文，婆德还写了一些短剧本，先后发表于自己的《印地语之灯》上，比如《格里拉杰大会》（*Kaliraj Ki Sabha*）、《火车的可怕游戏》《童婚》（*Balvivah*）、《金德尔森》（*Chandrasen*）。他还翻译出版了马伊凯勒·穆图苏登·德特的两部孟加拉语剧本《伯德马沃蒂》（*Padmavati*）和《多福公主》（*Sharmishtha*）。

1886年，婆德看到拉拉·希利尼瓦斯达斯的《森尤吉达择婿》（*Sanyogita Swayanvar*）在各家报纸上受到一片赞扬，便针对它写了

---

① 迦那陀（Kanad）是古代印度婆罗门教六派哲学之一“胜论派”的奠基人。著有《胜论经》，是该派最早的经典之作，主要内容为原子论、六句义、因中无果论等。据传他靠捡拾庄稼地里遗落的谷粒，甚至庄稼的茎芥维持生命。

② 迦毗罗（Kapila）是古代印度数论派哲学的创始人。数论派的基本哲学体系是“二论二十五谛”。“二论”指自性和神我，是世间万物变化的主因；“二十五谛”指自性、神我、我慢、觉、五大、五唯、十一根等基本元素或概念。迦毗罗一词的意思是“黄的”。

③ 毗耶娑（Vyas）据传为印度古代著名仙人，意译作“广博仙人”。被认为是四部《吠陀》《摩诃婆罗多》、往世书的作者。但实际上没有任何证据说明毗耶娑这个人物确实存在过，也不可能有人能跨这么长的历史时期完成这么多的巨著。

篇《真正的批评》(*Sachchi Samalochana*)。同年，乌巴提亚耶·伯德利纳拉扬·焦特利在自己的刊物上写了许多评论。由此看来，用印地语进行系统全面的批评应该是他们两位作家开的先河。

(4)乌巴提亚耶·伯德利纳拉扬·焦特利——健日王纪元1912年六月[①]黑半月初六，焦特利出生于米尔贾普尔(Mirjapur)的一个婆罗门贵族家庭，健日王纪元1979年十二月白半月十四日去世。他的谈话方式独特，有时候谈吐非常优雅，一言一行都透露着富贵，但在他的文章中则看不到这一特点。他是帕勒登杜的密友之一，甚至衣着穿戴都与帕勒登杜相似。

乌巴提亚耶·伯德利纳拉扬·焦特利·"爱云"的风格最为特殊。他是把散文创作当成一种艺术来接受的作家。他懂笔头艺术，经常写出非常复杂的文字，以致读者总是陷入长句的迷魂阵。他对阿奴布拉斯以及独特词序也很关注。他认为，仅仅用普通方式表达某事，那不叫写作。一篇作品写好以后，不经过几次修改润色他不会拿去出版或发表。他与帕勒登杜虽是密友，但也经常批评他的"草率"。他说，巴布·赫利希金德尔在灵感闪现时写下的作品，如果能够再多看一遍，进行修改完善，那它一定会更加完美。有一次，他让我写一部关于国大党分裂的剧本，当我写好后交给他时，他看到其中的某句话便说，把它改成"在两派的派别纠纷中各派领袖的思想也深陷泥沼[②]"。尽管他的语言带有阿奴布拉斯，有声有色，但词序却没有毫无意义的铺张。他的作品含义丰富，思想敏锐。正如勒克瑙的乌尔都语有自己的典范，他的作品就是印地语的典范。

焦特利先生写了好几部剧本。《印度运气》(*Bharat Saubhagya*)是1888年为了在国大党会议期间上演而写的。这部剧很独特，角色

---

① 约相当于公元1855年8~9月。

② "派别"一词用的是dal，"泥沼"一词的印地语形式是daldal，其中dal的意思就是"派别"。因此，"泥沼"就是由两个"派别"(dal)构成的。

设置如此之多，简直难以上演。语言也五花八门，根据不同角色需要，使用了乌尔都语、马尔瓦利语、贝斯瓦利语、婆吉布利语、旁遮普语、马拉提语、孟加拉语等众多语言。戏剧的情节汲及1857年大起义、英国人权利的重建以及国民大会党建立等事件。戏剧开场时勒格其密、娑罗室伐底和难近母等女神都离开了印度，比帕勒登杜的“但财富全流到了国外，这是最大的屈辱”更富有诗意，更加感人。

《罗摩莅临钵罗耶迦》(*Prayag Ramagaman*)剧中描写了罗摩到达持力仙人的静修林受到款待。其中悉多被安排用的是伯勒杰语。《巾帼女杰秘密大剧》(*Virangana Rahasya Mahanatak*)也称《妓女趣语大剧》(*Veshyavinod Mahanatak*)，写于1886年，刻画了充满恶习的社会。该剧在自己的《欢乐云海》上连载，但最终也没能发表完。剧中不时用些艳情味的颂、格维德、瑟崴雅、格杰勒①、谢尔②等诗体。

他一直坚持在自己的刊物上发表各种充满幽默的笑剧。实际上，《欢乐云海》就是他为了表达自己的思想和情感才创办的。刊物几乎不刊登其他人的文章。对此，帕勒登杜曾对他说：“阁下，这可不是书，你想怎么写就怎么写。这是报刊，得刊登各类人等写的文章，而且也没有必要非得用同一个作家的文章。”为了展现焦特利先生在自己刊物上的语言风格，我们选取了从1881年的一期中部分文章片段，展示如下：

完美雨季

正如有了国王国家面貌就会改变一样，雨季的到来使

① 格杰勒（Gajal）是波斯语和乌尔都语的一种艳情味的诗体，其中没有什么连贯性的故事。诗中行数是独特的，一般不少于五个谢尔，不多于十一个谢尔。但实际上，有些著名诗人也会写出少于三谢尔或多于二十五谢尔的格杰勒。

② 谢尔（Sher）是波斯语和乌尔都语的一种双行诗歌，每个谢尔有两行。

这个世界也改变了面貌。大地变得郁郁葱葱，被各种各样的植物点缀得美不胜收，好像由于高兴而进入激奋状态。被美丽鲜艳的博德拉沃丽[①]装扮的大片松树那漂亮的枝条挤挤挨挨的，好像在告诉月亮一样迷人漂亮的美人，怎样与自己最爱的人儿拥抱。在这些被绿色覆盖的山峰脚下，成群美丽的水潭中，一碧如洗的水流，好像比水银和水晶都晶莹剔透，穿过两侧葱绿的大地，展露着女人的发缝而遂了心愿。两边岩石缝里散布着丝丝缕缕的香草草药，带来了额前乱发的美妙。

在《云海》上，有时消息都可以用非常欢快的语言来写。请看1885年一期的一则地方消息：

蒂沃耶代薇·希利穆哈拉妮·布尔赫尔遭遇无数麻烦，长期忍受大工业和邮政带来的痛苦，终于推倒不可动摇的“法庭”大山，重新坐上了女王位。上天也真会开玩笑，一会儿给人无限痛苦，一会儿降给他欢乐。

后来他创办了周刊《天城体之云》(*Nagarinirad*)，其中的标题也很好地暗喻了雨，又比如“社论意见之风”“兴奋的杜鹃之啼”“可笑的绿色幼芽”“白鹭群记”“诗之甘霖”“规则之雷霆”等。

文学评论在某种程度上是由婆德和焦特利先生开的先河。对值得评论的作品的内容认真思考后，对其优缺点进行分析是他们首先发起的。巴布·格达特尔·辛赫翻译了《孟加拉征服者》。《云海》上对该书进行了长达5页的评论。焦特利在《云海》上用了25页对

① 博德拉沃丽（patravali）是印度女性为了美容用檀香、麝香、番红花等制成涂料涂画在前额、面颊等处的花草图形。

拉拉·希利尼瓦斯达斯的《森尤吉达择婿》(*Sanyogita Swayanvar*)进行了非常全面而尖锐的批评。现摘录部分评论内容如下：

> 尽管在评论该书之前似乎有必要评论一下其他评论者的批评，因为当我们看到许多同行和朋友在评论该剧时，我们如果发现自己有任何程度的阿谀奉承和溜须拍马，绝不会让人看到我们的放任。
>
> ——
>
> 《印地语之灯》在自己的“真正的评论”中已经指出了该剧作的很多问题。对此我们不再细说。我们在这里只想对其主要的和特殊的问题分别加以评说。我们应该知道，如果这部剧是写已森尤吉达择婿，那么其中没有设置任何择婿的场景，这就好像要毁掉这部作品，因为它就是该作品要描写的主题。
>
> ——
>
> 对剧本的设置不用多说，一个乡野村夫也会知道，由于场地的变化就必须有场次的设置，也就是说，场地变化的时候，就要有幕的变化。落幕再启幕就被认为是另一场。所以，您仅在一场中就变换了三个地方。
>
> ——
>
> 这一页的所有语言都是从《威尼斯商人》那里拿来的。首先我要说，婚姻中互换戒指的习俗我们这个国家是没有的，它是欧洲的。我知道，您会拿豆扇陀给沙恭达罗戒指来证明自己的正确，但那不是交换，只是大王给的纪念物。

（5）拉拉·希利尼瓦斯达斯——他的父亲拉拉·蒙格利拉勒是马图拉著名商人勒格其密金德的账房，岂止是账房，其实就是常驻德里的经理。希利尼瓦斯达斯公元1851年就出生在德里，去世于1887年。

在与帕勒登杜同时代的作家中，他也有其特殊的地位。他写了好几个剧本。《伯勒赫拉德[①]传奇》（*Prahladcharit*）是一部11幕的长剧，但其对白等都不太吸引人，语言也不太好。《德布达与森沃伦》[②]（*Taptasanvaran*）一剧发表于1874年的《赫利希金德尔专刊》上，后于1883年以书的形式出版发行。该剧讲述了一个古老的德布达与森沃伦的爱情故事。因为痴迷于想念德布达，森沃伦没有对乔达摩圣仙行礼。为此，圣仙乔达摩诅咒他将被迷恋的人忘记。后来他发了慈悲，把诅咒改为：一旦有身体接触，她就会恢复记忆，再次想起你。

拉拉吉的《任提尔与布雷穆莫西妮》（*Randhir Aur Premmohini*）一剧在当时引起了广泛的争议。该剧最初发表于1877年，同时附有一篇前言，其中参照英语戏剧写了一些关于戏剧的情况。其剧名《任提尔与布雷穆莫西妮》就让人想到《罗密欧与朱丽叶》。其情节也不是根据传统惯例来自往世书和历史，而是虚构的。但这一虚构限于中世纪的王子与公主范围之内——巴登王国的王子和苏拉特王国的公主。但场景中并没有考虑按照当时的时空环境来设置社会背景。有些场景就直接把当前的社会呈现在人们面前，有些用了中世纪的，有的则用了自由择婿习俗盛行的古代场景。为了努力使语言符合角色身份，他的语言被严重乌尔都语化，以致仅仅学过印地语

---

① 伯勒赫拉德（Prahlad）是阿修罗盛行时的一个儿童，阿修罗王希任耶格谢布的儿子。希任耶格谢布命令所有人都不得崇拜天神，但伯勒赫拉德生来就是黑天的坚定崇拜者。于是希任耶格谢布要杀死他，命令自己不怕火烧的姐姐霍利伽抱着他跳到火里。但结果在黑天的帮助下，霍利伽被烧死，伯勒赫拉德却安然无恙。印度著名的霍利节（Holi，也叫"洒红节"）就由此而来。

②《德布达与森沃伦》中的"德布达"（Tapta）许多地方也作"达布蒂"（Tapti），是太阳神的女儿。森沃伦为一国王。森沃伦在狩猎时与德布达相遇，两人一见钟情，但得不到太阳神的同意无法成婚。森沃伦于是成为太阳神的坚定崇拜者，得到太阳神的欢心，最终得与德布达成婚。

的人连一句都看不懂听不懂。

如前所述，该剧是按英语方式写成的。首先这里没有安排序幕，其次它以悲剧结束。印度戏剧领域是没有悲剧传统的，这也是它广受争议的原因之一。

拉拉的《森尤吉达择婿》是其最后一部戏剧，以地王抢森尤吉达成婚的传说为题材写成。希利尼瓦斯达斯还写了一部很有教育意义的长篇小说《宝贵的教训》（*Parikshaguru*），其中克里保利语口语词和成语用得非常地道。

上述四位作家都具有才子的任性，但拉拉·希利尼瓦斯达斯是位在行动上有经验的人，是知道世界深浅的人。所以他的语言比较谨慎克制，无懈可击，其作品目的性很强。现从《宝贵的教训》摘录一段如下：

> “我觉得你这话太奇怪了，行善等懿行怎么会得到恶果呢？”潘迪特·布鲁修德穆达斯说道。“正如粮食是生命之本，但吃得过多也会致病。”拉拉·伯勒杰吉修尔说：“你看，善行的愿望是很好的，但超过一定限度就会被认为多余和徒劳，还会有损自己家的幸福。如果帮助了懒人和无道之人，就会使世界上懒惰和犯罪增加。对不配被崇拜的对象虔诚会毁掉今生和来世两个世界。尽管正义对一切行为都一视同仁，但它如果过度，就会使人没有和蔼友善，失去宽容。如果智行导致对某事物的思考过于投入，那么对其他事物的无知就会始终保持下去。自发的倾向强大以后，必然会近朱者赤近墨者黑。”

上面的引文中值得注意的是，按照英语长篇小说的方式在直接引语的后面或中间用“某人说”或“某人说道”。好在后来的印地语长篇小说中没有模仿这一习惯。

（6）塔古尔·杰格莫汉·辛赫（Thakur Jagamohan Singh）[1]——在帕勒登杜的朋友中，塔古尔·杰格莫汉辛赫是在很多方面与帕勒登杜志趣相投的人。他是维杰耶拉克沃格尔赫土邦（位于中印度）的王子，出生于健日王纪元1914年（公元1857年）五月白半月十四日，卒于健日王纪元1956年（公元1899年3月）。为了求学他曾在迦尸待了一段时间，在那里与帕勒登杜过从甚密。他精通梵语文学和英语，是位印地语爱情诗人和有魅力的散文作家。由于对古代梵语文学非常熟悉，又生活于温迪亚德维[2]的迷人地区，他对各种充满情感的自然之美的那种鉴赏力和真切感受，是当时其他任何印地语诗人或作家都不具备的。到目前为止，我们所评论过的作家对这块土地的天然美没有真爱的本能。他们尽管为了遵循传统而描写了自然，但其中看不到他们的真心。塔古尔先生在《西亚姆之梦》（*Shyamswapna*）中所表达的、深深铭刻在自己心中的印度乡村生活之美的本性，它的优美生动和感情丰富是无与伦比的。巴布·赫利希金德尔、潘迪特·布拉达布纳拉扬等诗人和作家的目光和内心所及仅限于人类，没有触及到广袤的自然领域。然而，塔古尔·杰格莫汉辛赫则是把人类美与自然美和地域美结合起来看待的。把印度大地的壮美与对古老梵语文学的兴趣一起装入心中的，他是印地语作家第一人。闲话少叙，就此打住话头，现在就把他《西亚姆之梦》的片段摘录如下：

纳尔穆达河以南，檀陀迦林地区有一个国家，以南乔

---

① 塔古尔·杰格莫汉·辛赫与下文提到的塔古尔·杰格莫汉辛赫为同一人。印度人姓名经常出现连写和分写混用的现象。本书译者大多遵原著，原著连写即连写，原著分开则加圆点分写。

② 温迪亚德维（vindhyatavi）即“温迪亚森林”，是“纳高德”（Nagaud）地区的古称，大致位于今印度中央邦萨德纳县（Satna）。

萨罗之名而闻名：

罗摩正是从这条路去的檀陀迦林，

这圣洁之地就是美丽的温迪亚德维。

我如何能描写这美丽国度之万一？它的河流两岸长满无花果树，到处是陶醉的叽叽喳喳的鸟类；从其源头流出清澈沁凉的碧流，两边黑土地上番石榴园果实累累，压弯了枝头；河水哗啦啦倾泻而下。……大象在松树皮上蹭着痒，松树中流出的松脂使林中清新空气平添了芳香。美丽的藤蔓和蓝色的樟脑树林枝繁叶茂，遮天蔽日，装点着这河的岸边。

在这样的檀陀迦林地区，蜿蜒于蓝莲和美丽群山之间的女神吉德拉德波拉[①]，冲出庚噶格利特山，越过许多森林和崎岖不平的大地，用自己圣洁的河水净化着无数圣地和城镇，东流而去，归入大海。

就在这条河的岸边，坐落着许多林中村庄。在所有这些村子里，我家所在村子的人们最知书达理。一听它的名字你就会知道它有多么美。……这个令人愉悦纯洁的村庄名叫西亚马普尔[②]。这里可供一般路人和朝圣修行者憩息。年久失修的破旧庙宇证明了它的古老。村边的灌木丛成为成群结队的乌鸦和苍鹭栖息之所，这也说明这小村庄的光彩[③]。黎明和黄昏时分，满街巷都被牛蹄卷起的尘土遮蔽，简直就像下了浓雾。[④]……这夏穆松德尔[⑤]亲自莅临的美丽

① 吉德拉德波拉（Chitrotpala）是马哈纳迪河（Mahanadi）旧称。在印度教中，所有河流都被视为女神。

② 西亚马普尔（Shyamapur）中的pur为印度地名的常见后缀，意思是“城镇”或“地方”。Shayma的原义为“黑”，但它又是黑天神的别称之一。

③ 根据印度教传说，人死后首先托生的就是乌鸦，所以在祭祖时必须首先给乌鸦喂食，就意味着给祖先喂饭。苍鹭是和平安宁的象征，苍鹭在谁家旁边的树上栖息，谁家就会得到安宁，不会出现夭折或猝死的情况。

④ 这一句一是说明村里的牛多，二是说明人们的勤劳，早出晚归。

⑤ 夏穆松德尔（Shyamsundar）的原义为“黑美”，也是黑天的一个别称。

村庄，就是我的出生地。

毫无疑问，他无言地支持了诗人们用喜爱的语言把祖国的一幕幕景象呈现在我们面前，同时，他也找到了一种布勒拉布风格[①]，以此来描绘受情感力鼓舞的虚构的变革和随性。其中以形象结构特征为主，而非以词序结构为主。如果这一风格得以自由发展该有多好！如果那样的话，孟加拉语文学中盛行的这一风格的句法结构形式恐怕就不会有什么机会了。一段时间以来，孟加拉语这种形式一直在进击印地语，在攻入诗歌领域后，现在还经常向内容分析性散文进击。

（7）巴布·逗达拉姆（Totaram）——他属于噶耶斯特种姓，出生于1847年，卒于1902年2月。获得学士学位后曾任小学校长，但后来辞职前往阿里加尔，办起出版社，出版发行《印度兄弟》报。当帕勒登杜站出来不遗余力地为印地语奔波操劳时，他也是支持者之一。他还建立了一个叫“语言培养大会”的机构。他也是《赫利希金德尔月光》的撰稿人之一。该刊还发表了他的一部叫《荣誉旗帜》（*Kirtiketu*）的戏剧作品。他将一生都投入到了印地语的宣传推广和提高工作之中。为资助自己的“大会”机构，他创作出版了好几本书，比如《女智者》（*Stri Subodhini*）等。其语言比较一般，没有什么特色。请看他《荣誉旗帜》剧中的一段独白：

这谁不知道？但在这下作的世界面前，荣誉旗帜的思想有什么用？这世界就喜欢依附于别人，乐于向恒河豚[②]寻

① 布勒拉布风格（Pralap Shaili）是印地语散文写作的风格之一。当语言中缺乏思想的表达，仅仅谈论丰富情感时，就叫布勒拉布风格。

② 恒河豚（Shishumar）又名南亚河豚，是生活于南亚地区的淡水豚，分印度河亚种和恒河亚种，属肉食性动物，以捕食鱼虾为主。其印地语名称“Shishumar”的字面意思是“杀婴者”。

> 求庇护。我们的父辈待在阿德里普尔（Atripur），徒劳地守护着勒马沃蒂城（Rmavati Nagari）的名义上的荣耀。与他相伴的就是多次失败战争的遗存——讷沃普尔（Navapur）的柔弱军队和一个赤手空拳无用的御前会议。啊！天啊！

与帕勒登杜等人一起为印地语提升做出贡献的还有以下一些重要人物特别值得一提：

（1）潘迪特·盖西沃拉姆·婆德（Kaishavaram Bhatta）——婆德吉是马拉提族婆罗门，其祖先后来定居于比哈尔。他出生于1854年，逝世于1904年。他与教育部门有些关系。除了写有小学课本以外，他还写了《萨贾德·松布尔》（*Sajjad Sumbul*）和《谢穆夏德和首森》[①]（*Shamshad Sausan*）两部剧作，其语言就算是乌尔都语吧。这两部剧的特点就是它们都取材于当代生活。其中包括了印度教徒、穆斯林、英国人、土匪强盗、流氓地痞、爱打官司者、爱打架斗殴者、侵吞钱财者等各种角色。1872年，他创办了《比哈尔兄弟》周报；1874年他创办了比哈尔兄弟出版社。

（2）潘迪特·拉塔杰伦·苟斯瓦密（Radhacharan Goswami）——他1858年出生于沃林达文，1925年去世。他是非常优秀的梵语学者。他是随着阅读《赫利希金德尔专刊》而萌发爱国与社会改革思想的。出于为文学服务的想法，他在沃林达文办了叫《帕勒登杜》的报刊。由于参加了许多会议和社会活动，对社会改革抱有热情，所以他深受“梵社”吸引。为了支持“梵社”，他在《比哈尔兄弟》上发表了不少文章。他的语言属于混合型的。

他写了好几部很优秀的原创性剧本，比如《苏达马剧》（*Sudama*

---

① 谢穆夏德（Shamshad）是一种树，以其高大挺拔俊美著称，往往被用来比喻情人的个头。首森（sausan）是一种来自波斯的花，在印度西北和克什米尔等地常见，波斯语中常被用来比喻诗人的舌头（笔头）。

Natak)、《烈女金德拉沃丽》(*Sati Chandravali*)、《阿穆尔辛赫·拉陶尔》(*Amarsingh Rathaur*)、《身、心、财——希利·苟萨因之奉献》(*Tan-man-dhan Shri Gosain Ji Ke Arpan*)。其中《烈女金德拉沃丽》和《阿穆尔辛赫·拉陶尔》都是长剧。《烈女金德拉沃丽》的情节是经过非常巧妙虚构的，为的是刻画奥朗则布时期印度教徒受到的虐待。阿穆尔辛赫·拉陶尔则是历史人物。除了创作戏剧作品以外，他还从孟加拉语翻译了《比尔贾》(*Birja*)、《贾维德丽》(*Javitri*)、《穆琳姆伊》(*Mrinmayi*)等长篇小说。

(3)恩比噶德特·沃亚斯(Anbikadatta Vyas)——沃亚斯出生于1858年，卒于1900年。他是位天才的梵语学者，优秀印地语诗人，传统印度宗教非常热心的传道者。他有关宗教的讲解非常火爆。除了《化身研究》(*Avatar Mimansa*)等有关哲学的著作以外，他还为详解比哈利双行诗的思想写了一部很长的《比哈利花园》(*Bihari Bihar*)。他对散文体创作也有比较深入的思考。除了旧体诗以外，他也写了《散文诗研究》(*Gadyakavya Mimansa*)等不少有关散文体的书。他往往把inhonne和unhonne分别写成inne和unne[①]。

他从童年时就写一手伯勒杰语好诗，因此他习惯于快速创作。他以黑天本事为题材用伯勒杰语写了一本《勒丽达[②]短剧》(*Lalita Natika*)。他根据帕勒登杜的建议写了《牛的危机》一剧，其中加入了阿克巴因印度教徒的不满在蔓延而禁止杀牛的情节。

(4)莫汉拉勒·维湿奴拉勒·本迪亚(Mohanlal Vishnulal Pandya)——他在《赫利希金德尔月光》处于逆境时接手了该杂志，并在上面添加了自己的名字。根据他的学识，大家都认为他对历史非常熟悉，是优秀的历史学者。当诗王西亚姆勒达恩

---

① inhonne是近指第三人称复数（或单数敬称）主格带后置词ne的形式，unhonne为远指第三人称复数（或单数敬称）主格带后置词ne的形式。这两种形式是符合现代印地语语法规范的印地语代词变位。而inne和unne分别是这两种变位的不规范用法。

② 勒丽达（Lalita）为雪山女神（Parvati）的一个称号。

（Shyamaladan）在《地王传奇》（*Prithviraj Charit*）中称《地王拉索》为伪造时，他撰文《守护拉索》（*Raso Sanraksha*），力证其真实性。

（5）皮姆森·谢尔马（Bhimsen Sharma）——他原是斯瓦密·德亚南德的得力助手。1883~1885年，他用印地语写了好几部有关宗教的著作，对好几部梵语著作做了印地语诠注。他创办了名为《雅利安原则》（*Aryasiddhant*）的月刊。关于语言问题，他有独到的见解。他写了一篇题为《梵语的惊人能力》（*Sanskrit Bhasha Ki Adbhut Shakti*）的文章，大胆提出了将阿拉伯语波斯语词也变成梵语词的意见，比如把dushman（波斯语：敌人）变成du:shman（波斯语：在梵语中为送气符号），把sipharish（波斯语：申请）变成kshiprashish，把chashma（波斯语：眼镜）变成chakshma，把shikayat（阿拉伯语：抱怨）变成shikshayatna等。[①]

（6）噶希纳特·克德利（Kashinath Khatri）——他1849年出生于阿格拉的马伊唐区，1891年2月9日卒于阿拉哈巴德希尔萨县。他先前曾在希尔萨县当过教师，在最后的日子里他又回到这里定居。做了一段时间政府本土语言报告员工作后，他被任命为省督办公室图书管理员。他是母语的坚定拥趸。他非常喜欢写伦理道德、履行职责、祖国利益等方面的文章和书。他的作品真正能归入纯文学范畴的很少。有三部著作值得一提：1.《乡村学堂与下等职业剧》（*Gram Pathashala Aur Nishkrit Naukari*）；2.《三部历史诗剧》（*Tin Aitihasik Rupak*）；3.《儿童寡妇悲哀剧》（*Bal Vidhava Santap Natak*）。

《三部历史诗剧》中第一部就是《信德国的公主们》（*Sindh Ki Kumariyan*），该剧是以阿拉伯人进攻信德为题材写成的。第二部是《古瑙尔的女王》（*Gunnaur Ki Rani*），剧中讲述的是古瑙尔国印度教寡妇女王的故事，该国国王是被博帕尔的穆斯林政权建立者打败的。

---

① 本段括号中词义的注释为译者所加。

第三部是以《罗怙世系》[1]的一个故事为蓝本的《罗婆[2]之梦》（*Lav Ji Ka Swapna*）。

噶希纳特·克德利其实是位非常有经验的翻译家。他翻译了许多英语著作、文章和演讲，比如有《莎士比亚戏剧故事》（*Shaksapiyar Ke Manohar Natakon Ke Akyan*，兰姆[3]所写）；《道德嘉言》（*Nityupadesh*，*Black*的*Self-Culture*[4]的译本）；《我国的贫困与英国政治》（*Desh Ki Daridrata Aur Angreji Rajniti*，达达帕伊·瑙罗吉的演讲）；《印度的三世惨状》（*Bharat Ki trikalik Dasha*，阿勒伽德上校的演讲）等。除了翻译以外，他还写了《印度著名女性传记》（*Bharatvarsha Ki Vikhyat Striyon Ke Charitra*）、《欧洲人》（*Yoropiyan*）、《履行正法女性传记》（*Dharmashila Striyon Ke Charitra*）、《应该怎样提高母语》（*Matribhasha Ki Unnati Kis Vidhi karana yogya hai*）等许多小册子和文章。

（7）拉塔格里希纳达斯（Radhakrishnadas）——他是帕勒登杜的表兄弟，出生于1865年，逝世于1907年。他完成了帕勒登杜留下未写完的剧本《节妇的声威》。他以前曾写过一部短小的诗剧《苦难的女孩》（*Dukhini Bala*），发表在《赫利希金德尔月光》和《莫汉月光》（*Mohan Chandrika*）上，其中揭露了按占星图行事、童婚、铺张挥霍等不良行为带来的恶果。他的第二部剧是《女王伯德马沃蒂或美瓦尔之莲》（*Maharani Padmavati Athava Mevar Kamalini*），是根据阿拉乌丁进攻吉道尔时发生的伯德米妮的故事而写的。他最优秀也最长的剧本是《莫哈拉纳[5]·布拉达布》（*Maharana Pratap*），也叫

---

① 《罗怙世系》（*Raghuvash*）为迦梨陀娑的长篇叙事诗，以罗摩故事为重点，描写罗摩即位前后罗怙世系的帝王传说。

② 罗婆（Lav）为罗摩的儿子。

③ 这里的“兰姆”应该是指英国著名散文家查尔斯·兰姆（Charles Lamb）。

④ *Self-Culture* 的全名应该是 *The Practice of Self-Culture*，作者为Hugh Black。

⑤ 莫哈拉纳（Maharana）是美瓦尔、吉道尔和乌代普尔等土邦王公的封号。

《拉贾斯坦之狮》(*Rajsthan Kesari*),完成于1897年。这是一部广受欢迎的戏剧,曾在多地多次上演。

根据印度传统,该剧的角色也是按照典型的结构塑造的。尽管对白还不够亮眼,但其角色和场合都还是挺恰当的,有些地方他们也是很有光彩的。故事情节安排非常合理。这部剧中,阿克巴对印度教徒的友善以他的外交政策形式体现出来,尽管有人对此不太满意。

除了戏剧,他还写了一部中篇小说《无助的印度教徒》(*Nissahay Hindu*),翻译了几部孟加拉语长篇小说,比如《金藤》(*Swarna Lata*)、《要死的人还有什么不敢做》(*Marata Kya Na Karata*)等。

(8)噶尔迪格伯勒萨德·克德利(Kartikprasad Khatri)——他生于1851年,卒于1904年。他在阿萨姆、孟加拉等多地待过。他对印地语如此热爱,以致他20岁时就在加尔各答努力创办了印地语报刊。他的《火车的可怕游戏》(*Rel Ka Vikat Khel*)在《赫利希金德尔专刊》1874年4月15日一期上开始连载,但最后没有载完。他还翻译了《伊拉》(*Ila*)、《布拉米拉》(*Pramila*)、《难近母》(*Jaya*)、《茉莉花》(*Madhumalati*)等许多孟加拉语长篇小说,由迦尸的"印度生活"出版社出版。

(9)弗雷德里克·宾卡特(Frederick Pinkat)——前面已经提到过他。我们也说过,他住在英格兰用印地语写书和文章,而且与印地语作家们只用印地语进行书信交往。他写有两本印地语书:1.《儿童之灯》(*Baldipak*)四卷(用天城体和盖提字体[①]);2.《维多利亚传》(*Viktoriya Charitra*)。这两本书均由邦吉普尔的"克德格维拉斯"出版社出版。《儿童之灯》曾被用作比哈尔的学校教材。现将其中一课的部分内容举例如下:

① 盖提(Kaithi)是比哈尔地区通用的一种字体,与天城体类似。

喂！孩子们！你们要保护好自己的书。别让它脏了破了。当你打开它的时候，要小心翼翼地打开，注意别让它被手指压住而撕破了。

《维多利亚传》有136页，其语言比他信中的语言有更多的成语。

他的思想可以从他的一封封长信中得知一二。他在大约1886年给巴布·噶尔迪格伯勒萨德·克德利的一封信中写道：

惠书敬悉，甚为快慰。您认为印地语的通行对于西北地区的人来说是最重大的事件。我也完全知道，一个国家，只要个人的语言和字体不能用于官方或交际活动，那它就不可能有最崇高的幸福。因此我一直在为印地语成为通用语而努力。你看[①]，孟加拉语八十年前还是地地道道的阿伯珀仑谢语。最初它也混有一些梵语。但经过一步步循序渐进的改良，现在已经成为彻头彻尾的优秀语言。同样，学者们目前应该在印地语中少加入点梵语。而且要记住，西北部被说波斯语的人统治了千年之久。因此，那里的人们对波斯语的东西非常熟悉。要从他们的语言中剔除波斯语的东西是不可能的。所以，试图剔除它们是愚蠢的事。

听说了印度斯坦警察的行为后，他写信给巴布·噶尔迪格伯勒萨德·克德利说：

前不久，一位印度斯坦朋友拍了一张印度斯坦警察

① 原文如此。信的开头称“您”，这里却用了“你”。可能当时的称谓还不够严格，也可能是本书作者疏忽。

施暴的照片，使我非常惊讶。我给拉合尔市的《论坛报》（*Tribune*）写了一封信。那封信一发表，就有许多人给我写信，从中显示，警察的暴行比我听到的更甚。我已下定决心，只要印度斯坦的警察不能像我们的英格利斯坦①那样，我对此事就不会善罢甘休。

宾卡特先生用伯勒杰语给帕勒登杜·赫利希金德尔也写了一封信。

宣传工作②

自帕勒登杜时代起，文学创作工作就轰轰烈烈地开展起来，但整个文学的宣传中，遭遇了多种阻碍。司法用语早就是乌尔都语，这使大多数孩子在接受英语教育的同时也接受或只接受乌尔都语教育。教育的目的一直被认为是为大多数政府职位培养合格的人才。因此周围全都是学了乌尔都语的人。在这种状况下，与文学创作的同时推广印地语的努力也一直在进行。巴布·赫利希金德尔不得不亲自到很多城市去演讲，以说明印地语和天城体字母的适用性。他还写了许多这方面的小册子。为了宣传印地语，在伯利亚举办了大规模的集会，会上帕勒登杜做了感人肺腑的演讲。他走到哪里，就在哪里宣讲自己的基本原则：

自己语言的进步发展，为一切发展进步之本。
没有对自己语言的了解，无法消除心中之痛。

同样，布拉达布纳拉扬·米谢尔也到处大谈“印地语，印度教

① 英格利斯坦（Engalistan）即英国，由English+stan构成。
② 此处小标题为原著作者所加。

徒，印度斯坦人”。好多地方都建立了印地语宣传大会。前面我们已经提到过巴布·逗达拉姆创立的阿里加尔“语言培养大会”。与此类似的一个大会以“拯救印地语中部代表大会”之名于1827年在钵罗耶伽成立。为了使天城体进入政府机构，巴布·赫利希金德尔做过多次努力。尽管没有成功，但这种努力一直在继续。当第二代作家崭露头角以后，他们也不得不倾力投入这一宣传工作之中。

帕勒登杜陨落之后，随着印地语散文文学的日益发展，宣传工作也更加显得必要。由于乌尔都语成了司法语言，受过新式教育的人口大多是学习乌尔都语的，这导致印地语书籍出版的热情不高。除了文学的危机，天城体不能进入政府机构也导致全体人民的严重危机。因此，1893年在一些热心青年学生的努力下组建了“迦尸天城体宣传推广大会”。这些学生主要有巴布·夏穆松德尔达斯、潘迪特·拉姆纳拉扬·米谢尔和塔古尔·西沃古马尔辛赫等。其实，这个大会的整个兴盛和荣耀都是夏穆松德尔达斯的奉献和辛劳的结果。只有他从头到尾作为其灵魂人物始终在尽心努力。它的首任主席是帕勒登杜的表兄弟巴布·拉塔格里希纳达斯。其助手中有帕勒登杜的好几位共事者，如拉耶巴哈杜尔·勒格其密·米谢尔、“克德格维拉斯出版社”老板巴布·拉姆丁·辛赫、《印度生活》的巴布·罗摩格里希纳·沃尔马、巴布·格达特尔·辛赫、巴布·噶尔迪格伯勒萨德·克德利等。该会的目的有二：宣传天城体字母和印地语文学的繁荣。

上述两个目的中，尽管第一个与印地语文学史似乎没有什么明显的关系，但间接关系还是有的。前面已经说过，由于天城体不能进入官方机构，受过新式教育的人大多是学乌尔都语的。这样就无法保证对新文学创作和出版的满腔热情。发现书没有销路，出版社也会失去热情，作家也会失望。在这种情况下，我们认为，承认“天城体宣传推广”运动与文学发展的关系，对其做个简要阐述是有必要的。

巴布·赫利希金德尔是如何在自己的《月光》上刊载有关天城体和印地语的文章，如何东奔西跑，到处演讲，我们前面已经交代。接到伯利亚热爱印地语的地方行政长官的邀请，他便前往那里，然后红火了好些天。就天城体和印地语的适用性发表很好的演说自不必说，同时还表演了《真理赫利希金德尔》（*Satya Harishchandra*）、《专治之城》（*Andher Nagari*）、《天体字母传奇》（*Devakshar Charitra*）。《天体字母传奇》是勒维德特·修格勒（Ravidatta Shukla）写的一部笑剧，展示了乌尔都语字体混乱的非常可笑的景象。

在帕勒登杜离世前不久，潘迪特·高利德特先生扛起了天城体宣传的大旗。他是生活在密拉特（Meratha）的萨尔斯沃德[①]婆罗门，从事教师职业。他对印地语如此痴心，以致在40岁时立下字据，把所有财产都登记为用于“天城体宣传”，自己出家作为苦行者擎起“天城体宣传”大旗到处巡游。在他的演讲影响下，密拉特周围开办了无数的天城体的学校。他还写了不少教科书。著名的《高利天城体词典》（*Gauri Nagari Kosh*）就是他编撰的。只要哪里有庙会或演出，高利德特先生就会跟在成群结队的孩子们后面，手擎天城体的旗帜。见面时人们对他不说“致敬”“罗摩胜利”[②]，而是说“天城体胜利”。1894年，他还发出过一份请愿书，要求在政府机构使用天城体。

“天城体宣传推广大会”成立不几天，他就投入了拯救被压制的天城体的努力之中。1895年，当省督安特尼爵士（后为勋爵）来到迦尸时，“大会”向他递交了一份申诉书，陈述了天城体被拒于政府

---

① 萨尔斯沃德（Sarswat）属于五高尔婆罗门（Panchgaur Brahman）之一。

② “致敬”（Pranam）是印度教徒见面时的传统问候语之一，一般为对长辈或受尊敬者的问候。“罗摩胜利”（Jay Ram）也是传统问候语之一，回答一般也是“罗摩胜利”。

机构给广大民众带来的困难以及在整体教育推广中带来的障碍。自从他承诺充分考虑这一问题，“大会”便一直通过演讲和传单激起人们的热情。不知给多少地方派去过代表，以将人们的注意力吸引到印地语和天城体字母的适用性方面来。各个城市都建立了“大会”的分会。1898年，一个阵容强大的代表团会见了总督，递交了申诉书。该代表团包括阿逾陀土邦王莫哈拉杰·布拉达布纳拉扬·辛赫、芒达土邦王拉姆布拉达布辛赫、阿里加尔土邦王伯勒文德辛赫、松德尔拉勒博士、潘迪特·穆登莫汉·马勒维耶等非常有名望的人士。

为了使上述申诉书成功，全省付出艰苦的努力，想必很多人还记得吧！“大会”不知派了多少人到所有城市，他们不分昼夜地征集签名。这次运动的领导者是全国广受尊敬的潘迪特·穆登莫汉·马勒维耶先生。他撰写出版了一本很厚的英语书《司法字体与初等教育》（*Adalati Lipi Aur Praimari Shiksha*），其中对拒绝天城体的弊端进行了详细而科学的分析。从帕勒登杜时期就一直持续的努力终于在1900年见了成效，天城体被宣布可以进入法庭。

在“大会”的文学规划下，我们始终把握着印地语爱好者的普遍愿望和倾向。第一年就读到的《纳格利达斯生活传奇》（*Nagaridas Ka Jivancharitra*）一文，让我们了解到民众不断增长的对于诗人的好奇心。印地语旧诗人的纪事最先是1839年加尔松·德·达希在自己的《印度斯坦语文学史》中收集的。后来泰戈尔·西沃辛赫·森格尔于1883年在自己的《西沃辛赫之莲》中收集了。此后1889年，著名语言学家格里尔森（Grierson）博士（现在已是“爵士”）出版了《北印度斯坦现代本土语言文学》。诗人的文学创作工作成为其文学的一部分，生平事迹也成了文学的一部分。因此，“大会”后来把搜集印地语作品的工作也承担下来，这使许多鲜为人知和没有出版的珍贵作品有望得见天日，同时也使许多诗人的情况完全有可能显露出来。1899年，“大会”从政府得到年400卢比的资助，用于开展这项工作。搜集工作于是轰轰烈烈地开展起来。随着资助金额的不断增加，工作范围也不断在扩大。这一搜集工作的结果是，我们得以了解数百位不为人知的诗人的作品。对有些诗人的情况有了新的了解。在“大会”的《经典语言》（*Granth Bhasha*）上刊登了一些诗人出版过的优秀著作。总之，这次搜集为印地语文学史的写作准备了很好的素材，在其帮助下有几部很优秀的诗人生平集已经用印地语出版了。

现在，人们心中又冒出了一种想法，要建立用印地语教授所有科学学科的制度。但面临最大的困难就是关于术语的问题。因此，在众多学者专家的配合和协商下，“大会”于1906年出版了《科学词典》（*Vaijnanik Kosh*）。请人就各种不同课题著书出版的工作到现在一直没有断过。成立三年后，“大会”才出版自己的刊物《天城体宣传推广》杂志。该刊从一开始就发表文学、科学、历史、哲学等所有学科的文章，至今仍然以与文学相关的研究和评论为目的。“大会”除了出版《切德尔之光》《苏加恩传》《地王拉索》等旧的历史诗以外，还出版了杜勒西、伽耶西、普胜、代沃之类诗人作品集的精装版。在“娱乐丛书”名下出版了各种内容的实用书籍50多本。印地语最庞大和标志性的语法和词典《印地语辞海》（*Hindi Shabdasagar*）也要归功于该“大会”长期的努力。

在生存的35年中，“大会”见证了印地语文学“现代时期”的三种状态。在它初创之时，帕勒登杜引领的第一次繁荣正方兴未艾。那是宣传的时代。天城体字母和印地语文学的宣传之路布满巨大的障碍。拿出《天城体宣传推广》杂志最初几期看看，就会发现，除了许多各种内容的文章以外，也有像尊敬的潘迪特·莫哈维尔·伯勒萨德·德维迪（Mahawir Prasad Dvivedi）的这样的诗：“天城体，你竟有这样的境遇！”

新印地语文学第一次繁荣是怎样轻松崭露头角的，帕勒登杜的作家群体是如何朝气蓬勃地积极完成自己使命的，前面均已有所论述。“大会”建立之后，印地语服务者群体中出现了对养家糊口的担心和焦虑的迹象。帕勒登杜的同伴们虽然都还按自己的方式在写作，但已经没有了原来的热心和激情。而帕勒登杜仙逝前后加入文学事业的人们已经成熟，只有他们在积极投身自己的事业。除了他们以外，一批新人也在逐渐走上文学战场。这是新印地语文学的第二次繁荣，在其初期《娑罗室伐底》便应运而生。

第三节　散文体文学的传播：第二次繁荣（1893~1918）

概述[①]

这一次繁荣我们认为始于1893年。这期间，我们感受到一些帕勒登杜时期没有出现的担忧和愿望。帕勒登杜群体更多的是致力于通过娱乐性文学创作，树立印地语散文体文学独立存在的情感。这种情感已然建立，受教育阶层对自己的新散文文学也有了较多了解。在第一次繁荣时期，人们很大的不满就是，受过英语高等教育、拿了高学位的人对印地语文学的新构建没有做出贡献，而且对自己的母语十分冷淡。第二次繁荣时，这种不满已经大大减少。受过高等教育的人开始渐渐转变，但大多同时还在说“我不会印地语”。对此的回答是：“那又怎么样？当然不可能自己会的。那就开始做点什么嘛！”所以很多人都是在学会印地语之前就开始做些工作了。他们语言中的一些问题，通过他们的注意留心会被克服的。当他们做出了一些努力——写上一些东西——就会成为真正的作家。那时候他们哪还管会不会印地语？

在这段时间，经常会听到人们夸奖印地语作家：“这位非常了解梵语”，“他是位阿拉伯语波斯语专家”，“那位是优秀英语学者”。人

① 此处小标题为原著作者所加。

们已经认为没有必要再说“他印地语真好”了。他们根本就不知道，印地语也是需要懂的东西。结果许多很成熟的优秀作家也开始认为，在自己的文章中也有必要让懂波斯语的人、懂英语的人、懂梵语的人等确认。

从另一方面又出现了一个困扰语言的问题。现在已经不再那么缺乏印地语读者了，尤其不缺读长篇小说的人。孟加拉语长篇小说译本在不停地出版。很多人认为，学习写印地语只需要懂梵语词就可以了，这些词都是从孟加拉语著作中获得的。对这些词稍微有所了解，他们就开始既从孟加拉语翻译，又自己着手写印地语文章。所以，一方面，从懂英语的人那里出现了swartha lena（take interest，对……有兴趣）、jivan hor（competition for existence，生存竞争）、kavi ka sandesh（Poet information，诗人信息）、drishtikon（viewpoint，观点）等。另一方面，从懂孟加拉语的人那里则引进了siharana（颤抖）、kandana（嚎啕大哭）、basant rog（麻疹、天花）等。[①]当然，后来人们的写作风格不像以前人的写作风格那么奇特。毕竟孟加拉语是本国的与印地语相似的语言。熟悉它可以找到符合情节和地点的既美又有用的梵语词。所以，对孟加拉语的厚爱使印地语中出现了很多经过改良的很美的梵语词序，这些不得不接受。

但当“用英语思维的人”拿来阿伯代[②]的《英语–梵语词典》（*Angreji-Sanskrit Kosh*），一字一词地翻译自己思想时，可怜的印地语成了远远的看客。他们只能写印地语和梵语词，而非印地语句子。许多句子的意思，只有非常熟悉英语的人才能理解，只懂印地语或梵语的人是没法理解的。

前面已经说过，帕勒登杜与他的合作作家们都没太在意语法规

---

① 这两句括号里的英语和汉语注义是为了便于读者理解由译者所加。

② 阿伯代全名瓦蒙·西沃拉姆·阿伯代（Vaman Shivram Apte，1858~1892），印度梵语大师。他编撰了多部梵语工具书，其中尤以《学生梵语写作指南》（*Student's Guide to Sanskrit Composition*）和《英语–梵语词典》（*English-Sanskrit Dictionary*）最为著名。

则。他们经常用ichchha kiya和asha kiya之类的用法[①]，对句法结构也不太讲究。但他们的语言确实是印地语，基本上与成语也不相左。但在第二次繁荣期间，好长时间语法的不规范和语言形态失常（loss of form）同时并存。违背语法规则和语言不稳定很快就遭到质疑，但语言形态失常却没有得到那么多的关注。但不管怎么说，能够发展到这样已经不错了。为此，我们的印地语文学得永远感谢潘迪特·莫哈维尔·伯勒萨德·德维迪。语法净化和语言纯洁的创造者就是德维迪。作为《娑罗室伐底》（*Sarswati*）的编辑，新投书稿中不准确的地方他都一一向作者指出，使得作者不敢掉以轻心。尽管有些固执己见的作者会编出各种理由为自己的错谬辩护，但大多数作者会引以为戒，写作时非常注意语法问题。只要净化语言被认为是必要的，人们就会一直怀念德维迪对散文语言的正面影响。由于对语法如此关注，一时间报刊上对有关语法的问题也展开了深入讨论。后置词应该与中心词连写，还是单独写？仅就这一问题，报刊上就进行了较长时间的热烈争论。这一运动的领袖就是潘迪特·荀文德纳拉扬·米谢尔（Govidnarayan Mishra）先生。他写了一本小书《后置词思考》（*Vibhakti Vichar*），称印地语的后置词为纯后置词，建议人们将其与中心词连写。[②]

在第二次繁荣时期，随着更多种类的议题进入作家广阔的视野，风格的多样化也得以发展。一些作家具有他自己独有的特色，人们鉴别了他的作品后就会说："这就是他的作品。"此类作家的数量有所增加。同时，句法结构更加清晰，更加规范，开始使用必要的标

① ichchha kiya的意思是"渴望"，其中kiya是及物动词karana（类似于英语"olo"）的完成时变位；ichchha是它的宾语。按照印地语语法规则，及物动词的完成时一般随宾语的性和数变化。这里ichchha是阴性名词，动词karana应该按阴性单数变为ki，而非kiya。asha kiya的意思是"希望"，其中asha的意思是"希望"，kiya的宾语，阴性名词。与前同理，kiya应该为ki。

② 现在的印地语中，后置词的规范用法一般是与中心词分开写，只有在几个人称代词后面时才连写。

点符号。全靠一些熟悉英语等其他发达语言的高级思维又熟练掌握自己语言的作家的恩惠，印地语的意义开发能力有了显著提升，表达系统也得到了很大拓展。印地语文学多少获得了能够表达重大而复杂论题的、表达精妙深奥情感的语言。与之相应，我们文学的体量也增加了。孟加拉语优秀的社会、家庭和历史长篇小说持续输入，使我们的兴趣一直在得到净化，经过一段时间魔法妖术、狡诈奸猾和侦探间谍之后，上天终于让我们看到了高级的真正文学的原创长篇小说出现的一天。

戏剧领域则没有显出这样的进步。巴布·拉塔格里希纳达斯的《莫哈拉纳·布拉达布》（或《拉贾斯坦之狮》）红火了几天，上演了很多次。拉易·德维伯勒萨德·“布尔讷”（Ray Deviprasad “Purna”）写了一部非常宏大的剧作《金德尔格拉与帕奴古马尔》（*Chandrakala Bhanukumar*）。尽管它具备了文学的各个要件，但由于缺乏情节的变化，语言也有斧凿痕迹而没能成名。孟加拉语戏剧的翻译在巴布·拉塔格里希纳·沃尔马之后仍在继续，但没有长篇小说那么多。这使戏剧的发展脚步慢了下来。由于印地语爱好者的热情，在钵罗耶伽和迦尸建立了许多戏剧团体（比如“帕勒登杜戏剧社团”）。一些作家为这些社团也写了一些适合剧场演出的较短的剧本，但从文学角度看，没有取得什么重要成就。在钵罗耶伽有马特沃·修格勒先生，迦尸有杜格维格尔先生，他们很长一段时间都在通过自己的作品和独特的表演唤起人们对戏剧的兴趣。此后，在孟加拉，德维简德尔拉勒·拉耶的戏剧火爆一时。它们的印地语译本也不断隆重推出。同样，罗宾德拉·巴布[①]的一些戏剧也以印地语的面目出现。第二次繁荣终结时的印地语戏剧就是这种状态。

散文尽管受到的关注很少，它的传统也没有达到这种程度，即

① “罗宾德拉·巴布”就是“罗宾德拉纳特·泰戈尔”，其中的“巴布”为尊称。

像英国文学那样随时能够挑出五六位一流的散文作家来，但也时不时有些优秀的、一流的散文出现在各种月刊上。在这第二次繁荣中，就文学的每个门类来说，作家们应该具有的那种声望并没能出现。发现自己在某种题材、体裁上有最擅长的能力并老老实实加以充分利用，这种趋向很少见到。很多作家处于东一榔头西一棒子的状态，一会儿做新闻，一会儿写长篇小说，一会儿涉足戏剧，一会儿评论诗歌，一会儿又选择历史和考古。在这种情况下，能充分展示语言能力的深刻而严肃的散文作家何以能够培养出来。尽管如此，还是可以说出几位能够展示自己不同风格的优秀作家，他们虽然写得不多，但所写的都是具有重要意义的作品。

尽管在帕勒登杜还活着的时候就已经或多或少出现了文学批评，但它的更加辉煌却发生在这第二次繁荣时期。受人尊敬的莫哈维尔·伯勒萨德·德维迪最先开辟了广泛的批评之路。随后米谢尔兄弟和伯德马辛赫·谢尔马以自己的方式表达了对古诗人的看法。但所有这些评论都仅限于鸡毛蒜皮的表面现象，只涉及语言的优劣、情味、庄严的恰当与否等传统议题。能够细致分析诗人内心世界、显示其精神面貌、可以归入恒定文学的评论，则少之又少。

具有文学价值的三部[①]生平传记比较重要，它们是马特沃·伯勒萨德·米谢尔的《维休特传集》(*Vishuddha Charitavali*，即斯瓦密·维休塔南德的传记集)、巴布·西沃南登·萨哈伊(Shivnandan Sahay)写的《赫利希金德尔传》(*Harishchandra ka Jivancharit*)、《苟斯瓦密·杜勒西达斯传》(*Goswami Tulasidasji ka Charit*)和《杰德涅·穆哈布勒普传》(*Chatanya Mahaprabhu ka Jivancharit*)。

① 这里的“三部”原文如此。但实际后面列了四部作品。

第四节　散文体文学的建设

第二次繁荣时期，散文体文学的创作以如此大的规模、如此多的形式出现，以致我们只能分门别类地加以研究分析。为方便起见，我们把它分为五类：戏剧、长篇小说、短篇小说、散文和文学批评。

戏剧

（一）翻译戏剧

如前所述，帕勒登杜之后戏剧创作的势头大为减弱。值得一提的原创优秀戏剧作品很长时间都难得一见。不过，戏剧翻译的传统倒是还在继续。

1.译自孟加拉语

前面已经提到过巴布·罗摩格里希纳·沃尔马翻译的《女英雄》《格里希纳古玛丽》和《伯德马沃蒂》。1893年以后，格赫穆尔（位于伽吉普尔县）的巴布·苟巴勒拉姆翻译了《森林英雄》（*Vanvir*）、《沃普卢瓦亨》[①]（*Vabhruvahan*）、《祖国现状》（*Deshdasha*）、《学识之趣》（*Vidya Vinod*）和罗宾德拉·巴布的《吉德朗格达》[②]（*Chitrangada*）。

第二次繁荣末期，儒伯纳拉扬·邦代（Rupnarayan Pandey）翻译了吉利希·巴布[③]的《忠贞》（*Pativrata*）、契娄德伯勒萨德·威迪亚维诺德的《汗·杰杭》（*Khanjahan*）[④]、罗宾德拉·巴布的《永不动摇》（*Achalayatan*）、德维简德尔拉勒·拉耶的《对岸》（*Us Par*）、

① 沃普卢瓦亨（Vabhruvahan），为《摩诃婆罗多》里的人物，阿周那之子。

② 这里的“罗宾德拉·巴布”就是“罗宾德拉纳特·泰戈尔”。“吉德朗格达”是《摩诃婆罗多》人物，穆尼普尔国王之女，阿周那的妻子，沃普卢瓦亨之母。

③ 吉利希·巴布的全名是吉利希金德尔·寇斯（Girishchandra Ghosh），孟加拉语著名戏剧家。

④ 契娄德伯勒萨德·威迪亚维诺德（Kshirod Prasad Vidyavinod）是19~20世纪著名孟加拉语戏剧家。汗·杰杭也叫“汗·杰杭·阿里”，是著名的苏菲派圣人。

《沙贾汗》(*Shahjahan*)、《杜尔加达斯》(*Durgadas*)、《达拉巴伊》(*Tarabai*)等剧作。翻译者的语言都是相当地道的印地语，能够准确表达原作的情感。关于这些戏剧作品，我们应该明白，从剧中许多角色身上都可以看到虚构想象的孟加拉人爱激动的天性，这使许多历史知名人物激动狂躁的长篇大论与他们似乎不相符合。以古老历史事件为题材的戏剧作品中，没有完整全面地表达那个时代的文化和环境。

2.译自英语

斋普尔的婆罗门祭司苟比纳特·M. M.(Gopinatha M. M.)在1893年前后翻译了莎士比亚的三部戏剧作品:《罗密欧与朱丽叶》——印地语名《爱情的捉弄》(*Premalila*)、《皆大欢喜》和《威尼斯商人》。乌巴提亚耶·伯德利纳拉扬·焦特利的弟弟潘迪特·穆图拉伯勒萨德(Mathuraprasad)1893年翻译出版了莎士比亚的《麦克白》，译得非常好，印地语名为《利欲熏心者的勇敢》(*Sahasendra Sahas*)。此后，《哈姆雷特》(*Hamlet*)的一个译本在1910年前后问世，其实这是从马拉提语译本转译的，印地语名为《多面人》(*Jayant*)。

3.译自梵语

拉耶巴哈杜尔·拉拉·悉达拉姆(Raybahadur Lala Sitaram)将因其对梵语戏剧作品的翻译而永远被怀念。从帕勒登杜去世前两年他就着手梵语诗歌的翻译了。1883年用克纳切利韵体翻译出版了《云使》(*Meghdut*)[①]。从此以后，他就不断地翻译一些诗剧。1887年，

①《云使》是迦梨陀娑的代表性诗作之一，也是古典梵语最著名的抒情长诗。诗中写一个新婚不久的小夜叉被贬谪到偏远的南方。当雨季来临时，他便托雨云转达自己对妻子的思念，通过雨云向爱妻讲述北去家乡的路线和沿途风光。

他翻译的《龙喜记》(*Naganand*)[①]问世。然后，他又先后翻译了《小泥车》[②](*Mrichchhakatik*)、《大雄传》(*Mahavir Charit*)、《罗摩后传》(*Uttararamcharit*)、《茉莉与春天》(*Malatimadhav*)[③]、《摩罗维迦与火友王》[④](*Malvikagnimitra*)。尽管韵体部分拉拉先生翻译得不是太成功，但他的印地语却非常朴素简洁，不那么铺张。帕勒登杜时期，他是迦尸女王学院的第二任院长。后来他成为副税务官，最后平静地来到钵罗耶伽，并于1880年在那里去世。

多部梵语往世书的译者、《罗摩功行录》和《比哈利七百咏》的诠注者、传统印度宗教的解说者、穆拉达巴德的潘迪特·吉瓦拉伯勒萨德·米谢尔(Jvalaprasad Mishra)还翻译了《梳发辫》(*Venisanhar*)[⑤]和《凭表记认出沙恭达罗》(*Anbhijnan Shakuntala*)。

赫利希金德尔非常喜爱四幕剧《璎珞传》[⑥]，并且翻译了其中一部分，但没能译完。《印度之友》杂志著名编辑、印地语写作能手巴布·巴勒穆贡德·古布德(Balmukund Gupta)非常成功地译完了这部四幕剧。

1913年，萨迪耶纳拉扬·格维日德讷(Satyanarayan Kaviratna)

---

①《龙喜记》为戒日王(Harshavardhan)的著名剧作，是他最著名的梵语剧之一。剧中主要讲述云乘太子与悉陀国公主相爱结婚和云乘太子为救大鹏鸟、以身饲之的故事。是一部佛教和印度教教义相混合的剧作。中国有吴晓铃先生的汉语译本。

②《小泥车》是古代首陀罗迦王(Shudrak)的作品。剧中以妓女春军和婆罗门商人善施的恋爱故事为主线，反映了城市人民的生活和斗争，作者对受压迫、受迫害的春军等平民予以同情，赞扬了他们的正义与勇敢。

③《大雄传》《罗摩后传》和《茉莉与春天》均为薄婆菩提(Bhavabhuti)的作品。薄婆菩提是著名梵语诗人和最优秀的剧作家之一。《大雄传》讲述了耆那教教主大雄的故事。《罗摩后传》讲的主要是罗摩回到阿逾陀登基后的故事。

④《摩罗维迦和火友王》是迦梨陀娑的戏剧作品，讲述了摩罗婆国公主摩罗维迦与维迪夏国火友王的爱情故事。

⑤《梳发辫》是伟大的梵语剧作家婆德·纳拉扬创作的著名剧作。剧中故事来自《摩诃婆罗多》：般度五兄弟的共同妻子黑公主遭到难敌兄弟的侮辱。难降抓住黑公主发辫将其拖到众人面前，把发辫也弄散了，头发披散开来。黑公主发誓只要不用难降的血染自己的头发，她将就这样披散头发，绝不再梳发辫。最后难降被怖军杀死，血溅到了黑公主的头发上，黑公主才开始重新梳理发辫。

⑥《璎珞传》(Ratnavali)也作《璎珞记》，是戒日王创作的梵语戏剧。《璎珞传》是他的代表作品，在印度梵剧历史上享有很高的声誉。

翻译了薄婆菩提（Bhavabhuti）的《罗摩后传》，后来又译了《茉莉与春天》。格维日德讷的这两个译本非常生动，感情非常充沛，充分保持了原著的情味。诗体部分用的是伯勒杰语的瑟崴雅，读起来非常优美。其译诗中只有两点有时不太合适：一是除了文学中接受的词以外还用了一些仅限于个别地区的词（尽管都在伯勒杰地区范围以内）。优秀文学中一般并不是吸收伯勒杰地区所说所有语言的词汇。伯勒杰语才是通用的诗语。因此，诗歌中只用广大地区都说的、各地都听得懂看得懂的词汇。以sidausi（黎明）一词为例，它只在马图拉的沃林达文特定地域才说，文学中却没有见过。二是有些地方为了尽量完全表达颂的情味，语言有些难以理解和不太规范。

（二）原创戏剧

居住在迦尸的潘迪特·吉修利拉勒·苟斯瓦密（Kishorilal Goswami）在第一次繁荣时期末写过两部剧本——《致命一击》（*Chaupat Chapet*）和《月亮珍珠》（*Mayank Manjari*）。其中前者为笑剧，刻画了一些品质恶劣、狡诈难缠的女人和地痞流氓等的低俗下流行为。后者是部五幕剧，于1891年以艳情味的视角写成。它在文学上没有获得特别的地位，早已被人们遗忘。印地语著名诗人阿尤提亚辛赫·乌巴提亚耶（Ayodhyasingh Upadhyay）自第二次繁荣之初就开始对写剧本感兴趣，并且写有两部剧本——《鲁格米尼的婚姻》（*Rukminiparinay*）和《明光之胜沃亚尤格剧[①]》（*Pradyumnavijay Vyayog*）。这两部剧作就是乌巴提亚耶拿来试试手罢了，此后他再也没有涉足戏剧。

吉瓦拉伯勒萨德·米谢尔除了翻译梵语戏剧以外，还写了一部剧，名为《悉多林居》（*Sitavanvas*）。这部剧多少有《罗摩后传》的

---

① 明光（Pradyumn）为黑天与鲁格米妮之子。沃亚尤格（Vyayog）为梵语剧的一种，只有一幕。其情节一般来自人们熟知的作品，角色以男性为主，女性较少。一般不会为女人发生战争。主人公一般应为王仙出身的仙人，超凡脱俗，宽宏大量，信守承诺，稳重谦恭。

影子。他的兄弟伯勒代沃伯勒萨德·米谢尔（*Baldevprasad Mishra*）写了三部剧。《光明相会》（*Prabhasmilan*）是以满腔热情写成的，主要写了伯勒杰的难陀、耶修达、牧女们在光明之地与沃苏代沃、黑天、大力罗摩等相会的动人情节。《米拉巴伊》（*Mirabai*）是激发虔诚情感的优秀剧作。《勒拉巴布》（*Lalla Babu*）是一部优秀笑剧，刻画了社会一隅的部分情景。

写过巨著帕勒登杜生平传记的巴布·西沃南登·萨哈伊（Shivnandan Sahay）的《苏达马剧》（*Sudama*）也值得一提。

看了这些原创戏剧的剧目名单就会感到，对于戏剧情节来说，人们更多关注的还只是历史的或往世书的故事。他们根本没有想到去仔细观察当代社会和家庭生活的各种复杂方面，以刻画出它们那感人至深的独特画面。在第二次繁荣期间，以虚构的情节所写宏大剧作是坎普尔著名诗人拉耶·德维伯勒萨德·“布尔讷”（Ray Deviprasad “Purna”）的《金德尔格拉与帕奴古马尔》（*Chandrakalabhanukumar*）。但它为我们展现的也是中世纪时期公主王子们的生活。

“布尔讷”先生是伯勒杰语熟练的诗人，对文学了如指掌。他是出于纯文学目的写这部剧的，而不是为演出而写的。由于没有能够在情节中引起好奇的新奇东西，很少有人手里会捧着这本书。只有那些强烈希望在优美的经过修饰的对话之中读到美妙诗歌的读者才会读它。

长篇小说

在这第二次繁荣中，任何其他群体的印地语作家都没有像长篇小说家那样勤奋。翻译作品也大量涌现，原创作品一段时间也一本接一本不停地出版。原创长篇小说怎样，容后面细表，现在还是先看看翻译作品。

（一）长篇小说印地语译著

到1894年，巴布·罗摩格里希纳·沃尔马已经翻译了一些英语和乌尔都语作品，比如《骗子故事系列》（*Thagvrittantmala*，1889）、《警察故事系列》（*Pulis Vrittantmala*，1890）、《阿克巴》（*Akabar*，1891）、《职员故事系列》（*Amalavrittantmala*，1894）。《吉道尔母杜鹃》（*Chitaurchataki*）是他1895年从孟加拉语翻译过来的。该作品被认为反吉道尔王族尊严，为了反对该书甚至掀起过一场运动，将所有的译本都抛进了恒河。后来，巴布·噶尔迪格伯勒萨德·克德利于1895年翻译了《伊拉》（*Ila*），1896年翻译了《布拉米拉》（*Pramila*）。大约一两年后，《杰亚》（*Jaya*）和《穆图马勒蒂》（*Madhumalati*）的译本问世。

帕勒登杜开创的第一次繁荣期的译者保持了那个时期印地语的特色。上述三位作家的语言都非常优雅规范。尽管不那么华丽，但印地语化非常充分。波斯语阿拉伯语词非常少，同时梵语词也是以印地语传统形式，没有产生任何不协调现象。总而言之，它们都采用shurata（英勇，英雄）、chapalata（活泼，机灵）、laghuta（小，渺小）、murkhata（愚蠢）、sahayata（帮助）、dirghata（长度）和mriduta（柔软，善良）之类的梵语形式，而不是shaurya（英勇，英雄）、chaplya（活泼，机灵）、laghav（小，渺小）、maurkhya（愚蠢）、sahay（帮助）、dairghya（长度）和mardav（柔软，善良）之类的梵语形式。[①]

第二次繁荣之初，我们发现巴布·苟巴勒·拉姆（格赫摩尔）[②]

① 这里两组词是一一对应、词义相同的名词，但构成形式却不一样。前一组全是由形容词直接加名词性后缀ta构成；而后一组的形式变化则较为复杂，后缀和词的中间音节都有不同变化。另外，括号里的词义为译者所加。

② 苟巴勒·拉姆（格赫摩尔）（1866~1946），括号中的"格赫摩尔"（Gahamar）是其出生的村庄名，"苟巴勒·拉姆"才是他的正名。但为了表明他的出生地，人们往往也称他为"苟巴勒·拉姆·格赫摩利"（Gopal Ram Gahamari），"格赫摩利"意为"格赫摩尔村的"。他是印地语的坚定支持者、小说家和记者。他自己独立主办《侦探》杂志38年，写作或翻译长短篇小说数百篇。

热衷于翻译孟加拉语家庭生活长篇小说。在此次繁荣之前他就写过一些长篇小说，比如《聪明的财富女神》（*Chatur Chanchala*，1893）、《帕恩穆蒂》（*Bhanamati*，1894）、《新职员》（*Nae Babu*，1893）等。这次繁荣初期又写了很多，比如《大哥》（*Bara Bhai*，1900）、《妯娌》（*Devarani Jethani*，1901）、《两姐妹》（*Do Bahin*，1902）、《三个儿媳》（*Tin Patohu*，1904）和《婆媳》（*Sas Patohu*）。他的语言用词华丽，委婉曲折。为了保持这些特点，有些地方他还无拘无束地使用东部词汇和成语。他的写作方式很有趣。这一时期，伽吉普尔的蒙西·乌迪德纳拉扬·拉勒也有不少译著出版，其中最主要的是《灯熄》（*Dipnirvan*），讲的是地王时期的故事。

本次繁荣期间，本吉姆金德尔、勒梅西金德尔·德得、哈朗金德尔·勒格齐德、金迪杰伦·森、谢勒德·巴布、贾卢金德等孟加拉语几乎所有著名长篇小说家的作品都有了印地语译本。罗宾德拉·巴布的《眼中沙》（*Ankh Ki Kirkiri*）等好几部长篇小说也被译成印地语，其影响足以使本次繁荣末期产生的印地语长篇小说原创作家的榜样大大提高层次。在这些为系统性翻译做出贡献的人中，伊希沃利伯勒萨德·谢尔马（Ishvariprasad Sharma）和儒伯纳拉扬·邦代（Rupnarayan Pandey）值得特别一提。除了孟加拉语以外，乌尔都语、马拉提语和古吉拉特语也有一些长篇小说被译成印地语，但比孟加拉语要少得多。迦尸的巴布·庚噶伯勒萨德·古布德（Gangaprasad Gupta）将《浦那骚乱》（*Puna Men Halchal*）等好几部乌尔都语长篇小说翻译出版。从马拉提语翻译过来的长篇小说中，巴布·拉姆金德尔·沃尔马的《切德尔萨勒》（*Chhatrasal*）最为优秀。

英语长篇小说的译本仅见有三四部，其中有《莱拉》[1]和《伦敦

①《莱拉》（*Leila*）也叫《明戈瑞利亚之星》（*Star of Mingrelia*），19世纪英国作家乔治·威廉·麦克阿瑟·雷诺兹（George William MacArthur Reynolds）的长篇小说。

之谜》(*Landan Rahasya*)。英语著名小说《汤姆叔叔的小屋》(*Tom Kaka Ki Kutiya*)也被翻译过来。

关于长篇小说翻译的话题就此打住，下面我们来谈谈印地语原创长篇小说。

（二）印地语原创长篇小说

第一部印地语长篇小说的作者是迦尸的巴布·代沃吉南登·克德利(Devkinandan Khatri)，他的长篇小说在普通民众中非常火。早在第二次繁荣之前，就有讷兰德尔莫西尼、古苏穆古玛丽、威兰德尔维尔等写过长篇小说。当初他们的《金德尔冈达》(*Chandrakanta*)和《金德尔冈达后裔》(*Chandrakanta Santati*)等计谋小说受到广泛的议论，以致那些从来不读印地语书的人也对这些书名耳熟能详。这里有必要说明，这些长篇小说的特色就在于情节的新奇，而不是味的传递、情的扩展或个性的刻画。它们事实上都是以事件为主的故事，没有对生活各个方面进行描述。因此，它们都没有达到文学的级别。但在印地语文学史上，巴布·代沃吉南登将永远被铭记，因为任何一位作家都没有他培养的印地语读者多。为了读《金德尔冈达》，无数乌尔都语读者学习了印地语。读了《金德尔冈达》以后，他们都苦于找不到《金德尔冈达》那样的书。刚开始时，不知有多少年轻人因读了《金德尔冈达》和《金德尔冈达后裔》而成了印地语作家。读了《金德尔冈达》后，他们也开始读其他印地语文学作品，而且经过练习还开始写作印地语作品。在巴布·代沃吉南登的影响下，很长一段时间，印地语的“魔法”和“法术”长篇小说简直过剩，大概到现在这种热情也没完全冷下来。走上巴布·代沃吉南登的悬疑之路的人中，巴布·赫利格里希纳·焦赫尔尤其值得一提。

关于巴布·代沃吉南登还必须说，他使用了这样一种语言，学过一点印地语和一点乌尔都语的人也能看懂。有些人认为，他完全模仿了拉贾·西沃伯勒萨德的语言，这种语言是以前倾向于乌尔都语的“大众化”语言。这种说法是不对的。可以这样说，他写的不是文学印地语，而是只能在这种轻小说作品中管用的“印度斯坦语”。

写出大量长篇小说的第二位原创小说家是吉修利拉勒·苟斯瓦密（生于1865年，卒于1932年）。他的作品可以纳入文学范畴。在他的长篇小说中，可以发现社会的一些生动场景、人类形形色色的欲望、引人入胜的描写。苟斯瓦密对梵语非常了解，是文学专家，印地语旧式诗人和作家。1898年，他开办了《文学》月刊。在第二次繁荣时期，他撰写并发表了65部长中篇小说。因此从文学的角度看，应该说，他是第一位印地语长篇小说家。在这第二次繁荣期间，只有他才称得上长篇小说家。其他人也写了原创长篇小说，但他们实际上不是长篇小说家，写其他类型作品时，写着写着他就对长篇小说也感兴趣了。但是，苟斯瓦密是在长篇小说那里安营扎寨了。一旦为自己选择了这个领域，他就投身进去。他的许多长篇小说都可能对青年学生产生不良影响，这是另一回事。这些小说中，与表达高级欲望的场景相比，表达低级趣味的场景既更多，也更刺眼。这方面的非议尤其对《杰伯拉》（*Chapala*）更多。

还有一点也不太合适，那就是他对语言的不严肃。不久他就转而热衷于用乌尔都语写了。这乌尔都语也不是一般的乌尔都语，而是最优秀的乌尔都语。就在这种偏好的前后，他写了拉贾·西沃伯勒萨德的传记，发表于《娑罗室伐底》的最初三期上（第1部分，第2/3/4期上）。

实际上适得其反，不适当地照抄乌尔都语口语和诗歌，使他的许多长篇小说大大降低了声誉。用错的词和用错词义的词使其语言无法达到优秀等级。好在他没有把自己的全部长篇小说都穿上这借来的外衣。《茉莉仙女或孟加拉之莲》（*Mallika Devi Ya Bang Sarojini*）

中则用了带有大量类似梵语的复合词的语言。外国人看到这两种写作手法会惊奇地问："难道这两种都是印地语？"我们这样做也行，那样做也行，这种胆量使许多作家不能完全集中力量于某一个问题，也使一些作家的语言摇摆不定，无法选择一条固定的道路。

苟斯瓦密的历史小说无法表明对各个时代的社会和政治状况的研究以及对梵语形态的研究。有些地方时间错误一眼就能看出来，比如在说到阿克巴面前摆着水烟袋的时候。吉修利拉勒·苟斯瓦密的长篇小说有《达拉》（*Tara*）、《杰布拉》（*Chapala*）、《年轻的女修行者》（*Taruntapasvini*）、《勒吉亚夫人》（*Rajiya Begam*）、《里拉沃蒂》（*Lilavati*）、《公主》（*Rajkumari*）、《丁香树》（*Lavanglata*）、《令人心动》（*Hridayharini*）、《茜拉巴伊》（*Hirabai*）、《勒克瑙之墓》（*Lakhanau Ki Kabra*）等。

著名诗人和作家阿尤提亚辛赫·乌巴提亚耶也用纯印地语写了两部长篇小说——《纯印地语的群体》（*Theth Hindi Ke That*，1899）和《半开的花朵》（*Adhakhila Phul*，1907）。但这两本书是出于语言样本考虑而写的，而非从小说技巧角度考虑而写的。正如他最早写的《威尼斯浪子》（*Benis Ka Banka*）中语言达到了梵语化的程度，这两本书的语言则达到了纯印地语的程度。读者面前放着这三本书，首先就会产生重要的想法：乌巴提亚耶先生既能写出晦涩难懂的梵语似的印地语，也能写简单的纯印地语。对他的关注大多集中在这种语言的灵活使用上。说起乌巴提亚耶先生，我又想到了勒贾拉姆·梅赫达（Lajjaram Mehata）。他在为报刊写作之余也写一些长短不一的小说，目的就在于展示古老的印度教风俗、印度教徒品行、印度教家庭制度的美好与公正。他的作品主要有《狡猾的日希格拉勒》（*Dhurta Rasiklal*，1899）、《印度教家人》（*Hindu Grihastha*）、《模范丈夫》（*Adarshpati*，1904）、《坏人的改造》（*Bigare Ka Sudhar*，1907）、《印度教徒榜样》（*Adarsh Hindu*，1915）。这两位先生实际上都不是长篇小说家，乌巴提亚耶先生是诗人，梅赫达先生是位老报人。

属于诗歌类的以情味为主的长篇小说，就是以大胆而迅速表达情感或内心冲动为主要目的，而不是以个性描写和事件的新奇为目的。巴布·伯勒杰南登·萨哈耶（Brajnandan Sahay）发现印地语没有这类长篇小说，而孟加拉语里却有，便写了两部此类的长篇小说:《美的鉴赏者》（*Saundaryopasak*）和《罗陀冈德》（*Radhakant*, 1912）[①]。

短篇小说[②]

正如唱歌和听歌属于人的天性一样，讲故事和听故事也属于人的天性。故事在开化和没开化民族中都有流传，它也进入了高雅文学范畴。事件性故事和情感性故事，这两种类型的故事非常古老，它们的结合也很古老。《故事广记》[③]《僵尸鬼故事二十五则》《宝座三十二篇》等都是按事件顺序展开的诱人的故事书。《迦丹波利》《马特沃讷勒》《噶穆根德拉》《希德伯森德》（Sitbasant）等故事固然很新奇，但也是对故事发生的各种引人入胜场合的以情为主的叙述。这两类短篇小说有一个很大的区别，前者只是事件的流水账，而后者则还包含对各种环境条件的描写和直接感受。

现代长篇小说和短篇小说的形态就是在这种区别的基础上逐渐发展起来的。为了这种形态的发展，有些东西借自戏剧，比如：对白、事件设置的新奇、外表和内心的刻画以及与此相符的情的表达。故事按时间顺序进展是其基本形式，自然会保留。区别仅在于，旧式故事是不停顿地朝着一个方向发展，其中的事件按时间的

① 罗陀冈德（Radhakant）的意思是“罗陀之夫”，其实就是黑天。

② 在印地语中，“短篇小说”为kahani，同时它也有“故事”的意思。

③《故事广记》（Vrihatkatha或Brihatkatha）也译作《伟大的故事》。

先后顺序直线向前发展。而在欧洲，以“新型的故事（Novel）”之名而流行的、到了孟加拉语以后称为Upanyas的（马拉提语中称为Kadanbari）的东西，在故事中可以从一开始就设置环境，而且其中一系列事件不是始终按直线发展，往往东一下西一下，打乱连续性地向前发展，最终汇合一处。事件设置的曲折性或多样性，是将现代长篇小说和短篇小说与旧式故事区别开的明显特征。

如果我们以上述观点看的话，那么英夏（Insha）的长篇《王后盖德吉的故事》便不能列入现代长篇小说，而拉贾·西沃伯勒萨德的《国王婆吉的梦》和《维尔辛赫的往事》（*Virsingha Ke Vrittant*）也不能列入现代短篇小说。

英语月刊中发表的短小寓言或故事，在孟加拉语里叫作galp（小说）。这些故事（短篇小说）都是以非常动人、富有表达力的片段画面显现的。感受到第二次繁荣期的所有倾向后应运而生的《娑罗室伐底》杂志上开始出现这样的短篇小说。《娑罗室伐底》在第一年就发表了潘迪特·吉修利拉勒·苟斯瓦密的《英杜穆蒂》（*Indumati*），这好像是原创的。此后便不断刊载短篇小说。但它们大多是从孟加拉语翻译过来的，或是模仿孟加拉语的。在孟加拉语的译者中，“印度出版社”经理巴布·吉尔伽古马尔·寇斯尤其值得一提，她在印地语小说中所用的名字为“拉拉·巴尔沃迪南登”。她之后就数“本格穆希拉”了。她父亲是米尔迦普尔声望很高的孟加拉绅士，丈夫是巴布·布尔讷金德尔。她从孟加拉语翻译了许多短篇小说，也创作了不少印地语短篇小说。其中有一篇是《裹被子的女人》（*Dulaivali*），发表在1907年的《娑罗室伐底》（第8部分，第5期）上。

短篇小说始于何时何地？为此，我们把《娑罗室伐底》上发表的短篇小说按时间顺序显示如下：

《英杜穆蒂》　吉修利拉勒·苟斯瓦密　1900年

《古勒布哈尔》(*Gulabahar*) 吉修利拉勒·苟斯瓦密 1902年

《鼠疫女妖》(*Pleg Ki Chudail*) 马斯特尔·婆格瓦恩(米尔迦普尔) 1902年

《十一年时光》(*Gyarah Varsh Ka Samay*) 罗摩金德尔·修格勒 1903年

《潘迪特与其妻》(*Pandit Aur Paditani*) 吉利伽德得·瓦杰巴伊 1903年

《裹被子的女人》本格穆希拉 1907年

如果以激动人心的角度从中选择情感性短篇小说，那么可以发现有三篇，即《英杜穆蒂》《十一年时光》和《裹被子的女人》。如果《英杜穆蒂》不是模仿孟加拉语短篇小说之作的话，那么就可以确认为印地语第一篇原创短篇小说；其次是《十一年时光》；再次是《裹被子的女人》。

人们深受此类短篇小说的吸引。当时的几乎所有月刊上都经常发表这类短篇小说。1911年，素有“虚构和敏感宝库”之称的巴布·杰辛格尔·“普拉萨德”，在其月刊《英杜》(*Indu*)上发表了短篇小说《乡村》(*Gram*)。此后，他又写了《空中之灯》(*Akashdip*)、《小贩》(*Bisati*)、《回声》(*Pratidhvani*)、《天堂的废墟》(*Swarg ke Khandahar*)、《画中神庙》(*Chitramandir*)等许多短篇小说，这些都写于第三次繁荣时期。写滑稽味短篇小说的G. P. 希利瓦斯德沃(Shrivastav)的第一篇短篇小说也于1911年发表在《英杜》上。当今的著名短篇小说作家潘迪特·维西温婆尔纳特·谢尔马·“高希格”(Vishvanbharnatha Sharma “Kaushak”)也是大约从那时候开始写短篇小说的。他的第一篇短篇小说《护身绳节》(Rakshabandhan)发表在1913年的《娑罗室伐底》上。苏日耶布拉的土邦王拉提噶尔蒙·伯勒萨德·辛赫(Radhikarman Prasad Singh)是非常善于想象的、对语言力把握非常好的印地语老作家。他的一篇非常有想象力的短篇小说《耳朵上的手镯》(Kavon Men Kangana)1913年发表在《英杜》上。此后他又写了《闪电》(Bijali)等其他优秀短篇小说。潘迪特·基瓦拉德得·谢尔马1914年开始写短篇小说，他的第一篇短篇小说发表在1914年的《娑罗室伐底》上。杰杜尔森·夏斯德利(Chaturasen Shastri)也在那一年转而开始写短篇小说。

伟大的梵语学者、印地语的忠实拥护者金德尔特尔·谢尔马·古雷利(Chandradhar Sharma Guleri)1915年在《娑罗室伐底》上发表无与伦比的短篇小说《她说过》(*Usne Kaha Tha*)。他在坚定的现实主义之中，浓厚兴趣的范围内，非常巧妙地植入了对丰富情感的最高赞美。事件一如平常地发生，但其中隐现着发自内心的天堂般的爱——仅仅是隐现。整篇小说中没有任何地方出现爱者的直白、喋喋不休示爱、令人厌恶的痛苦表白。风雅青年不会伤害温情的形象，一切都由事件来说话，而不是指望角色来说。

印地语最优秀的小说家普列姆昌德的短篇小说也是从1916年才开始发表的。这样，在第二次繁荣的后期我们才看到现代短篇小说的开端，然后到第三次繁荣期得到了全面充分的发展。

散文

如果说散文体(非韵体)对诗人或作家是考验的话，那么散文就是对非韵体的考验。语言的全面发展只有在散文中才最有可能。因此，散文体风格的评论者大都拿散文来举例。散文或散文方法可以有好几种——思想性的、情感性的、描述性的。有才干的作家往往根据情节内容将这几种方法非常完美地结合。根据不同目的，可以使用多种风格，比如在思想性散文中多用归纳和分析法，在情感性散文中则多用平静如水式、波浪式(或冲动式)和大起大落式。就是这种大起大落式中包括了“胡言乱语”式，由于对孟加拉语的模仿，该式在印地语中也越来越风行。根据不同的风格，优缺点也可以分为好几种类型。

根据现代西方的解释，散文应该是有个性或有个人特点的文章。话是没有错的，如果理解正确的话。讲个人特征并不是说，为表现个人特征就不顾思想的连续性，或故意随时打断它，也不是为展现情感的奇妙而使用与正常感受或最普通形式无关的句义表达，或者用语言来做马戏团的动作，或像诃陀瑜伽师那样打坐，那样做的目的除了展示马戏以外什么用都没有。

世界上的每一件事物都与其他事物有联系。根据各自的精神构成，每个人的内心都对某种关系链起作用，这个人对这种关系链，那个人对那种关系链。这些关系链又是互相串联的，就像树叶的筋脉一样四通八达，形成一个网。玄学家或哲学家只抓住对解释自己庞杂理论有用的关系链，朝着某个方向一直走下去，不会纠缠于中间的某个细节。散文作者则按自己内心的偏好迈着自由步伐，曲曲折折地在各种分支上徜徉。这就是它的有关意义的个人特征。就是意义关系链的各种曲折迂回的分支决定了每个作者的视野。对同一件事物，某个人的内心在某个关系链上发挥作用，另一个人的心则在另一个关系链上发挥作用。这就叫用不同的眼光看同一件事。个性特征的根本基础就在于此。

玄学家或哲学家与散文家的区别还在于，散文家要到达的地方，与自己精神力量同在的还有理智和充满感情的心。天性悲悯的人，对某个问题，其内心会抓住意义关系链，倾向于悲悯之处，体验着极度的痛苦。而那些风趣幽默者，对同样的问题，其眼光则盯住那些别人看来除了好笑以外什么都不是的方面。同样，对有些事人们已经形成了固定的观念，与这些已有观念反其道而行之并自得其乐的作家，对这些事的其他方面会有奇特的表现，这些方面看起来会证明那些已有观念是无用和不完整的。以世人一直称为坏人的懒人和贪婪者为例，有的作家在散文中非常诙谐地罗列他们的许多优点，以能够得到和给予别人赞扬他们的快乐。同理，对事物的各种细节仔细观察的作家，把小得不能再小的事物当成非常重大严肃的课题，仿照做学问的语言把它呈现出来。当然，所有这些情况都需要一定的条件。

就是以这种意义上的特点为基础，语言和表达系统的特点——风格特点——才得以建立起来。没有意义关系多样化、没有意义发展传统的地方，只停留在一点上做做各种表情、原地蹦跶两下的语言看来只不过在表演马戏。

从帕勒登杜先生开始，我们的语言就有了散文的传统，他的合作者们又继续了一段时间。但如前所述，写作经久不变内容的传统很快就终止了。与此同时，按描述性散文方式对当前事件、国家和社会日常生活、四季生活方式等的描写也大为减少。在第二次繁荣时期，本应循序渐进地构建起的高水平的永久的散文文学，没有建立起来。大多数作家都投入了费力劳神的工作。结果是，大学设置印地语高等教育后，到处都感觉到缺乏高水平的散文教科书。

帕勒登杜的合作作家们，在写传统不变议题的同时也以社会日常生活、四季生活、节庆等为题写文学散文。他们的文章中反映了国家传统精神和激情。他们以洒红节、十胜节①、灯节②、罗摩本事等为题写的散文中充满人民生活的色彩。为此，他们很好地结合了描写性方法和情感性方法。这种生动活泼的社会情景在第二次繁荣期间的作家那里也已不存在。

---

① 十胜节（Vijayadashami或Dashahara）是印度教重要节日之一，每年在印历七月白半月初十庆祝。其来源有二，一说罗摩就是这一天战胜恶魔十首王罗婆那的；一说恒河女神就是这一天下到凡界的。这一天一般会演罗摩戏，尤其是罗摩杀死罗婆那的戏。

② 灯节（Divali或Dipavali）也译作“排灯节”，是印度最大的传统节日。除了印度教徒以外，耆那教徒、佛教徒、锡克教徒也庆祝这个节日。传说罗摩战胜罗婆那后，就是这一天晚上回到首都阿逾陀的，所以家家户户点上灯烛，既是为给他照路，也是欢迎他回国执政。

本次繁荣之初就出版了两部指引散文道路的译著——《培根思想宝串》(*Bekan Vichar-Ratnavali*，非常古老的而且是第一位英语散文作家培根的散文集)和《散文花簇之镜》(*Nibandhamaladarsha*，吉布隆格尔[①]的马拉提语散文译本)。前者为莫哈维尔·伯勒萨德·德维迪所译，后者为庚噶伯勒萨德·阿格尼侯德利(Gangaprasad Agnihotri)所译。当时人们的期待是，两位译者在翻译之后大概会着手创作类似的散文，但这样的事并没有发生。第二次繁荣期间，月刊倒是办了不少，但其中绝大多数是以“纪事集”的形式出现的，而不是以作家发自内心的思想意识的形式。下面简要介绍一下这期间其作品能够归入散文等级的作家。

(1)莫哈维尔·伯勒萨德·德维迪——他健日王纪元1927年(公元1870年)二月白半月初四出生于道勒德普尔(属拉耶布雷利县)，健日王纪元1995年(公元1938年)十月黑半月三十日[②]去世。

德维迪先生公元1903年承担了《娑罗室伐底》的编辑重任。从此他把自己的全部时间都花在了写作上。他认为，写作的成功在于读者也能够完全理解所写的东西。他除了写有几本很实用的书以外，还写了一些零散的文章。但这些文章大都属于“纪事集”性质的。具有语言新的力量和神奇的同时也能产生新颖思想的散文非常少。只有少数几篇可以归入常规散文之列，比如《诗人与诗》(*Kavi Aur Kavita*)和《天才》(*Pratibha*)。但这些似乎都不是从写作艺术和敏锐思想的角度写的。《诗人与诗》是多么严肃的题目，这是毫无疑问的。但作者对这一题目只是非常粗略地说了一些无关紧要的话，

① 吉布隆格尔(1870~1882)全名为“毗湿奴夏斯特里·格里希纳夏斯特里·吉布隆格尔”(Vishnushastri Krishnashastri Chipalunkar)，马拉提语著名作家、记者，尤以散文著称。1874年创办马拉提语《散文花簇》月刊，总共12年出版的总数中有84期的散文几乎都是他的手笔。

②“十月黑半月三十日”似应为“十月黑半月十五日”。因为印历传统计日方法是将一个月分为白半月和黑半月，这两个“半月”各以十五天计算，所以黑半月不可能有三十日。

比如：

这表明，有些人写诗的才能是与生俱来的，天赐的。天赐的东西一定会有用的，不可能没有意义的。它一定会使社会受益。一首诗如果真正是诗，就不可能听了以后不产生任何影响。诗为这个世界已经做了许多很大的贡献。……诗中肯定会有些虚假的成分。未开化或半开化的人们对这一部分并不觉得多么不好，受过教育的或开化的人就觉得很不好。……世界上的事物，发现它是什么样子，诗人就应该照那个样子描绘它。

不用说，德维迪的文章或散文应该归入思想性一类。但深奥思想互相交织的传统在他的文章中见不到，这种传统可以激发读者的潜力去寻找新的思想方法。纯思想性散文的最高境界就是，将思想凝缩在一个段落，每一个句子都带有相关的思想片段。读了德维迪的文章就感到，作者是为智力非常普通的读者而写的。一件普普通通的事，要曲折迂回地——有时仅仅是词的改变——用五六种句子反复说来说去。他的这种倾向决定了他的散文风格。他的文章中短小句子使用较多。字斟句酌的句子多次变换用词反复说的方法，就是在对话或讨论时用来心平气和地解释说明的。他的这种扩散风格在努力说服对手时是非常有用的。

他的两篇文章《真的根本没有叫印地的语言吗？》（见1913年《娑罗室伐底》）和《雅利安社会的愤怒》（见1914年《娑罗室伐底》）就是很好的例子。下面请看其部分摘录：

（1）

您说古代语言已经死了，都死了三百年了。对此我们申诉：它从来没有死，也没有发现它要死的征候。如果有空，请您莅临阿格拉、马图拉、法鲁卡巴德、曼普利和埃塔瓦，烦劳检查一两所小学和中学，哪怕就视察一下。这样你就会知道，您认为已经死亡的语言，至今仍然在这些地区被人们说着。如果您的这叫作“帕卡”的语言已经死了三百年，那么请您告诉我，与阁下同一宗教的卡里姆·阿里等诗人是用什么语言作诗的呢！从公元1700年以来，已经出现许多这样用“帕卡”写出大部大部著作的诗人。您不了解印度教徒诗人的情况，那也不算什么值得谴责的事。

……

阿讷雷伯尔·阿萨格尔阿里·汗的第五段箴言是：乌尔都语或印度斯坦语就是这里普遍使用的语言。您的这种说法的真实性很容易得到检验。请将上面哈利先生诗集摘录和第二次文学大会主席演讲摘录分别发给非本省居民的一位孟加拉人、一位马德拉斯人、一位古吉拉特人、一位马哈拉施特拉人看，并让他们解释一下意思。到时候您立刻就会知道，两者中哪一个才是其他省居民更懂的语言。

尊敬的阿萨格尔阿里·汗的说法——“乌尔都语或印度斯坦语是这个国家的混合方言”——使一个秘密得以泄露，那就是，在你们看来，这印度斯坦语不是别的，就是乌尔都语的另一个名称。所以应该明白，当强调使用印度斯坦语时，就是以“印度斯坦语”之名为幌子行乌尔都语之实，就是企图排除可怜的印地语。

（2）

一个社会的学生，甚至儿童，都有权无视自己的过错，却威胁他人，未经询问就给别人“出谋划策”，谁能给这种社会的成年人和专家学者确定能量的界限?

……

我们收到了比这更加令人惊奇的信。一位名为B.辛赫的大人物以假名或真名从阿格拉给我们寄来一个乌尔都语明信片。上面用许多恶言恶语表达了对这事的痛苦：现在是英国人统治，否则我们早就人头落地了。辛赫兄弟！别痛苦了！等到雅利安社会发展进步了，那么——“斧子就在你手里，我的头颅就在面前”。

（2）马特沃伯勒萨德·米谢尔——米谢尔先生健日王纪元1928年（公元1871年）六月白半月十三日出生于旁遮普省西萨尔县毗瓦尼市附近的贡格尔村，健日王纪元1964年（公元1907年）正月黑半月初四因鼠疫死于该村。他非常热情，是印度传统宗教的支持者，是怀有捍卫印度文化远大抱负的学者。他的笔触非常有力，无论写什么都极有激情，因此他的风格十分大胆。因为是高尔人，所以他与马尔瓦利人[①]有特殊关系，他真心希望他们的社会得到改良。正因为如此，他才接受了《保护吠舍》(*Vaishopakar*)的主编重任。《娑罗室伐底》创办的那年（公元1900年），在著名长篇小说家巴布·代沃吉南登·克德利的帮助下，他在迦尸创办了名为《苏德尔辛》[②]的月刊，但只发行两年多就停刊了。在编辑该期刊时期，他写了许多关于文学的文章、评论和散文。灵感到来的话，他会写出很有分量的文章。《评论者》(*Samalochak*)的主编潘迪特·金德尔特尔·谢尔马·古雷利因此有一次写道：

① 马尔瓦利人（Marvari）是拉贾斯坦的一个民族，在印度是著名的经商民族。

② 苏德尔辛（Sudarshan）的意思很多，如“好看的”“容易看到的”，还是湿婆的一个名，毗湿奴的一个轮宝名等等。很难说作为刊物名取那个意义，所以这里只好音译。

米谢尔先生没有全神贯注的时候无法写作。如果我们要从他那里催稿，总会跟他发生争执。

毫无疑问，要是有人写了什么话，他觉得是反对传统宗教的或贬低古代论著作者和诗人的，他就会马上奋笔疾书。熟悉西方文化的学者经常发表一些关于吠陀、往世书文学等一知半解的观点，对这些观点他非常讨厌，坚决反对。他的反击中总是令人惊讶地混合了论据、逻辑、激动、情感等。《韦伯的迷误》（*Webar Ka Bhram*）① 就是在这种冲动下写的。莫哈维尔·伯勒萨德·德维迪在《论〈尼阇陀传〉》（*Naishadha Charit Charcha*）中说，《尼阇陀传》的一些很长远的想法和非常夸张的诗是不自然的，是违背最高审美观的。这还了得，他马上冲出来以自己的方式回击了德维迪，还顺便指出了希利特尔·巴特格（Shridhar Pathak）② 的一首诗《品德高尚的冬季》（*Gunbant Hemant*）的枯燥无味和流水账式叙述，因为这首诗受到德维迪大加赞扬。论战持续了好长一段时间。

米谢尔先生的爱国情怀也是很深的。他也和其他梵语学者一样，对祖国现状有切身感受。他的心始终与政治运动联系在一起。当受国人尊敬的马勒维先生劝说学生远离政治运动时，他发表了一封充满悲愤的"公开信"。由于对祖国现状的强烈感受，他对希利特尔·巴特格的诗中存在的一个问题非常不满。巴特格先生在诗中描写季节的旖旎风光和祖国壮丽时，满眼都只是幸福、欢乐和繁花似锦的方面，根本看不到祖国无数痛苦悲惨的人们那饥寒交迫和瘦骨嶙峋的身体。

---

① 这里的"韦伯"应该是"马克斯·韦伯"（Max Weber，1864~1920），德国著名社会学家，政治学家，社会理论家。社会学创立以来最伟大的社会学家之一，写有《印度的宗教：印度教与佛教的社会学》等。

② 希利特尔·巴特格（Shridhar Pathak），生于1858年，卒于1928年，著名印地语诗人，主要描写自然之美、爱国之情和社会改革等内容。

米谢尔先生除了写有斯瓦密·维修塔南德的大型传记以外，还写了几十部较小规模的人物传记，其中包括一些梵语的老的学者和赞助传统印度宗教的富商巨贾。他在《苏德尔辛》上发表的文章内容几乎涉及所有议题，比如仪式、节庆、圣地、旅行、政治等。帕勒登杜的合作者们开创的书写仪式、节日和各个季节庆典的传统，到了第二次繁荣期就在他之后便戛然而止了。当然，在一些报刊的“洒红节专号”“灯节专号”上还残留了它们的踪迹。米谢尔先生关于普遍议题的文章只发现两篇——《坚定沉着》（*Dhriti*）和《原谅》（*Kshama*）。

第二次繁荣初期，印地语文学的天空一度闪烁着这位有影响力作家冉冉上升的耀眼光芒，但遗憾的是，他过早地陨落了。读过马特沃伯勒萨德·米谢尔那动人心弦、富有感染力的文章的人，心中一定会留下对他非常甜蜜的记忆。遵循美好心灵的他那温柔亲切的谈吐一直在滔滔不绝。他的部分散文范例如下：

（1）

雅利安族的天职、善行和虔诚的强大潮流——曾经将阻挡正道的一座座大山摧毁，使之化为粉齑——哪里去了？这一最纯洁种族的布满世界的光芒——曾经使世界不留一丝黑暗——现在在哪儿？这一深刻而激动人心的问题的唯一答案就是，大神已经被大黑[1]吞噬。……在那曾经高高的大山纷纷倒塌、遍布深不可测大水的地方，现在有一条挤压在坚硬岩石之间的一条细小但清冽的涓流在缓缓流淌。在曾经被光芒普照的地方，现在还有一缕被黑暗包围的得不到温情的光线忽隐忽现，还偶尔使这块地方被照

① 大黑（Mahakal）即时间之神或死亡之神，是毁灭世界的湿婆的称号之一，因为据说毁灭世界时他以黑色显现。也有人译作“大时”。

亮。……印度的幸福安宁和印度的光明现在只停留在“罗摩！罗摩！”之上。……但那得不到温情的、无法得到保护的光线还能维持多久呢！

（2）

现在该轮到您知道的事情了。就您所知，一切都是完美无瑕的。就您所知，伟大诗人希利赫尔斯（Shriharsh）的诗中“到处都是疙瘩死结”，而潘迪特·希利特尔的诗却“受到四面八方的赞赏”。就您所知，您懂梵语、印地语、孟加拉语等这个国家的所有语言，而我们对韦伯先生的事都一无所知。就您所知，希利赫尔斯比“自作聪明的人”还愚蠢，韦伯先生则像雅格耶瓦勒格耶①一样聪敏智慧。在您看来，我们的通晓哲理的学者先贤们什么都没写过，而英国人写的书却如此之多，以致我们印度人要对他们感恩戴德。在您看来，对《尼阇陀传》的赞美都是有偏见的学者所为，批评都是不带偏见的正人君子所为。在您看来，布拉（Bullar）博士和霍尔（Hall）等先生所写的都是符合逻辑的，而米谢尔·拉塔格里希纳所写都是缺乏逻辑的。在您看来，韦伯教授的书至今还没有翻译过来，关于韦伯的知识我们都是从《论尼阇陀传》得来的。

（3）

人们不仅在家毁了以后才说“化为尘埃②”，在其他地方也这样用。某人经巨大努力还是没有成功时就会说：“一切都化为尘埃了。”某人钱财丢了，名誉被毁了，失去权力了，失去能力了，都会说：“一切都已化为尘埃。”由此可

---

① 雅格耶瓦勒格耶（Yajnavalkya，公元前7世纪）印度古代著名仙人，哲学家，当时最顶尖的吠陀学者，著名的《百道梵书》作者。

② 这里“尘埃”的原文为“泥土”（mitti）。为了适应汉语的表达习惯，译者将“泥土”换作了“尘埃”。

知，消失了就是化为尘埃。但尘埃的名声为什么这么不好呢？尘埃真的就这么低贱卑微吗！难道只有尘埃才卑贱低劣，我们就不卑贱吗？大地女神（Vasundhara）啊！你的名字“承受一切者”[①]是准确的。

好的，母亲[②]啊！请告诉我，是谁给你取了“Vasundhara”[③]这个名字？这名字是过去那个时候的。这是毗耶娑（Vyas）、蚁垤、帕尼尼（Panini）、噶迪亚耶恩（Katyayan）等[④]的后裔给起的。你知道你的那些子孙们多么崇敬、多么赞美、多么虔诚地呼唤着你呀！

巴布·苟巴勒拉姆（格赫穆尔居民）在创作长篇小说之余也经常为报刊写文章和散文。他的文章和散文的语言非常活泼、有趣、有味道、成熟。树立非同寻常的形象是他散文的特点。他引领着读者从展现某件罕见事物顶级景象的这种奇异的令人惊讶的画面之间穿行，让他们享受看马戏般的快乐。现从他的《财富与成就》（*Riddhi Aur Siddhi*）中摘录部分内容如下：

钱财或者财富是阿拉乌丁之灯。手里有了它，就要啥有啥。一旦成为财富的主人，即便是再愚蠢的人，大学也会授予你D.L.学位，还把你看成自己这里的福气。……走在田间沟渠上的舞蹈者手里拿把笛子跑着大声喊着“钱呀，钱！钱呀，钱！”世界上所有的人都像那个舞者。我以自己的慧眼看着，地球本身也在沿着自己的路线喊着“钱呀，

① “承受一切者”（Sarvsaha）是大地或地球的一个称号。

② 印度教徒在呼唤女神时经常用“妈”或“母亲”来称呼。

③ “Vasundhara”的意思是“大地”，也可以表示“国家”。

④ 帕尼尼（Panini）印度古代著名梵语语法学家，也译作“波你尼”，著有《帕尼尼语法》。噶迪亚耶恩（Katyayan）为印度古代《家庭经》（Grihyasutr）的作者。

钱！钱呀，钱！”绕着太阳转。由于时间女神和日月轮替，强大的天神现在已经从天堂降临贫苦人家，寻求庇护。他的宝座已被钱财霸占。……钱财是当代的最高梵，没有此等圣物，这宇宙世界都不可能存在。就是这圆形最高神①进了钱箱后操纵着这世界。……为了修行者的利益，经济学中写有崇拜它的方法。……儿童的第一本书上就写着：“未经询问拿别人的东西就叫偷窃。”但公开强行夺取别人财产叫什么，书里没有写。“我认为，这就是行动瑜伽②的方法。”

毋庸赘言，摘录的段落中完全反映了孟加拉语著名作家本吉姆金德尔的风格。

（3）巴布·巴勒穆贡德·古布德——他1865年生于旁遮普省娄赫德格县古尔雅尼村，卒于1907年。他是当时最有经验、最优秀的编辑。他先是两份乌尔都语报刊的编辑，但很快就成了加尔各答著名报刊文摘《孟加拉人》的编辑。后来离开《孟加拉人》，马上就成为《印度之友》的主编。他是位有才而风趣的作家，所以也经常会做些抬杠的事。莫哈维尔·伯勒萨德·德维迪在《娑罗室伐底》（第6卷，第11期）发表了题为《语言与语法》（*Bhasha Aur Vyakaran*）的文章，其中用了Anasthirata（暂时、无常）一词，于是他得到了抬杠的机会，以“阿德马罗摩”③为笔名写了一系列文章对德维迪的用法进行批评，其中夹杂了许多戏谑语。像德维迪这样天性严肃的作

① 这里“圆形最高神”隐喻金钱，即圆形的卢比硬币。

② 行动瑜伽（karmayoga）也有人译作“业瑜伽”。根据印度教教义，行动瑜伽是获得解脱的四种瑜伽修行方式之一，强调的是根据职责采取行动，即便要用暴力也得履行职责，比如《摩诃婆罗多》中阿周那杀死俱卢族的亲人，就是根据黑天的教导履行刹帝利的天职。

③“阿德马罗摩”（Atmaram）意为“瑜伽行者”或“鹦鹉”（民间流行叫法）。其中“阿德马”的意思是“灵魂”、“我”、“小我”。“罗摩”即《罗摩衍那》中的罗摩。

家在准确回应他的批评以外，为应对他幽默的非难，也不得不用笔名“格鲁·阿勒哈伊德”①以《天堂不支撑地狱》为题写了篇非常俏皮的阿勒哈诗。

在编辑报刊时期，他还就不少议题写了许多非常优秀的散文，现已以《古布德散文集》为名结集出版。前面已经介绍过他翻译的《璎珞传》。

古布德先生针对当时的政治环境写了不少风趣的作品，其中《希沃辛普的账目》（*Shivshanbhu Ka Chittha*）非常著名。古布德先生的语言非常流畅、活泼、风趣。无论什么内容，古布德先生的笔都会给它涂上幽默风趣的色彩。先前他就是位优秀的乌尔都语作家，因此他的印地语非常流畅活泼。在风趣幽默的描写下，他表达思想非常绕，只有深入其中才能得到暗示。他的思想与情感似乎总是隐藏在他幽默描写的方法之中，这是他写作的一大特色。现将《希沃辛普的账目》的一小部分摘录于下：

> 这时候他发现，乌云在翻滚，鸮鹰在低飞。心情非常脆弱起来。这边是土酒，那边是乌云——春天的快乐。这时风越来越大了，鸮鹰已经没了踪影。天空一片昏暗，雨点开始降下，伴随着噼噼啪啪的声响。仔细一看，原来是冰雹。冰雹停了以后又下了一会儿雨。土酒已经准备就绪。谢尔马先生喊了声“伯穆婆拉”，然后拿上来一罐酒。就在这同一时刻，在“红色池塘”，总督明托揭开了孟加拉前省督乌德伯尔讷的塑像。在这同一时间，加尔各答发生了这两件重要的大事。区别仅在于，雨点落在希沃辛普·谢尔

①“格鲁·阿勒哈伊德”（Kallu Alhait）中的“格鲁”（kallu）意为“肤色非常黑的”，应该有暗示“黑天”之意，以对应“罗摩”。“阿勒哈伊德”（Alhait）是“唱诵《阿勒哈》诗的人”。

马家门廊顶上，却落在明托的头上或伞上。

喝了酒以后，大王舒舒服服地躺到小床上，沉浸于小憩一会儿的享受之中。……手脚伸展，浑身放松，但思维的骏马却一刻也没闲着。刚才为了避免胳膊被冰雹打伤，他像小鸟一样到处乱跑。微微的醉意中，他的思绪连续不断。肯定总督早就钻进自己寓所，其他达官贵人也都早就各自回家了。那么那只鹞鹰那里去了？希沃辛普在担心着那些鸟儿，但他却不知道，在这遍布着高耸入云的宏伟大厦的大都市里，成千上万不幸的人连一间过夜的草棚都没有。

（4）苟文德纳拉扬·米谢尔——尽管他是印地语老作家，但那时他只为自己表兄色达南德·米谢尔的《精华之海报》（*Sar Sudhanidhi*）撰写时事或文学文章，这些文章都没能以书的形式出版而变身为永久文学。直到第二次繁荣时期，他才将自己散文风格的确定形式全部出版。他的文章风格从他的大会发言和名为《诗人与画家》（Kavi Aur Chitrakar）的文章便可知晓。他关于散文的概念与古人的“散文诗”概念相似。在写作时，他始终关注的是波那和檀丁。但十分清楚的是，梵语散文并未得以发展。波那和檀丁的散文诗是展现庄严之华丽的散文，而非激发思想、拓展语言能力的散文。提高思维方式的散文只在欧洲的语言中得到了很好的有意义的发展。墨守所谓散文诗的成规，不可能发展出有影响力的散文。

苟文德纳拉扬·米谢尔的散文就是编织于复合重现中的词串的堆积。在提出一些思考的地方，也不过是表面上的词藻的华丽。词汇有两种——既有梵语的，也有伯勒杰语诗歌的。这种散文只是娱乐游戏。

帕勒登杜的合作作家往往满足于“uchit”（合适的）、“utpanna”（产生的）、“uchcharit”（说出来的）、“nav”（新的）等形式。但米谢尔先生之类的作家却毫无必要地加上多余的前缀，把这些人们十分熟悉的词也变成“samuchit”（合适的）、“samutpanna”（产生的）、“samuchcharit”（说出来的）、“Abhinav”（新的），使人无法认识。“mriduta”（温柔，慈善）、“kutilata”（弯曲，斜）、“sukarata”（简易，漂亮）、“samipata”（接近，邻近）、“rijuta”（笔直，忠实）等也由于他们这些人的偏好而被“mardav”（温柔，慈善）、“kautilya”（弯曲，斜）、“saukarya”（简易，漂亮）、“samiya”（接近，邻近）、“Arjav”（笔直，忠实）等所替代。[①]

（5）巴布·夏穆松德尔达斯（巴布先生）——从“天城体宣传推广大会”建立之时起，他就一直在写有关印地语、研究诗人和历史的文章。他既是优秀的印地语作家，又是优秀的演说家。他的语言因不含阿拉伯语波斯语外来词的特点而闻名。在把印地语带上现代文明体系之间交流之路方面他做出了很大贡献。

巴布先生做出的一个很大贡献就是为作家提供资料。通过搜集印地语书籍的方法，他为自己写作文学史、诗人传记以及相关文章准备了大量素材。就这样，他分两集编撰了现代印地语新老作家的简要传记《印地语学者宝串》（*Hindi Kovid-ratnamala*）。三本教学用书——《语言学》（*Bhashavijnan*）、《印地语语言与文学》（*Hindi Bhasha Aur Sahitya*）、《文学评论》（*Sahityalochan*）——也是由他所写或编撰。

（6）杰格纳特伯勒萨德·杰杜尔维迪（Jagannathaprasad Chaturvedi）——在写作娱乐消遣作品的作家中，加尔各答的杰格纳特伯勒萨德·杰杜尔维迪的大名也是经常被提到的，但他的作品大多是演讲稿，而不是常规内容的散文。

（7）金德尔特尔·古雷利——他健日王纪元1940年（公元1883

① 这里括号中的注义均为译者所加。

年）八月二十五日出生于一个著名婆罗门学者家庭。他的祖先是从冈格拉县一个叫古雷尔的地方迁移到斋普尔的。潘迪特·金德尔特尔是位伟大的梵语学者，受过英语高等教育。晚年以前他一直是阿杰梅尔的梅瑜学院（Mayo College）[①]的教师。后来到迦尸印度教徒大学东方学院当院长。但时间不长就于公元1920年仙逝了，这是印地语的不幸。他是杰出的婆罗门学者，平易近人又幽默风趣。

就在《娑罗室伐底》创办几个月之后，古雷利先生就以小小年纪在斋普尔亲自主编出版了《批评者》（*Samalochak*）月刊。通过这份刊物，古雷利先生以十分独特的风格进入了文学领域。他文章中的那种严肃又有学问的嬉笑怒骂，其他地方是难得见到的。他的话语总是非常幽默地暗示着许多复杂难以理解的学术内容和故事情节。因为这种捉摸不透，只有具有多方面知识的读者才能享受到他讽刺幽默的乐趣。他的关于语法这种内容枯燥的文章也不乏幽默讥讽。这里从他的《乌龟天性》[②]和《你击中我的要害》[③]摘录部分内容如下：

（1）

《摩奴法论》中说，哪里老师受到谴责或者有不实之词，哪里的好人就应该把耳朵堵起来，或者离开那里。摩奴大王告诉我们两个办法，以避免听不该听的污蔑老师的话。要么捂住耳朵待着，要么夹起尾巴走人。这种情况下，其他国家百分之九十的人会想到的、摩奴没有告诉我们的第三种办法是，脱下鞋子或攥起拳头站出来，往谴责者下

① 该校是一所寄宿学校，由理查德·伯克在任印度总督时所建，以他的爵位梅瑜（Mayo）伯爵命名。

② 乌龟天性（Kachchhua Dharm）在印地语中有“闭关自守”的意思。这里为了体现作者古雷利幽默含蓄的风格特点，按该词本义译作了《乌龟天性》。

③ 这是罗摩的父亲十车王的一句话，被古雷利用作了文章的题目。当十车王的爱妃吉迦伊向他提出要放逐罗摩时，十车王说：“你要我的头颅我都会马上给你，但你别用与罗摩的分离来打击我。”杜勒西达斯在《罗摩功行之湖》里就是用这句话表达十车王的悲叹的。

巴上打，或者打他的脸，让他不要这样放肆。……最早的雅利安人与自己的兄弟阿修罗产生了分歧①。阿修罗想住到阿修利亚②，雅利安想把“七河”③变成“雅利安沃尔德”④。他们在前面走，阿修罗就在后面紧追。毗湿奴为了放置祭火、祭祀器皿和祭火盆而造了三辆车。他的妻子给他车子的轮轴涂了酥油。这支“队伍”甚至带着臼、杵和碾苏摩的石头，越过蒙吉沃德⑤兴都库什山的唯一通道开伯尔山口来到印度河谷地。后面跟着希万、婆拉吉、恩帕里、本帕里、赫斯德、苏赫斯德、格里辛、辛德奋不顾身英勇抵抗。由于遭受重击，最后一辆车断成了两截。但是连跨三大步的毗湿奴⑥头也不回，也没有留恋故土，他把祖祖辈辈生活的家乡留给了兄弟们。兄弟们便在那里忙于燃起祭火向众神献祭。一路上只要停留，就竖起纪念碑。在这河流纵横、瓜果飘香、食粮充沛的黑土地上，这些夜莺开始欢叫。

但他们还是怀念伊朗的葡萄和玫瑰、蒙吉沃德山的苏摩藤。当他们去取的时候，原来的一些乾达婆却来阻止。

---

① 根据古波斯语《阿维斯塔》和印度《梨俱吠陀》的传说，雅利安人是游牧民族，最先迁徙到伊朗，然后其中一部分又向东进入印度河流域。雅利安和阿修罗原本同为雅利安人，应该属于不同的部落。

② 阿修利亚（Asuriya）为阿修罗生活的地方，在阿拉伯人征服波斯人之前波斯人国家之一，在今伊朗境内。

③ 七河（Saptasindhu）是印度《梨俱吠陀》和波斯《阿维斯塔》中提到的名称。关于“七河”包括哪些河以及该地区的范围，学者多有争议，有的甚至列出了包括恒河和阎牟那河等十条河。但多数学者认为，旁遮普地区的五条河（Shatudri-Satalaj，Parusni-Ravi，Asikn-Chinavi，Vitasta-Jhelam，Vipasa-Vyas）应该包括在内。其他两条可以算上印度河和娑罗室伐底河。

④ 雅利安沃尔德（Aryavarta）的意思是“高贵者的领土”或“雅利安人的神圣国土”。关于它的地域范围学者们有争议，但一般来说指北印度，大约为喜马拉雅山以南犍陀罗至温迪亚山脉，孟加拉湾到阿拉伯海。

⑤ 蒙吉沃德（Munjavat）为古印度（现在巴基斯坦）西北部的一座山名。

⑥“连跨三大步”是指毗湿奴三步就可跨过天堂、人间和地狱三界。据传说，魔王伯利夺得三界的统治权，毗湿奴化身为侏儒，向魔王仅要求三步之地，魔王答应了他。毗湿奴迈出两步就跨越了天堂和人间。第三步应该跨过地狱。一种说法是他没有跨第三步，而是把地狱留给了魔王伯利；一种说法是他把脚跨到伯利头上，使他得以统治地狱。

不错，他们中一些人抓了当时的现金大神，同意卖苏摩藤作为交换。那时的货币就是牛。百万富翁、千万富翁，那时叫“百牛者”“千牛者”。这毫厘粪土之子孙千万皓月不为九世祖、十世祖感到羞愧，反而非常敬仰地怀念他们。某些“边民”就像今天专门卖干果的生意人一样也跑到这里来卖苏摩了。有的雅利安人也到边境省买些带回来。为了定价自然少不了一番争吵，一如今天为了菜价会和卖菜女人争论。这边说：我用牛的一部分换你的苏摩吧。那边说：哇！我这苏摩之王要比你那贵多了。这边就夸自己的牛有多好，就像上了年纪的焦贝夸自己肩头上扛着的童年新娘“她可以生儿子还可以生女儿”，说这头牛可以产奶，牛奶可以做成奶油，还可以做酸奶，可以这，可以那。可这喀布尔人哪里会听他的。他有苏摩的“勾魂勺”，他们不买上这些苏摩是不会离开的。价钱从牛的一条腿最后确定为半条牛，于是用一头褐色眼睛的一岁小牛犊买下了苏摩之王。

现在“瓦西格人”定居在那个“五河”①地区了。根据马鸣的比喻，达摩逃跑了，仙人也拿起棍子和饭钵跑了。现在梵转国、梵仙国和雅利安沃尔德大受尊敬。而那旧国——那里一天也不能再待下去。这是很多年以后的事了。在大海对岸的国家，其他宗教已经强大起来。它们烧杀抢掳，甚至做背弃自己宗教的事。于是，我们实行海禁。曾几何时，罗

① 指旁遮普地区。旁遮普（Panjab）的意思就是“五河”，因为有五条河流流经那里。

摩修建了罗摩桥[1]，结束了杀害婆罗门事件的发生。现如今，已经让乘船而去的再生种姓悔过，却还是禁止其文集出版。还是那个“乌龟天性”吗？那就待在护罩之中吧！

一件事存在不足，人们就会想办法去完善它；有痛苦就会想着去消除它。这是天性。世界上可以发现有三种痛苦。为消除痛苦也已开始采取措施，亲眼所见过的措施。对此还不满意，就采取听来的（祖辈流传下来）措施。对此还不满意，数论派便努力（数着木念珠）想办法，佛陀则潜心瑜伽寻找对策。好歹都在寻找办法。乌龟就想，不消灭贼的根源，光打击窃贼有什么用！要斩草就要除根！

而且这是在这样的国家：那里太阳的升起是如此迷人，以致人们对四季赞不绝口，甚至赞到口干舌燥：但愿我们能看它升起一百年，听一百年，说一百年，富裕一百年。

赫耶格利沃或希任雅格契，这两个妖魔都使天神很头疼。[2]谣言传到了天国，因陀罗[3]立即关闭城门，上了门栓，就好像阿墨尔沃蒂[4]闭上了眼睛。这是“乌龟天性”的兄弟“鸵鸟天性”。

（2）

我们这里有个词叫资本。它使我们心想事成，尽管在

---

① “罗摩桥”（Ramsetu）指保克海峡中连接印度泰米尔纳德邦与斯里兰卡岛的一条狭窄地峡，由一连串断断续续的岩礁和沙洲组成。此处海水很浅，有些沙洲甚至露出水面，形同一座桥。一般称为“亚当桥”（Adam's Bridge）。但根据《罗摩衍那》传说，那是罗摩为攻打楞伽城战胜魔王罗婆那而修建的桥，罗摩军队就是通过这个桥攻入楞伽城的，因此印度教徒称其为“罗摩桥”，认为它很神圣。

② 其实赫耶格利沃（Hayagriv）和希任雅格契（Hiranyaksha）并非都是妖魔。赫耶格利沃是毗湿奴的化身之一，为马首人身。因为吠陀经被妖魔掠走，毗湿奴化身为赫耶格利沃，他从妖魔那里为梵天拿回了吠陀经。希任雅格契才是妖魔，他因实行苦行而得梵天所赐恩惠，可以不死，因此他袭扰三界各路神祇。最终大神毗湿奴化身为猪，将其杀死。但在这里作者将两者都说成妖魔，具有幽默味道。

③ 因陀罗（Indra）在吠陀时期被认为是神王。

④ 阿墨尔沃蒂（Amarvati）为天国的都城。

其他事情上我们受了骗，但我们的词还没被骗走。……不仅如此，我们还从中有所收获。

首先我们与阿修罗有关，与亚述人有关。在他们那里，“阿修罗”一词是很体面的。“阿修罗”的意思就是“生命”，就是“强大”。我们的因陀罗也拥有这一称号，尽管后来该词的词义变得不好了。……当我们与波斯人发生了关系，他们给在我们这里的省督授予kshatrap（地区管理者）、kshatravan（地区拥有者）或“Mahakshatrap”（大地区管理者）的称号，以古斯达斯布[①]、维斯达斯布[②]这样分量的格里夏西沃（Krishashva）、夏瓦西沃（Shyavashva）、沃利赫德西沃（Vrihadashva）等名称给仙人和国王命名。与古希腊人（yunani yavan）有了关系，他们献给我们语法的词不是“希腊女人”（yavani），而是希腊人的字体yavanani。与此同时，也给我们带来了黄道十二宫，如白羊宫、金牛宫、双子宫等。古文献作者都只用纯希腊语名字Ar，Tar，Jitum等。彘日[③]（伐罗诃密希罗Varahmihir）的妻子克娜无论是不是希腊女人（yavani），她都崇敬地说：非印度教徒希腊人也因为懂天文知识而像仙人一样受到尊敬。即便吠陀中谈到“有价值的体系”，但古代印度教徒也不是忘恩负义和不尊师道的。……希腊国王的称号Sotar也以Tratar（保卫者）的形式来到我们国王这里。……沙迦人来袭以后，语法学家得到了Shakaparthiv（沙迦国王）一词，还有Shak sanvat

① 古斯达斯布（Gustaspa）为大夏国（即巴克特里亚王国）国王。

② 维斯达斯布（Vistaspa）为大夏国（即巴克特里亚王国）国王。

③ 彘日（Varahmihir）古代音译为“伐罗诃密希罗”，公元6世纪印度著名天文学家和数学家，笈多王朝旃陀罗·笈多二世宫廷“九宝”之一。著有著名的《五大历数全书汇编》（*Pachsiddhantika*），为当时印度天文学成就集大成的著作，11世纪时被阿拉伯学者比鲁尼译成阿拉伯语。

（沙迦纪元）或普通百姓说的Shaka（沙迦纪元）。当匈奴人从乌许河（Vankshu，也叫奥克苏斯河——Oxus）[①]沿岸进攻到这里时。诗人们获得了narangi（橙子）的比喻。

……

按照莎士比亚的说法，凡夺我财产者，都是在偷我的垃圾；但盗我之名者却是在虐待压迫我。在雅利安社会，那是对致命之处无法言说的一击，抓住我们的发辫使我们低头。外来者倒是什么也没得到，但却剥夺了许多很好的词。

因此说，“你击中我的要害了”。这些好东西就这样被无可指责地拿走了，还是一直生意兴隆的这家老店倒闭了？

我们不说自己是Arya（雅利安），却说是Hindu（印度教徒）。……还不止这些，namaste（你好）[②]这一吠陀语句也已经丢失了，无论是说jay Ramji（罗摩胜利）还是说Jay Shrikrishna（黑天胜利）都行，就是千万别说namaste。Aum（唵）[③]是非常吉祥的词，据说，最初它是从梵天的喉咙爆发出来的。

就在这第二次繁荣时期，我们要提到两位作家的名字，他们的作品虽少，但在他们的作品中可以发现一种新的语言形式和当今世界思潮中的全新表达。

（1）阿提亚伯格·布尔讷辛赫——《娑罗室伐底》的老读者中

① 阿姆河（Amu Darya）为中亚最大河流，即古希腊人所称的乌许斯河（Oxus），来源于粟特语对河神的称呼。希腊语的Oxus汉代音译为妫水，唐代音译为乌浒河。《史记》《汉书》均作妫水；《北史》作乌许水；《隋书》《旧唐书》《新唐书》作乌浒水。阿拉伯语和波斯语叫质浑河（Jayhūn），《大唐西域记》则记为“缚刍水”。

② namaste（你好）现在已经是印度人日常见面时的问候语，相当于How are you 或How do you do。

③ Aum（唵）也写作Om，也叫Aunkar，是印度教的神秘咒诀，由a、u和m三个音组成，分别代表梵天、毗湿奴和湿婆以及三界（天堂、人间和地狱）。

很多人肯定会记得阿提亚伯格·布尔讷辛赫的文章。他在该刊上也就发表过三四篇散文，有一种以独特方式将思想和情感相结合的风格。他的隐喻在印地语文学中是全新的东西。可以在“隐喻”中看到他语言的飘逸和感染力。他将语言和情感的新的非凡力量呈现在人们面前。欧洲生活领域不平静引起的精神的、农民工人感情的浪花在他的作品中得以充分发挥。他的散文只能属于情感类，尽管其深处明显流露出些微意识形态。我们所能见到的他的散文有三篇，即《行为文明》（*Acharan ki Sabhyata*）、《报酬与爱》（*Mazaduri Aur Prem*）和《真正的勇敢》（*Schchi Virta*）。这里摘录他的部分散文片段：

行为文明

西方知识只使人类受益。如果欧洲人不是如此卑鄙地聚敛钱财和黄金，欧洲绝对不会得到今天人类给它戴的知识花环和外来文明核心精神文化的王冠。如果整个东方世界付出自己力所不及的贡献，帮助其丰功伟绩又有什么不好？一方面，欧洲生活的一部分似乎已经习以为常——看起来非常卑鄙，充满怯懦；另一方面，在欧洲生活的另一部分，知识与科学的太阳光芒四射，如此伟大，以致人们肯定会很快就忘记它的前一部分。……只有行为文明的这个国家是独特的。这里既没有肢体冲突，也没有精神冲突和心理冲突。……当先知穆罕默德击败婆罗门，使他的无言行为一钱不值时，所有穆斯林都惊讶了，在异教徒中虔诚的穆斯林是多么的神秘。当湿婆亲手将耶稣的词汇扔在一边，将他的灵魂暴露在光天化日之下，印度教徒感到惊讶，揭露别人或自我暴露，他们的湿婆到底是什么样的湿婆啊。

报酬与爱

只要神父、毛拉、潘迪特和出家修行者不带上犁、锄和镰刀到生活的丛林中劳作，他们的心和智就将无休止地进行肮脏的精神赌博。他们的思维是陈腐的，他们的书是陈腐的，他们的信仰是陈腐的，他们的胡大也陈腐了。

（2）巴布·古拉伯拉耶（Babu Gulabray）——此类的另一位作家就是巴布·古拉伯拉耶M.A.L.L.B.①。思想性和情感性两种散文他都写了一些，比如《有关责任义务的疾病、诊断与治疗》（*Kartavya Sambandhi Rog*，*Nidan aur chikitma*）、《社会与履行义务》（*Samaj Aur Kartavyapalan*）、《为什么再次失望》（*Phir Nirasha kyon*）。《为什么再次失望》是一本薄册子，书中有好几篇内容短小的散文。其中有一篇《丑陋》（*Kurupata*），现就从这篇中摘录部分如下：

崇尚美是无可厚非的，但与此同时丑就应该受到仇恨或谴责吗？不！美的存在就是依赖于丑的。美的东西对自己的美无论多么自信，但正因为有不美的东西存在，它才称之为美的。在盲人中聋子就被认为是最优秀的。

……

在存在的大海里两者都有其地位。两者是相辅相存的，是互相转化的。那么，丑为什么就成为憎恨的对象了呢？只有当我们把自己的灵魂变得狭隘时才会憎恨表面不好看的事物。对美的事物也是由于这个原因我们才说，我们从中看到了自己的理想。灵魂开阔豁达以后，美与非美两者

① M.A.L.L.B.应该是“文学硕士+法学学士”学位。印度的法学院会开设文学硕士+法学学士学位的课程。学生通过这样的课程便可以拿到M.A.L.L.B.（文学硕士+法学学士）的学位。

变得同样可爱。任何母亲都不会说自己的孩子丑，其原因就在于，她在孩子身上看到的是自己。当在我们的世界看到的是我们自己，那么我们就会觉得丑也是美。

关于散文的内容就到此为止。遗憾的是，用简洁文体写这种思想性散文的、其语言非常文雅又意义紧凑的作家还不多。

文学批评

批评的目的在我们这里一直就被认为是对优缺点的分析。梵语文学中传统的批评方式是，当某位学者或文学批评者写新著时，他就把自己认为最优秀的诗作作为味和庄严的例子引用，把认为粗的作品作为诗病的例子引用。然后，谁要是不赞成他的意见，就从那些例诗中被认为好的作品中挑毛病，为那些被认为不好的诗作的诗病说好话。[①]此外，评论的第二个目的——也就是指明诗人的各种特点——人们在赞美诗人时说一两句做成诗的警句，以示满意。

为展示某位诗人或作品的德和病或细微特点，再另写一书阐释不是我们这里的传统，这在欧洲比较流行。在那里文学批评已经脱离诗学研究而自成一体。只揭示德和病的文章或著作没热多久，但揭示诗人特色、深入其思想探索其内心的著作在常规文学中已经获得一席之地。当然，这种著作中也包含对德病的阐述。文学批评有两种主要方法——论断法批评（judicial method）和阐释归纳法批评

---

①《文学之镜》（*Sahityadarpan*）作者在艳情味的范例中引用了shunya vasagrih vilokya这颂诗，《味海》（*Rasgangadhar*）作者在该颂中指出了诸多诗病，而在范例中则用了自己创作的一颂诗。在印地语诗人中，希利博迪则将盖西沃达斯的诗放到了诗病的例子中。——作者原注

译者复注:《文学之镜》的作者是14世纪时的维希沃纳特,《味海》的作者是大学者杰格纳特（1590~1641）。两部著作均是梵语论著。

（inductive criticism）。[①]论断法批评就是对作品的德病进行分析后对其价值作出判断。其中有的地方对作者或诗人进行赞扬，有的地方进行批评。阐释归纳法批评就是将作品中的事件系统条理地呈现在读者面前，以不同的方式对其加以阐释，而不作价值判断。这种批评仅限于诗的内容情节，也就是说热衷于找出其各个部分的特点，进行剖析性阐释。不过，这种阐释性批评中也会考虑许多外在因素，比如社会、政治、教派背景等的影响，这种批评叫做“历史性批评”（historical criticism），其目的在于揭示该作品与其他作品之间的关系以及它在文学传统中的地位。外部方法中也包括：通过对诗人生活轨迹及其性格等的研究，详细考察其内心世界，这叫作“心理批评”（psychological criticism）。除此以外，还有，或者还可以有从哲学、科学等角度进行批评的多种方法。这样，批评的形式就在欧洲得到了发展。

只有论断法批评的传统有点衰落了。根据自己的好恶给诗人分类和排名现在已经被认为是荒谬的。[②]

毋庸赘言，我们的印地语文学中，批评最初只是作为“德”和“病”观察的形式出现的。以文章形式出现是在巴布·赫利希金德尔时期。以文章形式对整部作品进行广泛全面的批评，最初由伯德利纳拉扬·焦特利在自己的《乐云》上开了先河。对拉拉·希利尼瓦斯达斯的《森尤吉达择婿》剧大胆而严厉的批评就发表在该期刊上，其中非常详细准确地揭示了作品存在的问题。但帕勒登杜时期还没有出现一本揭示作家“德”和“病”的著作。第一本此类的著作就

---

① 参见凯利（Gayley）、斯科特（Scott）著《文学批评方法与材料》（*Method and Materials of Literary Criticism—Gayley and Scott*）——作者原注

译者复注：原著注释如此，而且是用印地语字母转写的英语形式。Method and Materials of Literary Criticism的版本不详。Gayley and Scott应该是Charles Mills Gayley和Fred Newton Scott。

② “对作家按名排序的做法已经过时。”请见乔尔·伊莱亚斯·斯平加恩（Joel Elias Spingarn）著《新批评》，1911年。——作者原注。这里也是用印地语字母转写的英语形式。

是莫哈维尔·伯勒萨德·德维迪的《印地语迦梨陀娑批评》（*Hindi Kalidas Alochana*），该书出版于第二次繁荣初期，非常详细地描述了拉拉·悉多罗摩B. A.翻译的戏剧作品中有关语言和情感的问题。这是对译本的批评，所以没能涉及语言缺陷和基本情感。另外，这里面只谈了它的“病”，没有谈它的“德”。

此后，德维迪对一些梵语诗人进行了另一种——也就是特点介绍性——批评。此类作品中主要有《论〈健日王六世传〉①》和《论〈尼阇陀传〉》。其中，有些是对根据潘迪特群体流行的传统所选颂诗优点的喝彩（比如：多好的比喻啊！），有的是各种学者观点的合集。通过这种书，不懂梵语的印地语读者可以得到两类知识：一是某位梵语诗人的诗属于哪种风格；二是专家学者们对此有何见解。德维迪在他的第三部书《迦梨陀娑的任性》（*Kalidas Ki Nirankushata*）中收集了破坏语言和违背语法的现象，这些现象梵语学者们认为都是迦梨陀娑诗里的。这本书哪里是为说印地语的人，简直就是为说梵语的人而写，非常难懂。不管怎么说，这些书应被视为一种努力，试图向某地域的人介绍另一地域普遍发生的事，而非独立的批评。

尽管德维迪针对众多印地语伟大诗人没能写出够得上常规文学一部分的严肃文学批评，但还是对新出作品的语言等进行了真正的批评，为印地语文学做了一件大好事。当时，不规范、不符合语法、毫无章法的语言随处可见，如果不是德维迪站出来，这一传统就不会很快得到抑制。在他的影响下，作者们开始谨慎了，有语言理解能力的都进行了改进。

在创作大型诗人纪事集《米谢尔兄弟趣语》之前，米谢尔兄弟

---

①《健日王六世传》（*Vikramankadevcharit*）是克什米尔诗人维勒亨为健日王六世（Vikramaditya Shashta，1070~1126）所写的传记。但这里的“健日王”不是北印度的健日王，而是南印度遮娄其王朝的健日王。

出版了一本名为《印地语九宝》（*Hindi Navratna*）的批评性著作，其中最新鲜的是："代沃"是印地语最重要的诗人。为了批评，米谢尔兄弟把印地语前辈诗人拉出来做了必要的工作。他们的话能不能算作批评，那倒另当别论。在法式时期已经谈过，印地语中没有像梵语那样对文学理论的研究。印地语法式论著的教条没能形成象征、表达、味等真正形式的整体概念。对于诗歌批评来说，这种概念多么必要，这是不用多说的。除此以外，对于高级的现代风格的批评来说，博学、详细观察的智慧、深刻分析的才能是必不可少的。用"就算我们为他献上一切，他也不会认可（他仍然对我们无动于衷）"之类的句子来表明："杜勒西从来不指责罗摩，但苏尔在几个地方都指责了黑天的行为。"这在文学专家那里会被怎样理解？

对于苏尔达斯说"圣尊真是坏，他对她们何其恶毒！"和"就算我们为他献上一切，他也不会认可（他仍然对我们无动于衷）"之类的句子，就算有人从文学的角度予以一点点关注，他也会认为，黑天实际上并没有被贬低，也没有被说成又黑又丑，忘恩负义。前一句是黑天女伴打趣或开玩笑的话，明显不是责骂。女伴的这一打趣只是欣喜的一种表现形式，它表达了这位女伴对罗陀–黑天的爱意。同样，第二句是充满离愁和焦躁的牧女的话，表达了带有戏谑的娇嗔。这娇嗔在艳情味中就是爱的表达。同理，杜勒西达斯使用了一些谦逊味，因而被说成阿谀奉承者。为了证明代沃比比哈利强，就对比哈利鸡蛋里面挑骨头。你们把sankron当成sankranti[①]（怎么会想到是sankraman，即过渡呢？）的阿伯珀仑谢语形式，认为它是个很不好的词。在格比尔、伽耶西等古代诗人作品中，roz一词作为rulai（哭泣）之意不知出现过多少次，阿格拉及其附近至今仍然在

① sankron意为"演进""转移"。sankranti意为：1. sankraman=过渡；2. 从一个星座到另一星座。

说，但它也被理解为roza（斋戒；斋日）。这种没头没脑的事充斥全书。有人满怀期望这里会有对诗人特点的专门研究，但当打开它时，肯定会失望。

此后，布德穆辛赫·谢尔马出版了一本关于比哈利的优秀的批评性著作，其中很好地揭示一种文学传统，比哈利就是根据这一传统创作了著名的《比哈利百咏》。谢尔马先生展示了比哈利的双行诗与《阿热亚七百首》和《叙事诗七百首》的诗完全吻合，非常聪明地把比哈利置于一个流传不息的文学传统之中。揭示某种一直流传的文学传统也是文学批评的一项重要责任。谢尔马拿比哈利的双行诗与印地语其他诗人类似的诗进行比较，产生了对比批评的兴趣。在这本书中，谢尔马还很大程度上纠正了为抬高代沃而对比哈利进行指责的风气。可能谢尔马在很多地方对比哈利也有点偏袒，但他做这一切都是以一种独特的方式。他的偏袒也具有文学价值。[①]

这里必须指出，谢尔马先生的这部评论也是保守的。这里面没有试图探索比哈利的特点，揭示其内心世界，而这些正是区别他与其他艳情诗人的东西。而探索特点和揭示内心也被认为是现代批评的主要标志。毫无必要的到处谈笑风生和喝彩的集会方式是不合适的。

谢尔马的书引发两个后果，一是出现了“代沃和比哈利谁伟大”的争论，二是追求“比较性批评”的人多了。

以“代沃和比哈利”之争为题问世的第一本书是格里西纳·比哈利·米谢尔的。该书非常优雅地、文明地、感人地对两位伟大诗人的各种作品进行了比较。书中所谈的问题，大多出于文学的考

---

① 请参见《黑蜂歌精要》的前言。——作者原注

译者复注：《黑蜂歌精要》（*Bhramargit Sar*）为拉默金德尔·修格勒主编的一部选集（副主编是维希沃纳特·伯勒萨德·米希尔），为“天城体宣传推广大会”出版的系列著作之一。这里所说的《黑蜂歌》原著为苏尔的作品。拉默金德尔·修格勒等从《黑蜂歌》精选了400首诗，编成《黑蜂歌精要》。

虑，不是像《九宝》那样随便说说。它在旧的传统文学批评范围内应该有一席之地。与米谢尔兄弟相比，格里希纳比哈利先生更有资格作为文学批评家。为了回应《代沃与比哈利》(Dev Aur Bihari)，拉拉·婆格瓦恩丁先生写了一部名为《比哈利与代沃》(Bihari Aur Dev)的书。他在书中用恰当的语言对米谢尔兄弟粗陋的比较进行了反驳，同时也讨论了格里希纳比哈利先生的观点。好在“谁伟大”这个不太恰当的争论并没有吸引更多的人。

现在来谈谈“比较性批评”问题。鉴于它对人们的吸引力，很多人把“比较”视为批评的最高目标，于是报刊杂志上和其他场合，人们纷纷把各种诗人的作品拿来进行比较。甚至对那些实际上根本不具可比性的作品，有些人也要拉郎配建立起不靠谱的关系，表现出投入“比较性批评”战场的强烈兴趣。这也影响到一些评论家。格里西纳·比哈利·米谢尔所写的《穆迪罗摩作品集》(*Matiramgrantavali*)前言中，超出主题需要的很大一部分内容写的都是关于“比较性批评”，为其他话题只留了很小的余地。

在第二次繁荣期间，尽管“批评”得到了很大发展，但其性质基本上仍然是传统的、保守的。对诗人特点的研究以及对其内心世界探索的高级批评，还是到第三次繁荣时期才开始出现。

第五节　散文体文学的当代发展：第三次繁荣(1918～　)

概述

在第三次繁荣中我们进入了当代，也就是目前正在进行的时期。进入这一时期，印地语散文文学的各个领域都开辟了新的道路，其中有些还残留有外国的里巷路牌。散文文学的这一时期就在我们眼前。由于身处其中，我们或我们的合作者无论说些什么，都是这个时代关于自己的判定。说实在的，正在进行中的当代，距我们还没有远到可以进入历史的范畴。因此，这里我们只能对自己的散文文学各个部分做一简要介绍，以便能够反映其中各种不同的倾向。

首先注意到的就是，作家和编者的数量在日益增加。在这20来年间，印地语文学的阵地充满了勤奋的人们，这使它的各个方面都得到了完善，但同时也出现不少无用的东西。在训练有素并很好掌握了语言、对新旧文学的形式正确对待的许多作家努力下，我们的文学强壮了，成熟了。同时，有些人只看到西方文学的一隅，把欧洲每一件新老事物都说成“现代”的。这些吵吵嚷嚷的人们许多毫无根据的论调也得到了扩散，这是非常愚蠢的。后一种类型的人，把欧洲的社会、政治和文学环境下出现的形形色色的理论拿过来，将其断章取义地翻译引用后，便自认为比我们真正的文学创作者先进了。

这些人虽然没有导致我们真正的文学停滞，但却使之淹没在毫无意义的熙攘喧嚣之中。无论戏剧还是小说，无论散文还是批评，抑或是诗歌形式研究，所有领域都在念着西方的经，其中有些甚至在它们的西方老家都已经听不到了。可笑的是，有些人还大言不惭地用“中世纪的倾向”“经典的”“浪漫的”等词汇来解释“新时代声音”的传播，可他们连英语都不懂，更别说理解这些词的含义了。请看长篇小说领域，一方面普列姆昌德这样的天才小说家把印地语的声誉传遍祖国大地；另一方面，有人对他横加指责，却抱着托尔斯泰“对罪犯不要憎恨而要同情”的理论不放。然后又来了位反对同情理论的，他拿来欧洲共产主义理论以挑起争斗，并且说：“吮吸穷人的血，再把穷人当成罪犯，然后装作伟大而对其表示同情是上层阶级的心理。”他还激动地说：“我们不需要支持这种心理的文学，我们需要的文学是，能使被压迫的穷人心中产生仇恨、反抗和自豪感，使上层阶级的人产生绝望、可耻和内疚感的文学。”

一方面，已故杰辛格尔·普拉萨德通过自己的戏剧清楚地表明，为创作古代历史题材的戏剧，搜集特定时期的史料需要多么庞杂的学习研究，通过这些史实呈现推断出的社会环境的生动细节需要多么精细的构想。另一方面，有些人对这种戏剧采取无视的态度，而对萧伯纳崇拜有加，宣称当今时代是“问题戏剧”时代。是的，通过崇尚科学，当今世界的大部分形态是欧洲建立的，但这并不意味着，时代的整个形态都要由欧洲来建树，我们在生活的所有领域都心安理得地接受其恩赐，装出一副美丽的样子，并一直这样装下去。难道我们独立发展的能力被永久摧垮了吗？

我们的意思不是说不能讨论欧洲文学中发生的事。如果我们要在当今世界找到自己的道路，我们就应该全面了解那里的众多“主义”和“倾向”，而且要了解产生这一切的背景环境。要认真讨论这些主义，全面研究它们，要把对隐藏在其内部的对真理的思索放到我们自己的文学发展中来。但如果从这些主义中今天拿出这个，明天拿出那个，并且说这就是当今世界文学的现状，印地语文学还差得远着呢，那么这就不仅是愚蠢，而且是野蛮了。

现在语言的现状也不令人乐观。许多人还没学会写纯印地语就开始写书，其中严重语法错误就不用说了，有的地方就连简单的句法都弄不清楚。这种情况在其他语言的文学中大概是很难见到的。问题还不仅限于语法错误。由于不了解自己语言的自然形态，有些人把它的形也毁了。他们把英语的词、句子、成语一股脑原封不动地就搬过来，却不去看看，这还是不是印地语。下面的这些摘录会使这一问题更加清楚：

①他的心中一定有一个日德讷占有一席之地的美丽角落。（Unke hriday men avashya hi ek lalit kona hoga，jahan ratan ne sthan pa liya hoga.）（长篇小说《星宫图》）

②他属于那种不让野草在自己脚下哪怕生长一小会儿的人。Vah un logon men se na tha jo ghas ko thori der bhi apane pairon tale ugane dete hon.（长篇小说《星宫图》）

③难道没有可能，提供印度非常自私的一些人们的名单。Kya sanbhav nahin hai ki bharat ke bare bare swartha kuchh logon ki namavali upsthit karen.（《今日》，1938年10月28日）[①]

长篇小说[②]

第三次繁荣时期，我们的长篇小说文学得到了最大的繁荣。携新的发展而来的普列姆昌德所做的一切是我们文学的一座宝库。除了他以外，维西温婆尔纳特·高希格、巴布·布拉达布纳拉扬·希利瓦斯德沃、杰南德尔古马尔这样的社会小说家，还有巴布·沃林达文拉勒·沃尔马这样的历史小说家，都在完美地充实着长篇小说的宝库。在社会小说中，对全国开展的民族与经济运动也有很多反映，对地主的压迫、穷苦农民的惨状都有非常鲜活的刻画。这方面我们要说的只有一点，我们才华横溢的长篇小说家们，不应仅仅按照政党所宣传的去做，而且也要将眼光投向客观现实。他们还应该看到，英国人统治建立以后，靠土地的产出或收入为生的人们（农民和地主）的状况如何，城里就业者或广大民众的状况如何。政府官吏的巨大车轮总是靠农村人才能得以运行，商人阶层总是能够避开它。我们这里，只有土地被当成了政府收入的主要来源。商人阶层之所以能够得到如此关照，是因为要繁荣对外贸易。这样就使商人阶层的状况一直都比较好，而与土地有关的所有阶层都每况愈下——无论是地主，还是农民，抑或工人。

---

① 这三个句子中，第1句中需要用完成时或将来时的地方却用了怀疑语气；第2句中应该用否定句的地方用了肯定句；第3句的从句中没有主语，而且定语次序不对。

② 印地语的小说一般只分长篇和短篇，中篇小说一般也包括在长篇小说中。

在地主中，我们应该以98%的一般地主为目标，而不是2%的大地主。农民和地主一方面深受政府有关地租的政策压榨，另一方面，是让他们忍饥挨饿的城里商人。这些商人为了自己的利益，随意哄抬或压低千辛万苦才收获的农产品的价格。价钱不掌握在农民和地主手里。商人从农民那里以每卢比二十赛尔[①]的价格收购粮食，然后以每卢比七八赛尔售出。在城里甚至工人都可以嚼着槟榔包或抽着土烟看电影，而农村地主和农民都在艰难度日。说这些的意思就是，我们的长篇小说家们应该把眼光投向当前国家生活之中，而不应仅仅按照政党所说行事。文学应该超越政治，永远都不应随政治的指挥棒起舞。

当今世界长篇小说具有很强的威力。社会无论以什么形态出现，它的各个阶层所产生的倾向，文学不仅能够广泛感受到，而且可以根据需要引导对它进行扩大、改良或消除。甚至社会上饮食行为中出现的蹩脚模仿——在大热天也要西装革履参加宴会——小说都有能力嘲笑讽刺它。世界或某个社会群体中，随着时代的变化会出现复杂和值得深思的情况。长篇小说的任务就是把这种情况用可以感受或理解的方式呈现出来，有时还要指明处理它的路径。

长篇小说已经不仅限于当前世界形势。在欧洲，表现日常生活形态不协调和纠纷的长篇小说也已问世，而且还在继续书写。生活中有些事物的价值判断是长期以来就已确立的，比如犯罪和行善，文学也已置身于对它们的评价之中。这样，文学在这方面的目标在提高，所以那些思考和体验日常生活形态的著名诗人也在涉足长篇小说领域。令人深感欣慰的是，在我们的印地语文学中，巴布·婆格沃蒂杰伦·沃尔马也写出了一部非常优秀的此类长篇小说《基德尔蕾卡》(*Chitralekha*)。

---

① 赛尔是印度传统重量单位，一赛尔约等于一千克。

第二次繁荣时期，从孟加拉语翻译的或仿照孟加拉语写出的长篇小说中，一直就有对本国普通民众家庭生活非常感人和真实的描写。普列姆昌德的长篇小说中也可发现中下层家庭生活的真实写照。但也出现了许多这样的长篇小说，它们脱离普通印度人的生活，一味刻画按西方生活方式生活的少数阶层的生平事迹。作品中满篇都是“密斯特”“密斯”“夫人”“酒店”“俱乐部”“会客厅”“网球”“比赛”“电影”“开车兜风”“大学生宿舍的爱情生活”等。是的，随着英语教育的日益传播，这也成为国内现代生活的一个方面，但不是普遍的一面。印度传统生活方式、饮食习惯、习俗基本上仍然在全国人民中保留着。我们认为，无视国内实际社会和家庭生活是不妥的。

到现在为止，我们一直都在讨论社会长篇小说，历史长篇小说很少见到。某种程度上这样也好。只要还没有产生专门分别研究印度历史不同阶段社会状况和文化的作家，没有产生用自己的历史想象构建当时社会细节的作家，还是不染指历史小说为好。第二次繁荣时期所写的或者从孟加拉语翻译的长篇历史小说中，均没有对时空条件的研究。现在如果在某部历史小说中有巴卑尔面前放着水烟袋的情形；笈多时代出现玫瑰色和青绿色沙丽、香水，桌上摆有花瓶，顶上有枝形吊灯，朝廷上有人站到中间演讲并获得掌声，动不动就说“谢谢”“同情”之类的词以及参加公共事业，发现这种种胡言乱语会让人笑掉大牙的。因此，要认认真真脚踏实地。

那么应该怎样写历史小说呢？著名考古学家拉卡勒达斯·温迪欧巴提亚耶[①]通过自己的历史小说《忧伤》（*Karuna*）、《谢香格》

① 拉卡勒达斯·温迪欧巴提亚耶（Rakhaldas wandyopadhyay，1885~1930）也叫拉卡勒达斯·伯纳尔吉（Rakhaldas Banarji），孟加拉人，著名考古学家和历史学家，也是孟加拉语优秀文学家。

（*Shashank*）[1]和《法护》（*Dharmpal*）[2]很好地回答了这个问题。其中前两部已经译成印地语。遗憾的是，没有按这种正确的方法以古代印度教帝国的题材写出原创的印地语长篇小说。不过在戏剧领域，已故杰辛格尔·普拉萨德先生倒是用这种方法写了几部历史剧。我们多次恳请他用这种方式也写写小说，据此，他也已着手写一部描写巽伽时期（华友王布西耶密多罗pushyamitra和火友王阿格尼密多罗Agnimitra时期）的非常迷人的长篇小说[3]，但他没能完成便撒手人寰，这是我们文学的不幸。

当前历史长篇小说领域只有巴布·沃林达文拉勒·沃尔马一人，他以印度中世纪初期本代勒肯德的情况为题材写了两部非常优秀的长篇小说——《贡达尔城堡》[4]（*Garha Kundar*）和《维拉达的伯德米妮》[5]（*Virata ki Padmini*）。《维拉达的伯德米妮》想象的故事非常迷人。

过去小说中有长篇景色描写和大段流畅的情感表达话语的传统，在欧洲这些大都被剔除了，或者说把诗的色彩从小说中剔除了。在那里，这是与戏剧和长篇小说领域的“自然主义”倾向相伴发生的。毫无疑问，这使长篇小说自己的艺术特色显得更加突出。其特点就在于，尽量多表现事件、角色的行为活动和情感，不需要角色喋喋不休地长篇大论。角色的话不在多，只要动人，三言两语就能实现对人内心的影响。就在这第三次繁荣到来之际，普列姆昌德先生携我们印地语长篇小说充分发展和改进后的形态出场了。在第二次繁

---

① 谢香格（Shashank）为7世纪末孟加拉著名国王。

② 法护（Dharmapal）波罗王朝（孟加拉）的第二位国王。他在位40年（770~810），被认为是该王朝最成功的国王。

③ 这就是长篇小说《伊拉沃蒂》（Iravati）。——作者原注

④ 贡达尔城堡位于中央邦迪格穆加尔县，11世纪曾经是居乔迪（Jujhauti）的首府。12世纪，地王焦汉的主要郡国王击败伯尔马尔人王朝的西瓦，占领贡达尔城堡，建立肯加尔国（Khangar）。

⑤《维拉达的伯德米妮》中的维拉达（Virata）是地名。伯德米妮是女主人公的名字，意为“莲花”。所以小说也可译作《维拉达之莲》。

荣时期的长篇小说家那里，角色性格多样化塑造几乎没有。只有在普列姆昌德的一些角色身上开始看到那种典型模式下的个性特征。发现这些特点后多数人都会感到，我们肯定在哪看见过具有这种特点的人物。这种个性特征才是真正的特色，应该把它视为与假特色和当前特色完全不同的特色。

人类天性的个性特征的组织也与自然和法律一样，要遵循一定的方式。所以很多人都可以发现这些特征，尽管他们无法用语言表达。普列姆昌德那样流畅并随角色变化的语言也是前所未见的。

循序揭示内心世界或气质的技巧也可以在普列姆昌德的一些小说中看到，尤其在《贪污》中。总是人为地分成真与假、好与坏来塑造角色的传统做法也在第三次繁荣时期大为减少。但对心理活动无常易变的描写至今仍然很少见到，正因为这种无常，有些情况下人才会做出违背自己性格或天性的行为。

印地语中比长篇小说有更大发展的是短篇小说。已有各种各样的短篇小说问世，表现出丰富多彩的特点。毫无疑问，长篇小说和短篇小说两种形式都是我们从西方学来的。这两种形式也很美。我们认为，我们学习的应该仅限于形式。我们似乎没有任何必要全盘接受西方从各种不同角度所做的分类和提出的各种有关理论。我们印地语文学中，长篇小说和短篇小说已经得到如此多样化的发展，我们可以确立一些自己独立的理论，可以用自己的方法对其进行分级分类了。现在举例说明其必要性。根据英语大多数书本中所提供的短篇小说范例和理论，短篇小说中没有性格或生平的余地。但是，普列姆昌德有一篇短篇小说《大哥先生》(*Bare Bhai Sahab*)，除了生平描述什么都没有。在收入这篇小说的集子的前言中，普列姆昌德把短篇小说的发展说成是非常重要的技巧。在厚薄不一的众多短篇小说集中，总要从英语书拿来点理论作为前言塞进去。看到这种情况我感到很难过，尤其当那些理论中提到的几篇优秀作品就在该集中时。

从长篇小说和戏剧中把诗性成分剥离的倾向在欧洲是怎样发生的？景色描写、大胆的情感表达、庄严的奇迹等是怎样被剔除的？前面已经谈过。据此，我们的长篇小说结构上也有了变化。章节开头部分的大段诗性景色描写过去是司空见惯的，现在少多了。人物话语方式也更加自然，更加符合实际生活。使长篇小说向诗靠近的旧模式还没有彻底抛弃。为什么要抛弃呢？它隐含着我们印度故事性散文（如《迦丹波利》和《戒日王传》）形式的传统。欧洲愿意抛弃，就让它抛弃好了。我们没有必要什么事都跟在它后面亦步亦趋。现在应该抛弃这种习惯了：在哪儿读到哈代的长篇小说，看到其中的忧伤或“悲观主义”，就马上说“印地语长篇小说要达到这个程度还早着呢”。我们也应该了解佛陀的悲观主义是如何经叔本华传到哈代那里的。

欧洲之所以努力将诗性成分从戏剧和长篇小说中剔除，是有其原因的。当法国和意大利艺术家们把诗也和花饰绘制一样说成是脱离生活时，只以生活为题材的戏剧和长篇小说自然就被认为要与诗分开。但这种强行分离的基础除了草率以外别无它因。以世界和生活为题材的自然诗在继续前行，长篇小说也在前行。一个以描写和情感表达为主，另一个则以通过事件发展创造各种状况为主。长篇小说不知创造了多少能为诗篇打开天然道路的环境。

长篇小说和短篇小说的两种类型非常明显，即社会的和历史的。根据形式主要分为三个类别——故事型的、自传型的和书信型的，其中大多数是第一种，第二种也比较多，比如《心中之火》（*Dil Ki Ag*，G.P.希利瓦斯德沃），第三种在印地语中很少见，比如《几位美女信札》（*Chand Hasinon Ke Khatut*），这一种也不那么生动活泼。

根据故事情节的性质和目的，我们认为印地语当代长篇小说有如下一些类型：

①以事件奇异性为主的，或者说目的仅在于引起好奇的，如侦探小说和展示科学发明奇迹的小说。这一类中文学的性质非常少，仅有的文学成分是为了激起人们的惊异和好奇心。

②以展示人类各种相互关系的感人性为主要目的的，比如普列姆昌德的《服务院》(*Sevasadan*)、《妮尔摩拉》[1]（*Nirmala*)、《戈丹》[2](*Godan*)，希利·维西温婆尔纳特·高希格的《母亲》(*Man*)、《女乞丐》(*Bhikharini*)，希利·布拉达布纳拉扬·希利瓦斯德沃的《离别》(*Vida*)、《发展》(*Vikas*)、《胜利》，杰杜尔森·夏斯德利的《心中之渴》(*Hriday Ki Pyas*)。

③描写社会各阶层之间的地位与相互关系以及他们天性的，比如普列姆昌德的《舞台》(*Rangabhumi*)、《圣洁的土地》(*Karmabhumi*)、普拉萨德的《骨骼》(*Kankal*)、《蝴蝶》(*Titali*)。

④刻画内心世界或性格多样性及其发展历程的，比如普列姆昌德的《贪污》[3]、杰南德尔古马尔的《禁欲之地》(*Tapobhumi*)、《苏妮达》(*Sunita*)。

⑤着重关注各种姓及各宗教信徒之间广泛人道主义关系的，比如拉贾·拉缇噶日蒙伯勒萨德·辛赫的《罗摩与真主》(*Ram Rahim*)。

⑥揭露和描写坑蒙拐骗等社会阴暗面的，比如邦代·贝金·谢尔马·"乌格尔"的《德里的代理商》(*Dilli ka Dalal*)、《政府就在你眼里》(*Sarkar Tumhari Ankhon men*)、《布图阿的女儿》(*Budhua Ki Beti*)。

⑦综合描写国内外迷人的大自然景色的，比如已故金迪伯勒萨德·"赫利德耶希"先生的《吉祥的清晨》(*Mangal Prabhat*)。

---

① "妮尔摩拉"为音译，过去一般译作"妮摩拉"，但"妮尔摩拉"更符合原文的发音。

② "戈丹"为音译，现在也有意译为"献牛"的。

③《贪污》(Gaban)的原作名为《贪污》，但中文译本译作《一串项链》。

同样也可以经过研究和思考从其他视角进行分类。全国如火如荼进行的政治和社会改良运动，也在许多小说中有所反映。天才的小说家们非常巧妙地将它们糅入了其他事件之中。普列姆昌德的长篇和短篇小说中也经常发现此类运动的反映。但其中，在政治解放和社会改良的目的明确的地方，小说家的身份也是隐蔽的，更突显的是宣传家的形象。

短篇小说

如前所述，我们这里短篇小说发展得更加显著，更加广泛，而且得到当代诗人的充分参与。它们如此多姿多彩地呈现在我们面前，以致西方的理论和框架已经无法涵盖它们。不是所有短篇小说都受规模长短的限制，也不是都有个性发展的余地。直觉和心理的理论有时也不太适用。反而我们会发现动人心弦的环境条件的统一性，其中包括多种情感的配合。这些情感将使整个环境变得非常激动人心。对于金迪伯勒萨德·"赫利德耶希"先生的《雯玛蒂妮》（*Unmadini*）结尾时所形成的环境条件，布伦的激情、绍达米妮的舔犊之情和噶拉辛格尔的麻木不仁都是有所贡献的。以某种激动人心的环境为目标展开的短篇小说中，总是会有声有色地描绘各种环境，包括外在自然的各种形态，事件和对白则很少。"赫利德耶希"先生的短篇小说大致都是此类的。《雯玛蒂妮》中的现象是不合常规的。《和平乡》（*Shantiniketan*）中事件和对话两者都没有。这也是短篇小说的一种类型，我们必须承认这一点。这里没有模仿西方的模子，没有就没有，那又怎么样！

情节安排的方法上也更加多样化。事件中时间的先后顺序经常倒置，以致理解起来需要一番琢磨。短篇小说中流行用1、2、3等数字来分章节，而非用"章"或"节"来分。在一个连续事件中间有时候会留下一点空间，突然插进一段以前的情景，将其摆到读者面前。有时在连续事件中间还会戏剧般地出现一小段环境画面。这种画面中，周围听到的各种声音的混合体也被呈现在面前，比如大街上的嘈杂——

> 来来往往的机动车、大马车和小马车的混合声。鸣叫着的汽车的悦耳的喇叭声。……躲开，躲开，老兄！……让一下，让一下，先生！……啊，迪瓦利先生，您好！……让开，老……兄！……向您致敬，警长先生。
>
> （摘自婆格沃德伯勒萨迪·瓦杰巴伊的《荷塘》中名为《小偷》的短篇小说）

总体而言，印地语的短篇小说似乎都是按照以下方式展开的：

①朴素地只将一些非常有表现力的事件和对话呈现在读者面前，然后以某种深刻的感受或心理很快地结束。已故古雷利先生的著名小说《她说过》就是非常好的例子。潘迪特·婆格沃迪伯勒萨德·瓦杰巴伊的《瞌睡病》（*Nindiya lagi*）和《铅笔素描》（*Pensil Skech*）也是此类短篇小说。这类短篇小说中，作者不是极力通过自己的描写和阐述使读者了解环境的迷人，而是把对它的体验留给读者。

②对环境进行绘声绘色的、激动人心的——有时迷人的、庄严的描写和阐释，与此同时，小说以缓慢柔美的速度发展，在一种感人的环境下结束，比如已故金迪伯勒萨德·"赫利德耶希"先生的《雯玛蒂妮》和《和平乡》。此类短篇小说中，环境描写往往也包括对自然的描写。

③短篇小说以介于上述两种之间的方法展开，其中作者不完全依赖于对事件的表达和读者的体验，自己也做必要的阐释，比如普列姆昌德的短篇小说。维西温婆尔纳特·谢尔马·"高希格"、杰纳

尔登伯拉萨德·恰·“德维吉”（Janardanprasad Jha “Dvij”）等作家的短篇小说大多数都是这样的。

④小说在事件与对白中以复杂的譬喻和迷人的想象相结合展开，比如普拉萨德先生和拉耶格里希纳达斯先生的短篇小说。

⑤建立某种事实象征的象征小说，比如邦代·贝金·谢尔马·“乌格尔”的《螟蛾》（*Bhunga*）。

从总体情节形态的角度也可以分为很多类型，其中主要有：

①普通的，即展现某种生活形态的感人之处的作品。大多数短篇小说都属于此类。

②展现不同阶层的本能的，比如普列姆昌德的《棋友》（*Shataraj Ke Khirari*）和希利·里瑟婆杰伦·耆那（*Shri Rishabhacharan Jain*）的《施舍》（*Dan*）。

③凭借某种迷人的或动人的情节想象展现某个历史时代片段的作品，比如拉耶格里希纳达斯的《格胡拉》（*Gahula*）和杰辛格尔·普拉萨德的《天灯》（*Akashdip*）。

④表现深受社会经济制度折磨的普通百姓悲惨境遇的作品，比如婆格沃迪伯勒萨德·瓦杰巴伊的《瞌睡病》、《心跳》（*Hriday Ki Gati*）和杰南德尔古马尔的《人各有命》（*Apana Apana Bhagya*）。

⑤塑造参与政治运动的年轻人爱国、奉献、勇敢和无我生活形象的作品，比如邦代·贝金·谢尔马·“乌格尔”的《他的母亲》（*Uski Man*）。

⑥揭露社会各领域以宗教、社会改革、做生意、政府工作、新文化等为幌子进行诈骗犯罪行为的作品，比如“乌格尔”的短篇小说。“乌格尔”的语言非常独特、活泼、俏皮，具有多样性。这样的语言只有他的长篇小说和《月光》之类的短篇小说中才能见到。

⑦揭示某种文明或文化体系发展初期形态的作品，比如拉耶格里希纳达斯的《后宫的缘起》（*Antahpur Ka Aranbha*）、希利孟

德·瑟蒙德的《茉莉花蕾》（*Chambeli Ki Kali*）和杰南德尔古马尔的《大力士》（*Bahubali*）。

⑧以某个传说的或历史的片段中非常感人或迷人的事件为中心的作品，比如：希利宾杜·伯勒赫穆加利和希利孟德·瑟蒙德（潘迪特·巴勒格拉姆·维纳耶格）的短篇小说。

这些短篇小说都发表在名为《开场白》（*Kathamukhi*）的月刊（1920~1921，阿逾陀）上。其中有《林中姐妹》（*Vanbhagini*）、《津贴》（*Kritika*）、《昴星团》[1]（*Krittika*）、《黑尔米亚与巴胡曼》（*Heramya Aur Bahuman*）、《金光》（*Kanakprabha*）、《白岛的鹦鹉学什么》（*Shvetadvip Ka Tot Kya Parhata Tha*）、《茉莉花蕾》（*Chambeli Ki Kali*）。有些短篇小说中，展示了在亚洲各地（伊朗、土耳其斯坦、亚美尼亚、中国、苏门答腊、爪哇等）印度文化的影响和传播情况，比如《黑尔米亚与巴胡曼》。这类短篇小说中，对各国古代文化的研究肯定有不当之处，比如《黑尔米亚与巴胡曼》中关于雅利安人和波斯人、闪米特人和阿拉伯人的混乱。

杰辛格尔·普拉萨德的《天灯》中也有印度文化及其影响在亚洲各地的反映。

⑨通过风趣幽默手段消遣的作品，比如G. P.希利瓦斯德沃、阿讷布尔纳南德（Annapurnanand）和冈达纳特·邦代·“君杰吉”（Kantanatha Pandey “Chonchaji”）的短篇小说。

这类短篇小说在印地语中没有得到很好的发展。阿讷布尔纳南德的幽默非常有趣。“君杰吉”的短篇小说尽管比较夸张，但把人的天性展现出来了。G. P.希利瓦斯德沃的短篇小说中，优雅有味道的幽默并不多。能把社会现实生活中的丑陋面或某个阶层的不良特性变成笑料呈现出来的还非常少。

---

① 昴星团（Pleiades，简称M45）是疏散星团之一，是印度二十七宿的第三宿。

必须指出的是，优雅有味道的幽默在西方得到了很好的发展，而在我们这里还没有看到这样的发展。但我们在梵语戏剧和一些零星诗歌中可以看到，那里滑稽幽默的形式非常恰当，适合文学而且很科学。梵语戏剧中幽默滑稽的对象是作为丑角的贪吃的婆罗门，而诗歌中则是湿婆这样任性的天神以及他们的家人和社会。有时臭虫之类卑贱的生物也会出现。印地语中除了这些以外，齐啬鬼也是受到特殊关照的对象。但我们从利用所有这些对象的方式可以发现，味论理论得到非常严格的遵守。在各种味中，滑稽味的形式和地位如果能得到一直关注，那么非常优秀和高级的幽默感肯定会在我们的文学中产生。

滑稽幽默的对象能够引发戏谑嘲讽自不必说，但其他各种情感也会相伴而至，比如爱、恨、敌意、轻蔑、冷淡。前面我们所提到的印度滑稽幽默的对象都是以特定的方式呈现的，不至于使人们对其产生敌意或憎恨，只会产生一种爱。这一方法是符合我们的味论理论的。常情中有一半是幸福的，一半是痛苦的。滑稽是快乐的情味。处于同一依托，对同一对象不可能同时存在快乐和痛苦两种情味。滑稽味中，是不需要作为依托的角色的，听者和读者就是依托。因此，从味的角度来看，滑稽味中不存在名为敌意和恨的痛苦情感的余地。可能伴随滑稽幽默的其他情感，只能以不定情的形式出现。存在敌意和憎恨情感的地方，不以幽默感为主导，那就是诽谤或谴责。那里根本不会有真正形式的幽默感，只能把幽默视为敌意的暗示或者它的遮盖物。

在我们的味论体系中不言自明的事，到了欧洲则以现代理论的形式被说成："能够使人对对象产生一种爱的情感或感到他可爱的，就是优秀的幽默。"如果只是这样说，那还是很有道理的。但在欧洲，那些急于成为新理论创造者的人们哪里会自甘寂寞？他们进一步提高现代"人道主义"或"泛爱主义"的声音说，"优秀的幽默"

就是能够对对象产生同情或怜悯的幽默。不用说，这洒红节和斋月是十分牵强的、不科学的、违背味论的。同情或怜悯是痛苦的情感，而幽默感是快乐的情感。这两者同时存在，简直是异想天开。如果在同一个受体上与幽默感同时存在另一种情感的话，那只能是爱或虔诚。对辛格尔（湿婆）大神的疯狂的描写多么地虔诚风趣，他是被怎样塑造的，这一切在我们的《湿婆的牲口圈里就像发生了战斗》[①]（*Rari si machi hai tripurari ke tabela men*）中都能发现。

滑稽幽默的形式是在正确的理论基础上确立的，尽管如此，至今它在我们的文学中还没有得到广泛发展，没能从生活的多领域选取对象，比如从政治、文学、宗教、商业等领域。

戏剧

尽管我们国家也和其他国家一样，与长篇小说和短篇小说相比，戏剧的创作很少，但我们的戏剧文学已经走到了前面。戏剧的外在形式已经有了多种，各部分的安排和容量也多样化了。欧洲当前戏剧所体现的结构方面的特点，在印地语戏剧中也可以看到，比如在每幕的开始或中间，也对时间、地点、角色形象、服装都有详细的描述。独白也已开始流行。现在角色的台词也不是很长，句子也不是很长。这种情况在赛特·荀文德达斯先生和勒格其密纳拉扬·米谢尔的戏剧作品中可以看到。考虑到剧场演出中有两次休息，我们这里也明显倾向于设置三幕。有少数人看到英语中只有一幕的现代剧，便按照这种方式写一两部独幕剧，并将其称为新事物。殊不知我们这里早就有许多只有一幕的梵语短剧。

显然，从当代之初我们的印地语戏剧结构就学习孟加拉语，开

---

① 湿婆神一家四口，湿婆和妻子雪山女神及其长子格内希（像头神）、次子室健陀。他们每人都有自己的坐骑，平时都在一个圈里。它们也经常发生纠纷，争风吃醋。这一切都靠湿婆最终搞定。

始西化。囊迪、蒙格拉杰伦[①]和开场白开始被取消。帕勒登杜在自己的《蓝色的女神》和《节妇的声威》中就没有写开场白。不过在开始部分写了颂歌或颂词。在帕勒登杜之后，连这也被逐渐取消了。从帕勒登杜时期就开始按照英语方式记幕次和场次。幕与幕之间场地或场景的变换称为换场，两个换场之间为一场（Drishya），有时也称为Garbhank，尽管在我们的戏剧理论中Garbhank还另有其义。普拉萨德先生在《室健陀笈多》[②]等剧本中放弃了“场”（英语词scene的翻译）这个词，在换场地和换场景的地方没有用任何名称。就这样，现在起“过场”[③]和“穿插”[④]作用的场景还有，但这些名称已经消失了。与序幕一起“揭幕”“入场”等安排也都没有了。但过去这些手段并不都是矫揉造作之举。有一点做得还是很好的：旧戏剧中总是有个叫做宫廷小丑的多余角色，现在则只用与故事进展有关的角色，取代他插科打诨的功能。在现代戏剧中，普拉萨德《室健陀笈多》的穆德格勒就是这样一个角色，他可以被认为是旧小丑的代替者。

在印度文学理论中，戏剧也是被归属于诗的。因此，它的目标也是将特定性格的角色放到不同的环境中，通过他的言行向观众灌输情味。角色的勇敢高尚等是有固定的模型的，展现在人们面前的角色都是由这些模型塑造的。这些模型之外，个性的多样化没有得到很好的展示。在欧洲，个性的多样性展现逐渐受到了重视，甚至对一部戏剧只热衷于讨论其情节和个性。那里依然存在的诗性，在我们这里也因自然主义的宣传而被说成虚假的情感冲动，逐渐被排

---

① 囊迪（Nandi）是印度古典戏剧演出前大声唱或读的祝福性颂诗；蒙格拉杰伦（Mangalacharan）是做事前诵读的、书的开始部分写的祝福词，预祝事情或写作成功。

② 室健陀笈多（Skandgupta）为3~5世纪时笈多王朝国王（公元455~467年在位）。

③ “过场”（Vishkambhak）是指印地语戏剧中每一幕开始时的一段，这时候由一些演员简介上一幕剧情和下一幕主要情节。

④ “穿插”（Praveshak）指印地语戏剧中两幕之间插入的说明性片段，向观众简单提示演过的和将要演的剧情。

除。看到我们的“普拉萨德”和“布雷米”这样的天才戏剧家没有模仿上述倾向，而是把味和个性多样化完美结合，我感到非常欣慰。《室健陀笈多》中一方面有代沃赛纳和瑟尔沃纳格这样有复杂个性的角色，另一方面也有纯真爱情、战斗激情、热爱祖国等情感的动人表达。在我们已有框架下为多样化个性开辟道路没有错，但没有必要与此同时把丰富的情感也丢掉。

看来，印地语戏剧独立发展的正确道路就是，坚持其根本的印度目标，但为了推广其形式，也要研究其他国家的方法，将其中一些东西灵巧地结合起来。如今，我们不能再把自己戏剧理论的复杂方法原封不动地拿来使用，但它的许多形式我们还是可以用到自己戏剧中的，以使它们能够继续成为印度传统的代表。长剧和短剧的许多分类中，有些我们今天仍然可以用。对它们所赋予的定义，愿意根据现在的兴趣做什么改变，可以做。同样，我们可以从增进表演趣味性的方法——比如“揭幕”“入场”等——中选择一些加以改造，消除地域限制，加以保留。值得欣慰的是，“普拉萨德”和“布雷米”的戏剧作品中我们可以发现这样的例子，比如按照“入场”的方式，一个角色接过另一个角色的话茬上场：

> 瑟尔沃纳格——你看，面前就是黄金的世界。
>
> （拉马上场）
>
> 拉马——蠢货！黄金的楞伽已经成为灰烬。
>
> ——《室健陀笈多》

希利·赫利希格里希纳·“布雷米”的戏剧作品中也有这种例子。请看《崇拜湿婆》（*Shivsadhana*）：

> 吉伽——是的，这是个障碍。

（瑟伊·巴伊领着男孩森帕吉上场）

瑟伊·巴伊——这个障碍也不会再有了，妈！

古代（印度和希腊的）戏剧理论中，有些问题——如死亡、杀戮、战争——的展现是被禁止的。现在这一规定已经被认为没有必要遵守。普拉萨德在戏剧中经常表现死亡和杀戮。在古希腊和古印度，这种禁忌出于不同的原因。在希腊，一个重大原因就是剧场的性质。而在印度，为了避免极度悲痛恐惧或保护高尚的情趣和弃世思想，有些场面是被禁止的。死亡和杀戮因为太恐怖而被禁止，饮食则因违背纯洁情趣而被禁止。剧场里，在狭小空间从远处呼喊会感到不自然和不文明，因而禁止。为了保护印度传统雅趣，今天我们也应该禁止一些行为举止，比如接吻、拥抱等。在火车站站台上接吻和拥抱在欧洲属于文明范畴，但在我们看来则是野蛮的和不文明的。

在这第三次繁荣期间，我们当前的戏剧界有两位戏剧家享有崇高地位，即已故的杰辛格尔·普拉萨德先生和赫利格里希纳·“布雷米”先生。他们两位都非常关注历史。普拉萨德先生把自己的关注范围选在了古代印度教统治时期，而“布雷米”先生则选择了穆斯林时期。普拉萨德的剧作中《室健陀笈多》最为优秀，“布雷米”的剧作中《护身绳节》[①]最著名。

普拉萨德的作品中，除了对古代环境形态的美好情感以外，能为语言增添色彩的图画般的想象虚构和情感的丰富也屡见不鲜。因此，其对白在很多地方不是戏剧性的，而成了现代散文诗的一部分。穿插其间的歌曲既不符合话题，也不符合古代情感惯例，它们就是

① 护身绳节（Rakshabandhan）是印度教传统节日。这一天姐妹要给自己的兄弟手腕上绑护身绳（Raksha Sutra），以保佑兄弟平安；兄弟也发誓永远保护自己的姐妹。护身绳一般为多股棉线或丝线拧成的细绳。

当代诗歌的一个分支——抒情歌词（Lyrics）。在后期的作品中他剔除了这些毛病。《月护王》[①]和《特茹沃斯瓦米尼》都完全摆脱了这些问题。但《月护王》中又出现另一个严重问题，剧中选取了从亚历山大进入印度之前到塞琉古失败的25年漫长时期的故事，在一部剧里不应该有这么长时间跨度的故事。在开场时，作为青年出场的角色，到整个剧结束时仍然以青年的形象出现。这种问题在我们从历史的角度看才会发现，也就是说还属外在的。而事件过于频密的问题就与创作有关了。与各种不同角色相关的众多事件集中出现，导致只有少数人物能够获得个性发展的余地。不过，剧中安排的情节和人物对于具有历史知识的人来说如此吸引人，以致他们没有马上注意到上述缺陷。与《罗刹指环印》[②]相比，该剧有几点尤为突出。首先，剧中月护王不仅仅是享受辛勤努力结果的木偶，在辛勤努力中他完美地尽了自己刹帝利的义务。政策制定工作则由姜格耶[③]来完成。其次，《罗刹指环印》中没有表现出姜格耶的个性——他的内心。机敏、沉着、睿智和符合婆罗门身份的奉献等普遍优点之中，只有抗争的强烈愿望反映了他的内心。但该剧中既抬高了姜格耶努力的目标，也揭示了他的内心。

戏剧的影响力很大程度反映在角色的对白上。赫利格里希纳·“布雷米”先生作品的对白比普拉萨德的更适合主人公。其中既有符合情节的流畅自然的对话，又在全面探寻内心世界的方法方面

---

①《月护王》（*Chandragupta*）为意译，也有人音译作《旃陀罗笈多王》。月护（旃陀罗笈多）是印度孔雀王朝开国君主，古代印度最著名的君王之一。公元前320~前298年在位。其孙为著名的阿育王。

②《罗刹指环印》（*Mudrarakshas*）是公元4世纪创作的梵语历史剧，作者为维夏克德特（Vishakhadatta）。该剧根据旃陀罗笈多与考底利耶的事迹表现了考提利耶的政治成功，与此前的梵语戏剧传统完全不同，作者不是注重情感和想象，而是强调描绘现实的生活斗争。帕勒登杜是第一个用印地语翻译该剧的戏剧家，其后又有不少作家也进行了翻译。

③ 姜格耶（Chanakya）即考底利耶（Kautilya，也译作“考提利耶”），印度古代著名政治家、哲学家，《政事论》作者。曾协助月护王（旃陀罗笈多）推翻难陀王朝，建立孔雀王朝，并任宰相。

有能够表现内心奥秘的独特语言。普拉萨德的剧作中，好多角色都在做同一种精彩迷人的对话。“布雷米”的剧作中就没有这种弊端。

普拉萨德和“布雷米”的剧作虽然都是历史剧，但其中现代理想和情感的反映也随处可见。《室健陀笈多》和《旃陀罗笈多》中始终都闪烁着爱祖国、爱世界和现代精神的色彩。当前的宗教冲突场景我们也可以在《室健陀笈多》中看到。“布雷米”的《希瓦目标》（*Shivasadhana*）中希瓦也说：“我余生的唯一目标就是使印度独立，根除贫困，铲除高低贵贱等级思想和社会宗教的不宽容，进行政治和社会两方面的革命。”我们认为，历史剧中，现代思想或情感表达，应该根据剧情发生年代的语言和思维方式，通过某个角色来完成，而不是通过“革命”这样的词。“布雷米”的《护身绳节》中，美瓦尔的王后格尔穆沃蒂将胡马雍称为兄弟，给他送去护身绳，胡马雍为保护一个印度教国家去反对古吉拉特的穆斯林国王巴哈杜尔夏赫，这剧情本身就传递了印度教徒–穆斯林歧视的终结，再加上胡马雍又反驳了狂热的贵族和阿訇们的话。他所表现出的那种宽容大度，似乎可以为平息当前印度教徒–穆斯林的相互恶意指明道路。同样，普拉萨德名为《特茹沃斯瓦米尼》的短剧讲述了一个受尊敬的王族女子解除婚姻的故事，这也是当今社会运动的一部分。

看够了当前政治的表演后，赛特·荀文德达斯先生又跨入了文学表演领域。他写有三部优秀剧本。在《责任》（*Kartavya*）中，罗摩和黑天的生平事迹分别被安排在前半部和后半部，其目的就是要表现责任发展的两场表演。根据该剧作家的思维，遵守正法是第一个场景，是在该剧前半部通过罗摩完成的。从国家利益的广阔视角看，根据需要违反规则和限制是下一个场景，是在该剧后半部由黑天用自己的行为完成的——比如在杰拉森特①面前落荒而逃。实际

① 杰拉森特（Jarasandha）是《摩诃婆罗多》中摩羯陀国国王，本领高强，能征善战，但也很残暴。他是还是刚沙的岳父，因为黑天杀死了刚沙，他屡次找黑天报仇。

上，前半部和后半部是两部不同的剧，但剧作者巧妙地通过对责任发展的想象在两者间建立了联系。这也是一种技巧。不应把它视为徒劳无益的“荒诞剧”。赛特先生的第二部剧《戒日王》（*Harsha*）是部历史剧，其中主要角色有戒日王、马特沃古布德、谢香格等。这两部剧都十分注意古代的衣饰和建筑艺术。《光》（*Prakash*）中描写了当代社会和政治环境。尽管这三部戏剧的情节设置和对白都没有特殊的吸引力，但其创作还是很合乎情理的。

苟文德沃勒普·本德（Govindvallabh Pant）也是位优秀的剧作家。他的《新郎的花环》（*Varmala*）写得非常巧妙，题材来自《摩根德耶往世书》。美瓦尔有一位名叫波娜的奶妈，剧作家根据她的历史传说创作了《王冠》（*Rajmukut*）。《葡萄的女儿》（*Angur Ki Beti*，波斯语译词）是讲酒的恶果的社会剧。

在也能给文化水平不高的普通人带来娱乐的轻松剧方面，已故伯德利纳特·婆德的《杜尔加沃蒂》《杜勒西达斯》等值得一提。写滑稽味短篇小说的G.P.希利瓦斯德沃，除了用印度斯坦语翻译莫里哀的法国戏剧以外，还写了《巾帼豪杰》（*Mardani Aurat*）、《杂乱无章》（*Garabarajhana*）、《排场》（*Naunkjhaunk*）、《带尾巴的人》（*Dumdar Adami*）等非常短小的笑剧。但这些笑剧没能使那些志趣高雅的人们发笑。《变换》（*Ulatpher*）可以说比其他剧本要好。

勒格其密纳拉扬·米谢尔通过戏剧提出了妇女地位等社会问题，而且试图展示产生于欧洲的“自然主义”的原貌，其中虚假的情感性和动人性被抛在脑后，人与自然以自己真实面目被呈现在世人面前。此类戏剧的目的在于呈现社会的原貌，揭示社会内部因各种不和谐引发的问题，并尽可能提出解决的办法。给民众中发现的一些崇高思想情感的例子涂上想象的虚假色彩，挂上骗人的帘子，激发毫无意义的“丰富情感”，这种做法现在应该停止了。这就是上述“自然主义”追随者的说法。当欧洲出现“艺术”与“美”的呼声，一些艺术家、诗人和作家开始认为，自己有责任从世界的美好面选择材料建立想象的美好世界，然后喝着它的迷魂汤飘飘然时，那里对它做出反应是自然的。在我们这里，因为印地语中“唯美主义”和“艺术主义”的盛行，这种反应也就成为必然了。当某件事物超越一定限度，开始使人厌烦，使人变得冷淡时，在文学界就必须做出反应。欧洲的文学界片面化发展得如此迅猛，以致在任何范围都在不停地出现“主义”，并且继续往下发展。此后不久，便出现对它的反弹，而且走向另一个极端。因此，拿欧洲的某个“主义”来嚷嚷的人应该明白，还有与它相反的“主义”紧随其后呢。

在对立的怒火平息下去以后，作为对立面出现的文学各派便逐渐转而走向了中间道路。一段时间它们似乎还会互相叫阵，随后便以平和的心态走向和谐。“情感丰富”也是生活的一部分。我们不可能把它从任何文学派别完全取消。不过，如果它以病态——像丝虫病一样——发展下去，那就必须阻止它。

新的戏剧形式是勒格其密纳拉扬从欧洲带来的，其中的诗性成分没能进来。他的剧作中既没有图画似的充满情感的长篇大论，也没有诗和歌。实话实说的热情肯定是有的。按照这种方法他创作了好几部剧本，比如《解脱的秘密》（*Mukti Ka Rahasya*）、《朱砂的洒红节》（*Sindur Ki Holi*）、《恶魔的庙宇》（*Rakshas Ka Mandir*）、《半夜》（*Adhi Rat*）。

为了揭示社会的卑鄙、凶残和伪善一面的复杂情景，邦代·贝金·谢尔马·“乌格尔”写了不少短剧和笑剧。《吻》（*Chunban*）和《四个可怜虫》（*Char Bechare*，编辑、教师、改革家、宣传家）就是为此而写的。乌格尔实在不应该毫无意义地去写《圣雄耶稣》（*Mahatma Isa*）这部剧。

在旁遮普，乌代辛格尔·婆德（Udayshinkar Bhatta）文学做得很好，除了写有《达叉始罗》(*Takshashila*)[①]、《满月之夜》(*Raka*)、《心灵的》(*Manasi*)等优秀诗篇以外，还创作了不少往世书传说剧和历史剧。《达赫尔还是信德垮掉》[②](*Dahar ya Sidhpatan*)和《健日王》(*Vikramaditya*)是历史剧。后来他又写了一部名为《格莫拉》(*Kamala*)的社会剧，非常感人地描写了农民运动和社会不平等。他还写了一部独幕剧《一万》(*Das Hazar*)。

婆德先生的艺术全面发展体现在其往世书剧中。在往世书范围内，他找出一些角色。生活的不平等在这些角色周围投下了浓厚的阴影，这种不平也使今天的社会焦躁不安。《恩芭》[③](*Anba*)中，除了被皮湿姆抢走的恩芭转生后的复仇愿望以外，也反映了男女关系的不平等，而这种不平等仍然存在于当今妇女运动的深层。《鱼香女》(*Matsyagandha*)是一部情感剧或诗体剧，剧中反映的生活，看起来非常幸福，但其中不知隐藏多少激情和美好愿望被摧毁的忧伤。《众友》(Vishvamitra)[④]也是一部此类优秀剧作。第四部剧《塞格尔的胜利》(*Sagarvijay*)[⑤]也非常优秀。婆德先生如此得心应手地利用往世书的素材，其他人很少做得到。婆德先生在往世书戏剧创作中的地位，正如普拉萨德和“布雷米”在历史剧创作中的地位。

---

① 达叉始罗（Takshaskila）是古代印度佛教圣地，现在巴基斯坦境内。

② 达赫尔（Dahar）也叫“达希尔”（Dahir），7世纪时信德印度教徒国王。当时在信德的港口附近，海盗抢劫了阿拉伯人的商船，伊拉克的统治者向达赫尔投诉，达赫尔回答称海盗不听他的。于是伊拉克的统治者任命默罕默德·卡西姆为统帅，对信德发动圣战。最后达赫尔战死，信德陷落穆斯林之手。

③ 这里的“恩芭”（Anba）是《摩诃婆罗多》中迦尸国的恩芭公主。恩芭被皮湿姆（天誓）抢走，要把她嫁给奇武王。因恩芭已有意中人，皮湿姆将其放回。她回去后遭意中人拒绝。她又回来要嫁给皮湿姆。皮湿姆因有天誓在先，不能娶她。她又去找持斧罗摩帮忙，持斧罗摩说服皮湿姆不成。她开始修湿婆苦行。湿婆一高兴许诺，恩芭转世后将成皮湿姆被杀死的原因。恩芭转生为束发女郎，后与药叉交换性别，成为男人身形。皮湿姆曾发誓不与女子交战。当阿周那与皮湿姆交战时，选择了束发作为驭手。他躲到束发身后向皮湿姆放箭，终将其杀死。

④ 众友（Vishvamitra）是位著名的仙人。据说他出生于刹帝利家庭，但却具有婆罗门的优点和特性。他由王仙经过艰苦修行最终成了梵仙。

⑤ 塞格尔（Sagar）是阿逾陀著名太阳族王国的贤王。将恒河求到地上的著名国王巴吉拉特（Bhagirath）就是他的后代。

杰格纳特伯勒萨德·“米林德”先生以莫哈拉纳布拉达布从登基到去世的事迹创作了剧本《布拉达布誓言》（*Pratappratijna*）。已故的拉塔格里希纳达斯先生的剧本《布拉达布》则是从曼辛赫的羞辱开始的，这从戏剧的角度来说是非常合适的。在以环境为主方面“米林德”先生的选择也不够好，还有些历史瑕疵。

杰杜尔森·夏斯德利先生写了不少长篇和短篇小说，但也涉足戏剧。他在两部历史剧《永恒的拉陶尔》（*Amar Rathaur*）和《奉献》（*Utsarga*）中无疑展现了自己构建情节的才能，但由于过多的打打杀杀，有些地方历史性打了折扣，有些地方事件的重要性打了折扣。

为了赋予诗人的幻想以可见形式，苏米德拉南登·本德（Sumitranandan Pant）按照英国诗人雪莱（Percy Bysshe Shelley）的风格写了一部诗剧《月色》（Jyotsna）。但雪莱的诗剧（《解放了的普罗米修斯》）是将从神界统治获得解放和世界自由作为主题的，其中的大地、空气等天神都是以自己个体形象出现的，而《月色》最多不过是专注于为了表演而将符合人类幸福感的闪亮朝霞、绽放的花蕾、婉转鸣啼的飞鸟等聚集到人类舞台上。除此以外就是当今的环境下有关一些热门俗世问题的对白。这一切加在一起究竟是什么，真是很难说清。

盖拉西纳特·婆德纳格尔先生的《毗姆的誓言》（*Bhim Pratijna*）对学生来说也是部优秀戏剧。

前面已经提到过独幕剧。已经谈到，最初就是那么一两个人把它作为前所未闻的事物带进印度戏剧的。现在已经有不少优秀印地语诗人和剧作家也写了一些独幕剧，而且以《现代独幕剧》之名结集出版了。集子收录了苏德尔辛的《拉贾普特的失败》（*Rajput Ki Har*）、拉姆古马尔·沃尔马的《十分钟》（*Das Minat)*、普沃内希沃尔的《罢工》（*Straik*）、乌班德尔纳特·阿谢格的《欢迎财富女神》（*LaKshmi Ka Swagat*）、婆格沃蒂杰伦·沃尔马的《最大的礼物》

（*Sab Se BraAdami*），特尔墨布拉噶希·阿南德的《悲惨的》（*Din*）和乌代辛格尔·婆德的《一万》。

一些著名印地语诗人和长篇小说家也涉足戏剧，比如巴巴·迈提利希伦·古布德、维尤吉·赫利、马肯拉勒·杰杜尔维迪、普列姆昌德、维西温婆尔纳特·谢尔马·高希格、苏德尔辛等。但他们的主要成就还是在诗歌和长篇小说领域。

除了原创戏剧以外，有不少梵语古代戏剧也被翻译成了印地语，比如跋娑的《惊梦记》（*Swapnavasavadatta*，瑟德耶吉温译）、《五夜》（*Pancharatra*）、《仲儿》（*Madhyam Vyayog*）、《负轭氏的誓言》（*Pratijna yaugandharayan*，沃勒杰吉温达斯译）、《塑像》（*Pratima*，伯勒代沃·夏斯德利译）和丁纳特（Dinnath）的《茉莉花环》（*Kudmala*，瓦吉希沃尔·威迪亚楞噶尔译）。

婆拉纳特·谢尔马M.A.还翻译了德国诗人歌德（Johann Wolfgang von Goethe）的著名剧作《浮士德》（*Phaust*）。

散文文章

由于印地语文学被列入大学高等教育系统，高水平的散文文章——就是那种具有非同一般的风格和思想，读者感觉是作者精神上辛勤劳动新成果的散文——远远不能满足需求。当前这个阶段，散文仍然处于我们在第二次繁荣时期所见到那种状态。意义的多样化和语言风格都不像小说那样有新的发展。

如果说散文文章以某种形式有什么新作为的话，那就是以诗性散文形式。一些人先是看到孟加拉语的《疯狂的爱》（*Udbhrant Prem*，金德尔谢克尔·穆寇巴特亚耶所创作），便为之倾倒，后来又青睐情感性散文的一些风格。《疯狂的爱》是以一种忧伤的风格所写的作品，这种风格的作品中，为了表明情感的奔放，语言经常会很不连贯或不严谨。有一段时间，报刊上发表了不少以这种风格作为爱的倾诉的叙事作品——如果可以称为叙事作品的话——到处都闪烁着情感丰富的光芒。后来，在杰杜尔森·夏斯德利的散文集《内心深处》（*Antastal*）中，这些散文除表达爱以外还强烈表达了其他各种情感，在以同一种风格持续发展的过程中不时展现出情感的强烈高潮。这样，这些文章的语言就会像河中的流水，既有风平浪静，也有波涛汹涌。这两种形式的散文就好像孟加拉剧院舞台的演说。

后来在罗宾德拉·巴布的影响下，流行一些具有神秘倾向的超自然色彩的情感性散文，这种散文被特别装饰后走上了寓言的道路。梵社就像仿照基督教把特殊的祈祷日定为星期天一样，为了表达虔诚之情也接受了古代基督教的圣人方法。有一个例子可以说明这一点。公元12世纪的下半叶，一位叫圣·伯纳德（St. Bernared）的人成为著名虔诚者，他这样描述了新郎打扮的上帝进入“第三心室”——

> 尽管他多次进入我体内，但我不知道是何时进入的。进入以后我有时可以听到他的脚步声；我也记得他的存在；我有时也会预先感觉到，他要来；但他什么时候进入，什么时候出来，我却从来都不知道。

同样，将那个无形者视为最可爱者，想象出各种与他相会和分离的情景，是这一方法的特点。罗宾德拉·巴布的《吉檀迦利》（Gitanjali）的创作也是靠这种方法。印地语中也有这种作品，其中拉耶格里希纳达斯先生的《修行》（*Sadhana*）、《幼芽》（*Praval*）和《阴影主义》（*Chhayavad*）、维尤吉赫利先生的《感情》（*Bhavana*）和《心声》（*Antarnad*）等值得一提。最近还有彭沃尔拉勒·辛提写的名为《痛苦》（*Vedana*）的作品亦属此类，由印度著名语言学家苏尼迪古马尔·贾杜尔吉亚博士作序。

这成了精神或宗教领域被接受的隐喻情感，它既熟悉又恰当，很少会走上随心所欲的道路。有些以世俗为主题的情感性文章也一直在各报刊发表，其中很少用图解式方法，更多的是难过和痛苦等。

留恋过去各历史阶段的情感在人类的天性中具有特殊地位。人类这种天生的情感我们自己可以感觉的到，还可以发现别人也感觉的到。所以，这是人类内心的正常活动。值得高兴的是，王子勒库维尔辛赫博士①（马尔华的希达穆乌土邦）带着留恋过去的感人的图画式情感出现在印地语文学舞台上。发现面前有莫卧儿皇帝的遗存痕迹，他的思想情感作为一种历史认知，有时全神贯注地流连于莫卧儿帝国时期美妙、豪华和耀眼的景象之中，有时则徜徉于其衰落时期的沮丧、绝望和无奈的境况之中。关于泰姬陵、德里红堡、贾汗吉尔和努尔贾汗的陵墓等，他情感性文章的风格非常感人，而且非常独特。

不得不承认，情感性和诗性散文在散文文学中具有一种特殊的地位。因此，它在该领域的出现和发展当然是件值得高兴的事。但看到它也被强拉进其他需要严肃思想和广阔视野的领域时，我感到很痛苦。把需要认真思索的深奥内容也拿来做虚构想象的把戏，绝对不能说是合适的。这种情感性和虚构性的方法对思想领域的涉足，最初发生在孟加拉语文学的解说“诗的本质”的散文中，而在孟加拉语文学中则回响着莎士比亚的如下名言：

陶醉于唯美之中的诗人，眼光总是游移于从凡间到天

① 勒库维尔辛赫（Raghuvirsingha）是印度中部希达穆乌土邦的王子，也是天才画家、建筑师、历史学家、优秀印地语文学家，做过行政官员、军官和议员。

堂和从天堂到凡间。[①]

关于诗不知写了多少这样的散文：其中除了“诗是从天国降下的甘露雨”“诗是内心绽放的花环”“诗是仙界甜美音乐的回响”等以外，什么内容都没有。这到底是在正确解释诗的本质，还是在为它唱赞歌？我们这里流传不少“阳光到不了的地方，诗人也能到达”之类赞美诗人的老话。但那不是诗人的定义或本质。诗是充满感情的，有“味”的，图画式的，这并不表示对它的性质的研究也必须是充满感情的，有“味”的和图画式的。这种情感性传统的插足哪怕仅限于对诗的研究，那也是个问题。对诗人的批评以及其他问题上也有它的插足，这是件值得忧虑的事。这将导致对我们文学中思想松懈和智力停滞进一步蔓延的担忧。需要敏锐精细、井然有序思维传统的研究议题也拿这虚拟的风格来敷衍搪塞，难道合适吗？

批评与诗评

在这第三次繁荣中，批评的形式也有所变化。它超越了“德”和“病”的提法，也关注对诗人的特点及其内心世界的探索。对杜勒西达斯、苏尔达斯、伽耶西、丁德亚勒・吉利和格比尔达斯的批评也以书籍和前言的形式得以出版。笔者对杜勒西、苏尔和伽耶西做了广泛的评论，其中关于前者的批评以《苟斯瓦密・杜勒西达斯》之名单独出版，关于剩下两位的批评都包括在《黑蜂歌精要》和（*Bhramargitasar*）和《伽耶西作品集》（*Jayasi Granthavali*）中。已故拉拉・婆格瓦恩丁对苏尔、杜勒西赫丁德亚勒・吉利的批评都包括在他的选集和编辑的作品《苏尔五宝》（*Surpancharatna*）、《双

① 诗人眼中那美妙疯狂的翻滚，
那一瞥从天到地，从地到天在闪动。
The poet’s eye in fine frenzy rolling，
Doth glance from heaven to earth and earth to heaven.——作者原注

行诗集》(*Dohavali*)和《丁德亚勒·吉利作品集》(*Dindayal Giri Granthavali*)中。阿逾陀辛赫·乌巴提亚耶的格比尔研究作为前言载于其编辑的《格比尔真言集》和比宕伯尔德得·伯尔特瓦勒(*Pitambarfatta Barthval*)博士的《格比尔作品集》中。

这之后就是一系列的"艺术"和"崇拜"接踵而至:①《盖西沃的诗歌艺术》(*Kaishav Ki Kavyakala*,作者格里希纳辛格尔·修格勒);②《古布德先生的艺术》(*Gupta Ji Ki Kala*,作者塞迪延教授);③《普列姆昌德的长篇小说艺术》(*Premchand Ki Upnyaskala*,作者潘迪特·杰纳尔登伯勒萨德·恰·"德维吉");④《普拉萨德的戏剧艺术》(*Prasad Ki Natyakala*);⑤《伯德马格尔的诗歌崇拜》(*Padmagar Ki Kavyasadhana*,作者阿考利·根噶伯勒萨德·辛赫);⑥《普拉萨德的诗歌崇拜》(*Prasad Ki Kavyasadhana*,作者拉姆纳特拉勒·"苏蒙");⑦《米拉的爱情崇拜》(*Mira Ki Premsadhana*,作者潘迪特·普沃内希沃尔纳特·米希尔·"马特沃")。

这里面有些书按照批评的真正方法带有论断性和解释性两种形式,对诗人的外在和内心都做了介绍,比如《盖西沃的诗歌艺术》和《古布德先生的艺术》。在《盖西沃的诗歌艺术》中,格里希纳辛格尔·修格勒先生进行了非常有水平的研究。他的《卓越诗人宝藏》(*Kavivar Ratnakar*)以非常感人的方法展示了诗人的特点。吉利伽德得·修格勒·"吉利希"的《古布德的诗潮》(*Gupta Ji Ki Kavyadhara*)中还对迈提里谢伦·古布德作品的各个方面进行了详细权威的阐述。《伯德马格尔的诗歌崇拜》也提供了有关伯德马格尔的许多情况。最近,拉姆格里希纳·修格勒在自己的《优秀诗人评论》(*Sukavi Samiksha*)中写了许多有关格比尔、苏尔、伽耶西、杜勒西、米拉、盖西沃、比哈利、普胜、帕勒登杜、迈提里谢伦·古布德和杰辛格尔·普拉萨德的评论文章。《米拉的爱情崇拜》是情感性著作,其中"马特沃"先生读懂米拉的情感后,自己似乎也沉浸于那些情感之中。无疑，这些书使我们的评论文学得到了很大繁荣。潘迪特·香迪波利耶·德维迪写了一本名为《我们的文学创作者》（*Hamare Sahitya Nirmata*），以自己的方式反映了印地语当代一些诗人和作家的倾向和特点。

看到平稳前行的批评感到非常满足，但看到以对某诗人批评为名，加入许多与其作品毫不相干的图画诗的想象和感情装饰，又感到非常厌恶。这些装饰都是由从英语或孟加拉语评论中借来的一些流行词或句子攒起来的，这些词或句子有的稀奇古怪，有的非常动听，有的过于夸张。有时把对某位英语诗人的评论的某个部分原封不动地拿来安在印地语诗人身上。表面上看起来，好像已经钻入了诗人的心底，并且窥视到非常隐秘的角落，但拿所引诗人的诗一对比就会发现，与诗人的各种情感与他津津乐道的东西一点都不沾边。诗的意向或情感是一回事，批评者用它吹的却是另一种调。把诗人心路历程的一个移植版——从别处拿来某位外国诗人心路发展过程——呈现在世人面前，却又没有任何证据来证明：他读懂了所批评的诗人的二三十首诗的真义。被称为“阴影主义者”的一些诗人也正在成为此类批评者的猎物。最近有一位优秀新派诗人来见我，他就恳求这类鉴赏家们笔下留情。目前听说有一两位此类勇气可嘉的批评者也在围绕苏尔和杜勒西做着这样的“鸿篇巨制”。

被称为“阴影主义”的诗歌流派已经流行有些时日了。但至今未见任何经过深思熟虑来展现该派创作行为（技巧）传播的各种背景的评论著作问世。只有讷甘德尔教授的《苏米德拉南登·本德》算是靠谱的。问题是，一方面“阴影主义”凭借表达方式的奇异而得以流行，另一方面，与此同时，却突然经孟加拉冒出了印象主义批评（impressionist critisims）。这种评论中，不需要理解或解释诗人说了什么以及他的情感和依托是什么，只需要精美独特地描述他的某部作品对什么人的内心产生了什么影响。谁也不会问诗人的情感是另一回事，怎么会产生这样的影响，热衷于这样的评论将研究、思考和真正评论的道路都堵死了。

有表现力的评论根本就不是什么靠得住的东西。它既不会在知识领域，也不会在情感领域有什么价值。把它说成评论或批评根本就是徒劳的。要评论某位诗人，就要老老实实坐下来阅读他的作品，为的是弄清诗人的写作意图，准确把握他的情感，而不是为了做做批评的姿态，凭借漂亮的辞藻自娱自乐。如果对一篇迷人的含义丰富的诗做出这样的批评："一旦落入这首诗的激流，就不得不随之顺流而下，诗人自己也不得不随之漂流，他还不止一次地像孔雀一样为自己的美丽而翩翩起舞。"那么，我们拿这样的批评能怎么办呢？

别说整个欧洲，仅在当前的英语评论界就有众多表明印象主义评论空洞无物的书在不停出版。[①]这种批评中，语言往往成为思想的障碍。作者的注意力纠缠于辞藻的华丽、吸引人的用法、话语的奇巧等，其间根本没有自由思考的余地。语言的游戏何以成为纯粹批评领域的障碍？所用词句是怎样阻碍思维的？根本不存在的事是如何在满篇拐弯抹角的话语中像幽灵一样东张西望的？当今20世纪一位著名批评家在揭示这些问题的时候表示了极大的苦恼。[②]

我们这里老的注疏家们都是玩"意义解释游戏"的老手。把一首诗注出相反的意思是他们的拿手好戏。把杜勒西达斯的四行诗注出二三十种意思的至今大有人在。就在前不久，我们的一位朋友表

---

① 请见《文学批评的心理方法》(*Pychological Approach to Literary Criticism*)，其中明确地指出了：印象主义批评根本就不是批评。——作者原注

② 不懈的探索仍会发现许多神秘的生物（人物）……躲在言语的隐秘保护之中……虽然当前对语言的态度仍将保持不变，但这个语言幽灵必将持续下去。——摘自艾弗·阿姆斯壮·理查兹的《文学批评原理》。

A diligent search will still find many Mystic Beings……sheltering in verbal theckets……while current attitudes to language persist，this difficulty，of the linguistic phantom must still continue

——*Principles of Literary Criticism* By I.A. Richards ——作者原注

示要将整个《比哈利七百咏》解释出平静味的意义。波斯语的哈费兹等诗人的艳情诗句的超自然意味是明显的，尽管有些了解阿拉伯语-波斯语的学者不承认这种超自然性。这一古老倾向的新版本在有的地方也开始显露头角。罗宾德拉·巴布凭借自己的天才在评论一些梵语诗时有的地方用了神秘的超自然意义。在《古代文学》（*Prachin Sahitya*）一书中，关于《云使》等的那些论文里就有这些话。在迦尸的一次演讲中，他阐释了《凭表记认出沙恭达罗》整个故事的超自然方面。关于这一点我们只能说，这么天才的作品也有各自独特的价值。它们肯定属于幻想文学，但不能算入纯粹批评之列。

欧洲人特别喜欢我们的超自然性。西方很爱议论印度人的超自然性和神秘性。这种议论的根源在于几点：首先，这些词可以遮掩我们的平庸和智力低下。所以，议论或赞扬的人中有些是希望有这样的遮蔽物的。第二，这些词在东西方民族间设限，从而在西方唤起对我们的好奇心，使我们的事在那里能够被奇异地谈论。第三，为了物质的丰富在欧洲打了数百年的口水仗，人们已对此感到疲惫和松懈，开始希望生活目标有所变化——渴望和平与休息。同时宗教与科学的冲突也平息了。所以欧洲对超自然性的议论，是作为一种反应（reaction）发生的。已故文学大家潘迪特·拉马沃达尔·邦代先生和潘迪特·金德尔特尔·古雷利先生对这种超自然性议论是非常厌烦的。

除了对作品和诗人的批评以外，这期间也涌现出不少批评西方诗歌的文章和著作，比如巴布·夏穆松德尔达斯创作的《文学批评》（*Sahityalochana*），伯杜穆拉勒·布纳拉勒·伯克希创作的《世界文学》（*Vishvsahitya*）。其中前者适合做教科书，后者展现了关于欧洲文学发展和西方诗歌批评者的一些流行观点。

少数作家还有另一种倾向。正如有些人用欧洲时髦的奢华吸引人一样，他们借用欧洲某国有关艺术的言过其实的观点来吸引印地语读者的眼球。他们历数德国、法国、意大利、俄罗斯、瑞典等许多国家的新老诗人、作家和评论家之名，试图制造一种威严。他们拿外国有关艺术的书来说事，一会儿摘引梅特林克（Maurice Maeterlinck），一会儿引用歌德，一会儿又采用托尔斯泰（Lev Nikolayevich Tolstoy），以此来为自己的文章增添华彩。这些文章读来读去，读不到作者自己的思想。所引观点的广泛性如何？它们与印度理论的契合度怎样？有什么样的反对意见？根本见不到对这些问题的任何鉴别分析。为了说明与文学分析相关的情感和思想，我们的文学中有自己一直使用的词汇。看到这些词汇也被一些粗制滥造的词汇所取代，我们不能不注意到这些作者的无知。在批评领域，这种毫无思想的文章没有任何好处。

在西方有关诗歌艺术的“主张”中，片面的观点往往显得非常奇特。那里有些作家会把诗歌的某个方面当成它的全部，而且使其说法中有一种独特的格言警句般的魔力，以致许多人把它作为思想和理论加以接受。而我们这里，我们的任务不是思考诗的本质或写文章，而仅仅是揭示其流行的趋势、起源及其原因。因此，在这里我只简单提一下欧洲最时髦的有关诗歌和艺术的那些主张，现在就结束这一议题。我之所以认为有必要在这里谈它，只是因为，一方面，在欧洲这类主张已经被视野广阔又明察秋毫的批评者否定了；另一方面我们的印地语文学却开始东施效颦了。

欧洲目前最时髦的主张就是“为诗而诗”或“为艺术而艺术”。由于这种主张，生活中和世界上许多在诗歌价值判断中长期以来一直使用的东西，现在被一句“这是低级的东西，是诗歌领域以外的规矩”就打发了。在西方国家，构成这种主张的有许多材料。其中德国美学家的这一想象起了助推作用：审美体验（aesthetic experience）是一种不一样的体验，它与其他类型的体验没有任何关系。这使许多文学艺术理论家开始认为，确定艺术价值也应该把艺术的价值与其他价值完全区分开。这一观点是公元19世纪中叶惠斯勒[①]提出的，至今它仍以某种形式流行着。布拉德利博士（Dr. Bradley）是英语中这一观点最权威的注释者之一。关于这个问题，他说：

> 这种（关于诗美的）体验的目的就是自己本身，它有自己独特的价值。自己的纯领域之外也可能有其他形式的价值。一首诗如果能够有助于宗教或文明，又使人受到教益，使强烈的精神障碍也有可能得到抑制，也有助于公益建设，或者使诗人有光彩或得到经济利益，那也是件好事。这也可以使他得到尊敬。但计算这些外在东西的价值无法真正检验这首诗的崇高。他的崇高与一种令人满足的想象的体验有关。因此，对它的检验只能是内生性的。如果写诗或研究诗时还考虑其外在价值，那么它的价值就会大大降低，甚或消失。实际上，我们如果把诗从它的纯粹领域拿出来，它的本质就变了，因为它的天性或存在既不是直观世界的一部分，也不是复制品。它只有一个独特的世界——幽静、独立、自由。[②]

对流行至今的关于诗和艺术的此类各种解释，理查兹（I. A. Richards）[③]在自己《文学批评原理》（*Prinecipies of Literary*

---

① 惠斯勒（1834~1903）全名James Abbott McNeill Whistler，美国著名印象派画家，19世纪最前卫的画家之一。作品有铜版画《法国组画》、肖像画《母亲》及组画《泰晤士河》等。

② 在牛津关于诗歌的演讲（Oxford lectures on poetry）——作者原注

③ “理查兹”全名为艾弗·阿姆斯壮·理查兹（Ivor Armstrong Richards，1893~1979），英国文学评论家、语言学家、诗人以及教育家。语义学发展的先驱，将科学方法引入文学批评的先锋。

Cristicism）一书中，以非常细致严谨的心理学方法进行了全面彻底的批驳。他对上述说法中的四个主要问题分别进行了考察，说明了它们的不全面、无用和无意义。这里没有展示它们的空间。流行的理论是："诗的世界是独特的，它的天性和存在既不是直观世界的一部分，也不是复制品。"下面列举理查兹对此所做的发言：

> 这一理论要求对诗的理解要与生活分开。但布拉德利博士自己都承认，它与生活的关系在深层肯定是有的。我们认为，正是这深层的关系才是真实的东西。所有的诗学体验（poetics experience）都只能来自生活。诗界与其他界的存在没有任何不同，它也没有任何非世俗的或特殊的规则。与之相关的体验，跟其他所有的体验没有什么两样。每一首诗都不过是一种有限的体验片段，一旦发生相反的接触，它就会或早或晚变得支离破碎。与一般体验相比，它的特殊之处就在于，它的联系非常复杂而敏感。稍有不慎它就可能粉身碎骨。它一个非常大的特点就是，它可以从一个人的心里传递到另一个人的心里。很多颗心可以几乎不变地感受到它。与诗学体验相似的还有其他体验，但这种体验的最大特点就是这种传染性（communicability）。正因为如此，在其感知期我们得避免它脱离自己个人特殊情况。[①]这是针对所有人的，而不是只对某个人。因此，在写作或阅读诗歌时，我们不得不在自己的体验中把该诗与它之外的东西隔离。但这不是两种截然不同事物之间的隔离，而只是同一类事物的不同方法

① 我们的文学中就称其为"普遍化"。——作者原注

之间的隔离。[①]

这就是理查兹的评论。现在再来考察我们这里整个诗界的本性，就会发现，它隐含了人心与生活各个方面和世界各种形态之间难以置信的一致。再看文学理论家的观点，正如整个生活就是完成或实现利益、天职、事业、解脱的手段，诗同样也是其中的一部分。这里的“利益”一词，我们不应取其物质的和狭隘的意义，即仅仅获得物质利益，而应取其广义“世界的幸福和繁荣”。与生活的其他手段相比，诗的体验特点在于，它是以迷人的形式出现的，其中融合了人性的东西。这种迷人性是在外在生活和内心生活的崇高背景下显露的，这在确定一首诗的优秀与崇高时一直是肯定要考虑的，以后也会如此。我们的论著中将味的体验称为“lokottar”和“Brahmanand sahodar”等[②]，这只是作为一种说明，而不是作为理论来说的。这只意味着“味”里融入了人性。

在欧洲，批评理论只在法国得到了连续发展，因此法国对欧洲国家一直影响很大。描述性批评中的历史和心理批评已经谈到过。后来出现的印象主义者（Impressionist）集团说，我们与诗人的本质、天性、社会环境等有什么关系？我们只应该反映读了他的诗以后对我们内心产生的快乐影响，应该就把这些视为批评。印象主义者的立场就是：“一篇诗作给我们内心带来的快乐就是批评，超出这一点的批评有何必要？只要我们描述了我们内心所受的影响，就是

---

① 但这并非是不同事物之间的断离，而是一些行为活动间的差异。体验的“嬗变”或“诗化”的神话和其他诸如“沉思的”或“审美的”态度在某种程度上，但主要是由于讨论诗意和“诗学”，而非谈论具体的体验，而具体体验才是真正的诗。

But this no severance between unlike things，but between differences of the some activities. The myth of a “transmutation” or “Poetisation” of experience and that other myth of the “contemplative” or “aesthetic attitude” are in part but due to talking about poetry and the “poetic” instead of talking about the concretete experiences which are poems.——作者原注

② “味的体验”（rasanubhav）实际就是“审美经验”；“lokottar”意为“超凡的”“人世间所没有的（事物）”；“Brahmanand sahodar”则意为“领悟梵性后所得到的最高快乐”。

进行了批评。”不用说，按照这种观点，批评是一种个人的东西，任何人都没有必要考虑它的合理性问题，只说对谁产生了什么影响就行了。

如果同意上述印象主义者的观点，那么批评就不再是什么严谨系统的科学了，它就成了从一件艺术品衍生出的另一件艺术品，从一部诗作产生的另一部诗作。

关于诗歌批评，欧洲目前最红火的当属“表现主义”（expressionism），其首创者为意大利的贝内德托·克罗齐（Benedetto Croce）。在该理论中，表达或述说事物的方式就是一切，而不管是何事物，或事物如何，甚至也不管其可信不可信。根据这一“主义”，诗中所描绘的事物或情感只是原料而已，评论中无需考虑它。诗中主要的东西是外形或承载事物或情感的框架。[①]比如谈到耳环的美时，我们说的是它的外形或样子，而不是说它的材料黄金。同理，关于诗歌也应这样理解。也就是说，表达方式的独特就是一切，所表达的事物或情感是什么，怎么样，这些都是诗歌以外的东西。克罗齐认为，独特的表达有自己独立的存在，不应把它理解为任何其他话语的同义词。比如，当一位诗人说：“熟睡的希望揉了揉眼睛。”就不应该理解为，他说这句话替代了另一句话“又开始有了希望”。这另一句话是独立的。诗人要说的就是这一句。蚁垤说过“Na Sankuchit: Pantha: yen Bali hato Gata:”[②]，你不能用“你也可以像波林一样被打死”来代替它。

这种说法中，事实仅限于：话语就是诗，隐含于其中的意义本身不是诗。但不能把它扯得太远，以致认为，在无视其内含事物或情感的情况下能够体验到那句话的动人性。其实，“表现主义”也和

---

① 审美的真相不过是“形式”而已。

An aesthic fact is “form” and nothing else.——作者原注

② 这句梵语的意思是“波林走的路并不窄”，也可理解为：须羯哩婆也可能走上死路的。故事源自《罗摩衍那》。

“唯美主义”一样，认为诗歌的目的就是雕刻花纹的美，与动人性和情感的丰富没有任何关系。如果我们撇开艺术只谈诗的话，那么可以说这“表现主义”就是“语言的奇异”（Vagvaichitrayavad）[1]，可以认为它就是我们这里古老的“曲语论”[2]在外国的复兴。

就是从这两种主义的观点出发，有人说，批评界现在已经不再讨论象征、规则、法式、诗的种类、德病、韵律体系等。[3]这种说法有多大的普遍性，值得考虑。文学论著中所提出的象征、规则等，都是为了思想系统化，为了方便有关诗歌的讨论。但这些象征和规则的使用开始像沉重艰难的枷锁，许多人把它们视为一切。一旦有什么问题超出一定界限，那就到了有反作用（reaction）的时候。欧洲许多种“主义”都是作为反作用而产生的。因此，我们要运用适当的智慧找出我们自己独立的道路。

与纹饰和雕刻的目标一样，总把诗歌的目标也说成是创造美，这样做对诗歌创作的影响我们已经谈过，而且也说过，这主要是因为给诗加上“艺术”一词造成的。我们这里并没有把诗算入64种艺术之列。这里似乎有必要进一步指出，在塑造美的情感方面，来自心理学领域的理论也起了作用。根据这种理论，潜意识中隐藏的难以满足的情欲正是刺激艺术创作的内心世界。在欧洲，与绘画、塑像、雕花、花卉绘图等一样，诗歌也包括在“美术”之中。因此，它的目标也渐渐被确立为创造美。既然这美感被认为是由情欲刺激而产生的，那么对于男性诗人来说，他的全部美感很自然就都属于女性化的，或者说在无尽的自然界发现美的东西，便以女性貌美的各个部位来表现其美感。黎明的光辉要靠美女双颊泛起的羞涩红晕

① Vagvaichitrayavad就是指“语言的奇异”。

② 曲语论（Vakroktivad）是印度古代诗歌的一种修辞方式（庄严），就是不直接说出本意，而换用一种含蓄的说法将本意表达出来。比如“都这样了他还不来”，意思是“他要来”。

③ 斯平加恩（J. E.Spingarn）著《新批评》（*The New Criticism*，1911）。——作者原注

来感受；夜色的皎洁要通过佳人的亮丽服装或明丽笑容来体验；不联想到玉人飘逸的秀发，就不会感到天空中云团之美。如今已经不乏女诗人的面孔，她们在自己的作品中不应该消极地模仿男性诗人，而应把天边的大片云彩看成胡须。

诗歌创作和诗歌评论两者中目前“梦”和“醉”占有主要地位。诗中这两个词来自古代的不同教派。那时人们有个观念，圣者或成就者的很多事都是在梦中或者全神贯注状态下获得暗示的。看到诗人们沉浸于自己的情感之中，人们便敬爱而虔诚地把他们也说成在与直观世界或生活隔绝的幻想世界遨游的生灵。这种话在赞扬诗人时总是以注释形式出现。但进入20世纪，它作为心理学真理被弗洛伊德表达了出来。他指出，正如梦是满足隐含在潜意识中的未实现欲望的内在方式，同样也是创造艺术的幻想。这使诗人想象和梦的相同情感更加坚定。但实际上，感知想象中的事物和感知梦中所见事物的性质是有很大差异的。所以在诗歌创作和评论中对梦的需求不是特别多。仅因相似性有时随便用一下这个词也无关紧要。

现在来看“醉”和“麻醉”。在诗界，据推测该词最先流行于波斯语。尽管那里伊斯兰之前的所有文学都被毁了，连一张纸片都找不着，但诗歌里仍保留着“醉”和“酒”的传统，并被苏菲派接过来进一步发展。苏菲诗人被认为是有别于天堂和人间的“醉”界中飘飘然的自由生灵。关于诗人，渐渐地“醉意”和“放浪形骸”之情就被固化了，并从那里传到了印度斯坦。在欧洲，直到歌德和华兹华斯（William Wordsworth）时期，“醉意”和“放浪形骸”这种情感还没有被认为与诗人和诗有任何固定的关系。德国诗人歌德是位精明强干的政治家，华兹华斯也没有被认为是与大众生活隔绝的为所欲为的人。在拜伦（George Gordon Byron）和雪莱身上倒是可以发现一种特殊形式的“醉意”和“放浪形骸”之情。对此进行的评论不仅限于欧洲，也随着英语文学传到了印度斯坦。因此，先前在波斯语文学影响下越来越稳固的“醉意”和“放浪形骸”情感就更加巩固了。

在印度，“醉意”或“放浪形骸”之情只在阿寇尔[①]等一些教派和成就师中盛行，对于诗人并不提这些。我们这里一般认为，对诗人来说善于交往是必须的。拉杰谢克尔在《诗论》(*Kavyamimansa*)[②]中所说的诗人特征会使这一问题更加清楚。是的，拉杰谢克尔描述了宫廷里朝臣诗人的特性，那种特性是寻欢作乐的王公大臣的，而不是真诚自由的诗人的。但从蚁垤到薄婆菩提再到本迪特拉杰·杰格纳特[③]，从金德到泰戈尔再到伯德马格尔没有任何人被认为醉得东倒西歪、不食人间烟火或放荡不羁。

天才诗人的倾向与迷恋钱财的普通人是不一样的，是带有随意性的，在人们看来有时候就好像有点任性。就像其他人一心想着怎么发财一样，他们一门心思就想着美妙的主题。出于爱和敬仰，人们非常夸张地表现这些倾向，并说出“醉得东倒西歪”“沉浸于梦中”“漫游于无人的世界”等话语。但其结果不应该是诗人们致力于证实自己叙述的这些言过其实之事。

有人说，批评家只顾自说自话，诗人却想怎么创作就怎么创作。但不是这么回事。文学评论家对诗人还是有很大影响的。大多数诗人——尤其是新手——都会努力按照评论家们的理想去做。符合上述各种“主义”的创作大都在欧洲，孟加拉语有些模仿。近来被称为“阴影主义”的印地语诗歌中，可以发现与这些“主义”相似的

① 阿寇尔（Aghor）是印度教中属于湿婆派的一个教派。其追随者行为怪异神秘，喜孤寂，喝酒吃肉，据说除了牛肉以外，其他什么东西都能吃，甚至死人肉、大小便等。

② 拉杰谢克尔（Rajshekhar，880~920年）是古代印度著名梵语诗人和诗学大师。《诗论》是拉杰谢克尔所创作的著名诗学论著。

③ 本迪特拉杰·杰格纳特（Panditaraj Jagnnath）为17世纪印度著名诗人、文学理论家、批评家、语法学家。

影子。这并不是说，所有这些诗人都是照着它们的理论进行创作的。在欧洲出现了一些符合它们理想的诗歌，孟加拉语和印地语也开始模仿了。

这一部分之所以写了这么多，原因就在于，在欧洲作为时髦流行的一些东西，有人生搬硬套地把它们拿过来，试图引起好奇。这等于在自己弱智的同时，也要把弱智强加给读者。看到洋洋洒洒的有关诗歌和艺术的文章中缺乏必要的知识和独立思考，我感到很难过。近日来，关于“真理、湿婆与美”①可谓议论纷纷，有人大概以为它是《奥义书》的句子，经常写上“我们这里也说”而加以引用。这个美丽的用语是梵社的圣贤德万德拉纳特·塔古尔说的，实际上是The true，the good and the beautiful（真善美）的翻译。②好了，再说一句就结束本章的论述：任何文学，都不可能把一味笨拙地抄袭外来东西说成自己的提高或进步。有东西从外面进来，没什么大不了的，但不要像捡垃圾似的什么都要。要对它进行严格检验，广泛讨论，以便其有助于我们的文学独立和发展。

① “真理、湿婆与美”（Satyam，Shivam，Sundaram）也可理解为“神就是真理，真理就是湿婆，湿婆就是美”。湿婆一词还有“喜”“吉祥”的意思。

② 因此便产生了美学模式或审美状态中虚幻的问题，这是从抽象调查到文学批评“真善美”原则一直留存下来的问题。——摘自艾弗·阿姆斯壮·理查兹的《文学批评原理》

Thus arises the phantom problem of the aesthetics mode or aesthetic state，a legacy from the days of abstract investigation into The Good The Beautiful and the True ——*Principles of Literary Criticism*.（I. A. Richards）——作者原注

第六章　现代期
——诗歌篇（1843~　）

第一节　旧潮流（1843~1870）

从散文体的开端和发展到现在，虔诚时期所阐述的诗歌传统也一直在继续。虔诚之情的赞美诗、王朝历史的传记诗、庄严和女主角分类著作、艳情味与英勇味的格维德、瑟崴雅和双行诗的创作一直在持续进行。除了城市，我们的乡村也涌现出无数优秀的传统诗人。伯勒杰语诗歌传统从古吉拉特到比哈尔，从古马嗡-格尔赫瓦勒[①]到南印度边境都在持续不断。在金布[②]，有位先生为我们介绍了克什米尔某村的一位伯勒杰语诗人，还朗诵了其一两首瑟崴雅。

格尔赫瓦勒的著名画家婆拉拉姆是位非常优秀的伯勒杰语诗人。在自己的《格尔赫王朝》（*Garha Rajvansh*）一诗中，他用双行诗和四行诗描述了格尔赫瓦勒的52位国王。他生活在斯利那加（格尔赫

---

① 古马嗡和格尔赫瓦勒（Kumaun Garhawal）历史上都曾经是独立王国，后被英国人征服。印度独立后纳入印度版图。古马嗡（Kumaun或Kumaon）也译作“库马翁”。南与尼泊尔接壤，北与格尔赫瓦勒（Garhawal）相邻。

② 金布（Jambu）即查谟-克什米尔邦的查谟（Jammu）。

瓦勒）的布勒迪尤穆讷萨赫王时期。当尼泊尔占领古马翁–格尔赫瓦勒时，他按照尼泊尔总督赫斯迪德勒·焦德里亚的要求写了上述诗作。婆拉拉姆生于1760年，卒于1833年。他在作品中对很多事件都做了亲眼所见的描述，因此它还具有历史价值。

伯勒杰语诗歌传统的一些著名诗人及其作品介绍如下：

（1）赛沃格（Sevak）——他是阿色尼的塔古尔·格维的孙子，得到迦尸富商代沃吉南登的重孙赫利辛格尔的供养。他出生于1815年，卒于1881年，是位优秀的伯勒杰语诗人。他创作了一部很厚的女主角分类作品《倾心交谈》（*Vagvilas*）。除此以外，他还有一部较薄的《从头到脚》。他的瑟崴雅在普通民众中非常流行。至今仍能听到一些老的诗歌迷们在说“诗人赛沃格已老，现在哪里还有爱情的欢乐！”

（2）穆哈拉吉·日库拉吉辛赫·里旺讷雷希（Maharaj Raghurajsingh Rivannaresh）——他出生于1823年，卒于1879年。他创作了许多虔诚味和艳情味的作品。他的描述性长篇叙事诗《罗摩与选婿》（*Ramswayanvar*，1869）非常著名，其中用许多种韵式非常详细地描写了罗摩–悉多的婚事。描写时他过于依赖罗列事物的方法（帝王般的奢华、马匹、大象的种类等）。除了《罗摩与选婿》他还写了《鲁格米尼之婚》（*Rukmini Parinay*）、《欢乐海》（*Anandanbunidhi*）、《罗摩一天一夜》（*Ramashtayam*）等优秀作品。

（3）瑟尔达尔（Sardar）——他受到了迦尸王穆哈拉吉·伊希沃利伯勒萨德·纳拉扬辛赫的供养。他的诗歌创作时间应该在1845~1883年。他是一位阅历丰富、精通文学的诗人。他创作了《文学莲池》（*Sahityasarasi*）、《倾心交谈》（*Vagvilas*）、《六季》（*Shat Ritu*）、《诃奴曼装饰》（*Hanumanbhushan*）、《杜勒西装饰》（*Tulasibhushan*）、《艳情味集》（*Shringarsangrah*）、《罗摩宝藏》（*Ramratnakar*）、《文学之月》（*Sahityasudhakar*）、《罗摩本事之光》

（*Ramlilaprakash*）等一批优秀作品。此外，他还为印地语古诗写了不少长篇注疏。他为《诗人至爱》《知味者至爱》（*Rasikpriya*）、《苏尔晦涩诗》（*Sur Ke Drishtikut*）和《比哈利七百咏》所做的注疏非常优秀。

（4）日库纳特·达斯·拉姆色内希（Raghunatha Das Ramsanehi）——他是阿逾陀的一位出家人，被认为是当时非常重要的圣人。公元1854年，他创作了一部《修养之海》（*Vishramsagar*），收录了许多往世书的简写故事。虔诚者对这部书非常敬重。

（5）勒利德吉修利（Lalitkishori）——他的原名为夏赫·贡登拉勒（Shah Kundanlal）。他出生于勒克瑙一个富裕的吠舍家庭，后来去了沃林达文，过起了弃世虔诚者一样的生活。他创作了许多有关虔诚和爱的颂诗和情诗。其创作时间应该在1856~1873年。沃林达文著名的"夏赫吉神庙"①就是由他所建。

（6）拉贾·勒格契曼辛赫（Raja Lakshamansingh）——他是印地语散文发起者之一。在散文的发展一节中已经介绍过他。他的伯勒杰语诗歌也很美很有味道。伯勒杰语的甘洌从他的言语中涓涓而出。他先前的《沙恭达罗》译本中是没有韵文的，但在后来的版本中他用韵文取代了原文中的颂体。这些韵文非常优美生动。1881~1883年，他出版了《云使》非常优美迷人的译本。《云使》这种迷人的诗作就需要这样的翻译家。该译本的瑟崴雅非常优美动人。用双行诗和四行诗的地方就没有那么动人了。

（7）勒其拉姆（Lachhiram）或伯勒赫穆婆德（Brahmabhatta）——他1831年出生于阿莫拉（伯斯蒂县），曾在阿逾陀王穆哈拉吉·芒辛赫（著名诗人德维吉代沃）那里客居一段时间。后来他从也是诗人的伯斯蒂王希德拉伯克希辛赫那里得到很多土地。在德尔

①"夏赫吉神庙"（Shahji Mandir）建于19世纪。其特点在于，不仅是敬拜神的地方，而且以建筑奇特壮观闻名，其造型像宫殿，设计和雕刻举世无双。

彭噶（Darabhanga）、布尔尼亚（Puraniya）等不少土邦王国首府都很有声望。他以每位尊重自己的王公的名字为名创作了一些作品，比如《芒辛赫八章》（*Mansinghashtak*）、《布拉达布宝藏》（*Prataparatnakar*）、《爱之宝藏》（*Premratnakar*，以伯斯蒂王之名）、《勒格其密西沃尔宝藏》（*Lakshmishvar Ratnakar*，以德尔彭噶王之名）、《拉沃内希沃尔如意神树》（*Ravneshvar Kalpataru*，以吉陶尔王之名）、《莲喜如意神树》（*Kamalanandkalpataru*，以布尔尼亚王之名）等。他用多种味写诗，也写步韵诗[①]。按照旧传统作诗者中他是非常著名的。

（8）苟文德·基拉帕伊（Govind Gillabhai）——有一段时期，伯勒杰语诗歌在古吉拉特很流行，如今在毗湿奴教派中仍然很普遍。苟文德·基拉帕伊1848年出生于帕沃讷格尔土邦一个叫做希候尔的地方。他有一部很优秀的伯勒杰语诗集。他还出版了一部很纯的普胜的集子。他的伯勒杰语诗歌非常美，不亚于旧诗人。他写了许多关于诗的著作，其中有《伦理趣语》（*Nitivinod*）、《艳情莲池》（*Shringarsrojini*）、《六季》、《雨海》（*Pavaspayonidhi*）、《步韵之光》（*Samasyapurti Pradip*）、《曲语趣语》（*Vakroktivinod*）、《双关月光》（*Shleshachandrika*）、《业报五十首》（*Prarabdhapachasa*）、《布拉文[②]之海》（*Pravinsagar*）。

（9）讷沃尼德·焦贝（Navanit Chaube）——旧传统的现代诗人中他是非常著名的。他是马图拉人，出生于1858年，卒于1932年。

至此，我们已经简单介绍了那些只按旧传统创作的诗人。接下来要说的是另一类诗人，他们一方面为印地语文学的新进步做出了贡献，另一方面他们与旧传统的诗歌也保持着全面联系。这些诗人

① 步韵诗（samasyapurti）是印度古代一种作诗游戏，就是以某首诗中的尾韵为尾韵，甚至以最后一整行为韵，作出一首新诗。

② 布拉文（*pravin*）的意思：1. 维那（*vina*），印度一种著名弦乐器；2.会说唱或演奏者。

主要有帕勒登杜·赫利希金德尔、布拉达布纳拉扬·米谢尔、乌巴提亚耶·伯德利纳拉扬·焦特利、塔古尔·杰格莫汉辛赫、恩比噶德特·沃亚斯和罗摩格里希纳·沃尔马。

（1）帕勒登杜·赫利希金德尔——帕勒登杜先生既改进了印地语散文的语言，也改良了伯勒杰诗语。他发现，许多词已经在口语中消失了数百年，现在仍经常被用于格维德和瑟崴雅。这使诗歌与普通人民大众的语言距离越来越远。很多词只是作为俗语和阿伯珀仑谢语时期传统的纪念物才存在的。由于“bhuval（国王）”“dih（农村）”等词的使用，人们越来越远离伯勒杰语诗歌。另一个毛病已经发展到了极限，那就是对词的结构的破坏和使用虚构臆造之词。他尽可能使这类词远离自己的诗，尽量在风趣有味的瑟崴雅中使用伯勒杰语口语。因此，他在世时他的诗歌就风靡开了。

（2）恩比噶德特·沃亚斯——帕勒登杜曾组织诗社，经常举行步韵诗活动。诗人们往往从很远的地方赶来参加这一活动。恩比噶德特·沃亚斯最初就是参加这种诗社作步韵诗才展现才华的。帕勒登杜的艳情味格维德和瑟崴雅非常优美，动人心弦。“亲爱的啊！不能仔仔细细打量你，我痛苦的眼睛啊，无论如何也不答应。”“（见不到你）我们死不瞑目。”等诗句在知音者中备受尊重。他的艳情味格维德瑟崴雅诗收集在了《爱的甜蜜》（*Prem Madhuri*）里。他用格维德和瑟崴雅创作了许多虔诚味和艳情味颂诗和歌曲，均收录在《爱之花坛》（*Premphulvari*）、《爱之花环》（*Premmalika*）、《爱之胡言乱语》（*Prempralap*）等书中。①

（3）布拉达布纳拉扬·米谢尔——米谢尔先生的步韵诗和旧式虔诚诗都作得非常好。在坎普尔的“知音社”，他热情洋溢地颂读着自己的步韵诗。

---

① 这一段按标题应该是介绍恩比噶德特的，但除了只有一句提到恩比噶德特外，其余都是在介绍中的尔登杜。不知为何，原文如此。

前面已经说过，布拉达布纳拉扬先生是一个随心所欲的人。他经常坐在拉沃尼[①]爱好者中间，现场创作拉沃尼然后演唱。

（4）乌巴提亚耶·伯德利纳拉扬·焦特利·“爱云”——爱云先生也经常创作这样的旧式诗歌。

焦特利先生也创作了许多在普通民众中流行的格杰利和霍利[②]等歌唱的东西。《格杰利噶登比尼[③]》（*Kajalikadanbini*）是他创作的格杰利专集。

（5）塔古尔·杰格莫汉·辛赫——塔古尔先生的瑟崴雅也非常优美生动。他的艳情味格维德和瑟崴雅收集在好几本书里。塔古尔还用格维德瑟崴雅非常简单地翻译了《云使》。他的艳情诗都是与“西亚马”[④]有关的，并且都收在《爱之财富藤蔓》（*Premsampattilata*，1828）、《西亚马藤蔓》（*Shyamalata*）、《西亚马之莲》（*Shyamasarojani*，1829）中。

（6~9）恩比噶德特·沃亚斯（Ambikadatta Vyas）和罗摩格里希纳·沃尔马（伯勒维尔）[Ramkrishna Varma（Balvir）]——迦尸诗人大会就是在他们两位的激励下才一直举行。很多远道的诗人也纷纷前来参加。会上设定的所步之韵都非常难，比如“猫头鹰见不到太阳”（Suraj Dekhi sakai nahin Ghugghu）。沃亚斯都用非常奇特的方式步上了这个韵句。大概就是上述大会出版了《步韵之光》（*Samasyapurti Prakash*），其中有沃亚斯先生和伯勒维尔先生的许多步韵诗。沃亚斯的《比哈利花园》（*Bihari Bihar*，用贡德里亚体对比哈利的全部双行诗进行的注释）是一部巨著，其中对比哈利的双行

① 拉沃尼（Lavoni）本是一种民歌，也指一种可以和着鼓声演唱的诗。

② 格杰利（kajali）为北方邦和比哈尔邦一带雨季时唱的一种歌；霍利（holi）是在霍利节（洒红节）时唱的一种歌。

③ 噶登比尼（kadanbini）是一种曲调。

④ 西亚马（Shyama）由西亚姆（Shyam）一词变来。“西亚姆”的原义为“黑的”，但常用来指代黑天。西亚马则指黑天的情人，即罗陀。

诗的“情”做了非常感人的拓展。

杜穆让沃[1]人讷格切蒂·迪瓦利（阿加恩）[Nakachhedi Tivari（Anjan）] 也是该知音团体的热心工作者。他的诗作得非常美，朗诵方式也独具一格。他还出版了《心中花蕾》（*Manomanjari*）等好几部诗集，而且搜集整理了不少诗人的生平事迹。

在罗摩格里希纳的团体中，维基亚南德·德利巴提（Vijayanand Tripathi）也是作诗好手。

（10）拉拉·悉达拉姆——在这老一批诗人中也得提一下拉拉·悉达拉姆的诗歌翻译。他作诗时用的笔名为“普波”（Bhup）。他用双行诗和四行诗翻译了《罗怙世系》，用克纳切利韵体翻译了《云使》。

（11）阿逾陀辛赫·乌巴提亚耶·“赫利奥特”（Ayodhyasingh Upadhyay “Hariaudha”）——尽管乌巴提亚耶先生现在以克里保利语现代题材的诗人而闻名，但最初，他旧式艳情味诗歌也作得很美很生动。在他家乡尼贾马巴德，锡克教派的长老巴巴·苏美尔辛赫是印地语诗歌的拥趸。在他家里经常有诗人聚会，其时乌巴提亚耶也宣读自己的步韵诗。他的笔名“赫利奥特”就是那时候取的。他的旧体诗都收集在《味之顶》（*Raskalash*）里，其中对女主角分出了一些新类。这些新类并不符合味的理论。

（12）希利特尔·巴特格——人们经常把巴特格先生与克里保利语联系在一起。但与克里保利语相比，他的伯勒杰语诗歌更加优美，更加引人入胜，使人难以忘怀。尽管他不作步韵诗，不以女主角分类的例子作诗，但在《季节概要》（*Ritusanhar*）的译本中使用的甜美的伯勒杰语，在旧式诗中是极少见的。在他的瑟崴雅中，我们可以看到其生动活泼的形式。

① 杜穆让沃（Dumaranva）现在是比哈尔邦伯格萨尔县的一个城市。

（13）杰格纳特达斯·“日德纳格尔”（Jagannathadas “Ratnakar”）——伯勒杰语旧传统诗人中“日德纳格尔”地位非常高。他于健日王纪元1923年（公元1866年）六月白半月初六生于迦尸，健日王纪元1989年（公元1932年）四月黑半月初三卒于赫尔德沃尔（Hardvar）。帕勒登杜去世之后，“日德纳格尔”从公元1889年开始用伯勒杰语创作诗歌。他的《摇篮》（*Hindola*）等著作很早就出版了。他还出版发行了一份有关诗歌的杂志。他的旧体诗可与最著名的旧传统诗人的诗歌媲美。在旧传统诗人中也很少见到他那样的眼光和表达的奇妙。语言也比其他旧传统诗人的雅致，结构完美。他被认为是精通文学和伯勒杰语诗歌的诗人。

他写了三部非常美的长篇叙事诗，即《赫利希金德尔》《恒河女神下凡》（*Gangavarataran*）和《欢乐一百首》（*Uddhavshatak*）。他用柔拉韵体成功翻译了英国诗人蒲柏[①]有关批评的著名诗作《批评论》（*An Essay on Criticism*）。他的零散诗歌非常多，既有艳情味的，也有英勇味的。他的庞大作品集《宝藏》（*Ratnakar*）已由天城体宣传推广大会出版。《恒河女神下凡》中，对于恒河从天而降以及湿婆愿意承接她的描写非常有感染力。[②]《欢乐一百首》的创作技巧也是独一无二的。

（14）拉耶·代维伯勒萨德·“布尔纳”（Ray Deviprasad “Purna”）——坎普尔人“布尔纳”的诗也让人想起伯勒杰语旧传统诗人。只要他待在坎普尔，坎普尔就会热议诗歌。那儿的“知音会”里旧传统诗人总是很活跃。“布尔纳”先生还主办了一段时间《知音者花坛》（*Rasikvatika*）杂志，经常刊登步韵诗和旧体诗。遗憾的是，公元1920年他年仅47岁就去世了。他的作品有多生动，他对优美词

① 蒲柏，全名为“亚历山大·蒲柏”（Alexander Pope），18世纪英国伟大的诗人，杰出的启蒙主义者。

② 根据印度教传说，因为怕恒河从天而降会冲毁大地，所以请求湿婆帮忙。湿婆答应用自己的发髻承接水流的冲击，结果恒河便顺着他的头发缓缓流到大地上。

汇掌握得有多好，通过他的《云使》（Dharadharadhavan，迦梨陀娑《云使》的译本）中的诗歌便可知一二。

（15）希利·维尤吉·赫利（Shri Viyogi Hari）——他是伯勒杰土地、伯勒杰语言和伯勒杰之主[①]忠贞不渝的崇拜者。在这冷漠的社会已经很少见如此虔诚且有审美力的人了。他按照大多数旧传统诗人的方法，创作了许多甜蜜的、虔诚的颂诗。听了这些诗，当今有鉴赏力的虔诚者都不得不连声称妙。他的此类作品在其《爱之百首》（*Premshalak*）、《爱之旅者》（*Prempathak*）、《爱之合掌》（*Premanjali*）等诗集中都可见到。从切德尔普尔来到钵罗耶伽后，他受到政治气氛的感染，也创作了一些《纺车的回声》（*Charakhe Ki Gunj*）、《赞美纺东》（*Charakhastotra*）、《不合作的维那[②]》（*Asahayogvina*）之类的诗作，但其中并非他的正常情感。当然，他对为国奉献的英雄们还是心存无限崇敬的。他用双行诗写了一篇长诗《英雄七百咏》，其中对印度著名英雄大加颂扬。他还因此获得钵罗耶伽印地语文学协会1200卢比的奖励。

（16）希利·杜拉雷拉勒·帕尔格沃（Dularelala Bhargav）——他是格维沃尔·比哈利一脉的当今代表人物。他双行诗的精致深奥至今仍在克里保利语界大出风采。毫无疑问，他的天才就是比哈利那种类型。他也具备这种才能：在每首双行诗中巧妙地注入能够通过味使其具有温情、通过词义多样性使之尽显奇异的丰富材料。他在一些双行诗中引入了爱国、解放不可接触者、民族运动等情怀，展示了“旧瓶装新酒”的高超艺术。在当代诗界，杜拉雷拉勒某种意义上再度繁荣了伯勒杰语诗歌的奇异法。他因《杜拉雷拉勒双行诗集》（*Dulare Dohavali*）被迪格姆加尔土邦授予“代沃奖”，获奖金2000卢比。

---

① 伯勒杰之主应该是指黑天。

② 维那（vina）即维那琴，一种印度传统弦乐器。

前不久，阿逾陀的拉姆纳特·鸠迪希（Ramnath Jyotishi）以罗摩的故事写了一部《罗摩月升诗》（*Ramchandroday Kavya*）。他因此获得“代沃奖”和奖金2000卢比。

以现代题材创作诗歌的好多诗人，比如已故的那图拉姆·辛格尔·谢尔马（Nathuram shankar Sharma）、拉拉·婆格瓦恩丁（Lala Bhagavandin）也写一手非常优秀的旧体诗。在格雅伯勒萨德·修格勒·“色内希”（Gayaprasad Shukla “Sanesh”）的影响下，坎普尔伯勒杰语诗歌仍然保持着布尔纳先生时期的迷人源泉。坎普尔是新旧两种传统诗人的理想中心。伯勒杰语诗歌传统是如何生动发展的，可以在当前各种诗人协会中找到答案。

第二节　新潮流：第一次繁荣（1868~1893）

前面已经阐明，在使散文语言形态固化之后，帕勒登杜根据时空的变化将散文文学引向崭新的题材，同样将诗歌潮流也引向新的领域。这种新变化中，最响亮的就是爱国之声。与此有关的新题材有民众利益、社会改革、母语提高等。这一时期，诗歌也获得了幽默滑稽的新题材。法式时期诗人的传统中，滑稽幽默的对象一直都是吝啬鬼，但在当今时期一开始，就出现了多种新对象，比如因循守旧者、新时尚的奴隶、强取豪夺的法务人员、愚蠢逢迎的富商、追名逐利的“爱国者”等。同样，为祖国解放流血、抵制和反抗压迫与不公的历史上著名的英雄也开始成为英勇味的支柱。总之，这一新潮流的诗中所反映的新题材，除了以其新颖吸引人以外，也使我们的内心与新环境得到协调。我们如果不能保持自己的智慧来面对所处的已经时移世易的环境，那将一事无成。同样，如果不能使自己感情丰富的行为适应它，我们的生活将枯燥、乏味、倦怠、毫无生气。

题材多样化的同时，创作方法也有所改变。在古代传统中，一直流行“短诗”和“长篇叙事诗”的方法，有时也不得不模仿与此略有不同的方法。古诗中“长篇叙事诗”的形式一直是故事性的和事物描写性的。要么是采用往世书故事，要么采用历史事件来创作记叙性诗歌，比如《伯德马沃德》《罗摩功行录》《罗摩月光》《切德尔之光》《苏达马传》《施舍本事》《收走衣服本事》（Chirharan Lila）等；要么以婚礼、狩猎、秋千、摇篮、季节、游戏等为题材创作物事描述性诗歌。以各种普通内容为题材的、能够作为思想和情感长久流传的短小叙事作品或散文的写作习惯还没有，比如老年、命运作弄、世界真相、护牛、母爱、孝子、败家子等。这样的题材比较优雅地仅用一首诗来表达，或者仅以短诗的形式出现。但在新潮流的初期，韵体散文也开始出现，在第一次繁荣时期基本上还是以情感为主，但后来开始变得枯燥乏味，成了流水账。

新潮流的第一次繁荣时期，我们可以观察一下帕勒登杜·赫利希金德尔、布拉达布纳拉扬·米谢尔、乌巴提亚耶·伯德利纳拉扬·焦特利、塔古尔·杰格莫汉辛赫、恩比噶德特·沃亚斯等。

（1）帕勒登杜·赫利希金德尔——如前所述，在新潮流中，帕勒登杜最响亮的声音是爱国。《蓝女神》（*Nildevi*）和《印度惨状》（*Bharatdurdasha*）等剧本的诗里对国家惨状的描写自不必说，他还写了许多单独的诗歌，其中可以发现许多圣洁情感的流动，有时是对祖国过去的赞美，有时是对祖国当前的悲痛，有时是对祖国未来的担忧。印度军队在埃及获胜后他所写的《胜利者的胜利旗帜》（*Vijayini Vijay Vaijayanti*）中，他爱国的热情溢于言表，时而骄傲，时而悲痛，时而忧愁。在书写过程中，刚为古代雅利安人的荣耀感到骄傲，便想起当前衰落的景象，于是又陷入《啊，印度！》（*Hay, Bharat*！）的沉思。

仅“吉道尔”[1]、“巴尼伯德”[2]等名称中对于印度教徒的内心来说就包含许多情感的表达。对此，这些名字本身就是诗。在《蓝女神》中这是多么悲哀的呼唤：

充满慈悲之心的盖西沃[3]，你睡得多么沉？
印度人已哭得死去活来，你却还是不醒！

这里有必要强调，首先，帕勒登杜只是把印地语诗歌引向了新的题材，却并没有开创什么新的方法。其次，必须注意的是，他只是“自然人”的诗人，看不到他的内心与外部自然的一致。在其剧作中，他在个别地方所做的自然描写（比如《信守不渝的赫利希金德尔》对恒河的描写；《金德拉沃利》中对阎牟那河的描写），都只是遵循传统而已，那里面见不到他的内心。那些似乎都只是作为明喻和暗喻的奇迹而写的。这一行中是一些相互独立的事物和行为，另一行中则是明喻或暗喻。有时候这种不重要的方法会延续到三行。

最后还需要指出的是，帕勒登杜将诗体引向新题材和新道路的规模远不及散文体。他的大多数诗作都是仿照黑天派诗人、作为适合唱诵的颂诗，其中描写的是罗陀－黑天爱情本事和游戏。关于艳情味的格维德和瑟崴雅，在旧潮流一节已经介绍过。他关于国家现状、历史荣耀等的诗歌要么是写在剧本里，要么是为在特殊场合朗诵而写，比如威尔士亲王（后来的爱德华七世皇帝）的到来、大不

① 吉道尔（Chitaur）为印度历史名城，现在北方邦邦达县境内。吉道尔城曾是古代乌代普尔国王们的首都。阿拉乌丁时期著名王后伯德马沃蒂据说就是在这里与数千名刹帝利一起蹈火自焚的。1568年吉道尔城被阿克巴占领，国王乌代辛格才建了新城乌代普尔。吉道尔城堡建在一座小山顶，现在其周围仍可见古城遗址。这里更古老的名字是质多罗俱吒山（Chitrakut），即罗摩林居时期居住生活的地方。

② 巴尼伯德（Panipat）是一历史性地名，也有人译作“巴尼帕特”。这里发生过多次决定印度命运的战争，其中包括穆斯林击败印度教徒从而建立起穆斯林统治的战争。

③ 这里的“盖西沃”指的是“黑天”。

列颠政府用印度军队征服埃及等。这种作品中忠于国王[1]和爱国的一致性在今天的人们看来可能会觉得有点奇怪。关于祖国的现状，有一两首歌唱洒红节或春天的零散东西，但在他的庞大诗歌集中很少见到现代性。

用于歌唱的东西中帕勒登杜写了一些拉沃尼和克亚勒[2]，其语言都是克里保利语。

（2）布拉达布纳拉扬·米谢尔——帕勒登杜本人并没有太热衷于写韵体散文，但他的追随者布拉达布纳拉扬·米谢尔却在这方面成就突出。除了为祖国的现状而哭泣之外，他还选择了老年、护牛等题材作为写诗的内容。这些诗歌中有些是值得思考的问题，有些是情感的表达和奇奇怪怪的滑稽幽默。他也有些叙事诗，其中主要讲述知识分子中流传的事件。类似的叙事诗帕勒登杜也写过一些，比如：

英国人统治点缀着满满幸福，
但财富却流往国外无比耻辱。

米谢尔先生的特点实际上就体现在他的幽默滑稽作品中。《赫尔庚噶》（*Harganga*）、《德利波因达姆》（*Tripyantam*）、《老年》（*Burhaba*）等诗歌都非常风趣幽默。提出“印地语、印度教徒和印度斯坦”口号的《保护印地语》（*Hindi Ki Himayat*）也非常著名。

（3）乌巴提亚耶·伯德利纳拉扬·焦特利·“爱云”——他往往在特定场合为了表达欢乐之情才创作诗歌，比如在达达·帕伊·瑙娄基当选议员、伊丽莎白女王60大寿、天城体进入法庭、钵罗耶伽传统宗教大会召开的时候等。

---

① 这里的国王是指英国国王。

② 克亚勒（Khyal或Khayal）是一种歌曲形式，其中有印度和波斯风格的结合。

这些诗歌的韵律中经常发现不按规则停顿的现象。有一次，当我跟他谈起这一问题时，他说:“我不认为不按规则停顿是什么毛病，需要的是找对读者。”他时刻关注着国家的政治形势。他非常关切地注视着为改变祖国现状而掀起的各项政治和宗教运动。每当发现这些运动有了什么成效，他便通过诗歌和文章表达自己的兴奋之情。一旦发现不利的征兆，便表示悲伤和难过。他还经常参加国大党的大会。不应把“60大寿”之类诗歌视为逢迎拍马之作。在这些诗歌中，他是在非常感人地回顾总结祖国的状况。针对达达・帕伊・瑙娄基在英国被说成kala（黑），他用kare（黑）这个词写了一首非常简单的诗歌，以表达愤怒。在女王60大寿时所写的《衷心的喜悦》（*Hardik Harshadarsha*）中，描写的也全是国家的境况。

“爱云”先生好几首非常简洁的诗歌都在他的两部剧作中。《印度幸运》（*Bharat Saubhagya*）尽管不适合上演，但对国家现状进行如此独特有趣描写的剧作还没有第二部。在开场的几幕，娑罗室伐底、勒格其密和杜尔加（难近母）三位女神相继离开印度的场面非常震撼。同样，在离别时从三位女神口中颂出的诗也感人至深。

他的诗句中看不到非韵体的奇异倾向，大多数的诗篇都是这样。但也有一些诗里或者有长长的隐喻，或者有大量的明喻，比如在《明月》（*Mayank*）和《欢乐黎明》（*Anand Arunoday*）中就是如此。

（4）塔古尔・杰格莫汉辛赫——尽管杰格莫汉辛赫先生没有将自己的诗歌带向新题材，但他内心带着古典梵语诗词中自然描写的影响，以真爱目光观察与自己爱情甜蜜回忆相得益彰的温迪亚地区迷人的地方，这种真爱是值得关注的。通过它在印地语诗歌中展示了新的方法。当印地语文学兴盛起来时，梵语诗歌自己古老特色已经丧失殆尽，这使它仅接受后来的形式。蚁垤、迦梨陀娑和婆沃普弥（Bhavabhumi）的作品中所具有的细致入微观察，在后来的梵语诗人作品中已不复存在。古代梵语诗人在创造自然景象时，尽力通过联合使用好几种东西使人获得意象。很好地完成这些之后，他们还经常通过比喻创设一些喻体。但在后来的短诗中已不再是通过细致的联合的使用，而是尽量使人分别获得对一些东西的意象。长篇叙事诗的描写中注入如此大量的比喻，以致本体形象完全消失了。

后来这种方法进入了我们的印地语文学。“六季”描写中所提及的自然景物和活动，只是出于刺激感情的考虑——也就是为了进一步唤醒或激发早就建立的对男女主角的情感。为此只要分别提到一些东西的名字就足够了。在印地语旧诗中见不到能够使人了解诗人对自然景观的感情的描写。

很遗憾，谁也没有注意到塔古尔先生对古代梵语诗人传统所做的改良。关于自然描写的古代印度传统我们仅做简单的讨论，然后将继续往下进行。对自然景观这种充满爱的敏锐目光，是古梵语诗歌的一个特点，这一特点在波斯语和阿拉伯语诗歌中是没有的，只有在欧洲诗人的作品中才可看到。在英语文学中，从华兹华斯、雪莱、梅瑞狄斯（George Meredith）等的作品中可以发现古典梵语文学中那种细致入微的观察和迷人形象的塑造。后来，古代印度和新时代欧洲的形象塑造出现了些许明显差异。在印度传统中，诗人情感的支柱就是自然，因此对自然现象的直观感受就成为其诗歌的独立目标。而在欧洲文学中，诗歌研究不断发展的传统中渐渐出现了这样一种观念：“对自然景象[①]的直接感受只是粗略的意象，用这些景象建构一个新的想象世界才是诗人的工作。”

根据上述倾向，一些西方诗人很好地揭示了众多自然面貌中蕴含的情感流，但很多人却幻想着自己不协调的情感，用自己的内心世界掩盖那些面貌。当前我们应该按照这两种传统中的哪一种来发展我们诗歌的景色描写，这是值得思考的问题。笔者认为，遵循前

① 参见《美丽》（Madhuri）杂志（健日王纪元1980年3~4月）上发表的笔者的《诗歌中的自然景象》（*Kavya Men Prakritik Drishya*）。——作者原注

一种传统是准确的。充满无尽形象的广袤自然界就是那“宇宙意识”各种想象的无限延伸。观察细致的鉴赏者会从中得到各种情感的暗示。放弃各种表象所真正表达的各种情感，而用自己受限的内心愿望来掩盖它们，只能属于一种虚假的游戏。我这里说的是独立的景象创作，其中只有景象是所谈论的主题。在只为表达某种已确立情感的强烈而从大自然选取物事的地方，这些物事就会带上那种情感的色彩。但总以这种样子看自然是对目光的束缚。只是看被自己的苦乐所浸染的自然，又能看到什么呢？人并非一切，自然也有自己的面貌。

（5）恩比噶德特·沃亚斯——沃亚斯先生也写了一些新题材的零散诗歌，发表在旧的报刊杂志上。他也曾为了试验作过一些不押韵的颂诗，但这一努力看来并不成功，因为他用了印地语某种常见的韵。

关于帕勒登杜的合作者们的情况我们就讨论到此，现在谈谈帕勒登杜去世后涌现出的、对诗歌语言和风格有所改变的那些诗人。帕勒登杜的合作者们尽管随着时空的变化也倾向于一些新的题材，但语言却仍然用的是一直流行的传统伯勒杰语，所用的韵律也是伯勒杰语中常用的。但在帕勒登杜去世不久，关于语言问题就出现了新的思考。人们发现，印地语散文的语言都已经是克里保利语了，用它所创作的文学作品也已经很多，可诗歌的语言却仍然还保持着伯勒杰语。散文用一种语言写作，诗歌却用另一种语言，这种状况很不合时宜。在帕勒登杜时期就开始有这方面的议论，在此影响下，他还用克里保利语（用波斯语的韵）创作了一首名为《十车王恸哭》（*Dasharatha Vilap*）的诗。这首诗是这样的：

我们可爱的罗摩啊，你在哪里？你丢下我们到底去了何方？

年迈之时却要面对如此痛苦，活到今天就为看到这一场？

拉贾·西沃伯勒萨德[①]非常喜欢这首诗，而且把他收进了自己的小册子中。

用克里保利语创作诗歌并不是什么新鲜事。我们已经揭示了纳姆代沃和格比尔的作品中已确认的克里保利语形态，并且指出，它大都用在“五语混合体”中。高雅文学中只用传统诗语。英夏在《盖德吉王后的故事》中也用乌尔都语的韵律创作了纯克里保利语诗歌。当时出现了著名黑天派虔诚者纳格利达斯。纳格利达斯和他之后的一些黑天派虔诚者都非常热衷于波斯语爱情圣歌集和格杰勒[②]。下面请看纳格利达斯的《爱情花坛》（*Ishaka Chaman*）中的一首双行诗：

爱慕者虽有千千万，却无一人能沾边。
有一位爱得疯狂，最终抵达爱的花坛。

后来，纳吉尔·阿格伯拉巴迪（1740~1820）用克里保利语写了不少关于黑天本事的诗。他是一位性情豪放、随心所欲的苏菲派虔诚者。

勒克瑙的国王贡登拉勒（Kundanlal）和朋登拉勒（Phundanlal）是分别以“温柔美少女”（Lalit Kishori）和“美丽甜蜜”（Lalit Madhiri）之名而闻名的虔诚者。他们的创作时间应该在1856~1873年。和其他虔诚者一样，他们既写了许多伯勒杰语诗歌，也用克里

① 拉贾·西沃伯勒萨德·希达雷信德（Raja Shivaprasad Hitarehind，1823~1897）是印地语促进者和文学家。任职于教育部门，印地语得以进入学校与他的努力是分不开的。他还创办了《贝拿勒斯报》宣传印地语。

② 格杰勒（Gajal）原为阿拉伯语的一种诗体，后来在波斯语、乌尔都语、印地语甚至尼泊尔语中也很流行，主要是艳情味的诗歌。

保利语写了一些丘勒纳韵[①]体诗。

就在这之后，开始了拉沃尼爱好者的时期。据说，杜格恩吉利·苟萨因（Tukangiri Gosain）在米尔加普尔用“五语混合体”奏起了拉沃尼的旋律。拉沃尼的语言正是克里保利语。杜格恩吉利的两个学生利萨勒吉利（Risalgiri）和代维辛赫（Devisingh）成为著名拉沃尼爱好者。后来形成以他们两人为首的两个互相对立的阵营。利萨勒吉利的形式称作“杜尔拉”（Turla），其中以宣扬梵智为主。代维辛赫的方式叫作“妻情的方式”，其形式叫作“格勒吉”（Kalagi），以虔诚和爱为主。拉沃尼爱好者中，迦尸吉利（Kashigiri）以笔名贝拿勒希（Banalasi）而著称。拉沃尼后来多借用乌尔都语的韵律。克亚勒[②]也应该属于拉沃尼之类。

除此之外，如前所述，法式时期的一些诗人也零星创作了一些克里保利语格维德和瑟崴雅。另一方面，拉沃尼和克亚勒爱好者也经常以自己的方式用纯印地语进行歌唱。这样，当帕勒登杜之后人们面临诗歌的语言问题时，摆在人们面前的就有克里保利语的三种韵律体系——印地语格维德瑟崴雅系统、乌尔都语韵律系统和拉沃尼的类型。1886年，希利特尔·巴特格按照这后一种类型用克里保利语诗体写作出版了《隐居的修行者》（*Ekantavasi Yogi*），其语言多是非常简单的口语。

此后，掀起了一场克里保利语运动。穆兹弗尔普尔的阿尤提亚·伯勒萨德·克德利挺身而出，扛起了克里保利语的大旗。公元1888年他出版了一本书，名为《克里保利运动》（*Khari Boli Andolan*）。书中他强烈表达了一种观点：到今天为止所创作的诗歌，全都是伯勒杰语的，而不是印地语的。用印地语也可以创作诗歌。他对语言学知识不太熟悉，在他看来只有克里保利语才是印地语。

① 丘勒纳韵（jhulana）是印地语诗歌的一种韵体，每行共26个音长。
② 克亚勒（Khayal）是一种特殊形式的歌，分多种曲调，多用于描写艳情。

他在书中确立了克里保利语诗歌的五种形式，如毛拉式、蒙西式、潘迪特式、教师式等。他的书中与其他颂诗一起也收了巴特格先生的《隐居的修行者》。他还请其他一些人也写了克里保利语诗歌。金巴伦（Chanparan）的著名学者和吠陀专家、帕勒登杜密友之一金德尔谢克尔·米谢尔，除了用梵语以外，也用印地语创作了非常优美的诗歌，而且经常创作即兴诗。笔者认为，印地语文学的现代时期梵语圈子中最先写克里保利语诗的就是米谢尔先生。阿尤提亚·伯勒萨德也见过他，并且问他："人们都说用克里保利语作不出好诗。您怎么看？如果不是这样，请您给我些帮助。"米谢尔先生写了几首诗给他，他把这些诗都收进了自己的书里。同样，遇到支持克里保利语的意见建议，也都被收入书中。慢慢地它就成了一本大书。只要哪里有关于印地语的会，他就会腋下夹着这本书赶往那里。如果得不到发言的机会，他就会感到很失落。

第三节　新潮流：第二次繁荣（1893~1918）

希利特尔·巴特格的《隐居的修行者》在克里保利语诗歌的第一次繁荣中已经提到过。不仅它朴素的克里保利语和在人民中的流行曲调值得关注，而且它的故事的感人性也值得注意。在深爱着某人时出家，到荒无人烟的地方搭个茅棚生活，是一种能够自然而然触动所有国家各阶层男女心灵的情感。为了用淳朴的克里保利语进行翻译，选择这样一种动人性堪与文盲妇女的歌媲美的爱情小说，是跳出婆罗门学究的窠臼开始进入智觉自由领域的标志。为了认识印度人内心的一般特征，有必要也关注自古流传的乡野歌曲。仅仅研究婆罗门学者开创的诗歌传统是远远不够的。

与按婆罗门学者确立的方式流传下来的诗潮同时，普通的没有文化的人民中，还有一种自由而天然的情感流以歌曲的形式也在流淌。正如很多时候在稳固流行的婆罗门学者的文学语言的同时，民众语言的潮流也在不断前进。当婆罗门学者的诗语固化后与不断向前发展的民众语言渐行渐远，对人民内心施加影响的能力开始弱化时，优秀的群体便借助民众语言为自己的诗歌传统注入新的生命。当阿伯珀仑谢语受俗语的旧形式所累而慵懒迟钝时，优秀诗歌便得以从流行的各地方言汲取力量而向前发展。这种自然规律应该说在诗歌形式方面也是必然的。随着高雅诗歌受婆罗门学者束缚而失去活力，变得日益狭隘，它只能从普通民众中自由流动的自然情感溪流汲取养分，从而得到生动活泼的传播。

这种情感之流也裹挟着我们早已熟悉的各种动物、植物以及荒野等向前，它与空间特征紧密相连。在一首歌中，一位乡村新娘通过自己所熟悉的自然现象如此淳朴地表达了自己离别的久长：

> 门前可爱的楝树苗，那是心上人临行前亲手栽下，它已渐渐长大，开花结果，如今已果熟蒂落，可我的心上人仍未归家。

这种情感之流的表达方式就是人民内心一直据以在生活中自然塑造自己情感的东西。应该说，我们激发情感能力的真正宝库就蕴藏在这无拘无束的情感溪流中。当婆罗门学者的诗流与这自由的情感之流脱节并墨守成规时，它便变得虚假，影响力也开始衰落。在这种情况下，就有必要把目光导向这种情感之流。引导目光的意思就是，检验这种自然情感之流趋势的种种内涵，重塑高雅诗歌的特性。这种重塑要以和谐的形式，而非以盲目反对、矫枉过正的形式。只有这样的变革才能称得上是感受上的真正而又自然的自由（应该说是真正的浪漫主义），因为它是建立于根本的自然基础之上的。

印地语中也开始经常提起的英国的浪漫主义（Romanticism），

在其刚刚崛起时就已经明显感受到了发生变化的根本的自然基础。由于对后来的诗人们的个人的、科学的、智力的倾向和特征过多的表现——比如神秘主义哲学、自由主义思想、艺术家等，它似乎有些被掩盖了。将诗歌从学术的外来传统中解放出来的是考珀（William Cowper），但在自由之后它该如何获得向人民内心传播的力量，却是由生活在苏格兰的农家草棚中的诗人彭斯（Robert Burns）指明的道路。他研究了自己家乡流行的传统歌曲的感人性，用苏格兰方言创作了诸多作品，这些作品在当地人民心中扎下了根。沃尔特·司各特（Walter Scott）从本国内部情感汲取力量振奋了文学。

鉴于英语文学中浪漫主义得以发展的环境，应该认识到，法式时期末，或者说帕勒登杜时期末，印地语诗歌所处的环境与英国的环境有多少相似之处？整个欧洲很长一段时间都是用的学者语言拉丁语（古罗马人的语言）。在法国人的影响下，英国人的诗歌创作也受到拉丁语古老传统的束缚，开始模仿那种语言的诗歌的所有方法。固化的修饰词汇、事物描写程式、音韵系统全都原封不动地被借用。这样，英语诗歌被外国诗歌和文学的传统掩盖，以致它与本国传统的天然情感之流似乎完全隔绝。考珀、克雷布（George Crabbe）、彭斯将诗潮铸造成符合普通民众音乐情趣的各种甜蜜曲调和民众内心喜好的各种感人的情境。英语文学中这种自由形式与以前的形式有很大不同。原来，拉丁语（其文学很大程度上是按照希腊语模式创作的）对英国来说是遥远国度的语言，所以其文学也与那里的居民自己长期积累的本能和情感表达方式相距甚远。

但是，我们文学中法式时期的传统并非任何别国的，它就是在本国文学内部的梵语传统中得以发展的。梵语诗歌和仿照它创作的俗语阿伯珀仑谢语诗歌也是我们自己的古代诗歌，只是由于学者专家的长期塑造和固化而有些偏离广大民众的情感表达习惯，但因为产生于同一个语族，因而两者没有根本的区别。所以，在我们当前的诗坛，如果感受的自由潮流能够按照自然的方式，或者从流传下来的口头歌曲中汲取能量，那他就会形成自己的诗歌传统——更加生动活泼、更加独立自由。

在法式时期一章我们已经指出，作为“味”和“庄严”的例证而创作以及有些韵律的形式被固化，这些现象是怎样使印地语诗歌被束缚的。赫利希金德尔的同道者们已经显示出将诗潮引向新的题材的倾向，但语言却仍然维持了伯勒杰语，诗的框架结构、表达方式以及对自然的观察等方面没发现有什么自由。这种自由首先就是由希利特尔·巴特格表现的。他没有囿于刻板的传统自然形象，而是也用自己的眼睛观察自然现象。在《绝妙的冬季》（*Gunvant Hemant*）中他将农村生长的萝卜、豌豆等植物都充满爱心地加以表现，这在传统的季节描写中是根本见不到的。为此，他还遭到马特沃伯勒萨德暴风骤雨般的批评。他还为克里保利语韵诗创作了优美的调式和抑扬顿挫的模式。他还注意到，用优美的调式朗诵韵诗是一回事，歌唱音乐曲调则是另一回事。他按照克亚勒和拉沃尼的调式写了《隐居的修行者》，同样用“五语混合体”形式创作了《世界真理精要》（*Jagat Sachchai Sar*），其中写道：“世界为真，丝毫无假，孩子们要明白，它的奥秘所在！”在《天堂的维纳》（*Swargiy Vina*）中他神秘地暗示了那无形的天堂之歌，这个世界就按照它的节拍和曲调而起舞。考虑到这一切，只有希利特尔·巴特格才是真正浪漫主义的首创者。

遗憾的是，这条真正的、自然的自由之路在我们的诗界没能走下去。原来，就在这时候莫哈维尔·伯勒萨德·德维迪带着对过去梵语诗的改进进入了文学界，他对散文文学和诗歌创作都产生了广泛影响。那时印地语中梵语的叙事取代了按传统使用的短诗，并流行开来，结果是梵语词汇大量增加，取代虔诚时期和法式时期的传统，人们的注意力开始转向以前梵语文学的方法。德维迪先生通过杂志《娑罗室伐底》一直呼吁在诗歌中使用简单朴素的口语语言，从而使克里保利语叙事诗歌（mater of fact）大量涌现。这就是第二次繁荣时期的情况。

后来在第三次繁荣期间，由上述情况而引发的反应也没能朝着天然的自由方向前进。由于其间出现了罗宾德拉的《吉檀迦利》热，渴望出新的新诗人中有些人致力于按孟加拉语神秘主义诗歌照猫画虎，有些人则将西方诗歌形式视为“世界文学”的象征，并热衷于模仿它。结果是，许多诗歌脱离自己法式时期的传统和第二次繁荣时期的叙事性，而陷入舶来的传统和主义。但也有少数新诗人走上独立自主的感人的自然的道路，特别是以下几位：

（1）希利特尔·巴特格——在《隐居的修行者》之后很久，希利特尔·巴特格又用克里保利语创作了许多作品。他的第二部克里保利语作品是《精疲力竭的旅行者》（*Shrant Pathik*，戈德史密斯①的《旅行者》的翻译）。除了这些以外，巴特格先生还用克里保利语创作了不少零散诗作。有时心血来潮他还会用两种语言写作描写同一内容的诗歌。他一直用克里保利和伯勒杰这两种语言创作诗歌。《荒芜的乡村》（*Ujar Gram*）就是用伯勒杰语写的。由于他对英语和梵语两种诗歌文学都非常熟悉，他的兴趣也很广泛。在炼词炼句方面巴特格先生是无与伦比的。正如他的伯勒杰语流畅风趣，他的梵语用词也非常柔美。他实际上是一位天才、感情丰富、兴趣盎然的诗人。无论是形象上，还是语言上、感情上，亦或行为举止上，他都不粗莽。

他的天才一直在为创作开辟新的道路。用韵、遣词、造句等方面他总是有新的构思。他根据自己的兴趣创造的一些新的韵式，读起来非常悠扬悦耳。

---

① 戈德史密斯全名为奥利弗·戈德史密斯（Oliver Goldsmith，1728~1774），英国作家和诗人。他的著名诗作有《荒芜的乡村》和《旅行者》等。

他也写无脚韵的、不在固定位置结束的散文式长句韵诗（就像英语那样）。请看《黄昏漫步》（*Sandhya Atan*）这首诗：

那是无人的林区，自然之口缄默无语。
那是漫步的时分，夜色正在缓缓升起。
现身于诞生时的红霞中，
月亮宝宝正在走向天际。

《天堂的维纳》的如下诗句神秘地暗示了主宰世界的无形乐音：

有位天堂女孩在弹奏漂亮的维纳琴，
传来神仙音乐般无比美妙的蜂鸣①。
是大神的女仆还是哪位大仙的美人，
如受离别之苦者倾诉痛苦的心声。
时而爱的新调，时而激越时而温顺，
是同情是高兴，变幻着装容无穷。
使漫天的星斗全都处于陶醉之中，
恰似用两个指头将整个宇宙舞动。

前文已经说过，克里保利语的第一部作品《隐居的修行者》是巴特格先生用拉沃尼或克亚勒的方式写成的。后来他把克里保利语带进了印地语流行的韵诗。《精疲力竭的旅行者》是他用柔拉韵体创作的。后来他又更进一步，使人们看到，克里保利语也可以用瑟崴雅创作甜美的诗歌：

① 黑蜂在印度传统文化中有特殊的含义，往往是传递爱情的使者，蜂鸣也是传递爱情的象征。

印度的纯洁森林，你就是苦行者的修行之所，
投身于寻求宇宙真谛的仙人们在此不懈修行。
对自然世界再次遨游，此乃真正生活的过程，
林居生活更加伟大，它纯洁的威力超群绝伦。

巴特格先生用什么题材都可以作诗。他十分期盼社会改革，因此寡妇的苦难、教育的传播之类的题材也诉诸他的笔端。尽管他没能赋予所有题材以诗歌形式，没有关注到表达的语言形象化问题，他的诗中很少有重要的新思想，但他话语里却有使人喜悦的成分，其话语所表达的事物充满感情。在同时代的诗人中，巴特格先生是描写大自然最多的，所以他被印地语爱好者称为大自然崇拜者。但是，这里有必要强调，他的崇拜仅限于那些能够使人感到幸福愉悦的或者说壮美的自然景观。而大自然那纯朴的、人们习以为常的、与祖国生活紧密相关的景象的柔美他却很少看到。

（2）阿尤提亚辛赫·乌巴提亚耶·“赫利奥特”——帕勒登杜之后，第二次繁荣之前，印地语著名诗人阿尤提亚辛赫·乌巴提亚耶·“赫利奥特”开始倾向于新题材。他认为，只有乌尔都语韵律和纯方言才适合克里保利语，因为印地语用乌尔都语韵律已经很熟练。1900年以前，他就用乌尔都语方法创作了不少零星作品。1900年天城体推广宣传大会新址入住仪式上他创作了一首诗，其中的诗行我至今仍记忆犹新：

迈了几步又如何，
依然遥远这前路。
毛拉无一会如此，
根本不懂乌尔都。

此后，他便一直写这样的诗。在莫哈维尔·伯勒萨德·德维迪先生影响下，当克里保利语完全依赖于梵语韵律和词汇，乌巴提亚耶先生——他已经在散文中将其推向两个极端而展示了自己语言的优美熟练——也转向那种风格，而且于1914年发表了名为《可爱的异域/情人远行》（*Priypravas*）的长诗。

通过与受过新式教育的人接触，乌巴提亚耶先生接受了许多全福利思想。上述诗歌中黑天被刻画成伯勒杰的保护者和领袖。这么长的克里保利语诗歌是至今还没有过的。这部诗作非常重要的特点是，全篇都是用梵语的沃尔纳韵式（Varnavritta）[①]，而这样的诗要大篇幅创作是很困难的。乌巴提亚耶先生的梵语用词大多加有前缀，间或用manju、majul、peshal[②]等镶嵌或编入其中。乌巴提亚耶先生的作品与德维迪先生及其追随者的作品在这方面有明显区别。乌巴提亚耶先生就算不是把优美词汇看成诗歌的一切，也把它看得很重。尽管在德维迪携一众追随者在梵语韵律的道路上已经走了很远，乌巴提亚耶才起步，但后者却是完全按照自己的方式走。按照“将作品推向极致”的想法——尽管达到那种程度并非多数人的愿望——乌巴提亚耶先生在这部作品中多处使用了如此大量的梵语词，以致印地语只能限于hai、tha、kiya、diya[③]等少数几个动词形态。但也不是全部如此，多数的诗行中基本上还是按照印地语自己的习惯在使用。

这部诗作大部分是情感表达性和描述性的，对黑天离开以后的伯勒杰状况描写得非常好。充满离别之苦的格言表达了诸种爱的心境。正如其诗名所表明的，它的情节别说不足以称为大诗，就是对

① 沃尔纳韵式（Varnavritta）中每行的字母数和长短音节都相等。

② manju、majul、peshal这几个词都是梵语源词，都有“美丽的”“优美的”的意思。

③ Hai是印地语连系动词hona（是）的现在时单数（阴性或阳性）的变位形式，tha是印地语连系动词hona过去时阳性单数的变位形式；kiya是动词karna（做，类似于英语的do）的完成体阳性单数的变位形式；diya是动词dena（给）的完成体阳性单数的变位形式。

于优秀长篇叙事诗也是不够的。所以，这里面怎么可能有长篇叙事诗的所有成分？在离别时，人们心中会产生何种心情，会哭诉些什么，对此尽可能详细地进行了描写。为了遵守传统所做的情景描写，就好像在罗列花园里栽种的花草树木一样。大概正因为如此才漏掉了格里勒[①]的名字。

这部诗作之后，乌巴提亚耶先生的注意力又转向了口语，这次他更加注重的是成语。用口头语言他创作了各种题材的诗，其中每行都肯定要用到成语。请看此类诗歌集《尖锐的四行诗》（*Chokhe Chaupade*）中的一首：

你为何折磨别人养自己，
你的策略太不如意。
我们只想填饱肚，
你没填饱我肚皮。

上面是语言的两种模式。这种二元式艺术是乌巴提亚耶的最大特点。这表明他对词汇量的掌握程度。他的另一部长篇诗作是《崴黛西[②]林居》（*Vaidehivanvas*）。该书他写了很久，很快就要出版了。[③]

（3）莫哈维尔·伯勒萨德·德维迪——在这第二次繁荣期之初，我们是将莫哈维尔·伯勒萨德·德维迪作为诗歌创作的一个体系看待的。德维迪对散文的影响，我们在散文一章已经谈过。他对克里保利语诗歌创作也有全面的影响。首先，他使语言得到了很大的净化。原来许多诗人的语言都很随意，很不严谨，很多人还把阿沃提语和伯勒杰语等混合使用。在他编辑《娑罗室伐底》杂志时期，在

① 格里勒（karil）是一种生长在荒漠或砂砾中的带刺灌木。
②《崴黛西林居》中的崴黛西（Vaidehi）就是罗摩衍那里面罗摩的妻子悉多，所以该作品有人也译作《悉多林居》。
③ 已经于公元1910年出版。——作者原注

他的推动鼓励下许多新人开始用克里保利语创作诗歌。对这些新人寄来的诗歌，他往往对其语言等进行修改后便在《娑罗室伐底》上给予发表。通过这样不断的修改，渐渐许多诗人的语言便纯净了。其他人也开始根据这些范例对自己的诗歌进行改进。

讨论了语言净化问题，现在我们该谈谈他所建立的诗歌创作的方法了。德维迪先生在孟买待了一段时间，在那里他了解了马拉提语文学。马拉提语文学对他有很大影响。马拉提语诗人大多使用梵语的韵律，遣词造句也往往类似散文体。这里没有孟加拉语那样的“优美措辞”。德维迪就是根据这种马拉提语的范例开始印地语诗歌创作的。以前他只用伯勒杰语写诗。他在印地语宣传推广大会杂志上发表的《天城体，你的境况竟然如此！》（*Nagari Teri yah Dasha*！）和以《罗怙世系》为蓝本创作的《阿逾陀的哭泣》（*Ayodhya Ka Vilap*）都是用的梵语韵体，但语言却是伯勒杰语。

在现代时期，伯勒杰语诗歌的梵语韵体，最初是已故萨逻逾伯勒萨德·米谢尔（Saryuprasad Mishra）在翻译大诗《罗怙世系》的译本《诗体方言译本》（*Padyabaddh Bhashanuvad*）中使用的。开始部分发表在帕勒登杜的《诗人语言甘露》（*Kavi Vachansudha*）上，整个译本在好久以后的1911年才得以出版成书。德维迪先生后来完全放弃了伯勒杰语，只用克里保利语作诗。

马拉提语的影响自不必说。后来，似乎华兹华斯的理论在他心中也是根深蒂固的：散文和诗歌的遣词造句都应该是一样的。但是，华兹华斯的这一理论显然被证明是不合适的，而且他自己的优秀作品中都没有遵循它。德维迪也没有始终按上述理论创作，在自己的诗歌中他间或也使用带阿奴布拉斯的优美措辞。

但他一直强调，诗歌应该用口头语言。他说的口头语言不是指纯口语或者印度斯坦语，而是指散文所用的语言。结果就是，他的语言过于散文化（Prosaic）。但是，正如苟斯瓦密·杜勒西达斯所言，思想与语言是无法分开的。他的大多数诗歌都具有了故事特性（Matter of Fact）。其中能够加速味的传递和吸引人心的那种象征性、那种图画式的感情和优雅很少出现。“yatha”“sarvatha”“tathaiv”[①]之类词的使用使他的语言更加散文化了。

尽管他较多使用了梵语的韵，但用一些印地语流行的韵也创作了不少诗作，比如《命运作祟》（*Vidhividanbana*），其中梵语词用得很少。他的《童子出世精要》[②]（*Kumarsanbhavsar*）就是以这种方式写成的。《童子出世》（*Kumarsambhav*）的这个译本非常优秀。为了尽量表现原著的情，译本在语言上往往会非常复杂。但他的这个译本中一点也不存在这个问题。我所见到如此纯净的翻译，除了它就只有盖西沃伯勒萨德·米谢尔先生的《云使》了。

德维迪的诗多收在名为《诗之宝匣》（*Kavyamanjusha*）的书中。他的另一部诗集名为《苏蒙》（*Suman*）。

在德维迪的影响和鼓励下，印地语涌现出一批优秀诗人，其中主要有迈提里谢伦·古布德、拉姆杰利德·乌巴提亚耶和娄金·伯勒萨德·邦代（Lochan Prasad Pandey）。

（4）迈提里谢伦·古布德——德维迪接手主编《娑罗室伐底》大约三年之后（1906），迈提里谢伦·古布德的克里保利语诗歌开始在《娑罗室伐底》上发表，并且德维迪在任期间一直在发表。1909年，他的叙事诗《败兴》（*Rang Men Bhang*）发表。该诗是以与吉道尔和本迪的王族有关的拉贾普特人荣耀的故事为题材创作的。从那时起，古布德先生就一直关注叙事诗，时不时地写一些长短不一

① “yatha”的意思是“例如”；“sarvatha”的意思是“非常”“完全”或“永远”等；“tathaiv”的意思是“如此”。

②《童子出世精要》实际是对迦梨陀娑的叙事长诗《童子出世》的翻译。这里的童子实际就是湿婆神的次子战神“室健陀”（Skand），也叫“噶尔迪盖耶”（Kartikey），印度南方称其为穆卢庚（Murugan）。所以《童子出世》也有人译作《战神诞生》。室健陀之所以称为童子，是因为他永远保持儿童的容颜。

的叙事诗。第一次吸引印地语爱好者们关注古布德先生的，是他的《印度之声》（*Bharat Bharati*）的出版。这部诗作仿照《哈利六行诗》[①]的方法，展现了印度人或印度教徒过去与现在境遇的不协调，并没有分析未来的状况。尽管该诗缺乏诗歌的独特措辞、富于感情的描绘、形象化的语言等的运用，但由于它用纯净朴素的语言叙述了感人的事实，受到充满爱国情怀的新青年普遍喜爱。尽管该诗没能赋予该题材诗歌的完美形式，但它很好地证明了克里保利语是适于诗歌创作的。很久以后，他用同样的方法写了《印度教徒》（*Hindu*）。他的《发辫的故事》（*Keshon Ki Katha*）、《天堂的同胞兄弟》（*Swargsahodar*）等许多零星诗作均发表于《娑罗室伐底》，后收在诗集《吉祥的（敬神）水罐》（*Mangal Ghat*）[②]中。

他一直坚持叙事诗传统。至今他已写了十来部长短不一的叙事诗，分别是:《败兴》《诛杀杰耶德尔特》（*Jayadarva Vadha*）、《伟大的勇士》（*Vikat Bhat*）、《普拉西之战》（*Palasi Ka Yuddha*）、《私塾》[③]（*Gurukul*）、《农民》（*Kisan*）、《本吉沃蒂》（*Panchavati*）[④]、《悉塔拉杰》（*Siddharaj*）[⑤]《沙祇城》（*Saket*）[⑥]、《耶修特拉》（*Yashodhara*），其中最后两部是长诗。《伟大的勇士》讲述了鸠特普尔一位拉贾普特头人持续三代不同寻常的大无畏英勇行为的故事。《私塾》描述了锡克教古鲁的重要性。较短的叙事诗中人们记得比较牢的是《诛杀杰耶德尔特》和《本吉沃蒂》。古布德先生的短诗情节设置令人印象深

---

① 《哈利六行诗》（Musaddas Hali）是一部著名乌尔都语诗作，其中的哈利（Hali）就是其作者毛拉那·阿勒达夫·侯赛因·哈利。

② “吉祥的（敬神）水罐”是指在喜庆的活动时放在神像面前的敬神用的水罐。

③ 印度古代的“私塾”与中国古代私塾有相似之处，但印度的私塾学生是离家住到老师家（往往在森林中）跟着老师学习。

④ 本吉沃蒂（Panchavati）是史诗《罗摩衍那》中的地名，是罗摩林居期间生活的檀陀迦林（弹宅迦林）中的一处地方，悉多就是在这里被魔王掠走的。

⑤ 悉塔拉杰全名为“杰耶辛赫·悉塔拉杰”（Jayasingha Siddharaj），是12世纪古吉拉特遮娄其王国的著名国王。

⑥ 沙祇城（Saket）即《罗摩衍那》中的阿逾陀城，也有人译作“萨格德”（见刘安武《印度印地语文学史》）。

刻，语言也非常纯。

《赞美者》（Vaitalik）是在古布德先生对用克里保利语写歌也产生兴趣后创作的。

尽管古布德先生是位只直观感受世界和生活显性一面的意义和美的诗人，将自己的罗摩视为居于凡间之人。但在第三次繁荣期间，听到以“阴影主义”之名创作的神秘主义诗歌的婉转悦耳，他也用神秘主义者的声音唱了一些收在《铿锵之声》（*Jhankar*）中的歌。然而对无限[1]的关切和无边痛苦的种种展示并非属于古布德先生受内心鼓舞的倾向，他是看到一条诗歌道路很通行，便从众而走向它。

《沙祇城》和《耶修特拉》是他的两部大诗。两者中都可发现他诗性的全面发展，但却缺乏叙事性。实际上，这两部作品是在古布德先生的兴趣已经转向歌词或新式抒情短诗（lyrics）时创作的。创作《沙祇城》的主要目的就是希望乌尔米拉[2]不要再“被诗歌忽视”。他用了整整两章（第9章和第10章）来描写她的离别之苦。在离愁描写中，诗人既写出了旧式庄严的奇迹般的颂诗，也写了带有当今新色彩的痛苦和多种新奇象征的歌曲。诗的名字之所以定为“沙祇城”，意思就是说，这里面主要描写的就是在阿逾陀发生的事件和情况。从为罗摩登基作准备到罗摩-婆罗多兄弟在质多罗俱吒相会的故事共延续了八章。此后两章详细描写了乌尔米拉的离别状态和内心世界，其中也表现了非常高尚的情感。

在爱的感召下，乌尔米拉内心的宽宏大度得到了更大的扩张。在分离状态下她承载了心上人罗什曼那的骄傲之情。在神情迷离之中，当她好像看到罗什曼那站在面前时，那种情感受到了沉重打击。

---

① 这里的“无限”指神秘的超自然力量。

② 乌尔米拉（Urmila）旧译作“优哩弥腊”。她是《罗摩衍那》中罗摩弟弟罗什曼那的妻子。在印度的罗摩诗传统中，罗摩离开阿逾陀后的主角总是罗摩-悉多和罗什曼那，而留在阿逾陀的罗什曼那的妻子乌尔米拉以及婆罗多等完全被忽略了。几乎没有诗人写留在阿逾陀的人们。

从檀陀迦到楞伽的事件是通过设睹卢祇那[①]之口在芒德维[②]和婆罗多面前声情并茂讲述的。在不改变罗摩衍那各个角色传统形象的前提下，在他们内心艺术地表现了现代运动的精神——比如对农民和体力劳动者的同情、对好战的反思、对国家制度中的民权和坚持真理、人道等的思考。我们认为，任意改变某位往世书或历史角色的传统正面形象是极其愚蠢的。

《耶修特拉》是以戏剧形式创作的。作品中表现了与佛陀生平有关的一些角色的崇高美德和相互对话，其中有的地方用了散文体。感情的表露往往用歌曲形式。

《二分时期》（*Dvapar*）中对耶修达、罗陀、纳勒德、刚沙、古波嘉（驼背女人）等一些特殊人物的情感分别进行了深刻描绘。纳勒德和刚沙的内心情感状态被非常清晰地呈现在人们面前。

古布德先生还创作了《有德者》（*Anagha*）、《蒂娄德玛》（*Tilottama*）[③]和《金德尔哈斯》（*Chandrahas*）[④]三部短诗剧。在《有德者》中，诗人将关于人类制度的现代情感和思想移植到了古代，以当代农民运动色彩为主。

古布德先生的最大特点是其随机应变能力，或者说不断吸收逐渐变化的情感思想和诗词方法的能力。从这个角度说，他无疑可以称作印地语人民的代表性诗人。帕勒登杜时期一直流传下来的爱国思想情怀，在他的《印度之声》中得到进一步发展。当前政治运动所具有的形态在他后来的作品中都有全面反映，坚持真理、非暴力、人道主义、泛爱、爱和尊重农民及体力劳动者等，我们都可以看到。

古布德先生的作品中显示出三个阶段。第一阶段是语言净化阶段，其中进入我们眼帘的是克里保利语诗歌的耀眼作品。《娑罗室伐

① 设睹卢祇那（Shatrughna）是罗摩的弟弟，和罗什曼那是双胞胎兄弟。
② 芒德维（Mandavi）是婆罗多的妻子。
③ 蒂娄德玛的前生是位女婆罗门。
④“金德尔哈斯”是湿婆赐给魔王罗婆那的一把宝剑。

底》上发表的大部分作品和《印度之声》是这一时期的代表作品。这些作品在诗歌爱好者看来似乎有些散文化、粗糙、以叙事为主。作品中也缺乏有意义的优美词汇。实际上，这是克里保利语的改良净化期。紧接着，古布德先生又研究了孟加拉语诗歌，翻译了穆图苏登德得（Mudhusudandatta）创作的《伯勒杰牧女》（*Brajangana*）、《梅克纳德伏诛》（*Meghnadvadh*）[①]等。因此他的词汇里就增加了不少生动和优美，尽管有些地方，尤其是在一些短韵诗的行尾，至今仍然受到有些磕磕巴巴、不太常用的梵语词之害。《印度之声》和《赞美者》之间创作的作品可以作为这第二阶段期间的的代表作品。此后便流行起被称为“阴影主义”的诗歌，古布德先生的兴趣也有些转向了抒情短诗（lyrics）和表达的奇异象征。这种倾向在《沙祇城》和《耶修特拉》中都有所反映。这是第三阶段。

古布德先生实际上是位调和主义诗人，不是宣示对抗或疯狂摇摆的诗人。他对过去心存敬意，对新事物满怀激情。下面是他的几种作品：

刹帝利啊，你们听着！赶快把污名的黑点抹掉。
为了自己祖国，献出生命吧，连同身心与财富！
吠舍们啊，你们听着，整个国家生意都已毁掉。
所有财富都被外国人掠走，只剩下无限的痛苦。

——《印度之声》

过去，现在，将来有你，过去，现在，将来永远有我，
昨天我如纯净的流水，今天在这里，明天又流向彼处。

---

① 梅克纳德（Meghnad）是罗婆那之子。

红娘啊！我已梳洗妆扮妥当，静坐以待，
快领我去，我要去见心上人，哪怕抛家舍财。

迷藏捉得好开心！
每次都是你藏我找，独自一人。

发自内心一声叹息，
大家都在等待着你。
杜鹃伸出尖喙，牡蛎张开硬壳，
我带着自己的心，我们各人只顾自己。

——《铿锵之声》

女伴啊，你看那河中水流
起起伏伏波光流动，宛如繁星闪闪。
纯净之水跳跃着潺潺注入心田，
巴拉河抖动着漂动着，汩汩扩散。

啊，我心中的喜悦！莲花盛开，香气袭人。

女伴啊，我的歌在哭泣，
它的曲调无法传给亲爱的人！

（5）拉姆杰利德·乌巴提亚耶——拉姆杰利德·乌巴提亚耶1872年出生于伽吉普尔（gajipur）。但后来的日子里，他住到了阿贾穆加尔（Azamagarha）附近的一个村子里。他是一位优秀梵语学者。最初，他对写印地语旧体诗非常感兴趣，后来当《娑罗室伐底》上开始刊登克里保利语诗歌时，他便转向新式诗歌的创作。在德维迪的鼓励下，他一直坚持向上述杂志投稿。他用克里保利语创作了《民族之声》(*Rashtra Bharti*)、《神的使者》(*Devdut*)、《神仙社会》(*Devsabha*)、《女神黑公主》(*Devi Draupadi*)、《印度的虔诚》(*Bharat Bhakti*)、《奇异的婚姻》(*Vichitra Vivah*)等许多诗歌。短诗大都以机敏风趣的对话形式出现。他还写了一部长篇叙事诗《罗摩生平如意明珠》(*Ramcharit Chintamani*)，其中不少情节写得非常美，比如“安伽陀[①]与罗婆那对话”。他的语言很纯，熟练流畅。请看“安伽陀与罗婆那对话”的诗行：

> 德奴之子[②]啊！如果你想得安宁，就请不要再骄傲。
> 赶快寻求罗怙之主来庇佑，罗摩才是弱者的依靠。
>
> ---
>
> 泼猴啊，你听好！因陀罗、俱比罗在我面前嘴都不敢张。
> 今天你若不把我罗刹王赞，
> 泼猴啊，我也不得不对你这人类奴仆多聊聊。
> 既然如此有胆量，却又为何不知耻，甘为人类来折腰！

（6）吉里特尔·谢尔马·“讷沃日登”（Giridhar Sharma Navratna）——另一位经常在《娑罗室伐底》上发表诗作的梵语学者就是恰尔拉帕坦的吉里特尔·谢尔马·“讷沃日登”。除了《娑罗室伐底》之外，他也向其他印地语报刊投稿。他还主编过一段时间拉贾普特纳出版发行的刊物《知识太阳》(*Vidyabhaskar*)。他为印地语文学在马尔华和拉贾普特纳的传播做出了很大贡献。“讷沃日登”

---

① 这里的“安伽陀”（Angad）是猴王波林之子，攻打楞伽城的罗摩军统帅。

② “德奴之子”是对“罗婆那”的称呼。德奴（Danu）是生主的女儿之一，著名仙人迦叶波之妻，有恶魔之母之称。她生了40位恶魔（一说100位），罗婆那是其中之一。

先生还是位优秀梵语诗人。他用梵语希娄格[①]韵体将戈德史密斯[②]的《隐士》（*Hermit*）翻译成了《隐居的修行者》（*Ekantvasi Yogi*）。他的印地语作品也不少。除了自己写书以外，他还翻译了好几本书。他翻译的罗宾德拉的《吉檀迦利》早就出版了。他于1928年以“印地语摩伽[③]”之名将摩伽的《童护伏诛记》（*Shishupalvadha*）的两章翻译成了印地语。早年他创作伯勒杰语格维德诗等，其中有些地方也有克里保利语的痕迹。现在还发现他有一些纯克里保利语的格维德。他在《娑罗室伐底》上发表的诗歌大多数都是叙事性的和非韵体的，比如：

每当发现一本新书，就像结交新朋友。
每天无数次地看它，如同见到老朋友。
如果转轮王对我说：“婆罗门啊，
你放弃如此爱书吧，我将赠予你整个王国。”
我会回答：“大王请别这样说！您尽管吩咐！”

（7）娄金·伯勒萨德·邦代（Lochan Prasad Bandey）——邦代先生很小时就开始写诗。从1905年起，他就开始在《娑罗室伐底》和其他月刊上发表诗作。他的诗歌有好几种类型，既有故事记叙型，也有零散独立型。他按照南德达斯的《牧歌五章》[④]写了吉道

① 希娄格（Shlok）是梵语的一种韵律形式，也有人译作“颂”或“输洛迦”，每颂4行，每行8个音节。每行的第5音节为短音节，第6音节为长音节，第2和第7个音节也是短音节，其余的音节没有严格要求。

② 戈德史密斯（Oliver Goldsmith）是18世纪英国最多才多艺的作家之一，爱尔兰诗人、小说家和剧作家。

③ 摩伽（Magha）是印度古代著名梵语诗人，生活时间大约在公元7世纪。他的著名大诗《童护伏诛记》取材于《摩诃婆罗多》，描写了在坚战的王祭现场黑天诛杀童护的故事。

④《牧歌五章》（*Ras Panchadhyay*）是《薄伽梵往世书》第10篇的第29~33章。这五章在梵语中并没有独立成书，但在印地语中则成了一本独立的作品。

尔的皮穆辛赫前所未有的自我奉献故事。在《母鹿摆脱痛苦》(*Mrigi Dukhmochan*)中，他用克里保利语的瑟崴雅体以生动的语言描写了一只母鹿的艰难处境。通过这个故事可以了解到他对动物充满同情的诗人情怀，甚至可以发现他内心对花草树木等各种植物境况的敏感关注。这种情感的丰富性是他所独有的。语言的散文化、简单朴素的格调提示了受德维迪影响所产生的创作倾向。但他作品中的克里保利语没有古布德先生作品中的那么纯洁漂亮，现摘录部分诗行如下：

常常登上山坡，在灌木丛中漫游逍遥，
时而啃食柔软的树叶，时而啮噬甜美的绿草。
有时到河边饮水，有时看着水中自己的倒影，
有时着迷地窸窸窣窣地来到松林中躲避炎热。
娑罗树芒果树德马勒树的浓阴下，
鹿夫妇吃完草，疲惫时在此小憩。
一边反刍一边闭着眼睛消除疲劳，
一会儿用蹄子挠挠耳朵，一会儿用头角摩挲枝条。

——《母鹿摆脱痛苦》

除了这些著名诗人以外，还有不知多少诗人也用克里保利语写了诗，其中明显可以看到德维迪的影响。各种期刊都充满这样的诗歌。就连那些认为诗歌距自己很远的人，也开始练习使散文中的语言带点诗意韵味。他们的作品开始得以不断发表。对这些作品应该认识到，它们大多数是以叙事散文的形式出现的。其结果是，诗歌爱好者看不到它们有什么诗性，他们开始把克里保利语大多数诗歌仅视为“蹩脚诗”。后来，第三次繁荣期对这种状况做出了反应(Reaction)。

至此，已经介绍了那些受德维迪鼓励或以他为榜样的诗人。但在第二繁荣期还有许多其他诗人也在不停地发出自己的声音。他们早就找到了自己的道路，没有受到德维迪的影响。

德维迪阵营之外的诗歌领域

除了在德维迪的影响下印地语诗歌所呈现的面貌之外，还流行着许多以其他面貌示人的诗人们的诗潮。一些非常优秀的诗人一直在以自己的方式创作着生动的、有影响力的诗篇，其中主要有拉耶·代维伯勒萨德·“布尔纳”、那图拉姆·辛格尔·谢尔马、格雅伯勒萨德·修格勒·“色内希”、萨迪耶纳拉扬·格维日德讷（Satyanarayan Kaviratna）、拉拉·婆格瓦恩丁、拉姆讷雷希·德利巴提（Ramnaresh Tripathi）、儒伯纳拉扬·邦代（Rupnarayan Pandey）。

这些诗人中大多数都是双料诗人。他们用伯勒杰语写诗时，就用格维德和瑟崴雅或适于歌唱的诗体，创作艳情味、英勇味、虔诚味等旧传统的诗歌；用克里保利语创作时，就采用新题材。实际上，克里保利语的传播一直在进行，诗歌的潮流也出现一些新领地。新潮的诗歌已不仅限于国家现状、社会现状、爱国、有关行为举止的说教等，也发展到生活的其他一些领域，但还不够深刻。表现奉献、勇敢、宽容大度、坚忍不拔等精神的许多神话传说和历史的情节已经诗化，其间还加入了表达对祖国的热爱、民族自豪感和自信的热情洋溢的语言。生活的神秘、感人、美好倾向不见了。拉姆讷雷希·德利巴提还试图把注意力转向虚构的长篇叙事上。

在拉耶·代维伯勒萨德·“布尔纳”的作品中，有些地方似乎涂上了一层哲学色彩，但也没发现他试图使哲学真相具有探寻内心世界的富于感情的性质。他的《春天的离别》（*Vasantviyog*）里，在表现印度现状的大自然丰富的画面中加入了哲学成分，而且最后通过神谕要求人们为了印度的利益而实行业瑜伽和虔诚。在描写自然方面，我们的诗歌是有点领先的，但往往仅停留于与人类幸福和美的思想有关的地方。人类生活于大自然的普遍现象之中，并在其中得以发展，这种自然现象始终包围着我们。我们的诗歌对这种普遍自然现象的爱或迷恋没有得到充分表现，而这种爱恋对息息相关的老朋友来说是再自然不过的。这些诗歌借用的往往只是大自然中那些被认为对装饰有用的美妙辉煌的现象。总之，文学作品并不那么热心于在世界与生活的各种形态和现实中表达我们的内心。

（8）拉耶·代维伯勒萨德·"布尔纳"——在新潮流中已经提到过布尔纳先生。他是非常成熟的伯勒杰语诗歌传统诗人。在生前，他一直在通过自己的"知音会"[①]维持这一传统的活力。"知音会"出版了一份叫做《知音者花园》（*Rasik Vatika*）的杂志，发表了当时几乎所有伯勒杰语诗人的优秀诗作。1920年"布尔纳"先生去世，"知音会"失去了依靠。

"布尔纳"先生是非常热心的传统宗教的追随者。他非常勤奋，对奥义书和吠檀多尽心尽力。他对各种会议、集会非常热心，在大会上肯定要读自己的诗。他的作品也反映了全国正在开展的运动（比如国货运动）的声音。像帕勒登杜、"爱云"等第一次繁荣期的诗人一样，"布尔讷"身上也可以发现爱国和忠君的思想。事实上，到那时为止殖民政府的政治企图遭遇的阻力和对抗还不够强烈，人们还没有完全爆发。所以在他的作品中一方面发现以"国货运动"为题材的爱国颂诗，另一方面又发现对1854年德里宫廷豪华的描写，就不足为奇了。

与第一次繁荣期的诗人一样，"布尔纳"最初的新题材诗歌也是用伯勒杰语写的。

同样，他的"谴责战争"等许多题材的作品都是用伯勒杰语

---

① "知音会"（Rasik Samaj）1891年由布尔达布纳拉扬·米谢尔创立，其成员均为传统诗歌爱好者。

创作的。在克里保利语诗歌得到发展以后，他又用印地语创作了许多作品，比如《金雀儿树》(*Amaltas*)、《春天的离别》《本国的手镯》(*Swadeshi Kundal*)、《迎接新年(1910)》(*Naye san 1910 Ka Swagat*)、《迎接印历新年(1967)》(*Navin Sanvatsar 1967 Ka Swagat*)等。他以"国货运动""救国"等为题材的大部分作品都是叙事性诗歌。《春天的离别》是篇长诗，想象力非常丰富，把印度大地想象成一座花园。古代，那里喜德[①]占优势，大自然繁茂，它的园丁如超人一般。后来由于园丁们的疯狂和分裂，花园开始荒芜。尽管有一些声名显赫的伟人（健日王之类）一段时间管理过它，但它还是每况愈下。最后，它的园丁们为了修行和离欲去了盖拉西神山和圣圣湖，在那里听到了天音神谕：在健日王纪元20世纪（约公元19~20世纪），由"西方统治"时，国家将会得到进步发展。在名为《金雀儿树》的小诗中，诗人展示了自己对自然的观察。夏季里，当林区的一切花草树木几近焦枯，没有一点儿生气之时，金雀儿却挂满花朵，放出黄色的光芒。

"布尔纳"先生的《"布尔纳"诗集》(*Purna Sangrah*)已经出版发行。下面举一例他的克里保利语诗歌：

> 南登花园[②]之名无人不知，
> 在那里天神都感到安逸。
> 如果它的居民幸运，他们也将永远幸福，
> 来到这花的宝库，再也不会有别的乐趣。

（9）那图拉姆·辛格尔·谢尔马——他出生于1859年，去世

---

① 根据印度哲学，世界的根本因是自性，自性由三德构成：喜、忧和暗。当三德平衡时，自性不显。当三德不平衡时，世界就显现出不同的现象，分别以喜、忧和暗占主导或优势。

② 南登花园（Nandan或Nandan Van）为神王因陀罗（Indra）的乐园。

于1932年。他将自己的笔名定为“辛格尔”，在颂诗创作方面非常有经验。他是布拉达布纳拉扬的至交之一，经常参加当时的诗人聚会，朗诵自己的诗作。步韵诗作得非常贴切而优美，这使他受到来自四面八方的奖章、缠头巾、毛披肩相待[①]。《诗人与画家》（*Kavi va Chitrakar*）、《诗月》（*Kavyasudhadhar*）、《知音朋友》（*Rasik Mitra*）等杂志上经常发表他美好奇异的步韵诗和伯勒杰语诗歌。与诗韵千锤百炼相得益彰的是，他的想象也非常奇特新颖。

克里保利语推广以后，谢尔马用它创作了很优秀的作品。他的用词有点随意，其原因在于，他和雅利安社有联系。雅利安社一直有强烈的反迷信和反社会恶习的倾向。这种内心的反映就表现在他的作品之中。名为《怀孕寡妇的秘密》（*Garbharanda Rahasya*）的长篇叙事诗，是他为了揭示寡妇的悲惨状况和神庙里的恶行而写的，请看其中的一段：

霍利伽火的喧闹中嘈杂混乱，
花开后洒红节在女人中结果。
母亲也不顾羞耻成为众人玩物，
我却为摆脱纠缠往布幕中藏躲。

讽刺挖苦是他的诗歌的特点之一。对赶时髦者所说的著名讽刺语“离开神庙进入上帝教堂”[②]就是他的发明。但当他是另一种感觉时，其表达则是用非常迷人的语言。

（10）格雅伯勒萨德·修格勒·“色内希”——他是一位感情非常丰富、擅长描绘爱情的诗人。他新旧两种诗歌都写。他有许多诗都

---

① 印度人常以头巾、披肩作为奖品，所以它们代表一种荣誉。

② “离开神庙进入上帝教堂”中的“神庙”（Ish Girija）和“上帝教堂”（Ishu Girija）的印地语词形极为相似，只差一个u的音。而神庙是印度教的，教堂却是基督教的。

以“三叉戟”（Trishul）为笔名写的。他的乌尔都语诗歌也很优秀。他的旧体诗歌在《知音朋友》、《诗月》（*Kavyasudhanidhi*）和《文学之湖》（*Sahityasarovar*）中都可以看到。后来他的兴趣转向了克里保利语。他有三本书已经出版——《爱情二十五篇》（*Prempchisi*）、《献花》（*Kusumanjali*）、《农夫的哭泣》（*Krishak Krandan*），在这一领域他也获得很大成功。下面是他的一首颂诗：

你是广阔的天空，我就是一颗渺小的星。
你是无底的大海，我就是一股涓涓细流。
你好像长长的大河，我就好像那一滴水珠。
你是那迷人的歌曲，我就是它的一个音符。

（11）拉姆讷雷希·德利巴提——德利巴提先生的大名在克里保利语诗人中是很受尊敬的。他非常注重语言的纯洁性和诗意的明晰易懂。在他看来，即使为了诗语简略而省掉一些格尾和复合动词的结尾部分也是不应该的，比如把kar raha hai 只写成kar raha，[①]或把karate hue只写成karate。[②]在诗歌领域，希利特尔·巴特格已经展现了无拘无束的自由（浪漫主义）之路，但在第二次繁荣时期走上这条道路的只有德利巴提先生。在《相逢》（*Milan*）、《旅行者》（*Pathik*）和《梦》（*Swapna*）这三部片段事件性诗歌中，他的想象徜徉在只有人类按照自己的性格塑造的心路上。诗人没有囿于神话传说和历史故事，而是按照自己的情感自由创造了新的故事。他对虚构故事情有独钟，显示了他对自由道路的渴望。这些叙事作品中，人类生活被塑造成的形象触动了整个人类的心，同时由于其处于无

① 这里的kar raha hai是及物动词karana的阳性单数现在进行时的变位形式，而kar raha是前者的简化用法，省掉了表示现在时的标记hai。

② karte hue是及物动词karana的阳性复数经常体分词的变位形式，而karte则是它的简化用法，省略了后面表示分词的标记hue。

拘无束、美丽迷人的广袤自然之中，这些形象似乎也不可能与世界其他部分隔绝。

爱国思想从帕勒登杜时期就已开始，但通过美妙的想象赋予它更加可爱和吸引人的形象还是德利巴提先生。德利巴提的上述三部诗作就是受到爱国思想的鼓舞和激励而作。爱国情怀在生活的各个领域赋予了他的那些主要角色以美——无论事业领域还是爱情领域。这些角色从很多方面看都是美的。毫无疑问，爱国是通过德利巴提先生才获得美好形象的。

德利巴提几乎周游了印度全境，这使他对大自然的描写很容易带有地域特点。他的《旅行者》中有大量南印度的迷人景色。同样，他的《梦》中北阿肯德和克什米尔的自然美也扑面而来。他对自然的某个部分进行综合描写的能力非常强。他的虚构还倾向于创立美丽的修饰均衡，但不是为了通过虚假的构想创造展示自己幻想的新奇。

片段事件性诗歌《梦》写于第三次繁荣时期，当时名为“阴影主义”的流派已经兴起，因此该作品中也不乏该流派的色彩，比如：

这些江河犹如对情人的回忆，
这些花园好像森林般衣着华丽。
对那最爱者我不了解，我的心最熟悉，
他的情书总是伴着喜讯临莅。

所以，读一下这部诗作就会发现，这里稍稍反映了他的所有倾向。在该诗的一开头，我们就看到一位热恋着女友的名叫沃森德的帅气并有思想的青年在严肃讨论生活。一方面，他希望在大自然令人心旷神怡的美景中沉浸于享受与最心爱的人共同生活的幸福；另一方面，社会上无数人的痛苦与哭泣似乎在召唤他来解救他们。两方面的生动描述一直交替出现，然后这位青年心中产生了关于世界与生活的强烈好奇心，世界的这么些形态从何处产生？创造世界的这些活动的目的何在？为什么给我们这样的生活？诸如此类的问题一直困扰着他，他经常思考：

> 永远在如此无限遐想中，
> 痴迷地漂游，从未到达彼岸。
> 日夜点滴，用身心量着青春之水，
> 不停流逝，一刻也无法停歇。

有时他的内心对探索秘密非常感兴趣，他感觉到创立整个游戏的那个隐蔽的最爱者的吸引力，于是他就想：我何不去探索他呢！

他的女友苏木娜看到他整天这样沉迷于情感之中，想法多变，就建议他坚定地走业道[①]，即行动瑜伽之路：

> 伟大在于为人服务，而非思想崇高和物质财富，
> 太阳骄傲的根本原因是光芒，而不是其高度，
> 你把生活的幸福，丢到了心的无尽波涛之处。

此后，敌人来进攻他的国家，国王无法阻挡，宣布让老百姓自卫。于是全国成群的青年人出来抵抗，他们的妻子和母亲非常骄傲，非常高兴。在国家处于这种状态下，妻子苏木娜看到沃森德仍待在家里，她感到非常羞耻，于是要求丈夫在祖国危急的时候拿起武器。当她发现丈夫就是因为她的爱才不愿站出来时，她便认为自己才是爱人履行职责的障碍。她听说，一位重病的老人发现儿子考虑到伺

① 业道（Karm Marg）是印度教获得解脱的三条道路之一（其他两条道路是智道和虔诚道），也称业瑜伽或行动瑜伽。

候他而不去上战场，便自己结束了自己的生命。最后，苏木娜决定从沃森德的面前消失，于是悄悄离开了家。她穿戴上男人的服装加入到勇士们的行列，在战斗中非常勇敢。沃森德在她离开之后，在大自然的旷野中到处诉说爱的痛苦，而苏木娜却远离爱的场所。

最后，沃森德在一位青年（实际上就是穿着男装的苏木娜）的刺激下走了出来，凭自己罕见的勇敢成了大家的首领，带领大家获得了胜利。国王说："谁能保卫国家，谁就是王。"并把国家交给了他。就在这时候，苏木娜也出现在他的面前。

爱国思想是如何以感人的和富于感情的形式表现在故事中的？通过上述总结便可知晓。正如我们一直说的，德利巴提先生的想象是照着人类内心的普遍心路进行的。他编辑乡村歌曲集更加说明了这事。所以我们看到，德利巴提先生是走在"浪漫主义"的真正道路上。下面列举他的部分诗句：

你为我伫立在痛苦者门前，
我却在花园中把你等候。
为了我你变成别人的眼泪在流淌，
我在心爱者的身上看到了你。

——零散诗歌

（12）拉拉·婆格瓦恩丁——婆格瓦恩丁先生生于1866年，卒于1930年7月。他的人生初期是在本代勒肯德度过的，在那里印度古老的传统文化至今仍然基本保留完好。他的生活方式非常简单纯朴，心地诚实善良。他对印地语的古诗做过规范的研究，所以对那些毫无传统印地语文学知识、仅凭英语教育就写印地语诗歌的人十分不满。在本代勒肯德，知识阶层和普通民众中印地语诗歌也有一般性的传播。随着季节的不同设置有各种节日仪式或庆典，当这些节庆到来时，人们至今仍然显得那么兴高采烈，热情洋溢，并没有因为外国仪典而被扼杀。拉拉先生就带着这种热情洋溢从切德尔普尔来到了迦尸。他也是《印地语辞海》的编撰者之一。后来，他成了印度教徒大学的教师。为了系统讲授印地语文学，他在迦尸开办了一所文学院，就以他的名字命名，至今运转良好。在作诗时，他取了“丁”（Din）这个笔名。

拉拉先生最初用伯勒杰语创作旧式诗歌，后来成为《勒格其密》主编后开始写克里保利语诗歌。他用克里保利语以英雄传奇为题材，以铿锵的口头语言创作了热情洋溢的诗歌。他基本保持了克里保利语诗歌的文人特点，用的也是乌尔都语的韵，语言中还用了不少流行的阿拉伯语词和波斯语词。此类诗歌他出版了三部——《英勇的女刹帝利》（*Vir Kshatriani*）、《英雄少年》（*Vir Balak*）和《英雄五宝》（*Vir Panchratna*）。拉拉先生是古印地语诗歌和文学的优秀学者，对许多故事做了新式的注解，为后来的研究者提供了宝贵的礼物。他为《罗摩月光》《诗人至爱》《双行诗集》《诗集》《比哈利七百咏》等所做的注疏为学生们开辟了很好的道路。在旧式虔诚诗和艳情诗中很好地使用了语言奇迹。

（13）儒伯纳拉扬·邦代——邦代先生尽管也用伯勒杰语创作了不少诗歌，但他以克里保利语创作的诗歌更加闻名。他为诗歌选择了非常适宜的题材，并成功地在其中运用了丰富情感。他在题材选择上就体现了其敏感性，比如被践踏的花朵、林中飞鸟、安慰等。他的诗集已经以《波拉格》（*Parag*）之名出版。在邦代先生的诗歌《林中飞鸟》（*Vanvihangam*）中可以很好地了解其宽阔的心胸和丰富的感情。《被践踏的花朵》（*Dalit Kusum*）的讽喻也很摄人心魄。他非常灵巧地将克里保利语糅进了印地语和梵语两种语言的韵式之中。因篇幅所限，这里我们只选取两段摘引如下：

卑劣的狂风啊，你来自何方？
怎好像世界末日浓云密布？
你啊，没看到痛苦，没见欢乐，
还未盛开的花朵，被你残忍摧折。

林中一对鸽子坠入爱河，
整天不离不弃比翼双飞。
总有新爱，新的希望生长，
如此言说，只因它们幸福无限。

（14）萨迪耶纳拉扬·“格维日德讷”（1879~1918）——在克里保利语仍然粗糙（当时仍然存在）之时，萨迪耶纳拉扬·“格维日德讷”也和维尤吉·赫利一样，一直传颂着伯勒杰语的悦耳之声。他没有沿袭法式时期的诗人传统，而是要么按照虔诚时期崇拜黑天的诗人的方式，要么用帕勒登杜的新诗的方法。对伯勒杰的土地、伯勒杰的语言和伯勒杰之主的爱是他心中的财富。伯勒杰过去的情景一直在他眼前来回闪现。我是在印多尔第一次文学大会上遇见他的。看到那里黑油油的土地，他说：“啊！我们的黑天不吃这样的泥土。”①

尽管接受了英语的高等教育，他还是保持着伯勒杰地区乡村憨厚诚恳的品行。围裤、伯格勒本迪②、披巾、头上一顶圆帽，这就是他的标准服装。他的内心如其外表一样简单淳朴。他的淳朴不是为了装门面，而是天性使然，只要一看到他或一听他说话就能感受到这一点。从童年时代到生命结束，他一直就生活在距阿格拉1.5苟

① 印多尔（Indore）位于中央邦，是今中央邦最大的城市，而伯勒杰在北方邦。就古代而言两地相距较远，所以“格维日德讷”会发出如此感慨。

② 伯格勒本迪（bagalbandi）是一种侧面（腋下）开襟的长袖衫。

斯[①]的达吉艮吉附近唐图布尔村。他的生活如何？简直就是生活不协调的典型。他的出生、童年、婚姻和家庭都是一个充满痛苦的故事的相关部分。他是在伯勒杰的甜蜜中泡大的，而他的妻子却是在雅利安社的严酷修行中长大的女子。这种不协调导致的枯燥乏味有增无减，结果“格维日德讷”先生正值壮年时便结束了生命旅程。

他从学生时代就开始写伯勒杰语诗歌。春天到来后，在雨天里他毫无拘束地与大字不识一个的村民们一起唱着日西亚[②]等歌曲。他朗诵瑟崴雅的方式非常有吸引力，听众都听得十分陶醉。在生活极为不顺的情况下，他也显得很高兴，总是笑容满面。对他来说，他的生活本身就是一首诗，所以，他面前无论发生什么事，他都毫不迟疑地赋予其诗的形式和色彩。他经常用诗体给朋友写信，其中往往也透露出他的天性。

对他来说，绝不可能拒绝或推诿朋友的请求。知道这一点，经常有一些人为了某种场合的需要找他求诗，他从来不让任何人失望。他的这种状况，就像著名乌尔都语诗人英夏在勒克瑙的宫廷里一样。因此他的大多数诗歌都是即时而作，显得有些急就章，比如对斯瓦密·拉姆迪尔特（Swami Ramirtha）、铁拉克（Tilak）、郭克雷（Gokhale）、塞罗吉尼·奈杜（Sarojani Naydu）等的赞词[③]，为举办公益活动所写的号召（请看为印度教徒大学所做的长篇号召），为苦难和不公所作的呼喊（请看反对“苦力制度”的《呼唤》）。

他采用的是生动的伯勒杰语。他的伯勒杰语不是像传统诗歌中

---

① 1.5苟斯（Kos）约等于3英里或4.8千米。

② 日西亚（Rasiya）是伯勒杰和本代勒肯德等地区在霍利节或春季唱的一种民间歌曲，内容关于黑天和罗陀的爱情。

③ 斯瓦密·拉姆迪尔特（1873~1906），也称“斯瓦密·拉姆”，印度教吠檀多哲学家，最早到美国讲授印度教文化的学者之一；铁拉克也译作“提拉克”，全名为巴尔·甘格达尔·铁拉克（1856~1920），印度独立运动先驱之一，著名的激进派代表领袖；郭克雷（Gokhale）全名Gopal Krishna Gokhale是印度民族独立运动早期的温和派领袖；塞罗吉尼·奈杜（1879~1949），被称为奈都夫人，还有“印度夜莺”的美称，是印度著名女政治家和诗人，独立运动的斗士，第一位任国大党主席的女性，印度独立后北方邦第一位邦长。

常见的那样封闭自守，而是采用其口语流行形式。他使用了许多传统诗语中很少见到的词或变位形式。

在《后罗摩传》和《马勒蒂与马特沃》的译本中，他用非常优美的瑟崴雅取代了希娄格韵体。他很早就用诗体翻译了麦考莱[①]（macaulay）的英语诗歌《贺雷修斯》（*Horeshas*）[②]。“格维日德讷”先生的长诗中，《爱的花蕾》（*Premkali*）和《黑蜂使者》（*Bhramardut*）尤其值得一提。《黑蜂使者》中描写了耶修达向已经移居德瓦尔噶的黑天传递信息。该诗的创作是仿照南德达斯《黑蜂歌》的方法，但在结尾处稍微提到了国家当前的形势和诗人自己的状况。

第四节　新潮流：第三次繁荣（1918～　）

随着第二次繁荣期的即将结束，克里保利语已经出现了不少诗歌。经过二三十年的发展，毫无疑问它已经成熟了许多，但还没有达到乌尔都语诗歌那样的程度。正如前面所说，印地语中为克里保利语诗歌潮流打开了三条路——乌尔都语或波斯语的韵式、梵语的韵式和印地语的韵式。笔者认为，依赖其中的第一条路是走不通的，它不是印地语诗歌衍生出来的自己的路，因此我们仅对后两者稍加讨论。

无疑，梵语的沃尔讷韵[③]的美妙是别处罕见的，但这些韵式中语言受到很大束缚，以致它无法完全自由地与情感流协调一致。因此，不得不借助梵语冗长的复合词。但是，过多吸收梵语词汇就会压缩克里保利语自由发挥的余地，所以梵语的沃尔讷韵只能在某个长篇

---

① 麦考莱（Macaulay）疑为Thomas Babington Macaulay（1800～1859），英国诗人，历史学家，辉格党政治家。他经常发表散文、评论和有关英国历史的文章。

② 贺雷修斯（Horecius）是罗马传说中的一名英雄。

③ 沃尔讷（Varna）是按音节数为准的一类韵式，其中包括瑟崴雅、克纳格切利（格维德）、登格德等韵式。

叙事诗中偶尔少量使用，也就是说，过多依托梵语词汇会使克里保利语成熟的可能性越来越小。

当克里保利语自然的风格适于印地语所有通行的韵式时，那么它就被认为成熟了。印地语通行的韵式中也包括登德格①和瑟崴雅。瑟崴雅尽管属于沃尔讷韵，但根据调子节拍对短音节的限制就有点像乌尔都语韵式里那样松散。以音长数为准的韵式中则没有任何障碍或限制。除了通行的以音长数为准的韵式以外，诗人们也可以根据自己的意愿创立新的韵式。

观察一下克里保利语诗歌的发展过程，便可知道人们是如何逐渐注意到，并正在关注上述情况的。在吉迪嘎韵②和新创造的韵式中，可以完整地看到迈提里谢伦·古布德的诗中所使用的克里保利语的改良了的和规范了的形式。塔古尔·苟巴勒谢伦·辛赫（Thakur Gopalshran Singha）先生用格维德和瑟崴雅把克里保利语非常成熟的形式呈现在我们面前。读了他的诗，就会充满对克里保利语成熟的期待。

只有当克里保利语诗中完全引入它自己的方式，经过时间检验的句子能够无可指摘地站得住时，才能说克里保利语完美成熟了。语言这种形式上的改良，只有那些完全掌握了印地语、对其规律有充分鉴别能力的人才能完成。但是，一方面，从迈提里谢伦·古布德和塔古尔·苟巴勒谢伦·辛赫之类诗人的作品看到克里保利语在成熟，人们充满了希望；另一方面，看到一些人不是通过学习研究或有知识的交流来全面掌握语言，而是凭借零零星星的梵语词汇，或者生翻硬译英语诗歌，带着其只言片语，便进入印地语诗歌的新天地，也不免产生担忧。这种人认为，懂印地语或练习印地语没有

① 登德格（dandak）是诗的一种韵式，其中每行的音节超过26个。

② 吉迪嘎（gitika）是一种按音长为准的韵式，每行26个音长，停顿前14个音长，停顿后12个音长。

必要。但印地语也是一种语言，得一点点学习才能掌握。不精通语言，句法、成语等怎么可能正确使用?

德维迪先生早就建议使用新的韵式，抛弃韵脚的限制。他表示用僵化的词作诗、搜肠刮肚地寻找韵脚和阿奴布拉斯等，阻碍了诗人思想的自由发挥。

关于使用新韵式，我们不想多说，这是件非常好的事情。“韵脚”也不是什么必不可少的东西。诗行的各种配合协调无论做出多少种，都可以。但最近一段时间以来，无韵的诗——就算没有韵脚，也不值得过于关注——在尼拉腊这样具有新色彩的诗人的作品中也看得到。这是对美国诗人沃尔特·惠特曼（Walter Whitman）的模仿，最初出现在孟加拉语中。沃尔特·惠特曼于1855年出版了自己第一部没有任何韵的规则的诗作《草叶集》。该诗作之后他又以这样的自由体出版了不少诗作。关于这些诗作，一位批评家写道：

> 将一些印象、情感毫无主题地混杂地堆积在一起，倒还问题不大，但没有韵律就有些问题了，且往往没有任何缘由，而这缘由却尤为重要。

总之，他的这种诗作中不仅没有韵的规则，也缺乏理性。他的诗中只有那些带韵律和脚韵的才被认为是好诗，被广泛阅读。

脱离诗规的诗歌创作实际上是对西方乐诗（Gitkavya）模仿的结果。我们这里的音乐中有固定的曲调和调式，但在欧洲，音乐大师们都分别用自己的乐音构成（nadayojana）或音美（swar-maitri）要求。最先对此进行模仿的是孟加拉语，后来印地语也仿照着使用。“尼拉腊”先生的主要目标也是它。关于这一点，我们要说的是，诗歌的效果不仅仅依赖于声音。

除了韵式以外，第三次繁荣时期题材设置（vastuvidhan）和表达方式也出现了多种倾向，这使我们的诗歌向着多样化又有所发展。如果多样性之中始终保持某种线索的一致性，某种题材出现多样性就是发展的标志。缺乏这种配合的多样化就是各种不同题材的多样化，而不是一种题材的多样化。所以，如果诗性得以保持，诗歌呈现出多种形式，流向不同的支流，就可以说它得到了发展。诗的各种形式既可以先后交错产生，也可以同时出现并行。后出现的形式就一定要比先出现的优秀或高级，诗歌界并没有这样的规律。如果有一种包含多种形式的元素，那么为了与知识分子内外环境保持一致，诗歌既可以改变自己的形式，也可以根据兴趣的多样性同时以多种形式出现。

在第一次繁荣时期我们已经看到，为了使诗歌也能配合国家不断变化的形势和倾向，帕勒登杜等人是如何努力的。但这种努力只是使人们的内心稍微有些倾向于社会和政治局势而已。反映社会政治意愿的声音也一直受到压抑，其中既没有意志的坚定，也没有要求正义的激情，更没有变革的强烈愿望。表现爱国思想的这种声音是悲观和孤立的，而不是激烈和热情的。其中只有对历史上的骄傲的回忆和对当前衰弱的悲痛感受是清晰的。也就是说，这种爱已被唤醒，但由于仍然有些稚嫩，在当时的诗坛还没有得到完全确立。

除了一些新的思想情感加入以外，诗歌的传统方法在帕勒登杜时期没有任何形式的变化。语言仍然是伯勒杰语，而它的表达力没有得到特别的发展，也没有出现将诗歌从僵化的方法中解救出来，汇入反映世界和生活的方方面面感人性的潮流之中的倾向。

在第二次繁荣时期，与伯勒杰语共同前行了一段时间以后，克里保利语开始逐渐领先，甚至新一辈的诗人们似乎感到已经是它的时代。第一次繁荣期所唤起的祖国骄傲和热爱祖国思想，在第二次繁荣期得到了扩散，出版了《印度之声》之类的书籍。这种思想情感的确得到了扩散，但它的表达还不够智慧，不够成熟。

风格上尽管还不成熟和多样化，但诗歌阵地却得到了拓展。对于传播和改革，从天城体宣传推广大会成立之时起就时不时进行的讨论，随着《娑罗室伐底》的出版开始更加细致具体。这份杂志的前两三年里发表的许多文章都明确指出，现在已经不是僵化固守于女主角分类和艳情味的时代，世界上不知有多少值得诗人去写的事物。对此，德维迪先生一直在强调说："诗歌的衰落以及它的受限使文学受到沉重打击。"德维迪在担任《娑罗室伐底》主编期间一直期待着诗歌能够出新。他始终认为，对于出新来说，新题材的新和多样化是主要的，韵式、词汇、庄严等的新是服从于它的。他针对法式时期的艳情味诗歌写道：

> 这样的诗歌已经流传了千百年，涌现出无数的诗人，就这种题材写下了无数诗篇。在这种情况下，新诗人在自己的诗里怎么可能再写出什么新东西，无非还是那些韵脚、那些韵式、那些词汇、那种明喻和隐喻！即便如此，人们还是照着老路走，还在写着格维德、瑟崴雅、双行诗、首尔塔，乐此不疲。

关于第二次繁荣期，我们已经写过诗歌领域是如何拓展的：人们选取了新的题材，许多诗人已经厌倦了再写格维德、瑟崴雅，开始用梵语的韵体创作。其作品尽管大都是以一般散文的形式出现的，但毫无疑问都倾向于多种题材。就在第二次繁荣期，为了自由描写，诗人们开始选择非人类的大自然，但大都仅限于其表面印象。它的外表和活动如何令人愉悦，多么美丽迷人，多数人只看到这些便满足了。长期相处下来我们对它所产生的热爱没有得到表达，没有将人类生活置于自然之中，对其自然形态进行广泛观察，看不到对神秘存在的无限延伸中所表达的情感和感人事实的直接感受和亲见的兴趣。同样，世界极细微和极伟大创造之间，我们的知识所能达到之处，应该努力使我们的心也达到，但没有出现这样的努力。第二次繁荣时期的大部分时间都花在按照各种诗歌塑造克里保利语上了。

进入第三次繁荣期后，克里保利语中诗性得到了很好地表现。在帕勒登杜时期就出现的以爱国为题材的诗歌新潮流，逐渐具有了强烈而广泛的性质。国家处无序和混乱中，帕勒登杜心中始终对英国的和平的保护性统治存在感激之情。因此在那时有关爱国的诗歌中忠于政府的声音也不鲜见。尽管认为国家惨状的原因是政治性的，诗人们为了祖国得救却还是只呼唤充满怜悯心的大神。有时候会发现他们还痛骂国人不发展工业、懒惰、不使用国货，却看不到他们对政府的愤怒和不满。国大党建立以后，仍有一段时间爱国的声音也不那么有力。实际上，每年只有一次热热闹闹的对政治的广泛讨论，还只是在少数受过教育的大人物之间进行，几乎看不到有什么长期的能够产生行动的效果。因此，德维迪时期的有关爱国的作品中倒是表达了对这类方法的不满，但行动上没有能使人献身的激动和热情。运动也在强烈的要求面前毫无进展。

进入第三次繁荣期后，情况有了很大改变。各种运动呈现出积极的态势，在广大农村，反对政治和经济依附性的思想已被唤醒。现在诗人们的声音不是向政府要求什么，而开始激励国人“奉献给自由女神的祭台”。现在所开展的运动也带上普通人民群众一起参与，这使运动获得了更大的激情和力量。尤为重要的是，这些运动与世界各地开展的运动遥相呼应，这使它们看起来好像是全世界愤怒潮流的支流一样。当今文化与世界经济的严重不平衡在西方引发的不满之声，在这里产生了回响。为了攫取别国财富在欧洲掀起的大机器发明进程，使少数投资者开始集聚起无尽的财富。但对大多数劳动人民来说，连解决温饱都很困难。所以，一方面，在欧洲听到了托尔斯泰发出的告诫人们分清善恶反对机器文化的声音，甘地先生将其翻译到了印度；另一方面，作为对这种严重经济不平衡的反应，出现了共产主义和社会主义理论，并在俄国以非常激烈的方式引起了巨变。

现在世界几乎一切文明的地方都相互开放了。因此，一个地区刮起的风必定会波及其他地区的知识阶层。如果他们与另一地区的情况一致，便会掀起与那种情况相应的强大运动。根据这一规律，除了反对帝国主义剥削的运动以外，我们这里的农民运动、工人运动、不可接触者运动等多种运动也作为一个大规模运动的实际组成部分爆发起来。通过拉姆塔利辛赫·“丁格尔”（Ramdharisingh “Dingar”）、巴勒格里希纳·谢尔马·“讷温”（balkrishna Sharma “Navin”）、马克恩拉勒·杰杜尔维迪（Makhanlal Chaturvedi）等一些诗人的声音，这些形形色色的运动得到了反响。这种情况下，也出现一些学习别国的、但时机还不成熟的运动。在欧洲，当各个国家都工厂林立，人民中的很大部分都成为其中一员时，工人运动的时机就成熟了。我们这里工厂才刚刚开始建，在工厂做工的工人数量很少，而且其境况比千千万万在农田劳作的农民要好得多。但工人运动也非心所愿地卷了进来。不管怎样，这些运动的强烈呼声也进入了我们的诗歌。

当生活的好多领域同时发出变革的呼声时，变革就具有了“主义”的性质。对很多人来说，它就在所有领域成为最高目标。在我们的诗歌领域，以“革命”的名义用“灭亡”的全部词汇表达了变革的强烈愿望。与这一愿望同时，也表达了对新事物而不是对古老事物的感受的关注。对所有事物一味地变革的愿望多大程度上是对当前形势考察研究的结果，多大程度是从众模仿，很难说得清。能够看到的是，过于展示这种变革主义的倾向，使这些诗人难以产生对世界和生活本质的感受，而这种感受的表达可以赋予诗歌以长寿。

现在该谈谈时间的效力问题了。还应该看一看，由于对流传已久的诗歌传统方法不满而产生的变革愿望激动到何等程度，是以哪些形式表达的。法式时期盛行传统的末期，在帕勒登杜影响下，以爱国和民族自豪感为题材建立了一个新的传统，这在前面已经谈过。第二次繁荣期，诗歌新传统得到了涉及多题材的拓展。但由于德维迪的影响，一方面，其语言得到了净化；另一方面，其形式也变得散文化、粗糙、以叙事为主，大多数都只注重表面意义。因此在这第三次繁荣期出现的、后来被称为“阴影主义”的回归①，可以说就是为了反第二次繁荣期诗歌的。它的主要目标在于诗歌的方法和风格，不在于其题材。意境或情境方面在诗中已经大大萎缩了，它已经不再关注靠综合性的庞大情感思想来发展了。

第二次繁荣时期的诗歌中建立诗歌形式的两个问题已经很少见——想象的色彩也很少或减弱了，内心冲动也不再毫无顾忌地表达了。这些问题的减少，欣赏传统伯勒杰语诗歌的人们也感觉到了，引进孟加拉语或英语诗歌的人也感觉到了。因此，希望在克里保利语诗歌中看到词美、想象力丰富、情感表达迅速、痛苦的扩张、用词奇巧等现象的愿望不断增强。

在期盼改革的人群中，有些人希望看到倾向于新题材的克里保利语诗歌能够与伯勒杰语那样的优美词汇、丰富情感和感人性相结合。而那些受到英语诗歌或以英语方式创作的孟加拉语诗歌影响的人，则希望看到有些象征性的奇异、有表现力的描绘和迷人的双关等。从1910年起，巴日斯纳特·辛赫用印地语翻译的孟加拉语诗歌就开始在《娑罗室伐底》等刊物上发表。格雷②、华兹华斯等英语诗人作品的一些印地语译本也已发表（如吉登辛赫所译华兹华斯的《杜鹃》）。所以，不满于克里保利语诗歌得以流行的形式，一些诗人

① 这里的“回归”是指因德维迪和泰戈尔的出现而被打断的“自然的自由之路”。

② 这里的“格雷”应该是托马斯·格雷（Thomas Grey），英国18世纪重要抒情诗人。

便致力于赋予克里保利语诗歌想象的新色彩，使其更具有表达内心世界的能力。这些诗人中主要有尊敬的迈提里谢伦·古布德、穆古德特尔·邦代、伯德利纳特·婆德。在一些用英语方法所写的孟加拉语零星单诗和抒情短诗影响下，他们的一些情节安排不受约束、题目奇异、描写性的、用优美的表现力很强的语言所写的新型诗歌，从1913年就开始发表，其中有些还带有点神秘主义。

（1）迈提里谢伦·古布德——古布德先生的《星星坠落》（*Nakshatra Nipat*，1914）、《坚持》（*Anurodha*，1915）、《献花》（*Pushpanjali*，1917）、《不请自来》（*Swayan Agat*，1918）等作品值得注意。下面请看他的《献花》和《不请自来》的部分诗行：

A

我家院中一枝花，
凭幸运之情获得，
随着深呼吸摇曳，
在世界之树[①]怒放，
转眼间纷纷落下。

B

你家的门有多处，我从哪一个进屋。
门前聚满众人群，叫我如何能得入。

古布德先生类似的抒情诗还有很多，比如：

C

发自内心一声叹息，

① 世界之树（sansar vitap）即菩提树，在印度教中被视为最神圣的树。

大家都在等待着你。
杜鹃伸出尖尖喙，牡蛎张开硬硬壳，
我带着自己的心，我们各人只顾自己。

D

亲爱的，我按照你的要求，突然来到这里
骤然间灯光更亮，我也长舒一口气，
世界之光在醒着，为了更好的睡意。
而它的光在渐息，我坠入其中飘去，
啊，无意间指甲痕[①]中，发现了你的形体。

（2）穆古德特尔·邦代（Mukutdhar Pandey）——如前所述，古布德先生没有受到任何特定方法或“主义”的束缚，而是按照多种方式一直走到今天。但穆古德特尔先生却一直只按新方法行事。他早期的这种作品中《眼泪》（*Ansu*）和《沸腾》（*Udgar*）等值得关注。请看下面几例：

A

黑暗路上有了光明，
就在此时我遇上你，
夫妻甜蜜游戏之间，
孩子梦幻的欢乐里，
林间鲜花芬芳之中，
有你娱乐欢笑之地。

（1917）

---

① 指甲痕（nakh rekha），印度文学作品中，人体上留下的指甲印被认为是交欢的标记。

B

我生活中的独木舟，
快到泪水中去漫游。
隐藏我心中的宝藏，
是经年已久的自尊。
今天你快让我发狂，
在炽热泪珠中漂流。

（1917）

C

当黄昏时分人群散去，
我要为你唱自己的歌。
在空荡荡的房间一角，
我将默默地为你加冕。

（1910）

（3）伯德利纳特·婆德——婆德先生在1913年以前就开始创作表达情感的独特歌词。请看下面两行歌词：

油灯燃尽献上灯花，
播撒光明驱散黑暗。

（4）伯杜穆拉勒·布纳拉勒·伯克希（Padumalal Punnalal Bakhshi）——伯克希先生也有此类诗歌，是1915~1916年创作的。

这些诗人都希望在世界和生活的广阔领域传播新诗。他们对大自然一般的和不一般的一切形态都投以爱的眼光，鉴别其充满秘密的信息，赋予语言更加形象、生动、感人的形式，为诗歌开创一条真实的自由之路。虔诚方面，他们不再倾向于某一地区或某特定宗教确立的对崇拜对象的情感，而是倾向于普遍性的情感，其中也包括美妙神秘的暗示。所以，印地语诗歌的新潮流开拓者应该是他们，尤其是迈提里谢伦·古布德先生和穆古德特尔·邦代先生。从这个角度看，由英语和孟加拉语的评论发出的有关确立“阴影主义”形式的诗人们的一些论调是毫无意义的，比如“这些诗人心中掀起了一场风暴，受其激发他们在想象中飞舞着。有一种对新的痛苦的焦虑，其中也隐藏着甜蜜的感受。在传统的重负之下，时代的灵魂为了表达自己在痛苦挣扎”。既没有什么风暴，也没有什么台风，既没有什么痛苦，也没有什么隐痛，既没有当前各种环境对心灵的新打击，也没有什么受伤害的叫喊。这些话只有在诗歌潮流转向始终没有得到关注的方面时才可能有一定意义。阴影主义之前，印地语诗歌就一直倾向于新的触动人心的题材。缺乏的是必要的有表现力的风格、想象与同情心的更多结合。阴影主义是一种愿望的结果，这种愿望的目的只是引人入胜的表达方式的发展，这正是迈提里谢伦·古布德和穆古德特尔·邦代等在按自己独立的方式慢慢做的。

古布德先生和穆古德先生等人使纯洁的新流正在向前发展，这时候罗宾德拉纳特·泰戈尔先生的诗突然火了起来，这些诗大都是带有西式的超自然神秘主义色彩。但是，由于是仿照基督教圣人的“幻象”（phantasmata）和欧洲诗坛创立的象征主义（Symbolism）创作的，在孟加拉语中就开始将这种诗歌称为“阴影主义”。这“主义”意味着什么？就好像一条现成的道路突然开放通行了，印地语的一些新诗人一下子都涌向那里。这不是一条自己逐渐筑起的道路。它在别的文学领域出现，一些诗人一起走上它，较长时间里原封不动翻译的英语和孟加拉语词汇充斥其间，这一切都表明它不是独立开创的道路。

“阴影主义”之名流行的结果就是，许多诗人将神秘性、表达上的隐喻奇异、情节设置不受约束、图解式语言和美丽的想象作为唯一的目标。由于只沉迷于这些风格特点的实现，他们的目光不再投向意境的拓展。情由方面要么为零，要么不确定。这样，力图拓展的诗歌范围大大萎缩。诗歌活动往往被束缚于仅对无限和不可知的最爱[①]用形象化语言进行各种爱的倾诉。与内心愉悦的声音、无声的信息、幽会、无尽的等待、最爱的人悄悄到来、捉迷藏、陶醉得飘飘然、焦虑不安等同时，酒、杯子、草果等苏菲诗人的陈年旧货也被收集起来。几乎所有诗歌里都可发现，与随意设置情节同时存在的是稍作改动的固定词汇、对痛苦的大肆展示。

让神秘的和隐蔽的只保持神秘和隐蔽，用淫色之词表达爱，在印度的诗歌潮流中从来都不流行，这样明确的事，那些具有“我们这里这也有，那也有”倾向的人是不以为然的。他们不满于此，便走了从《奥义书》到怛特罗和瑜伽的各种道路。进入《奥义书》，他们非常满意地从瑜伽的千瓣莲[②]等思想中摘选了对“小我”全部欢乐状的叙述、解释梵喜[③]的有关男女关系的范例和比喻。在做这一切之前，他们应该明白，上面所说的这些话目的何在？谁说各个教派的修行领域不存在神秘主义？瑜伽是神秘之道，怛特罗是神秘之道，炼丹术也是神秘之道。但它们都是以修行为目的的，不是自然的情境或诗境中所走的道路。没有任何印度传统诗人倾向于用穆尼布尔和阿纳赫德之轮[④]建造种种寻欢作乐的场所。

---

① “无限和不可知的最爱”指最高神。

② 千瓣莲（sahasradal kamal）在印度教徒的概念中是喜乐的象征。人的心中郁闷沮丧时，会心如石头般坚硬。如果心中充满喜悦，欢乐之花开放，会感到花雨从天而降，神的恩惠—甘露便降落到开放的花瓣上。

③ 梵喜（Brahmanand）即感悟到梵性时的喜乐。

④ 穆尼布尔（manipur）是怛特罗的六轮之一，在肚脐附近，如果将注意力集中于此，将会获得一切内容的知识。阿纳赫德（anahat）是一种在双手堵住耳朵时静默中能够听到的一种声音。根据诃陀瑜伽说法，它是体内七轮之一，在心脏部位。阿纳赫德只有瑜伽师才能听得到。这里的“轮”是印度传统宗教的一个概念，大约相当于人体内部的小世界，是力量中心或和能量环。不同教派的轮数不尽相同。

法论中汇集了很多各式各样的问题。奥义书中关于梵、世界、小我和大我有多种意见。它们都不是诗作。它们之中随处可见的形式，都与传说式的教诲、宗教仪典、哲学思考、宗教的神秘修行、咒语、魔法等许多问题纠缠在一起。纯粹诗歌的精炼形式后来分离了出来。《罗摩衍那》被说成最初的诗清楚地说明了这一点。法论和奥义书从来没有人认为是诗。那么现在直接的问题就是，从蚁垤到本迪德拉杰·杰格纳特，有任何一位可以被称为"让神秘的和隐蔽的只保持神秘和隐蔽，用淫色之词表达爱"的诗人吗？格比尔达斯采用了我们这里的"明理论"和苏菲诗人的充满情感的神秘主义，这一点我们在前面已经阐述过。这种充满情感的神秘主义传统是伴随着新的情感表达形式和隐喻发生的。它非常吸引人，有些人非常感兴趣，这是另一回事。

爱欲的倾诉不可能只隐蔽于超自然的幕后。心中的一切性欲在感官享受的甜蜜迷人的材料中按照既定的传统开始表现出来。这样，与神秘主义没有任何关系的诗歌也开始被说成阴影主义。所以，"阴影主义"一词的使用不仅限于神秘主义，在诗歌风格方面也被用作象征主义（Symbolism）的意思。

与阴影主义这一思潮到来的同时，作家们作为新时代的代表，开始把欧洲文学界创立的有关诗和艺术的许多理论都拿了过来。有一段时间，"艺术主义"非常红火，声称"艺术的目的就是艺术"。诗与生活没有任何关系，它有自己所属的另一个世界。不能以生活中的任何事物的价值形式来判断一首诗的价值，诗是超越世俗的。诗人是一种可以洞穿奥秘的人或者说是上帝的使者。于是，有人引用克罗齐的表现主义说，诗歌中没有任何值得描写的有关物质的内容。即便有一点点，那也是表达方式的奇异。根据这两种主义，诗歌的目的只能是创造或设计花卉图案或雕刻品的那种美。诗人的想象被宣布为独立于现实世界的美丽的梦，诗人是陶醉于美感飘飘欲仙的灵魂。宣称艺术和诗的冲动与梦和性欲有关的观点也被随处引用。总之，此类主义在各家报刊上层出不穷。

阴影主义诗歌的第一阶段走的是孟加拉语神秘主义诗歌的美丽迷人道路。但是，看到那些诗歌的许多方法都是通过英语词组的翻译组织起来的，一些懂英语的印地语诗人便开始直接从英语把各种象征的方法原封不动地译出，然后塞进自己的作品中。“金色黎明”“思想上的孩子气”“黄金时间”“第一甜美少女”“星空的曲调”“梦中之美”之类用法就像动物园里的动物一样在他们的诗里随处可见。尼拉腊先生的风格有些不同，他的诗里没有像强调词汇的华丽和整句的奇异那样强调隐喻的奇异。问题还不仅限于语言用法的多样化。上面所提到的诸多欧洲的“主义”和说法也对被称为阴影主义的诗歌形式或多或少产生些影响。

艺术主义和表现主义的首要影响体现在，诗歌中被认为最重要的不是情的感受，而是想象的创造；想象大多致力于设置无关紧要的东西和创造象征的具体表现与奇异。大自然的各种表象被用于这种构建工作之中，并没有直接专注于其本质。本德先生无疑有时将人心引向了大自然的美丽现象。

第二种影响是，将表达方式或风格的多样化视为一切。诗歌凭借各种意境的传播基本停滞了。在爱情方面（有时是精神的，有时是世俗的），许多诗人，在想象的创造形象的游戏同时，表达了巨大痛苦、好奇心、精神错乱等，描写了游戏引起爱人脸颊的绯红、卖弄风情、释放甜蜜（madhusrav）、泉涌的泪水等之后，这才显得彻底满足。他们根本无视世界和生活的种种触及人们内心的方面。许多新诗歌的欣赏者认为甜蜜的溢美之词就是一切。凭借着象征、比喻的表达力，表达方式和诗歌风格的确得到很大发展，但至今仍有一些僵化的词在流行。法式时期的艳情味诗歌——有时打着神秘的幌子，有时公开地——变换一些形态后几乎充斥了整个诗坛。

由于“艺术主义”语境下一再出现的“唯美”一词，许多诗人为可怜的天宫仙女安上翅膀，使她们像高加索山的仙女或天堂的天使一样飞来飞去；认为为了集中展现美，每首诗都将色彩缤纷的云朵、朝霞、绽开的花蕾、檀香、番红花、微笑的面孔、嫩芽等非常美妙的东西收入其中是必须的。没有女性身体各部位的譬喻他们就无法想象大自然任何景色的美。看到欧洲在“为艺术而艺术”的号召下只有抒情短诗比较流行，我们这里一些人也认为进入了那个时代，声称：现在谁有那么多闲工夫去读那些还带有老掉牙故事的长诗，现在应该提供能够用抒情短诗表达的纯诗歌材料。这样，在诗歌中，创造将生活带向多种环境的情节和叙述的做法就基本停滞了。

好在人们还没有达到完全抛弃味的那种极端的艺术主义。在极端艺术主义的语境下，作为味的感知唤醒某种情感是说话者的事，艺术家的任务就是，通过想象创造像花卉图案或迎亲队中抬的纸花纸树那样的作品，激起对美的感受。现在内心和痛苦的一面还没有被完全抛弃，因此还不用担心诗歌真实自然形态的消失。但阴影主义和艺术主义的突然出现，可以说使当前诗歌的很大一部分被束缚于成规之中，无法达到意境的多样化。

在阴影主义流派之内，诗歌方法逐渐得到了很好的发展，这一点毫无疑问。其中展示了构成丰富情感的表达、象征的多样性、形象的直观、语言的曲折优雅、矛盾[①]的奇异、优美的词序等诗歌形式的丰富素材。在语言的改良净化期，一些诗人是如何厌倦于克里保利语诗歌的枯燥形式，如何展示为其带来生气的标志的，这些在前面已经说过。所以超自然神秘主义的新形式没有进入印地语，风格和表达方式的上述特点却先后出现，并得到独立的发展。克纳南德的作品中是如何反映我们诗语中象征性的，我们也已详细阐述过。

① 这里的“矛盾”（virodha）指矛盾修辞法。

阴影主义采用超自然爱的地方，都属于神秘主义范畴。接着，作为名为象征主义的诗歌风格被接受以后，它大多只是创作爱情之歌。值得高兴的是，一些诗人已经走出那个狭隘的圈子，向着现实世界和生活的更加触及心灵的方面进发。与此同时，诗歌风格中展示装饰和新奇表现的兴趣也在减弱。现在偏好将自己流派特点推到极点加以展示的势头在逐渐减弱，使作品更规范、更有意义的兴趣在日益增强。

已故杰辛格尔·普拉萨德先生主要选择表达离愁的各种华丽辞藻之路，歌颂世俗和非世俗之爱。但在《浪花》（*Lahar*）中，他也尝试采用一些历史故事，把阴影主义的图画式风格带到广阔的诗境，体验了当今世界的痛苦人生，表达了要使“水深火热的世界变成沃林达文”的愿望，唤醒了“生活的黎明”。同样，苏米德拉南登·本德在《音响》（*Gunjan*）中比集中展现美更进一步，也对生活的常态加以关注，使自己的内心与痛苦和幸福两者保持一致，也体会到“生活节奏中的旋律”。如果本德先生像在《音响》和《时代的幻灭》（*Yugant*）中所做的那样，将生活中的许多环境条件作为常态，发挥自己优美精彩的才能，那就好了。在《时代之声》（*Yugvani*）中，他的声音很多都变成了当前运动的回响。

尼拉腊先生的创作领域只是比以前略有扩大。一方面，他在《你与我》（*Tum Aur Main*）中歌颂了“声之吠陀‘唵’之精华”①，在《茉莉花蕾》（*Juhi Ki kali*）和《夜茉莉》（*Shephalika*）中塑造了狂爱行为的花式图；另一方面，奏响了“觉醒之音”，塑造了这个世界上寡妇痛苦悲惨的形象，展现了来到“阿拉哈巴德的道路旁”砸石头的可怜妇女额头上的汗珠。总之，通过风格的奇异化表现装饰的势

① “声之吠陀‘唵’之精华”是《你与我》中一句诗的节引，全句为：“你是声吠陀‘唵’之精华，我是艳情诗人之最优。”其中的“唵”（*Aum*）是一个神秘的音或咒语，在印度教创世神话中是发出的第一个声音，代表三大主神湿婆、毗湿奴和梵天。

头有所减弱，以致意境的迷人扩展的标志在被称为阴影主义诗人的作品中也出现了。

我们文学界的倾向很大程度上是受西方支配的。对艺术上“品格”的讨论广泛传播，使一些诗人在广泛表达自己与世界格格不入的感觉时既有些激动人心又带有些谩骂。情感领域不和谐的这种感觉毫无疑问也有自己一席之地，但它不是什么广泛的或长期的意向。我们印度诗歌一直倾向于那种所有的内心都很和谐之处。它是采取协调而非不协调，是按多样性中的统一性发展的。

除采纳上述改良主义或阴影主义的诗歌以外，其他潮流的诗歌也得到了发展。拜尊敬的迈提里谢伦·古布德、塔古尔·苟巴勒谢伦·辛赫、阿奴伯·谢尔马、西亚姆纳拉扬·邦代、布娄希德·布拉达布纳拉扬、杜勒西拉姆·谢尔马·“迪内希”（Tulasidas Sharma “Dinesh”）等许多诗人的声音所赐，按照德维迪时期创立的各种题材背景，以满意的趋势前进的诗歌潮流，以各种各样的情节、叙事和题材变得越来越出色，越来越成熟老练。它的表达方式中生动、活泼和优雅也得到不断发展。

尽管由于多种“主义”的突然输入和爱情抒情诗（Love Lyrics）的流行，意境的扩展很大程度上有所萎缩，我们当前诗歌的很大一部分有些守旧，其发展长期沿袭定规，然而还是有一些诗人接受了前面所提到的真正的浪漫主义（True Romanticism）。关于拉姆讷雷希·德利巴提，在第二次繁荣期一节已经谈过。在第三次繁荣期之初，穆古德特尔·邦代的作品在阴影主义之前是如何开创新的自由之路的，我们也已做了交代。穆古德特尔先生的作品对畜类动物的行为也做了充满爱和神秘的表现，趋向于真正的浪漫。对自然界中行走的不行走的生命的充满爱的展现、对其活动显示亲密的观察、与其苦乐相伴的情感，这一切都是真正浪漫主义之路的标志。尊敬的西亚拉姆杰伦·古布德（Siyaramsharan Gupta）、苏婆德拉古马利·焦汉（Subhadrakumari Chauhan）、塔古尔·古鲁婆格德·辛赫（Thakur Gurubhakta singha）、乌代辛格尔·婆德（Udayshangar Bhatta）等诗人以广阔的意境接受了真正的浪漫主义之路。他们既没有仅仅为了展现立新而非难旧韵律，也没有完全落入旧韵的窠臼。他们根据情节的需要既采用了传统旧韵，也用了新型的韵律和诗的规则，而且还借助了擅长表达的绘画技法、隐喻的曲折和具象、生动的语汇等，但他们并不认为这些东西就是一切。他们似乎并不满足于在一个很局限的范围内展示它们。他们的想象好像迫切地要带着真情徜徉在这显性世界和无尽的生活道路。

对第三次兴盛期的倾向所做的这一简要阐述，将会使伯勒杰语诗歌传统以外当前流行的克里保利语的三种潮流更加清晰——德维迪时期逐渐扩大和改善的潮流、被称为阴影主义的潮流和携真正浪漫主义发展的潮流。我们也可以把表达社会政治变革愿望的派别纳入第三种潮流。这些流派目前正在流行，还没有成为历史的素材。因此，我们只能满足于对各派的一些活动和一些诗人做简要的叙述。他们之间的区别主要体现在其情节设置、表达技巧的形式和结果。但不同流派的诗的差异不可能叙述得这么清晰，不能说某首诗的特点在别的诗里没有一点体现。既然这些潮流是同时存在和发展的，那么它们之间肯定会互相影响的。某一流派的诗人有时也会产生在其他流派的特点方面一展自己才能的愿望。对流派的划分只有根据其最普遍的倾向才能够做到，然而难免有少数诗人同时兼具各流派的特征，他们的作品形式也会非常相似。即便有些特殊倾向，那也是个体性的。

1. 伯勒杰语诗歌传统

正如我们在第二繁荣期末期时所说，伯勒杰语诗歌传统也在流行。尽管由于克里保利语的流行，伯勒杰语作品的出版已大为减少，但全国不知有多少诗人仍然在城市和乡村传播着伯勒杰语的声音。无论何时何地，只要有诗人大会，就会有无数不知名的诗人前往献诗，以满足人们的愿望。“日德纳格尔”先生的《欢乐一百首》之类的优秀作品就是在这一繁荣期出版或发表的。章回体叙事长诗中，笔者的《佛陀传》①出版于1922年，其中世尊佛陀福佑众生的一生就是用传统诗语描述的。这种传统诗语所写的罗摩和黑天本事至今仍然在家家户户传唱不衰。维尤吉·赫利（Viyogi Hari）先生的《英雄七百咏》不久前刚获得“蒙格拉伯勒萨德奖”②。荣获“代沃奖”③的杜拉雷·拉勒吉·帕尔格沃④（Dulare Lalji Bhargav）先生的双行诗走的是比哈利的路子。阿逾陀的拉姆纳特·鸠迪希（Ramnath Jyotishi）先生不久前也刚以《罗摩月升》（*Ramchandroday*）获得“代沃奖”。美瓦尔地区的盖瑟利辛赫·巴尔赫特⑤（Kesarisinha Barhath）先生的《布拉达布传》（*Pratapcharitra*）是一部非常优秀的英勇味诗作，出版于1935年。格亚伯勒萨德·修格勒（Pandit Gayaprasad Shukla）的诗集《亲人》（*Sanehi*）中的诗歌经常在诗人聚会中大出风头。著名艺术学家拉耶格里希那达斯先生的《伯勒杰之尘》（*Brajraj*）是在这第三次繁荣期才出版的。乌玛辛格尔·瓦杰贝伊“乌梅西”先生的《伯勒杰之声》（*Brajbharati*）则展现了伯勒杰语全新的面貌。

我们不希望——大概谁都不希望——伯勒杰语诗歌的潮流会消失。如果要使它在当今时代继续流行，那么就得在吸收当前情感思

---

①《佛陀传》由罗摩金德尔·修格勒所著，天城体宣传推广大会出版。 ——作者自注

② 蒙格拉伯勒萨德（Mangalaprasad）为一著名家族。“蒙格拉伯勒萨德奖”就是以该家族命名的奖项。

③“代沃奖”（Dev-purskar）是印地语文学爱好者欧尔恰土邦王维尔辛赫·代沃为优秀伯勒杰语诗作设立的奖项，奖金2000卢比。

④ 杜拉雷·拉勒吉·帕尔格沃（1900~1975）是印地语第一位出版商和《pracharak》杂志主编（1920~1930）。他还主编过月刊《甜蜜》（*Madhuri*），出版和编辑自己的月刊《甘露》（*Sudha*），他用伯勒杰语写的《杜拉雷双行诗集》获“代沃奖”。

⑤ 盖瑟利辛赫·巴尔赫特（1872~1941）是一位著名诗人和独立运动活动家。

想的同时，对语言也进行一些改进，使之更加符合流行的伯勒杰语。也没必要以不规范的形式来使用不常用的梵语词汇。《佛陀传》中的语言我们就是照这种方法使用的，好像没有任何障碍。

2. 德维迪时期开始的克里保利语诗潮

这一诗潮在第二繁荣期的出现，主要基于这一现实：现在应该有流行印地语的诗歌取代伯勒杰语。艳情味的格维德、瑟崴雅已经写了很多，现在也应该以其他题材和韵律进行创作了。在将克里保利语很好地铸入诗体的时间里，其作品大都属流水账式的，但进入这第三次繁荣期以后，这一诗潮便变得充满激情，更富有表现力了。连贯、流利、亲切、简洁的语流是该潮流的最大特点。克里保利语实际上就是在这一潮流中得到磨炼的。语言的磨炼只有在它以自身的方式全面参与、其流利的句子可以很纯地用在韵诗中时才有可能。这种语言只有对于表达有关联的多个义群的统一情感思想才是必要的。在凭借相互之间没有关联的次要的微不足道的情感表现语言奇异的亮点或电影展示的倾向为主的情况下，语言的协调力就不会得到体现。没有广泛的一致性就不可能产生维持长久的共性影响。长久的影响始终是该诗潮的目标。

该诗潮中我们发现的另一特点是，使用由我们这里流行的韵式或它们的各种用法所构成的新韵。这些韵的调式中隐含了我们对音美的兴趣。由于担心有损新颖性而放弃这些韵式就意味着使自己远离文学修养。新色调的诗歌中所用的韵文或诗句往往要拉长音，但用正确的调朗诵诗和拉长调歌唱是两种不同的事物。

这一潮流倒是未见想象和充满情感的思想凭空飞舞，但它却立足于知觉倾向开创的领地之上，表现了其感人性。这倒没有引发对艺术的渴望，但出现了透人心脾的现象。这一现象很明显，即知识只为诗的传播开辟了道路。内心的传递是从属于知识传播的，内心的传递才是诗的真正目标。因此，只有当我们的心伴随着知识得到愉悦时，它才会游向诗的新的感人意境。弃知识于不顾，不是向着知识带来的世界和生活的各方面前进，即便创作出诗来，那也只能带着某一种情感仅停留在展示奇异的表达之中。这种情况下，诗的情由方面将成为空白，它的多样性将难以显现。从这个角度看，可以说该潮流是走了一条正确的道路。在这条道路上，如今诗性得到了很好的发展，看到这一点甚感欣慰。现在对一些走这条道路的主要诗人做一简要介绍：

（1）塔古尔·苟巴勒谢伦·辛赫——塔古尔先生选择了许多激动人心的主题。因此，他的作品中克里保利语始终在经受磨砺。这些作品的创作始于1914年，至今已经有五部集子出版——《马特维》（*Madhavi*）、《女人》（*Manavi*）、《森吉达》（*Sanchita*）、《灯油藤》（*Jyotishmati*）[①]和《云海》（*Kadanbini*）。初期的作品比较一般，但后来我们总是看到动人的创作和独特的表达方式。他的一些短小作品，其中有些也可用于歌唱，反映了许多生活的现状。在《女人》中，他以新娘、神妓、被鄙视者、苦命者、乞讨者、女英雄等多种形象表现了女性。《灯油藤》前半部是无限的和不可见的“你”，后半部则是世间有限的和可见的“我”。其中，主要表现的是属于阴影主义的那些情感，但方法是完全不同的，或者说不是神秘主义者的，而是纯朴虔诚者的。诗人也祈求：

> 让我就脚踏在地上吧，
> 但愿上天永远远离我。

为了使表达变得神秘，故意制造一些矛盾，放弃极为重要的词

---

① 灯油藤（Jyotishmati）也被称作马勒纲吉（Mal-kangi），是一种植物，可以入印药，治疗疼痛炎症等疾病。

或句子，按照非常含混的关系极力使用词的转义，这一切在他的作品中都不存在。当前非常迷人的隐喻用法倒是随处可见。一些抒情短诗中他也多处使用了阴影主义诗歌式的隐喻，但这些都非常明显，比如：

> 家家户户美女抛开温柔的痛苦，乔装打扮，
> 在那生活痛苦的夜晚，前往幽会。

诗人非常清晰地表达了自己与那无尽之天的“牢不可破的”关系：

> 无尽的你是光明，我是那浑浑沌沌的黑暗。
> 但在这个世界上，你我关系永远牢不可破。
> 日月星辰升升落落，我是你人世间的追随者。
> 在清晨来临的地方，我将完全融入你的躯壳。

在《女人》中，诗人呼唤着不幸的女人说：

> 你的黑夜没有尽头，黎明永远不会来临，
> 姑娘啊！你丈夫健在的幸福，将永远不会再苏醒。
> 花儿在甜蜜中怒放，芬芳和风吹得轻，
> 枯藤绽放出幼芽，只有你还萎靡不振。
> 一切寄托与希望，都被困在心的牢笼，
> 你心中痛苦的火焰，已成我心中的诗韵。

（2）阿奴伯·谢尔马（Anup Sharma）——很长时间他都只用伯勒杰语创作富有感染力的作品。当他看到克里保利语时代到来时，

便转向了它。他在以《红莲》(*Sunal*)为名的片段诗中写了古纳勒[①]的传奇。然后他又以佛陀的生平为主题，用梵语的许多音节格律，写了长达十八章的长诗《悉达多》(*Siddharth*)。他的其他一些零散诗歌收在名为《献花》(*Sumananjali*)的诗集里。他为零散短诗只选用了格维德体。除语言简洁流畅以外，他的最大特点是拥有广阔的视野。凭借这一点，他将我们明理支中的许多内容，通过想象以非常吸引人和感人的形式用到自己的诗里，通过世界的历史和科学等，我们的知识所能达到的地方，也要把我们的心带到那里，这应该成为我们现代诗人的任务之一。阿奴伯先生就是朝这个方向迈进的。在《生与死》(*Jivanmaran*)中，诗人想象将世界历史的各种场景呈现到了我们面前。同样，在《遨游世界》(*Viratbharaman*)中，诗人乘着女神的空中飞车饱览了这广阔的世界。请看其中的一个片段：

身后出现太阳神的转轮，
在蔚蓝的碗中旋转着前进。
好像飞船的后面和两边，
黄色饭团般泡沫在翻滚。
火焰从轴心喷薄而出，
船旗受惩罚在星座跳跃。
风神的速度被抛在后面，
前面的马群喷吐着光热。

(3)杰格登巴·伯勒萨德·“希黛西”(Jagadanba Prasad “Hitaishi”)——他用克里保利语的格维德和瑟崴雅体为我们带来了伯勒杰语格维德和瑟崴雅中常见的那种优美和表情。他在这方面的

---

① 古纳勒(Kunal)是公元前3世纪时阿育王的王子。《阿育王传》和《古纳勒传》中都有许多古纳勒的故事。

地位是独特的。如果克里保利语诗歌从一开始就像他的作品那样生动地发展，就不会有人说它枯燥无味了。作品的形式独特又具有吸引力，却不显得陌生。风格也仍然是传统大师的格维德和瑟崴雅那样，其中的流畅语言直到最后一行都那么光彩夺目。“希黛西”先生以多种题材创作了许多零散的短诗，均收在诗集《波涛汹涌的河流》（*Kallolini*）和《朝气蓬勃》（*Navodita*）中。请看下面的诗例：

（光线）

也曾是茅屋中的可怜人，也曾当过王后住在后宫。
也曾是迸发喷薄的火山，也曾当过喜马拉雅女神。
也曾是残暴的炸雷闪电，也曾是喜极而泣的传闻。
日月相伴夫妻充满幸福，也曾为烈火也曾为水静。

（自我介绍）

我是被人欺负、被人遗忘的好心人，
我是被人赶出家门、被人驱逐者，
没有人待见我，没有人会想起我，
啊，哪里有人会问起我，我是个遭难的人。

（4）西亚姆纳拉扬·邦代（Shyamnarayan Bandey）——他最初写了篇名为《三分期两英雄》（*Traita Ke Do Vir*）的短诗，其中选取了罗什曼那－梅克纳德之战的情节描述了两位英雄的事迹。这篇作品是用赫利吉迪噶①和梵语的几种韵体按照第二繁荣期的风格写成的。他还有《马特沃》（*Madhav*）和《毛毛雨》（*Rimjham*）两篇短作品。他的卓越才能在名为《赫勒迪河谷》（*Haldighati*）的十七章的长诗中得到充分发挥。对“勇敢”的许多内心活动的表现和对战

① 赫利吉利噶（Harigitika）是一种每行音长量相等的四行格律韵式，每行28个音长，前16后12之间有停顿。

争场面的描写，使整个用克里保利语写成的该作品具有了自己独有的特点。对战争的整个激情和打斗如此流畅的描写很少见到。

（5）布娄希德·布拉达布纳拉扬（Purohit Pratapnarayan）——他用柔拉、赫利吉迪噶等印地语韵式写了一部《那罗国王》（*Nalnaresh*），大都是在德维迪的影响下克里保利语在印地语诗中得到改进定型时期的风格。克里保利语诗歌风格中目前得到发展的感人性、情感丰富和文体优雅，在这部作品中没有得到反映。书中时不时会恰到好处地使用庄严，还模仿了长诗的几乎所有传统，而这些传统曾使我们中世纪的很多长篇叙事诗成了夸夸其谈没有影响力的作品。20世纪，人们的心已经不再沉湎于离别苦的医治、怨月等。迈提·利谢伦·古布德先生的《沙袛城》里也有对这样传统的模仿，令人心烦。《心中的珍珠》（*Man Ke Moti*）和《新丛林》（*Nav Nikunj*）中收入的均是伯勒达布纳拉扬先生的克里保利语零散短诗，其风格大多是纪事性的。《诗林》（*Kavya Kanan*）中则也收入了部分伯勒杰语诗歌。

（6）杜勒西拉姆·谢尔马·“迪内希”（Tulasiram Sharma “Dinesh”）——他采用黑天生平中不同部分写了一部272页的庞大诗作，共分为八个部分。书中利用许多角色之口表达了当今社会的情感，比如黑天通过乌陀给牧女们传话：

> 把可怜穷人的身体当成我的庙宇，
> 将他们痛苦的叹息视为我的笛音。

同样，黑天坐在德瓦尔噶城头上，请大力罗摩[1]关注农民的现状悲惨：

---

① 大力罗摩（Balram）是难陀之子，黑天的兄长。

为世人之躯遮风避雨，维护着同胞们的声名，
洒下辛勤纯洁的汗水，保住全体人民的自尊。
就是这些农民，遭受着这些疯狂魔鬼的折腾，
农民家中的奶牛啊，奶水成为他们杯中饮品。

诗中还可以发现鲁格米尼说出这样的话：女人有能力分担男人的所有工作。

尽管如此，其语言还是不够成熟，不太流畅，缺乏吸引力。

3.阴影主义

至1913年，克里保利语是如何在诗歌中经磨砺而焕然一新的，迈提里谢伦·古布德、穆古德特尔·邦代等诗人是如何致力于使克里保利语诗歌更加富有想象力、如诗如画，更能表达内心情感的，这些前面都已经谈过。他们带有神秘主义情感的抒情短诗也已展示。他们是怎样试图拓展其创作范围的，怎样真正体验与大自然中普通和不普通事物永恒关系的，也都有所交代。

就在这种自由的新方法正在探索道路之际，罗宾德拉纳特先生的神秘主义诗歌爆红起来，一些诗人便开始将神秘主义和象征主义同时作为自己唯一的目标。一旦目标定在了象征或表达方式上，那么为了表现它，只要有世俗或非世俗的爱的领域就被认为足够了。走在这固化领域的诗人便接受了阴影主义的名称。

主要目标集中于神秘情感和表达方式，将诗歌仅仅视为创造想象的思想的流行，导致甚至同情也开始被想象。正如许多迷人事物被想象一样，各种各样的情感体验也被想象出来。自然的诗歌创作方法是：哪怕情节的运用是超现实的，但情感体验的形式性质应该是真实的，也就是自然而然的由欲望产生的。情感体验的性质如果

也成为想象的，那么它与心是什么关系？如果体验不是它通常所发生的那样，那么真挚（sincerity）在哪里？如果有人将死亡仅仅视为生活的完美而表达出对它的强烈渴望，表达出为自己死亡的权利而自豪，那么这种奇特的说法当然会使我们得到娱乐，但没有必要承认这种渴望和自豪的存在。

“阴影主义”一词的使用应该从两种意义理解。一个是从神秘主义的意义理解，这里它与诗材有关，诗人将那无始无终和不可知的最爱者作为依靠，用极其形象的语言多种形式地表现它的爱。在神秘主义中，作品是仿照那些古代得道成就的圣人和萨图们①的箴言创作的，这些箴言被认为反映了梵我如一境界或三摩地②状态下以各种暗喻形式所获得的超凡知识。这种形式上的反映在欧洲被称为phantasmata（幻象，阴影=chhaya）。因此，在孟加拉，“梵社”中模仿上述箴言创作的超凡歌曲和圣歌被称为阴影主义。后来渐渐这个词从宗教领域进入了文学领域，又在罗宾德拉被追捧之后出现在印地语文学领域。

“阴影主义”一词的另一种用法是用于诗歌风格或特定方法的广泛意义。1885年，法国成立了一个神秘主义诗人组织，被称为“象征主义者”（Symbolists）。他们在作品中用间接象征取代了直接象征。正因为如此，才开始使用“象征主义”一词指称他们的风格。除了超自然的或与神爱有关的诗作以外，对那里其他所有形式的诗歌来说，也都倾向于象征手法。印地语中“阴影主义”一词作为广义的而被接纳的正是这种象征手法之义——除神秘主义作品以外，其他形式的作品也是如此。一般来说，阴影主义的意义是，间接象征作为表现其原形

① 萨图（Sadhu）即印度教出家苦修者。

② 梵我如一（Turiy）也译作“梵我同一”“梵我一如”等。印度教哲学认为，世界最高存在“梵”和个体灵魂“我”在本质上是统一的、一致的。只有亲自证入“梵我一如”境界，才能获得解脱。三摩地（Samadhi）又称三昧、三摩提、三摩帝、三摩底、三么地、三昧地等，也译作“定”，即住心于一境而不散乱的意思。

的影像取代直接象征，这种风格中可以描写物也可以描写事。

在印地语诗坛，只有默哈代维·沃尔马仅取了“阴影主义”的第一个意义，也就是其本义。本德、普拉萨德、尼拉腊等其他所有诗人都只是从象征手法或形象风格的视角被称为阴影主义者的。

属于阴影主义的作品大家都或多或少是按照上述方法创作的，但在倾诉幻想的爱、痛苦的发展、美的建构、情话、不满的表达等方面，他们的用词技巧都是确定的。生活的忧伤、沮丧和绝望在他们甜美的歌词中也有所体现。就在这有限的范围内，他们非常奇特地展示着象征手法。正如我们在概述一节所说，为了表现新奇，英语象征性词汇的翻译也被原封不动地用上了。对象征的新奇不太感兴趣的人们，似乎更热衷于按孟加拉语诗人的方式编织能愉悦听觉或拟声的词汇。

象征风格或象征手法中，正如象征词的使用取代了字面词，暗喻的间接形象也取代了直接形象。所以，凭借寓意手法也成为阴影主义的特征之一。前面已经谈过，阴影主义热是作为对德维迪时期枯燥无味的纪事性的反动而出现的。因此，这一反动不仅作为象征和寓意的丰富，而且有时也作为比较和隐喻的丰富而展现。其中除了借代和象征修辞法以外，其他一切都是建立在某种相似性思维基础之上的。很早就有利用相似性的庄严作品问世，法式时期及其后也一直在创作。所以，对阴影主义作品中采取相似性的系统进行研究很有必要，正是这一系统使它获得了一种独特形式。

我们这里的相似性主要可以分为三种：表象相似（外表或表面具有相似性）、特性相似（性质或方式相似）和词的相似（两种不同事物同名）。其中后者只对玩词汇双关游戏者有用，剩下的就是表象相似性和特性相似性。仔细研究后就会发现，这两者中隐含着效力的相似性。成就者诗人的目光只关注那些间接喻体，它们与本体一样可以激发出美、光明、光彩、温柔、强壮、恐怖、残暴、冷淡、沮丧、忧愁等的情感。诗中固化下来的喻体大多属于此类。并非仅仅看看或衡量一下其外表的形象、形状或行为，对其对情感的影响不加考察就运用它们的。后来由于诗歌创作活动非常艰难和辛苦，当虚假现象出现时，许多喻体仅仅根据对其表面的衡量便也被用上了。为了表现腰部纤细，开始使用母狮和马蜂。

阴影主义非常关切地把效力相似性作为特定目标。有些地方外表的相似性或特性的相似性很弱，甚至根本就没有任何相似性，但仍然以内在效力的相似性将喻体收入其中。这种喻体往往被作为转义的形式或象征的（symbolic）形式，比如代替幸福、欢乐、高兴、青春期等的是它们的象征物朝霞；代替黎明、春天、（女）情人的是花蕾；代替（男）情人的是黑蜂；代替白色或纯洁的是莲花和白银；代替美丽或魅力的是花蜜；代替有光彩或辉煌的是黄金；代表忧伤和难过的是黑暗；代替黑夜、傍晚的阴影、秋季、精神焦躁不安或悲痛的是台风或暴风雨；代表情感波动的是金属撞击的铿锵声；代表思绪的是音乐或笛声等。以内在效力相似性为基础的象征和比喻体系的大胆充分的发展是阴影主义诗歌风格的主要特点。

印地语诗歌传统中寓意方法是有的，但某种程度上是缺乏象征性的。只有一些传统象征以成语形式偶尔可以发现。伯勒杰语诗歌中，如果说有人做过象征用法尝试的话，那就是克纳南德。在这第三次繁荣中，展现象征最多的就是本德先生在《嫩芽》中的尝试，比如：

（1）尘埃堆中隐藏着我不知名的柔美的歌。（尘埃堆=不美的东西；柔美的歌=歌的本体，就是美的东西。）

（2）内心极度痛苦的愉悦。（愉悦=发展和繁荣，为了离奇而用表示讽喻关系的比喻；内心极度痛苦的愉悦=嘿，我痛苦的心！以基础与依附物关系比喻）

（3）天性中月光留居，思想上孩童的气息。（月光=温

柔，凉爽；孩童的气息＝幼稚）

（4）死神的这口长气。（死神＝临近死亡之人或吊唁死者的人）

（5）你是谁，这无限的、无形的、无名的。（用于婴儿。取代指小意义的是否定式意义）

在《嫩芽》中，由于反作用的发生，更多的是表现奇异的倾向，为此有些地方英语的比喻用法也被生搬硬套过来，但后来这种倾向就越来越少了。

普拉萨德的作品中，表现词汇比喻新奇的倾向就不像相似性遥远情感的倾向那么强烈。他的象征标志（symbols）与普通感受相符合，比如他的《波浪》：

（1）狂风暴雨翻卷呼号，电闪雷鸣乌云压城。

看到这虚空的内心，大家都来搭起帐篷。

（狂风暴雨＝不平静，不安；翻卷呼号＝痛苦的哀号；雷电＝颤栗或刺痛；乌云＝黑暗；“虚空”一词除了形容词以外还表示天空，这使双关中有了非常美的协调统一。）

——《眼泪》

（2）秋天，灌木枯立在花坛里。

你撒下嫩叶花瓣来到这花畦。

（秋天＝萧杀，忧伤；嫩叶花瓣＝春天，有生气和繁荣）

——《眼泪》

（3）针刺也穿上了珍珠。

（带刺植物＝使人痛苦的心肠冷酷之人；穿上珍珠＝带着晶莹水珠的＝满含泪花）

——《波浪》

喻体是如何带着地方的、细微的、模糊的，但能够暗示本质的模糊基础而被创造出来的，这从下面引用的一些内容便可知晓：

（1）起起伏伏摇摇摆摆的波纹，
如慈悲伸展的新懒腰，
像摩罗耶山吹来的风[①]。
在这干涸的岸边散播蔓延。

（波浪＝动人柔美的感情；干涸的岸边＝冷酷严峻的生活；喻体也是象征性的。）

——《波浪》

（2）如诗人的神秘想象，如不可知者的惊奇，
似四季严肃的心脏，似孩童含混不清的恐惧。

——《影像》

（3）高峻的山顶，生出崇高愿望般的茂盛大树，仰望着无言的天空。

（茂盛生长的大树等同于人类心灵中超越俗世的崇高愿望）

（4）春天像林海的歌曲在旷野中扩散。

阴影主义作品大都只是以歌曲的形式问世，这导致其中的一致性很少被发现。在有一致性的地方，整个作品都是按照寓意方法创作的。这样，我们就可以到处发现大量一致性思想。无疑，这种一致性情感是拓展我们内心、确定人与外部世界神秘关系的非常需要

①“摩罗耶山吹来的风”（Malayanil）喻指“南风”或“春风”，也指“凉爽芬芳的风”。摩罗耶山（Malay）是南印度西高止山脉中的一座山，位于今迈索尔以南特拉凡哥尔以东地区。

的心理状态，但它在从自然物或其行为所获真正暗示的基础上得以成立之处却无法产生真正震撼的影响。大自然通过自己千变万化的形式和行为，神秘地或清晰地暗示着无数的事物。对这种暗示既不鉴别也不接受，由此而来的不偏不倚只能是随心所欲的幻想。与对这永恒世界大诗暗示的鉴别相伴的一致性是深刻动人的。比如：

从痛苦中获得新芽，世俗生活之丛林。
怜悯的世界在咆哮，播下新生活之种。
开放无羁的新愿望，撒下生活的落英。
这是孩童稚嫩欢笑，突然爆发于内心。
这是黎明的再昌盛，将尘埃变为黄金。
这是清波微澜游戏，它将艺术家吸引。

美丽在鲜花丛中绽开笑容，在世上留下神圣的脚印。
生命在那里流下幸福之泪，晨露中歌曲在跳跃涌动。

——《音响》

让我的爱展开蔓延吧，在天空清新鸟啭中，
到寂静无人虚幻之境，变成光线再度回来，
作为上天的微小粒子，从时间的美丽窗口，
来看那不可见的舞蹈。

——《波浪》

慈悲已像明灯燃亮，
黑天就是我的心脏。
用那剩余的烟灰线，
赶快来描绘那黑暗。

——《眼泪》

不基于大自然暗示的随意移植无法触及内心敏感之处，只能产生追求奇异的强烈愿望。乌托邦主义、唯美主义、表现主义等也或明或暗地对阴影主义诗歌有所影响，这使许多喻体的使用也以随心所欲的移植形式出现。根据大自然的物质性进行人类活动的移植盛行使得有些地方这种移植远离了物质性的自然表达，比如对月亮的这种描写：

（1）

世界痛苦贫瘠的床上，这病中的生活姑娘。
色衰无力弱不禁风，憔悴身躯之藤已枯黄。
赤裸含羞蜷缩一团，气息中充满空虚渺茫。

月光本身在心里就不会激发这样的情感。有关这一点，下面这种想象也只是好像在呈现女人漂亮的脸蛋：

（2）

在蓝色天空的莲花上，她文雅地笑着端坐，
温柔的手掌捧着娃娃脸，孤独无言地注视着。

同样，把眼泪说成“眼睛的沙子”也是毫无意义的。下面这块别人嚼过的馍（已经司空见惯）似乎也是从哪个酒店捡来的：

（3）

波涛中充满饥渴，那旋涡里空无一砵。
喝完圣湖的甘露，你将水杯抛入沟壑。

总是移植女性美来想象大自然的各种美，表明了上述情感的狭隘。迦梨陀娑也通过云使想象了尼尔温提亚河和印度河中的女性美，从而非常迷人地表达了河流和云彩的自然关系。夏季里，河流都变得越来越干，越来越窄，越来越炎热。当乌云遮蔽了它们，它们便变得凉爽起来。它们拥抱着那阴影显示着自己。乌云播洒下雨水，解除了它们的消瘦。迦梨陀娑采用了两者间这种天然关系的暗喻，创设了喻体。但到处贴上女性的肖像来想象美感则如儿戏一般。美女乌莎两颊的红晕、日吉妮头上镶着宝石的发饰、长长的吐气、脸上的泪珠都成了老一套。阳光、水波、月光、阴影、蝴蝶，全都得以成为仙女美人出现在我们面前。同样，各种自然行为也大都变身为接吻、拥抱、送蜂蜜、接受蜂蜜、美女的游戏等。也就是说，各种自然物及其行为也都有各自独特的美，这些美仅靠一种东西或行为的移植是不可能表达的。

同样，本德先生的《阴影》(*Chhaya*)、《幸福欢乐》(*Vichivilas*)、《星辰》(*Nakshatra*) 中到处存在大量喻体，其中许多都是含有非常精细和柔美统一意义的，还有许多只是作为形形色色微不足道的东西。这种作品似乎就是乌托邦主义、唯美主义、表现主义的例证。根据这些主义，诗人想象的任务就是用大自然的各种物质进行新的创造或建立一个新世界。根据上述主义的观点，接受自然的真正形态和它的真正暗示是不必要的。在他们看来，各种自然物只是用作生产，正如儿童拿砖头、石块、木棍、纸张、花草树叶等来制做马、大象、房屋、花园等一样。通过自然物的种种形象表达自己的情感是对的，但所选取的自然形象中也应含有表达这些情感的自然取向。

由于阴影主义的取向大都是情歌类，随着主题的多样化，我们当前诗歌很少能够在新的意境中走得长远。有些诗人具备的物质基础是很少的。其特定目标一直是表达的非凡细致。因此他们的作品很大一部分好像被置于半空中一样，据以在心中创造诗句的物质基础，有些部分甚至为了艺术的新奇或美而被从诗句中剔除。结果有些地方由于所用词汇的表意性不足而使得情感含混不清，读者不得不从自己角度大加挞伐，比如下面这些诗行：

你为何躲到自己乱发的黑暗里。
如此警觉的好奇，且停！你永远别变成这样！
啊！我不忍亲吻你那蹑踵轻移的双脚。
你让我如此痛苦，啊！那红色如朝霞上涌。

这里诗人说了情人悄然而来的事。这位情人的脚是如此柔美，当她为了不出声而蹑手蹑脚走路时，脚后跟血液上涌而出现了红色，就是这种红色以朝霞红的形式而闪亮。普拉萨德先生尤其关注身体的变化，因此他用“蹑踵轻移使我痛苦”把想象红色上涌抛给了读者。《迦马耶尼》中，他在搓过的耳朵里也展现了美女面颊上“含羞的绯红”。

我们前面已经有所交代，由于主要目标集中在表达方式或诗歌风格上，阴影主义得到了可喜的发展。凭借相似性思想和比喻力如何倾向于用于诗歌的形象化语言的，这一点也已谈过。相似性以前仅在明喻、比较、暗喻之类庄严的庞大框架内加以表现。现在也有少量或者通过象征的用法体现，或者作为隐蔽的暗喻存在。同样，为了某件实事或整个情节不是借助例证或情节设置等，更加流行的是寓意手法。这是经过很大改进的方法，但也不应该认为，明喻、暗喻、比较等就不用了，实际上一直在使用，而且还用得很多。明喻中始终缺少“法”。句喻①、无因想象比喻②、矛盾、双关、串珠等庄严也时有出现。

① 句喻（prativastupama）指比喻在两个句子之间进行，其中一个句子是本体，一个句子是喻体。

② 无因假定比喻（hetutpreksha）是假定比喻（utpreksha）的一种。假定比喻指把本体假定或想象成喻体的比喻。无因假定比喻就是把没有原因假定或想象成有原因，将不是原因的东西假定或想象成原因的比喻。

现在称为阴影主义者的诗人是如何挣脱某种樊篱，渐渐把目光投向现实世界和生活的无尽领域的，我们已经有所反映。至今他们的想象似乎只在有限范围内跳着艺术的和娱乐的舞蹈，它一直在哄骗畏惧现实世界和生活的复杂性的人。现在它亲眼见证着生活各个方面的动人性，不得不规矩行事。为此，他们不得不多少抑制一下自己草率言行的表露、游戏娱乐的倾向。在这崎岖的心路上带着形象的不必要的包袱前行也不适用于语言。普拉萨德先生在《波浪》中把阴影主义的形象化风格拿到三个历史生活片段中进行了尝试。他以戏剧的方法对其中的情节进行设置，根据内外部环境进行了有表达力的、迷人的、动人的或激动的词汇组织。但有时在令人愉悦形象的传统走得较远的地方，综合效果会受到影响。《迦马耶尼》中，他在人类生活发展中加入了各种充满情感的事件，通过大胆和迷人的想象描写了斗争，呈现出人性的和谐历史。同样，语言比以前更多样化的尼拉腊先生描绘了《杜勒西达斯》的心灵发展的非常奇妙的巨幅彩色画卷。

现在，我们认为有必要对第三次繁荣期的当代诗人及其作品做一简要介绍。

（1）杰辛格尔·普拉萨德——他先前用伯勒杰语写诗，其作品收在诗集《画布》中。从1913年起，他开始转向克里保利语，并出版了《林中花》（*Kanan Kusum*）、《王公的伟大》（*Maharana Ka Mahatva*）、《慈悲场》（*Karunalay*）、《爱的旅行者》（*Prempathik*）。《林中花》中基本都是德维迪时期经常出现的那种诗。《王公的伟大》和《爱的旅行者》（1913）都是无韵诗，其道路是希利特尔·巴特格先生早就指出的。早在帕勒登杜时期，恩比噶德特·沃亚斯就仿照孟加拉语尝试写过一些无韵诗。后来，希利特尔·巴特格先生用克里保利语的无韵形式（而且在诗行中间用了句号），非常成功地写出了《黄昏漫步》（*Sandhya Atan*）。

在概述中已经阐述过，尊敬的迈提里谢伦·古布德、伯德利纳特·婆德和穆古德特尔·邦代等诗人是如何探索适合大胆形象地表达内心世界的自由的新方法的。后来普拉萨德先生也按照这新方法写了一些小诗，全都于1918年收入了《山泉》中。《山泉》中的那24首诗与当时按照新方法创作的诗歌相比，没有任何引起注意的特点。到1927年出第二版时，整个书的面貌已经面目全非，加入了超过一半也就是33篇作品，其中完全的神秘主义、表达的奇异、模仿、影像创造全都可以见到。《忧伤》（*Vishad*）、《沙碗》（*Balu ki Bela*）、《开门》（*Kholo Dvar*）、《分散的爱》（*Bikhara Hua Prem*）、《光》（*Kiran*）、《等待春天》（*Vasant Ki Pratiksha*）等就是第一版（1918）中没有而后来加进去的作品。第二版中有的地方被称作阴影主义的特点清晰可见。此前，苏米德拉南登·本德先生的《嫩芽》已经大张旗鼓地出版了，其中神秘思想，有些地方还有创造喻体、形象化语言、象征的奇异等特点，都大量存在。

普拉萨德先生具备一种美妙的天才和觉醒的丰富情感，以致他以自己的方式非常迷人地发展了这一方法。梵语优美词汇在孟加拉语诗歌中如此漂亮的选择，在其他地方语言的文学中还没有见到过。在接触它们的时候，词美的呼声始终占据着普拉萨德的内心。

由于对生活中爱与奢华的自然倾向，我们总是发现他流连于那“情人”相聚与分离的神秘情感之中——应视其为有别于正常的神秘情感。他尤其关注情爱方面的身体活动和现象（泪水、汗水、亲吻、拥抱、娇羞的红晕等）、嬉戏娱乐、痛苦的隐痛和剧痛等。就是根据这种倾向，其眼光更多落在无尽自然界中幼芽的奉献、花蕾的微笑、盘旋于蜜罐之上的黑蜂嗡嗡声、香风习习、花蜜被抢、乌莎[①]两颊的红晕、天地亲热的拥抱、日吉妮[②]泪水沾衣、滑落到月亮脸上的秋云

① 乌莎（Usha）是朝霞或朝霞女神，也是许多印度女孩的名字。

② 日吉妮（Rajani）是夜晚，也是许多印度女孩的名字。

面纱、春天里的甘霖（蜜雨）和摇摇摆摆的醉态等之上。因此，看了他的神秘主义作品后，可以这样说，他的甘霖的精神传播得到了神秘主义的面纱，或者说，他的爱的体验从有限跨越到了无限。

他的成名作是《眼泪》(1925)。《眼泪》实际上是爱情分离的眼泪，其中不时闪烁着对过去团聚幸福的忧伤回忆。但是，一方面，因沉醉于情人而失去理智时，情郎便前来幽会，当恢复理智后便寂然离去[①]，同时，心中的波浪去清洁那无尽的角落；另一方面，似乎眼泪在为那“不可知的最爱”而流淌。然后诗人又看到：

空间[②]在无限幸福中创造宇宙流[③]，
含笑展现阴影路上无数的星群。

但是，

下面是广袤的大地，承载着沉重的苦痛。
用自己咸咸的泪水，填充着同情的大海。

他希望给这“长期痛苦悲哀的国度”、这无情的世界送来自己爱情痛苦的美好平静火焰的吉祥光明。这里的眼泪似乎就是对俗世痛苦的同情之泪。但就在这里，我们发现诗人的目光如此紧盯自己永远清醒不灭的火焰的效力：啊！我的火焰！

你的光焰中是痛苦的知觉世界，
我身边得到的则是同情的火焰。

---

① “你失去理智而前来，头脑清醒则离去。”乌尔都语著名诗人阿克巴也说：“我的理智属病态，是陶醉医治了它。”——作者原注

② “空间”（Avakash）既“天”（dik）或“太空”。　　——作者原注

③ “宇宙流”（Akashatarang）即“以太网”（ether webs）。　　——作者原注

这时，就仅剩下了火焰或爱情的痛苦的过度夸张和异想天开的情感——这是艳情味的老传统。我们的意思是，如果痛苦没有任何固定的土壤，整本书就不会产生综合统一的影响。

但当我们分别来看，就会发现诗句之中色彩非常丰富的想象、富有表达力的非常奇特的形象设置、非常柔美的情感运用。这是伯勒萨德先生第一部吸引众多读者的诗作。在大胆的表达和奇特的描述之中，也可以发现爱情痛苦的非凡力量和它在世界上美好影响的影子，发现它接纳幸福与痛苦的无穷力量以及在它的阴影中美与幸福的影子。“宿命论”和“悲观主义”的悲观论调也不绝于耳。排除这种意识而呼唤半昏迷状态、梦境和无知觉状态是神秘主义的一种认知方式。从《眼泪》到《迦马耶尼》都是遵循的这种方式。诗人不仅是为了自己，也是为了在光明中抗争的“长期痛苦悲哀的国度”，要求尼夏①带上安眠药来：

长期痛苦悲哀的国度那时也在寻求光明，
你洒下点月光吧，这疯子仍然还在梦中。

只有在意识的沉寂或失忆状态下才会有《福利之雨》(*Kalyan Ki Varsha*)，才会得到相见的喜悦。所以，普拉萨德先生为此将夜的情感延伸到了世界末日之夜，世界末日是世界毁灭和创造的结合点，此时一切的名与形皆归于毁灭：

意识的浪花不再泛起，生活之海归于寂沉。
生灭分界的黄昏之后，世界再次获得新生。

---

① 尼夏（Nisha）的意思是“夜晚”。

《眼泪》之后的第二部作品是《波浪》，这是多种诗歌的合集。因为名为《波浪》的一首小诗最先收入，所以整个集子便取名《波浪》。诗人用“波浪”之名的意思是指人的灵魂里经常泛起使其生活感情丰富的那种波浪。呼吁使它平息下来，可以说既是为了使个人的枯燥生活有意义，也是为了使全人类的生活有意义。这生活的波浪在人的心中留下记忆的痕迹，正如水波在干涸河床的泥沙上留下肋骨似的凸出线条：

起起伏伏，无数次重复，
留下舞步的痕迹，
沙土上凸起的线条，
填满自己不安的战栗。

这里也有那情郎玩捉迷藏游戏、蹑手蹑脚悄然而来、吉伦[①]用手指捂住眼睛（或试图捂住眼睛，因为有发光体的反射）、前往情郎处幽会等神秘主义的所有素材。尽管情郎不可知，但如何依赖爱情，这也在好几处得到表现，比如：

你是何人我是谁？这都没关系，你要听仔细！
心灵之海总被我的地平线亲吻，你可要大气。

同样，在《啊！大海红蓝交汇之处》（*He，Sagar Sangam Arun Nil*）中呈现了这样的场景：大海是什么时候看见从喜马拉雅山流出的河流的，河流什么时候看到大海的，河流流出大山后做着美梦向

① 吉伦（Kiran）是阴性名词，意思是光或光线。常用作女性名字。

着大海进发，大海也非常兴奋地与她相会。

早晨傍晚均泛红晕的地平线似乎总是有限（天空）与无限（大地）相聚或幽会之处。诗人要求船夫离开这纷扰的世界，将船驶向那里：

> 我的船夫啊！你施展骗术驶向那里，小心翼翼。
> 那里荒无人烟，海浪汹涌在天空之耳深处，
> 讲述真诚爱情故事，将这喧嚣的地球抛弃。

到达那里，他希望既将这充满幸福和苦难的壮举看作自己的永恒与真实，也获得至高无上知识的光辉，因为在作与息的交汇点上，似乎总闪耀着知识的超凡之光。

《波浪》里只有四五首是阴影主义的诗歌，但诗人喜爱半昏状态和梦境的情感随处可见。只有可以弥补不足的、能够满足未实现愿望的梦境才渴望太阳的那种寂静——其里里外外的一切喧嚣均归于沉默。

正如我们前面指出的，《波浪》中有多种类型的作品。有时是以大自然迷人的方面为内容的优美的儒伯格[①]歌曲。

有时是对青春期的回忆，其中包括互相交换蜂蜜；有时将爱情的纯洁形式说成“爱是用来付出的，而非索取之物”。但该书中，诗人走出自己的温柔甜蜜世界，走向了现实世界和生活的多个方面。他认为自己心中有无限的爱，他希望通过自己的接近把它播撒到当前的现实世界。当乌莎的爱（红霞）传播开，便是光明普照之时：

> 让我的爱传播吧，传到天空新的鸟啭中，

① 儒伯格（Rupak）为音乐中的一种七个音长的节拍。

传到寂静无人的黑暗中，变成光明再回门。

诗人现在要求自己的“至爱者”唱起“生活之歌”，其中包含慈悲同情的新喜悦。然后他在这无智黑暗的含泪夜晚，祈求着知识的光明，让他用爱的笛声奏出生活之歌，其影响将使人类在藤蔓面前尽情友爱相拥，这被炙烤的苦难地球上将出现凉爽的阴凉：

这世界慈爱的黑暗，在夜色中显出你如月脸庞，
用爱情之笛宛转悠扬的乐声，奏出生活之音。
让友爱相拥的藤蔓树丛遮遍大地，
最亲爱的，让这焦灼的世界成为沃林达文。

正如前面指出的，《波浪》中，普拉萨德先生在大胆想象的奇迹中也看到了历史的一些片段。在沃鲁那河[①]清静的岸边佛陀曾初转了法轮，该河的历史一瞥——《阿育王的思考》（*Ashok Ki Chinta*）、《谢尔辛格的缴械》（*Shersingha Ka Shastrasamarpan*）、《贝秀拉[②]的回响》（*Peshola Ki Pratidhvani*）、《毁灭的阴影》（*Pralay Ki Chhaya*）等都是想象渗入历史的见证。这样，《波浪》中我们发现普拉萨德先生在努力将自己的想象定格在当前与历史生活的自然而具体的土地上。

最后，普拉萨德先生还注意到要使某种宏大情感成形，其结果就是《迦马耶尼》。作品中他将自己最喜欢的“欢乐”的创造与哲理的表面反映一起作为想象的禅定忘我的背景。这种“乐观主义”不是沃勒婆大师的“肉体”或欢乐的类型，而是基于怛特罗或瑜伽师的内心方法。这部叙事长诗是拿远古大洪水之后摩奴再造人类世界

① 沃鲁那河（Varun）是流经印度北方邦瓦拉纳西的一条小河。
② 贝秀拉（Peshola）是一湖名，英语写作Lake Pichola，位于拉贾斯坦的乌代普尔市。

的故事创作的。该诗的基础是：摩奴先接受了谢尔塔（信念）[1]作为妻子，后又接受伊拉（智慧）[2]为妻，并极力将其变成值得尊敬者或处处顺从者，结果引起众神愤怒。根据隐喻的思想，谢尔塔（信念）是充满信任、充满感情的天性，伊拉是职业智慧。诗人将谢尔塔（信念）描绘成创造温柔、爱和同情的、送去真正欢乐的形象；将伊拉（智慧）描绘为热衷于进行各种分类和系统、纠缠于行动的形象。

故事情节是这样的：洪水之后摩奴的方舟停靠到了喜马拉雅山顶，摩奴忧心忡忡地坐在那里，想着上一次创世的事和未来的状况。想着想着他倦怠了、绝望了。这种忧心可以说就是“理智、智慧或思想”的形式，它一开始就多少暗示了反“理性主义”。慢慢地希望有所上升，谢尔塔（信念）见到了摩奴。摩奴与谢尔塔（信念）一起平静地生活了几天。但由于先前的影响，摩奴又开始倾向于行动了。在阿修罗的怂恿下，他举行了愿望祭[3]，这使谢尔塔（信念）心灰意冷。看到摩奴越来越沉迷于自己快乐，他心中还没有唤醒在所有生命中传播幸福的目标，以使人类得到新的繁荣。摩奴希望谢尔塔（信念）的全部亲善和爱都只集中于他一身，一点也不能分散。因此，当他看到谢尔塔（信念）爱抚动物幼崽，为自己孕育中的胎儿准备东西时，他心中便产生了嫉妒，于是把她抛弃在喜马拉雅山的山洞里，带着自己的快乐愿望离开了。

摩奴来到荒凉的萨尔索德国境内。在那里修罗和阿修罗曾经因为失去信念而互相残杀，最后以因陀罗获胜告终。摩奴苦恼地想：难道我也和他们一样失去了信念吗？就在这时，从天上传下“欲

① 谢尔塔（Shraddha）意为“信仰”“信念”。为了便于理解，这里除了音译人名外，在括号里也注出其意义。

② 伊拉（Ira）意为“智慧”。为了便于理解，这里除了音译人名外，在括号里也注出其意义。

③ 愿望祭（Kamya Yajna）就是为了达到某种愿望而举行的祭祀。

神”[1]带有诅咒的声音：

摩奴你忘记了谢尔塔（信念），
把那完全自信的人故意抛下。
你愚昧地忘了男子气概，女人也有权利。
权利与有权人的同一性成为关系。
这是新的人类创世，
二元对立将像雨一样不停创造种姓，
无形中不断制造问题，然后自我毁灭，
无尽喧嚣争斗盛行，一致不再，分歧倍增，
世界之冠及明月般靓丽的额头。

天亮以后，摩奴发现面前站着一位美女。

卷曲的头发犹如诡辩的罗网，
世界皇冠、皎洁明月一样靓丽的前额。
蓓蕾似的小口像鸣叫的黑蜂唱着赞歌，
胸前好像集聚着世上一切知识与力量。
一手提着业罐，装着大地生活的精华，
另一只手勇敢地托着甜美思想的天苍。

这不是伊拉（智慧）吗？摩奴与她住到了萨尔索德国国都。当摩奴心中对于世界及其管控者产生好奇心，并考虑从他那里获得支持时，伊拉（智慧）说：

① 欲神（Kam）是印度教中主管情欲或肉欲的神。

是，你就是你自己的依靠，
不听智慧之言还能去找谁来庇护。
这繁茂迷人的大自然正缺探索者，
你坚定地去吧，去揭开它的帷幕。
统治管理这一切，提高你的才能，
让无知者有智觉，知识是最简单的要务。

摩奴与伊拉（智慧）住到那里以后，把国政管理得井井有条，城市非常繁荣。通过智慧之力管控着大自然，人们开始热热闹闹地耕种田地，建立起了各种行业，制造各种新武器。摩奴实施了多种规章，把人民分成不同的种姓和阶层，管理着世界。“自我”的情感异常强烈。他自认为独立的规矩制定者和世界创造者，希望自己超越于一切规则之上。伊拉（智慧）建议他遵守规矩，但他不听。伊拉（智慧）失望后想离他而去，但摩奴一边宣示自己的权力一边抓住她。他一抓，门就塌了。天神们也被激怒了。湿婆睁开了第三只眼，人民的愤怒有增无减。摩奴奋起战斗，结果昏厥倒地。

谢尔塔（信念）也做了一个梦，梦到同样的叛乱。于是她带着王子开始寻找摩奴，最后来到这里。看到她以后摩奴非常激动和后悔，然后回忆起过去那美好时光：得到谢尔塔（信念）使他的生活十分美好快乐；本来由于悲伤和混乱而痛苦不堪的世界，由于她的到来而变得安宁、完美、幸福、明亮。他当即要求谢尔塔（信念）把自己从那里带走。夜幕降临后，摩奴悄然离开不知去了哪里。他离开之后，伊拉（智慧）和谢尔塔（信念）有一场对话，伊拉（智慧）看到自己建立起来的权力体系的恐怖后果，说出了自己失去勇气的话。

最后，谢尔塔（信念）将幼子交到伊拉（智慧）怀里转身便去寻找摩奴。她在娑罗室伐底河边的一个山洞里找到了他。当时摩奴正闭着眼睛聆听心力[1]的声音，听着光辉灿烂的原人[2]的呼唤，看着全世界舞王[3]的舞蹈。一看到谢尔塔（信念），他下意识地喊道："谢尔塔（信念）！快带我到原来的地方去吧。"。谢尔塔（信念）在前面走，他在后面紧跟着向喜马拉雅山前进。甚至他们发现自己来到这样一个大陆，在那里他们好像悬空了一样，看不到任何天际线。在这里，诗人穿上了完全洞悉奥秘者的外衣，指出心中已经升起了一种新的意识（有别于当前意识）。现在摩奴发现了代表三维世界和三界的、分别来自"欲""智"和"行"[4]的中心的三个不同光点。谢尔塔（信念）分别为他讲解了它们的秘密。

首先是"欲"的充满蜜汁、魅力的摩耶之国，就像红色乌莎（朝霞）的圆枕头一样美。在这里，词语、感觉、形象、汁、味的清澈透明偶像就像五彩缤纷的蝴蝶在翩翩起舞。电影的画面在周围游荡，摩耶女神围绕光点微笑而坐。这里既有古老春天的发生，也有秋日的到来，也就是说幸福与痛苦是绑在一根绳子上的。在这里内心世界是敬拜红色意念的。

其次是"行"的黑色世界，如烟一般变得阴暗，模糊不清。这里一刻也得不到安宁，总是有争斗或失败的喧嚣，有强烈欲望的贪婪，世界与国家的纲纪就剩下惩罚，整个社会意见纷呈。

然后才是"智"的世界，这里总是运转着智慧之轮，对于苦乐没有任何兴趣。这里不受控制的分子根据逻辑性区分存在与不存在，尽管孤独，没有交往，但仍然与解脱紧密相关。这里只能得到

---

① 心力（Chitt Shakti）：禅定使内心的多条通路被打开，人的灵魂便得到一种新的力量，这就叫"心力"。这种力量教会人们以新的视角看世界和自我。

② 原人（Purush）在印度教中有时指最高神，有时指人类的祖先，有时指湿婆或毗湿奴。

③ 舞王（Nataraj）指的是湿婆神。根据印度教传说，到了黑铁期的最后，世界完全陷入黑暗和混乱，于是湿婆便通过舞蹈将世界毁灭。然后进入新一轮的创世——毁灭过程。

④"欲""智"和"行"中的"欲"指欲望或贪欲；"智"指智识或知识，一般指印度教的真知；"行"指行动，即符合宗教教义的行为。

应得之物（只有解脱或解放），而得不到满足（欢乐）。生活的情味根本就不触及，其中许多都是集中一起获得，因此这里到处都是渴望。

最后，谢尔塔（信念）让他看着三个光点说：这就是三界，其中欲、行、智相互独立形成自己的中心。它们互不相连就是对生活的真正的捉弄。智独处，行也独处，欲怎么可能圆满呢？说到这里谢尔塔（信念）笑了，这时一道光线贯穿了三者，转瞬之间这三者合而为一发出光芒，全世界传遍了号角与手鼓之声。摩奴完全沉浸于那圣音之中。

越过这一秘密之后便又看到了乐土。最后伊拉（智慧）也带着王子（人类）来到这里，看到原人与古老的自然结合一处用自己的力量掀起波澜，像欢乐之海在翻腾。看到这一切，伊拉（智慧）对谢尔塔（信念）表达了感激之情，并说："我现在明白了，我原来什么都不懂，总是毫无意义地迷惑人们，这就是我所做的事。"然后，摩奴指着盖拉西山，描绘了那没有罪恶、没有苦难的乐国。一切都是那么地平静，他说出了那著名的"无别中的有别"的话：

由于自己的苦乐这有形世界万物兴奋不已。

最后普拉萨德先生从大自然汲取全部幸福、享受、美丽、光辉的营养后便陶醉了——就是那些藤蔓、幼芽、花粉、蜂蜜、花蕊、仙女们变成了光线。

这部作品充满了美丽的想象和感人的诗句，其富有思想的基础或意境仅在于，智慧或充满信心的和谐行为在生活中体验着安宁的快乐并将其传播四方，将人类带上了幸福之路，并将其送抵永恒的欢乐国。伊拉（智慧）和谢尔塔（信念）总是把人类置于不安状态，使他们陷入无数的争论和冷酷无情的命运之中，使他们远离满足或满意的欢乐。在诗的最后，诗人强调了欲、行和智的和谐统一，强调了三者的结合，就因为相互隔离才在生活中产生不平衡。

由于神秘主义倾向的原因，诗人在最后呈现的和谐方面没能得到实行。诗人先是把行作为智或识的倾向进行了展示，然后又将行和识的表现分开。后来的识也只是职业性的知识（而不是瑜伽行者或神秘主义者的梵智），这从“智慧之轮永不停步”便可得知。一方面，可以看到“红色圆枕头一般满怀深情的光辉的地方”这个欲望之点，另一方面欲望又属于充满感情的天性。所以只有爱乐产生的“信”的倾向才能维持，但“信”何止与欲不同，根本就高于其他三种光点。

在神秘主义传统中一直就存在对意识的不满情绪。普拉萨德先生在诗的一开始就在“担忧”中写道：

受了知觉的伤，摩奴的心中焦虑，
知觉！残忍地扼杀这活生生的世界。
知觉与心的争斗不可能发生，
又有谁会唱那贫困与不成功之歌。

这些诗行中“感知（sanvedan）”似乎是用作行为的意思，因为如果作为苦乐的感受来用的话，那么它如何会与心发生冲突？就算我们把“感知（sanvedan）”作为某种地方性的意义，那也无法把它从情感范围排除。每个“情”的首要部分就是情欲感。在神秘领域倍受推崇的梦境之中也有这种情欲感。智（谢尔塔）被说成同情、怜悯等的肇始者，在这同情怜悯之中也可以得到别人痛苦的感知。

接下来这“感知（sanvedan）”一词进入了现实或非现实痛苦的痛感领域。摩奴的乱民们对他说：

我们已变得重感情，这就是得到的幸福。

人为自寻烦恼之后，方懂得这真正痛苦。

意思是说，以自己的某种境况感受痛苦就是感知（sanvedan）。不让痛苦接近自己身边，沉浸于欢乐之中——甜蜜之中——就是理想的境界。在不满所引发的非现实痛苦想象的痛感的意义上强加这个词，也可以说是毫无意义的徒劳。智（谢尔塔）被说成其肇始者的同情怜悯本身就是对别人痛苦的感知，别人的痛苦成为自己的痛苦就是同情，但痛苦感表明的是自己存在的延伸。无论以哪种意义，指责感知都不具有任何意义。

时不时产生的抛弃感知、智觉、觉醒等的愿望，应该视其为神秘主义的需要。在作品最后所展示的心、智和行的结合或统一是非常恰当的。在苟斯瓦密・杜勒西达斯一节中，我们已经把它作为他这一派的最大特点谈论过。我们在好几篇散文中说过，当今世界不安宁和混乱的根源就是缺乏这种和谐感，但是这种和谐声音我们在《迦马耶尼》中和其他地方都找不到。百姓暴动后，当谢尔塔（信念）带着王子来到萨尔索德城时，她对伊拉（智慧）说："你有头脑但没有感情。"那么关于谢尔塔（信念）难道不能说"你只沉浸于情感，却从不用脑子（没有理智）"吗？既然让两者都分别存在（伊拉和谢尔塔），那么诗人在前者（伊拉）身上看到的是缺乏后者（情感），而不愿接受在后者（谢尔塔）身上看到缺乏前者（理智），这样就会制造混乱。然而谢尔塔（信念）身上有任何形式的缺陷的思想都与诗人成熟的甜蜜感情不相符。

诗人似乎觉得，反映通过批评智而掀起的反"理性主义"的现代运动也是合适的，该运动的发起者阿纳托尔·法朗士[1]说：“通过智可以明了除真理以外的一切。人类不相信智。”人们之所以依赖智或理性，就是为了证明自己的好坏倾向都是正确的。

由于科学带来方便和增加舒适的同时，也带来奢侈和贪欲的增加，机器的使用造成人们能力下降和贫困，摩奴治下的起义百姓的话也多少反映了当今世界所发生的不平等现象：

> 你用机器夺走了所有人的自然能力，
> 通过剥削将生命变得衰老弱羸。

有几处还隐约回荡着共产主义的无阶级社会号召，“电子来自闪光”中也有科学的影子。

如果不是情事过剩和神秘倾向形成障碍，该作品中人性的构建也许会更加完美系统。诗人把“行”要么在为实现愿望举行的祭祀中，要么在工业部门或宪法中加以表现。“行”是如何在“信”的配合下具有“法”的性质的，这种思想一直远离诗人。在这一美好思想中，强烈炽热的情感也成为世界幸福体系的一部分。谢尔塔（信）与达摩（法）的关系自古以来就备受尊重。在《摩诃婆罗多》中，谢尔塔（信）被称为达摩（法）的妻子。由于把心的一半另置，只能在柔情的清凉阴影中梦到欢乐幸福。在显性世界无法显示它的出现和驻留。

如果我们不注意这一美丽诗篇的内部结构，不从总体上把握综合效应，而是分别看其谢尔塔（信）、行动、声誉、伊拉（智）等角色，那么我们面前就会显现非常迷人的、形象的想象和非常美妙的表达方式，对这一切的内源性动力和外在倾向进行非常专业的鉴别，

---

① 阿纳托尔·法朗士（Anatole France，1844~1924），法国作家、文学评论家、社会活动家。

然后对其进行了拟人化的想象创造。许多地方大自然的美妙、华丽和引人注目的非凡力量的运用就不用说了。大自然可怕的破坏性一面也在非常广泛的范围进行了描写。这样，普拉萨德先生在叙事领域也对阴影主义的形象化语言和隐喻风格的成功满怀期望。

（2）苏米德拉南德·本德——本德先生的作品应该始于1918年。他初期的诗歌均收入了诗集《维娜琴》，其中也包括《维娜琴之弦》（*Hritantri Ka Tar*）。读了这些诗，当然可以感到有《吉檀迦利》的影响，但同时后来有些地方给人感觉适当增强了形象化语言的美丽想象。只有看了以下这样的诗句才能说到《吉檀迦利》的神秘作用。

当出现黄昏的余光，
你在朝着西方欢笑。
亲爱的，我成为飞鸟，
在艰难地唱着赞歌，
那里也没有你，忧愁。

但本德先生的神秘思想往往是自然的，他从来就没有接受“主义”的教派主义性质。他的一个很大的特点就是大自然美景令人愉悦的感受，这在《维娜琴》中也多处出现。美的愉悦刺激他对其进行想象，并促使他创造出一些喻体，为了这些喻体的本体形象美感的流传开辟了多种道路。

《维娜琴》之后便是关于不成功爱情的《心节》（*Granthi*）。在该诗中，诗人以一小段爱情故事为基础，展示了进入爱情的欢乐境界，然后跌入长久失望的深渊。情节没有任何创新。为了表现由怜悯和同情到爱情的发展，从小说中常见的情节——如对拯救溺水者、保护别人并使其免遭欺凌者、救助狱中囚犯者或救护战场伤员者的爱——选取一些内容为表达情感开辟了道路。在湖中翻船后，一位青年溺水而失去知觉，醒来后睁开眼看到一位美女将他的头放在自己大腿上，正看着他。然后两人便展开爱情历程，但最后社会上的大人物不能容忍这样纯洁的行为，硬是逼那位姑娘嫁给了另一个男人。这种强行捆绑的婚姻在那位青年或男主人公心里便打上了永远解不开的沮丧之节。诗人就是要通过这个故事，表现社会是如何践踏自然产生的爱情的。尽管诗人从同情的深处挖掘出了爱情的源泉，但在它后来的发展中也按照印度的方式表现了诙谐的亮点。故事似乎仅仅是个缘由，实际上关注的是美感的表达和对希望、欢乐、痛苦、回忆等各不相同的表达。

本德先生的第一部成熟作品是《嫩芽》，作品非常突出地表现了智慧者的热情和勇气以及对传统诗歌创作方法的反动。其中似乎大量充斥着形象化语言、象征的奇异性、暗喻的运用等特点。《维娜琴》和《嫩芽》中有许多借自英语诗歌的情感和英语的象征运用。有些地方的想象和尝试是毫无意义的和无力的，好像只是为了奇异和曲折才用的，比如“眼睛之子”=“眼泪”。加“子”这个词的用法很常见，比如“花蜜之子”“蜜之子”[①]。对名词的性（阴、阳）的使用往往也很随意，有时为了奇绝，同一个用法中却有两种比喻纠缠在一起——即从一种隐喻义不得不跳到另一种隐喻义，比如在“极度痛苦的has（开放）”中，首先，不得不通过象征性比喻得出has的“增加”或“发展”之义，然后了解到诗人这样称呼完全是针对自己或自己内心的，我们不得不再通过借喻的比喻获得整个词组的隐喻义为：“能够理解极度痛苦的心啊！”。同样，有的地方也有两个喻体纠结于同一个本体，比如“殷红的花蕾似的柔软伤口”中，先是根据颜色的相似性和柔软的相似性为伤口提供了“花蕾”这个比喻，但“伤口”本身就是喻体，其意思为“痛苦的回忆”。这样，

①“花蜜之子”和“蜜之子”都是指“黑蜂”

用了一个喻体后又为那个本体用了第二个喻体。

有些地方相似性非常美，非常有表达力，它们通过自然现象很好地表达了精神活动。

正如情感或内心世界的形式会被带到外在物质面前一样，有时为了外在物质的相似性也会暗示内心情感或心理活动。

喜马拉雅地区这种景象非常普遍：夜晚在峡谷中积聚的云团，天一亮就会慢慢分散成许多碎片，飘到山头上，最终消失在无垠的天空。诗人用静心禅定的瑜伽师表现了它的相似性，他的清静内心世界达到崇高境界，融入那无尽的存在。但在《阴影》《幸福欢乐》《星辰》这样喻体成堆的诗中，许多喻体都是以旧式消遣游戏形式出现的。

天亮以后星辰也躲起来，猫头鹰也躲起来。诗人只是利用这一点点相似性便把星辰当成了猫头鹰——当然是纯洁的猫头鹰——并邀请它躲到黑暗的心里。但如果这么多猫头鹰在心里安营扎寨，那么心会成为什么状况？诗人如果要表达内心的绝望和悲伤，不用把星辰变成猫头鹰也是可以的。

有的地方由于用了缩略方法而使诗人的含蓄情感变得模糊不清，比如关于眼睛的如下诗句：

> 哎！急切的如心一样！
> 我渴望的眼睛已经泛滥，
> 着迷眼神中获最高胜利。

第一行中“一样”一词是为了装饰而用的。这是急于见到心上人的急切的男子为见到她或对她到来的期望，通过多种外在事物和内心因爱情而生的多种美好情感而做的装饰。第二行中，诗人的意思是，为了见到心上人，急切的眼睛好像已经变成了无数个。它们的光芒以天空中星辰的形式在散发。第三行中的“最高胜利”的意思是，在一直目不转睛盯着看中获胜。

但是，在这些以相似性为主的作品中，有些地方有非常美的超自然想象，比如对阴影的以下说法：

> 闺蜜啊！来吧，展开你的双臂，让我与你相拥。
> 然后你进入达摩，我消失于至爱之中。

诗人说的是：阴影似的世界！来吧，让我尽情地爱你吧！然后你我天各一方！我与我的灵魂，将融入那无尽的梵光之中，你将化于不可见的本性或伟大的虚空。

看了《嫩芽》中的《深呼吸》（*Uchchhvas*）、《眼泪》《变化》和《云》等作品就会知道，如果不是一个以“阴影主义”为名的“主义”的流行，本德先生就只会走在真正的自由浪漫道路（True Romantism）上。他有一扇直接被大自然吸引的、在大自然开阔和永恒的美景中敞开的心扉。正因为如此，“阴影主义”一词主要在风格的意义和形象语言的意义上适合于他的作品。他的天才很少是为提供阴影主义传统的曼妙例证而准备的。有神秘思想的地方大多是自然的。

《嫩芽》中的神秘主义作品有《梦》和《无言的邀请》。但如前所述，本德先生的神秘思想是一种下意识，而非教条的（dogmatic）。在每一位看过神秘世界种种形态的诗歌鉴赏者心中都会生发这种神秘思想。在显性世界的各种形式和现象中，诗人似乎在体验着不可知意识的存在，只是把它作为未得到满足的夙愿而加以表现。值得注意的另一点是，在表达对不可知的至爱的爱时，诗人也保持了情人间自然的男女之别，没有像普拉萨德那样模仿波斯语或苏菲传统把两者都定为阳性。同样，痛苦也没有像普拉萨德那样得到令人厌恶的扩展。

诗人以非常美妙的天真呼唤着《婴儿》，表达了对世界最高形式的渴求：

既不知自己，亦不知世界，你的眼睛不熟悉，耳朵亦不了解，

也不知道什么形名德，你觉得这世界怎么样？

诗人认为，婴儿还没有受到名和形的全面影响，这种名和形掩盖着存在的最高形式，所以他问婴儿："那么你告诉我，你觉得这世界怎么样？"

阴影主义的所有知名诗人中只有本德先生拥有对大自然直接的爱，他的内心在大自然非常迷人的部分抓住了其特征。

在《嫩芽》《深呼吸》和《眼泪》中，我们可以发现对那优美部分的充满爱的回忆。当然我们会看到他徜徉在天然美的充满喜悦的精神中。他是把《云》作为愉悦眼睛的形象带到想象的舞台来欣赏的，比如：

我们像仙女的孩子一样展开海贝的翅膀，

皎洁的月光下畅游海上捕捉那纯洁的月亮。

但在大自然中，诗人没有把眼光延伸到它的神秘广泛的友爱之情——夏日烈焰炙烤下的万物之上它的庇荫的迷人、温柔、清凉的作用，见了它以后心满意足的农民们满怀希望的喜悦。仅注重创造想象的"艺术主义"的本能和反潮流激情使他无法看到迦梨陀娑在广阔自然原野上空所看到的云。与创造杜撰的想象相比，描绘大自

然中神秘和不神秘关系的拓展的想象要重要得多，迷人得多。[1]

相似性的想象毫无疑问地也携着非常美好的理论进入了诗坛。它展示了散布于世界无尽形式和现象之间那些粗细不等的联系线索的闪光点，排除了世界的荒凉感，唤起全部存在的一致性的欢乐精神，打开我们内心的束缚。当我们发现面前与美女脸庞相伴的荷花和与微笑相随的花蕾时，我们就感到，无论是人面还是荷花，都来自同一的美的源流。还不止于此，为了使用的方便，语言有时也会创造一些不同的词，由此引发的差异有时也会凭借这些想象暂时从我们的心中消失。如果我们把大树掉下的种子长出的小苗说成它的在自己身边玩耍的孩子，就会显得有亲切感。

在“艺术主义”的影响下，欧洲诗坛上唯美主义得以流行。这种唯美主义对本德有明显的影响。他在多处明确地说过，选择美是自己生活的修行，比如：

我的美妙的歌悄然躲在尘埃堆中，
弯曲的刺儿更坚硬，冠大的树枝伸向各处，
夙夜挑选漂亮的花瓣，搜寻那不为人知的尽头，
我的生活宛如黑蜂，工作艰难，内心温柔。

到现在为止，诗人伴随着内心温柔甜蜜的情感仅沉浸于自然的美丽迷人方面。“行”之道在他看来难上加难，他没有感受到“行”之美。后来当他慢慢将目光投向了现实世界和生活的全貌时，他才

---

① 最近刚去世的一位英国现代诗人和批评家Aberecrombe如此表达了这种情感：
So we are driven
Onward and upward in a wind of beauty
——作者原注
译者复注：这里的Aberecrombe疑为Lascelles Abercrombie（拉塞尔·阿伯克龙比，1881~1938），英国诗人和文学评论家。

体会到。

在《嫩芽》的最后，本德先生呈现了世界复杂“变化”的各种景象。这大概是受到他个人生活的某种复杂境况的刺激。世界的多变性长期以来一直使人类焦躁不安。变化是世界的规律。这个问题尽管本身得到证实了，还是一直激动着诗歌爱好者和诗人的心，而且还要激动下去，因为它与生活的常态有关。由于进入生活的广阔领域，诗人想象不得不在温柔的、严酷的、甜蜜的、苦辣的、慈悲的、恐怖的等多种境况下以一种源远流长的传统在使用。在严酷的和恐怖的、壮丽的和宏伟的以及更具综合意义的情感的地方，诗人借助了柔拉韵体。诗中形象化语言并非每个地方都必不可少，通过对世界神秘的、不神秘的以及感人肺腑的事实的选择，某种情感也可以获得触及心灵的特质。也许本德先生在这一传统的长诗中能够体会到这一点。因此我们经常发现他只依赖简简单单选择的感人事例。

这部作品中形象化的象征语言和隐喻等的运用也很成功，通过它完全创造了唤醒强烈内心痛苦的力量。

开始，诗人一直在把从幸福到痛苦，从崛起到衰败，从欢乐到忧伤，从有趣生动的美到冷酷乏味和枯萎柔弱的变化呈现到面前，听着世界性的哀号之声心中充满悲痛，然后对变化的另一面——从痛苦状态到幸福状态的获得——也进行观察后陷入沉思，并将变化不是看成一个重大慈悲事件，而是看成苦乐相互纠缠的问题，而且这一问题在这显性世界无法得到解决，其全部秘密只有到此生的彼岸才能得到公开：

今天的痛苦，昨日的喜悦，
昨天的幸福，今日的忧患。
当今世界，如梦般神秘的问题，

只有到达彼岸，才能得到圆满。

这样，诗人通过哲学的眼光理解了世界的辩证法，使自己的心获得宁静：

死亡之夜闭上眼睛，开启新生活的黎明，
花儿温柔的微笑已经凋谢，结为果实而得重生。
根据个人所做的业，同一本质结出不同果，
有时护身绳温情脉脉，有时却如枷锁之重。
……
不经痛苦一切幸福皆无意义，没有眼泪的生活就是累赘。
可怜的世界啊是脆弱的，一切宽容同情和爱皆由其所出。

而且还感悟到生活的目标：

只有经历痛苦磨炼才有生命，闪光展现天堂之乐。
……
目标是难得的，因此而宝贵，只有修行才是生活的价值。

由于采用了生活的一种真实形态以固化形式走上非常动人心弦的意义之路，由于主要目标不在于想象的游戏和语言的奇异，以这《变化》为题的整篇诗歌产生一种共性效果。

《嫩芽》之后，我们在《音响》中发现本德先生在现实世界和生活的自然领域继续前进，尽管同时存在对直觉不满，满足于想象的兴趣，倦于智力活动后企图在神秘的阴影中暂歇的倾向。诗人认为，生活的目的就是用身边欢乐世界的光辉满足自己的内心：

这就是生活？就是往大海的口中灌水！
从鲜花盛开的沙滩游戏中一无所取？

但在这个世界，与幸福欢乐同在的还有痛苦。诗人使自己的心与它的苦乐形态达成协调一致：

幸福与痛苦的完美结合使生活达到圆满，
然后月亮消失于乌云之中，浓云再从月光中消散。

诗人对当世苦乐两极的现状是不满的，他期望的是均衡平等：

世界在受极端痛苦的煎熬，也在受极端幸福的折磨。
人类分成世界，以欢乐与痛苦，以痛苦与欢乐。

在《人类》一诗中，诗人心中希望生活美的新思想这样产生：

我心中甜蜜森林里欢乐的孩子啊！尽情欢笑吧。
播撒一口口新鲜气息的芬芳与新面孔的幸福。

由于仅以理智一面为主，心的方面受到压抑，虔信方面越来越弱。针对这种情况，欧洲的阿纳托尔·法朗士等富有思想的人们所发起的运动也在本德的以下诗句中有所反映：

只有美妙的信仰啊！才能使生活幸福。

《划船》（*Naukavihar*）的描写尽管比喻体想象更加隐晦，但还是表明了诗人对大自然直观形象的偏爱。

正如别处一样，在《音响》中也可以发现，本德的神秘主义思想走的是更加自然的路子。延伸到远处的田野或荒野的尽头，森林的绿色朦胧似乎与地平线相接的线条那一边，很自然地就会想象出一种美好的世界：

遥远田野的那一边，吉祥的铿锵声所达之处
温柔天堂的仙女世界，躲进那森林阴影之中。

诗人神秘的眼光射向大自然的灵魂——以世界形态和活动显现的灵魂，它是全部美丽的写照，它的一切世俗生活都是欢笑。在这显性的传递之间获得它的暗示而片刻地沉浸于欢乐就是解脱，其方法既简单又自然，不像诃陀瑜伽那么复杂。解脱的诱惑使许多种复杂的修行方法成为了束缚：

解脱的美好时刻是简单，解脱的束缚是艰难。

诗人在另一个地方也是这样表达自己这种心理的。他说："据称在这生活的底层隐藏着至善因子，为了抓住它并融入它，许多人通过内省而潜入底层，我却只对其外在反映感兴趣。在把自己的独立存在融入它的时候我似乎感到有点恐惧。"

据说，有珍珠的鱼住在无底的水中。
可我害怕溺水，总喜欢岸边踟躇而行。
那美丽的珍珠鱼定会来到我的沙滩。
我将在激浪汹涌的岸边，愉悦观赏其倩影。

这就是说，应该认识到本德先生出于自然的神秘思想与伯勒萨德先生和默哈戴维·沃尔马的教派性神秘思想有所不同。他在《我今天一无所取》（*Kuchh Bhi Aj Na Lungi Mol*）的歌中视至善知识的产生优于自然的全部力量。与神秘色彩相比，诗人的哲理性更多些。在名为《致飞鸟》的诗中，诗人非常生动地描写了不可见天性中由于意识的接近、知梵[①]的传播或搏动（vibration）而发生的世界多样性发展：

世界的生命日夜挥动自由的翅膀，
在虚空的天上唱出未知甜蜜生活的醉人歌声。
离开荒凉孤寂的家园，巢穴中筑起喜乐世界，
用啭鸣使家中鲜花盛开，欢快迷人。
每当树上巢穴空置，你就换一副新的美丽。
让世界不灭圣树[②]的枝条永远保持喧闹与开心。

本德先生的天才在《音响》中也随处呈现出非常有表达力和美妙的共性。

新的愿望尽情撒播着生命，
如蜜蜂歌唱生命之甜蜜，饮下完美的甘霖。

这样我们借助象征可以在这些诗句中发现许多含义丰富、表达力很强的共性。

这是婴儿纯真的欢笑，来自他的心间。
这是乌莎的新发展，能将尘埃变黄金。

---

① 知梵（shabda-brahma）指吠陀。
② 不灭圣树（akshayavat）指榕树，印度教视其为圣树，永远不灭。

这是细波微澜的游戏，要将月亮来吸引。

诗人的情感仅在于：在童年时期整个地球显得多么美妙，多么光明啊！但其表达却是运用了非常迷人的方式。正如黎明时分大地的每颗微粒都显得金光闪闪，同样儿童的心里也觉得这整个地球充满光明。正如湖水微澜中好像月亮（其倒影）在浮动，同样儿童内心愉悦的激情中的天堂之光似乎也成为一种风格。

在《音响》中，我们发现，不仅诗人深入了生活，而且他的诗歌风格也更加克制和规范。我们在《嫩芽》中所看到的、受反传统冲击而大量出现的展示象征奇异等的倾向，在《音响》中则不存在。其中的诗歌风格已经比较理性、克制和严肃。

《音响》之后，本德先生似乎开始触及现实生活的多个方面。在《世界末日》（*Yukant*）中，我们随处可以发现国家现实生活中出现的各种声音的回响。有的地方是要求变革的强烈愿望，有的地方是对体力劳动者现状的反映，有的是抛开争论而满怀信心地在生活道路上勇敢前进的呼唤，有的是对巴布①的敬意。在《世界末日》我们可以听到诗人从梦中醒来说道：

在梦的黑暗中沉睡者终将醒来，此乃真理。
见过生活暗夜的人，必将看到生活的曙光。

在《世界末日》中，我们看到，诗人已经有了从单纯的表象、华丽和芬芳之美进入生活之美的靠真理支撑想象的倾向。他发现外在世界缺乏“美、慈爱和幸福”，因此，他要把生活之美的思想融汇于心在世界传播：

---

① 这里的“巴布”应该指圣雄甘地。

美之光是源泉，散发在我心田。
使新生活的曙光重回世界庭院。
我为未来人类利益创造一个内在新世界。
在外部世界我无法得到美、慈爱和幸福。

现在诗人开始祈祷：

世俗生活中永恒伟大、善美和真实者，
湿婆啊！我要成为他的拥趸，只要他心中装着人类幸福。

在枯燥空虚的世界，在瘦骨嶙峋的骷髅世界，他渴望生活的春天和昌盛：

骷髅之网遍布世界，然后是新鲜血液和红嫩新叶。

看了泰姬陵的艺术美之后，许多诗人都如痴如醉。但本德先生却对在已时移世易的时代，在有数以千万计嗷嗷待哺的饥民的情况下，如此极尽奢华铺张的人性不以为然，他说道：

哎！在世间生活如此悲伤没有生气之时，
却对死亡如此永恒的精神崇拜。
人类啊！为何对生活竟如此冷漠？
忽视灵魂，却对死人和阴影如此迷恋。
我们赋予死者尊荣，给予人的尊敬。
我们无视穷人，却为死人涂脂抹粉。

在《嫩芽》中诗人似乎被个性所束缚，在《音响》中有时又显得在个性之外，而在《世界末日》中似乎始终着眼于世俗世界。到《音响》为止，他好像还在为自己从世界选取美和欢乐，到了《世界末日》时，他希望看到的却是美和欢乐在世界的传播扩散。诗人的美感这时候已经扩展成为幸福感。在此之前，诗人一直极力使自己的心远离世俗生活真正的酸甜苦辣；而现在，他已经把自己的心放到广阔的现实世界，以便其接受世界活动的真正而深刻的影响。现在他已经不能满足于仅为自己而将从世界得到的美和魅力变为颂神诗。他希望看到幸福之火熊熊燃烧，将痛苦、灾难、不公、压迫的黑暗吞噬——他希望看到幸福与不幸的较量，这是能动世界的行动之美。

到了傍晚，诗人的注意力不再仅集中于初放的幼芽、慵懒的空气、充满爱情的放光的眼皮，他还看到：

茂密的竹林，黄昏朦胧，
他们丈量着回家的路程。
劳动者脚步蹒跚而行，
生活沉重，步伐沉重。

放久了就变得陈旧破败了，新生活不适于带着美而来的时代，本德先生非常冷酷地要将其排除。这样，诗人的语言里伴随着人民福利的愿望和抱负，也有“变革主义”的声音，表达了摧毁过去时代遗存的非常强烈的愿望：

咆哮吧，人中之狮！
祭出新生活希望这尖矛利戈，
摧毁那旧时代强有力的僵尸。

看到这种地方就会产生一种疑问，诗人是以自己的声音在追随运动，还是凭自己感觉而在自娱自乐。希望本德先生能够将自己的福民思想带上一条真正的内心之路，在那里根本不会有这种质疑的声音。

《世界末日》中不仅处处是对人类生活现状的感受，其中好几部作品在美妙想象的同时，还有对内心经常性活动的表达。最值得关注的是，他使自己的声音某种程度摆脱了“主义”的纠缠。不再有没必要的表现形象化语言和奇异象征的倾向，这种倾向对语言和意义的自然状态来说是一种障碍。《黄昏》(*Sandhya*)、《萤火虫》(*Khadyot*)、《蝴蝶》(*Titali*)、《鹦鹉》(*Shuk*)等作品的美妙想象中，都有能够融入别人内心的那种感动。请看对“蝴蝶”的召唤：

亲爱的蝴蝶，如花一样绽放的你，
有何高兴之事，在翩翩舞起？
风中之花！难道你从鲜花中，
获得了心中蜜汁的甜意？

对于空中飞舞的五彩缤纷的蝴蝶，“风中之花”一词的美妙，所有人的内心都会接受。同样，在《萤火虫》突然亮起以后这是多么纯朴的美感：

在黑暗的河谷，它闪出绿色火花似的荧光。

《时代之声》中囊括了当今世界兴起的有关社会制度的所有“主义”和所有运动。关于这些主义，最好是不提其名称，而只将其中生活真实部分的核心呈现出来。由于没能如此而出现这些主义名称的地方，似乎隐藏有诗人自己的东西。按照这些主义而发起的运动中，诗人看来受到人性新发展的影响，这与当代西方文学界的一种传统（未来崇拜Worship of the Future）相吻合。因此，对世界未来形态的美好景象所表达的渴望或钟爱，如果有人愿意的话，从功能的角度看也只能称为一种想象的理想情感的例证。同样，要说带有敌意地急于看到过去的所有遗存都被摧毁的想法在人类永恒本性中也有一席之地的话，恐怕也未必。

事实上，这种情感是对当前不和谐现状感到愤怒、急于求成的心理。他们在行动时代始终保持兴奋状态。迷恋于行动的人，心中涌动着对成功的渴望、对预想的未来的强烈期盼、对阻力的愤怒等。他们是实践者，与达成目标的过程有关，在行动领域被认为是有效用的。本德先生将当前视为行动时代，提供的是符合这个时代的情感形式。总之，诗人将这些情感植入谁的心中，谁的心就是“行动之心”。

以这种形式，诗人即便不是倾向于人民行动的话，至少也是与付诸行动的人们站在一起，他已经不再是独立的旁观者，他的“集体主义就是他的私产”。集体主义潮流发展到哪里，哪里就能听到他的声音。他有时宣称《旧文化的毒药》（*Gat Sanskrit Ke Garal*）就是资本家的最后时刻；有时把中产阶级称为“文化的奴隶和上层阶级优先的引经据典的宣传者”，把劳动者称为“人民革命的先锋和新文化的促进者”；有时则表现深受男性压迫的女性阶层的现状：

用兽力统治人民，
妇女也被占有，
就像生活的工具！
深藏于自我，
与世界隔离。

本德先生既表现出了对社会主义的兴趣，也表现了对甘地主义的兴趣。看起来，作为民主制度，他比较喜欢社会主义；为了个人修养，他青睐甘地主义。在诗人看来，正是对待一切有生的本性演变发展成有生世界的人性。人的不完美正是他的光辉。“因弱点而闪亮的人性比神性难得”。生活于为信仰而接受“完美真实”和“无限”的迷误中是文明的沉重灾难。他成为通过设定界限用线条创造幸福的典范。“人性”中有不足，但就是经历这些不足的磨练它才得到净化，才变得纯洁：

文明的灾难就是膜拜已确立的全部真理，
没有可爱的不完美，艺术便没有生命。
界限就是理想，这生活缺的就是界限，
恶正是由恶而生，纯洁是大地的人性。

诗人接受社会主义理论，但自己的思想仍保持独立。他不认同与社会主义和共产主义（Communism）密切相关的“狭隘唯物主义”。从超越世俗的视角看，他是有神论者。他称在灵魂与魔鬼之间建立联系的元素超越这两者：

灵魂与魔鬼间谁在建立平衡，
外在差异，是超越灵魂和魔鬼的元因。
唯物与唯心只是它的两岸，
超越人与世界、感知客体与宇宙精神的是真理之根。

这种超越思想与诗人当前诗歌观多大程度上吻合，这是另一回事。但当我们发现，开展起来的社会运动基本都是片面的，都是从一个极端转向另一个极端，那么诗人想到的由这些运动带来的未来的观念文化的绿洲似乎就成了无本之木。因此我们希望，本德先生脱离这些运动，利用生活的日常和自然形态，将人民幸福的思想植入其中。

不管怎么样，本德先生挣脱阴影主义的束缚，进入现实世界的广阔天地，展现了真正独立自由行动的勇气，看到这一切我们很欣慰。只有从面前现实形象世界才能获得真情实感，形象才能在心中变成甜蜜的情感，诗人见证了这一“形象真理”。

《时代之声》中由于目光仅盯着人类生活，诗人面前出现了大自然的这样一种状况，其中的人类不得不相互争斗：

火、洪水、流星、暴风雨的恐怖大地上，
柔弱的人体如何能够生存下去。

由于感受到“人性”广泛联系的影响，在《两个男孩》（*Do Larake*）中，诗人感到捕鸟者的两个赤身裸体的孩子十分可爱：

快速地跑下小山丘，
从垃圾中捡走漂亮宝贝。
空烟盒，光闪闪的金属片，
一截截花饰，一张张照片已经发黄变黑。

但本德先生的目光并没有如此束缚于人类，以至于失去与世界更广泛联系的体验。在《时代之声》中我们发现，我们的生活之路周围大自然中普通的、哪怕最小的东西，诗人也带着亲切之情看待。我们可以发现其对整个地球上行动勇敢的、生活的“不灭火花”蚂蚁做了极具想象力的描写。我们从《两个朋友》（*Do Mitra*）中可以得到诗人内心活动的最美证据，他把山岗上矗立一旁的两棵基勒比勒树比作两个朋友：

那无人的山岗上
两棵基勒比勒树
相互紧密相拥
就像两个朋友，
一言不发，优美迷人
两棵绿树
忍受着雨水烈日
一起长大
永远稳如磐石。

品尝过蜂蜜的人和闻过玫瑰花香的人尽管没有从中得到什么，但在其中获得了人类与其他生命体关系的非常可爱的情感。《暴风雨中的楝树》（*Jhanjha Men Nim*）的描写也用的是非常自然的手法。看到本德先生脱离“阴影主义”和“神秘主义”并转向真正的浪漫主义（True Romanticism），我们当然很欣慰。

（3）苏日耶冈德·德利巴提·“尼拉腊”——前文已经谈过，“阴影主义”是学着孟加拉语而模仿英语风格的抒情诗歌方法的。抒情诗歌方法中由于更加注重声音美，所以更多加入了音乐成分。其结果是，对共性意义的倾向弱了。我们这里的音乐一直是与音调和调式紧密相连的，而欧洲音乐大师们却展示了各自活用各种乐音的才能。正如在其他事情上一样，对英语方式的音乐的模仿也是最先始于孟加拉语。尼拉腊先生受这种新方法吸引最甚，他在自己的歌曲中全面展示了它的特点。使诗歌贴近音乐以及使音乐贴近诗歌方面，尼拉腊做出的努力最大。

一是克里保利语，二是随着音的升降随心所欲切分音量。因此尼拉腊自己感觉到，“歌手们的舌头会遭殃的”。《抒情诗集》中汇集了他的一些歌曲，其中诗人更多关注的是音乐性，对意义的一致性关注较少。

在诗人试图用更复杂或有点复杂的意义的地方，其遣词造句往往无法将其意义准确传达给别人。

尼拉腊先生受孟加拉语诗歌风格的影响，在合成词错乱的词串和动词词组中的省略等方面尤为突出。运用新奇象征的倾向他不像普拉萨德和本德先生那么强烈。

他最大的特点是其诗行的随心所欲和不平衡。有的诗行很长，有的却很短，有的不长不短。看到这些，很多人称其为“橡皮韵”或“蚯蚓韵”等。他对不协调诗行进行的无表征尝试最多。在名为《勇敢的爱》（*Pragalbha Prem*）的诗中，他呼唤自己想象的情人（也就是诗歌）说：

我今天已无所求，
只愿你进入我半光明的莲花心。
亲爱的，抛弃那韵式羁绊的束缚，
对于大象，你的那条路太狭窄，
充满荆棘。

尼拉腊先生具有广记博闻的天才。他除了暗示“未知的亲爱的”以外，在自己简单的情感色彩中还看到了世界的许多可见形态和现象。他对“将被遗忘者从沉睡中唤醒的”“考古的肮脏器物”遗址很好奇：“难道你——

是在为男女世俗痛苦松绑？

还是

在按摩着有点衰老的心脏？

你目不转睛地

盼望着死神到来

渴望从子孙得到哪怕一滴水。

同样，在名为《德里》（*Dilli*）的诗中，诗人放眼德里大地说出了“这还是那片土地吗？”，将过去历史上一些著名历史事件和人物非常生动地装入心中：

静静的古塔，

无言的陵墓，

在得到消息之处，恐惧中带着希望

滴下泪珠的地方，泪水中带着真爱。

看了阎牟那河，我们发现不二论知识是以这种面貌出现的：

就在这甜蜜的花园里

有波浪在轰鸣，

乌云般的乱发中，

装有多少恋人的兴奋

诗人在苟默蒂河[①]边看到了一个社会上盛行的令人震撼的伪善的场景，当时一位虔诚的信徒给猴子喂了炸甜饼，而对一个饥肠辘辘的乞丐却连看都不看一眼。

---

① 苟默蒂河（Gomati）是恒河的一条支流，位于印度北方邦境内。苟默蒂河是印度北部最神圣的河流之一。

正如尼拉腊对韵式的束缚不感兴趣一样，他对社会束缚也不以为然。正因为如此，尼拉腊才为英王爱德华八世写了颂诗，将他作为英雄呈现到读者面前，因为他为了爱情而勇敢地将身份地位的社会束缚抛到身后。

与神秘主义有关的尼拉腊的作品，采用的是孟加拉语中发展起来的超自然形式。在创作初期，他还翻译了斯瓦米·维维格阿南德[①]和罗宾德拉纳特·泰戈尔的一些诗歌。由于接受了不二论的吠檀多形式，他的神秘主义作品中到处闪现着印度哲学思考的亮点。如果抛开这些特点，那么他的神秘主义诗歌和其他神秘主义诗人的作品一样，都是采用的魅力思想。名为《线》（*Rekha*）的诗中，诗人对第一次爱的产生所做的描写总是仅以一种意识力的感知出现：

当青春之箭第一次出现
美的源泉，
波浪中杜鹃幸福亲吻的爱情
甜蜜而有吸引力，
温柔地请求沐浴在大海里 。
一切都是空虚，
无论如何，那就是爱？
所有意识所见
接触中感到汗毛竖立，
以喜乐的形式——了解
正是它吸引了这颗心，
根本上哪里获得意识牵引力？

---

① 斯瓦米·维维格阿南德（Swami Vivekanand）意译作“辩喜”，为近代最著名的印度教哲学学家之一。辩喜早期受“梵社”社会改革思想影响加入“梵社”。后追随罗摩克里希那，并建立罗摩克里希那传教会。他试图将印度的灵性与西方的唯物主义相结合，以解释和宣传印度教哲学。

《杜勒西达斯》(*Tulasidas*)是尼拉腊先生的一部长篇诗作，其中大部分以内省式的长篇叙事诗形式出现。这部作品中，诗人对苟斯瓦密的出生环境进行了非常华丽多彩的描写。然后，苟斯瓦密是如何在质多罗俱吒壮美的自然环境中感知欢乐力量的？他是如何受到超凡鼓舞而创造新生活①的？对这些都以内心活动的形式进行了描写。

“未来的幸福梦”是现代欧洲文学的一个传统。取代世界古老过时制度的新的幸福的制度已经临近，在尼拉腊先生名为《觉醒》(*Udbodhan*)的诗中可以看到对此事的感觉进行的描写。同样，尼拉腊的目光还投向了同情劳动人民疾苦的公益主义运动：

她砸着石头，
我看到她在阿拉哈巴德道路旁。

这类作品中语言一般是口语的。但尼拉腊的语言大多是嵌于梵语原形词中的，其典型就在《罗摩的力量崇拜》中。如前所述，他的语言往往缺乏系统规则，因而导致意思或情感表达上有时很不严谨。

(4)默哈德维·沃尔玛女士——被称为阴影主义者的诗人中，只有默哈德维一直属于神秘主义。为了那不可知的最爱，只有痛苦是她内心的情感中心，它使各种情感跃跃欲动。她对痛苦表达了自己由衷的爱，她希望与它同在。在它面前，她把相聚的喜悦都不当回事。她说：“别提相聚，我在分离中已经待惯了。”接受了这痛苦，她将心中超凡的感受呈现出来。多大程度上它们是真实的感受，多

① 这里的“创造新生活”是指他创作《罗摩功行录》。

大程度上是感受的美好想象，无法说得清。

一方面是永恒的光辉，另一方面是无边的痛苦，是世界的两极，她的表达就在两者之间：

两者是世界
画布的两端。
没有它，我的痛苦会寂寞。
没有我，那光辉会暗淡。

痛苦的愿望如此强烈，以致：

痛苦中找到你，
痛苦将找上你。

她的作品都相继结集出版发行——《雾》(*Nijar*)、《光》(*Rashmi*)、《湿婆神》(*Niraja*) 和《黄昏之歌》(*Sandhyagit*)。现在这些集子已合成一集出版，冠名以《雅玛》①。没有人比默哈德维写歌更成功。如此亲切又简洁流畅的语言，如此对心迹的表露，其他地方是见不到的。如此优美独特的用法随处可见，简直让人心花怒放。

以上介绍了“阴影主义”的一些主要诗人。与他们同时的还有一些值得一提的诗人，比如尊敬的莫汉拉勒·摩诃多·“维尤吉”(Mohanlal Mahato “Viyogi”)、婆格沃迪杰伦·沃尔马(Bhogavoticharan Varma)、讷兰德拉谢尔马(Narendrasharma) 和拉梅西沃尔·修格勒·“恩杰勒”(Rameshvar Shukla “Anchal”)。

① 雅玛(Yama)在印地语中有“阎王”和“夜”的意思。

“维尤吉”先生的诗歌都收在诗集《祭品》(*Nirmalya*)、《独弦琴》(*Ektara*)和《幻想》(*Kalpana*)中。婆格沃迪杰伦先生的诗歌也有三部诗集——《甜蜜的谷粒》(*Madhukan*)、《爱之歌》(*Prem Sangit*)和《人》(*Manav*)。拉姆古马尔·沃尔马先生倒是先前创作过《英雄赫米尔》和《吉道尔的焚尸堆》(*Chitaur Ki Chita*),但都不属于阴影主义之类。他创作的属于此类的诗都收在诗集《合掌》(*Anjali*)、《诱惑》(*Ruprekha*)、《基德尔蕾卡》(*Chitrarekha*)和《月光》(*Chandrakiran*)中。阿尔西伯勒萨德先生的诗集有《杜鹃》(*Kalapi*)。讷兰德拉的诗歌都收在他的诗集《耳饰》(*Karnaphul*)、《带刺的花》(*Shulphul*)、《伯勒帕德佩里①》(*Prabhatpheri*)和《侨民之歌》(Pravasi Ke Git)里。“恩杰勒”先生的诗都收在《茴香》(*Madhulika*)和《难近母》(*Aparajita*)中。

4. 自由体潮流

除了阴影主义诗人以外,当前还有其他一些诗人,其中有些人很多地方表现出神秘的情感。他们的多数诗作无法纳入阴影主义范畴。他们都各有其特点,因此,不能把他们都归为一类。为了方便起见,根据他们总体的情况现在流行称他们为“自由体流派”。此类诗人包括马肯拉勒·杰杜尔维迪(Makhanlal Chaturvedi,印度灵魂之一)、希亚拉姆谢伦·古布德(Siyaramsharan Gupta)先生、巴勒格里希那·谢尔马·“讷温”(Balkrishna Sharma “Navin”)、苏婆德拉·古玛丽·焦汉(Subhadra Kumari Chauhan)女士、赫里温西拉耶·“伯金”(Harivansharay “Bachchan”)先生、拉姆塔利·辛赫·“丁格尔”(Ramdhari Singh “Dinkar”)先生、塔古尔·古儒婆格德·辛赫(Thakur Gurubhakta Singh)和乌代辛格尔·婆德

---

① 伯勒帕德佩里(Prabhatpheri)是指节庆时为了庆祝而进行的清早集体巡游活动,其中包括载歌载舞、奏乐、呼口号等。

（Udayshankar Bhatta）。

杰杜尔维迪先生的诗歌至今还没有出专集。他的一些著名诗篇与盖西沃伯勒萨德·巴特格先生和苏婆德拉·古玛丽·焦汉女士的部分诗歌一起被选入名为《三河汇流》（*Tridhara*）的诗集中。希亚拉姆谢伦·古布德先生最初写过一部片段性诗篇《孔雀王朝的胜利》（*Mauryavijay*），他的著名诗集有《杜尔瓦德勒》（*Durvadal*）、《忧伤》（*Vishad*）、《阿尔德拉[1]》（*Ardra*）、《室女星座》（*Pathey*）和《陶器》（*Mrinmayi*），其他诗集还有《自我牺牲》（*Atmotsarga*）、《孤儿》（*Anath*）和《巴布》（*Babu*）。"讷温"先生写了一部关于"优哩婆湿"的诗，其中有些部分曾发表在《光辉》（*Prabha*）杂志上。他的一些其他零散诗歌均收入名为《番红花》（*Kunkum*）的诗集。苏婆德拉·古玛丽·焦汉女士的一些诗歌，如前所述，收在了《三河汇流》中。她其余的诗歌汇成一集，名为《蓓蕾》（*Mukul*）。伯金[2]先生根据著名英语诗人菲茨杰拉德（Edward Fitzgerald）的译本翻译了《酒店》（*Madhushala*）中欧玛尔·海亚姆[3]的诗歌。他自己创作的诗歌作品已经出了好几个集子，比如《你的项链》（*Tera Har*）、《孤寂的音乐》（*Ekant Sangit*）、《甜美少女》（*Madhubala*）、《酒店》（*Madhushala*）和《夜晚的邀请》（*Nishanimantran*）等。"丁格尔"先生的第一部作品是《违背誓言》（*Pranabhang*），是部长篇叙事诗。他还有好几部诗集，其中《甜美的花》（*Saras Suman*）、《花的丛林》（*Kusumkunj*）、《笛声》（*Vanshidhvani*）和《森林》（*Vanshri*）比较著

---

① 阿尔德拉（Ardra）是印度27星宿中的第6个星宿。

② 伯金（Bachchan，1907~2003），真名为赫利温西·拉伊·希利瓦斯德沃（Harivansh Rai Shrivastava），现当代著名印地语诗人和作家，印度著名影帝阿米达普·伯金的父亲。伯金的诗集《酒店》是20世纪初印地语重要的作品之一，其中的诗仿照了海亚姆的颂酒四行诗，每首诗都以"酒店"结尾。《酒店》中还包括了翻译的海亚姆的诗。

③ 欧玛尔·海亚姆（Omar Khayyam，1048~1122），波斯诗人、哲学家、数学家、天文学家。他的波斯语诗集名为《鲁拜集》（*Rubaiyat*，也译作《柔巴依集》），主要是四行短诗，诗中歌颂了酒，大胆提倡追求现世人生欢乐和自由幸福生活。

名。乌代辛格尔·婆德除了《达叉始罗》(*Takshashila*)和《心中的敬拜》(*Mansi*)以外，还写了其他各种诗歌，均收在《望日之夜》(*Raka*)和《送神》(*Visarjan*)中。

就这样，印地语的诗流正以多种支流的形式向前涌动。